KB220971

폭풍의 언덕

클래식 보물창고 31

폭풍의 언덕

펴낸날 초판 1쇄 2014년 12월 30일
지은이 에밀리 브론테 | **옮긴이** 황윤영
펴낸이 신형건 | **펴낸곳** (주)푸른책들 | **등록** 제321-2008-00155호
주소 서울특별시 서초구 양재천로7길 16 푸르니빌딩 (우)137-891
전화 02-581-0334~5 | **팩스** 02-582-0648
이메일 prooni@prooni.com | **홈페이지** www.prooni.com
카페 cafe.naver.com/prbm | **블로그** blog.naver.com/proonibook

ISBN 978-89-6170-471-7 04840
* 잘못된 책은 구입한 곳에서 바꾸어 드립니다.

이 도서의 국립중앙도서관 출판시도서목록(CIP)은 서지정보유통지원시스템 홈페이지(http://seoji.nl.go.kr)와 국가자료공동목록시스템(http://www.nl.go.kr/kolisnet)에서 이용하실 수 있습니다.
(CIP제어번호: CIP2014032074)

표지 이미지 | 존 윌리암 워터하우스 作 '미란다-템페스트(1916)'

보물창고는 (주)푸른책들의 유아, 어린이, 청소년, 문학 도서 임프린트입니다.

Wuthering Heights

폭풍의 언덕

에밀리 브론테 지음 | **황윤영** 옮김

보물창고

차례

제 1 권

제1장

1801년, 나는 앞으로 나를 성가시게 할 유일한 이웃인 집주인을 방문하고 돌아온 길이다. 이곳은 정말로 아름다운 시골이다! 영국을 통틀어, 이토록 완전하게 소란스러운 세상과 떨어진 곳에 내가 정착하게 되다니 믿기지가 않는다. 완벽한 염세가의 천국인 이곳! 게다가 히스클리프 씨와 나는 이곳의 고적감을 서로 나누어 갖기에 더할 나위 없이 알맞은 짝이다. 멋진 친구다! 내가 말을 타고 다가갔을 때, 그가 아주 의심스러운 눈초리로 눈썹 아래의 까만 눈동자를 굴리던 모습과 내가 이름을 밝혔는데도 잔뜩 경계하며 조끼 속으로 손가락을 훨씬 더 깊숙이 찔러 넣어 숨기던 그의 모습을 보았을 때, 그에 대한 나의 호감이 얼마나 커졌는지 그는 상상도 못 할 것이다.

"히스클리프 씨이신지요?"

내가 말을 건네자 그가 고개를 끄덕여 대답했다.

"저는 록우드입니다. 새로 세를 든 사람이지요. 제가 스러시크로스 그레인지에서 살게 해 달라고 졸라 대는 바람에 폐를 끼치지 않았기를 바란다는 말씀을 드리려고 이곳에 도착하자마자 바로 찾아뵈러 왔습니다. 어제 듣기로는 다른 계획이 있으셨다고……."

그가 얼굴을 찡그리며 내 말을 딱 잘랐다.

"스러시크로스 그레인지는 내 소유요. 난 누구도 나에게 폐를 끼치게 놔두지 않소. 그러지 못하게 할 수 있다면 말이오. 들어오시오!"

'들어오시오!'라는 말을 입을 꽉 다문 채 내뱉어서 '꺼져 버려!'란 감정이 고스란히 드러났다. 그가 기대서 있는 울타리 문에도 들어오라는 그의 말에 걸맞은 움직임이 나타나지 않았다. 그런데 이런 상황 때문에 나는 그의 초대를 받아들이기로 마음먹게 되었던 것 같다. 나보다 더 심하게 속마음을 드러내지 않는 사람에게 흥미를 느꼈던 것이다.

내가 타고 있던 말이 가슴으로 울타리 문을 힘껏 밀어붙이는 것을 보고서야, 그는 손을 뻗어 문의 사슬을 풀어 주고는 무뚝뚝하게 앞장서서 길을 걸어 올라가다가 안뜰에 들어서자 소리쳤다.

"조지프, 록우드 씨의 말을 받아 드리고 포도주를 내오도록 해."

그가 두 가지 명령을 동시에 내리는 것을 보고 나는 이렇게 추측했다.

'하인은 온 집안을 통틀어 한 명뿐인 모양이로군. 어쩐지 길에 깔린 돌 틈으로 풀이 자라고, 소떼가 뜯어 먹는 게 산울타리 손

질의 전부라고 했더니만.'

조지프는 나이가 지긋한, 아니 지긋한 정도가 아니라 아주 늙은 노인이었다. 정정하고 힘줄이 많기는 했지만 말이다.

"하느님 도와주소서!"

조지프가 내게서 말고삐를 받아 쥐며 불만스러운 목소리로 나지막이, 짜증스레 혼자 투덜댔다. 그러면서 내 얼굴을 굉장히 불쾌하게 쳐다봤지만 나는 그가 식사한 게 얹혀서 하느님의 도움을 구하는 것이지 내가 느닷없이, 불쑥 찾아간 것과는 관련이 없을 거라고 너그럽게 생각하기로 했다.

'워더링 하이츠'는 히스클리프 씨가 사는 저택의 이름이다. 이 지방 사투리인 '워더링'은 폭풍우가 몰아치는 날씨면, 폭풍우에 그대로 노출된 그 저택이 자리 잡은 곳을 휩쓸며 요동치는 대기를 묘사하는 형용사다. 높은 지대의 그곳 사람들은 통풍이 잘되어 정말이지 늘 깨끗하고 상쾌한 공기를 쐴 게 틀림없었다. 집 끝자락에 성장이 멎어 버린 전나무 몇 그루가 심하게 기울어진 채 서 있는 모습이나 앙상한 가시 관목들이 마치 태양의 구호를 갈망하는 것처럼 하나같이 가지를 한쪽 방향으로 뻗은 채 늘어서 있는 모습을 보면, 등성이 너머에서 불어오는 북풍의 위력을 누구든 쉽게 짐작할 수 있었다. 다행히도 이 집을 지은 건축가가 선견지명이 있어 집을 튼튼하게 지었다. 좁은 창문들은 벽에 깊숙이 박혀 있고 집 모서리는 튀어나온 커다란 돌로 바람을 막도록 되어 있었다.

현관 문지방을 넘기 전, 나는 잠시 멈춰 서서 집 정면 위를 수놓은 많은 괴기한 조각을 감탄스럽게 바라봤다. 특히 현관문 쪽

위의 바스러져 가고 있는 그리핀들 조각과 부끄러운 줄 모르는 어린 사내아이들 조각 사이에서 '1500'이라는 연도와 '헤어턴 언쇼'라는 이름이 내 눈에 들어왔다. 나는 몇 마디 감상을 말하고 무뚝뚝한 집주인에게 간략하게 이 집의 내력을 들려 달라고 요청할까 했으나 문간에서 보여 준 그의 태도는 얼른 들어오든지 아예 가 버리든지 하라는 눈치였고, 나는 집 내부를 구경하기 전에는 그의 성질을 건드릴 마음이 없었다.

한 발짝 안으로 들어서자 입구 로비나 복도 없이 곧바로 가족 거실이었다. 이 고장에서는 이런 방을 특별히 '하우스'라고 부른다. '하우스'는 보통 부엌과 응접실을 합친 공간이지만, 워더링 하이츠에서는 부엌이 완전히 다른 데로 밀려나 버린 모양이었다. 아무튼 안쪽 깊은 곳에서 재잘거리는 소리와 조리 기구가 덜거덕거리는 소리가 들려왔다. 커다란 벽난로 주위에는 볶거나 끓이거나 구운 흔적이 전혀 보이지 않았고, 벽에도 구리 냄비와 주석 여과기 같은 번쩍거리는 조리 기구 하나 찾아볼 수 없었다. 그래도 한쪽 구석에서는 거의 천장에 닿을 듯한 커다란 참나무 찬장에 많은 백랍 접시들과 군데군데 놓인 은주전자와 큰 은잔들이 겹겹이 쌓인 채로 빛과 열을 화려하게 반사하고 있었다. 천장에는 전혀 회반죽을 바르거나 판자를 덧대지 않아서 호기심에 찬 내 시선에 천장 전체 골조가 그대로 다 보였는데, 귀리 비스킷과 쇠족, 양고기, 돼지 허벅다리 묶음을 올려놓은 나무 선반에 가려진 곳만 보이지 않았다. 벽난로 위로는 잡다하고 형편없는 구식 엽총 여러 자루와 대형 권총 두 자루가 걸려 있고, 벽난로 선반에는 요란하게 색칠한 차통 세 개가 장식용으로 놓여 있었다. 바닥에는 매끄러운 하얀 돌이 깔려 있었고 등받이가 높은 예스러운 형태의 의자들은 초록색 칠이 되어 있었다. 그늘진 구석에는 묵직한 검은 의자 한두 개가 눈에 잘 띄지 않게 놓여 있었다. 찬장 아래의 아치 모양 공간에는 커다란 적갈색의 포인터종 암컷 사냥개 한 마리가 낑낑거리는 강아지 떼에 둘러싸인 채 누워 있었고, 다른 개들은 이 구석 저 구석을 어슬렁거렸다.

방이며 세간이 무릎 아래까지 오는 반바지에 각반을 차면 한결 어울리는 완고한 표정과 건장한 팔다리를 지닌 북부 지방의 소박한 농부의 것이었다면 하나도 이상할 게 없었다. 이 언덕 주위 8, 9킬로미터 내에서는 어느 집이든 저녁 식사 후 적당한 시간에 찾아가면, 둥근 탁자에 거품이 풍성한 맥주잔을 올려놓고 안락의자에 앉아 있는 농부를 볼 수 있을 것이다. 하지만 히스클리프 씨는 그의 거처며 생활 양식과 기이한 대조를 이뤘다. 생김새는 까무잡잡한 집시 같지만 옷차림이나 태도는 신사 같았다. 물론 신사라고 해도 시골 신사 수준으로, 되는 대로 아무렇게나 하고 있어서 다소 단정치 못했지만 그래도 풍채가 곧고 당당해서 그다지 볼썽사나워 보이지는 않았다. 그는 또 다소 침울했는데, 어떤 사람들은 그가 상스럽게 거드름을 피운다고 생각할지도 모르지만 마음속으로 그에게 공감하는 바가 있는 나는 전혀 그런 것이 아니라고 생각했다. 나는 그가 말수가 없는 것은 감정을 야단스럽게 드러내는 것, 즉 서로 친밀감을 표현하는 것을 혐오하기 때문이란 사실을 본능적으로 알았다. 그는 사랑도 미움도 남몰래 할 것이고, 또 자기가 사랑하고 미워한다고 해서 사랑을 받거나 미움을 받게 되는 것도 다소 부적절하다고 여길 것인데…… 이런, 내가 너무 앞서 나가고 있군! 내가 너무 제멋대로 그를 나와 성향이 똑같은 사람으로 단정 짓는 것 같다. 히스클리프 씨가 앞으로 알고 지내야 할 사람을 만났을 때 거리를 두는 이유는 내가 그렇게 하는 이유와는 전혀 다른 것일지 모르는데 말이다. 그건 그냥 내 성질이 별나서가 아닐까 싶다. 내 소중한 모친께서는 내가 결코 안락한 가정을 꾸리지 못할 것이라고 입버릇처럼 말씀하시곤 했는데, 바로 지난여름 내가 그런 가정과 어울리지 않는 사람이라는 사실을 나 스스로 완벽하게 증명한 바 있다.

바닷가에서 쾌청한 날씨를 즐기는 한 달 동안, 나는 굉장히 매혹적인 아가씨와 만나게 되었는데 내 눈에는 정말 여신처럼 보였다. 하지만 그건 어디까지나 그녀가 내게 관심을 가지지 않는 동안에만 그랬다. 나는 말로 '내 사랑을 고백한 적은 결코 없었지만', 표정이 말을 했을 테니 아무리 바보 천치라 해도 내가 그녀에게 완전히 빠져 있다는 사실을 알아차릴 수 있었을 것이다. 마침내 그녀가 내 마음을 알게 되어 내게 눈길을 주었다. 세상에 둘도 없는 달콤한 그런 눈길을. 그런데 나는 어떻게 했던가? 고백하기 부끄럽지만, 달팽이처럼 싸늘하게 내 안으로 움츠러들어, 그녀가 내게 눈길을 줄 때마다 더 차갑게 멀찍이 뒤로 물러났다. 그리하여 마침내 아무것도 모르는 가엾은 그녀는 자신의 판단을 의심하게 되었고, 자신의 실수에 어쩔 줄 몰라 당혹스러워하다가 급기야 자신의 어머니를 졸라 그곳을 떠나고 말았다.

나는 이런 별난 성향 때문에 일부러 냉혹하게 군다는 평판을 얻었지만 그게 얼마나 부당한 평판인지는 나만이 알고 있을 뿐이다.

나는 집주인이 향하는 벽난로 반대 쪽 끝에 자리 잡고 앉아 침묵이 흐르는 사이 어미 개나 쓰다듬어 줄까 해서 손을 뻗었다. 어미 개는 새끼들을 놔두고 내 다리 뒤쪽으로 늑대처럼 슬그머니 다가와 입술이 말려 올라간 채로, 뭔가를 물어뜯으려는 듯이 허연 이빨을 드러내고 침을 질질 흘리고 있었다.

내가 쓰다듬자 어미 개는 목구멍 깊은 곳에서 나오는 듯한 소리로 길게 으르렁거렸다.

"이 개는 가만히 내버려 두는 게 좋을 거요."

히스클리프 씨가 어미 개와 함께 으르렁거리듯 말하며, 더 사납게 굴지 못하도록 어미 개를 발로 걷어찼다.

"이놈은 귀염을 받는 데 익숙하지 않소. 애완용으로 기르는 게 아니니까."

이렇게 말한 다음, 그는 옆문으로 성큼성큼 걸어가서 다시 소리쳤다.

"조지프!"

조지프는 지하실 깊숙한 곳에서 뭐라고 중얼거렸지만 올라오는 기척은 없었다. 그래서 그의 주인이 그에게로 뛰어 내려가는 바람에 나는 흉포한 암캐와 험상궂은 털북숭이 양치기 개 두 마리를 마주 본 채 남겨졌는데, 그놈들은 바싹 경계하며 나의 일거수일투족을 감시했다.

그놈들의 송곳니와 접촉하고 싶은 마음은 없었으므로 나는 가만히 앉아 있었다. 하지만 무언의 모욕적 행동은 그놈들이 알아채지 못할 거란 생각에 유감스럽게도 그 삼인조를 향해 눈을 찡긋하고 얼굴을 찌푸리고 말았는데, 내 인상이 조금 변한 게 암캐를 굉장히 자극한 모양인지 암캐가 갑자기 격분해 내 무릎 위로 뛰어올랐다. 나는 그놈을 내팽개치고는 얼른 탁자로 내 앞을 가로막았다. 그런데 이 행위는 벌집을 온통 쑤셔 놓은 것과 같은 결과를 낳았다. 크기도 나이도 제각각인 네발 달린 악마 여섯 마리가 여기저기 은신처에서 한가운데로 뛰쳐나왔다. 특이하게도 내 발뒤꿈치와 외투 자락이 공격의 대상인 것 같았다. 나는 부지깽이를 들고 호전적이며 덩치 큰 녀석들을 내 나름대로 있는 힘껏 막아 냈지만, 평화를 회복하기 위해서는 큰 소리로 이 집 사람들의 도움을 요청하지 않을 수 없었다.

히스클리프 씨와 그의 하인은 부아가 날 정도로 침착하게 지하실 계단을 올라왔다. 난롯가에서는 개들이 물고 흔들고 깽깽거리며 완전히 야단법석인데도 그들은 평소보다 단 1초도 더 빨리 움직이지 않았던 것 같다.

다행히 부엌에 있던 사람이 재빨리, 보다 먼저 와 주었다. 불길에 뺨이 벌겋게 달아오른 건장한 여자가 옷자락을 걷어 올리고 팔을 걷어붙인 채 프라이팬을 휘두르며 급히 우리 가운데로 뛰어들었다. 그리고 그녀가 요령 있게 무기를 휘두르고 호통을 친 덕택에 마법처럼 소동이 가라앉았다. 세찬 바람이 몰아친 뒤의 바다처럼 그녀가 가쁜 숨을 고르며 가만히 있을 때 비로소 그녀의 주인이 현장으로 들어왔다.

"대관절 이 무슨 소란이오?"

히스클리프 씨가 소리치며 나를 흘긋 쳐다봤는데, 야박한 대접을 받은 뒤라 나는 도저히 그 눈초리를 참을 수가 없었다.

"그러게 말이외다. 정말이지, 대관절 이 무슨 소란인지! 귀신들린 돼지 떼도 댁의 개떼보다는 순할 거요. 차라리 호랑이 떼와 함께 놔두지 그랬소!"

내가 투덜거렸다.

"녀석들은 아무것도 건드리지 않는 사람에게는 덤벼들지 않소."

히스클리프 씨는 이렇게 대꾸하며 내 앞에 포도주 병을 놓고는 탁자를 다시 제자리로 옮겼다.

"개들이야 집을 지키는 게 맡은 바 소임을 다하는 것 아니겠소. 포도주 한 잔 들겠소?"

"아니오, 됐습니다."

"물리진 않았소?"

"물렸다면 내가 그놈을 가만 놔뒀겠습니까?"

히스클리프의 표정이 누그러지며 싱긋 웃었다.

"자, 자, 이제 그만 흥분을 가라앉히시오, 록우드 씨. 여기, 포도주 좀 드시오. 우리 집에는 손님이 찾아오는 일이 극히 드물어서 나나 내가 키우는 개들이나 손님을 어떻게 맞이해야 할지 잘 모른다오. 당신의 건강을 위하여 건배!"

고개를 숙여 그의 건배에 답례를 하고 나니, 똥개 떼의 못된 행실 때문에 부루퉁하니 앉아 있는 것은 바보 같은 일이라는 생각이 들기 시작했다. 게다가 나를 희생시켜 가며 그자에게 더욱 즐거움을 안겨 주기는 싫었다. 그자가 이제 그러길 원하는 눈치였으니까 말이다.

괜찮은 세입자를 기분 상하게 하는 건 어리석은 짓이라고 신중히 고려한 탓에 마음이 흔들린 모양인지, 그는 말의 앞뒤를 잘라먹는 간결한 말투를 다소 누그러뜨리고, 자기 생각에 내게 흥미로울 만한 화제인 나의 외딴 현 거주지의 장단점에 대한 이야기를 꺼내 대화를 이끌어 갔다.

이야기를 나누다 보니 그는 우리가 다루는 화제에 무척 해박했다. 그리하여 집으로 돌아가기 전에 한껏 고무된 나는 심지어 내일 또 들르겠다고 자청하기에 이르렀다.

그는 분명 내가 다시 침입하지 않기를 바라는 듯했다. 그럼에도 불구하고 나는 내일 또 들를 것이다. 그에게 비하면 나 자신이 정말로 사교적인 사람이라고 느껴지니 참으로 놀라운 일이다.

제2장

어제 오후부터 안개가 끼면서 날이 추워졌다. 히스(*영국 요크셔 지방의 들판에서 흔히 볼 수 있는 진달랫과의 관목—이하 * 옮긴이의 주)와 진창을 헤치고 고생스레 워더링 하이츠로 가느니 그냥 서재의 벽난로 옆에서 시간을 보낼까 하는 마음이 살짝 들었다.

그런데 정찬을 마치고 —주의: 나는 열두 시에서 한 시 사이에 정찬을 먹는다. 이 집에 세 들자 붙박이 설비처럼 함께 딸려온 가정부인, 나이 지긋하고 통통한 여인네는 다섯 시에 정찬을 들었으면 좋겠다는 나의 요청을 이해하지 못했고 이해하려 들지도 않았기 때문이다.—(*당시 영국의 시골에서는 점심에 정찬을, 도시에서는 다섯 시에 정찬을 먹는 게 일반적이었다.) 빈둥거리며 시간을 보낼 생각으로 2층으로 올라가 서재로 들어섰더니, 하녀 아이 하나가 빗자루며 석탄 통을 주위에 늘어놓은 채로 무릎을 꿇고 앉아 잿더미를 부어 불씨를 꺼뜨리느라 지독한 먼지를 피우고 있었다. 그 광경에 나는 곧장 발길을 돌렸다. 모자를 집어 들고 6킬로미터 넘게 걸어 히스클리프 씨네 정원 울타리 문 앞에 도착했는데, 일부러 폭설을 피해 오기라도 한 듯 때마침 깃털 같은 눈송이가 날리며 폭설의 조짐을 보이기 시작했다.

바람이 휘몰아치는 그 언덕 꼭대기의 땅은 된서리로 딱딱하게 얼어붙은 상태였고, 차가운 공기에 온몸이 덜덜 떨렸다. 울타리 문에 걸어 놓은 쇠사슬을 풀 수 없어서 문을 그냥 뛰어 넘은 다음, 멋대로 가지를 뻗은 구스베리 덤불 사이로 난 돌이 깔린 길을 뛰어올라가 안으로 들여 달라고 현관문을 두드렸으나 손마디만 얼얼하고, 개들만 짖어 댈 뿐 헛일이었다.

'뭐 이리 몹쓸 인간들이 다 있어!'

나는 속으로 소리를 버럭 질러 대기 시작했다.

'이따위로 손님을 야박하게 대하니 영원히 외톨이로 살아도 싸. 적어도 나 같으면 대낮에 문을 다 걸어 잠가 놓지는 않겠어. 뭐, 그래도 상관없어. 난 들어가고야 말 테니까!'

이렇게 마음먹은 나는 문고리를 꽉 움켜쥐고 격렬하게 흔들어 댔다. 잔뜩 찡그린 얼굴을 한 조지프가 헛간의 둥근 창문으로 머리를 내밀었다.

"대체 뭣 땜시 그러슈? 쥔장은 양 우리에 있는디. 쥔장에게 헐 얘기가 있거들랑 헛간을 뻥 돌아서 가 보슈."

조지프가 소리치자 나도 소리쳐 되물었다.

"집 안에는 문을 열어 줄 사람이 아무도 없단 말인가?"

"아씨밖에 없수다. 밤꺼정 그리 심허게 소란을 피워 봤자 아씨는 문을 안 열어 줄 턴디."

"왜지? 그럼 내가 누구인지 자네 아씨한테 전해 주면 안 되겠나, 조지프?"

"싫수다! 나랑 상관도 없는 일인디 내가 뭣허러 그려."라고 투덜대면서 조지프는 머리를 창문 안으로 도로 넣어 버렸다.

눈발이 굵어지기 시작했다. 내가 문고리를 잡고 다시 흔들어 보려는데, 젊은 청년이 외투도 걸치지 않은 채 쇠스랑을 어깨에 메고서 뒷마당 쪽에서 나타났다. 청년이 자기를 따라오라고 내게 소리쳤다. 세탁장을 지나고, 석탄 창고, 펌프, 비둘기 집이 있는 포장된 길을 지나 마침내 널찍하고 따스하고 쾌적한 방에 이르렀는데, 그곳은 바로 어제 내가 안내받아 들어갔던 곳이었다.

그 방에는 석탄, 토탄, 장작을 섞어 지펴서 활활 타오르는 벽난로의 불빛이 기분 좋게 드리우고 있었다. 그리고 저녁 식사가 푸짐하게 차려진 식탁 가까이에 조지프가 말한 '아씨'가 있는 것을 보고는 무척 반가웠다. 어제 찾아왔을 때는 이 집에 안주인이 있으리라고는 전혀 짐작도 못 했던 터였다.

나는 고개 숙여 인사를 하고는 그녀가 앉으라고 권할 것이라 생각하며 기다렸다. 하지만 그녀는 의자에 기대앉은 채 나를 쳐다봤지만, 움직이지도 말을 하지도 않고 가만있었다.

"험악한 날씨로군요!"

내가 먼저 말을 꺼냈다.

"이런 말씀 드려도 될지 모르겠지만, 히스클리프 부인, 댁의 하인들이 워낙 미적거려서 문짝이 남아나질 못하겠더군요. 댁의 하인들에게 들리도록 문을 두드리느라 얼마나 애를 먹었는지 모릅니다!"

그녀는 전혀 입을 열지 않았다. 내가 그녀를 빤히 쳐다보자 그녀도 나를 빤히 쳐다보았다. 하여튼 그녀가 냉담하고 무관심한 눈길로 나를 계속 쳐다보자 나는 굉장히 당황스럽고 불쾌했다.

"앉으쇼. 쥔장은 금방 올 거여."

청년이 퉁명스레 말했다.

나는 청년의 말을 따랐다. 그러고는 헛기침을 하며 악당 같은 암캐 주노를 불렀다. 그러자 주노는 두 번째 만남인데 황송하게도 날 안다는 표시로 꼬리 끝을 살짝 흔들어 주었다.

"멋진 녀석이로군요!"

내가 다시 말을 꺼냈다.

"부인, 녀석의 새끼들은 나눠 주실 생각인가요?"

"제 것이 아니에요."

참으로 상냥하게도 안주인이 히스클리프보다 더 톡 쏘듯이 대꾸했다.

"아, 그럼 부인께서 좋아하는 건 이쪽에 있는 녀석들이로군요!"

나는 고양이로 보이는 것들이 잔뜩 올라가 있는, 눈에 잘 띄지 않는 방석 쪽으로 몸을 돌리며 대화를 이어갔다.

"그건 좋아하기에는 참 별나지 않나요."

그녀가 경멸조로 대꾸했다.

재수 없게도 방석 위에 쌓여 있는 더미는 죽은 토끼들이었다. 나는 다시 한 번 헛기침을 하고는 의자를 난로 쪽으로 끌어당기며 저녁 날씨가 험악하다는 이야기를 또 했다.

"외출을 말고 집에 계셨어야지요."

그녀는 이렇게 말하며 자리에서 일어나 벽난로 선반에서 색칠된 차통 가운데 두 개를 꺼내려고 손을 뻗었다.

그녀가 앉아 있던 자리에는 불빛이 비추지 않았었다. 그래서 이제야 그녀의 전체 모습과 얼굴을 똑똑히 볼 수 있었다. 그녀는 날씬했으며 겨우 소녀티를 벗은 앳된 모습이었다. 감탄할 만한 몸매에 이제껏 한 번도 본 적 없는 정말로 더없이 아름답고 조그마한 얼굴을 하고 있었다. 오목조목한 이목구비에 살결은 뽀얗고, 아마 빛, 아니 금빛의 곱슬곱슬한 머리카락이 고운 목덜미로 흘러내려와 있었다. 그리고 눈은 —눈빛이 상냥했더라면 바로 푹 빠져들 그런 눈이었지만— 사람에게 쉽게 반하는 나로서는 다행스럽게도 오직 경멸과 일종의 절망 사이를 맴도는 감정만이 드리워져 있었는데, 그런 눈에서 감지되기에는 무척 부자연스러운 감정이었다.

차통이 그녀의 손에 닿을락 말락 해서 내가 도우려는 몸짓을 취하자 그녀가, 마치 구두쇠가 금화를 세고 있는데 누가 도와주겠다고 나설 때 화들짝 놀라 돌아보는 것처럼 나를 돌아보았다.

"안 도와주셔도 되요. 혼자 할 수 있어요."

그녀가 톡 쏘아붙였다.

"실례했습니다."

내가 얼른 대답했다.

"차 마시러 오라는 초대를 받으셨나요?"

그녀가 말쑥한 검정 드레스에 앞치마를 두르고 주전자에 찻잎 한 숟가락을 넣으려다 말고 그대로 멈춰 선 채 따져 물었다.

"한 잔 주시면 좋겠습니다."

내가 대답했다.

"초대받으셨냐니까요?"

그녀가 다시 또 물었다.

"아니오. 부인이 초대해 주셔야 할 분이신걸요."

나는 희미하게, 살짝 미소를 지으며 대답했다.

그녀는 차는 물론이고 차 숟가락까지 몽땅 다 홱 치워 버리고는 부루퉁하니 도로 자리에 앉았는데, 이맛살을 찌푸리고 빨간 아랫입술을 삐죽 내민 모습이 마치 울음을 터트리기 직전의 어린애 같았다.

그사이, 청년은 허름하기 짝이 없는 다 해진 상의를 걸치고는 활활 타는 벽난로 불길 앞에 몸을 곧추서서 마치 우리 사이에 갚지 못한 불구대천의 원한이 있는 것처럼 곁눈질로 나를 째려보았다. 그러자 문득 나는 그가 하인인지 아닌지 헷갈리기 시작했다. 그는 옷차림도 말투도 모두 조야해서 히스클리프 부부에게서 볼 수 있는 우월함이라고는 전혀 찾아볼 수 없었다. 숱 많은 갈색 곱슬머리는 마구 헝클어진 채 다듬은 흔적이 없었고, 구레나룻은 곰처럼 뺨까지 침범해서 나 있었고, 손은 보통 일꾼의 손처럼 갈색으로 그을려 있었다. 하지만 그의 태도는 거만하다 싶을 만큼 제멋대로였고, 안주인을 부지런히 섬기려는 하인 같은 자세도 전혀 보이지 않았다.

그의 신분을 확실히 알 수 있는 증거가 없으니 그냥 그의 수상한 행동을 모른 척하는 게 상책일 것 같았다. 그렇게 5분쯤 지나자 히스클리프가 들어온 덕택에 이 불편한 상황에서 얼마간 벗어날 수 있었다.

"약속한 대로 다시 찾아왔습니다!"

나는 쾌활한 척하며 소리쳐 인사했다.

"그런데 악천후 때문에 한 반 시간은 이곳에 있어야 할 것 같군요. 물론 그동안 이곳에서 몸을 피할 수 있게 해 주신다면 말이지만요."

"반 시간이라고요?"

히스클리프가 옷에 묻은 하얀 눈송이를 털면서 말을 이어 갔다.

"왜 하필이면 이렇게 눈보라가 가장 심할 때를 골라 돌아다니는 거요. 늪지대에서 길을 잃을 위험이 있단 것도 모르시오? 여기 황야에 익숙한 사람들도 이런 날 밤에는 길을 잃기 일쑤요. 더군다나 지금으로선 눈이 그칠 가망도 없단 말이오."

"댁에 있는 청년 가운데 하나를 길잡이로 딸려 보내 주시면 스러시크로스 그레인지로 돌아가 하룻밤 재운 다음, 내일 아침에 돌려보내면 될 것 같은데, 음, 한 사람 내어 주시면 안 될까요?"

"아니, 그럴 순 없소."

"오, 저런! 그렇다면 나의 총명함을 믿고 혼자 알아서 찾아가야겠군요.”

“흥!”

“차는 끓이는 거여?”

허름한 옷을 입은 청년이 사나운 시선을 내게서 젊은 부인에게로 돌리며 다그쳐 물었다.

“저분도 차를 드실 건가요?”

그녀가 히스클리프에게 물었다.

“준비나 하지 못해!”

대답하는 히스클리프의 말투가 어찌나 사납던지 나는 화들짝 놀랐다. 그 말투 속에 진짜 고약한 성미가 드러났다. 나는 더 이상 히스클리프를 멋진 친구라고 부르고 싶지 않았다.

차 준비가 끝나자 히스클리프가 내게 “자, 의자를 앞으로 당겨 앉으시오.”라며 차를 권했다. 시골뜨기 같은 그 청년까지 함께 우리 모두 식탁에 둘러앉았지만 차를 마시는 동안 무거운 침묵만이 감돌았다.

먹구름을 드리우게 한 사람이 나라면 그걸 걷어 내려고 노력하는 것이 나의 임무라는 생각이 들었다. 그들이 날마다 그토록 암울하게 입도 떼지 않고 앉아 있을 리도 없었고, 그들이 아무리 성미가 고약하더라도 그렇게 하나같이 매일 오만상을 찌푸리고 있을 리도 만무했다.

“참 이상하지요.”

차를 한 잔 마시고 또 한 잔을 따라 받는 사이에 내가 말을 꺼냈다.

“습관이라는 것이 우리의 취향과 관념을 만들 수 있다니 말입니다. 히스클리프 씨, 당신처럼 세상과 완전히 동떨어져 사는 것이 행복하리라고 생각하는 사람은 많지 않을 겁니다. 하지만 감히 말씀드리건대, 이렇게 가족에 둘러싸여서, 그리고 또 이렇게 상냥한 아내가 당신의 집안과 마음을 돌보는 수호신으로 자리 잡고 있……."

"상냥한 아내라니?"

히스클리프가 얼굴에 거의 악마와 같은 냉소를 띠며 말허리를 잘랐다.

"대체 어디에 있단 말이오? 내 상냥한 아내가?"

"히스클리프 부인, 그러니까 당신의 부인 말입니다."

"아, 그래, 그렇군! 내 아내가 육신은 사라졌어도 영혼만은 남아 구원의 천사가 되어 워더링 하이츠를 지켜 주고 있다는, 그런 말을 하는 게요? 그렇소?"

큰 실수를 저질렀다는 사실을 깨닫고, 나는 얼른 수습하려고 했다. 부부라고 하기에는 나이 차이가 너무 많이 나는데 그걸 알아채지 못하다니. 한쪽은 마흔 살쯤 되었는데, 그 나이 때의 남자들은 굉장히 이성적이어서 어린 여자가 사랑에 빠져 자기와 결혼하리라는 망상을 좀처럼 품지 않는다. 그런 꿈은 노년기에나 품는 위안거리인 법이다. 다른 쪽은 열일곱 살도 되어 보이지 않았다.

그때 불현듯 이런 생각이 뇌리를 스쳤다.

'대접으로 차를 마시고 씻지도 않은 손으로 빵을 뜯어 먹는 내 옆에 앉은 이 시골뜨기가 그녀의 남편인 모양이군. 물론 히스클리프의 아들일 테고. 이런 곳에서 세상과 동떨어져 생매장된 것처럼 산 결과, 이렇게 된 모양이야. 더 나은 남자들이 있는 줄은 까마득히 몰랐으니 그녀가 이런 촌뜨기에게 자신을 내던져 버린 거로군! 딱하기도 하지. 하지만 그녀가 나로 인해 자신의 선택을 후회하지 않도록 조심해야겠어.'

마지막 생각은 잘난 체하는 것처럼 보일 수도 있겠지만 전혀 그런 뜻이 아니었다. 내 옆의 청년은 거의 혐오감을 불러일으킬 정도의 남자였다. 그에 비해 나로 말하자면, 꽤 매력적인 남자였다.

"당신이 말한 히스클리프 부인은 내 며느리요."

히스클리프가 내 짐작을 확증해 줄 만한 말을 했다. 그렇게 말하면서 그는 그녀 쪽을 보며 기묘한 표정을 지었는데, 여느 사람들과 달리 마음속의 언어를 통역하지 못할 정도로 그의 안면 근육이 심하게 비뚤어져 있지 않는 이상, 그건 분명 증오의 표정이었다.

"아, 그렇군요. 이제 알겠습니다. 당신이 바로 이 인정 많은 요정을 아내로 맞은 운 좋은 사내로군요."

내가 내 옆의 청년을 보며 말했다.

이 말은 아까보다 사태를 더욱 악화시켰다. 청년의 얼굴이 새빨개지면서 아무리 보아도 한 대 날릴 기세로 주먹을 불끈 쥐었다. 하지만 청년은 이내 마음을 가라앉히고 폭풍우 치듯 격분한 마음을 지독한 욕지거리로 투덜투덜 늘어놓으며 억눌렀는데, 내게 퍼부어 대는 말이었지만 나는 애써 못 들은 척했다.

"선생, 불행히도 당신 추측은 다 틀렸소이다! 우리 둘 다 당신이 말한 착한 요정을 차지하는 특권을 가지지 못했소. 이 아이의 남편은 죽었소. 이 아이가 내 며느리라고 했으니, 당연히 이 아이는 내 아들과 결혼을 했었겠지요."

집주인이 말했다.

"그럼 이 청년은……."

"설마 내 아들이겠소!"

히스클리프가 자기를 그 곰 같은 녀석의 아버지로 생각하다니 좀 지나친 농담이라는 듯이 다시 씩 웃었다.

"내 이름은 헤어턴 언쇼여. 충고허는디 우리 가문을 얕잡아 보지 마!"

청년이 으르렁대며 말했다.

"내가 언제 얕잡아 봤다고 그러오."

나는 대답은 이렇게 했지만 그가 자기 이름을 대며 거드름을 피우는 꼴을 속으로 비웃었다.

그가 너무 오랫동안 눈을 떼지 않고 빤히 쳐다봐서 내가 먼저 시선을 외면해 버렸는데, 계속 마주 보다가는 따귀를 갈겨 올리거나 웃음보가 터져 버릴 것 같았기 때문이다. 내가 이토록 유쾌하기 짝이 없는 가족 틈에 잘못 끼어들었다는 느낌이 확실히 들기 시작했다. 침울한 정신적 분위기가 내 몸을 둘러싼 온기와 안락감을 압도해 버렸다. 그리하여 나는 이 집에 세 번째로 들어서는 건 신중하게 고려해 봐야겠다고 마음먹었다.

식사가 끝났지만 어느 누구도 사교적인 말 한마디 입 밖에 꺼내지 않았다. 나는 날씨를 살피려고 창가로 갔다.

슬픈 광경이 눈에 들어왔다. 캄캄한 밤이 조급하게도 벌써 찾아와 있었고, 바람과 숨 막히는 눈발이 한데 뒤섞여 격렬하게 소용돌이쳐서 어디가 하늘이고 어디가 언덕인지 분간할 수가 없었다. 그러자 내 입에서 절로 소리가 터져 나왔다.

"지금으로선 길잡이 없이는 집에 못 갈 것 같은데. 길은 이미 눈에 파묻혔겠어. 설사 파묻히지 않았더라도 한치 앞도 내다볼 수 없겠는걸."

"헤어턴, 양 열두 마리를 지붕이 있는 헛간 안으로 몰아넣어. 밤새 바깥의 우리에 뒀다간 눈에 파묻혀 버리겠어. 그리고 그 앞을 판자로 막아 주고."

히스클리프가 말했다.

"난 어떻게 하지?"

나는 점점 초조해져서 말을 계속했다.

내 질문에 아무런 대답이 없었다. 주위를 살펴보니 조지프가 개밥용 죽을 한 통 가지고 들어오고 있었고, 히스클리프 부인은 벽난로 쪽으로 몸을 기울인 채로 차통을 제자리에 올려놓다가 벽난로 선반에서 떨어뜨린 성냥 한 묶음을 심심풀이 삼아 태우고 있을 뿐이었다.

조지프는 죽통을 내려놓고는 매서운 눈초리로 방을 훑어보더니 갈라진 목소리로 호통을 쳤다.

"다들 바깥에서 일허는디 어찌 여서 이리 빈둥거리고 자빠져 있을꺼나! 헌디 머저리헌티 말혀 뭣혀, 다 헛짓이구먼. 고약한 버르장머리 고치기는 텄으니, 지 에미처럼 곧장 뒈져 악마헌티로나 가라지!"

나는 순간적으로 이게 나한테 퍼붓는 욕지거리인 줄 알고 화가 머리끝까지 치밀어 올라 그 늙은 악당을 문밖으로 차 버릴 작정으로 늙은이 쪽으로 걸어갔다.

하지만 히스클리프 부인의 대답에 나는 걸음을 멈췄다. 히스클리프 부인이 조지프에게 대들었다.

"가증스럽고 위선적인 영감탱이! 악마의 이름을 말하면 그대로 잡혀간다는데 두렵지도 않아? 나를 건드리지 않는 게 좋을 거야. 그렇지 않으면 악마에게 특별히 청해서 영감탱이를 잡아가 달라고 할 테니까. 가만, 조지프, 이걸 봐."

그녀가 선반에서 길쭉하고 까만 책을 끄집어내며 말을 이어갔다.

"내가 흑마술을 얼마나 익혔는지 보여 주지. 난 머지않아 흑마술을 완전히 통달하게 될 거야. 그 붉은 암소가 죽은 게 우연인 줄 알아? 네 류머티즘도 하늘의 뜻이라고 생각하면 큰 오산이야!"

"아이구, 사악허고 사악헌 것! 하느님, 우리를 악에서 구혀 주옵소서!"

늙은이가 헐떡거리며 말을 토해 냈다.

"아니, 그렇게는 안 될걸! 넌 하느님한테 버림받았거든. 꺼져! 안 그러면 단단히 혼내 줄 테니까. 너희 모두를 밀랍과 점토로 된 인형으로 만들어 버릴 테다. 그리고 내가 정한 선을 넘어오면 말이지, 음, 어떤 꼴을 당할지 말은 하지 않겠어. 하지만 두고 보면 알게 될 거야! 썩 꺼져 버려! 내가 널 지켜보고 있을 거야!"

귀여운 마녀가 아름다운 눈에 짐짓 악의를 띤 척하자, 조지프는 정말 무서워 벌벌 떨면서 '하느님'을 찾고 '사악헌 것'이라고 외쳐 대면서 부리나케 밖으로 뛰쳐나갔다.

나는 그녀가 너무 따분해서 장난친 거라고 생각했다. 이제 우리 둘만 남게 되었으니 나는 내가 처한 곤경에 그녀의 관심을 끌어 보려고 했다. 나는 진지하게 말을 꺼냈다.

"히스클리프 부인, 성가시게 해서 죄송합니다만, 얼굴이 고운 만큼 마음씨도 고울 것 같아서 부탁드리고자 합니다. 제가 집으로 가는 길을 알 수 있도록 뭔가 표지가 될 만한 것들을 일러 주실 수 있을까요? 부인이 런던 가는 길을 모르듯이 저 또한 집으로 가는 길을 모르니까요!"

"왔던 길로 돌아가세요."

그녀는 이렇게 대꾸하면서 의자에 편히 앉아 촛불을 켜고 그 길쭉한 책을 펼치고는 덧붙였다.

"짧지만 그게 제가 해 드릴 수 있는 가장 나은 충고예요."

"그렇다면, 부인은 제가 습지나 눈구덩이에서 죽은 채 발견됐다는 소식을 듣게 되더라도 자신에게 조금의 탓도 없다는 듯 양심의 가책을 느끼지 않겠군요?"

"왜 그래야 하죠? 전 당신을 바래다드릴 수 없어요. 사람들이 저를 마당의 담장 밖으로도 나가지 못하게 하는걸요."

그녀의 말에 내가 소리쳤다.

"부인께서 바래다주다니요! 이런 날 밤에 저 편하자고 부인께 집 밖으로 나와 달라고 부탁하는 건 송구스러운 일이죠. 부인께 직접 바래다 달라는 말이 아니라 길을 가르쳐 달라는 거예요. 아니면 히스클리프 씨를 설득해 제게 길잡이 한 명을 붙여 주시면 고맙겠습니다."

"누구를요? 이 집에는 그분과 언쇼, 질라, 조지프, 그리고 저

뿐인데. 그중에 누굴 원하시는 거죠?"

"농장에 사내아이는 없습니까?"

"없어요. 지금 말씀드린 사람이 다예요."

"그렇다면 이곳에서 자고 가는 수밖에 없겠군요."

"그건 이 집 주인과 해결 보세요. 제가 이래라저래라 할 문제가 아니에요."

"이번 일로 여기 언덕 지대를 함부로 싸돌아다니면 안 된다는 교훈을 얻었기를 바라오."

히스클리프가 엄격한 목소리로 외치는 소리가 부엌 입구에서 들려왔다.

"이곳에서 자고 가겠다면, 우리 집에는 손님을 재워 줄 채비가 되어 있지 않으니, 헤어턴이나 조지프와 침대를 같이 써야 할 거요."

"난 이 방에 있는 의자에서 자도 됩니다."

내가 대답했다.

"아니, 안 되오! 부자든 가난하든 객은 객인데, 난 내가 방심하는 동안 남이 내 집 안을 돌아다니는 건 싫소!"

그 무례한 사내가 말했다.

이렇게 모욕을 당하자 나의 인내심이 다하고 말았다. 나는 싫은 기색을 팍팍 내며 그의 옆을 지나 마당으로 나가려 했으나 너무 서두르는 바람에 언쇼와 부딪쳤다. 워낙 어두워서 나가는 길이 보이지 않아 주위를 헤매던 나는 이 집 사람들이 서로에게 얼마나 예의 바른지를 다시금 확인할 수 있는 대화를 듣게 되었다.

처음에는 그 청년이 내 편을 들어주려는 듯했다.

"내가 당신 저택 초입의 숲까정 함께 가겄소."

청년의 이 말에 주인인지 뭔지 청년과 어떤 관계인지 잘 알 수 없는 그 사내가 소리쳤다.

"아예 지옥까지 함께 가지 왜! 그러면 말은 누가 돌봐, 응?"

"하루 저녁 말을 돌보지 못하는 것보다야 사람 목숨이 더 중요하지 않아요? 그러니 누구라도 가야지요."

히스클리프 부인이 내가 예상한 것보다 더 친절하게도 나지막한 목소리로 끼어들었다. 그러자 헤어턴이 쏘아붙였다.

"니가 명령허면 난 안 갈껴! 이자가 그렇게 중요허면 입 닥치고 가만있는 기 좋을 겨."

"그럼 그 사람이 유령이 돼서 너를 따라다니게 되겠지. 그리고 히스클리프 씨는 결코, 다시는 세 들 사람을 못 구해서 결국 스러시크로스 그레인지는 폐가가 되고 말 거고!"

그녀도 앙칼지게 응수했다.

"아이고, 아이고, 저 물건이 사람들헌티 저주 퍼붓는 것 좀 들어 보라지!"

조지프가 구시렁거렸는데, 그때 나는 조지프 쪽을 향해 가고 있었다.

조지프는 모두의 말소리가 들리는 곳에 앉아 초롱불을 켜 놓고 소젖을 짜고 있었는데, 나는 예의고 뭐고 없이 그냥 그 초롱불을 확 낚아채 내일 돌려주겠다고 외치면서 가장 가까운 샛문으로 내달렸다.

"쥔님, 쥔님, 저자가 초롱을 훔쳐 가는구먼요! 어이, 내셔! 어이, 개야! 어이, 울프야, 저자를 잡어! 꽉 물엇!"

노인네가 내 뒤를 쫓아오며 소리쳤다.

작은 샛문을 여는 순간 털북숭이 괴물 두 마리가 내 목덜미를 덮치는 바람에 나는 그만 바닥에 나동그라지고 초롱불은 꺼지고 말았는데, 그 모습에 히스클리프와 헤어턴이 함께 너털웃음을 터트려 나의 분노와 굴욕감은 극에 달했다.

다행히 그 짐승들은 나를 산 채로 잡아먹는 것보다는 발을 쭉 뻗고 하품을 하고 꼬리를 흔들어 대는 데 더 마음이 쏠린 듯했다. 하지만 개들은 내가 일어나게 놔두지는 않았으므로, 나는 개들의 악의에 찬 주인들이 나를 구해 줄 마음이 들 때까지 누워 있을 수밖에 없었다. 모자도 벗겨진 채 분노로 덜덜 떨면서 나는 그 악한들에게 1분만 더 이대로 놔두었다간 보복당할 줄 알라며 앞뒤가 맞지 않는 위협의 말을 늘어놓으면서 나를 당장 풀려나게 하라고 명령했는데, 그런 위협의 말이 한없이 깊은 악의를 담고 있어서 리어 왕을 연상시켰다.

나는 흥분을 너무 심하게 한 탓에 코피가 쏟아졌지만, 그래도 히스클리프는 계속 깔깔대며 웃었고, 나 역시 소리를 고래고래 질러 댔다. 나보다 좀 더 이성적이고, 나를 보며 즐거워하는 히스클리프보다 더 인정 많은 한 사람이 가까운 곳에 없었더라면 그 소동이 어떻게 마무리됐을지 모를 일이다. 그 사람은 바로 뚱뚱한 가정부 질라였는데, 질라가 마침내 무슨 소동이 일어났는지 알아보러 나왔던 것이다. 질라는 누가 내게 폭력을 휘두른 것이라고 생각했다. 하지만 감히 주인을 공격하지는 못하고 대신 젊은 악당에게 말로 포화를 퍼부어 댔다.

"하이고, 헤어턴, 이러다 담엔 대체 뭔 일을 저지르려고 그려!

우리 집 문간에서 사람을 죽일 거여? 난 절대 이 집에 더는 못 있겠구먼. 저 가엾은 양반 좀 보래. 숨이 다 넘어가겠네! 쉿, 조용! 계속 그러고 있으면 안 된다우. 들어오시구려. 내가 치료해 드릴 테니. 자자, 가만있으시구려."

이렇게 말하며 그녀는 내 목덜미에 갑자기 얼음장같이 차가운 물을 한 잔 끼얹고는 나를 부축해 부엌으로 데리고 들어갔다. 히스클리프 씨도 따라 들어왔는데 우연히 찾아온 유쾌함은 빠르게 사라져 버리고 어느새 평소의 음울한 모습으로 돌아가 있었다.

나는 속이 심하게 울렁거리는 데다 어질어질해서 기절할 것만 같았다. 그래서 나는 부득이 그의 집에서 하룻밤 묵어갈 수밖에 없었다. 히스클리프는 내게 브랜디를 한 잔 주라고 질라에게 이르고는 안방으로 들어가 버렸고, 질라는 딱하게도 내가 당한 봉변을 위로해 주고 주인의 명령에 따랐는데, 그 덕택에 내가 다소 기운을 차리자 나를 잠자리로 안내했다.

제3장

앞장서서 계단을 올라가던 그녀는 내게 촛불을 가리고 소리를 내지 말라고 당부했는데, 그녀가 나를 재우려는 방에 대해 주인이 이상한 생각을 가지고 있어서 절대 어느 누구도 그 방에서 선뜻 묵게 해 주지 않기 때문이라는 것이었다.

나는 그 이유를 물었다.

그녀는 자기도 모른다고 대답했다. 그녀가 이 집에서 산 지는 한두 해밖에 되지 않았는데, 이 집에 이상한 일들이 워낙 많이 벌어지다 보니 호기심이 생기지 않았다는 것이었다.

나도 너무 멍한 상태였던 터라 호기심이 일지 않아서 그냥 방문을 걸어 잠그고 침대를 찾아 방 안을 둘러보았다. 가구라고는 의자 하나, 옷장 하나, 그리고 윗부분을 마치 창문과 비슷한 네모난 모양으로 도려낸 커다란 참나무 장 하나가 다였다.

그 참나무 장에 가까이 다가가서 안을 들여다보니 그것은 특이한 종류의 구식 침상으로, 가족 구성원 모두가 각자 방을 하나씩 가지지 않아도 되도록 아주 편리하게 고안된 것이었다. 사실상 그 장은 하나의 작은 방을 이루었고, 창턱에 달린 선반은 탁자 구실을 했다.

침상 측면의 미닫이 판자를 젖혀 열고 촛불을 들고 안으로 들어가 다시 판자를 당겨서 닫자, 히스클리프나 다른 모든 사람들의 경계에서 벗어나 안전해진 기분이 들었다.

나는 창턱 선반에 촛불을 내려놓았는데, 선반 한쪽 구석에는 곰팡이 핀 책이 몇 권 쌓여 있었다. 그리고 그 선반에는 페인트칠 위에다 긁어서 쓴 글씨들로 가득했다. 하지만 그 글씨들은 모두 크고 작은 온갖 글씨체로 '캐서린 언쇼'라는 이름 하나를 반복해서 써 놓은 것이었다. 그 이름은 여기저기서 '캐서린 히스클리프'로 바뀌었다가 또 '캐서린 린턴'으로 바뀌어 있기도 했다.

축 늘어져 맥이 풀린 채로 창문에 머리를 기대고 계속 '캐서린 언쇼-히스클리프-린턴'이라는 이름을 읽다 보니 어느새 눈이 스르르 감겼다. 하지만 5분도 채 지나지 않아 환하게 빛나는 하얀 글자들이 어둠 속에서 유령처럼 생생하게 툭 튀어나와, 허공이 캐서린이라는 글자들로 득시글거렸다. 눈에 거슬리는 그 이름을 떨쳐 버리려고 일어나 보니 촛불 심지가 오래된 그 책들 중 한 권에 기울어져서 송아지 가죽 타는 냄새가 진동했다.

나는 심지를 잘라 버렸다. 그러고는 한기가 들고 계속 속이 메스꺼웠던 탓에 몸이 무척 불편해서 일어나 앉아 촛불에 그슬린 두꺼운 책을 무릎 위에 펼쳤다. 그 책은 가는 활자체로 된 성경으로 퀴퀴한 냄새가 지독하게 났는데, 책 앞머리 백지에 '캐서린 언쇼의 책'이라는 글자와 사반세기 정도를 거슬러 올라가는 날짜가 적혀 있었다.

나는 그 책을 덮고 다른 책을 집었다가 또 다른 책도 집어 가며 하나씩 책을 다 살펴보았다. 캐서린의 장서들은 엄선된 것들이었고 낡은 상태를 보아 많이 사용한 것임을 알 수 있었다. 그런데 전적으로 읽는 용도로만 사용한 것은 아니었다. 인쇄공이 남겨 놓은 여백이란 여백마다 펜으로 쓴 논평, 적어도 논평으로 보이는 글로 빼곡하지 않은 장이 없었다.

한 문장만 따로 떨어져 적혀 있기도 했고, 정식 일기 형식을 취한 글도 있었는데, 어린애가 삐뚤빼뚤 아무렇게나 쓴 것 같은 글씨체였다. 처음 발견했을 때는 마치 보물처럼 여겨졌을, 백지 상단에 조잡스럽지만 힘차게 그린 내 친구 조지프의 빼어난 캐리커처를 보고는 나는 몹시 즐거웠다.

곧바로 나는 캐서린이란 미지의 인물에 대해 관심이 불타올라 즉시 희미해진 상형문자 같은 그녀의 글씨를 해독하기 시작했다. 그 그림 바로 밑의 문단은 이렇게 시작되고 있었다.

'끔찍한 일요일이다! 아버지가 다시 살아 돌아오시면 얼마나 좋을까. 힌들리 오빠가 아버지 자리를 대신하는 건 정말 싫다. 오빠는 히스클리프에게 극악무도하게 군다. H와 나는 반항하기로 했다. 우리는 오늘 저녁 그 첫발을 내디뎠다.

하루 종일 비가 퍼부었다. 그래서 교회에 갈 수 없자 조지프는 그러면 다락방에서라도 예배를 봐야 한다고 고집을 피웠다. 힌들리 오빠 부부는 자기들끼리 아래층에서 안락하게 난롯불을 쬐면서 —뭘 했는지는 몰라도 둘이서 성경책을 읽지는 않았다고 내 장담한다.— 히스클리프와 나, 그리고 농장 일을 돕는 불운한 아이에게는 기도서를 들고 올라가라고 명령했다. 우리는 곡식 포대 자루 위에 한 줄로 나란히 앉아 끙끙 앓는 소리를 내고, 추위로 몸을 덜덜 떨면서 조지프도 추위를 느끼길 바랐다. 그러면 자신을 위해서라도 설교를 짧게 할 테니까 말이다. 하지만 헛된 바람이었을 뿐! 예배는 정확히 세 시간 동안 계속되었다. 그런데도 오빠는 우리가 내려오는 것을 보고는 뻔뻔하게도 이렇게 소리쳤다.

"뭐야, 벌써 끝난 거야?"

예전에는 주일 저녁이라도 무척 시끄럽게만 하지 않으면 놀아도 되었는데, 지금은 그냥 살짝 킥킥거린 것만으로도 구석으로 쫓겨나야 하다니!

"이 집에 주인이 있단 걸 잊은 모양이군."

폭군이 계속 말했다.

"내 성질을 건드리는 녀석부터 바로 작살내 버릴 테다! 내가 너희에게 요구하는 건 완전한 절제와 침묵이야! 오, 그래! 네놈이로군? 여보, 프랜시스, 그쪽을 지나올 때 그놈의 머리카락을 끄집어 당겨. 그놈이 손가락을 톡톡 튕기는 소리를 냈거든."

올케언니는 그의 머리카락을 힘껏 끄집어 당기고는 남편에게로 가서 남편 무릎 위에 올라앉았다. 그러고는 둘은 몇 시간을 아기들처럼 입을 쪽쪽 맞춰 대며 실없는 소리를 주고받았다. 어찌나 바보 같은 헛소리들만 해 대던지 우리가 다 부끄러울 지경이었다.

우리는 찬장 아래 아치 모양의 공간에 기어 들어가서 사정이 허락하는 한 편안히 자리를 잡았다. 내가 막 우리의 긴 앞치마(*아이들의 옷이 더럽혀지지 않도록 하기 위해 입히는 소매 없는 긴 원피스 모양의 앞치마)를 함께 묶어 커튼처럼 드리웠을 때 조지프가 볼일이 있어서 마구간에서 집 안으로 들어왔다. 조지프는 내가 만든 커튼을 잡아떼고는 내 따귀를 갈기며 꺽꺽거리는 소리로 언성을 높였다.

"쥔님을 묻은 지 얼마 됐기를 혔나, 안식일이 지났기를 혔나, 복음 소리도 아직 귓전에 생생헌디, 네 녀석들이 감히 장난질이여! 부끄럽지도 않어? 똑바로 앉지 못혀, 이 못된 녀석들! 너희가 읽으려 들면 좋은 책이 얼마나 많은디! 똑바로 앉어서 네 녀석들 영혼이 어찌 될까나 생각혀 봐!"

이렇게 말하면서 조지프는 우리에게 잡동사니 같은 책을 떠밀다시피 안기고는 멀리 있는 벽난로의 흐린 불빛을 받아 그 책을 읽을 수 있도록 우리를 억지로 고쳐 앉혔다.

나는 그런 고역은 도저히 참을 수가 없었다. 나는 거무칙칙한 책의 뒤표지를 잡고서 좋은 책은 딱 질색이라고 투덜대며 개집에 홱 던져 버렸다.

히스클리프도 자기 책을 같은 데로 차 버렸다.

그러자 한바탕 소동이 일어났다!

"힌들리 서방님!"

우리 집 목사가 소리쳤다.

"서방님, 이리 좀 와 보슈! 캐시 아씨는『구원의 투구』뒤표지를 뜯어내 버렸고, 히스클리프는『파멸에 이르는 넓은 길』제1부를 발로 차 버렸구먼요! 요 녀석들이 이런 식으로 굴게 가만 놔두다니 끔찍하구먼요. 에휴! 옛 쥔님이 계셨더라면 단단히 혼내줬을 턴디, 이젠 이 세상 사람이 아니니!"

힌들리 오빠가 난롯가의 낙원에서 부리나케 달려와 우리 중 하나는 멱살을 잡고 하나는 팔을 잡아 뒤쪽의 부엌방으로 내동댕이쳤다. 조지프는 거기 있으면 악마가 틀림없이 우리를 잡아갈 거라고 단언했다. 그 말에 위안을 받고서 우리는 각각 따로 떨어진 구석으로 찾아 들어가 악마의 출현을 기다렸다.

나는 선반에서 이 책과 잉크병을 집어 바깥문을 조금 열어 빛이 들어오게 한 다음, 20분째 이 글을 쓰고 있다. 하지만 내 친구는 갑갑해하며 소젖 짜는 아줌마의 망토를 슬쩍해 그걸 쓰고 황야를 뛰어다니자고 제안한다. 신나는 제안이다. 그러면 그 못돼 먹은 늙은이가 부엌방에 들어와서 보고는 자기 예언이 이루어졌다고 믿을 테고, 또 빗속에 있는 게 여기에 있는 것보다 더 축축하거나 춥지도 않을 테니.'

다음 문장에서 화제가 달라지는 것을 보니, 캐서린이 그 계획을 실행에 옮겼던 모양이다. 다음 문장에서 캐서린은 눈물겹도록 애처로워졌다.

'힌들리 오빠가 나를 이렇게 울릴 거라고는 꿈에도 생각지 못했는데! 머리가 아파서 베개도 못 벨 정도다. 그런데도 울음을 그칠 수가 없다. 가엾은 히스클리프! 힌들리 오빠는 그를 '떠돌이'라고 부르며 우리와 함께 앉지도 못하게 하고 더 이상 식사도 함께하지 못하게 한다. 그리고 히스클리프와 내가 함께 놀아서도 안 된다고 하며 자신의 명령을 어길 시에는 히스클리프를 우리 집에서 쫓아내겠다고 위협한다.

힌들리 오빠는 아버지가 H에게 너무 잘 대해 줬다고 아버지를 탓하고 있다. (오빠가 어떻게 감히 그럴 수 있지?) 그러면서 히스클리프를 마땅히 그가 있어야 할 곳으로 맹세코 돌려보내고야 말겠다고 한다.'

나는 흐릿한 그 글을 읽다가 꾸벅꾸벅 졸기 시작했다. 내 눈길은 손으로 쓴 글자에서 인쇄된 활자로 옮아갔다. 빨간 장식체의 제목이 내 눈에 들어왔다. 〈일흔 번씩 일곱 번 그리고 일흔한 번째의 첫 번째. 기머든 서프 예배당에서 행한 제이브스 브랜더럼 목사의 경건한 설교〉.(*앞의 '일흔 번씩 일곱 번'은 베드로가 예수께 형제가 죄를 범하면 몇 번이나 용서해 줘야 하는지 묻자 일흔 번씩 일곱 번 용서하라는 예수의 대답이 담긴 마태복음 18장 21, 22절에서 인용한 구절이고, 뒤의 '일흔한 번째의 첫 번째'란 '용서받지 못할 죄'를 가리킨다.) 비몽사몽간에 제이브스 브랜더럼 목사가 그 제목으로 무슨 얘기를 했을까 하고 머리를 굴리다가 어느새 침대에 도로 누워 잠들어 버렸다.

아아, 질 나쁜 차와 언짢은 기분 탓이리라! 그게 아니라면 대체 뭐가 나로 하여금 그토록 끔찍한 밤을 보내게 했겠는가? 내가 고통을 알게 된 이후로, 그날 밤에 비할 만한 고통의 밤을 보낸 기억은 없다.

여기가 어디인지 가물가물한 와중에 꿈을 꾸기 시작했다. 아침인 것 같았는데, 조지프를 길잡이로 집에 돌아가는 길이었다. 길에는 눈이 몇 자나 쌓여 있었다. 허우적거리며 나아가고 있는데, 내가 순례자의 지팡이를 가져오지 않았다고 나의 길동무가 계속 나를 나무라서 나는 넌더리가 났다. 순례자의 지팡이 없이는 절대 그곳에 들어갈 수 없다고 쫑알대며 앞머리가 묵직한 몽둥이를 자랑스레 휘둘러 댔는데, 그는 그걸 순례자의 지팡이라고 명명한 모양이었다.

순간 그런 무기가 있어야만 내 집에 들어갈 수 있다는 게 터무니없이 여겨졌다. 바로 그때 다른 생각이 퍼뜩 떠올랐다. 나는 지금 집으로 가고 있는 것이 아니라 '일흔 번씩 일곱 번'이라는 성경의 구절을 가지고 그 유명한 제이브스 브랜더럼 목사가 하는 설교를 들으러 가는 길이며, 목사처럼 구는 조지프와 나 둘 중 하나가 '일흔한 번째의 첫 번째' 죄를 저질렀는데 공개적으로 까발려져서 파문당하리란 것이었다.

예배당에 도착했는데, 실제로 현실에서 산책할 때 두세 번 지나친 적이 있는 예배당이었다. 그 예배당은 두 언덕 사이의 움푹한 곳에 위치해 있는데, 그래도 다소 지대가 높아 가까운 늪에서 올라오는 토탄질의 습기가 그곳에 묻힌 몇 안 되는 시체들을 방부 처리하는 데 안성맞춤이라고들 했다. 지붕은 아직까지는 온전했지만, 목사의 연봉이 겨우 20파운드 밖에 되지 않는 데다 방이 두 칸뿐인 사택도 머지않아 한 칸은 못 쓰게 될 우려가 있어서 이 예배당에서 목사직을 맡겠다고 나서는 성직자가 아무도 없었다. 특히 현재 이곳의 신도들은 목사를 굶겨 죽이면 죽였지 자기들 호주머니에서는 한 푼도 내놓으려 하지 않는다는 소문이나 있기까지 했으니 더 그랬다. 하지만 내 꿈에서는 제이브스 목사가 열성적인 신도들로 가득한 집회를 열고 있었다. 목사가 설교를 했는데, 세상에, 어쩜 그런 설교가 다 있는지! 그의 설교는 무려 '사백 하고도 아흔' 부로 나뉘었는데, 그 한 부 한 부가 보통의 설교 하나와 완전히 맞먹고, 또 한 부마다 죄를 하나씩 따로따로 다루는 게 아닌가! 대체 어디에서 그런 죄들을 다 찾아냈는지 모르겠다. 그는 '일흔 번씩 일곱 번'이라는 그 성경 구절을 자기 멋대로 해석했는데, 그 구절 속에 나오는 그 형제는 매 경우마다 다른 죄를 범할 필요가 있다는 말인 것 같았다.

그 죄들은 대단히 기이한 성질의 것들로, 전에는 결코 상상해 본 적도 없는 이상한 죄들이었다.

휴, 갈수록 어찌나 지루하던지! 몸을 비틀고, 하품을 하고, 꾸벅꾸벅 졸고, 그러다 퍼뜩 정신을 차리고! 내 살을 꼬집고, 찌르고, 눈을 비비고, 일어났다 앉았다 하다가 조지프를 팔꿈치로 슬쩍 찔러 '혹시라도' 설교가 끝나면 알려 달라고도 하고!

하지만 나는 그의 설교를 끝까지 다 들어야만 하는 운명이었는데, 마침내 그의 설교가 '일흔한 번째의 첫 번째'에 이르렀다.

그 결정적인 순간에 갑작스레 영감이 떠올랐다. 나는 자리에서 벌떡 일어나 제이브스 브랜더럼 목사야말로 어떤 기독교인에게도 용서받지 못할 바로 그 죄를 지은 죄인이라고 맹렬히 비난했다.

"목사님!" 하고 나는 소리쳤다.

"사방이 벽으로 막힌 이곳에 줄곧 앉아서 저는 목사님의 사백아흔 가지 설교를 인내하고 용서하며 들었습니다. 일흔 번씩 일곱 번 모자를 집어 들고 나가려고 했으나, 일흔 번씩 일곱 번 목사님은 터무니없게도 저를 다시 자리에 앉게 만들었습니다. 하지만 사백아흔한 번째라는 건 너무 심합니다. 함께 고생한 여러분, 저자를 해치웁시다! 저자를 끌어내려 박살 내 버립시다! 저자의 처소도 다시는 저자를 알아보지 못하도록 말입니다!"(*욥기 7장 10절 "그는 다시 자기 집으로 돌아가지 못하겠고 자기 처소도 다시 그를 알지 못하리이다.")

잠시 엄숙한 침묵이 흐른 뒤 제이브스 목사가 쿠션에 기대며 소리쳤다.

"당신이 그 사람이라!(*사무엘하 12장 7절 "나단이 다윗에게 이르되 당신이 그 사람이라 이스라엘의 하나님 여호와께서 이와 같이 이르시기를 내가 너를 이스라엘 왕으로 기름 붓기 위하여 너를 사울의 손에서 구원하고"에 나오는 여호와가 나단 선지자를 보내 다윗의 죄를 일깨워 주는 대사를 그대로 인용한 것.) 일흔 번씩 일곱 번 당신은 하품을 하느라 얼굴을 일그러뜨렸지. 그래서 나는 일흔 번씩 일곱 번 마음속으로 되뇌었지. 그래, 이는 인간의 나약함이니, 이 또한 용서받기를! 이제 일흔한 번째의 첫 번째가 왔도다. 신도들이여, 기록한 판결대로 저자에게 시행할지로다! 이런 영광은 그의 모든 성도들에게 있도다!"(*시편 149편 9절 "기록한 판결대로 그들에게 시행할지로다. 이런 영광은 그의 모든 성도에게 있도다 할렐루야.")

그의 말이 끝나기가 무섭게 그곳에 모인 모든 사람들이 저마다 순례자의 지팡이를 치켜들고 내 주위로 우르르 몰려들었는데, 방어할 무기가 없던 나는 가장 가까이에서 맹렬하게 달려드는 조지프의 몽둥이를 빼앗으려고 조지프와 격투를 벌이기 시작했다. 뒤죽박죽인 무리들 사이에서 몽둥이가 몇 개 날아왔다. 나를 겨냥한 몽둥이가 다른 사람들의 머리를 맞혔다. 곧바로 예배당 안은 온통 치고받는 소리로 가득했다. 모든 사람의 손이 옆 사람을 쳤다.(*창세기 16장 12절 "그가 사람 중에 들나귀 같이 되리니 그의 손이 모든 사람을 치겠고 모든 사람의 손이 그를 칠지며 그가 모든 형제와 대항해서 살리라 하니라.") 브랜더럼 목사도 가만히 있는 게 내키지 않았던지 설교단을 빗발치게 내려치며 자신의 열의를 거침없이 드러냈다. 그 소란스러운 소리에 반응해서 마침내 잠에서 깬 나는 이루 말할 수 없을 정도로 안도했다.

도대체 무엇이 그런 무시무시한 소동의 꿈을 꾸게 만든 것일까? 그 소란 가운데서 제이브스 목사가 그토록 시끄러운 소리를 내게 만든 건 무엇이었을까? 그런데 고작 그게 울부짖듯 윙윙거리며 지나가는 돌풍에 전나무 가지가 격자창을 스치며 마른 열매가 유리창에 부딪쳐 덜걱거리는 소리였다니!

나는 긴가민가해서 잠시 귀를 기울였다. 그러다가 꿈에서 깨게 된 원인이 무엇이었는지를 확인하고서는 돌아누워 졸다가 다시 꿈을 꾸었다. 그게 가능할 줄 몰랐지만 앞선 꿈보다 훨씬 더 불쾌한 꿈이었다.

이번에 나는 내가 참나무 침상에 누워 있다는 사실도 인식하고 있었고, 세찬 바람 소리와 눈이 휘몰아치는 소리도 또렷이 들었다. 나는 또한 전나무 가지가 반복해서 성가신 소리를 내는 것도 들었으며 그런 소리가 나는 원인도 정확히 알고 있었다. 하지만 그 소리에 대단히 짜증이 나서 어떻게든 그 소리를 잠재우기로 마음먹었다. 그래서 나는 자리에서 일어나 창문의 걸쇠를 풀려고 애썼던 것 같다. 하지만 걸쇠 고리가 꺽쇠로 납땜이 되어 있었다. 깨어있을 때 봐서 알고 있었는데 그새 잊어버렸던 것이다.

"그래도 저 소리를 멈추게 하고야 말겠어!"

나는 이렇게 중얼대며 주먹으로 유리창을 깨고 그 성가신 나뭇가지를 잡으려고 팔을 내밀었다. 그런데 내 손에 잡힌 것은 나뭇가지가 아니라 얼음장처럼 차갑고 조그만 손이 아닌가!

악몽의 강렬한 공포가 엄습했다. 나는 팔을 도로 거두려 했지만 그 손이 내 팔을 꼭 붙잡고 무척 구슬픈 목소리로 흐느끼며 말했다.

"들어가게 해 줘요. 들어가게 해 줘!"

"넌 누구냐?"

나는 그렇게 물으며 그 손을 뿌리치려 애썼다.

"캐서린 린턴이에요."

덜덜 떨리는 목소리가 대답했다. (난 왜 '린턴'이 생각났을까? 린턴보다는 '언쇼'를 스무 배는 많이 봤는데.)

"이제야 집에 돌아왔어요. 황야에서 길을 잃는 바람에!"

그 목소리가 이렇게 말하는데, 창을 들여다보는 어린아이의 얼굴이 흐릿하게 보였다. 공포에 질린 나머지 나는 잔인해졌다. 아무리 뿌리치려 해도 소용없단 사실을 깨달은 나는 아이의 손목을 끌어당겨 깨진 유리창에 이리저리 문질러 댔고, 급기야 피가 흘러내려 이불이 흠뻑 젖기에 이르렀다. 그래도 그 목소리는 "들어가게 해 줘요!" 하고 울부짖으며 내 팔을 계속 악착같이 붙잡고 있어서 나는 공포로 거의 미칠 것만 같았다. 나는 마침내 겨우 입을 열었다.

"이대로 내가 어떻게 그러니? 날 놔줘야 너를 안으로 들이지!"

아이가 손을 풀자 나는 구멍에서 얼른 손을 빼고는 황급히 피라미드 모양으로 그 앞에 책을 쌓아 구멍을 막은 다음, 아이의 비통한 애원을 듣지 않으려고 귀를 막았다.

15분이 넘게 계속 귀를 막고 있었던 것 같은데, 귀를 막았던 손을 떼는 순간에도 애절하게 칭얼거리는 울음소리는 계속되고 있었다.

"썩 꺼져! 20년을 애원해 봐라. 내가 너를 들여보내 주나!"

"20년이에요, 20년. 난 20년을 떠돌아 다녔다고요!"

그 목소리가 애처롭게 울먹거렸다.

그때 밖에서 약하게 긁는 소리가 나기 시작하더니 쌓아올린 책들이 앞으로 떠밀리는 것처럼 움직였다.

나는 벌떡 일어나려 했지만 팔 하나 까딱할 수 없었고, 그리하여 미칠 듯한 공포에 사로잡혀 크게 소리를 질러 댔다.

당황스럽게도 그 소리는 꿈속에서 지른 게 아니었던 모양이다. 급한 발소리가 내 방문 쪽으로 다가왔다. 누군가가 억센 손으로 방문을 밀쳐 열자 내 침상 상단의 네모난 창으로 불빛이 희미하게 비춰 들어왔다. 나는 여전히 벌벌 떨며 이마의 땀을 훔치고 앉아 있었다. 그 침입자가 망설이듯 혼잣말을 중얼거렸다.

마침내 그가 반쯤 속삭이듯, 분명 대답을 기대하지 않는 투로 물었다.

"여기 누가 있어?"

나는 내가 있다고 밝히는 것이 상책이라고 생각했다. 들어 보니 히스클리프의 말투라서 잠자코 가만히 있다간 그가 더 수색을 하게 될까 봐 걱정되었기 때문이다.

이런 의도로 나는 몸을 돌려 침상 측면의 판자문을 열었는데, 내 행동이 일으킨 결과를 오래도록 잊지 못할 것 같다.

히스클리프는 파자마 차림으로 입구 가까이에 서 있었는데, 촛농이 그의 손가락으로 흘러내렸고 얼굴은 뒤의 벽만큼이나 하얗게 질린 채였다. 참나무 침상에서 삐걱거리는 소리가 나자 감전된 것처럼 화들짝 놀라서 손에 든 촛불을 몇 자나 떨어진 곳으로 내팽개쳤지만 마음의 동요가 너무나 심했던 탓에 그것을 다시 줍지도 못했다.

"그냥 댁의 손님입니다."

나는 그가 겁먹은 모습을 드러내는 굴욕을 더 당하지 않기를 바라며 소리쳤다.

"무서운 악몽을 꾸다가 그만 잠결에 비명을 질렀나 봅니다. 소란을 피워 죄송합니다."

"이런, 빌어먹을, 록우드 씨로군! 당신을 그냥……."

집주인이 말을 하려다가 손이 떨려 촛불을 흔들리지 않게 들고 있기가 힘들었던지 의자에 내려놓았다. 그는 손바닥에 손톱이 박힐 정도로 주먹을 꽉 쥐고, 턱이 덜덜 떨리는 것을 억누르려고 이를 악물고 말을 이어 갔다.

"그런데 누가 당신을 이 방으로 안내한 거요? 대체 그게 누구요? 지금 당장이라도 이 집에서 쫓아내 버려야겠소!"

"댁의 가정부 질라입니다."

나는 바닥으로 훌쩍 뛰어내려 급히 옷을 걸치며 대답했다.

"히스클리프 씨, 그 여자를 쫓아내든 말든 난 상관없어요. 그 여자는 쫓겨나도 싸요. 그 여자는 저를 희생시켜 이 집에 유령이 출몰한다는 증거를 하나 더 잡고 싶었던 모양입니다. 그래요, 맞아요. 이 집에는 유령과 귀신이 득실득실해요! 정말이지, 댁이 이 방을 걸어 잠가 두길 잘한 것 같소이다. 이런 밀실에서 잠을 재워 준다고 해서 댁한테 고마워할 사람은 아무도 없을 겁니다!"

그러자 히스클리프가 물었다.

"대체 무슨 소리요? 그리고 지금 뭘 하고 있는 거요? 어차피 이 방에 들어왔으니, 오늘 밤은 그냥 여기서 묵으시오. 하지만 제발, 그런 끔찍한 비명은 다시는 지르지 마시오. 목에 칼이 들어오고 있다면야 모를까 그건 도저히 너그럽게 봐주기 힘드오!"

그의 말에 나는 이렇게 대꾸했다.

"그 꼬마 귀신이 창문으로 들어왔더라면 아마 내 목을 졸라서 죽였을 거요! 손님맞이 한번 정말 극진하게 하는 댁네 조상들의 학대를 더 이상 참지 않을 거요. 그 제이브스 브랜더럼 목사라는 자도 외가 쪽 친척 아니오? 그리고 캐서린 린턴인지 언쇼인지 뭔가 하는 그 말괄량이는 —요정이 몰래 바꿔치기한 아이가 틀림없겠지만— 진짜 사악한 꼬마 귀신이오! 그 애가 나한테 자기는 20년이나 황야를 떠돌고 있다고 하더군요. 하지만 난 그 애가 용서받지 못할 큰 죄를 지어 그에 마땅한 벌을 받고 있다고 확신하오!"

이 말을 하자마자 나는 아까 그 책에 적힌 글에서 봤던 히스클리프의 이름과 캐서린의 이름 사이에 연관성이 있다는 게 생각이 났다. 까마득히 잊고 있다가 이제야 생각이 났던 것이다. 나는 나의 경솔함에 얼굴이 빨개졌다. 하지만 잘못했단 기색을 더는 드러내지 않고 서둘러 말을 덧붙였다.

"실은 잠자기 전에…….”라고 하다가 말을 또다시 멈췄다. '그 낡은 책들을 읽어 봤소이다.' 하고 말하려던 찰나, 그렇게 말했다간 그 책들에 인쇄된 글뿐만 아니라 펜글씨로 적혀 있는 글도 내가 알고 있단 사실이 들통 날 것 같단 생각이 들었다. 그래서 나는 생각을 고쳐먹고 말을 바꾸었다.

"창턱 선반에 새겨져 있는 이름을 한 자 한 자 되풀이해서 읽었소이다. 숫자를 세는 것처럼 단조로운 일을 하면 잠이 올까 해서……."

"도대체 내게 이딴 식으로 말하는 저의가 뭐야!"

히스클리프는 길길이 날뛰며 고래고래 소리를 질러 댔다.

"어떻게…… 어떻게 감히, 그것도 내 집에서…… 하느님 맙소사! 저런 말을 하다니 미쳐도 단단히 미쳤군!"

그러면서 분을 참지 못하고 자기 이마를 쳤다.

나는 그의 말에 분개해야 할지 계속 해명을 해 나가야 할지 알 수 없었다. 하지만 그가 감정이 무척 많이 상한 것처럼 보여서 나는 딱한 마음에 꿈 이야기를 계속하며, 실제로는 '캐서린 린턴'이라는 이름을 한 번도 들어본 적이 없었지만 그 이름을 되풀이하여 읽다 보니 상상의 날개를 펼치게 되어 그 이름이 형체를 갖게 되어 버린 것 같다고 둘러댔다.

내가 이렇게 둘러대는 동안, 히스클리프는 점점 참나무 침상의 그늘로 물러나다가 마침내 바닥에 주저앉는 바람에 침상에 가려 몸이 거의 보이지 않게 되었다. 하지만 고르지 못하고 끊어질 듯한 그의 숨소리로 미루어 그가 격렬한 감정의 접근을 막아 내려고 고투하고 있음을 짐작할 수 있었다.

그의 고투하는 소리가 내게 들린다는 사실을 드러내고 싶지 않았던 나는 일부러 다소 부산스럽게 옷을 마저 챙겨 입고 시계를 보며 밤이 참 길다고 혼잣말을 했다.

"아직 세 시도 안 됐군! 틀림없이 여섯 시는 된 줄 알았는데. 여기에서는 시간이 흐르지 않나. 분명 여덟 시에 다들 잠자리에 들었던 것 같은데!"

"겨울에는 항상 아홉 시에 자고 네 시에 일어나오."

집주인이 신음소리를 억누르며 말했는데 그림자의 팔의 움직임으로 보아 눈물을 훔치는 것 같았다.

"록우드 씨, 내 방에 가 있어도 좋소. 이렇게 이른 시각에 아래층으로 내려가면 방해만 될 거요. 댁의 어린애 같은 비명 소리에 난 잠이 싹 달아나 버렸소."

집주인의 말에 나는 이렇게 대꾸했다.

“저도 마찬가집니다. 날이 샐 때까지 마당을 거닐다가 돌아가겠습니다. 그리고 제가 다시 불쑥 찾아올까 걱정하지 않으셔도 됩니다. 이제 시골에서든 도시에서든 사교에서 즐거움을 찾고 싶은 마음이 완전히 사라졌거든요. 분별 있는 사람이라면 자기 안에서 충분히 친구를 찾을 수 있어야 하지요.”

“정말 마음에 드는 친구겠군!”

히스클리프가 중얼거리고는 말을 이었다.

“촛불을 들고 어디든 가고 싶은 곳에 가 있으시오. 나도 곧 뒤따라가리다. 하지만 마당에는 가지 마시오. 개들을 풀어놨으니. 그리고 거실 쪽도…… 주노가 보초를 서고 있고…… 또…… 안 되겠소, 댁은 그냥 계단과 복도만 돌아다녀야겠소. 아무튼 여기서 나가시오! 2분만 있다가 나도 갈 테니.”

나는 그가 시키는 대로 그 방에서 나오기는 했다. 하지만 좁은 복도가 어디로 이어지는지 몰라서 가만히 서 있다가 본의 아니게 집주인의 미신적인 일면을 목격하게 되었는데, 기묘하게도 겉으로 보이는 그의 모습과는 영 딴판이었다.

그는 그 침대 위로 올라가서 격자창을 비틀어 열고 잡아 흔들면서 걷잡을 수 없는 격정에 사로잡혀 울음을 터트렸다. 그가 흐느끼며 소리쳤다.

“들어와! 들어와! 캐시, 제발 들어와. 아, 제발, 단 한 번이라도 더! 아! 내 마음속 가장 소중한 사람, 이번만은 내 말을 들어줘. 캐서린, 제발 이번만은!”

그 유령은, 유령이 으레 그렇듯 변덕을 부려 자신이 그곳에 있다는 흔적을 드러내지 않았다. 하지만 눈과 바람이 거칠게 휘몰아쳐 내가 서 있는 곳까지 불어와 촛불을 꺼 버렸다.

비통함이 너무나도 컸다.

한없이 슬픔이 솟구쳐 미친 듯이 울부짖는 소리에 너무나도 큰 비통함이 담겨 있어서 나는 동정심에 그의 어리석은 행동을 못 본 척했다. 어쨌거나 엿들었다는 사실에 반쯤 화가 나고 또 내가 터무니없는 악몽 이야기를 해서 그에게 그런 고통을 불러일으킨 게 짜증이 나서 그 자리에서 벗어났지만, 내 꿈 이야기가 왜 그에게 그런 고통을 불러일으켰는지는 도무지 알 수가 없었다.

조심스럽게 아래층으로 내려가니 집 뒤쪽에 자리 잡은 부엌이 나왔는데, 그곳에는 야무지게 긁어모아 놓은 잿더미 속에 불씨가 한 가닥 남아 있어서 다시 촛불을 켤 수 있었다.

잿더미 쪽에서 기어 나와 불만스럽게 야옹대며 나를 맞이하는 얼룩무늬의 잿빛 고양이 말고는 아무도 일어나 있지 않았다.

잘라 낸 원 조각 모양의 긴 의자 두 개가 벽난로 앞을 거의 빙 둘러싸고 있었다. 나는 그 중 한 의자에 몸을 쭉 펴고 누웠고 늙은 암고양이는 다른 의자에 올라갔다. 우리 둘 다 꾸벅꾸벅 졸고 있는데 누가 우리의 피난처로 침입했다. 바로 조지프였는데, 그가 천장의 작은 문에서 나와 천장에 감춰진 나무 사다리를 타고 느릿느릿 내려오고 있었다. 그 사다리가 그의 다락방으로 올라가는 통로인 모양이었다.

조지프는 내가 밝혀 놓은 어른거리는 작은 촛불을 사다리 가로대 사이로 못마땅한 눈초리를 하고는 힐끗 보더니 고양이를 의자에서 밀쳐 내고 그 자리에 앉아 8센티미터쯤 되는 파이프에 담배를 채워 넣기 시작했다. 자신만의 신성한 장소에 내가 들어와 있는 게 아무래도 입에 담기에 불쾌할 정도로 아주 무례한 짓처럼 여겨지는 모양이었다. 그는 잠자코 파이프를 입에 물고는 팔짱을 낀 채로 뻐끔뻐끔 담배를 피웠다.

나는 성가시게 하지 않고 조지프가 그런 호사를 누리도록 내버려 뒀다. 조지프는 마지막 한 모금을 빨아 마시고는 깊은 한숨을 쉬더니 일어나서 들어올 때와 마찬가지로 엄숙하게 나가 버렸다.

그 다음으로는 보다 경쾌한 발걸음 소리의 주인공이 들어왔다. 나는 이번에는 "안녕히 주무셨소?" 하고 인사하려고 입을 열었다가 인사말을 건네지 않고 도로 닫았다. 헤어턴 언쇼가 눈을 치우기 위해 가래나 삽을 찾아 구석을 뒤지다가 다른 물건이 손에 닿을 때마다 계속 낮은 목소리로 기도라도 하듯이 욕지거리를 내뱉고 있었기 때문이다. 그는 콧구멍을 벌렁거리며 의자 등받이 너머로 흘끗 쳐다봤지만 나나 나의 동무인 고양이와 인사를 나눌 생각은 별로 없어 보였다.

나는 그가 나갈 채비를 하는 것을 보고 이제 나가도 되나 보다고 짐작하고는 딱딱한 의자에서 일어나 그를 따라 나가려고 했다. 그가 그걸 알아채고는 가래 끝으로 안쪽 문을 툭 치며 분명치 않은 소리로 뭐라고 말했는데 다른 데로 가고 싶다면 그곳으로 가라는 뜻 같았다.

그 문을 열고 들어가니 거실이 나왔는데, 여자들은 이미 일어나 있었다. 질라는 커다란 풀무로 벽난로 굴뚝 위로 불꽃을 피워 올리고 있었고, 히스클리프 부인은 난롯가에 무릎을 꿇고 앉아 그 불빛에 의지해 책을 읽고 있었다.

히스클리프 부인은 벽난로의 열기를 막느라 손으로 눈언저리를 가리고 책 읽기에 열중해 있는 것 같았다. 불꽃이 튄다고 가정부를 꾸짖거나 아주 주제넘게 그녀의 얼굴에 이따금 코를 비벼 대는 개를 밀쳐 낼 때 말고는 책에서 눈을 떼지 않았다.

히스클리프도 그곳에 있는 것을 보고 나는 깜짝 놀랐다. 그는 나를 등지고 불 앞에 서서 불쌍한 질라에게 노발대발하며 한바탕 난리를 피운 참이었다. 질라는 이따금 일손을 멈추고 앞치마 자락으로 눈물을 훔치며 분에 못 이겨 씩씩거렸다.

"그리고 너, 아무 짝에도 쓸모없는 — 같은 년!"

내가 거실로 들어선 순간, 그는 자기 며느리 쪽으로 돌아서서 오리나 양만큼이나 무해한 동물이지만, 대개 글에서는 줄표(—)로 표시되는 모멸적 단어를 들먹여 가며 호통을 치기 시작했다.

"또 거기서 빈둥대고 있군! 다른 사람들은 다들 밥벌이를 하는데, 넌 나한테 빌붙어 사는구나! 그깐 쓰레기 당장 치우고 할 일을 찾아. 내 눈앞에서 계속 얼쩡대다간 톡톡히 대가를 치르게 될 거야. 지긋지긋한 계집년, 알겠어?"

그 젊은 여인은 책을 덮고 의자 위에 던지면서 대꾸했다.

"내가 싫다고 해도 기어이 그렇게 하게 만들 테니 이 쓰레기는 치우지요. 하지만 나한테 아무리 그렇게 욕을 해 대도 난 내가 내키지 않는 이상 아무 일도 안 할 거예요!"

히스클리프가 손을 번쩍 쳐들자 그 말을 한 여인은 후다닥 안전한 곳으로 물러났는데, 분명 그의 매서운 손맛을 잘 알고 있는 듯했다.

고양이와 개의 싸움을 즐기고 싶은 마음이 없었기에 나는 마치 난로의 온기를 무척이나 쬐고 싶은 듯이, 또 다툼이 벌어진 사실은 전혀 알지 못한다는 듯이 성큼성큼 앞으로 걸어 나갔다. 두 사람 모두 더 이상 적개심을 드러내지 않을 정도의 예의는 있었다. 히스클리프는 주먹을 휘두르고 싶은 유혹을 떨치려는 듯 양손을 호주머니에 넣었고, 히스클리프 부인은 입을 삐죽거리며 멀찍이 떨어진 자리로 걸어갔다. 그러고는 내가 그곳에 있는 동안 그 자리에서 조각상처럼 꼼짝 않고 있음으로써 자신이 한 말을 지켰다.

그것은 그리 오래 지속되지는 않았다. 나는 아침 식사는 함께 하지 않겠다고 사양하고 첫 여명이 어슴푸레 밝아 올 무렵, 기회를 포착해 탁 트인 바깥으로 빠져나왔다. 대기는 이제 맑게 개어 바람 한 점 없었고 만져지지 않는 얼음처럼 차가웠다.

내가 정원 끝에 이르기도 전에 집주인이 소리쳐 나를 불러 세우더니 황야를 건너가는 데까지 동행해 주겠다고 나섰다. 그가 그렇게 나서 주어서 다행이었는데, 그곳의 언덕 뒤는 온통 하얀 파도가 소용돌이치는 바다였기 때문이다. 그리고 땅에서 솟아오른 곳과 움푹 꺼진 곳이 평소 땅의 그것과 일치하지 않았다. 아무튼 군데군데 있던 구덩이는 눈이 차는 바람에 지면과 높이가 같아져 있었고, 돌산에서 나온 돌 부스러기가 쌓여 작은 언덕을 이룬 영역도 내가 어제 걸어가며 마음속에 그려 놓은 지형도에서 송두리째 사라지고 없었다.

나는 광활한 황야 전체에 걸쳐 길 한옆에 5, 6미터 간격으로 돌이 줄지어, 똑바로 세워져 있는 것도 보아 두었었다. 그 돌들은 어둠 속에서 그리고 또 지금처럼 눈이 내려 길 양 쪽에 있는 깊은 습지와 단단한 길이 혼동될 때 길잡이 역할을 하도록 하얗게 석회 칠을 해서 세워 놓은 것이었다. 하지만 여기저기 더러운 점처럼 삐죽 솟아 있는 것을 제외하고는 그것이 존재한다는 흔적조차 사라지고 없었다. 그래서 내가 구불구불한 길을 제대로 가고 있다고 생각할 때도 나의 동행은 오른쪽으로 또는 왼쪽으로 가라고 내게 자주 주의를 줘야 했다.

우리는 거의 대화를 나누지 않았다. 그는 스러시크로스 그레인지의 숲 입구에 이르자 걸음을 멈추고 거기서부터는 나 혼자서도 실수 없이 찾아갈 수 있을 것이라고 말했다. 그와 그저 슬쩍 고개만 끄덕여 작별 인사를 나눈 다음, 아직 문지기를 들이지 않은 터라 나는 내 능력만 믿고 앞으로 나아갔다.

대문에서 저택까지의 거리는 3킬로미터 남짓이지만 6킬로미터도 넘게 걸었던 것 같다. 숲 속에서 길을 잃기도 하고 목까지 눈 속에 빠지기도 하는 바람에 그렇게 된 것인데, 그건 겪어 본 사람만이 알 수 있는 엄청난 고생이었다. 아무튼 길을 헤맨 끝에 집에 들어섰을 때 시계가 열두 시를 알리는 종을 치고 있었다. 그러니 워더링 하이츠에서 평소 다니는 길을 1.5킬로미터에 한 시간씩이나 걸려서 온 셈이었다.

내가 집을 세내면서 딸려 온 가정부와 그녀가 부리는 하인들이 달려 나와 나를 맞으며 내가 살아 있으리라는 희망은 완전히 버렸었다며 소란스레 외쳐 댔다. 다들 내가 간밤에 비명횡사했다고 어림짐작하고는 어떤 식으로 시신 수색을 시작해야 하나

궁리 중이었다고 했다.

나는 이제 내가 돌아온 걸 봤으니 그만 조용히 하라고 이르고는 심장까지 얼어붙은 몸을 질질 이끌고 위층으로 올라가 마른 옷으로 갈아입고 3, 40분을 이리저리 서성여 정상 체온을 회복한 다음, 아기 고양이처럼 힘없이 서재로 자리를 옮겼는데, 너무 기력이 없어서 하인이 나의 원기를 회복시켜 주려고 준비한 따뜻한 난롯불과 김이 모락모락 나는 커피를 즐길 수도 없었다.

제4장

우리 인간은 얼마나 허영심 강한 변덕쟁이인지! 사교 생활을 다 끊기로 결심하고 마침내 사교가 거의 불가능한 장소에 자리 잡게 된 행운에 감사했던 나였는데, 약해 빠진 놈인 나는 해 질 때까지 계속 무기력함과 외로움과 싸우다가 결국 백기를 들고야 말았다. 그리하여 집에 필요한 것들은 없는지 정보를 얻겠다는 핑계로 딘 부인이 밤참을 가져왔을 때 내가 식사를 하는 동안 옆에 앉아 있어 달라고 했다. 마음속으로는 딘 부인이 수다쟁이의 본색을 드러내 보여 주기를, 그래서 그녀의 수다가 나를 완전히 깨워 주거나 아니면 아예 잠재워 주기를 간절히 바라고 있었다.

"이곳에서 산 지 꽤 오래됐다던데. 16년이라고 했던가?"

내가 말을 걸었다.

"18년이에요. 마님이 시집오실 때 시중들려고 따라왔었죠. 마님이 돌아가신 뒤에는 주인 나리가 저를 가정부로 고용하셨고요."

"그랬군."

그런 뒤 잠시 침묵이 흘렀다. 그녀는 자기 이야기가 아니라면 수다를 떨지 않는 사람 같아서 그녀의 이야기가 별로 흥미롭지 않을까 봐 걱정스러웠다.

하지만 그녀는 주먹을 양 무릎에 가지런히 올려놓고 혈색 좋은 얼굴에 심사숙고하는 기색이 어리며 잠시 골똘히 생각하더니 갑자기 소리쳤다.

"아, 정말 그때 이후로 얼마나 많은 변화가 있었는지 몰라요!"

"그렇겠지. 자네는 여기서 많은 변화를 지켜봤겠군?"

"그랬죠. 불행한 일들도요."

나는 '옳지, 이제 집주인 집안 이야기로 넘어가야겠어! 이야기를 시작하기에 좋은 화제인데다 그 예쁘고 어린 과부의 사연도 듣고 싶으니까. 그녀는 이 고장 출신일까? 아니, 타지 사람일 가능성이 더 높아. 무뚝뚝한 토박이들이 일가 사람으로 인정하려 들지 않는 걸 보면 말이야.' 하고 속으로 생각했다.

이런 의도를 가지고 나는 딘 부인에게 히스클리프는 왜 스러시크로스 그레인지를 세놓고 자신은 위치도 집도 훨씬 안 좋은 데서 사느냐고 물었다.

"이 저택을 건사할 정도로 부자는 아닌가 보군?" 하고 내가 물었다.

"아뇨, 부자예요, 나리! 재산이 얼만지 아무도 모를 정도로 엄청난 부자인데다 해마다 재산이 늘고 있죠. 그래요, 맞아요, 그는 이것보다 더 좋은 집에 살아도 될 정도로 대단한 부자예요. 하지만 그는 너무 인색해요. 그러니 자신이 스러시크로스 그레인지로 옮겨 올 작정이었더라도 좋은 세입자가 나타났단 소리를 들었다면 몇 백 더 벌 기회를 놓칠 리가 없죠. 세상에 혈혈단신인 사람이 그렇게 욕심이 많다니 참 이상도 하지요!"

"아들이 있었던 것 같던데?"

"네. 하나 있었는데 죽었어요."

"그럼 그 어린 부인, 그러니까 히스클리프 부인이 그 아들의 미망인인가?"

"네."

"히스클리프 부인은 어디 출신인가?"

"아, 나리, 그 아씨는 돌아가신 저희 주인 나리의 따님이랍니다. 캐서린 린턴이 처녀 시절이름이에요. 제가 아씨를 키웠답니다. 불쌍한 우리 아씨! 저는 히스클리프 씨가 이리로 이사 오기를 정말 바랐는데. 그럼 아씨와 다시 같이 살 수 있었을 텐데 말이죠."

"뭐, 캐서린 린턴이라고!"

나는 깜짝 놀라 소리쳤다. 하지만 잠깐 생각해 보니 꿈속에서 만났던 유령 캐서린이 아니라는 확신이 들었다. 나는 말을 이어갔다.

"그렇다면 이 집 전 주인의 성이 린턴이었나 보군?"

"맞아요."

"그럼 그 언쇼라는 청년, 그러니까 히스클리프 씨와 같이 사는 헤어턴 언쇼는 누구지? 둘은 친척 관계인가?"

"아뇨, 헤어턴 언쇼 도련님은 돌아가신 린턴 부인의 조카예요."

"그럼 그 어린 과부의 사촌이겠군?"

"그렇죠. 그리고 아씨는 죽은 남편과도 사촌지간이었어요. 헤어턴 도련님은 외사촌이고, 죽은 남편은 고종사촌이었죠. 히스클리프 씨가 린턴 나리의 누이와 결혼했거든요."

"워더링 하이츠의 현관 위에 '언쇼'라고 새겨져 있던데. 언쇼 가문은 유서 깊은 가문인가 보지?"

"아주 유서 깊은 가문이지요, 나리. 그리고 헤어턴 도련님이 그 가문의 마지막 후손이에요. 우리 캐시 아씨가 이 집, 그러니까 린턴 가문의 마지막 후손인 것처럼 말이죠. 워더링 하이츠에 가 보셨던가요? 여쭤 봐도 될지 모르겠지만 우리 아씨는 어떻던가요?"

"히스클리프 부인 말인가? 부인은 아주 건강해 보이고 또 무척 예쁘더군. 하지만 그다지 행복해 보이지는 않았네."

"원, 저런. 그럴 줄 알았어요! 그 집 주인은 어떻던가요?"

"다소 거친 자 같더군, 딘 부인. 그 사람 성격이 원래 그런가?"

"거칠기는 톱니 같고 딱딱하기는 바윗돌 같죠! 그와는 엮이지 않는 게 좋아요."

"그런 거친 사람이 되다니 틀림없이 살면서 우여곡절을 많이 겪은 모양이군. 그가 살아온 내력에 대해 좀 아는 게 있나?"

"남의 새끼를 둥지에서 내쫓고 그 둥지를 차지하는 뻐꾸기가 따로 없어요. 저는 그에 대해 속속들이 다 알고 있어요. 다만 그가 어디에서 태어났는지, 그의 부모는 누구인지, 처음에 어떻게 돈을 벌었는지는 몰라요. 헤어턴 도련님은 아직 깃털도 나지 않은 바위종다리 새처럼 내쫓겼어요. 헤어턴 도련님이 어떻게 사기를 당했는지는 우리 교구 사람들 모두가 다 아는데 안타깝게도 도련님 본인만 그걸 몰라요!"

"음, 딘 부인, 좋은 일 하는 셈 치고 그 사람들 이야기를 들려주면 좋을 것 같은데. 잠자리에 들어도 잠이 올 것 같지 않아서 그러는데, 한 시간쯤 여기 앉아서 이야기를 들려줄 수 있겠나?"

"그럼요, 물론이지요, 나리! 바느질감을 가져 와서 나리께서 그만 물러가라 하실 때까지 얼마든 앉아 있을게요. 하지만 몸을 떠시는 걸 보니 나리께서는 감기에 걸리신 모양이네요. 죽이라도 좀 드시고 감기를 떨쳐 버리셔야 해요."

그 훌륭한 여인은 부산스럽게 방을 나갔다. 나는 난롯불 더 가까이에 웅크리고 앉았다. 머리는 뜨거운데 몸은 싸늘했다. 게다가 신경과 뇌가 온통 흥분 상태여서 완전히 바보가 되어 버린 것 같았다. 그 때문에 기분이 언짢았다기보다는 오늘과 어제 일어난 일로 인해 심각한 결과가 생길까 봐 다소 두려웠고, 지금도 아직 그러하다.

얼마 안 있어 딘 부인이 김이 모락모락 나는 죽 그릇과 바느질감이 든 바구니를 갖고 돌아왔다. 벽난로 안쪽 시렁에 죽 그릇을 올려놓고는 자신의 의자를 끌고 와 앉았는데, 아무래도 내가 붙임성 있는 사람인 걸 알게 되어 기쁜 듯했다.

"제가 이 집에 살러 오기 전에는" 하고 내가 이야기를 더 해 달라고 청하기도 전에 그녀가 먼저 이야기를 시작했다.

저는 거의 내내 워더링 하이츠에서 살았답니다. 저의 어머니께서 헤어턴 도련님의 부친이신 힌들리 언쇼 나리의 유모였기 때문이죠. 그래서 전 그 집 아이들과 같이 놀았답니다. 물론 저는 심부름도 하고 건초 만드는 일도 거들고 농장을 돌아다니다 누가 일을 시키면 뭐든 할 채비가 되어 있곤 했지요.

추수를 시작할 무렵으로 기억되는 어느 화창한 여름날 아침, 저의 옛 주인인 언쇼 나리가 여행을 떠나는 차림을 하고 아래층으로 내려오셨어요. 조지프에게 그날 할 일을 이르시고는 힌들리 도련님, 캐시 아씨, 그리고 제 쪽을 —그때 저는 그분들과 함께 앉아 죽을 먹고 있었어요.— 향하더니 힌들리 도련님에게 말씀하셨죠.

"자, 내 사랑스러운 아들아, 아비는 오늘 리버풀로 간단다. 무엇을 사다 줄까? 갖고 싶은 것을 말해 봐라. 다만 작은 거여야 한단다. 걸어서 다녀와야 하니까 말이야. 오고 가는 길이 각각 100킬로미터씩이니, 아주 먼 길이란다!"

힌들리 도련님이 바이올린을 사 달라고 하자 나리는 캐시 아씨에게도 뭘 갖고 싶은지 물으셨어요. 여섯 살도 채 되지 않았지만 마구간의 어느 말이든 탈 줄 알았던 아씨는 채찍을 사달라고 했습니다.

나리는 저도 잊지 않고 챙기셨어요. 가끔씩 좀 엄할 때도 있었지만 인정 많은 분이셨거든요. 제게는 사과와 배를 한가득 갖다 주겠다고 약속하셨어요. 그리고는 자신의 애들에게 입맞춤을 하고 길을 떠나셨죠.

나리가 떠나고 안 계셨던 사흘은 우리 모두에게 꽤 길게 느껴졌어요. 어린 캐시 아씨는 아빠가 언제 집에 돌아오느냐고 자꾸만 물어 댔어요. 언쇼 마님은 나리가 사흘째 날 저녁 식사 시간까지는 돌아오시리라고 생각하셨죠. 그런데 그때까지 돌아오지 않아서 마님은 저녁 식사 시간을 한 시간 또 한 시간 늦춰 가며 기다리셨어요. 하지만 주인 나리가 돌아오실 기미는 전혀 보이지 않았고 결국 아이들은 대문까지 달려 나가 살피는 데도 지쳐 버렸지요. 밤이 이슥해지자 마님은 아이들을 재우려 했지만 아이들은 자지 않고 기다리게 해 달라고 애처롭게 졸라 댔어요. 그러다가 밤 열한 시쯤에 문의 빗장이 살짝 들려 올라가더니 주인 나리가 들어오셨습니다. 나리는 의자에 털썩 주저앉아 껄껄 웃다가 끙끙 앓다 하더니 피곤해서 죽을 지경이니 다들 다가오지 말라고 하셨습니다. 그러면서 영국을 다 준다 해도 이런 먼 길은 다시는 가지 않겠다고 하시더군요.

"나중에는 힘들어서 까무러치는 줄 알았다니까!"

주인 나리는 이렇게 말하며 둘둘 말아 품에 안고 있던 커다란 외투를 펼치셨죠.

"부인, 여길 좀 보구려. 내 살면서 뭔가로 인해 이렇게까지 진이 빠져 본 적은 한 번도 없다오. 그래도 당신이 하느님의 선물로 여기고 받아들여 주면 좋겠소. 악마의 선물처럼 까무잡잡하지만 말이오."

우리는 주인 나리 주위로 몰려들었지요. 캐시 아씨의 머리 너머로 슬쩍 보니 누더기를 걸친 까만 머리의 꾀죄죄한 아이가 하나 있었습니다. 걷고 말할 수 있을 정도의 나이는 되어 보였는데 —사실, 얼굴은 캐시 아씨보다 더 나이 들어 보였어요.— 하지만 두 발로 서게 해 봤더니 멀뚱하니 주위만 두리번거리며 아무도 알아들을 수 없는 영문 모를 말만 되풀이할 뿐이었습니다. 저는 겁이 덜컥 났고, 언쇼 마님은 당장이라도 그 아일 문밖으로 내던질 기세였어요. 마님이 정말 매섭게 쏘아붙이며 "먹여 살리고 돌봐야 할 자식들이 있는 사람이 어쩌자고 덥석 이런 집시 애새끼를 집으로 데려올 수 있느냐? 애를 데려와서 어쩔 작정이냐? 미친 거 아니냐?"고 따져 물었지요.

주인 나리는 어찌된 일인지 사정을 설명하려 했지만 정말이지 피곤해서 거의 돌아가실 지경이었던지라, 마님이 잔소리를 퍼부어 대는 가운데 제가 알아들을 수 있었던 이야기는 이것뿐이었습니다. 주인 나리께서는 리버풀 거리에서 집도 없이 굶주림에 떨고 있는, 벙어리나 다름없는 그 아이를 보고 사람들에게 뉘 집 아이인지 물어보셨대요. 하지만 뉘 집 아이인지 아는 사람은 하나도 없었고, 돈도 시간도 빠듯한데 그곳에서 헛되이 돈을 쓰느니 아이를 곧장 집으로 데려오는 게 낫겠다고 생각하셨대요. 아이를 발견한 상태 그대로 놔두고 오지 않겠다고 마음을 먹었던 것이죠.

아무튼 결론을 말씀드리자면 주인마님은 혼자 투덜대다 결국에는 진정이 되셨어요. 언쇼 나리는 제게 그 아이를 씻기고 깨끗한 옷으로 갈아입혀 아이들과 같이 재우라고 시키셨죠.

힌들리 도련님과 캐시 아씨는 평화가 다시 찾아올 때까지 옆에서 얌전히 보고 듣고만 있었어요. 그러다 평화가 다시 찾아오자 둘은 아버지가 약속한 선물을 찾아 아버지의 호주머니를 뒤지기 시작했지요. 힌들리 도련님은 열네 살이나 된 소년이었지만 커다란 외투 안에서 으스러져 산산조각 난 바이올린을 꺼내더니 엉엉 소리 내어 울었어요. 캐시 아씨는 나리가 낯선 아이를 돌보느라 자기 채찍을 잃어 버렸다는 사실을 알고는 그 바보 같은 어린 것에게 이를 드러내고 침을 뱉으며 성질을 피웠죠. 덕분에 아씨는 버르장머리 없이 군다며 아버지한테 매를 크게 한 대 벌게 되었죠.

도련님과 아씨는, 그 아이와 함께 자는 걸 완전히 거부한 것은 둘째 치고, 그 아이를 아예 자기들 방에 들이려고도 하지 않았어요. 그리고 저도 도련님과 아씨보다 더 분별이 있지도 않았던지라 다음 날 아침이면 사라져 버리기를 바라면서 그 아이를 계단 층계참에 내버려 뒀지요. 우연인지 주인 나리의 목소리를 듣고 거기에 이끌려 기어간 건지 모르지만, 그 아이는 언쇼 나리의 방문 앞으로 기어갔고 나리께서 방에서 나오시다가 바로 그 아이를 발견하셨지요. 그 아이가 어떻게 해서 거기에 있는 것인지에 대한 취조가 이루어졌고 저는 솔직히 털어놓을 수밖에 없었죠. 그리하여 비겁하고 몰인정한 짓을 저지른 대가로 저는 그 댁에서 쫓겨났습니다.

이렇게 히스클리프는 처음 언쇼 가족에게 오게 되었습니다. 저는 쫓겨나긴 했어도 아주 쫓겨난 게 아니라고 여겼기에 며칠 뒤에 돌아가 봤더니, 그 아이는 '히스클리프'라는 이름으로 불리고 있었습니다. 그건 어릴 적에 죽은 주인댁 아드님의 이름이었는데, 그 이후로 계속 그 아이의 이름이자 성으로 사용되었지요.

캐시 아씨와 그 아이는 이제 사이가 아주 좋아져 있었습니다.

하지만 힌들리 도련님은 그 아이를 미워했고 솔직히 말하자면 저도 마찬가지였어요. 그래서 도련님과 저는 부끄러운 일이지만 그 아이를 괴롭히고 못살게 굴었지요. 저도 저 자신의 행동이 부당하다고 생각할 정도로 분별이 있지 않았고, 마님도 부당한 취급을 당하는 그 아이를 보시더라도 그 아이를 위해서는 절대 한마디도 거들지 않았으니까요.

그 아이는 무뚝뚝하고 참을성 많은 아이 같았어요. 아마도 학대를 받다 보니 둔감해져서 그렇게 된 거겠죠. 그 아이는 힌들리 도련님한테 두들겨 맞아도 눈 하나 꿈쩍하거나 눈물 한 방울 흘리지 않고 참아 냈고, 저한테 꼬집혀도 마치 자기가 잘못해서 다쳤으니 남을 탓할 수 없다는 듯이 그저 숨 한 번 들이쉬며 눈만 살짝 휘둥그레질 뿐이었어요.

그 아이가 이렇게 참아 냈기 때문에 언쇼 나리는, 당신이 '아비 없는 가여운 아이'라고 부르는 그 아이를 당신 아들이 못살게 구는 걸 볼 때면 크게 화를 내셨지요. 주인 나리는 이상하게도 히스클리프를 좋아하셔서 히스클리프의 말이라면 뭐든 믿으셨고, (말이 나왔으니 말인데, 히스클리프는 말수가 적었지만 대신 말을 하면 대개 사실만을 말했어요.) 예뻐해 주기에는 지나친 말썽꾸러기에 고집불통인 캐시 아씨보다 히스클리프를 훨씬 더 예뻐하셨지요.

그리하여 처음부터 히스클리프는 집안사람들의 반감을 사게 되었습니다. 그리고 그 뒤 2년도 안 되어 언쇼 마님께서 돌아가시자, 젊은 주인인 힌들리 도련님은 아버지를 같은 편이라기보다는 압제자로, 히스클리프를 아버지의 사랑과 자신의 특권을 빼앗은 강탈자로 여기게 되었고, 이렇게 자신이 입은 피해를 곱씹다 보니 점점 적의가 커져만 갔지요.

저도 잠시 도련님 생각에 공감했지만, 아이들이 홍역에 걸려 제가 아이들을 간호하면서 집안 살림까지 떠맡아야 했을 때 생각을 바꾸게 되었습니다. 히스클리프는 위독할 정도로 홍역을 앓았는데, 최악의 상태로 누워 있는 동안 제가 머리맡에 계속 있어 줬으면 했어요. 그 아이는 제가 자기한테 무척 잘해 준다고 생각했고, 제가 어쩔 수 없이 그렇게 하고 있다고는 정신이 없어서 짐작도 못 했던 것 같아요. 하지만 이것만은 장담할 수 있는데, 히스클리프처럼 고분고분하게 간호를 받는 아이는 처음 봤답니다. 이렇게 히스클리프가 두 아이와 다른 걸 알게 되자 저는 더 이상 히스클리프를 편파적으로 대할 수가 없었어요. 캐시 아씨와 힌들리 도련님은 저를 끔찍이도 괴롭혔지만 히스클리프는 어린 양처럼 순하게 불평 한마디 하지 않았어요. 실은 그 아이가 순해서가 아니라 독해서 폐를 끼치지 않았던 거겠지만요.

히스클리프가 자리를 털고 일어나자, 의사는 그렇게 된 데는 저의 공이 크다고 단언하며 제가 간호를 잘했다고 칭찬해 줬어요. 저는 의사의 칭찬에 으쓱해졌는데, 그 아이 덕분에 칭찬을 받았다고 생각하니 그 아이에 대한 마음이 누그러졌지요. 그렇게 해서 힌들리 도련님은 마지막으로 남은 자기편마저 잃게 되었답니다. 그래도 저는 히스클리프에게 홀딱 빠지지는 않아서 주인 나리가 그렇게 너그럽게 다 봐줘도 제가 기억하기로는 고맙다는 표시 한 번 한 적 없는 그 무뚝뚝한 아이를 왜 그토록 애지중지하시는지 의아한 적이 많았어요. 그 아이가 자신의 은인에게 무례했던 건 아니고 그저 고마운 줄 몰랐던 것이지요. 그래도 자기가 주인 나리의 마음을 사로잡았단 사실과 자기가 말만 하면 온 집안사람들이 어쩔 수 없이 그의 말을 들어줄 수밖에 없다는 사실은 아주 잘 알고 있었어요.

일례로, 언쇼 나리께서 언젠가 교구 장터에서 망아지 두 마리를 사 와서 사내아이들에게 한 마리씩 주신 적이 있었답니다. 히스클리프가 더 잘생긴 망아지를 가졌는데 얼마 안 가 그 망아지가 절름발이가 되어 버렸지요. 히스클리프가 그걸 알고 나서는 힌들리 도련님에게 이렇게 말하더군요.

"나랑 망아지 바꿔. 내 건 맘에 안 들어. 안 바꿔 주면 네가 이번 주에 나를 세 대 때렸다고 네 아버지한테 이르고 어깨까지 멍든 팔도 다 보여 드릴 거야."

힌들리 도련님은 혀를 쏙 내밀더니 히스클리프의 따귀를 후려갈겼어요.

"당장 바꿔 주는 게 좋을 거야. 그래야만 할걸. 내가 지금 맞은 것까지 다 일러바치면, 넌 이자까지 쳐서 맞게 될 테니까."

히스클리프는 문 쪽으로 몸을 피하면서 (그들은 마구간에 있었어요.) 계속 우겼지요.

"꺼져, 이 개새끼 같은 놈!"

힌들리 도련님은 고함치며 감자나 건초 무게를 다는 데 쓰는 쇠 저울추를 들고 위협했어요.

"던질 테면 던져 봐. 그랬다간 주인 나리가 돌아가시기만 하면 당장 나를 내쫓아 버리고 말겠다고 네가 큰소리친 것까지 다 일러바쳐 버릴 테니까. 그럼 주인 나리가 너부터 당장 내쫓을

걸."

히스클리프가 가만히 서서 쏘아붙였어요.

그러자 힌들리 도련님이 쇠 저울추를 던졌어요. 히스클리프는 저울추를 가슴에 맞고 쓰러졌어요. 하지만 숨도 쉬지 못하고 하얗게 질린 채로 곧바로 비틀거리면서 일어났지요. 제가 말리지 않았다면, 히스클리프는 곧장 주인 나리께로 가서 자신의 상태를 보이며 누가 그렇게 했는지 넌지시 알려서 최고의 복수를 했을 거예요.

"그래, 내 망아지를 가져 가, 이 집시 놈아! 내 망아지를 탔다가 모가지나 부러져라! 가져가서 뒈져 버려, 이 주제넘은 거지 같은 놈아! 우리 아버지를 구슬려서 전 재산을 다 차지할 테면 해. 단, 그런 뒤 우리 아버지한테 네 정체를 밝혀, 이 악마 새끼야! 그래, 가져가서 내 망아지한테 걷어 차여서 대가리나 박살나 버려라!"

힌들리 도련님이 고래고래 악을 썼지요.

히스클리프는 벌써 힌들리 도련님의 망아지를 풀어서 자신의 망아지를 두는 칸으로 옮기고 있었어요. 히스클리프가 망아지 뒤로 지나가고 있는데 힌들리 도련님이 망아지의 발 아래로 그 아이를 걷어참으로써 악담 퍼붓기를 마치고는, 자신의 악담대로 되었는지 확인해 보지도 않고 걸음아 나 살려라 하고 달아나 버렸지요.

저는 고작 아이에 불과한 히스클리프가 아무 일도 없다는 듯이 너무도 차분하게 툭툭 털고 일어나더니 하던 일을 계속하면서 안장까지 가는 모습을 보고는 놀랐습니다. 글쎄 그런 다음에야 건초 더미 위에 걸터앉아 아까 심하게 맞는 바람에 생긴 현기증을 가라앉히고는 집으로 들어가는 게 아니겠어요.

제가 그 아이에게 망아지 때문에 멍든 것으로 하자고 설득하니 그 아이는 순순히 그렇게 하자더군요. 그 아이는 자기가 원하는 것을 손에 넣으면 무슨 이야기가 들리든 별로 신경 쓰지 않았어요. 실제로 이런 식의 야단법석에도 좀처럼 불평하지 않아서 나는 확실히 그 아이가 앙심을 품고 있지 않다고 생각했어요. 그런데 앞으로 듣게 되면 아시겠지만, 제가 감쪽같이 속은 거였답니다.

제5장

그러는 사이 언쇼 나리께서는 몸이 쇠약해지기 시작하셨어요. 활동적이고 건강한 분이셨는데 갑자기 기력을 잃으셨지요. 그래서 벽난로 앞만 지키고 앉아 있어야 하는 신세가 되자, 나리께서는 점점 짜증이 심해지셨어요. 아무것도 아닌 일에도 화를 내셨고 자신의 권위가 조금이라도 무시당했다고 느껴지면 노발대발 난리도 아니셨답니다.

나리께서 총애하는 그 아이를 누가 이용하거나 마음대로 부려 먹으려고 들 때면 특히 그런 모습을 더 많이 볼 수 있었어요. 나리께서는 누구도 그 아이에게 언짢은 말 한 마디 하지 못하게 극도로 경계하셨어요. 당신이 히스클리프를 좋아하니까 다들 그 아이를 미워하고 못살게 굴려는 마음이 간절할 것이라는 생각을 머릿속에 품고 있는 듯했지요.

그게 오히려 그 아이에게는 불리하게 작용했어요. 우리 가운데 순한 편인 사람들은 주인 나리의 기분을 해치지 않으려고 그 아이를 편애하는 나리의 비위를 맞춰 드렸고, 그렇게 비위를 맞춰 드리다 보니 그 아이의 자만심과 못된 성미만 키우게 되고 말았으니까요. 그래도 나리의 비위를 맞춰 드리는 건 어느 정도 불가피한 일이었는데, 두 번인가 세 번인가 힌들리 도련님이 아버지 앞에서 히스클리프를 멸시해서 노인네를 격노하게 만들었지요. 주인 나리께서는 지팡이를 움켜잡고 도련님을 치려고 했지만, 그렇게 할 수 없자 분을 못 이겨 몸을 바들바들 떠셨어요.

마침내 우리의 부목사님이 (그 당시 우리 교구에는 린턴가와 언쇼가(家)의 아이들을 가르치고 작은 땅에 직접 농사지어서 번 돈을 성직자 봉급에 보태서 살아가는 부목사가 있었답니다.) 힌들리 도련님을 대학에 보내라고 조언을 했는데, 언쇼 나리께서도 그게 좋겠다고 동의했어요. 하지만 마음이 무거우신지 이렇게 말씀하셨지요.

"힌들리는 별 볼일 없는 녀석이니 어딜 가든 절대 성공 못 할 텐데."

이제는 집안이 평화로워지기를 저는 진심으로 바랐습니다. 주인 나리께서 좋은 일을 하시고도 마음이 불편하시다고 생각하니 저는 마음이 아팠어요. 주인 나리께서 노쇠하시고 병에 걸리신 게 저는 가족 간의 불화로 인한 것이라고 생각했는데, 주인 나리께서도 그렇다고 말씀하시곤 하셨지요. 하지만 록우드 나리, 사실 원인은 주인 나리의 몸 자체가 쇠약해지신 데 있었어요.

그래도 우리는 캐시 아씨와 하인 조지프, 그 두 사람만 없었더라면 그럭저럭 잘 지낼 수 있었을지도 몰라요. 나리께서도 워더링 하이츠를 방문했을 때 조지프를 보셨을 거예요. 그 영감은, 지금도 필시 그렇겠지만, 성경을 샅샅이 뒤져 자신에게 유리한 구절들만 읊어 대고 주위 사람들에게는 저주를 퍼부어 대면서 사람을 엄청나게 피곤하게 하는 독선적인 위선자였어요. 하지만 설교조로 독실한 척 이야기를 끌어가는 재주로 그 영감은 언쇼 나리께 깊은 인상을 심어 주었고, 주인 나리께서 쇠약해지면 쇠약해질수록 조지프의 영향력은 커져만 갔답니다.

조지프는 주인 나리에게 나리의 영혼이 어찌 될지 걱정하라는 둥, 아이들을 엄격하게 다스려야 하지 않느냐는 둥 나리를 성가시게 하며 집요하게 들들 볶아 댔습니다. 그 영감은 주인 나리를 부추겨 힌들리 도련님을 천하에 몹쓸 놈으로 여기게 만들었고, 밤이면 밤마다 히스클리프와 캐서린 아씨에 대한 험담을 줄줄, 길게 늘어놓았지요. 그러면서 늘 캐서린 아씨 탓이 더 크다고 말해서 언쇼 나리의 편애를 부추기는 것도 잊지 않았어요.

확실히 캐서린 아씨에게는 어떤 아이에게서도 전혀 본 적 없는 별난 구석이 있었지요. 아씨는 우리 모두에게 하루에 쉰 번도 넘게 인내심의 한계를 넘어서게 만들었고, 우리는 아씨가 아래층에 내려오는 순간부터 자러 올라가는 순간까지 말썽을 일으키지나 않을까 한시도 마음을 놓은 적이 없었어요. 아씨의 기분은 항상 최고조였고, 쉴 새 없이 재잘거리고 노래하고 웃으면서 자기와 똑같이 하지 않는 사람이 있으면 죄다 괴롭혔답니다. 아씨는 제멋대로인데다 생기발랄하고 몸집이 작고 가냘픈 말괄량이였지만, 우리 교구에서 눈이 가장 예쁘고 미소가 가장 달콤하며 발걸음이 가장 가벼운 소녀였어요. 그리고 지금 돌이켜 생각해 보면 아씨에게 악의가 있었던 것 같지는 않아요. 일단 아씨는 누구를 진짜로 울리면 좀처럼 곁을 떠나지 않으려 해서 오히려 울던 사람이 울음을 그치고 아씨를 달래야만 했으니까요.

아씨는 히스클리프를 너무나 많이 좋아했어요. 우리가 아씨에게 줄 수 있었던 최고의 벌은 아씨를 히스클리프와 떼어 놓는 것이었어요. 그럼에도 불구하고 아씨는 우리 가운데 누구보다 많이 히스클리프 때문에 꾸지람을 들었지요.

놀이를 할 때는 어린 안주인 노릇하기를 엄청나게 좋아해서 함부로 손을 놀리고 동무들에게 명령을 내리곤 했어요. 제게도 그렇게 했지만 저는 아씨의 손찌검과 명령을 참을 수가 없어서 그러지 말라고 딱 부러지게 말했지요.

그런데 언쇼 나리께서는 아이들의 장난을 이해하지 못하셨어요. 나리께서는 늘 아이들을 엄격하고 근엄하게 대하셨거든요. 그리고 캐시 아씨는 아씨대로 왜 아버지가 병약해지신 뒤부터는 건강하실 때보다 성을 더 많이 내고 참을성이 없어진 것인지 도무지 이해하지 못했어요.

주인 나리께서 역정을 내며 꾸짖으시면 아씨는 도리어 버릇없게도 나리의 화를 돋우며 즐거워하곤 했어요. 아씨는 우리 모두가 한꺼번에 자기를 나무랄 때면 우리를 대담하고 건방진 표정으로 쏘아보면서 미리 준비해 둔 말대답을 하며 대들고는 했는데 그럴 때만큼 신에 겨웠던 적은 없었지요. 조지프의 종교적 악담을 조롱거리로 만들어 버리고, 나를 곯려 먹고, 꼭 자기 아버지가 제일 싫어하는 짓만 골라했어요. 자기가 짐짓 오만불손하게 구는 게 —주인 나리는 아씨가 진짜로 그런다고 생각했지요.— 아버지가 친절하게 대해 주는 것보다 히스클리프에게 더 큰 힘을 발휘하는 것을, 그 아이가 '아씨'가 시키는 건 뭐든 다 하면서 '나리'가 시키는 건 마음이 내킬 때만 하는 것을 보여 주곤 했답니다.

아씨는 하루 종일 한껏 되지못하게 굴다가 밤이 되면 가끔씩 아버지를 껴안으며 마음을 풀어 드리려고 하기도 했어요. 그러면 나리께서는 이렇게 말씀하시곤 하셨죠.

"그만하거라, 캐시. 난 널 도저히 예뻐할 수가 없다. 넌 네 오라비보다 더 나빠. 가서 기도를 드리고 하느님께 용서를 구해. 네 엄마와 내가 너 같은 애를 낳아 기르다니, 참으로 후회스럽구나!"

아씨는 처음에는 그 말에 울음을 터트렸어요. 하지만 그렇게 계속 거부당하다 보니 점점 무뎌져서 나중에는 제가 옆에서 아씨에게 잘못했다고 사과하고 용서를 빌라고 말하면 깔깔대고 웃었습니다.

하지만 마침내 이승에서 언쇼 나리의 고뇌가 끝나는 시간이 찾아왔습니다. 어느 10월 저녁, 주인 나리는 난롯가에 자리한 의자에 앉은 채 조용히 숨을 거두셨어요.

그날은 집 주위에 세찬 바람이 불어 굴뚝 속에서도 바람이 윙윙거리며 몰아쳤어요. 바람 소리가 거센 폭풍우가 치는 것처럼 사나웠지만 춥지는 않았고 우리는 다 함께 있었습니다. 저는 벽난로에서 약간 떨어진 곳에서 뜨개질을 하느라 여념이 없었고,

조지프는 탁자 근처에서 성경을 읽고 있었지요. (그 당시에 하인들은 하루 일을 끝낸 뒤에는 대개 거실에 앉아 있었거든요.) 캐시 아씨는 몸이 안 좋아서 아버지의 무릎에 기댄 채 가만히 있었고, 히스클리프는 아씨의 무릎을 베고 바닥에 누워 있었지요.

지금도 제 기억에 선한데, 아씨가 온순한 걸 좀처럼 본 적이 없던 주인 나리께서는 그 모습에 무척 기뻐하시며, 선잠에 빠져들기 전에 아씨의 아리따운 머리칼을 쓰다듬으시며 이렇게 말씀하셨어요.

"캐시, 네가 늘 이렇게 착한 아이면 얼마나 좋을까?"

그러자 아씨가 아버지를 올려다보며 깔깔 웃으면서 대답했어요.

"아버지, 아버지가 늘 이렇게 착한 어른이면 얼마나 좋을까요?"

하지만 그 말에 나리의 안색이 다시 확 언짢아지자 아씨는 얼른 나리의 손에 입을 맞추면서 잠드시도록 노래를 불러 드리겠다고 했지요. 아씨가 아주 나직하게 노래하기 시작했고, 어느새 아씨의 손을 잡고 있던 나리의 손이 툭 떨어지며 고개도 앞으로 푹 수그러졌어요. 그래서 저는 나리께서 깨시지 않도록 아씨에게 노래를 그만하고 꼼짝도 하지 말라고 말했지요. 우리 모두는 꼬박 반 시간 동안 생쥐처럼 숨죽이고 가만히 있었는데, 조지프가 성경 몇 장을 다 읽고 자리에서 일어나 주인 나리께서 기도하고 주무시도록 나리를 깨워야겠다고 말하지 않았더라면, 우리는 그보다 더 오랫동안 그대로 있었을지도 몰라요. 조지프가 나리께로 다가가 나리를 부르며 어깨에 손을 올렸지만 나리께서는 움직이지 않으셨어요. 그래서 조지프가 촛불을 가져와 나리를 살펴봤지요.

조지프가 촛불을 내려놓는 순간 저는 뭔가 잘못됐단 생각이 들었어요. 그래서 저는 두 아이의 팔을 붙잡고 "어서 2층으로 올라가 조용히 하고 있어요. 그리고 오늘 밤 기도는 둘이서만 하도록 해요. 조지프는 할 일이 있으니까요."라고 나지막이 속삭였죠.

"먼저 아버지한테 잘 주무시란 인사부터 드리고."

캐서린 아씨가 이렇게 말하며 우리가 미처 말릴 겨를도 없이 아버지 목에 팔을 둘렀어요.

그 가엾은 것이 아버지가 돌아가신 것을 바로 알아차리고는 비명을 내질렀어요.

"아아, 아버지가 돌아가셨어, 히스클리프! 아버지가 돌아가셨어!"

두 아이는 가슴이 미어질 듯이 울음을 터트렸어요.

저도 아이들과 함께 대성통곡을 하며 울었습니다. 하지만 조지프는 천국에 가서 성자가 되신 분을 두고 대체 뭣 때문에 그렇게 울고 난리냐며 우리를 타박했어요.

조지프는 저한테 당장 외투를 걸치고 기머턴으로 가서 의사와 목사를 모시고 오라고 말했습니다. 저는 이제 와서 의사나 목사가 무슨 소용이 있는지 짐작도 할 수 없었어요. 하지만 저는 비바람을 뚫고 가서 의사를 모시고 왔답니다. 목사님은 다음 날 아침에 오겠노라고 말씀하셨고요.

어찌된 사정인지는 조지프가 설명하게 내버려 두고, 저는 아이들 방으로 달려갔어요. 문이 조금 열려 있어서 봤더니 자정이 지났는데도 아이들은 자리에 눕지 않고 있더군요. 하지만 아이들은 한결 차분해져 있어서 제가 달래 줄 필요는 없었어요. 어린 영혼들은 저 같으면 떠올리지도 못할 좋은 생각을 나누며 서로를 위로하고 있었어요. 세상의 그 어떤 목사님도 그 아이들이 천진난만하게 이야기를 주고받으며 그려낸 것만큼 아름답게 천국을 그려낼 수는 없었을 거예요. 흐느끼면서 아이들의 이야기에 귀를 기울이고 있자니, 우리 모두가 그곳에서 다 함께 편안하게 있었으면 하고 바라는 마음이 절로 들었답니다.

제6장

힌들리 도련님이 장례식에 맞춰 집으로 돌아왔습니다. 그런데 우리를 놀라게 하고 동네 사람들을 여기저기서 수군대게 만든 일이 벌어졌는데, 글쎄 도련님이 아내를 데리고 왔지 뭐예요.

그녀가 어떤 사람이고 어디 태생인지 도련님은 우리에게 전혀 알려 주지 않으셨어요. 아마도 그녀에게 내세울 만한 재산도 집안도 없었겠지요. 그렇지 않았다면 도련님이 아버지한테 그 결혼을 숨겼을 리가 없잖아요.

그녀는 집안에 분란을 일으킬 사람은 아닌 것 같았어요. 그녀는 집에 들어선 순간부터 눈에 들어온 모든 것에 기쁨을 느끼는 듯했어요. 그리고 주위에서 일어나는 모든 일에도 그런 것 같았지만 장례식 준비와 거기 와 있는 조문객들에게만큼은 그렇지 않은 듯했어요.

장례식 준비가 진행되는 동안 그녀가 하는 짓을 본 저는 그녀가 좀 모자란다고 생각했어요. 그녀는 자기 방으로 뛰어 들어가서는 아이들 옷을 입히느라고 바쁜 저를 자기 방으로 불렀어요. 제가 방으로 갔더니 그녀는 덜덜 떨며 앉아 손을 깍지 끼고는 되풀이해서 이렇게 물었지요.

"다들 아직 안 갔나요?"

그러면서 검은 상복을 보면 자기가 어떤 기분이 되는지 히스테릭하게 설명하기 시작했어요. 그러다가 흠칫 놀라 몸을 벌벌 떨더니 급기야는 울어 버리는 거예요. 그래서 제가 왜 그러냐고 물으니, 자기도 잘 모른다면서, 하지만 그냥 죽는 것이 너무나 두렵다지 뭡니까!

그녀도 저만큼이나 곧 죽을 사람 같아 보이지는 않았어요. 다소 마르기는 했지만 젊고 안색이 좋았으며 눈동자는 다이아몬드처럼 환하게 반짝거렸어요. 물론 그녀가 계단을 오를 때면 몹시 숨 가빠하고 갑작스레 들리는 아주 작은 소리에도 온몸을 부들부들 떨고 가끔은 성가실 정도로 기침을 해 대는 건 저도 잘 알고 있었어요. 하지만 저는 그 증상이 어떤 병의 전조(*폐결핵 증상인데, 폐결핵은 6개월 사이에 에밀리 브론테와 앤 브론테 자매의 목숨을 잇달아 앗아 간 질병이다.)인지 전혀 알지 못했고 또 동정심도 전혀 일지 않았어요. 이곳 사람들은 말이지요, 록우드 나리, 대개 외지인이 우리에게 먼저 마음을 주지 않으면 외지인에게 마음을 주지 않는답니다.

언쇼가의 젊은 주인은 객지에 나가 있던 3년 동안 많이 변해 있었어요. 몸이 여위었고, 혈색이 나빠졌고, 말투와 옷차림도 완전히 달라져 있었어요. 돌아온 바로 그날, 젊은 주인은 자기가 거실을 써야겠다며 조지프와 제게 이제부터는 뒤쪽 부엌방을 쓰라더군요. 실은 그는 작은 빈 방에 카펫을 깔고 도배를 해서 응접실로 쓰려고 했었던 모양인데, 자기 아내가 하얀 바닥과 활활 타오르는 큰 벽난로, 백랍 접시와 그릇장, 개집, 그리고 주로 앉아 있겠지만 그래도 돌아다녀도 될 정도의 널찍한 공간을 무척 마음에 들어 하자, 아내의 편의를 위해 따로 응접실을 꾸밀 필요는 없겠다고 생각해서 원래의 계획을 접었던 것이지요.

그녀는 또한 새로 만나게 된 식구 가운데 시누이가 있다는 것을 알고는 기쁨을 드러내며, 처음에는 캐서린 아씨에게 재잘거리기도 하고 입을 맞추기도 하고 같이 쏘다니면서 선물도 많이 주었지요. 하지만 그녀의 애정은 금방 식었고 그녀가 짜증을 많이 부리게 되자, 힌들리 도련님은 폭군처럼 포악해졌어요. 그녀가 히스클리프에 대한 반감을 몇 마디 피력한 것만으로도 힌들리 도련님의 마음속에 히스클리프에 대한 오래된 증오가 되살아났어요. 힌들리 도련님은 히스클리프를 자기들 곁에서 하인들 곁으로 내쫓았고, 더 이상 부목사님에게서 교육을 받지 못하게 하고, 대신 밖에서 일을 해야 한다고 주장하며 농장의 여느 사내아이 못지않게 고된 일을 시켰어요.

하인이나 다름없는 신세로 전락했지만 히스클리프는 처음에는 아주 잘 견뎌 냈는데, 캐시 아씨가 자기가 배운 걸 가르쳐 주고 들판에서 함께 일하고 놀았기 때문이었지요. 젊은 주인 나리는 두 아이가 자기 눈에만 띄지 않는다면 그 둘이 어떻게 행동하든 무슨 짓을 하든 전적으로 무관심했기 때문에, 그 둘은 야만인처럼 거칠게 자랄 게 뻔했어요. 두 아이가 일요일에 교회를 가는 것도 챙기지 않다가 두 아이가 교회에 안 나왔다고 조지프와 부목사가 그의 무관심을 질책하면 그제야 생각이 나서는 히스클리프는 매질하고 캐서린 아씨는 점심이나 저녁을 굶기라고 명령했어요.

하지만 두 아이는 아침에 황야로 달아나 하루 종일 그곳에서 지내는 걸 대단히 좋아했기에, 뒤에 받게 되는 벌쯤은 웃어넘길 수 있는 사소한 일이 되었어요. 부목사가 캐서린 아씨에게 외워야 할 숙제를 아무리 많이 내줘도, 조지프가 팔이 아플 때까지 히스클리프를 호되게 때려도, 두 아이는 다시 같이 있게 되는 순간, 적어도 복수할 못된 계획을 꾸미는 순간이면 곧바로 모든 걸 까맣게 잊어버렸답니다. 두 아이가 날로 점점 더 무모해지는 모습을 지켜보며 제가 혼자서 운 날이 얼마나 많은지 몰라요. 하지만 의지할 곳 없는 그 아이들에게 제가 아직은 작게나마 영향력을 지니고 있었는데 그마저도 잃게 될까 봐 저는 감히 잔소리 한 마디도 못 했답니다.

어느 일요일 저녁, 두 아이가 떠들었는지, 아니면 그 비슷하게 가벼운 소란을 피웠는지 해서 거실에서 쫓겨나는 일이 있었어요. 그래서 제가 저녁을 먹으라고 부르러 갔더니 그 둘이 어디에도 없는 거예요.

우리는 위층, 아래층 온 집 안을 다 뒤지고, 마당, 마구간 할 것 없이 구석구석 찾아봤지만, 두 아이는 어디에도 보이지 않았어요. 그러다 급기야 화가 치솟은 힌들리 도련님은 문에 빗장을 질러 잠그고 그날 밤 아무도 그 아이들을 안으로 들이지 말라고 명령했어요.

온 집안사람들이 잠자리에 들었지만 저는 너무 걱정이 되어서 자리에 눕지도 못하고, 비가 오는데도 제 방 격자창을 열어 머리를 내밀고는 주인이 금했지만 두 아이가 돌아오면 집 안으로 들이겠다고 굳게 마음을 먹고 귀를 기울였어요.

잠시 뒤, 길을 걸어오는 발자국 소리가 들리더니 초롱불 불빛이 대문 사이로 희미하게 비치더군요.

저는 아이들이 문을 두드려 힌들리 도련님을 깨울까 봐 부리나케 숄을 머리에 걸치고 뛰어나갔어요. 그런데 히스클리프 혼자뿐인 거예요. 히스클리프 혼자만 있는 걸 보고 깜짝 놀라 저는 다급하게 소리쳐 물었어요.

"캐서린 아씨는 어디 있어? 사고가 난 건 아니겠지?"

"스러시크로스 그레인지에 있어. 나도 거기에 있으려고 했는데 그 집 사람들은 예의 없게도 내게는 머물라고 권하질 않았어."

"어휴, 넌 단단히 혼날 거야! 너 정말 쫓겨나야 속이 시원하겠어? 도대체 스러시크로스 그레인지까지는 뭐하러 간 거야?"

"젖은 옷부터 좀 벗고 나서 다 말해 줄게, 넬리." 하고 히스클리프가 대답했어요.

제가 주인 나리를 깨우지 않게 조심하라고 이르고는 촛불을 끄지 않고 기다리는 동안 히스클리프가 옷을 벗으며 이야기를 계속해 나갔어요.

"캐시와 나는 세탁장으로 해서 빠져나가 마음대로 돌아다녔어. 그러다가 스러시크로스 그레인지의 불빛이 어렴풋이 보이기에 우리는 린턴가(家)에서도 일요일 저녁에 아버지와 어머니는 먹고 마시고 노래하고 깔깔대며 난로 앞에서 눈이 타들어 갈 정도로 따뜻하게 앉아 있는데, 그 집 아이들은 구석에 서서 덜덜 떨고 있는 건 아닌지 한번 가서 보자고 생각했어. 네 생각엔 그 집 애들도 그럴 것 같아? 그 애들도 설교집을 읽거나 자기 집 하인에게 교리문답식으로 가르침을 받다가 제대로 대답하지 못하면 성경의 인명 편을 암기해야 할 것 같아?"

"그렇진 않겠지. 그 집 아이들은 틀림없이 착할 테니까 너희처럼 행실이 나빠서 받는 그런 대우는 받지 않겠지." 하고 제가 대꾸했지요.

"위선 떨지 마, 넬리! 말도 안 되는 소리야! 우리는 워더링 하이츠 꼭대기에서 그 집 입구의 숲까지 한달음에 달려갔어. 달리기에서는 캐서린이 완패했지. 캐서린은 맨발이었거든. 넬리, 네가 내일 늪에 가서 캐서린의 신발을 찾아와야 할 거야. 우리는 산울타리에 난 구멍으로 기어 들어가서 길을 더듬어 올라가 그 집 응접실 창문 아래의 화단에 자리 잡았어. 우리가 본 불빛은 그곳에서 새어 나온 거였어. 덧창도 닫지 않은 데다 커튼도 반밖에 드리워 있지 않았지. 우리 둘 다 벽의 기단을 딛고 창턱에 매달려 안을 들여다볼 수 있었는데, 우리 눈에 들어온 광경은…… 아! 얼마나 아름답던지! 그야말로 멋졌어. 그곳에는 진홍색 카펫이 깔려 있었는데 의자 커버와 식탁보도 진홍색이고, 새하얀 천장의 테두리는 금으로 둘려져 있고, 천장 한가운데에는 은사슬에 촛대가 매달려 있었는데 그 촛대에 달린 쏟아지는 듯한 유리 방울 장식들이 작고 부드러운 촛불의 빛을 받아 은은하게 반짝거렸어. 린턴 부부는 그곳에 없었고, 에드거와 누이동생 둘이서 응접실을 완전히 독차지하고 있었어. 그럼 당연히 그 애들이 행복해야 하지 않겠어? 우리라면 천국에 있는 것만 같았을 텐데! 그런데 네가 착하다고 한 그 애들이 뭘 하고 있었는지 알아? 이저벨라는, 내가 알기로 그 앤 캐시보다 한 살 어린 열한 살일 거야, 응접실의 저쪽 끝에 드러누워 마치 시뻘겋게 달군 바늘로 마녀에게 찔리고 있는 것마냥 악을 쓰며 빽빽 울어 대고 있었어. 에드거는 벽난로 앞에 서서 소리 없이 울고 있었고, 탁자 한가운데에는 강아지 한 마리가 앞발을 흔들며 깽깽 짖고 있었어. 남매끼리 서로를 비난하는 것으로 보아 그 강아지를 거의 두 동강이 날 정도로 잡아 당겼던 모양이야. 바보 멍청이들! 그딴 걸 놀이라고! 따뜻한 털 뭉치 하나를 차지하려고 다투며 서로 갖겠다고 난리를 피우다가 이제는 또 서로 안 갖겠다고 울고불고 하는 꼬락서니라니. 우리는 그 응석받이들을 노골적으로 깔깔대고 비웃으며 경멸했어! 내가 캐서린이 원하는 걸 갖기를 바라는 거 본 적 있어? 아님 우리끼리만 있는데, 놀다가 방 이쪽저쪽 구석에 따로따로 떨어져서 악을 쓰고 엉엉 울어 대며 바닥을 뒹구는 거 본 적 있어? 나는 천 번을 다시 태어난대도 이 집에서의 내 처지와 스러시크로스 그레인지에서의 에드거 린턴의 처지를 맞바꾸지 않을 거야! 지붕 꼭대기에서 조지프를 내던지고, 이 집 정면을 힌들리의 피로 칠할 특권을 준다 해도 그렇게는 안 해!"

"쉿, 쉿!"

저는 그의 말을 자르고 물었습니다.

"히스클리프, 캐서린 아씨가 어떻게 하다 뒤에 남았는지 말 안 해 줄 거야?"

"우리가 깔깔대고 웃었다고 했지? 린턴가의 애들한테 그 소리가 들렸나 봐. 그 애들이 일제히 쏜살같이 문으로 달려가더군. 잠시 잠잠하더니 마구 소리치기 시작했어. '악, 엄마, 엄마! 악, 아빠! 악, 엄마, 이리 와 보세요. 으악, 아빠, 으악!' 그 애들은 진짜 그런 식으로 소리를 질러 댔어. 우리는 그 애들을 훨씬 더 겁주려고 무시무시한 소리를 냈어. 그러다 누군가가 빗장을 푸는 소리가 들려서 우리는 창턱에서 손을 떼고 도망치는 게 좋겠다고 생각했어. 내가 캐시의 손을 잡고 어서 도망치자고 재촉하고 있는데 갑자기 캐시가 넘어지는 거야. 그러더니 캐시가 소리 죽여 외쳤어.

'도망쳐, 히스클리프. 도망쳐! 이 집 사람들이 풀어놓은 불도그한테 난 잡혔어!'

그 악마 같은 놈이 캐시의 발목을 물고 있었어, 넬리. 그놈이 진저리나게 킁킁거리는 소리를 냈어. 하지만 캐시는 소리를 지르지 않았어. 전혀 말이야! 캐시는 미친 소의 뿔에 찔렸어도 전혀 소리 지르지 않았을 거야. 하지만 나는 소리를 질렀어. 이 세상에 있는 어떤 악마라도 완파해 버릴 정도로 고래고래 소리를 지르며 욕을 퍼부었어. 그리고 돌멩이를 집어 놈의 주둥이에 찔러 넣고 있는 힘껏 놈의 목구멍 쪽으로 쑤셔 박으려고 했어. 마침내 짐승 같은 하인이 초롱불을 들고 나타나서는 외쳤어.

'꽉 물고 있어, 스컬커, 계속 꽉 물고 있어!'

하지만 스컬커가 물고 있는 사냥감을 보고는 하인의 태도가 바뀌더군. 개의 목을 졸라 떼어 놓으니까 주둥이에서는 커다란 자줏빛 혓바닥이 반 자나 늘어지고 축 늘어진 입술에서는 피 섞인 침이 질질 흘렀어.

그 하인이 캐시를 부축해 일으켰어. 캐시는 하얗게 질려 있었지만 무서워서가 아니라 아파서 그랬던 게 틀림없어. 하인은 캐시를 안고 집으로 들어갔고 나는 저주와 복수의 말을 내뱉으며 따라 들어갔어.

'로버트, 뭘 잡은 거야?'

린턴 씨가 문 앞에서 큰 소리로 묻더군.

'스컬커가 어린 계집애 하나를 잡았어요, 나리.' 하고 하인이 대답하더니 나를 꽉 붙잡으며 덧붙이더군.

'그리고 여기 사내 녀석도 하나 있고요. 아주 갈 데까지 간 놈이에요! 아무래도 도둑놈들이 이 녀석들을 창문으로 들여보내려던 모양이에요. 우리 모두가 잠든 뒤에 이 녀석들이 자기 패거리에게 문을 열어 주면 도둑놈들이 집 안으로 들어와 우리를 손쉽게 죽이려던 게 틀림없어요. 주둥이 닥쳐, 입 험한 도둑놈아! 이 일로 넌 교수대에 오를 거야. 린턴 나리, 총을 내려놓지 마세요!'

그러자 늙은 멍청이가 대답했어.

'그럼, 물론이지, 로버트! 악당 녀석들이 어제 내가 소작료 받은 날이란 걸 알고는 영리하게도 우리 집을 털려고 한 거로군. 올 테면 와 봐. 내가 제대로 맞이해 줄 테니까. 거기, 존, 사슬을 걸어 문을 단단히 잠가. 제니는 스컬커에게 물을 좀 갖다 주고. 대담하게 치안판사의 집을 털려고 하다니, 그것도 안식일에! 오 만불손하기 짝이 없군! 오, 여보 메리, 여길 좀 보구려! 겁먹지 말고. 어린 사내아이에 불과하니까. 하지만 얼굴에 악한 놈이라고 딱 써 있군. 녀석이 얼굴뿐만 아니라 행동에서도 본성을 드러내기 전에 녀석을 당장 교수형에 처하는 것이 나라를 위하는 일 아니겠소?'

그가 나를 샹들리에 아래로 끌고 갔고, 린턴 부인이 콧등에 안경을 걸치고 보더니 공포에 질려 두 손을 번쩍 들더군. 겁쟁이 애들도 살금살금 더 가까이 다가왔는데 이저벨라가 혀짤배기소리로 이렇게 종알거렸어.

'무서워라! 아빠, 이 애를 지하실에 가둬요. 내가 길들인 꿩을 훔쳐 간 점쟁이의 아들과 똑같이 생겼어요. 안 그래, 에드거 오빠?'

그들이 나를 살펴보는 동안 캐시가 정신을 차렸어. 캐시는 이저벨라의 마지막 말을 듣고는 깔깔 웃었어. 에드거 린턴이 호기심 어린 시선으로 뚫어지게 쳐다보고서야 겨우 캐시를 알아봤어. 다른 곳에서는 좀처럼 우리를 만나지 못해도 교회에서는 그들도 우리를 보니까 말이야. 그 녀석이 자기 어머니한테 속삭였지.

'저 앤 언쇼 양이에요! 스컬커가 문 것 좀 봐요. 그리고 발에서 피가 나는 것도요!'

그러자 린턴 부인이 소리쳤어.

'언쇼 양이라고? 말도 안 돼! 언쇼 양이 집시와 마을을 쏘다니다니! 이런, 저 애가 상복을 입고 있는 걸 보니 언쇼 양이 맞나 봐. 그래, 틀림없이 상복이야. 평생 다리를 절게 될지도 모르는데 어쩌지!'

'그게 다 무심한 저 아이의 오라비 탓이지!'

린턴 씨가 외치며, 내게서 캐서린에게로 눈길을 돌려 말을 이어 갔어.

'실더스가 (부목사님이에요, 록우드 나리.) 그러던데, 오라비가 저 애를 완전히 이교도처럼 자라게 놔둔다더군. 그런데 이놈은 누구야? 어디서 이런 놈을 만나 어울려 다니지? 아하! 바로 이놈이 세상을 뜬 내 이웃이 리버풀에 갔다가 주워 왔다던 그 별난 물건인 모양이로군. 동인도인 선원 아니면, 아메리카 원주민이나 스페인인이 버린 자식 같다던.'

늙은 할망구가 딱 잘라 이렇게 말하더군.

'여하튼 사악한 놈이죠. 게다가 점잖은 집안에 전혀 맞지도 않고요! 여보, 이 녀석이 하는 말 들었어요? 우리 애들이 들었을까 봐 소름이 끼치네요.'

그래서 내가 다시 욕을 한 바가지 퍼부어 줬어. 화내지 마, 넬리. 그러자 그들은 로버트한테 나를 쫓아내라고 시키더군. 난 캐시를 놔두고는 가지 않겠다고 버텼어. 하지만 로버트가 나를 질질 끌고 뜰로 나가 내 손에 초롱불을 쥐어 주고는 너희 집 언쇼 나리에게 내가 한 짓을 일러바치겠다며 으름장을 놓고는 당장 꺼지라면서 문을 다시 단단히 걸어 잠가 버렸어.

한쪽 커튼이 아직 드리워져 있지 않아서 나는 스파이처럼 앞서 있던 자리로 다시 돌아갔어. 캐서린이 돌아가고 싶어 하는데 그들이 놔주지 않으면 그 커다란 유리창을 산산조각으로 박살 내 버릴 작정이었거든.

캐시는 소파에 가만히 앉아 있었어. 린턴 부인이 우리가 밖에 돌아다닐 때 잠깐 걸치려고 슬쩍한 소젖 짜는 하녀의 회색 망토를 벗기고는 고개를 절레절레 흔들며 캐시를 타이르고 있는 것 같았어. 캐시는 어린 숙녀니까 나와는 대접이 달랐어. 잠시 뒤 하녀가 더운물 한 대야를 가져와서 캐시의 발을 씻겨 주었어. 린턴 씨는 니거스(*포도주, 더운물, 설탕, 레몬 등을 넣어 만든 음료)를 한 잔 타 주었고, 이저벨라는 과자를 한 접시 가득 가져와 캐시의 치마 무릎 부분에 쏟아 주었고, 에드거는 좀 떨어져서 입을 헤벌리고 서 있었어. 그런 뒤 그들은 캐시의 아름다운 머리카락을 말려서 빗겨 주고 큼직한 슬리퍼를 신기고는 캐시를 의자째 난롯불 앞으로 밀어 줬어. 나는 캐시가 강아지와 스컬커에게 과자를 나눠 주고 과자를 받아먹는 스컬커의 코를 살짝 꼬집으며 굉장히 즐거워하는 모습까지만 보고 왔어. 캐시의 넋을 잃게 만드는 얼굴에 살짝 매혹되어 린턴가 사람들의 멍하고 파란 눈동자에 생기가 돌기 시작했는데, 빌어먹게도 캐시에게 홀딱 반한 것 같더군. 캐시는 그들과는, 아니 이 세상 어느 누구와도 비교할 수 없을 정도로 멋지니까. 안 그래, 넬리?"

저는 히스클리프에게 이불을 덮어 주고 불을 끄며 이렇게 대꾸했어요.

"이번 일로 인해 네 예상보다 더 많은 일이 생기게 될 거야. 넌 구제불능이야, 히스클리프. 이제 힌들리 도련님이 극단의 조처를 취하려 들 거야. 도련님이 안 그러나 두고 보라지."

제 말은 제가 바랐던 것보다 더 많이 들어맞았어요. 두 아이의 운 나쁜 모험담을 듣고 언쇼가의 젊은 주인은 길길이 날뛰었어요. 거기에 더해 린턴 나리가 사태를 개선하기 위해 그 다음날 몸소 방문해서 젊은 주인에게 집안을 다스리는 길에 대해 장황한 설교를 늘어놓는 바람에, 힌들리 도련님은 본격적으로 집안 단속을 해야겠다고 다짐하게 되었답니다.

히스클리프는 매질을 당하지는 않았지만 캐서린 아씨에게 말을 붙였다간 쫓겨날 줄 알라는 경고를 받았어요. 그리고 언쇼가의 새 안주인은 시누이가 집으로 돌아오면 시누이를 단단히 단속하는 임무를 맡았어요. 우격다짐이 아니라 요령껏 말이지요. 우격다짐으로 밀어붙였으면 캐서린 아씨를 단속하지 못했을 거예요.

제7장

캐시 아씨는 스러시크로스 그레인지에서 크리스마스까지 다섯 주를 머물렀어요. 그사이 아씨의 발목이 깨끗이 나았고 아씨의 태도도 많이 좋아졌어요. 언쇼가의 안주인은 그 기간 동안 캐시 아씨를 자주 찾아가 멋진 옷과 아첨으로 아씨의 자긍심을 높여 아씨를 개조시키는 작전에 들어갔고, 캐시 아씨는 이런 것들을 선뜻 받아들였어요. 그리하여 아씨가 돌아오던 날 거칠고 모자도 쓰지 않은 작은 야만인이 집 안으로 펄쩍펄쩍 뛰며 우리에게 돌진해 모두를 숨이 막힐 정도로 꽉 껴안는 대신, 아주 기품 넘치는 숙녀가 깃털 장식이 달린 비버 모자 아래로 갈색 곱슬머리를 늘어뜨리고 양손으로 옷을 잡고 다소곳이 걸어야 하는 긴 승마용 드레스 차림으로 멋진 검정색 조랑말에서 내렸답니다.

힌들리 도련님이 말에서 내리는 캐시 아씨를 안아서 받아 주며 기쁨에 가득 차서 소리쳤어요.

"아니, 캐시, 너 정말 예뻐졌구나! 못 알아볼 뻔했잖아. 이제 숙녀가 다 됐구나. 이저벨라 린턴은 너와 비교도 안 되겠어. 그렇지 않아, 프랜시스?"

그러자 그의 아내가 대꾸했지요.

"이저벨라는 타고난 미인이 아니에요. 하지만 아가씨는 이곳에서 다시 거친 모습으로 돌아가지 않도록 신경을 써야 해요. 엘런, 캐서린 아가씨가 승마복 벗는 걸 도와드려. 가만있어요, 아가씨, 곱슬곱슬 예쁘게 잘 말아 놓은 머리가 헝클어지겠어요. 모자 끈은 내가 풀어 줄게요."

제가 승마복을 벗기자, 승마복 속에 입고 있던 아주 멋진 격자무늬 실크 드레스와 흰 바지, 그리고 반질반질한 구두가 눈부셨어요. 개들이 아씨를 반기며 신이 나서 덤벼들자 아씨는 기뻐서 눈을 반짝거리면서도 자기의 멋진 옷을 버릴까 봐 개들을 쓰다듬어 주지도 않았지요.

아씨는 제게 살짝 입을 맞추고는 —그때 저는 크리스마스 케이크를 만드느라 밀가루투성이여서 아씨는 저를 안아줄 수 없었을 거예요.— 히스클리프를 찾아 주위를 두리번거렸어요. 힌들리 도련님 부부는 캐시 아씨와 히스클리프가 만나게 되는 순간을 기다리며 초조하게 지켜봤어요. 과연 그 둘을 떼어 놓을 수 있을지 없을지 어느 정도 가늠할 수 있을 것이라고 생각하면서요.

처음에는 히스클리프가 좀처럼 눈에 띄지 않았어요. 캐서린 아씨가 집을 비우기 전에도 히스클리프는 다른 사람들에게 무관심했고 다른 사람들의 보살핌도 받지 못했지만, 아씨가 집을 비운 뒤로 열 배는 더 그러했답니다.

저 말고는 어느 누구도 히스클리프에게 더러운 놈이라고 나무라며 일주일에 한 번은 몸을 씻으라고 잔소리하는 친절도 베풀지 않았어요. 사실 그 또래 아이들 가운데 비누로 몸을 씻는 걸 천성적으로 좋아하는 아이가 어디 있겠습니까? 그러니 히스클리프는 석 달 동안 갈아입지 않아 진흙과 먼지투성이인 옷과 빗질하지 않은 숱 많은 머리카락은 말할 것도 없고, 얼굴도 손도 말도 못 하게 꼬질꼬질했어요. 자기와 똑같은 덥수룩한 머리를 한 단짝이 들어오리라고 예상했는데 그 대신 굉장히 눈부시고 우아한 처녀가 들어오는 걸 보고는 히스클리프가 등이 높은 긴 의자 뒤로 숨어 버린 것도 무리는 아니었어요.

"히스클리프는 집에 없어?"

캐서린 아씨가 이렇게 물으면서 장갑을 벗자 아무 일도 않고 실내에만 있어서 놀랍도록 뽀얘진 손가락이 드러났어요.

"히스클리프, 앞으로 나와도 좋아. 너도 나와서 다른 하인들처럼 캐서린 아씨에게 인사드려."

힌들리 도련님은 히스클리프가 당황하자 어린 불한당 녀석이 험악한 꼴로 어쩔 수 없이 모습을 드러낼 거란 생각에 흐뭇해하며 외쳤어요.

캐서린 아씨는 숨어 있는 친구를 얼핏 보고는 달려가서 껴안았어요. 아씨는 순식간에 히스클리프의 볼에 예닐곱 번 뽀뽀를 퍼부은 다음 멈추고 뒤로 물러나더니 웃음을 터트리며 이렇게 외쳤어요.

"아니, 어쩜 이렇게 시커멓고 성난 얼굴일까! 어머, 정말 괴상하고 험상궂네! 하지만 그건 내가 에드거 린턴과 이저벨라 린턴에게 익숙해진 탓이겠지. 이런, 히스클리프, 설마 나를 잊은 거야?"

캐서린 아씨가 그렇게 물을 만했어요. 히스클리프가 수치스럽기도 하고 자존심도 상해 얼굴에 이중으로 그늘을 드리운 채 꼼짝도 하지 않았으니까요.

"악수해도 돼, 히스클리프. 가끔 한 번쯤은 괜찮아."

힌들리 도련님이 생색을 내며 말했지요.

"싫어! 비웃음거리가 되는 건 싫어! 그건 절대 못 참아!"

그 아이가 마침내 겨우 말문을 열고 대꾸했어요. 그러면서 히스클리프는 그 자리에서 벗어나려고 했지만 캐시 아씨가 히스클리프를 다시 붙잡았어요.

"너를 비웃으려던 게 아니야. 그냥 나도 모르게 웃음이 나온 거야. 히스클리프, 아무리 그래도 악수는 해야지! 대체 뭣 때문에 골이 난 거야? 난 그냥 네가 이상해 보여서 그랬을 뿐인데. 음, 네가 얼굴을 씻고 머리를 빗으면 괜찮을 거야. 하지만 넌 지금 너무 더러워!"

캐서린 아씨는 자기가 잡고 있는 시커먼 손가락을 걱정스럽게 응시하다가 자신의 드레스로 시선을 옮겼어요. 히스클리프의 손가락이 자기 드레스에 닿는 바람에 때라도 묻었을까 봐 걱정스러웠던 것이지요. 아씨의 시선을 눈치챈 히스클리프가 급히 손을 빼며 쏘아붙였어요.

"그러게 누가 날 만지래! 더럽건 말건 내 맘이야. 난 더러운 게 좋아. 난 더럽게 살 거야."

그 말을 하고는 히스클리프는 그 방에서 황급히 뛰쳐나가 버렸답니다. 주인 부부는 깔깔대고 웃고, 캐서린 아씨는 대단히 혼란스러워했는데 자신의 말에 히스클리프가 왜 그리 기분 나빠하는지 도무지 이해할 수 없었지요.

저는 새로운 모습으로 돌아온 아씨의 몸종 노릇을 하고, 케이크를 오븐에 넣고, 크리스마스이브에 걸맞게 불을 활활 지펴 부엌과 거실에 생기를 불어넣은 뒤, 자리에 앉아 크리스마스 캐럴을 부르며 혼자 즐기려고 했어요. 제가 고른 흥겨운 노래들을 노래 나부랭이로 치부하던 조지프의 말 따위에는 구애받지 않고 말이죠.

조지프는 진즉에 자기 방으로 물러나 혼자 기도를 올리고 있었고, 힌들리 도련님 부부는 친절하게 대해 준 린턴 남매에게 답례로 선물하기 위해 사온 여러 가지 화려한 물건들을 캐시 아씨에게 내놓고 아씨의 관심을 끌고 있었어요.

힌들리 도련님 부부가 내일은 함께 보내자며 린턴 남매를 워더링 하이츠로 초대했고, 린턴가에서는 초대를 수락했지만 한 가지 조건을 달았어요. 린턴 부인이, 자신의 사랑스러운 아이들이 그 '버릇없는 욕쟁이 녀석'과 떨어져 있도록 주의해 달라고 부탁한 것이었지요.

상황이 이러했으므로 저는 계속 혼자 있었어요. 불에 덥혀지며 풍기는 향신료의 진한 향을 맡으며, 반짝거리는 주방 조리기구들, 호랑가시나무로 장식되고 잘 닦아서 윤이 반질반질 나는 벽시계, 저녁에 설탕과 향신료를 넣어서 데운 에일 맥주를 가득

부어 바로 내갈 수 있도록 쟁반에 가지런히 놓아둔 은잔들, 그리고 무엇보다도 특별히 주의를 기울여 박박 쓸고 닦아 놓은, 얼룩 한 점 없이 깨끗한 바닥을 감탄하며 바라봤어요.

마음속으로 그 모든 것들에 받아 마땅한 박수갈채를 보내다가 문득, 제가 이렇게 다 말끔히 치우고 나면 돌아가신 언쇼 나리께서 들어오셔서 저를 참 바지런한 아이라고 칭찬하시며 크리스마스 선물로 제 손에 1실링을 슬쩍 쥐어 주셨던 게 기억이 나더군요. 그 기억이 떠오르자, 돌아가신 주인 나리께서 히스클리프를 얼마나 예뻐하셨는지, 그리고 당신이 돌아가신 뒤 히스클리프가 푸대접을 받을까 봐 얼마나 걱정하셨는지도 잇달아 생각났지요. 그러자 자연스레 그 불쌍한 아이가 지금 처한 상황이 떠올라서 저는 노래하고 싶던 마음이 울고 싶은 마음으로 바뀌었습니다. 하지만 곧 히스클리프가 받는 부당한 취급을 떠올리며 눈물을 흘리기보다는 그것을 조금이나마 바로잡으려고 애쓰는 것이 더 의미 있는 일이라는 생각이 들어서, 저는 자리에서 일어나 히스클리프를 찾으러 안뜰로 걸어 나갔습니다.

히스클리프는 멀지 않은 곳에 있었어요. 마구간에서 새로 들어온 조랑말의 윤이 나는 털을 매만져 주고, 늘 하던 대로 다른 말들에게 먹이를 주고 있더군요.

"얼른 끝내, 히스클리프! 부엌이 정말로 아늑해. 조지프는 위층에 올라가고 없고. 그러니 서둘러 일을 끝내고 오면 캐시 아씨가 나오기 전에 내가 너를 말쑥하게 꾸며 줄게. 그럼 아씨와 너 둘이서만 난로를 통째로 차지하고 앉아 잠들 때까지 한참 동안 이야기를 나눌 수 있잖아."

히스클리프는 자기 할 일만 계속할 뿐 제 쪽으로는 전혀 고개를 돌리지 않았어요. 저는 그냥 제 할 말을 계속했어요.

"얼른 와. 올 거지? 케이크도 너희 둘이 먹을 만큼은 충분히 있어. 옷을 갈아입으려면 반 시간은 걸릴 거야."

저는 5분을 기다렸지만 히스클리프에게서 아무런 대답도 듣지 못하고 돌아왔어요. 캐서린 아씨는 오빠 부부와 함께 저녁을 먹었고, 조지프와 저는 한쪽의 꾸지람과 다른 한쪽의 건방진 대꾸를 양념 삼아 무뚝뚝하게 식사를 함께했습니다. 히스클리프 몫의 케이크와 치즈는 요정들 몫인 양 밤새도록 식탁 위에 그대로 놓여 있었어요. 히스클리프는 아홉 시까지 이런저런 일을 계속하다가 그냥 말도 없이 뚱한 표정으로 자기 방으로 들어가 버렸어요.

캐시 아씨는 새 친구들 맞을 준비를 하느라 산더미처럼 많은 지시를 내리며 밤늦도록 자지 않았어요. 그러다 옛 친구에게 말을 걸려고 한 번 부엌으로 들어왔지만, 히스클리프가 없자 히스클리프에게 무슨 일이 있냐고 묻기만 하고 가 버렸지요.

다음 날 아침 히스클리프는 일찍 일어났어요. 그날은 휴일이었기 때문에 언짢은 얼굴로 황야로 나가더니, 집안 식구들이 교회로 출발하고 나서야 다시 모습을 드러냈어요. 굶으면서 심사숙고하다 보니 기분이 좀 나아진 모양이었어요. 그 아이가 한동안 제 주위에서 서성거리더니 용기를 내서 불쑥 이렇게 외치는 거였어요.

"넬리, 나 좀 말쑥하게 꾸며 줘. 나도 멋지게 보이고 싶어."

"진즉에 그랬어야지, 히스클리프. 너 때문에 캐서린 아씨가 얼마나 슬퍼했는지 알아? 아마도 아씨는 집으로 돌아온 걸 후회하고 있을지도 몰라! 다들 너보다 아씨를 더 많이 챙긴다고 네가 아씨한테 샘내는 것 같아 보이잖아."

히스클리프는 캐서린 아씨한테 '샘낸다'는 게 무슨 말인지는 이해하지 못했지만 캐서린 아씨가 슬퍼했다는 말은 아주 명확하게 이해했어요.

"캐시가 슬프다고 말했어?"

히스클리프가 아주 심각한 표정으로 물었지요.

"오늘 아침 또 네가 나가고 없다니까 아씨가 울었어."

그러자 히스클리프가 이렇게 대꾸하더군요.

"으음, 나도 간밤에 울었는걸. 울 이유는 캐시보다 내가 더 많아."

"그래, 네가 오만한 마음과 주린 배를 안고 잠자리에 든 것도 이유가 있었겠지. 오만한 사람들은 스스로 애처로운 슬픔을 만드니까. 하지만 네가 신경질적으로 군 게 부끄럽다면, 아씨가 돌아오는 대로 용서를 빌어. 아씨에게로 가서 정중히 입을 맞춘 다음 사과하는 거야. 뭐라고 말할지는 네가 가장 잘 알겠지. 단, 진심으로 그렇게 해야 해. 화려한 드레스를 입은 아씨가 낯설게 느껴진다고 해서 그걸 내색해서는 안 되고. 내가 지금 당장은 식사 준비를 해야 하지만 짬을 내서 내가 너를 멋지게 꾸며 주면, 너에게 견주었을 때 에드거 린턴은 인형 같은 계집애처럼 보일 거야. 뭐, 사실 에드거 린턴은 그렇잖아. 넌 그 아이보다 더 어리지만, 확실히 그 아이보다 키도 크고 어깨도 두 배로 넓으니까, 그 아이를 눈 깜짝할 사이에 때려눕힐 수 있을 거야. 안 그래?"

히스클리프의 얼굴이 순간 밝아졌지만 곧바로 다시 어두워지면서 한숨을 쉬었어요.

"하지만 넬리, 내가 스무 번이나 그 녀석을 때려눕힌다한들, 그 녀석이 더 못생겨지고 내가 더 잘생겨지지는 않겠지. 나도 머리카락 색이 옅고 살결이 희면 좋겠어. 나도 그 녀석처럼 옷도 잘 입고 품행도 단정하고, 또 그 녀석만큼 부자가 될 가망이 있으면 얼마나 좋을까!"

"그리고 툭하면 엄마를 찾으며 울기나 하고."

제가 덧붙이며 말을 이어 갔어요.

"촌뜨기 하나가 주먹을 들어 올리기만 해도 벌벌 떨고, 소나기가 왔다고 하루 종일 집에만 처박혀 있기나 하는데 뭐가 좋아? 야아, 히스클리프, 왜 이렇게 약하게 구니! 거울 앞으로 와 봐. 그러면 네가 정말 바라야 할 게 무엇인지 알려 줄 테니까. 저기 네 두 눈 사이의 미간 주름 둘, 아치 모양으로 올라가지 못하고 중간에서 처진 짙은 눈썹, 그리고 푹 들어간 한 쌍의 검은 악마 같은 두 눈이 감히 창문을 열지 못하고 악마의 첩자처럼 번득거리며 그 뒤에 숨어 있는 게 보이니? 저 성질 못되어 보이는 미간 주름을 펴고, 눈꺼풀을 확 치뜨고, 악마 같은 눈은 아무것도 수상쩍어 하지도 의심하지도 않고 확실히 적이 아닌 이상은 늘 친구로 보는, 자신감 있고 순진무구한 천사 같은 눈으로 바뀌었으면 좋겠다고 바라고, 또 그렇게 되는 방법을 익혀. 걷어차여 놓고는 당연히 걷어차일 만하다고 생각하면서도 그런 일을 당했다고 걷어찬 사람뿐만 아니라 온 세상을 증오하는, 사나운 똥개 같은 표정은 짓지 말고."

"그러니까 넬리, 결국 네 말은 내가 에드거 린턴처럼 커다란 푸른 눈과 반반한 이마를 갖기를 바라야 한다는 거잖아. 나도 그러길 바라. 하지만 바란다고 그렇게 되는 게 아니잖아."

히스클리프가 대꾸했지만 저는 계속 말했어요.

"얘, 마음이 고우면 얼굴도 고와지는 법이야. 네가 완전히 흑인이라 해도 말이지. 그리고 마음이 미우면 아무리 고운 얼굴도 더없이 추해지는 법이고. 자, 이제 다 씻고 머리도 빗고 부루퉁한 표정도 짓고 있지 않으니까, 네가 봐도 너 자신이 제법 잘생겨 보이지 않니? 정말이지, 내가 볼 땐 그래. 변장한 왕자라고 해도 믿겠어. 누가 알아? 네 아버지는 중국 황제고 네 어머니는 인도 여왕이어서 한쪽의 일주일치 수입만으로도 워더링 하이츠와 스러시크로스 그레인지를 몽땅 다 사들일 수 있을지? 또 네가 못된 뱃사람들에게 납치되어 영국으로 오게 된 건지 누가 알겠어? 내가 너라면 내 태생이 귀하다고 생각할 거야. 그러면 내가 귀하신 몸이라는 생각에 하찮은 농부가 아무리 괴롭혀도 견뎌 낼 용기와 위엄을 지니게 될 거야!"

제가 계속 이런 식으로 재잘거리자 히스클리프는 점점 인상을 펴고 꽤 기분 좋은 표정을 짓기 시작했어요. 그런데 그때 갑자기 덜컹거리는 소리가 들려와 우리의 대화는 중단되었어요. 길을 따라 올라와 안뜰로 들어오는 덜컹거리는 소리에 히스클리프는 창문으로, 저는 문으로 달려가 보니, 린턴가의 두 아이가 망토와 모피를 숨 막힐 듯 두른 채 자기들의 마차에서 내렸고, 언쇼가의 사람들은 말에서 내렸어요. 겨울이면 언쇼가 사람들은 종종 말을 타고 교회에 다녔거든요. 캐서린 아씨가 린턴 남매의 손을 하나씩 잡고 거실로 데리고 들어와 벽난로 앞에 앉히자 린턴 남매의 새하얀 얼굴에 금방 혈색이 돌았어요.

저는 히스클리프에게 얼른 가서 싹싹하게 굴며 비위를 맞춰 주라고 재촉했고, 그 아이는 기꺼이 제가 시키는 대로 하려고 했어요. 하지만 불운하게도 히스클리프가 부엌에서 거실로 통하는 문을 여는 순간, 힌들리 도련님도 반대편에서 문을 여는 바람에 둘이 딱 맞닥뜨렸지 뭐예요. 힌들리 도련님은 히스클리프가 말끔한 모습에 밝은 표정을 하고 있는 것을 보고 짜증이 나서인지 아니면 린턴 부인에게 한 약속을 지키려는 마음이 커서 그런 것인지 히스클리프를 갑자기 확 밀치며 화난 목소리로 조지프에게 명령을 내렸어요.

"이 녀석을 거실에 들어가지 못하게 해. 아니, 식사를 마칠 때까지 아예 다락방에 가둬 놔. 이 녀석은 잠깐이라도 혼자 놔뒀다간 타르트에 손가락을 쑤셔 넣고, 과일을 훔칠 거야."

그 말에 저는 한마디 하지 않을 수 없었어요.

"아니에요, 도련님. 얘는 아무것도 손대지 않을 거예요. 절대로요. 그리고 얘도 우리처럼 맛있는 음식을 맛봐야지요."

"어두워지기 전까지 계속 아래층에서 얼쩡거리다 다시 내 눈에 띄었다간 내 주먹맛을 보게 될 거야. 썩 꺼져, 부랑아 같은 놈! 뭐야, 지금 멋을 부린 거야? 가만, 어디 그 한껏 멋 부린 머리채 한번 잡아당겨 볼까. 조금 더 길어지나 보게 말이지!" 하고 힌들리 도련님이 소리쳤어요.

"지금도 충분히 긴 걸요. 저러면 두통이 안 생기나 몰라요. 망아지 갈기처럼 눈을 다 덮었어요!"

린턴 도련님이 문간에서 엿보다가 끼어들었는데, 모욕할 의도로 그렇게 말한 건 아니었어요. 하지만 히스클리프는 그 당시에도 이미 린턴 도련님을 경쟁자로 미워하는 것 같았는데, 그런 아이가 주제넘게 나서자 참지 못하고 난폭한 성질을 드러냈어요. 히스클리프는 닥치는 대로 제일 먼저 손에 잡힌 뜨거운 사과 소스 그릇을 집어 들고 린턴 도련님의 얼굴과 목덜미에다 바로 끼얹어 버렸어요. 그러자 린턴 도련님이 바로 비명을 질렀고, 그 소리에 이저벨라 아씨와 캐서린 아씨가 급히 그곳으로 달려왔어요.

힌들리 도련님이 곧장 소동을 일으킨 장본인을 잡아채 자기 방으로 끌고 갔어요. 그 방에서 다시 나올 때 힌들리 도련님의 얼굴이 벌게져서 숨을 헐떡이던 것으로 보아, 틀림없이 치미는 분노를 삭이느라 그 방에서 히스클리프를 거칠게 다룬 모양이었어요. 저는 행주를 집어 들고는 쓸데없이 참견했으니 이렇게 당해도 싸다고 한 소리 하며 에드거 도련님의 코와 입을 다소 독살스럽게 박박 문질렀지요. 에드거 도련님의 여동생은 집에 가자고 울며 보채기 시작했고, 캐시 아씨는 결국 얼굴을 붉히며 당혹스러운 표정으로 옆에 서 있었어요.

"그 애한테 말을 걸지 말았어야 해! 그 앤 기분이 안 좋았단 말이야. 그리고 네가 분위기를 망쳐 버렸고 그 애는 매를 맞게 될 거야. 난 그 애가 매 맞는 게 정말 싫어! 난 식사도 못 하겠어. 왜 그 애한테 말을 건 거야, 에드거?"

캐시 아씨가 린턴 도련님에게 쏘아붙였어요. 그러자 그 소년이 내 손에서 벗어나 자신의 흰색 손수건으로 얼굴에 묻은 사과 소스를 마저 다 닦아 내면서 흐느껴 울며 말했어요.

“난 안 그랬어. 그 애한테는 한마디도 않겠다고 엄마한테 약속했고 정말로 그 애한테는 한마디도 하지 않았어!”

그러자 캐서린 아씨가 경멸조로 대꾸했어요.

“그럼 울지 마! 누가 죽기라도 했어? 더 이상 사태를 악화시키지 마. 우리 오빠가 온다. 조용히 해! 그만 뚝, 이저벨라! 누가 너를 다치게라도 했니?”

“자, 자, 얘들아, 모두 자리에 앉아라!”

힌들리 도련님이 부산하게 들어오면서 외쳤어요.

“그 짐승 같은 녀석을 두들겨 팼더니 몸에서 열이 나는군. 에드거 군, 다음번에는 자네가 직접 두들겨 패게. 그러면 식욕이 날 테니까!”

그 작은 무리는 맛있는 냄새가 나는 잔치 음식을 보자 평정을 되찾았어요. 마차를 타고 오느라 배가 고팠고 실제로 다치거나 한 것도 아니어서 쉽게 마음이 풀어졌던 것이지요.

힌들리 도련님은 고기를 잘라 접시마다 가득 담아 나눠 줬어요. 그리고 도련님 부인은 활기찬 대화로 아이들을 즐겁게 해 주었지요. 저는 도련님 부인 뒤에서 시중을 들고 있었는데, 캐서린 아씨가 메마른 눈동자로 무심하게 자기 앞의 거위 날개를 자르기 시작하는 것을 보고는 짜증이 났답니다.

‘매정하기 짝이 없는 것 같으니. 오랜 친구가 곤경에 처했는데 어떻게 저리 간단히 잊어버릴 수가 있을까. 저렇게까지 이기적인 앤 줄은 몰랐네.’ 하고 저는 혼자 속으로 생각했었지요.

캐서린 아씨가 고기 한 조각을 입으로 가져가다가 다시 내려놓았는데, 뺨이 상기되고 눈물이 뺨을 타고 흘러내리고 있었어요. 아씨는 자신의 감정을 숨기기 위해 일부러 포크를 바닥에 떨어뜨리고는 얼른 식탁보 밑으로 들어갔어요. 저는 아씨가 매정하다는 생각은 바로 접었어요. 아씨가 그날 하루 종일 지옥 같은 그곳에서 혼자 몰래 히스클리프에게 가 볼 기회를 엿보느라 지쳐 있단 사실을 알게 되었으니까요. 제가 히스클리프에게 따로 음식을 챙겨 주려다가 알게 되었는데 히스클리프는 힌들리 도련님이 가둬 둔 상태였답니다.

우리는 저녁에 춤을 추었습니다. 캐시 아씨는 이저벨라 린턴의 파트너가 없으니 이제 그만 히스클리프를 풀어 달라고 애원했지만 헛된 일이었고, 부족한 파트너 자리는 저한테 채우라는 명이 떨어졌어요.

우리는 신나게 춤을 추며 우울한 기분을 전부 떨쳐 버렸고, 우리의 즐거움은 기머턴 악단이 도착하자 한층 더 커졌어요. 기머턴 악단은 열다섯 명으로 구성되어 있었는데, 트럼펫 한 명, 트롬본 한 명, 클라리넷 몇 명, 바순 몇 명, 프렌치 호른 몇 명, 베이스 비올라 한 명에다 가수도 몇 명 있었어요. 기머턴 악단은 크리스마스마다 훌륭한 집안들을 다 순회하며 기부금을 받았는데, 다들 기머턴 악단의 연주를 듣는 것을 최고의 기쁨으로 여겼어요.

통상적인 캐럴을 몇 곡 들은 뒤, 우리는 악단에게 성악곡과 무반주 가곡을 들려 달라고 했어요. 그런 종류의 음악을 사랑하는 힌들리 도련님의 부인 덕택에 우리는 노래를 실컷 들었답니다.

캐서린 아씨도 음악을 사랑했어요. 하지만 아씨는 계단 꼭대기에서 듣는 것이 가장 좋다면서 어두운 계단으로 올라갔고 저도 그 뒤를 따랐어요. 아래에 있던 사람들은 사람이 워낙 많아서 우리가 없어진 줄도 모르고 거실 문을 닫더군요. 캐서린 아씨는 계단 꼭대기에 머무르지 않고 히스클리프가 갇혀 있는 다락방으로 통하는 사다리를 타고 올라가서 히스클리프를 불렀어요. 히스클리프는 한동안 고집스레 대답하지 않았지만 아씨가 굴하지 않고 계속 부르자 마침내 판자 너머로 아씨와 이야기하기 시작했어요.

저는 그 가엾은 것들이 이야기를 하게 방해하지 않고 놔뒀어요. 그러다 노래가 끝나 가고 가수들에게 다과를 내가야 할 때가 된 것 같아서 아씨에게 일러 주려고 사다리를 올라갔어요.

그런데 아씨의 모습은 보이지 않고 다락방 안에서 아씨의 목소리가 들려왔어요. 작은 원숭이 같은 아씨가 한쪽 다락방의 채광창으로 기어 나가 지붕을 타고 히스클리프가 있는 다락방의 채광창으로 기어 들어갔던 것이었지요. 캐서린 아씨를 구슬려 다시 나오게 하느라 제가 얼마나 고생했는지 몰라요.

아씨와 함께 히스클리프도 따라 나왔어요. 아씨는 저한테 히스클리프를 부엌으로 데려가 달라고 졸랐어요. 저의 동료 하인인 조지프가, 그가 즐겨 표현하는 바에 따르면 '악마의 찬송가'인 노래 소리를 피해 이웃집에 가고 없었거든요.

저는 그 아이들에게 너희의 속임수를 도울 생각은 전혀 없다고 말했지만 히스클리프가 어제 저녁 이후로는 갇혀서 아무것도 먹지 못했기 때문에 딱 이번 한 번만 힌들리 도련님을 속이는 것을 눈감아 주기로 했습니다.

히스클리프가 부엌으로 내려오자 저는 히스클리프를 불 가까이에 있는 의자에 앉히고 맛있는 음식을 양껏 갖다 줬어요. 하지만 히스클리프는 속이 불편해서 거의 먹지 못했고 그 아이를 대접하려던 저의 시도는 수포로 돌아가 버렸지요. 히스클리프는 양 무릎에 두 팔꿈치를 대고 손으로 턱을 괸 채 말없이 생각에 잠겨 있었어요. 무슨 생각을 하냐고 제가 묻자, 히스클리프가 엄숙하게 대답했어요.

"힌들리 녀석에게 어떻게 갚아 줄까 생각 중이었어. 언젠가 복수만 할 수 있다면, 얼마나 오래 기다리든 상관없어. 녀석이 나보다 먼저 죽지 말아야 할 텐데!"

"창피한 줄 알아, 히스클리프! 못된 인간을 벌주는 건 하느님의 일이야. 우리 인간은 용서하는 것을 배워야 해."

그러자 그 아이가 대꾸했어요.

"아니, 하느님은 내가 느끼게 될 만족감을 느끼진 못할 거야. 복수할 최고의 방법을 알 수만 있다면! 날 내버려 둬, 혼자 계획을 세우게. 복수에 대해 생각할 때면 난 고통도 느껴지지 않아."

그런데 록우드 나리, 이런 이야기가 나리에게 기분 전환이 못 되리란 걸 제가 깜박했네요. 이렇게 길게 수다를 늘어놓다니 송구하네요. 귀리죽은 이미 다 식었고 나리께서는 졸고 계시는데! 히스클리프의 사연쯤은 나리께 대여섯 마디만으로도 충분히 말씀드릴 수 있었는데 말이에요.

이렇게 스스로 이야기를 중단하면서 가정부는 일어나 바느질감을 치웠다. 하지만 나는 난롯가를 떠날 수 없었을 것 같았고 전혀 졸리지도 않았다.

"그대로 앉아 있게, 딘 부인."

나는 다급하게 소리쳤다.

"제발 그대로 앉아 있어 주게, 반 시간만! 자네는 이야기를 느긋하게 아주 잘하는군. 그게 내가 좋아하는 방식일세. 그러니 똑같은 방식으로 이야기를 끝까지 해 주게. 난 자네가 들려준 이야기 속 모든 인물들에게 얼마만큼씩 다 흥미가 간다네."

"시계가 열한 시를 치는데요, 나리."

"상관없네. 난 열한 시나 열두 시쯤에 잠들지 않으니까. 아침 열 시까지 누워 있는 사람에겐 한 시나 두 시도 이른 시간이지."

"아침 열 시까지 누워 계시면 안 되지요. 그 시간이 되기도 전에 이미 아침의 좋은 시간은 지나가 버리니까요. 아침 열 시까지 그날 일의 절반도 해 놓지 않은 사람은 나머지 반도 못 할 가능성이 높죠."

"아무튼 다시 자리에 앉게, 딘 부인. 내일은 오후에나 일어날 생각이니까. 내 스스로 진단하건대 아무래도 독감 징후가 있어서 말일세."

"독감이 아니어야 할 텐데요, 나리. 그럼, 3년을 건너뛰고 말씀드리지요. 그 기간 동안, 언쇼 부인은……."

"아니, 아니. 그러지 말게! 이런 기분을 알지 모르겠네만, 혼자 방에 앉아 앞의 깔개 위에서 어미 고양이가 새끼 고양이를 핥아 주고 있는 모습을 열중해서 지켜보고 있는데 그 어미 고양이가 새끼 고양이의 한쪽 귀를 빼먹는다면 단단히 화가 나지 않겠는가?"

"굉장히 나른한 기분이 들 것 같은데요?"

"정반대로, 성가실 정도로 활동적인 기분일세. 지금 내 기분이 그러니 계속 자세히 이야기를 들려주게나. 이 고장에서는 도시에서보다 사람의 가치가 더 값진 것 같네. 오두막에 사는 사람보다 지하 감옥에 갇힌 사람에게 거미의 가치가 더 값진 것처럼 말이지. 하지만 내가 이 고장 사람들에게 이렇게 깊이 마음이 끌리는 것은 전적으로 구경꾼의 입장이기 때문만은 아니네. 이 고장 사람들은 도시 사람들보다 더 진지하게, 더 자기 자신답게 살고, 표면적인 변화나 하찮은 외적 요인에 덜 좌우되며 사네. 이곳에서라면 평생 동안 사랑하는 게 가능할 것도 같아. 난 어떤 사랑이든 1년을 넘기기 힘들다고 확고히 믿었던 사람인데 말이지. 시골에서의 상태가 배고픈 사람에게 단 한 가지 요리를 차려줘서 식욕을 완전히 집중시켜 그것만 푸짐하게 먹게 하는 것과 유사하다면, 도시에서의 상태는 프랑스 요리사들이 차린 식탁에 앉게 되는 것과 유사하네. 갖가지 프랑스 요리에서도 단 한 가지 요리에서 얻은 것 못지않은 즐거움을 얻겠지만, 그 사람은 각각의 요리에 거의 관심을 갖지도 기억하지도 못하는 법이지."

"아뇨! 여기 사람들도 알고 보면 다른 곳 사람들과 똑같아요."

딘 부인이 내 말에 다소 어리둥절해하며 말했다.

"미안하네만 내 착한 친구, 자네가 바로 그 주장이 틀렸다는 뚜렷한 증거일세. 별로 중요하지 않은 몇 가지 시골티를 제외하면, 자네의 태도에는 내가 자네 계급 사람들에게 특유한 점이라고 습관적으로 생각해 오던 그런 면이 없네. 분명 자네는 보통 하인들보다 훨씬 생각이 깊은 것 같아. 쓸데없는 사소한 일들에 인생을 낭비할 일이 없는데, 어찌 자네에게 사색하는 능력이 길러지지 않을 수 있었겠는가."

딘 부인이 소리 내어 웃으며 말했다.

"제가 확실히 한결같고 사리를 아는 사람이기는 하죠. 시골구석에서 살면서 1년 내내 똑같은 얼굴과 일만 보고 살아와서 그런 것만은 꼭 아니지만요. 하지만 엄하게 단련을 받다 보니 지혜를 배우게 된 거예요. 그리고 또 록우드 나리께서 생각하시는 것보다 책도 많이 읽었고요. 여기 서재에서 제가 펼쳐 보지 않은 책이 없고, 또한 뭔가를 건지지 않은 책이 없어요. 저쪽의 그리스어, 라틴어하고 프랑스어 영역은 빼고 말이지만요. 그래도 어떤 언어로 된 책인지는 구별할 줄 알아요. 가난한 집 딸에게 그 이상을 기대하시는 건 무리예요.

하지만 제가 수다를 떨듯이 이야기를 들려 드려야 한다면, 어서 계속 들려 드리는 게 낫겠네요. 그럼 3년을 건너뛰는 대신, 그 다음 해 여름으로 넘어갈게요. 1778년 여름이니까 거의 23년 전이네요."

제8장

화창한 6월의 어느 날 아침, 제가 처음으로 기른 어여쁜 아기이자 유서 깊은 언쇼 가문의 마지막 자손이 태어났습니다.

우리는 먼 밭에 나가서 건초 작업을 하고 있었는데 평소 우리에게 아침을 내오던 하녀 아이가 한 시간이나 일찍 초원을 가로

질러 좁은 길을 달려오며 저를 큰 소리로 부르는 거예요.

"와아, 얼라가 얼마나 예쁜지 몰러."

하녀 아이가 헐떡거리며 말했어요.

"그렇게 예쁜 얼라는 첨이야! 하지만 의사 말로는 주인아씨가 얼마 못 살 거래. 벌써 여러 달째 폐결핵을 앓아 왔대. 의사가 힌들리 도련님헌티 말혀는 걸 들었어. 이제 손쓸 방법이 없으니 겨울을 못 넘길 거래. 넬리 언니, 곧장 집으로 가 봐. 언니가 그 얼라의 유모래. 설탕과 우유를 타서 먹이고 밤낮으로 보살피는. 내가 언니라면 얼마나 좋을까. 주인아씨가 없어지면 그 얼라는 완전이 언니 게 될 테니까!"

"그런데 주인아씨의 몸이 많이 안 좋아?"

제가 갈퀴를 내던지고 보닛 모자를 묶으며 물었지요.

"그런가 봐. 하지만 겉으로는 괜찮아 보이던디. 주인아씨는 얼라가 어른이 될 때까지 살 것처럼 말을 혀더라. 기쁜 나머지 정신이 나갔나 봐. 얼라가 정말 예쁘거든! 내가 주인아씨라면 난 절대 안 죽을 것 같아. 케네스 선생님에게는 안됐지만 얼라를 보자마자 병이 나을 테니까 말이야. 난 케네스 선생님에게 몹시 화나. 아처 부인이 그 천사 같은 얼라를 거실의 쥔님께로 데려와 쥔님의 얼굴이 막 환해지려고 하는데, 그 늙은 망할 의사가 다가가 이러는 거 있지.

'힌들리, 자네 부인이 아직 살아남아 자네에게 아들을 안겨준 건 축복된 일일세. 자네 부인이 처음 왔을 때, 난 자네 부인이 얼마 못 살 거라고 확신했다네. 그리고 지금 내 장담하건대, 올 겨울을 넘기기 힘들 것 같아. 너무 상심하지도 애태우지도 말

게, 어쩔 수 없는 일이니까. 게다가 저토록 약한 여인을 택하다니 자네가 어리석었네!'

"그러니까 도련님이 뭐라고 대답하디?" 하고 제가 물었어요.

"욕을 혔던 것 같아. 하지만 난 쥔님헌티 신경을 쓰고 있지 않았어. 난 그 얼라를 볼라고 완전히 정신이 팔려 있었거든."

그러면서 그 하녀 애가 다시 열광적으로 그 아기를 묘사하기 시작했어요. 그 애 못지않게 열성적이었던 저도, 저로서는 좋은 일인지라 서둘러 집으로 돌아갔어요. 물론 힌들리 도련님을 생각하면 무척 슬펐지만 말이지요. 힌들리 도련님의 마음속에는 오직 두 개의 우상만이 자리 잡고 있었어요. 바로 자신의 아내와 자기 자신이었지요. 그 둘을 애지중지했고 특히 자신의 아내를 흠모했어요. 그래서 전 힌들리 도련님이 아내를 잃고 어떻게 견딜지 상상도 할 수 없었어요.

우리가 워더링 하이츠에 도착하니 힌들리 도련님이 현관 앞에 서 있었어요. 그 옆을 지나 안으로 들어가면서 제가 아기는 어떠냐고 물었어요.

"금방이라도 뛰어다닐 것 같아, 넬리!"

힌들리 도련님이 짐짓 쾌활한 미소를 띠며 대답했지요. 제가 용기를 내어 물었지요.

"마님은요? 의사 선생님 말씀으로는……."

"망할 놈의 의사 같으니!"

힌들리 도련님이 얼굴을 붉히며 제 말을 가로막았어요.

"프랜시스가 맞아. 프랜시스는 다음 주 이맘때쯤이면 말끔히 다 나을 거야. 2층에 올라가는 거야? 프랜시스가 말하지 않기로 약속한다면 내가 올라가겠노라고 전해 주겠어? 프랜시스가 도무지 입을 다물지 않아서 그냥 나와 버렸거든. 안정을 취해야 한다고 케네스 선생이 당부했다고도 전해 줘."

제가 이 말을 주인아씨에게 전하자, 그녀는 들뜬 표정으로 명랑하게 대답했어요.

"난 거의 말하지 않았어, 엘런. 그런데 그이가 두 번이나 울면서 나가 버렸어. 그래, 말하지 않겠다고 약속한다고 전해. 하지만 그게 그이를 놀리지 않겠단 뜻은 아니야!"

가여운 사람! 주인아씨는 죽기 일주일 전까지도 그렇게 즐거운 마음을 절대 잃지 않았어요. 그리고 그녀의 남편은 아내의 건강이 날마다 좋아지고 있다고 바득바득 끈질기게, 아니 미친 듯이 계속 우겼어요. 케네스 선생은 병이 그 단계에 이르면 자기가 처방해 준 약도 소용없으니 그녀를 치료하는 데 계속 더 비용을 쓰는 것은 불필요한 일이라고 충고했는데, 힌들리 도련님은 이렇게 쏘아붙였어요.

"네놈이야말로 불필요해. 내 아내는 건강하니까 말이야. 내 아내는 네놈 따위의 치료는 더 이상 필요치 않아! 내 아내는 폐결핵에도 전혀 걸리지 않았어. 그냥 열병이었을 뿐인데, 이제 열병은 다 나았어. 맥박도 이제 나만큼이나 느리고 뺨도 나만큼이나 서늘해."

힌들리 도련님은 아내에게도 똑같은 이야기를 했고, 아내는 그 이야기를 믿는 것 같았습니다. 하지만 어느 날 밤, 주인아씨는 남편의 어깨에 머리를 기대고 내일이면 훌훌 털고 일어날 것 같다고 말하던 도중, 기침을 하기 시작했습니다. 아주 약한 기침이었지요. 힌들리 도련님은 아내를 안아 일으켰습니다. 주인 아씨는 남편의 목을 끌어안은 채 얼굴색이 변하더니 그만 숨을 거두었습니다.

그 하녀 아이의 예상대로, 아기 헤어턴은 완전히 제 손에 맡겨졌어요. 언쇼 도련님은 아기가 보기에 건강하고 우는 소리만 들리지 않으면, 아기에 관한 한은 만족했습니다. 하지만 도련님 자신에 관한 한은 점점 될 대로 되라는 식이었어요. 힌들리 도련님의 슬픔은 애통해하는 그런 종류의 슬픔이 아니었어요. 도련님은 울지도 기도하지도 않았어요. 대신 저주를 퍼붓고 저항했어요. 하느님과 인간을 저주하며 무분별한 방탕에 빠졌지요.

하인들은 주인의 포악하고 악랄한 행동을 오래 견디지 못했고, 결국에는 조지프와 저, 둘만이 남게 되었지요. 저는 차마 제가 보살펴야 하는 아이를 두고 떠날 수가 없었어요. 게다가 록우드 나리도 아시다시피, 저의 어머니가 힌들리 도련님의 유모여서 저는 힌들리 도련님과 남매처럼 같이 자랐기 때문에 도련님의 행동을 남보다 용서하기가 쉬웠거든요.

조지프는 소작인들과 일꾼들에게 허세를 부리려고 남은 거였어요. 또 사악함이 넘치는 곳에서 책망하는 것이 그의 천직이기 때문이기도 했고요.

힌들리 도련님의 나쁜 행실이나 못된 친구들이 캐서린 아씨와 히스클리프에게는 좋은 본보기가 되었지요. 히스클리프에 대한 힌들리 도련님의 학대는 성인(聖人)도 악마로 변하게 만들 만한 것이었어요. 그리고 정말이지 그 무렵 히스클리프, 그 아이는 뭔가 악마에라도 씐 듯했어요. 그 아이는 힌들리 도련님이 구할 길 없이 타락해 가는 것을 보고 기뻐했어요. 그리고 나날이 사납고 음울하고 흉포해지는 것이 점점 더 눈에 띄었답니다.

그때 그 집안이 얼마나 지옥 같았는지는 이루 다 말할 수도 없어요. 부목사님도 발길을 끊으시고, 급기야 점잖은 사람들도 모두 우리 가까이 오지 않게 되었지요. 다만 에드거 린턴 도련님이 캐시 아씨를 찾아오는 것이 예외였지요. 열다섯 살이 되자, 캐시 아씨는 이 시골 지역에서 가장 아름다운 여왕 같은 존재가 되었어요. 아씨에게 필적할 만한 상대가 없자, 아씨는 거만한 고집쟁이가 되고 말았어요! 솔직히 저는 아씨의 어린 시절 뒤로는 아씨를 좋아하지 않았어요. 아씨의 오만을 꺾어 보려고 하다가 자주 아씨를 성가시게 하기도 했지요. 그래도 아씨는 제게 전혀 반감을 갖지 않았답니다. 아씨는 오랜 친구들에게는 경탄스러울 정도로 한결같은 마음을 보여 줬어요. 히스클리프조차 변함없이 아씨에게서 애정을 듬뿍 받고 있었고, 린턴 도련님은 모든 면에서 우월함에도 불구하고 아씨에게 그와 똑같이 깊은 인상을 남기기 어려웠죠.

린턴 도련님은 고인이 된 저의 전 주인으로, 벽난로 위에 걸려 있는 것이 그분의 초상화랍니다. 원래는 한쪽 옆에 걸려 있었고 다른 한쪽에는 부인의 초상이 걸려 있었지요. 하지만 부인의 초상화는 치웠어요. 안 그랬다면 어떻게 생긴 분인지 좀 알 수 있으셨을 텐데 말이에요. 저 초상화가 보이세요?

딘 부인이 촛불을 들어 줘서 나는 워더링 하이츠에 있는 젊은 과부와 꼭 닮았지만, 더 수심 어리고 상냥해 보이는 부드러운 인상의 얼굴을 볼 수 있었다. 초상화의 주인은 멋진 모습이었다.

옅은 색깔의 긴 머리카락이 관자놀이 위에서 살짝 말려 있고, 눈은 크고 진지했으며, 모습은 거의 지나칠 만큼 우아했다. 이런 사람이라면 캐서린 언쇼가 자기의 첫 친구인 히스클리프를 잊어버리는 것도 무리는 아닐 것 같았다. 하지만 마음도 겉모습처럼 고운 사람이었다면, 그가 내가 상상하는 캐서린 언쇼를 어떻게 좋아할 수 있었을까 대단히 놀라웠다. 나는 가정부에게 말했다.

"아주 마음에 드는 초상화로군. 실물과 비슷한가?"

"예. 하지만 그분이 활기차실 때는 훨씬 더 보기 좋았어요. 저게 그분의 평소 얼굴이에요. 대체로 활기가 부족하셨죠."

캐서린 아씨는 린턴가에서 다섯 주를 보낸 뒤로는 그 집 사람들과 계속 왕래하고 지냈어요. 아씨는 그 집 사람들이 있는 데서는 거친 면을 보이고 싶지 않았고, 변함없이 예의 바른 사람들 앞에서 무례하게 구는 걸 창피하게 여길 만한 정도의 분별은 있었기 때문에 교묘한 처신으로 자기도 모르게 린턴가의 노부부를 속였어요. 그리고 이저벨라 아씨의 흠모를 얻고, 그 오빠의 마음과 영혼을 사로잡았지요. 이렇게 남매의 마음을 사로잡은 것을 아씨는 처음부터 우쭐해 했어요. 아씨는 야망으로 가득했으니까요. 그렇게 해서 아씨는 꼭 누굴 속일 의도는 없었지만 점점 이중인격을 띠게 되었어요.

린턴가에서 히스클리프를 '천박한 어린 깡패'나 '짐승만도 못한 놈'이라고 부르는 것을 듣고는, 아씨는 히스클리프처럼 행동하지 않으려고 주의했어요. 하지만 집에 돌아와서는 공손하게 행동해 봤자 그저 비웃음만 살 뿐이고, 제멋대로인 성질을 참아 봤자 인정을 받거나 칭찬을 받는 것도 아니어서 그렇게 행동할 마음이 없는 듯했어요.

에드거 도련님은 공공연하게 워더링 하이츠를 방문할 용기는 좀처럼 내지 못했어요. 에드거 도련님은 힌들리 도련님에 대한 악평에 겁을 집어먹고 힌들리 도련님과 마주치는 것도 꺼렸어요. 하지만 에드거 도련님이 찾아오면 늘 우리는 최대한 공손히 대접하려 했답니다. 힌들리 도련님도 에드거 도련님이 왜 왔는지 알기 때문에 에드거 도련님의 기분을 상하지 않게 하려고 했으며, 만약 품위 있게 굴지 못할 것 같으면 방해가 되지 않도록 자리를 피했어요. 제 생각에 캐서린 아씨는 에드거 도련님이 오는 게 싫었던 것 같아요. 아씨는 여우 짓을 하지도 않았고, 절대 아양도 떨지 않았으며, 아무튼 자신의 두 친구가 만나는 것도 싫어하는 게 분명했어요. 왜냐하면 아씨는 히스클리프가 린턴 도련님의 면전에서 도련님에 대한 경멸을 표시할 때 도련님이 없는 데서 하는 것과 똑같이 반응할 수 없었고, 또 린턴 도련님이 히스클리프에 대한 혐오나 반감을 드러낼 때에도 아씨는 자신의 동무를 깎아내리는 게 아무렇지도 않은 듯이 무심하게 넘길 수가 없었기 때문이지요.

저는 캐서린 아씨가 당혹스러워하거나 말로 다할 수 없이 곤란한 모습을 보고 웃은 적도 많았어요. 아씨는 저한테 조롱당하지 않기 위해 그런 모습을 숨기려고 고군분투했지만 허사였지요. 이렇게 말하면 제가 심술궂은 사람처럼 들리겠지만, 아씨가 어찌나 자존심이 세던지 아씨가 잘못을 깨닫고 더 겸손해질 때까지는 정말이지 아씨의 괴로움을 가엾게 여길 수가 없었답니다.

하지만 아씨는 마침내 제게 속마음을 고백하고 다 털어놓았지요. 조언을 해 줄 만한 사람이 달리 아무도 없었거든요.

어느 날 오후, 힌들리 도련님이 집을 비우고 안 계셨죠. 히스클리프는 그 틈을 타서 쉴 생각을 한 것 같았어요. 그때가 아마 그 아이가 열여섯 살쯤 되었던 것 같은데, 얼굴이 못생긴 것도 아니고 머리가 모자란 것도 아닌데, 그 아이는 성격에서도 외모에서도 어떻게든 혐오스러운 인상을 주려고 애썼어요. 물론 지금은 그런 인상이 흔적도 남아 있지 않지만요.

먼저 그때쯤 히스클리프에게서는 어린 시절 받은 교육의 은혜가 사라지고 없었어요. 새벽부터 시작해서 밤늦게까지 끊임없이 이어지는 고된 일로 인해 그 아이가 한때나마 지녔던 지적 호기심과 책과 배움에 대한 애정이 사라져 버리고 없었지요. 돌아가신 언쇼 나리가 예뻐해 주셔서 그 아이가 어린 시절 갖게 되었던 우월감도 사라져 버렸답니다. 히스클리프는 오랫동안 학업에 있어서 캐서린 아씨에게 뒤처지지 않으려고 노력하다가 결국 통한해하며 말없이 포기하고 말았습니다. 그것도 완전히 포기해 버렸지요. 그리고 그 아이가 이전 수준 아래로 떨어질 수밖에 없다는 사실을 알게 되자, 그 아이를 아무리 앞으로 한 걸음 나오게 하려 해도 할 수가 없었어요. 그러자 외모도 정신적 퇴보와 길을 같이해, 걸음걸이도 구부정해지고 표정도 비열해졌지요. 그의 타고난 말수 없는 성격이 더욱 심해져서 거의 바보처럼 지나칠 정도로 무뚝뚝하고 뚱한 성격으로 변해 버렸어요. 그리고 히스클리프는 몇 안 되는 아는 사람들에게서 존경보다는 오히려 혐오감을 불러일으키는 데서 음산한 즐거움을 느끼는 듯했어요.

히스클리프가 일을 하지 않는 한가한 시간이면, 캐서린 아씨와 히스클리프는 아직도 변함없는 단짝 친구였답니다. 하지만 히스클리프는 아씨를 좋아한다고 말로 표현하는 건 그만두었고, 아씨가 어린 시절처럼 자기를 쓰다듬으면, 이제 더 이상 자신에게 그런 애정 표현을 하는 데서 만족을 얻을 수 없단 걸 깨달은 듯이 화가 난, 의심스러운 눈초리로 움찔했습니다. 제가 앞서 언급한 그날 오후, 히스클리프가 거실로 들어와 그날은 아무 일도 하지 않을 작정이라고 선언했지요. 그때 저는 캐시 아씨가 드레스 입는 걸 거들고 있었어요. 히스클리프가 갑자기 땡땡이치기로 마음먹을 줄은 예상하지 못했던 아씨는 오빠가 출타했으니 거실은 다 자기 차지다 싶어서 에드거 린턴 도련님에게 어찌어찌 용케 오빠가 집을 비웠단 사실을 알리고는 린턴 도련님을 맞을 준비를 하고 있었던 거예요.

"캐시, 오늘 오후에 바빠? 어디 가려는 거야?"라고 히스클리프가 물었어요.

"아니, 비가 오잖아."라고 캐서린 아씨가 대답했어요.

"그런데 왜 그 비단 드레스를 입은 거야? 누가 오는 건 아니겠지?"

아씨는 말을 더듬으며 이렇게 대답했어요.

"내가 알기로는 없어. 그런데 넌 지금 들에 나가 있어야 하잖아, 히스클리프. 점심 먹고 한 시간이나 지났는데. 난 네가 나간 줄 알았어."

"네 오빠가 늘 집구석에만 처박혀 있으니까 우리가 자유롭게 만날 수가 없잖아. 오늘은 더는 일 안 하고 너랑 함께 있을 거야."

"아, 하지만 조지프가 일러바칠걸. 나가는 게 좋을 거야!"

"조지프는 페니스톤 절벽 건너편에서 석회를 나르고 있어. 어두워질 때까지는 못 올 테니까 조지프는 절대 알지 못할 거야."

그렇게 말하면서 히스클리프는 벽난로 앞으로 느긋하게 걸어가 앉았어요. 캐서린 아씨는 이맛살을 찌푸린 채 잠시 생각에 잠겼지요. 그러다 누가 온단 사실을 슬쩍 알릴 필요가 있단 사실을 깨달았던 것 같아요. 1분간의 침묵 끝에 마침내 캐서린 아씨가 입을 열었어요.

"이저벨라 린턴과 에드거 린턴이 오늘 오후에 온다고 했어. 비가 오니까 안 올 것도 같은데. 하지만 올지도 몰라. 혹시 그 애들이 오면, 괜히 너만 야단맞을지도 몰라."

"엘런을 보내서 바쁘다고 전해, 캐시."

히스클리프가 고집을 피우며 계속 말했어요.

"그 한심하고 바보 같은 네 친구들 때문에 날 쫓아내지 마! 내가 몇 번이나 따지려다 참았는지 알아? 걔네들이…… 아냐, 관두자."

"걔네들이 뭐?"

캐서린 아씨가 당혹스러운 얼굴로 히스클리프를 빤히 쳐다보며 소리쳤어요. 그러고는 머리를 만져 주고 있는 제 손에서 머리를 홱 빼면서 부아를 터트렸어요.

"아유, 넬리! 그렇게 빗으면 말아 놓은 머리가 다 풀리잖아! 됐어, 그냥 놔둬. 나한테 뭘 따지려던 거야, 히스클리프?"

"아무것도 아냐…… 그냥 저기 벽에 걸린 달력을 좀 봐."

히스클리프는 창문 근처에 걸린 틀에 끼워진 달력을 가리키며 계속 말했어요.

"X 표시는 네가 린턴가 아이들과 저녁을 보낸 날이고, 점 표시는 나와 함께 저녁을 보낸 날이야. 알겠어? 내가 매일 표시했단 말이야."

"그래서 뭐. 참 바보 같은 짓을 했네. 내가 저런데 신경이라도 쓸 줄 알았나 봐! 그리고 저게 대체 무슨 의미가 있어?"

캐서린 아씨가 뾰로통한 목소리로 대꾸했지요.

"'나'는 신경 쓴다는 걸 보여 주려고 한 거야." 하고 히스클리프가 대답했어요.

그러자 캐서린 아씨는 점점 더 화가 난 목소리로 이렇게 따져 물었어요.

"그럼 난 늘 너랑 있어야 한단 말이야? 나한테 그게 무슨 득이 돼? 네가 무슨 말을 하기라도 해? 벙어리마냥 입을 꾹 다물고 있거나 나를 즐겁게 하려고 네가 하는 말도, 행동도 다 어린애 짓 같기만 한걸!"

"전에는 내가 말이 너무 없다거나 나랑 같이 있는 게 싫다고 한 번도 말한 적 없잖아, 캐시!" 하고 히스클리프가 굉장히 흥분해서 외쳤어요.

"아무것도 모르고, 아무 말도 하지 않는 사람과는 같이 있어도 같이 있는 게 아니지."라며 캐서린 아씨가 나지막이 투덜댔지요.

아씨의 단짝 친구가 벌떡 일어났지만 그 아이에게는 자신의 감정을 더 표현할 시간이 없었어요. 판석이 깔린 길에서 말발굽 소리가 들리더니, 린턴 도련님이 문을 살짝 두드리고는 뜻밖의 부름을 받아서 기쁨으로 환히 빛나는 얼굴로 들어왔기 때문이죠.

한 친구가 들어오고 다른 친구가 나갈 때 캐서린 아씨는 틀림없이 자신의 두 친구 사이의 차이를 알아챘을 거예요. 둘은 을씨년스러운 언덕배기 탄광촌이 아름답고 비옥한 골짜기로 바뀌는 걸 볼 때처럼 대비되어 보였으니까요. 린턴 도련님은 외모뿐만 아니라 목소리와 인사말도 히스클리프와 정반대였지요. 린턴 도련님은 감미롭고 나직한 말투로 말했고, 이곳 사람들처럼 거칠지 않고 더 부드럽게, 꼭 록우드 나리처럼 발음했어요.

"내가 너무 일찍 왔나?"

린턴 도련님이 저를 힐끗 보며 말했어요. 저는 한쪽 끝에 있는 찬장 앞에서 접시를 닦고 서랍 정리를 시작한 참이었어요.

"아냐."

캐서린 아씨가 대답하고는 저에게 물었어요.

"넬리, 거기서 뭐하는 거야?"

"제 일을 하는 거죠, 아씨."라고 제가 대답했지요. (린턴 도련님이 개인적으로 찾아오면 옆에 있으라고 힌들리 도련님이 제게 지시를 내렸었거든요.)

아씨가 제 뒤에 와서 뾰루퉁하게 속삭였습니다.

"행주 가지고 얼른 사라져. 손님이 있는 데서 하인이 쓸고 닦고 하면 안 되지!"

"힌들리 도련님이 계시지 않아 마침 잘됐다고 생각했어요. 힌들리 도련님이 계시는 데서 이런 일로 수선을 피우면 힌들리 도련님께서 싫어하셔서요. 하지만 분명 에드거 도련님은 봐주시겠죠."

저는 일부로 큰 소리로 대답했어요.

"내가 있는 데서 수선 피우는 건 나도 싫어해."

자기 손님에게 대답할 틈을 주지 않고 아씨가 도도하게 소리쳤는데, 아씨는 히스클리프와 살짝 다투고 나서 아직 평정을 회복하지 못하고 있었어요.

"그 점은 송구하네요, 캐서린 아씨!" 하고 대꾸하고는 저는 다시 부지런히 제 일을 계속했어요.

아씨는 에드거 도련님에게는 안 보일 거라고 생각하고는 제 손에서 행주를 낚아채더니 아주 독살스럽게 제 팔을 확 비틀며 꼬집었어요.

제가 아씨를 좋아하지 않는다는 말씀은 드렸었죠. 하지만 전 가끔 아씨의 자만심을 누르는 건 꽤 좋아했어요. 그런데다 아씨가 저를 심하게 아프게 했으니 저는 벌떡 일어서면서 고함을 쳤어요.

"아니, 아씨. 이렇게 비열한 짓을 하실 거예요! 왜 저를 꼬집는 거예요? 도저히 못 참겠어요!"

"난 손도 안 댔어, 이 거짓말쟁이!"

아씨는 다시 저를 꼬집고 싶어서 손가락을 꼼지락거리며 화가 나 귀까지 새빨개져서는 소리쳤어요. 원래 아씨는 화가 난 걸 전혀 숨기지 못하는 성격이라서 화가 나면 늘 얼굴 전체가 활활 타오르곤 했지요.

"그럼 이건 뭔데요?"

저는 아씨의 말에 반박하기 위한 결정적인 증거로 시퍼렇게 멍든 팔을 내보이며 응수했어요.

아씨는 발을 구르고 잠시 머뭇거리더니 결국 자기 안의 못된 성미를 억누르지 못하고, 두 눈에 눈물이 가득 고일 정도로 따끔하게 제 뺨을 후려갈기더군요.

"캐서린, 왜 그래! 캐서린!"

린턴 도련님은 자기가 우상처럼 숭배하는 여인이 거짓말과 폭력이라는 이중의 잘못을 저지르자 크게 충격을 받아 끼어들었어요.

"이 방에서 나가, 엘런!"

아씨는 온몸을 부들부들 떨며 반복해서 말했어요.

어디나 저를 따라다니고 그때도 제 옆에 앉아 있던 아기 헤어턴이 제 눈물을 보고 따라 울기 시작하더니, "캐시 고모 못됐어."라고 훌쩍거리면서 투덜댔어요. 그 소리를 듣자 아씨의 분노는 그 불쌍한 아이에게로 향했어요. 아씨는 아이의 어깨를 붙잡더니 그 불쌍한 아이의 얼굴이 시퍼렇게 질릴 때까지 흔들었어요. 그러자 에드거 도련님이 아이를 구하려고 무심코 아씨의 두 손을 붙잡았어요. 순식간에 아씨는 한쪽 손을 비틀어 뿌리치고는 깜짝 놀란 젊은 도련님의 뺨을 장난이라고 보기는 힘들 정도로 매섭게 후려갈겼어요.

에드거 도련님은 깜짝 놀라서 뒤로 물러섰어요. 저는 헤어턴을 안고 부엌으로 갔지만 두 사람이 다툼을 어떻게 해결하는지 궁금했기 때문에 소리가 들리도록 문은 그대로 열어 두었어요.

모욕당한 손님은 창백한 얼굴로 입술을 떨면서 자기 모자를 놓아둔 곳으로 갔어요. 그 모습에 저는 혼자 중얼거렸어요.

"그래, 그래야지! 경고를 받았다 생각하고 어서 돌아가! 저 아이의 진짜 성격을 어렴풋이나마 알게 됐으니 얼마나 다행이야."

"어딜 가는 거야?"

캐서린 아씨가 문간으로 다가가면서 따져 물었어요.

린턴 도련님은 한쪽으로 비켜 지나가려고 했어요.

"가지 마!"

아씨가 격렬하게 외쳤어요.

"가야 해. 갈 거야!"

린턴 도련님은 가라앉은 목소리로 대꾸했어요.

"안 돼!"

아씨는 문손잡이를 꽉 잡고 계속 고집을 부렸어요.

"아직은 안 돼, 에드거 린턴, 앉아. 그런 기분으로 가 버려선 안 돼. 그럼 밤새 내 기분이 비참할 텐데, 난 너 때문에 비참하고 싶진 않아!"

"나를 때려 놓고는 나더러 계속 여기 있으라고?"

린턴 도련님이 물었어요. 캐서린 아씨는 아무 말도 못 했어요. 도련님이 계속 말했어요.

"난 네가 무섭고 부끄러워졌어. 다시는 여기 오지 않을 거야!"

아씨의 두 눈이 눈물로 반짝이기 시작하더니 아씨가 눈꺼풀을 깜박거렸어요.

"게다가 넌 고의로 거짓말까지 했어!"라고 린턴 도련님이 계속 말했어요.

"안 그랬어!"

아씨가 외치며 겨우 다시 말문을 열었어요.

"난 아무것도 고의로 하지 않았어. 그래, 갈 테면 가. 가 버려! 난 이제부터 울 거야. 지쳐 병이 날 때까지 울 거야!"

아씨는 의자 옆에 털썩 주저앉아 본격적으로 엉엉 울기 시작했어요.

에드거 도련님은 안뜰까지는 결심을 굽히지 않고 갔지만 그곳에 이르자 머뭇거리더군요. 저는 도련님의 마음을 다잡아 주기로 마음먹었어요. 저는 큰 소리로 외쳤어요.

"아씨는 끔찍하리만치 제멋대로예요, 도련님! 망나니도 그런 망나니가 없어요. 그러니 도련님은 말을 타고 얼른 집으로 돌아가는 게 나을 거예요. 안 그러면 아씨는 아프니 어쩌니 하면서 우리 속만 썩일 거예요."

그 마음 여린 것이 곁눈질로 창문 안을 들여다보더군요. 린턴 도련님은 고양이가 반쯤 죽인 생쥐나 반쯤 먹은 새를 두고 가기 어려운 것처럼 발길이 떨어지지 않는 모양이었어요. 그 모습에 저는 생각했지요.

'아, 저 도련님을 구할 길은 없겠어. 저 도련님은 이제 운이 다해 파멸로 치닫는구나!'

그리고 정말로 그랬어요. 린턴 도련님은 갑자기 돌아서더니 서둘러 다시 거실로 들어가 문을 닫았어요. 잠시 후 제가 힌들리 도련님이 고주망태가 돼서 돌아왔으니 온 집 안을 다 때려 부술지도 모른다고 (그렇게 취한 상태가 되면 도련님은 보통 그러려고 했어요.) 알려 주려고 들어가니, 좀 전의 다툼으로 인해 오히려 둘은 더욱 친해져 있었어요. 소년 소녀 특유의 수줍음의 벽이 허물어지자 우정의 가면을 벗어던지고 서로 사랑을 고백하게 되었던 것이지요.

힌들리 도련님이 집에 돌아왔단 소식을 알리자 린턴 도련님은 부리나케 자신의 말을 매어 놓은 곳으로 달려갔고, 캐서린 아씨도 얼른 자기 방으로 피했어요. 저는 어린 헤어턴을 숨기고 힌들리 도련님의 엽총에서 총알을 뺐습니다. 도련님은 미친 듯이 흥분하면 엽총을 가지고 장난치기를 좋아했는데, 누가 도련님을 자극하거나 심지어는 자신의 주의를 심하게 끈다고 여기면 그 사람 목숨이 위험했거든요. 그래서 만약 도련님이 총을 발사하는 지경에 이른다 하더라도 피해가 덜 생기도록 총알을 빼놓으려 했던 것입니다.

제9장

힌들리 도련님은 듣기에도 끔찍한 욕설을 고래고래 외치며 들어왔는데, 제가 자기 아들을 부엌 찬장에 몰래 숨겨 놓으려던 현장을 잡게 되었어요. 어린 헤어턴은 아버지가 자기를 보고 야수처럼 유난히 예뻐하거나, 미치광이처럼 분노하는 데 극심한 공포에 사로잡혀 있었어요. 유난히 예뻐하면 꽉 껴안고 입을 맞춰 숨이 막혀 죽을 위험이 있었고, 미친 듯이 분노하면 난롯불에 휙 던져 버리거나 벽에다 내동댕이칠 우려가 있었기 때문이었지요. 그래서 그 가엾은 것은 제가 자기를 어디에 데려다 놓든 끽소리 하나 내지 않고 가만히 있었지요.

"그래, 드디어 찾아냈군!"

힌들리 도련님이 저의 목덜미를 개처럼 잡고 뒤로 끄집어 당기며 외쳤어요.

"보아하니 틀림없이 너희끼리 저 아이를 죽이기로 맹세한 모양이로군! 왜 늘 저 아이가 내 눈에 안 띄었는지 이제야 알겠어. 하지만 사탄의 도움을 받아서라도 네가 식칼을 삼키게 하고야 말겠다. 넬리, 웃지 마! 지금 막 케네스 녀석을 블랙호스 습지에다 거꾸로 처박고 왔으니, 하나를 해치나 둘을 해치나 똑같아. 그리고 너희 가운데 몇 녀석을 죽이고 싶어. 그래야 좀 편히 쉴 수 있을 것 같거든!"

"하지만 식칼은 싫은데요, 힌들리 도련님. 그 식칼로 훈제 청어를 썰고 있었거든요. 저를 죽이시려거든 차라리 총으로 쏴 주세요." 하고 제가 말했어요.

"차라리 지옥에 떨어지는 편이 나을걸! 그럼 그렇게 해 주지. 영국에는 집안의 기강을 바로잡는 것을 못 하게 막는 법은 없는데, 내 집안은 상태가 심히 끔찍하거든! 자, 입 벌려!"

힌들리 도련님은 손에 식칼을 들고 칼끝을 제 이 사이로 밀어 넣었어요. 하지만 저는 힌들리 도련님의 예측 불가능한 변덕 따윈 별로 두렵지 않았어요. 저는 침을 내뱉으며 이건 아주 맛이 고약해서 어떤 일이 있어도 먹지 않겠노라고 대들었어요. 그러자 힌들리 도련님이 저를 놓아주며 말했어요.

"아하! 저 흉측한 어린 악당은 헤어턴이 아니로군. 내가 잘못 봤어, 넬리. 저게 헤어턴이라면, 나를 반기러 달려오지 않고 내가 악귀라도 되는 양 비명을 질러 댔으니 산 채로 껍질을 벗겨 마땅해. 애비도 몰라보는 새끼, 이리 와! 인정 많고 잘 속아 넘어 가는 아비를 속이면 혼날 줄 알아. 그런데 이 녀석의 귀 끝을 잘라 주면 더 나아 보이지 않을까? 개는 귀를 자르면 사나워 보이는데, 난 사나운 게 정말 좋거든. 가위를 가져와. 사납고 깔끔하게 다듬어 줘야겠어! 게다가 귀를 소중히 여기는 건, 지긋지긋한 허세야. 사악한 겉치레지. 귀가 없어도 우린 원래 바보야. 쉿, 요 녀석, 뚝 그쳐! 어라, 그런데 요 녀석은 예쁜 내 새끼 아냐! 쉿, 눈물을 닦아. 예쁘지. 아빠한테 뽀뽀. 뭐! 싫어? 아빠한테 뽀뽀해, 헤어턴! 망할 녀석, 아빠한테 뽀뽀하라니까! 빌어먹을, 내가 요런 괴물 녀석을 키우나 봐라! 내 틀림없이 이 애새끼의 모가지를 확 부러뜨려 놓고 말 테다!"

불쌍한 헤어턴은 아버지의 품 안에서 있는 힘을 다해 악을 쓰고 울부짖으며 발버둥을 쳤어요. 그러다가 자기 아버지가 2층으로 안고 올라가 난간 위로 번쩍 들어 올리자 그 아이의 울부짖는 소리는 갑절로 커졌어요. 저는 아이가 놀라서 경기를 일으키겠다고 소리치면서 아이를 구하러 달려갔어요.

제가 그곳에 이르렀을 때, 힌들리 도련님은 난간 밖으로 몸을 내밀고, 자기가 손에 뭘 들고 있는지는 거의 잊어버린 채로 밑에서 들리는 소리에 귀를 기울이고 있었어요.

"저게 누구지?"

도련님이 누군가가 계단 밑으로 다가오는 소리를 듣고 물었어요.

히스클리프의 발자국 소리임을 알아챈 저는 히스클리프에게 더는 다가오지 말라는 신호를 하려고 난간 밖으로 몸을 내밀었어요. 그런데 제가 헤어턴에게서 눈을 떼는 순간, 헤어턴이 갑자기 발버둥 치다가 자기를 부주의하게 쥐고 있던 아버지의 손아귀에서 벗어나며 아래로 떨어졌습니다.

오싹한 공포를 미처 느낄 틈도 없이 우리는 그 불쌍한 아이가 무사하다는 것을 알았어요. 히스클리프가 위태로웠던 바로 그 순간 마침 그 아래에 이르렀고 본능적으로 떨어지는 것을 받은 거였답니다. 히스클리프는 아이를 내려놓고 그 사건을 일으킨 장본인이 누군지 보려고 위를 올려다봤어요.

위의 힌들리 도련님의 얼굴을 보았을 때, 히스클리프의 얼굴에 떠오른 표정은 5실링에 행운의 복권을 팔아버렸는데 그다음 날 그 복권이 5천 파운드에 당첨된 사실을 알게 된 수전노의 표정보다 더 허망했어요. 자기 손으로 자신의 복수를 좌절시켜 버리다니, 극심한 괴로움이 그 어떤 말로 하는 것보다 더 뚜렷하게 그의 얼굴에 드러나 있었어요. 감히 말하는데, 만약 어두웠더라면 히스클리프는 헤어턴을 계단에 던져 머리를 박살 내 그 실수를 바로잡으려 했을 거예요. 하지만 헤어턴이 구조된 것을 우리가 목격하고 만 것이지요. 저는 쏜살같이 아래로 내려가 제가 보살피는 소중한 아기를 꼭 껴안았어요.

힌들리 도련님은 저보다 천천히 내려왔는데 술이 좀 깨니 무안한 모양이더군요.

“엘런, 이건 네 잘못이야. 아이를 안 보이는 데다 놔뒀어야지. 내게서 아이를 데려갔어야지! 아이는 어디 다친 데 없어?”

도련님의 말에 저는 화가 나서 쏘아붙였어요.

“다친 데가 없냐고요! 죽지 않았더라도 바보가 됐을 거예요! 아아! 도련님이 이 아일 다루는 걸 보고 아이 엄마가 무덤에서 벌떡 일어나지 않는 게 이상할 뿐이에요. 도련님은 이교도보다 더 나빠요. 자기 혈육을 그런 식으로 취급하다니!"

제가 안고 있는 걸 알고는 무서움을 잊고 울음을 그친 아이를 힌들리 도련님이 만지려고 했어요. 하지만 아버지의 손길이 닿자마자 아이는 다시 전보다도 더 크게 악을 쓰며 경기를 일으킬 것처럼 몸부림쳤어요. 그 모습에 저는 계속 쏘아붙였어요.

"아이를 건드리지 마세요! 이 아이는 도련님을 미워해요. 다들 도련님을 미워하죠. 정말이에요! 도련님은 참 행복한 가족을 거느리셨군요. 도련님 꼴도 참 멋지고요!"

생각이 비뚤어진 그 인간은 다시 평소의 무정한 모습으로 돌아가 깔깔대고 웃더군요.

"앞으로 내 꼴은 더 멋져질걸! 넬리, 지금은 아이를 데리고 멀리 가 줘. 그리고 히스클리프, 너 잘 들어! 너도 내게서 닿지도, 소리가 들리지도 않는 곳으로 꺼져. 오늘밤은 너를 죽이지 않겠어. 단, 내가 집에 불을 지른다면 그것도 장담 못 해. 하지만 그거야 내 맘대로 하는 거지 뭐."

힌들리 도련님은 이렇게 말하면서 찬장에서 1파인트짜리 브랜디 병을 꺼내 큰 잔에 부었습니다.

"안 돼요. 그러지 마세요!"

제가 애원했어요.

"힌들리 도련님, 이제 제발 조심하세요! 도련님은 상관없다 치더라도, 이 아이가 불쌍하지도 않으세요?"

"누가 됐든 나보다는 더 잘해 주겠지." 하고 힌들리 도련님이 대답했어요.

"도련님 자신의 영혼도 불쌍히 여기시고요!"

제가 도련님의 손에서 잔을 빼앗으려고 애쓰며 말했어요.

"싫어! 차라리 난 내 영혼을 만든 자를 벌하기 위해 내 영혼을 지옥에 보내는 게 훨씬 즐겁겠어. 내 영혼의 원기 왕성한 지옥살이를 위해 건배!"

불경스러운 그 인간이 외쳤지요.

도련님은 브랜디를 마시더니 짜증을 내며 우리에게 가라고 명령했는데, 그 명령을 지독한 욕설을 퍼부어 대며 끝냈어요. 어찌나 심한 욕설이던지 다시 입에 올리기도, 떠올리기도 힘들군요.

힌들리 도련님이 문을 닫고 나가자 히스클리프가 도련님이 늘어놓은 욕설을 다시 반복해 중얼거리더니 이렇게 말하더군요.

"저놈이 술을 저리 퍼마시는데도 뒈지지 않다니 유감이야. 저놈은 최선을 다해 술을 퍼마시고 있지만 체질상 뒈지질 않는군. 케네스 선생이 그러더군. 저놈이 기머턴의 이쪽 부근에서는 그 누구보다 더 오래 살아 백발이 될 때까지 죄를 짓다가 무덤에 묻힐 거라는 데 자기 암말을 걸겠다고. 저놈한테 운 좋게 사고가 생기지 않는다면 말이지."

저는 부엌으로 가서 자리에 앉아 저의 어린 양을 달래서 재우려 했어요. 저는 히스클리프가 부엌을 지나 헛간으로 갔다고 생각했는데, 나중에 알고 보니, 방 저쪽 편의 등이 높은 긴 나무 의자까지만 갔던 모양이에요. 난롯가에서 멀리 떨어진, 벽 옆의 그 의자에 몸을 휙 던지고 가만히 누워 있었던 것이지요.

저는 헤어턴을 무릎에 올려놓고 흔들면서 노래를 흥얼거리기 시작했어요.

깊은 밤, 아이가 울면,
땅 밑 무덤 속 엄마에게 그 소리가 들린다네.

바로 그때 자기 방에서 소동에 귀를 기울이고 있던 캐시 아씨가 머리를 내밀고 나지막이 말을 걸었어요.

"혼자 있어, 넬리?"

"예, 아씨." 하고 제가 대답했어요.

캐시 아씨가 들어와 난롯가로 다가왔어요. 저는 아씨가 무슨 말을 하려나 보다 생각하고 아씨를 쳐다봤어요. 아씨는 혼란스럽고 불안한 듯한 표정이었어요. 무슨 말을 하려는 듯 입술을 반쯤 벌리고 숨을 쉬었지만 말 대신 한숨이 새어 나왔지요.

저는 아씨가 좀 전에 했던 짓을 잊지 않고 있었던 터라 모른 척하고 노래를 다시 흥얼거렸어요.

"히스클리프는 어디 있어?"

아씨가 제 노래를 가로막으며 물었어요.

"마구간에서 자기 일을 하겠죠." 하고 제가 대답했어요.

히스클리프는 아니라고 나서지 않았어요. 아마도 깜박 졸았던 모양이에요.

그러고는 또 한참 침묵이 흘렀는데, 그러는 동안 캐서린 아씨의 뺨을 타고 눈물 한두 방울이 바닥에 떨어졌어요.

'창피한 짓을 해서 아씨가 미안해하는 건가? 거 참 희한한 일이네. 하지만 그러려면 먼저 본론을 꺼내 말을 해야지. 내가 도와주나 봐라!' 하고 저는 혼자 속으로 생각했어요.

하지만 아니었어요. 아씨는 자신의 관심사 외에는 어떤 일에도 조금도 신경 쓰지 않는 사람이었어요.

"아이 정말! 나 너무 속상해!"

그 말에 저는 이렇게 말했어요.

"안됐네요. 아씨가 성미가 까다로운 사람이라서 그래요. 주위에 의지가 되는 사람이 그렇게 많고 걱정거리는 거의 없는 데도 만족할 줄도 모르고요!"

"넬리, 비밀 지켜 줄 거지?"

아씨는 자기 말만 계속하며 내 옆에 무릎을 꿇고는 매력적인 눈을 들어, 온 세상 사람들이 실컷 화를 내는 게 마땅하다고 할 때조차도 화를 다 녹여 버리는 그런 종류의 표정으로 제 얼굴을 올려다봤어요.

"지킬 만한 가치가 있는 비밀이에요?"

제가 심술이 조금 풀린 목소리로 물었어요.

"그래. 그것 때문에 속이 타서 다 털어놔야겠어! 어떻게 해야 할지 알고 싶어. 있잖아, 오늘, 에드거 린턴이 나한테 청혼했고, 나는 그 대답을 주었어. 그런데 내가 청혼을 받아들였는지 아닌지 너한테 말해 주기 전에 말이야, 내가 어떻게 했어야 했는지 말해 줄래?"

그 말에 저는 이렇게 대꾸했어요.

"아니, 캐서린 아씨, 제가 그걸 어떻게 알아요? 아씨가 오늘 오후 린턴 도련님 앞에서 한 짓을 고려하면, 도련님의 청혼을 거절하는 게 틀림없이 현명했을 것 같네요. 그런 일이 있고 난 뒤

청혼을 하다니, 린턴 도련님은 형편없는 멍청이거나 무모한 바보임에 틀림없으니까요."

그러자 아씨가 발끈하며 자리에서 일어나 이렇게 대꾸했어요.

"그딴 식으로 말하면 난 더 이상 말 안 할 거야. 난 청혼을 받아들였어, 넬리. 어서 말해 봐. 내가 잘못한 건지 아닌지!"

"청혼을 받아들였다고요? 그렇다면 그 문제에 대해 이렇게 이야기를 나누고 있는 게 무슨 소용이 있겠어요? 아씨가 언약을 했으니 물릴 수도 없는걸요."

"하지만 내가 그렇게 한 게 잘한 건지 아닌지 말해 줘. 어서!"

아씨가 손을 맞비비고 인상을 쓰며 안달 난 목소리로 외쳤어요. 그래서 저는 설교 투로 이렇게 대꾸했어요.

"그 질문에 제대로 대답하려면 먼저 여러 가지 사항을 고려해 봐야죠. 무엇보다 먼저, 에드거 도련님을 사랑하세요?"

"어떻게 그러지 않을 수 있겠어? 당연히 사랑하지." 하고 아씨가 대답했어요.

그런 뒤 저는 아씨에게 다음과 같은 질문들을 잇달아 했는데, 스물두 살짜리 처녀가 던진 질문치고는 꽤 분별 있는 질문들이었어요.

"왜 도련님을 사랑해요, 캐시 아씨?"

"무슨 그런 말도 안 되는 질문이 다 있어. 그냥 사랑해. 그거면 충분하지."

"결코 그렇지 않아요. 왜 사랑하는지 말해야만 해요."

"으음, 그이는 잘생기고 함께 있으면 즐거우니까."

"좋지 못한 이유예요."라고 제가 평했습니다.

"그리고 그이는 젊고 쾌활하니까."

"그것 역시 좋지 못한 이유예요."

"그리고 그이가 나를 사랑하니까."

"그건 그저 그렇군요."

"그리고 그이는 재산을 많이 물려받아 부자가 될 거고, 나는 이 인근에서 제일 잘나가는 부인이 되고 싶고, 그런 대단한 남편을 둔 게 자랑스러울 테니까."

"최악의 이유로군요! 자, 그럼 이번에는 아씨가 도련님을 얼마나 사랑하는지 말해 봐요."

"남들 사랑하는 것과 똑같지. 넬리, 바보같이 이게 뭐야."

"전혀 바보같지 않아요. 대답해 봐요."

"그이가 밟고 있는 땅, 그이가 이고 있는 하늘, 그이의 손이 닿는 모든 것, 그리고 그이가 하는 모든 말을 다 사랑해. 그이의 모든 표정, 그이의 모든 행동, 그리고 그이의 모든 것을 전부 다 사랑해. 이제 이만하면 됐지!"

"그런데 왜요?"

"그만해! 지금 장난치는 거지? 진짜 못됐어! 나한테는 장난 아니란 말이야!"

아씨가 소리치고는 얼굴을 찌푸리며 벽난로 쪽으로 얼굴을 돌렸어요. 그러자 제가 대꾸했어요.

"캐서린 아씨, 결코 장난치는 게 아니에요. 아씨는 에드거 도련님이 잘생기고, 젊고, 쾌활하고, 부자이고, 또 아씨를 사랑하기 때문에 도련님을 사랑한다고 했죠. 하지만 마지막 이유는 아무짝에 쓸모없어요. 아마 도련님이 아씨를 사랑하지 않더라도 아씨는 도련님을 사랑할 순 있겠죠. 하지만 도련님이 아씨를 사랑하더라도 앞의 네 가지 매력이 없다면 아씨는 도련님을 사랑하지 않겠죠."

"그럼, 당연하지. 그냥 불쌍하게만 여기겠지. 그가 못생긴 시골뜨기라면 아마도 그를 싫어할 테고."

"하지만 세상에는 잘생기고 부자인 젊은 남자들이 얼마든지 있어요. 어쩌면 에드거 도련님보다 더 잘생기고 더 부자인 남자도 있을지 모르죠. 그럼 왜 그런 남자들을 사랑하지 않는 거죠?"

"그런 남자들이 있다고 하더라도 내 주위에는 없잖아. 난 에드거 같은 남자는 본 적이 없는걸."

"몇 명쯤은 보게 될지도 모르죠. 그리고 에드거 도련님이 언제까지나 잘생기고 젊지는 않을 거고 언제까지 부자일지도 모르는 일이고요."

"하지만 지금은 그렇잖아. 그리고 난 현재만 그러면 돼. 넬리가 좀 이성적으로 말했으면 좋겠어."

"그래요, 그럼 됐네요. 아씨가 현재만 그러면 된다면, 린턴 도련님과 결혼하세요."

"이 일에 넬리의 허락을 구하는 게 아니야. 난 그이와 결혼할 테니까. 내가 승낙한 게 잘한 건지 아닌지 아직 말해 주지 않았어."

"아주 잘하셨어요. 현재만 보고 결혼하는 게 옳다면 말이지요. 그럼 이제 아씨가 뭣 때문에 속상하다고 하는지 들어 보죠. 아씨 오라버니는 기뻐할 테고, 린턴 도련님의 부모님들도 반대하지 않으실 테고, 어수선하고 마음 편할 날 없는 집에서 벗어나 부유하고 존경할 만한 집으로 가게 될 거고, 또 아씨는 에드거 도련님을 사랑하고 에드거 도련님도 아씨를 사랑하죠. 모든 것이 순조로워 보이는데, 대체 걸림돌이 어디 있다고 그러는 거예요?"

"여기에! 그리고 여기에도!"

캐서린 아씨가 한 손으로는 이마를 치고 다른 한 손으로는 가슴을 치며 대답했어요.

"영혼이 어디에 있든 내 머릿속에서도, 내 마음에서도 내가 틀렸다는 확신이 든단 말이야!"

"거참 이상하네요! 무슨 소리인지 모르겠어요."

"그게 내 비밀이야. 나를 비웃지 않겠다면 설명해 볼게. 명확하게 설명하진 못하지만…… 그래도 내 기분이 어떤지 짐작할 수는 있을 거야."

아씨는 다시 내 옆에 앉았어요. 아씨는 얼굴이 점점 더 슬프고 심각해지더니 깍지 낀 두 손을 덜덜 떨더군요.

"넬리, 기묘한 꿈을 꿔 본 적 없어?"라고 몇 분 간 곰곰이 생각에 잠겨 있다가 아씨가 불쑥 물었어요.

"예, 가끔은요."

"나도 그래. 꿈을 꾼 뒤에도 계속 남아 내 생각을 바꾸는 그런 꿈을 줄곧 꿔 왔어. 그런 꿈들은 마치 포도주가 물에 스며들 듯이 내 안으로 점점 스며들어서 내 마음의 색을 바꾸곤 했지. 그리고 이 꿈도 그래. 이 꿈 이야기를 해 줄 테니 듣다가 웃지는 말아 줘."

"아니, 하지 마세요, 캐서린 아씨! 우린 지금 유령이나 환영 따위를 불러내지 않아도 충분히 음울하고 괴롭다고요. 자, 자, 즐겁게 좀 있어 봐요! 평소 아가씨답게 말이죠! 이런 헤어턴을 보세요. 이 아인 지루한 꿈 따위는 꾸고 있지 않아요. 자면서 어쩜 저렇게 귀엽게 웃을까요!"

"그래 귀엽네. 그리고 이 애 아빠가 혼자서 저주를 퍼붓는 것도 어쩜 그렇게 귀엽나 몰라! 넬리, 아마 넌 힌들리 오빠가 이 아이처럼 토실토실한 아기였던 때를, 이 아이처럼 어리고 순진무구했던 때를 기억하겠지. 하지만 넬리, 넌 내 꿈 이야기를 들어줘야 해. 별로 길지도 않아. 오늘밤은 도저히 즐겁게 있을 기분이 아니야."

"난 안 들을래요. 안 들어!"

저는 다급하게 거듭 외쳤어요.

그 당시 저는 꿈에 대한 미신을 믿었고 지금도 그래요. 게다가 캐서린 아씨가 평소와 달리 침울한 모습이어서 불길한 예언이 되거나 무시무시한 참사를 예견하는 꿈은 아닐까 싶어 두렵기도 했거든요.

아씨는 화가 난 듯했지만 그 이야기를 더 하지는 않았어요. 대신 잠시 후 다른 화제로 돌리며 다시 그 이야기를 꺼냈어요.

"넬리, 내가 만약 천국에 간다면 난 굉장히 비참할 거야."

"거긴 아씨가 갈 곳이 아니니까요. 죄를 지은 사람은 누구나 천국에 가면 비참할걸요."

"하지만 그래서가 아니야. 난 언젠가 한번은 천국에 간 꿈을 꾼 적이 있어."

"꿈 이야기는 듣지 않겠다고 했잖아요, 캐서린 아씨! 그만 자러 갈래요."라며 저는 다시 아씨의 말을 끊었어요.

제가 의자에서 일어서려고 하자 아씨가 까르르 웃으며 저를 붙잡아 앉혔어요.

"그냥 별 꿈 아냐. 천국은 내가 갈 곳이 아닌 것 같다고 말하려고 했던 것뿐이야. 나는 지상으로 돌아오고 싶어서 가슴이 찢어질 듯 울었어. 그러자 천사들이 단단히 화가 나서 나를 워더링 하이츠 위쪽의 황야 한가운데로 내던져 버렸지. 그곳에서 나는 기뻐서 흐느껴 울다가 잠에서 깼어. 앞선 설명에 더해서 이거면 내 비밀을 충분히 설명할 수 있어. 내가 천국에서 살 사람이 아니듯, 난 에드거 린턴과 결혼할 사람도 아니야. 저 방에 있는 못된 인간이 히스클리프를 저렇게 바닥으로 끌어내리지 않았다면, 난 에드거 린턴과 결혼하는 것 따위는 생각하지도 않았을 거야. 하지만 지금은 히스클리프와 결혼하면 내 격이 떨어져. 그러니 내가 자길 얼마나 사랑하는지 그 애가 알아선 안 돼. 그리고 넬리, 내가 그 앨 사랑하는 건 그 애가 잘생겨서가 아니라 그 애가 나보다 더 나 자신 같기 때문이야. 우리의 영혼이 무엇으로 만들어졌든, 그 애의 영혼과 내 영혼은 똑같고, 린턴의 영혼은 달빛과 번갯불, 서리와 불이 다른 것만큼이나 완전히 달라."

아씨가 이 말을 마치기 전에 저는 히스클리프가 그곳에 있단 걸 알게 되었습니다. 살짝 인기척이 느껴져서 고개를 돌렸는데 히스클리프가 긴 의자에서 일어나 소리를 내지 않고 살그머니 나가더군요. 히스클리프는 캐서린 아씨가 그와 결혼하면 자신의 격이 떨어진다고 말하는 대목까지 듣고 있다가 더 이상 듣지 않고 나가 버린 것이었어요.

제 옆에 있던 아씨는 바닥에 앉아 있었기 때문에 긴 의자의 등에 가려 히스클리프가 그곳에 있었던 것도, 나간 것도 알아채지 못했습니다. 하지만 저는 깜짝 놀라 아씨에게 '쉿!' 하고 말했습니다.

"왜?"

아씨가 초조하게 주위를 두리번거리며 물었어요. 때마침 길에서 조지프가 모는 짐마차의 수레바퀴 구르는 소리가 나서 제가 얼른 둘러댔어요.

"조지프가 왔어요. 그럼 히스클리프도 같이 올 거예요. 벌써 문간에 와 있을지도 몰라요."

"아니, 문간에선 내 말이 들리지 않을걸! 헤어턴은 내가 봐 줄 테니 넬리, 넌 저녁 식사를 차려. 다 차리면 같이 먹게 날 부르고. 마음이 불편하지만 그런 마음을 속여서라도 히스클리프가 이런 사실을 전혀 짐작도 못 할 거라는 확신을 얻고 싶어. 그 앤 짐작도 못 하겠지, 그렇지? 그 앤 사랑에 빠진 게 어떤 건지도 모르겠지?"

아씨의 말에 저는 이렇게 대꾸했어요.

"아씨가 알고 있는데 그 애가 모를 까닭이 없잖아요. 그리고 그 애가 아씨를 마음에 품고 있다면, 그 애는 세상에서 가장 불행한 사람이 되겠죠! 아씨가 린턴 부인이 되면 그 즉시 그 애는 친구도 사랑도 전부 다 잃게 될 테니까요! 아씨가 그 애와 헤어지고 어떻게 견딜지, 그 애가 버림받고 이 세상에 홀로 남겨져서 어떻게 견딜지 생각해 본 적은 있어요? 그러니까, 캐서린 아씨…….”

그러자 캐서린 아씨가 분개한 어조로 이렇게 소리쳤어요.

“그 애가 홀로 남겨진다니! 우리가 헤어진다니! 누가 우리를 갈라놓는단 말이야? 그랬다간 그놈은 밀로(*나무를 맨손으로 둘로 쪼개려다가 그 사이에 손이 끼어 꼼짝 못하게 되는 바람에 늑대의 밥이 되고 만 고대 그리스의 선수) 꼴이 나고 말걸! 엘런, 내가 살아 있는 한은 절대 아냐. 어느 누구도 그렇게 못 해. 린턴 가문 사람들이 지구상에서 모두 녹아 사라져 버린다 해도 난 히스클리프를 버릴 마음이 전혀 없어. 아아, 난 그러려던 게 아니야. 그건 내 뜻이 아니라고! 그런 대가를 치러야 한다면 난 린턴 부인이 되지 않을 거야! 이제껏 내내 그랬던 것처럼 앞으로도 그 앤 내게 소중해! 에드거는 반감을 털어 내고 적어도 히스클리프를 받아들여 줘야 해. 히스클리프에 대한 내 진심을 알게 되면 에드거는 그렇게 할 거야. 그래, 넬리, 넌 나를 이기적인 계집이라고 생각하겠지만 이런 생각해 본 적 없어? 만약 내가 히스클리프와 결혼한다면 우리 둘 다 거지꼴이 되겠지만, 반면 내가 에드거 린턴과 결혼한다면 히스클리프를 일으켜 세워 우리 오빠의 힘이 미치지 않는 곳으로 벗어나게 도울 수도 있다고 말이야.”

“남편 돈으로 말이에요, 캐서린 아씨? 에드거 도련님이 아씨 생각만큼 고분고분하지는 않을걸요. 그리고 제가 판단할 문제는 아니지만, 그건 아씨가 제시한 에드거 도련님의 아내가 되어야 하는 이유 가운데 가장 최악인 것 같군요.”

그러자 캐서린 아씨가 이렇게 쏘아붙였어요.

“그렇지 않아. 그건 최고의 이유야! 다른 이유들은 나의 변덕을 만족시키기 위한 거야. 또한 에드거를 만족시키기 위해서이기도 해. 하지만 이건 에드거와 나 자신에 대한 내 감정을 몸소 이해하는 한 사람을 위한 거야. 설명은 잘 못하겠는데, 틀림없이 넬리 너도 그렇고 다른 사람들도 다들 자신을 넘어선 자신과 같은 존재가 있거나 있어야 한다고 생각하잖아. 나란 존재가 전적으로 내 안에만 존재한다면 내가 태어난 게 무슨 소용이겠어? 이 세상에서 내가 겪은 가장 큰 고통은 히스클리프가 겪은 고통이었고, 처음부터 나는 그 고통을 하나하나 지켜보고 느껴 왔어. 내가 살아오면서 가장 중요하게 생각한 사람이 바로 히스클리프였어. 다른 모든 사람들이 죽어도 그 애가 남는다면, 나는 계속 존재할 거야. 하지만 다른 모든 사람들이 그대로 남아도 그 애가 사라진다면, 내게 이 우주는 완전히 낯선 곳이 될 거야. 내가 이 우주의 일부분으로도 느껴지지 않을 거야. 린턴에 대한 내 사랑은 숲 속의 나뭇잎과도 같아. 겨울이 오면 나무의 모습이 변하듯 시간이 흐르면 내 사랑이 변하리란 걸 난 잘 알아…… 하지만 히스클리프에 대한 내 사랑은 그 나무 아래에 자리 잡은 영원히 변치 않는 바위와 같아…… 눈에 보이는 기쁨의 원천은 아니지만 꼭 있어야만 하는. 넬리, 내가 곧 히스클리프야! 그 애는 늘, 언제나 내 맘속에 있어. 내 맘속에서 내가 언제나 나 자신에게 기쁜 존재로 있는 것이 아니듯 그 애도 늘 기쁜 존재로만 있는 건 아니야. 그 앤 그냥 나 자신으로 내 맘속에 있는 거지. 그러니까 다시는 우리가 헤어질 거란 말은 하지 마. 그건 있을 수 없는 일이야. 그리고……"

아씨가 말을 하다 말고 제 옷자락에 얼굴을 파묻었어요. 하지만 저는 아씨의 얼굴을 확 밀쳐 냈어요. 아씨의 허튼소리를 도저히 참을 수가 없었거든요!

"아씨, 아씨의 말도 안 되는 소리를 어떻게든 이해하려 해도 아씨가 결혼에 따른 의무를 모른다는 확신만 드네요. 그게 아니라면 아씨는 못된, 파렴치한 계집이에요. 그러니 더 이상 비밀을 털어놓아서 성가시게 하지 말아요. 난 비밀을 지키겠단 약속 따윈 하지 않을 테니까요."

"그래도 지금 이 이야기는 비밀로 해 줄 거지?"

아씨가 간절한 목소리로 물었어요.

"아뇨, 약속 못 해요." 하고 제가 되풀이해서 말했어요.

아씨가 비밀을 지켜 달라고 계속 졸라 대려고 하는데, 조지프가 들어오는 바람에 우리의 대화는 끝나고 말았어요. 캐서린 아씨가 구석으로 자리를 옮겨 헤어턴을 돌보는 동안 저는 저녁 식사를 준비했어요.

저녁 식사 준비를 마친 뒤, 조지프와 저는 누가 힌들리 도련님에게 식사를 갖다 줄 것인지를 놓고 다투기 시작했어요. 하지만 음식이 거의 다 식을 때까지도 결정하지 못했어요. 그러다가 결국 우리는 힌들리 도련님이 저녁 식사를 갖고 오라고 할 때까지 그냥 있기로 합의를 보았어요. 우리는 힌들리 도련님이 한참을 혼자서 시간을 보내고 있을 때 그 앞에 가는 걸 특히 두려워했거든요.

"헌디 그 쓰잘데기 없는 놈은 아직 밭에서 안 온 겨? 그놈은 대체 뭘 허고 자빠져 있는 거여? 게으르기 짝이 없는 꼴불견 같으니!"

조지프 그 노인네가 히스클리프를 찾아 두리번거리며 물었어요.

"내가 가서 불러올게요. 틀림없이 헛간에 있을 거예요."

제가 대꾸하고는 나가서 히스클리프를 불러 보았지만 대답이 없었습니다. 돌아와서 바로 저는 캐서린 아씨에게 히스클리프가 아씨 이야기의 상당 부분을 들은 게 확실하다고 나지막이 일러주었어요. 아씨 오빠가 히스클리프에게 한 짓에 대해 아씨가 투덜거리던 바로 그때 히스클리프가 부엌을 나가는 것을 봤다고도 말해 줬고요.

아씨가 화들짝 놀라 벌떡 일어나더니 헤어턴을 의자에 내동댕이치고는 자기가 왜 그렇게 허둥거리는지, 자기 말을 듣고 히스클리프가 기분이 어땠을지 생각해 볼 겨를도 없이 직접 친구를 찾으러 뛰쳐나갔어요.

캐서린 아씨가 한참이 지나도 돌아오지 않자 조지프가 더 이상 기다리지 말자고 제안하더군요. 조지프는 그 둘이 자신의 장황한 식전 기도를 안 들으려고 일부러 나가서 안 돌아오는 것이라고 약삭빠르게 추측했어요. 조지프는 그 둘을 "버릇대기 없는 나쁜 자슥들"이라고 못 박았지요. 그러고는 조지프는 그날 밤, 평소 15분 동안 하는 식전 기도에 그 둘을 위한 특별 기도를 더 하더니, 식전 기도 말미에 또 특별 기도까지 더하려고 하는데, 캐서린 아씨가 들이닥쳐 급하게 명령을 내렸어요. 곧장 큰길까지 달려가 히스클리프가 어디를 헤매고 있든 당장 찾아서 데려오라고 말이죠! 그러면서 아씨는 이렇게 말했어요.

"그 애한테 할 이야기가 있어. 2층에 자러 올라가기 전에 꼭

해야만 해. 대문이 열려 있는데 그 앤 불러도 안 들리는 곳에 있나 봐. 내가 양 우리 위에 올라가서 아무리 힘껏 소리쳐 불러 봐도 대답이 없는 걸 보니 말이야."

처음에 조지프는 싫다고 했지만 아씨가 너무나 간곡하니까 계속 싫다고 할 수 없었어요. 결국 조지프는 모자를 쓰고 툴툴거리며 밖으로 걸어 나갔어요.

그동안 캐서린 아씨는 계속 왔다 갔다 서성거리며 소리쳤어요.

"그 애가 어딜 갔을까! 대체 어디에 있을까! 넬리, 아까 내가 뭐라고 그랬었지? 생각이 안 나. 오늘 오후 내가 언짢게 굴어서 그 애가 화가 났을까? 이런! 넬리, 내가 뭐라고 말해서 그 애를 비통하게 만든 거야? 그 애가 돌아와야 하는데. 제발 돌아왔으면!"

저도 마음이 꽤 불안하기는 했지만 이렇게 소리쳤어요.

"별일도 아닌 일을 가지고 왜 이리 소란이에요! 뭐 그리 하찮은 일로 걱정해요! 히스클리프가 황야에서 달밤에 산책을 하든 심하게 토라져서 우리와 말하고 싶지 않아 건초 다락에 누워 있든 전혀 놀랄 일이 아니에요. 내 장담하는데 그 애는 건초 다락에 숨어 있는 게 틀림없어요. 내가 못 찾아오나 두고 봐요!"

저는 다시 히스클리프를 찾으러 나섰지만 결과는 실망스러웠고, 조지프의 수색도 똑같은 결과로 끝났어요. 조지프는 다시 돌아오자마자 불평을 쏟아 내더군요.

"고놈이 갈수록 못돼 처먹어 가는구먼! 고놈이 대문을 활짝 열어 놓고 나가는 통에 아씨의 조랑말이 곡식밭을 두 이랑이나 짓밟아 뭉개 놓고, 저기 목초지로 내뺐구먼! 내일 아침에 쥔님이 알믄 심허게 뭐라 헐틴디. 그런디 그러는 게 맞구먼. 쥔님이 그런 조심성 없고 쓸모없는 종사를 많이 참아 줬어. 암, 많이 참아 줬고말고! 하지만 그렇게 매번 참아 줄 수만은 없을 거여……. 다들, 두고 보라고! 아무것도 아닌 걸로 쥔님 마음 상허게 혀면 어찌 되는지!"

캐서린 아씨가 조지프의 말을 가로막으며 끼어들었어요.

"히스클리프는 찾았어, 바보 영감탱이? 내가 시킨 대로 히스클리프를 찾아본 거야?"

"고 놈을 찾느니 조랑말을 찾는 게 낫구먼. 그게 더 이치에 맞는 행동이여. 헌디 이런 껌껌한 밤에 말이든 사람이든 내가 어찌 찾누. 굴뚝 속처럼 껌껌헌디! 글구 히스클리프가 내 휘파람 소리에 올 그런 놈도 아니잖어. 뭐 또 모르지, 아씨 소리를 들으면 고놈이 올랑가는."

그날 밤은 여름밤치고는 아주 어두웠습니다. 구름을 보니 천둥이 칠 것 같아서 제가 다들 앉아서 기다리는 게 좋겠다고 말했어요. 금방이라도 비가 내릴 듯하니 히스클리프가 틀림없이 별 탈 없이 제 발로 집으로 돌아올 거라면서요.

하지만 캐서린 아씨는 무슨 말로 달래도 평온을 찾지 못했습니다. 아씨는 불안한 상태로 가만있지를 못하고 대문과 현관 사이를 계속 왔다 갔다 하더니, 마침내는 길가의 담벼락에 자리를 잡고 그대로 꼼짝 않고 서 있었지요. 제가 아무리 충고를 하고 천둥이 우르릉 치고 굵은 빗방울이 후두둑 떨어지기 시작해도 아씨는 그곳에 그대로 선 채로 간간이 히스클리프를 소리쳐 부르고는 귀를 기울였다가 또 목 놓아 울었다가 했어요. 통곡하듯 한바탕 울어 젖히는 데 있어서는 헤어턴이나 어떤 아이도 캐서린 아씨를 능가할 수 없었지요.

자정 무렵, 우리가 여전히 앉아 기다리고 있는데, 폭풍이 덜컹거리며 워더링 하이츠에 사납게 몰아닥쳤습니다. 천둥이 치고 바람이 드세게 휘몰아치면서 천둥 때문인지 바람 때문인지 워더링 하이츠 한 모퉁이에 있던 나무 한 그루가 쪼개졌고, 그 바람에 커다란 가지 하나가 지붕 위로 떨어지면서 동쪽 굴뚝 기둥의 일부가 부서졌고, 벽돌과 검댕이 부엌 벽난로 속으로 덜커덕 떨어졌습니다.

우리는 우리 한가운데로 벼락이 떨어진 줄 알았고 조지프는 급히 무릎을 꿇고는 노아(*대홍수가 일어날 것이니 방주를 만들어 피하라는 신의 계시를 받고 구원을 받아 살아남았다.)나 롯(*타락한 죄악의 도시 소돔과 고모라를 하느님이 유황과 불로 멸망시킬 때 구원을 받아 살아남았다.) 같은 인물들을 떠올리시어 옛날에 그러하셨던 것처럼 의로운 자들은 살려 주시고 죄 많은 자들은 벌해 주십사고 하느님께 애원하더군요. 저도 또한 그게 우리에게 가해진 심판임에 틀림없다는 생각이 들었답니다. 제 생각으로 우리 가운데 요나(*하느님의 명령을 어기고 달아나다가 바다에서 폭풍을 만나 배가 침몰해 큰 물고기의 배 속에 들어가게 되는 이스라엘의 예언자)처럼 될 것 같은 사람이 힌들리 도련님이어서, 저는 도련님이 아직 살아 있는지 확인하려고 도련님의 방문 손잡이를 흔들어 보았어요. 안에서 또렷한 대답이 들리자, 나의 동료는 자신과 같은 성자와 우리 주인 같은 죄인이 더 명확히 구분될 수 있도록 해 주십사고 전보다 더 떠들썩하게 외쳤어요. 하지만 그 소동은 20분 만에 지나갔고, 우리는 누구도 해를 입지 않았답니다. 다만 캐시 아씨만은 예외로, 아씨는 비를 피하지 않겠다고 고집을 피우며 모자도 안 쓰고 숄도 안 걸치고 서 있었던 탓에 머리카락과 옷뿐만이 아니라 온몸이 완전히 흠뻑 젖고 말았지요.

아씨는 안으로 들어와 흠뻑 젖은 채로 긴 의자에 드러눕더니 얼굴을 의자 등받이 쪽으로 돌리고는 두 손으로 얼굴을 가렸어요. 제가 아씨의 어깨에 손을 올리며 외쳤지요.

"아이고, 아씨! 이러다 죽으려고 작정한 거예요, 네? 지금 몇 신 줄이나 알아요? 열두 시 반이에요. 자! 이제 그만 자러 가요. 그 어리석은 놈은 더 이상 기다려 봤자 소용없어요. 그 애는 기머턴에 가서 자고 오려는 모양이에요. 우리가 이렇게 늦게까지 자지 않고 자기를 기다리고 있을 거라고는 꿈에도 짐작 못 하겠죠. 그 애가 짐작해 봤자 힌들리 도련님만 깨어 있을 거란 정도겠죠. 그러니 힌들리 도련님이 문을 열어 주는 상황은 피하는 게 낫다고 생각했을 테고요."

그러자 조지프가 끼어들었어요.

"아녀, 아녀. 고놈은 기머턴에 가지 않았구먼! 늪에 빠졌을 거여. 하느님께서 아무 일 없이 괜히 벼락을 내렸겄어. 아씨도 조심혀. 아씨가 다음 차례가 될지도 모르니께. 모든 일에 대해 하느님께 감사혀! 하느님의 부르심을 받아 쓰레기 가운데 골라내어진 자들은 모든 것이 선을 이룰지니! 성경에 뭐라 적혀 있느냐면 말이여……."

그러면서 조지프는 우리가 찾을 수 있도록 몇 장 몇 절인지까지 언급해 가면서 성경 구절을 몇 개 인용하기 시작했어요.

외고집쟁이 아씨에게 일어나서 젖은 옷을 갈아입으라고 아무리 말해도 통하지 않자, 저는 조지프가 설교하든 말든 아씨가 몸을 덜덜 떨든 말든 놔두고 어린 헤어턴을 안고 잠을 자러 올라갔어요. 헤어턴은 주위 사람이 모두 잠든 것마냥 새근새근 잠들어 있었지요.

그 뒤로도 잠시 동안 조지프가 성경 구절을 읽는 소리가 들렸어요. 그러다가 조지프가 사다리를 타고 느릿느릿 자기 방으로 올라가는 소리까지 듣고는 저도 금방 곯아떨어졌어요.

평소보다 부엌에 약간 늦게 내려가 보니, 덧창 틈 사이로 새어 들어오는 햇살에 캐서린 아씨가 여전히 벽난로 가까이에 앉아 있는 것이 보였어요. 거실 문도 조금 열려 있었고 닫혀 있지 않은 거실 창문들에서도 빛이 들어왔어요. 힌들리 도련님도 방에서 나와 초췌하고 졸린 얼굴로 부엌 벽난로 앞에 서 있었어요. 제가 부엌으로 들어설 때, 도련님이 아씨에게 묻더군요.

"어디 아프니, 캐시? 물에 빠진 강아지 꼴을 하고 있구나. 왜 이렇게 축축하고 창백한 거니, 응?"

"비를 맞아서 그래. 또 춥기도 하고. 그게 다야." 하고 아씨가 마지못해 대답했어요.

힌들리 도련님이 웬만큼 술이 깬 것을 알아차리고는 제가 소리쳤어요.

"어휴, 아씨가 얼마나 말을 안 듣나 몰라요! 어젯밤 소나기를 맞아 흠뻑 젖은 채로 저기 앉아서 밤을 새웠어요. 제가 아무리 말해도 꿈쩍도 않았어요."

힌들리 도련님은 놀라서 우리를 빤히 쳐다보며 대꾸했어요.

"밤을 새웠다고? 뭣 때문에 자지 않은 거야? 천둥이 무서워서는 분명 아닐 텐데? 천둥은 벌써 몇 시간 전에 멎었으니까."

아씨도 저도 히스클리프가 집에 없다는 사실을 숨길 수 있을 때까지 숨기고는 말하고 싶지 않았어요. 그래서 저는 아씨가 왜 자지 않고 앉아 있는지 모르겠다고 대답했고, 아씨도 아무런 말이 없었죠.

상쾌하고 시원한 아침이어서 격자창을 열어젖혔더니 이내 집안이 뜰에서 풍겨 오는 달콤한 향기로 가득 찼어요. 하지만 캐서린 아씨는 짜증스레 저에게 소리쳤어요.

"엘런, 창문 닫아. 추워 죽겠어!"

그러면서 아씨가 이를 딱딱 맞부딪치고 몸을 웅크리며 거의 꺼진 불씨 쪽으로 가까이 다가갔어요. 힌들리 도련님이 아씨의 손목을 잡으며 말했어요.

"몸이 안 좋은 모양이로구나. 그래서 잠을 자지 못한 건가 보군. 빌어먹을! 우리 집에서 병으로 고생하는 사람은 더 이상 없었으면 좋겠는데. 대체 뭣 때문에 빗속으로 나갔던 거야?"

"평소처럼 고 머스마들 꽁무니를 쫓아간 거지 뭐 것어여!"

우리가 머뭇거리자 조지프가 기회를 놓치지 않고 끼어들어 쉰 목소리로 사악한 혀를 놀렸어요.

"쥔님, 쇤네가 쥔님이라믄, 귀한 놈이건 천한 놈이건, 문을 걸어 잠그고 한 놈도 이 집엔 발도 못 들이게 할 거구먼요. 쥔님만 안 계시믄 린턴가의 아들놈이 이곳으로 몰래 살금살금 오지 않은 날이 하루도 없구먼요. 그라믄 넬리 저것이, 퍽도 훌륭한 처자입죠! 부엌에 앉아 쥔님이 오는지 망을 봅지요. 그려서 쥔님께서 한 쪽 문을 열고 들어오믄, 다른 쪽 문으로 녀석이 내빼는 거구먼요. 게다가 참하신 우리 아씨는 연애를 허러 몸소 나가기도 합죠! 남의 눈을 피해 밤 열두 시 넘어서 더럽고 무서운 악마 같은 집시 녀석 히스클리프와 들판을 쏘다니는 훌륭한 짓거리를 합죠! 다들 쇤네가 눈뜬장님인 줄 아는 모양이지만 천만에요. 전혀 그렇지 않구먼요! 쇤네는 린턴가의 아들놈이 오고 가는 것을 봤구먼요. 그리고 또 너, (말을 하다가 저를 향하며) 이 아무짝에 쓸모없고 막돼먹은 마녀 같은 년! 니가 쥔님의 말발굽 소리가 길에서 다가오는 게 들리믄 쪼르르 거실로 달려가는 것도 봤구먼."

그러자 캐서린 아씨가 외쳤어요.

"닥쳐, 이 엿듣기 대장! 내 앞에서 건방지게 굴지 마! 힌들리 오빠, 에드거 린턴은 어제 우연히 온 거야. 그리고 그 애한테 가라고 한 사람이 바로 나야. 오빠가 그 상태로는 그 애를 만나고 싶어 하지 않을 것 같았거든."

그 말에 아씨의 오빠가 이렇게 대답했지요.

"거짓말을 하는군, 캐시, 틀림없어. 그리고 넌 바보 천치야! 하지만 지금 린턴한테는 신경 꺼 두고…… 말해 봐, 어젯밤 히스클리프와 같이 있지 않았어? 어서 사실대로 말해. 내가 녀석을 해칠까 봐 걱정하지 않아도 돼. 녀석이 싫은 건 변함없지만 나에게 좋은 일을 베푼 지 얼마 되지 않았으니, 내 양심상 녀석의 목을 분질러 놓지는 않을 테니까. 그런 일이 없도록 오늘 아침 당장 녀석을 내쫓아야겠어. 그리고 녀석이 집을 나가고 나면 너희

들 모두 조심하는 게 좋을 거야. 그만큼 더 너희들에게 성질을 부리게 될 테니까!"

캐시 아씨는 비통하게 흐느껴 울기 시작하며 이렇게 대답했어요.

"어젯밤엔 히스클리프를 전혀 못 봤어. 그리고 만약 오빠가 그 애를 쫓아내면 나도 그 애를 따라갈 거야. 하지만 아마도 오빠한테 그럴 기회는 없을 거야. 그 앤 이미 떠나 버린 것 같으니까."

여기까지 말하다가 아씨가 갑자기 걷잡을 길 없는 비탄에 잠겨 엉엉 목 놓아 우는 바람에 아씨의 나머지 말은 제대로 알아들을 수 없었어요.

힌들리 도련님은 아씨에게 경멸에 가득 찬 욕설을 퍼붓고 당장 아씨 방으로 들어가든지 아니면 아무것도 아닌 일로 울지 말라고 했어요. 저는 아씨를 방으로 억지로 끌고 갔지요. 방에 들어갔을 때 아씨가 울며불며 난리를 피우던 장면을 저는 결코 잊지 못할 거예요. 그 모습에 저는 겁이 덜컥 났어요. 저는 아씨가 미쳐 가는 줄 알고 조지프에게 어서 의사를 불러오라고 애원했어요.

그것은 정신 착란의 시초인 것으로 드러났어요. 케네스 선생은 아씨를 보자마자 심각한 병이라고 진단했어요. 아씨는 열병에 걸렸던 것입니다.

케네스 선생은 아씨의 피를 뽑아 치료하고 나서 유장(*우유에서 단백질과 지방 성분을 걸러 내고 남은 맑은 액체)과 미음만 먹이고 계단 아래나 창문 밖으로 몸을 내던지지 못하게 하라고 일러

준 다음 곧바로 가 버렸지요. 우리 마을은 집과 집 사이가 보통 4, 5킬로미터 떨어져 있어서 케네스 선생은 왕진을 다니느라 바빴거든요.

저도 살뜰한 간호사 노릇을 했다고는 말할 수 없지만 조지프와 힌들리 도련님도 그보다 더 나을 것은 없었어요. 게다가 우리의 환자도 여느 환자 못지않게 사람을 고달프게 하고 고집이 셌지만 아무튼 병은 점점 나아갔지요.

에드거 도련님의 어머니인 린턴 마님께서 당연히 여러 번 집에 찾아오셔서 이것저것 바로잡아주고, 우리 모두를 꾸짖기도 하고 이런저런 지시를 내리기도 했지요. 그리고 캐서린 아씨가 회복기에 접어들자, 아씨를 스러시크로스 그레인지로 옮겨야 한다고 우겼어요. 우리야 그 덕택에 구제받았으니 무척 감사했답니다. 하지만 그 가여운 마님에게는 당신의 친절을 후회할 일이 생기고 말았지요. 린턴 마님과 린턴 나리 두 분 다 열병이 옮아 며칠 사이에 돌아가시고 말았답니다.

우리 아씨는 여느 때보다 더 건방지고 열을 잘 내고 거만해져서 집으로 돌아왔어요. 히스클리프는 천둥이 치고 폭풍이 불던 날 밤 이후로는 소식이 없었고요. 어느 날, 아씨 때문에 심하게 화가 난 탓에 그만 저는 히스클리프가 사라진 것도 아씨 탓이라고 쏘아붙이고 말았습니다. (정말로 그렇다는 건 물론 아씨도 잘 알고 있었죠.) 그때부터 몇 달 동안 아씨는 단순히 아랫것으로 대할 때를 제외하고는 제게 일절 말 한 마디 건네지 않았어요. 조지프에게도 마찬가지로 대했지만, 조지프는 그래도 아랑곳하지 않고 서슴없이 자기 하고 싶은 말을 다하고 마치 아씨가 어린 아이인 양 설교를 늘어놓고는 했습니다. 하지만 아씨는 자신을 어른이자 우리의 안주인으로 여겼고, 최근 병을 앓았으니 자기가 극진한 대접을 받아야 한다고 생각했어요. 게다가 의사도 아씨의 뜻을 너무 거스르는 것은 안 좋으니, 아씨 뜻대로 하게 놔둬야 한다고도 했지요. 그러니 누구라도 감히 그녀에게 맞서서 대들기라도 했다간 그건 아씨 눈에는 살인이나 마찬가지였습니다.

힌들리 도련님에게도 그의 친구들에게도 캐서린 아씨는 냉담하게 대했어요. 케네스 선생에게 주의를 받기도 한 데다 아씨가 격노하면 진짜로 발작이 뒤따를 위험이 높았기 때문에, 힌들리 도련님은 아씨가 요구하는 건 뭐든 들어주면서 대개 아씨의 불같은 성미를 돋울 만한 일은 피했습니다. 그가 캐서린 아씨의 변덕을 다소 과하게 맞춰 준 건 애정 때문이 아니라 자존심 때문이었어요. 힌들리 도련님은 자기 가문이 린턴 가문과 맺어져서 아씨가 자기 가문에 명예를 가져다주기를 간절히 바랐고, 아씨가 자기를 방해하지 않고 혼자 있게 내버려 두는 한은 우리를 노예처럼 짓밟아도 전혀 신경 쓰지 않았어요.

아주 많은 사람들이 예전에도 그러했고, 앞으로도 그러하겠지만, 에드거 린턴 도련님도 사랑에 푹 빠져 있었지요. 그래서 부친이 돌아가시고 3년 뒤, 아씨의 손을 잡고 기머턴 교회로 걸어 들어가던 그날, 에드거 도련님은 자기가 이 세상에서 가장 행복한 사람이라고 믿었답니다.

저의 뜻과는 전혀 달랐지만, 저는 설득을 당한 끝에 워더링 하이츠를 떠나 아씨를 따라 여기 스러시크로스 그레인지로 옮겨 오게 되었습니다. 어린 헤어턴 도련님이 거의 다섯 살이 되었을 무렵으로, 제가 막 그 아이에게 글자를 가르치기 시작했을 때였지요. 저도 헤어턴 도련님도 헤어지는 게 슬펐지만, 캐서린 아씨의 눈물이 우리 눈물보다 강력했지요. 아씨가 아무리 애원해도 제가 안 갈 거라며 꿈쩍도 않자, 아씨는 자기 남편과 오빠에게 가서 우는소리를 했지요. 아씨 남편은 제게 급료를 대단히 후하게 쳐주겠다고 제안했고, 아씨 오빠는 제게 짐을 싸라고 명령했어요. 안주인도 없는 집에 여자 하녀는 필요 없다면서요. 그리고 헤어턴 도련님은 부목사한테 맡겨서 가르칠 테니, 그만 떠나라더군요. 그러니 제게 남은 선택은 하나뿐, 명령받은 대로 할 수밖에 없었어요. 언쇼가의 주인한테는 제대로 된 사람은 모두 쫓아 버렸으니 좀 더 빨리 파멸할 일만 남았다는 말을 남기고, 헤어턴 도련님에게는 입을 맞춰 작별을 고했지요. 그리고 그날 이후로 헤어턴 도련님은 남처럼 되어 버렸지요. 생각해 보면 참 기묘한 일이지만, 이제 틀림없이 그 아이는 저, 엘런 딘에 대한 건 전부 다 까맣게 잊었겠지요. 그리고 자기가 엘런 딘에게 온 세상보다 더 소중한 존재였고, 엘런 딘 또한 자기에게 그런 존재였다는 사실도요.

여기까지 이야기하다가 우연히 가정부의 눈길이 벽난로 위의 시계로 향했는데, 시계 바늘이 한 시 반을 가리키는 것을 보고 깜짝 놀랐다. 딘 부인은 1초도 더 머물려고 하지 않았다. 사실 나도 이야기의 속편을 다음으로 미루고 싶은 마음이 어느 정도 있었다. 딘 부인이 쉬러 가고 난 뒤 한두 시간을 더 곰곰이 생각에 잠겨 있었더니, 머리도 팔다리도 쑤시고 뻐근하지만 이제 그만 나도 용기를 내어 자러 가야겠다.

제10장

어찌 이보다 더 멋지게 은둔자로서의 삶을 시작할 수 있을까! 4주 동안이나 고통스럽게 뒤척이며 앓아누워 있다니! 아, 음산한 바람, 매서운 북쪽 하늘, 통행할 수 없는 길, 그리고 꾸물거리는 시골 의사! 게다가 아, 사람 얼굴 구경 한번 하기 힘든 이곳. 무엇보다 최악인 건, 봄이 올 때까지는 문밖에 나갈 생각은 말라는 케네스 선생의 끔찍한 통고까지!

히스클리프 씨가 영광스럽게도 지금 막 병문안을 다녀갔다. 이레 전쯤에는 뇌조 한 쌍을 보내 주었는데, 뇌조 사냥철의 마지막 뇌조 같았다. 악당 같은 인간! 내가 이렇게 병에 걸린 데는 그의 탓도 아주 없지는 않아서, 나는 그에게 그렇게 말할 참이었다. 아아, 하지만 내 침대 옆에 족히 한 시간은 앉아서 알약이니, 물약이니, 고약이니, 거머리 치료 따위가 아닌 다른 주제의 대화를 나눠 주는 자선을 베푼 사람에게 내가 어떻게 불쾌하게 대할 수 있었겠는가?

병세는 이제 꽤 호전되었다. 아직 책을 읽을 정도로 기력을 회복한 건 아니지만, 재미있는 일을 즐길 수는 있을 것 같다. 딘 부인을 올라오라고 해서 이야기를 마저 다 해 달라고 할까? 딘 부인이 들려준 이야기 가운데 주요한 사건들은 기억이 나는군. 그래, 남자주인공이 달아나서 3년 동안 소식이 전혀 없었다고 했지. 그리고 여자주인공은 결혼을 했고. 종을 흔들어 딘 부인을 불러야겠어. 딘 부인도 내가 담소를 나눌 정도로 나은 걸 알면 기뻐할 거야.

딘 부인이 왔다.

"나리, 약 드시려면 아직 20분 남았는데요."

딘 부인이 말하자 내가 대꾸했다.

"제발 약 이야기는 그만하게! 왜 불렀냐면 말이지……."

"의사 선생님께서 가루약은 그만 드셔도 된다고 하셨어요."

"기꺼이 그러지! 그런데 내 말을 끊지 말아 주겠나. 이리 와서 여기 앉게. 그 쓴 약병들에서 손 떼고 말이야. 자네 호주머니에서 뜨개질감을 꺼내 놓고…… 그래, 그거면 충분하겠군. 히스클리프 씨의 사연이나 계속 들려주게. 지난번 그만둔 데부터 지금까지의 이야기를 말일세. 유럽 대륙에서 학업을 마치고 신사가 돼서 돌아왔나? 아니면 캠브리지 대학 같은 데서 장학금을 받고 대학을 다녔나? 아니면 미국으로 도망가서 자기를 길러 준 나라 사람들에게서 피를 뽑아 훈장을 받았나? 아니면 영국에서 노상강도 노릇을 해서 더 빨리 떼돈을 벌었나?"

"말씀하신 그 모든 일을 조금씩 했을지도 모르지요, 록우드 나리. 하지만 전 그 가운데 어느 것도 장담할 수 없답니다. 전에도 말씀드렸다시피, 저는 히스클리프가 어떻게 돈을 벌었는지 몰라요. 미개인처럼 무식했던 사람이 어떻게 지성을 쌓았는지 모른답니다. 하지만 나리께서 그 이야기를 듣는 게 즐겁고 지치지 않으실 것 같으면, 저만의 방식대로 그 이야기를 이어서 계속 들려 드리지요. 오늘 아침은 기분이 나아지셨어요?"

"한결 낫네."
"기쁜 소식이네요."

저는 캐서린 아씨를 따라 스러시크로스 그레인지로 옮겨 왔어요. 그런데 다행스럽게도 캐서린 아씨가 제 예상과는 달리 의외로 처신을 잘해 주었지요. 아씨는 지나치다 싶을 정도로 남편을 좋아하는 듯했고 시누이에게도 애정 표현을 많이 했어요. 물론 린턴 남매도 아씨를 편안하게 해 주려고 신경을 많이 썼고요. 그건 가시나무가 인동덩굴 쪽으로 구부린 것이 아니라 인동덩굴이 가시나무를 감은 격이었습니다. 서로 양보하는 것이 아니라 한 쪽이 꼿꼿이 서 있고 다른 쪽이 휘어져 들어간 것이지요. 반대에 부딪치지도 냉대를 받지도 않는데 누가 심술을 피우고 성질을 낼 수 있겠어요?

저는 에드거 서방님이 아씨의 심기를 건드리는 것에 뿌리 깊은 두려움을 지니고 있단 사실을 알아챘어요. 서방님은 아씨에게 그 사실을 숨겼어요. 하지만 제가 아씨에게 날카롭게 대답하는 걸 듣거나 어떤 하인이 아씨의 고압적인 명령에 얼굴이 흐려지는 것을 볼 때면, 자기 자신의 일로는 결코 얼굴 한 번 찌푸린 적이 없는 서방님이 불쾌하게 얼굴을 찡그리며 걱정스러운 표정을 짓곤 했습니다. 버릇없게 군다며 서방님이 제게 엄격하게 주의를 줬던 적도 여러 번 있었지요. 그리고 자기가 칼에 찔려도 아내가 화난 모습을 볼 때만큼은 고통스럽지 않을 거라고 단언했지요.

착한 주인 나리를 슬프게 하지 않으려고 저는 성질을 덜 피우게 되었어요. 그리고 반년 동안은 폭발을 일으킬 불씨가 가까이 없었기 때문에 화약과 같은 아씨도 모래만큼이나 무해했습니다. 하지만 캐서린 아씨는 가끔씩 우울해져서 말이 없어지는 때가 있었어요. 그럴 때면 아씨의 남편도 같이 침묵하며 아씨의 기분을 존중해 주었고, 아씨가 전에는 결코 우울한 기분에 시달린 적이 없는데 기분이 그렇게 변하기도 하는 건, 아씨가 중병을 앓는 바람에 체질이 바뀐 탓으로 돌리곤 했어요. 그러다가 아씨가 햇살처럼 환한 얼굴로 돌아오면 서방님도 햇살처럼 환한 얼굴로 반기셨지요. 제 생각에 분명 아씨와 서방님의 행복은 점점 커지고 깊어져 가고 있었어요.

하지만 행복은 금방 끝이 났어요. 음, 우리 인간은 결국에는 자기 자신을 위하기 마련이에요. 순하고 관대한 사람이 군림하려 드는 사람보다 좀 더 정당할 뿐이지 이기적이긴 매한가지지요. 그러니 서로 자신의 관심사가 상대방이 생각할 때 주된 고려 대상이 아니라고 느끼게 만드는 이런저런 일들이 일어나자 행복은 끝이 나게 되었지요.

9월의 어느 여유로운 저녁, 저는 손수 딴 무거운 사과 한 바구니를 들고 뜰에서 집으로 돌아가고 있었습니다. 이미 어두워져서 달이 안뜰의 높은 담장 위로 떠올라 여기저기 튀어나온 저택 구석구석에 도사린 뭔지 알 수 없는 그림자들을 드리웠어요. 저는 부엌 문 옆 계단에 사과 바구니를 내려놓고 부드럽고 달콤한 공기를 좀 더 들이마시며 잠깐 쉬었다 들어가려고 했습니다. 눈길은 달을 향하고 부엌문을 등진 채로 있는데 그때 제 뒤에서 목소리가 들렸습니다.

"넬리, 넬리 맞지?"

굵직한 목소리였는데 말투가 외국인 같았어요. 하지만 제 이름을 발음하는 방식이 어딘지 모르게 귀에 익은 듯했어요. 문이 다 닫혀 있는 데다 계단으로 다가오는 사람도 전혀 못 봤기 때문에 저는 두려운 마음을 안고 말을 건 사람이 누군지 확인하려고 돌아봤어요.

현관에서 뭔가 움직이더군요. 가까이 다가가 보니 얼굴은 가무잡잡하고 머리카락은 검은, 어두운 색 옷을 입은 키가 큰 남자였어요. 그 남자는 현관 옆에 기대서서 직접 현관문을 열려고 하는 것처럼 손가락을 걸쇠에 올리고 있었어요.

'대체 누구지? 힌들리 나리인가? 아냐! 목소리가 비슷한 데라곤 전혀 없는걸.' 하고 저는 속으로 생각했어요.

"그녀를 한 시간째 기다렸어."

제가 계속 빤히 쳐다보는 가운데 그 남자가 다시 말하기 시작했어요.

"기다리는 시간 내내 사방이 쥐 죽은 듯이 고요하더군. 그래서 감히 들어갈 수 없었지. 내가 누군지 모르겠어? 잘 봐, 난 모르는 사람이 아니야!"

한 줄기 달빛이 그의 얼굴에 드리웠는데, 혈색이 나쁜 뺨은 까만 구레나룻에 반쯤 덮여 있었어요. 찌푸린 눈썹에 움푹 들어간 두 눈이 특이했지요. 그 눈을 보니 누군지 바로 알아보겠더군요.

"세상에!"

저는 그가 진짜 산 사람인지 아닌지 확신하지 못한 채 소리치면서 놀라움에 두 손을 번쩍 치켜들었습니다.

"아니! 네가 돌아온 거야? 정말 너야? 정말?"

"그래, 히스클리프야."

그가 대답을 하며 제게서 시선을 돌려 위의 창문 쪽을 흘끗 보았지만 창문에는 달빛만 무수히 반사될 뿐, 집 안에서 새어 나오는 불빛은 없었어요.

"집에 아무도 없는 거야? 그녀는 어디 있어? 넬리, 넌 내가 반갑지 않는 모양이군. 그래도 그렇게 불안해할 필요는 없잖아. 그녀는 여기 있어? 말해! 그녀에게 한마디만 하고 싶어. 네 안주인 말이야. 가서 기머턴에서 온 어떤 사람이 만나고 싶어 한다고 전해 줘."

그 말에 제가 소리쳤어요.

"아씨가 어떻게 받아들일까? 아씨가 어떻게 할까? 이런 뜻밖의 일은 나도 당황스러운데…… 아씨가 돌아 버리는 거 아냐! 네가 정말 히스클리프 맞아? 그런데 정말 몰라보게 변했네! 아니, 도무지 이해가 안 돼. 군인 생활이라도 했던 거야?"

그가 조바심을 내며 제 말을 가로막았어요.

"어서 가서 내 말이나 전해 줘. 그때까지 난 지옥에 있는 것 같을 거야!"

그가 걸쇠를 들어 올려 문을 열자 저는 안으로 들어갔습니다. 하지만 린턴 부부가 있는 응접실 앞에 도착하자 도저히 들어갈 수 없었어요.

마침내 저는 촛불을 켜 드릴까 여쭤 보는 걸 핑계 삼기로 결심을 하고 응접실 문을 열었어요.

린턴 부부는 함께 창가에 앉아 있었어요. 격자창이 벽에 닿도록 활짝 열려 있어서 뜰의 나무들과 야생의 푸른 숲 너머로 안개가 한 줄로 길게 거의 꼭대기까지 구불구불하게 휘감은 기머턴 골짜기가 눈앞에 펼쳐져 있었어요. (아마 알아채셨는지 모르겠지만, 예배당을 지나 얼마 안 가면 늪에서 흘러나온 도랑이 그 골짜기를 따라 굽이져 흐르는 시내와 합쳐지지요.) 워더링 하이츠는 은빛 안개 위로 솟아 있었지만 보이지는 않았어요. 우리가 살던 집은 골짜기 반대편 쪽 중턱에 자리 잡고 있으니까요.

응접실도, 그곳에 있는 사람들도, 그리고 두 사람이 바라보고 있는 경치도 경이로울 정도로 평화로워 보였습니다. 저는 제가 부탁받은 일을 하기가 꺼려져서 머뭇거렸어요. 그래서 촛불을 켜 드릴까 여쭙기만 하고 본론을 꺼내지 않은 채 그냥 나오려는데, 제가 참 어리석다는 생각이 들어서 다시 되돌아가서 중얼거리듯 말했답니다.

"아씨, 기머턴에서 온 사람이 아씨를 뵙고 싶어 해요."

"무슨 일로?"

이제는 린턴 부인이 된 캐서린 아씨가 물었어요.

"그건 물어보지 않았는데요." 하고 제가 대답했지요.

"알았어. 넬리, 커튼을 쳐. 그리고 차도 내오고. 금방 갔다 올 테니."

아씨가 응접실을 나가자 린턴 서방님이 찾아온 사람이 누구냐고 무심코 물었어요.

"아씨가 예상하지 못한 사람이에요. 히스클리프라고, 서방님도 기억하실 거예요, 왜, 힌들리 나리 댁에 살던 사람 있잖아요."

"뭐, 그 집시…… 밭일하던 그 촌놈? 왜 캐서린에게는 그렇게 말하지 않았어?"

린턴 서방님이 큰 소리로 따져 물었어요.

"쉿! 그를 그런 호칭으로 부르시면 안 돼요, 서방님. 서방님 말씀을 들으면 아씨가 무척 슬퍼할 테니까요. 그가 집을 나갔을 때, 아씨가 얼마나 상심했는지 몰라요. 이제 그가 돌아왔으니 아씨가 엄청나게 기뻐할 거예요."

린턴 서방님이 안뜰이 내려다보이는 응접실 반대편 창으로 걸어갔어요. 서방님은 그 창문을 열고 창밖으로 몸을 내밀었어요. 두 사람이 아래에 있었는지 서방님이 급히 외쳤어요.

"여보, 거기 서 있지 말고, 특별한 손님이면 데리고 들어와요."

얼마 지나지 않아, 걸쇠가 찰깍하는 소리가 들리더니 캐서린 아씨가 너무 흥분해서 기쁜 내색도 하지 못한 채 숨을 헉헉대며 미친 듯이 2층으로 뛰어올라 왔어요. 정말이지 아씨의 얼굴을 본 사람이라면 누구라도 끔찍한 변고가 일어났다고 짐작했을 거예요.

"오, 에드거, 에드거!"

아씨는 숨을 헐떡이면서 남편의 목을 끌어안았어요.

"오, 에드거, 여보! 히스클리프가 돌아왔어요. 그가 돌아왔다고요!"

그러면서 아씨는 남편의 목을 더욱 세게 꽉 끌어안았지요. 그러자 아씨의 남편이 짜증스레 외쳤지요.

"자, 자, 그렇다고 날 질식시키지는 말아요! 내게는 그가 그토록 놀랍고 소중한 존재는 전혀 아닌 것 같아요. 이렇게 미쳐 날뛸 필요는 없잖아요!"

"당신이 그를 좋아하지 않았단 건 알아요. 하지만 나를 위해 이제 당신은 그와 사이좋게 지내야 해요. 그에게 올라오라고 해도 될까요?"

기쁨의 강도를 살짝 누그러뜨리며 아씨가 대꾸했어요.

"여기, 응접실로 말이오?"

린턴 서방님이 묻자 아씨가 이렇게 반문했지요.

"그럼 어디 다른 데 있어요?"

린턴 서방님은 신경질 난 표정으로 그자에게는 부엌이 더 알맞지 않겠냐고 넌지시 말을 꺼냈어요.

캐서린 아씨가 묘한 표정으로 남편을 빤히 쳐다봤습니다. 까다롭게 구는 남편에게 반쯤은 화도 나고 반쯤은 비웃기도 하는 그런 표정이었지요. 그러더니 아씨는 잠시 뒤 이렇게 대꾸했어요.

"안 돼요. 내가 부엌에 앉아 있을 순 없어요. 엘런, 응접실로 상을 두 개 내와. 한 상은 상류 계층인 주인 나리와 이저벨라 아가씨를 위한 것으로, 그리고 또 한 상은 하류 계층인 히스클리프와 나를 위한 것으로. 여보, 그럼 되겠지요? 아니면 다른 방에 불을 지필까요? 그렇다면 그렇게 하라고 지시를 내려요. 난 내려가서 손님을 붙들어 놔야겠어요. 얼마나 기쁜지 현실이 아닌 것 같아!"

아씨가 다시 쏜살같이 휙 튀어 나가려 하는데 에드거 서방님이 아씨를 붙잡았어요.

“넬리, 네가 가서 그 사람을 올라오라고 해.”

에드거 서방님이 저를 보고 말했어요.

“그리고 캐서린, 기뻐하는 건 좋지만 우스꽝스럽게 굴지는 말아요! 당신이 도망간 하인을 오빠로 반기는 광경을 온 집안 식구가 목격할 필요는 없으니까.”

제가 내려갔더니 분명 들어오라고 권할 거라고 예상한 모양인지 히스클리프는 현관 밑에서 기다리고 있었어요. 그는 아무 말 없이 제가 안내하는 대로 따라왔어요. 제가 그를 주인 나리와 안주인이 있는 데로 안내했을 때, 두 사람이 얼굴을 붉히고 있는 것으로 봐서 격한 말이 오간 것을 알 수 있었지요. 하지만 안주인은 자기 친구가 문간에 나타나자 다른 감정으로 얼굴이 빨갛게 달아올랐어요. 안주인은 바로 뛰어 와서는 그의 두 손을 잡고 린턴 서방님에게로 데려갔어요. 그러고는 내켜 하지 않는 린턴 서방님의 손을 덥석 잡더니 히스클리프의 손에 턱 쥐여 주더군요.

이제 벽난로와 촛불에 완전히 드러난 히스클리프의 완전히 탈바꿈된 모습을 보고 저는 정말이지 깜짝 놀랐답니다. 히스클리프는 탄탄하고 보기 좋은 체격의 훤칠한 사내로 자라 있었어요. 히스클리프 옆에 있으니 우리 주인 나리는 아주 가냘픈 소년 같았답니다. 히스클리프의 곧은 자세를 보니 군대에 있었던 게 아닐까 하는 생각이 들었어요. 얼굴은 표정과 결단력 있어 보이는 인상 때문에 린턴 서방님보다 훨씬 나이가 들어 보였어요. 지적으로 보이는 얼굴로, 천했던 예전 흔적은 전혀 남아 있지 않았어요. 반쯤 문명화되긴 했어도 흉포한 기운이 찌푸린 미간과 사악한 불길로 가득한 두 눈동자에 아직 도사리고 있었지만 억눌러져 있어서 겉으로 드러나 보이진 않았어요. 그리고 태도에는 품위까지 있었는데, 우아하다고 하기에는 너무 딱딱했지만 거친 면이 상당히 없어졌더군요.

우리 주인 나리도 저만큼, 아니 저보다 더 놀란 것 같았어요. 린턴 서방님은 자신이 좀 전에 밭일하던 촌놈이라 불렀던 그에게 어떻게 말을 걸어야 할지 몰라 잠시 가만히 있었습니다. 히스클리프는 린턴 서방님의 가냘픈 손을 놓고 서방님이 말할 때까지 쌀쌀맞게 서방님을 쳐다보며 서 있었어요. 마침내 린턴 서방님이 말했어요.

"앉으시지요. 제 안사람이 옛 시절을 생각해서 제가 당신을 따뜻하게 맞아 주기를 바라는군요. 그리고 물론 저도 제 안사람을 기쁘게 할 수 있는 일이 생겨서 흐뭇합니다."

"저도 마찬가지입니다. 제가 보탬이 될 수 있는 일이라면 특히 더 그렇지요. 기꺼이 한두 시간 머물겠습니다."

히스클리프는 이렇게 대답하며 캐서린 아씨 맞은편 자리에 앉았는데, 아씨는 자기가 눈을 떼면 그가 사라져 버리지는 않을까 염려하듯이 그에게 시선을 고정시키고 있었어요. 히스클리프는 아씨와 자주 시선을 마주치지는 않았고, 이따금 재빨리 흘끗 보는 것으로 만족하는 것 같더군요. 하지만 그렇게 볼 적마다 갈수록 더 자신감에 넘쳐 아씨의 시선에서 얻는 기쁨을 숨김없이 드러냈어요.

아씨와 히스클리프는 서로의 기쁨을 나누는데 푹 빠진 나머지 어색함도 잊어버렸지요. 하지만 에드거 서방님은 그렇지 못했어요. 서방님은 약이 바짝 올라 점점 창백해졌는데, 자기 부인이 일어나 카펫을 가로질러 가서 히스클리프의 손을 다시 잡고 제정신이 아닌 사람처럼 깔깔 웃어 대자, 약이 더 바짝 오를 대로 올라 극에 달했지요.

"내일이면 이 일이 꿈으로 생각될 것 같아! 다시 널 보고 만지고 이야기했다는 게 믿어지지 않을 거야. 그건 그렇다 하더라도, 히스클리프, 넌 너무 잔인해! 넌 이런 환영을 받을 자격이 없어. 사라져서 3년 동안 소식도 없었고 내 생각도 전혀 하지 않았잖아!"

아씨가 소리치자 히스클리프가 이렇게 중얼거렸지요.

"네가 날 생각한 것보다는 내가 네 생각을 더 많이 했을걸! 캐시, 네가 결혼했다는 소식을 최근에야 들었어. 그리고 저 아래 뜰에서 기다리고 있는 동안 이런 계획을 세웠지. 그냥 네 얼굴만 한 번 보자고…… 아마도 네가 놀라서 빤히 쳐다보며 짐짓 반가운 척할 거라 생각했지. 그런 다음 네 오빠 힌들리에게 묵은 원한을 갚고, 법의 처벌을 피하기 위해 스스로 목숨을 끊겠다고 말이야. 그런데 네가 이렇게 반갑게 맞아 줘서 그 계획은 접기로 했어. 하지만 다음번에 만났을 때 태도가 달라져선 안 돼! 아니야, 넌 나를 다시 밀어내지는 않을 거야. 내게 정말 미안했지, 그렇지? 그래, 그럴 만한 이유가 있었으니까. 네 목소리를 마지막으로 들은 이후로 난 쓰라린 삶을 헤쳐 왔어. 오직 너만을 위해 힘겹게 버텨 왔으니 넌 나를 용서해야 해."

린턴 서방님이 평상시 말투와 적절한 정도의 예의를 유지하려 애쓰며 끼어들어 이렇게 말했습니다.

"여보, 캐서린, 차가 식기 전에 이리 와요. 히스클리프 씨가 오늘 밤 머물 곳이 어디든 먼 길을 가야 하잖아요. 나도 목이 마르고요."

아씨는 주전자 앞의 자기 자리로 갔습니다. 이저벨라 아가씨도 호출 종소리를 듣고 응접실로 왔지요. 저는 그 두 사람을 위해 의자를 빼 준 뒤 응접실에서 나왔어요.

차 마시는 시간은 10분도 걸리지 않았어요. 캐서린 아씨는 먹을 수도 마실 수도 없어서 잔에 아예 차를 따르지도 않았어요. 에드거 서방님은 잔 받침에 차를 엎질러 겨우 한 모금만 마셨고요.

그분들의 손님은 그날 저녁 한 시간도 머물지 않고 돌아갔습니다. 히스클리프가 떠날 때 저는 기머턴으로 가느냐고 물었어요.

"아니, 워더링 하이츠로 가. 오늘 아침 방문했을 때 힌들리가 나를 초대했거든." 하고 히스클리프가 대답했지요.

히스클리프가 가고 난 다음 저는 히스클리프의 말을 곰곰이 되새겨 봤습니다.

'힌들리 나리가 그를 초대했다고! 그가 힌들리 나리를 방문했다니! 위선자가 되어서 본모습을 숨기고 이 마을로 돌아와 무슨 해악을 끼치려는 건가?'

이렇게 골똘히 생각하다 보니, 제 마음 깊숙이에서 그가 돌아오지 않는 편이 더 나았을 거란 불길한 예감이 들었습니다.

한밤중에 캐서린 아씨가 제 방에 슬그머니 들어와 침대 옆에 앉아 제 머리카락을 잡아당겨 살짝 선잠에 빠져든 저를 깨웠습니다. 그러면서 이렇게 핑계를 둘러댔어요.

“잠이 안 와, 엘런. 그리고 누가 지금 내 옆에서 내 행복을 함께해 줬으면 좋겠어! 그이는 부루퉁해 있어. 자기는 전혀 관심 없는 일에 내가 기뻐한다고 말이야. 그이는 입도 안 열려고 하면서, 심통을 부리는 바보 같은 소리만 해. 자기가 무척 많이 아프고 졸린데 내가 이야기하고 싶어 한다고 나보고 잔인하고 이기적이라고까지 했어. 아주 사소한 골칫거리에도 걸핏하면 아프대! 내가 히스클리프 칭찬을 몇 마디 했더니, 두통 때문인지 극심한 질투 때문인지 모르지만 울기 시작하는 거야. 그래서 그냥 일어나서 나와 버렸어.”

“뭣하러 서방님한테 히스클리프 칭찬을 해요? 어렸을 적에도 그 두 사람은 서로를 싫어했잖아요. 히스클리프도 아씨가 서방님 칭찬하는 걸 들으면 똑같이 싫어할걸요. 그게 인간의 본성이라고요. 린턴 서방님 앞에서는 히스클리프 이야기를 아예 꺼내지 마세요. 두 사람 사이에 노골적인 다툼을 일으키고 싶다면야 또 모르지만요.”

제 말에 아씨가 이렇게 말을 이어가더군요.

“하지만 그건 큰 약점 아니야? 난 시기 같은 건 하지 않아. 이저벨라 아가씨의 밝은 금발 머리카락도 하얀 살결도, 고상하고 우아한 몸가짐과 온 식구들이 그녀를 좋아하는 것에도 난 전혀 마음 상하지 않아. 심지어 넬리, 너도 우리가 가끔 말다툼할 때면 곧바로 이저벨라 아가씨 편을 들잖아. 하지만 나는 모자란 엄마처럼 다 양보하고 이저벨라 아가씨를 우리 사랑스러운 아가씨라고 부르고 아첨을 해서 기분을 좋게 해 줘. 우리 사이가 화기애애한 것을 보면 아가씨 오빠도 기뻐하고 그러면 나도 기뻐. 하지만 두 남매는 아주 많이 닮았어. 둘 다 너무 응석받이로 자라서 이 세상이 자기네들 편의를 위해 만들어진 거라고 생각하지. 내가 둘 다 비위를 맞춰 주고 있긴 하지만 아무래도 한 번 따끔하게 혼내 주는 게 그 둘에게 좋을 것 같아."

"아씨가 잘못 알고 있어요. 그분들이 아씨의 비위를 맞춰 주는 거죠. 그분들이 아씨의 비위를 맞춰 주지 않는다면 어떤 일이 벌어질지 훤해요! 그분들이 아씨가 바라는 건 다 들어주려고 하니까 아씨도 그분들의 일시적인 변덕을 다 받아 줄 수 있는 거지요. 하지만 결국에는 양쪽에 똑같이 중요한 어떤 일로 사이가 틀어질지 모르죠. 그러면 아씨가 약하다고 말씀하시는 그분들도 능히 아씨 못지않게 고집을 부릴 수도 있죠!"

제가 이렇게 말하자 아씨가 깔깔대며 대꾸했어요.

"그때는 죽을 때까지 싸우는 거지 뭐, 안 그래, 넬리? 아냐! 그이가 날 얼마나 사랑하는데. 설령 내가 그이를 죽이려 해도 그이는 보복도 하려 들지 않을걸."

그토록 사랑해 주니 그만큼 더 린턴 서방님을 소중히 여겨야 한다고 제가 충고하자 아씨가 대답했어요.

"당연히 소중히 여겨. 하지만 그이는 왜 사소한 일에 징징거리느냔 말이야. 어린애같이. 또 내가 이제 히스클리프는 누구한테든 존경받을 만하고 히스클리프와 친구가 되는 건 이 고장 제일가는 신사에게도 명예로운 일이 될 거라고 말했다고 해서 그이가 그렇게 목 놓아 울면 안 되지. 그러는 대신 그이도 내게 그렇다고 말해 주고, 같이 동조하며 기뻐해 줬어야지…… 그이는 히스클리프에게 익숙해져야 하고, 히스클리프를 좋아하는 편이 나을 거야…… 히스클리프에게도 그이를 싫어할 이유가 있는 걸 고려하면, 분명히 히스클리프는 훌륭하게 처신했어!"

"아씨, 히스클리프가 워더링 하이츠로 가는 것에 대해서는 어떻게 생각해요? 겉보기에 히스클리프는 모든 면에서 개선된 것 같더군요. 완전히 기독교인처럼 되었더라고요. 사방의 적들에게 우의를 맺으려고 먼저 손을 내밀고 말이죠!"

"그 점에 대해서는 히스클리프가 설명해 줬어. 나도 넬리 너 못지않게 놀랐었어. 히스클리프 말로는 넬리가 아직도 거기 사는 줄 알고 넬리 너한테 내 소식을 들으려고 거기에 갔었대. 조지프가 힌들리 오빠에게 히스클리프가 왔다고 고하자, 오빠가 나와서는 그동안 뭘 했으며 어떻게 살았는지 묻기 시작했대. 그러더니 마침내 안으로 들어오라고 하더래. 들어갔더니 몇 사람이 둘러 앉아 카드로 노름을 하고 있었대. 히스클리프도 합류하게 되었고 힌들리 오빠가 히스클리프에게 돈을 좀 잃었대. 그리고 히스클리프에게 돈이 많은 것을 알고는 오빠가 저녁에 다시 오라고 청했고, 히스클리프는 승낙했어. 힌들리 오빠는 너무 무모해서 신중하게 친구를 고르지 못해. 자기가 비열하게 상처를 입힌 사람은 신뢰하지 않는 게 당연한 일인데, 오빠는 그런 일은 고민도 하지 않아. 하지만 히스클리프가 옛날에 자기를 박해하던 사람과 다시 인연을 맺으려는 주된 이유는 여기 스러시크로스 그레인지에 걸어서 올 수 있는 곳에 거처를 잡고 싶은 바람과 우리가 함께 살았던 집에 대한 애착 때문이래. 또한 그가 기머턴보다 거기에 거처를 마련하면 내가 그를 만날 기회도 더 많으리란 생각도 했대. 워더링 하이츠에서 머물게 허락해 주면 사례는 후하게 할 작정이라니까 틀림없이 힌들리 오빠는 탐이 나서 그 제안에 응할 거야. 오빠는 언제나 욕심이 많았거든. 이쪽 손으로 잡은 것을 다른 쪽 손으로 내던져 버리긴 하지만 말이야."

"젊은 사람이 살기에 퍽도 좋은 곳이겠네요! 아씨는 어떤 일이 벌어질지 걱정도 안 돼요?"

"내 친구 쪽은 전혀 걱정 없어. 정신이 굳건하니 위험한 일을 당하진 않을 거야. 힌들리 오빠 쪽은 조금 걱정되긴 하지만 도덕적으로야 지금보다 더 나빠질 수는 없을 테고, 신체적으로야 내가 그들 사이에서 위해를 가하지 못하도록 방패막이 노릇을 하면 되잖아. 오늘 저녁 일로 나는 하느님과 인간을 받아들이게 됐어! 이제까지 나는 하느님의 뜻에 화를 내며 반기를 들어 왔지. 아아, 난 정말이지 쓰라린 고통을 견뎌 왔어, 넬리! 그 고통이 얼마나 쓰라렸는지 안다면, 그이도 쓸데없이 토라져서 그 고통이 사라진 기쁨에 암운을 드리운 것을 부끄럽게 생각할 거야. 내가 그 고통을 혼자 참은 것도 다 그이에 대한 배려였는데. 내가 종종 느꼈던 고통을 표현했더라면 그이도 나 못지않게 간절히 그 고통이 덜어지기를 바랐을 텐데 말이야. 하지만 이젠 지난 일이야. 그러니 그이가 어리석게 군다고 해서 보복하지는 않겠어. 난 이제부터는 무슨 일이든지 참을 수 있어! 세상에서 가장 천한 사람에게 뺨을 맞더라도 반대쪽 뺨을 내밀 뿐만 아니라 화를 돋운 데 대해서도 용서를 빌 거야. 그리고 그 증거로 당장 그이한테 가서 화해를 청할 거야. 잘 자. 난 천사야 천사!"

이렇게 자아도취되어 우쭐해 하며 제 방을 나갔어요. 그리고 그 결심을 성공적으로 수행했음이 다음 날 명백하게 드러났지요. 린턴 서방님은 이제 투정 부리기를 멈췄을 뿐만 아니라 (캐서린 아씨가 과도하게 원기 왕성했던 탓에 서방님의 기분은 아직도 가라앉은 것처럼 보였지만 말이죠.) 아씨가 그날 오후 이저벨라 아가씨를 데리고 워더링 하이츠에 가는 것에도 감히 반대하지 않았어요. 그러자 캐서린 아씨는 그 보답으로 서방님께 여름날과 같은 달콤함과 애정을 쏟아부어 며칠 동안 이 집은 천국과도 같았답니다. 주인 나리도 하인들도 끊임없이 내리쬐는 따사로운 햇볕을 한껏 누렸지요.

히스클리프는, 앞으로는 히스클리프 씨라고 불러야 하겠지만요, 처음에는 스러시크로스 그레인지를 방문하는 권리를 조심스럽게 이용했습니다. 이 집 주인이 자신의 침입을 어디까지 참아주는지 가늠해 보려는 듯했어요. 또한 캐서린 아씨도 그를 맞이할 때에는 드러내 놓고 기쁜 내색을 하지 않는 것이 현명하다고 여겼어요. 그리하여 그는 서서히 언제든 드나들 수 있는 권리를 확고히 해 나갔습니다.

그에게는 소년 시절 두드러졌던 과묵한 성격이 그대로 남아 있어서, 감정을 지나치게 드러내지 않는 데 도움이 되었어요. 우리 주인 나리의 불안도 소강상태에 접어들었지만 그것도 잠시뿐, 한층 더한 상황에 또 다른 고민거리를 안게 되었답니다.

서방님의 새로운 고민거리는 겨우 받아들인 그 손님에게 자신의 여동생 이저벨라 린턴이 갑작스레 거부할 길 없이 마음이 끌려 버린, 예상치 못한 불행에서 비롯되었어요. 이저벨라는 그때 당시 열여덟 살의 매력적인 아가씨였어요. 아직 태도가 어린애 같긴 했지만, 날카로운 재치와 민감한 감수성을 지녔고, 짜증이 나면 제법 성깔도 있었지요. 누이를 애지중지하는 오빠는 이런 기막힌 누이의 선택에 질겁했습니다. 누이가 태생도 모르는 사내와 결혼해 지체가 낮아지거나, 서방님 자신에게 상속할 아들이 없을 경우 자신의 재산이 그런 자의 손에 넘어갈 수도 있다는 사실은 접어 두고라도, 서방님은 히스클리프의 기질을 파악할 만한 정도의 분별은 있었기에, 비록 그의 겉모습이 달라졌다 해도 그의 마음은 달라질 수도 없고 달라지지도 않았다는 사실을 알아챘던 것이지요. 그는 그런 히스클리프의 마음이 두렵고 역겨웠습니다. 누이동생을 그런 자에게 맡긴다는 생각은 불길한 예감이 들어 피하고 싶어 하셨어요.

상대방은 아무런 반응을 보이지 않는데도 이저벨라 아가씨 혼자 좋아하는 마음을 키우고 또 그 마음을 주기까지 했다는 사실을 알았더라면, 서방님은 훨씬 더 놀라셨을 거예요. 서방님은 아가씨의 마음을 알게 되자마자 히스클리프가 고의로 꾸민 일이라고 책망했으니까요.

언젠가부터 이저벨라 아가씨가 안절부절못하고 뭔가로 애태워하는 것을 우리 모두는 알아채고 있었어요. 아가씨는 점점 성을 잘 내고 성가시게 굴었어요. 툭하면 캐서린 아씨에게 딱딱거리고 괴롭혀서 인내심이 부족한 아씨가 금방이라도 한계에 이를 것만 같았지요. 우리 눈에는 이저벨라 아가씨가 수척해지고 시들해지고 있었기 때문에, 우리는 아가씨가 몸이 안 좋은 탓이라며 어느 정도까지는 봐줬답니다. 그런데 어느 날 아가씨가 유별

나게 고집을 부리면서 아침 먹기를 거부하고, 하인들이 자기가 시킨 일을 하지 않는다는 둥, 자기가 이 집에서 푸대접을 받아도 새언니는 내버려 두며 에드거 오빠도 자기를 소홀히 대한다는 둥, 문을 열어 둬서 감기가 들었는데 우리가 자기를 괴롭히려고 일부러 응접실의 난롯불을 꺼트렸다는 둥 불평을 해 댔습니다. 그 밖에도 백 가지는 더 사소한 비난을 늘어놓자, 캐서린 아씨는 그냥 침대에 가 있으라고 단호하게 말하며 실컷 꾸짖은 다음 사람을 보내 의사를 불러오겠다고 위협했어요.

케네스 선생을 언급하자 이저벨라 아가씨는 곧바로 자기는 아픈 데가 하나도 없다며 그냥 새언니가 자기한테 가혹하게 구니까 기분이 상해서 그런 거라고 외쳤어요. 이 터무니없는 주장에 캐서린 아씨가 깜짝 놀라 소리쳤어요.

"어떻게 내가 가혹하다고 말할 수 있어요, 이 버릇없는 아가씨? 확실히 제정신이 아닌 모양이군요. 내가 언제 아가씨한테 가혹하게 굴었단 말이에요, 네?"

"어제. 그리고 또 지금!" 하고 이저벨라 아가씨가 흐느껴 울며 말했어요.

"어제라니? 어제 언제요?" 하고 캐서린 아씨가 물었어요.

"우리가 황야에서 같이 산책할 때, 나 혼자 어디든 맘대로 돌아다니라고 하고는 새언니는 히스클리프 씨와 함께 한가로이 걸어 다녔잖아요!"

그러자 캐서린 아씨가 웃으면서 말했어요.

"그게 가혹하단 거예요? 그건 아가씨가 함께 있는 게 싫다는 뜻이 아니었어요. 아가씨가 우리와 함께 있든 아니든 우리는 상관없었으니까요. 나는 그저 히스클리프의 이야기가 아가씨한테는 하나도 재미없을 것 같다고 생각했을 뿐이에요."

"아니, 아니잖아. 새언니는 내가 함께 있고 싶어 하는 걸 알고 날 따돌리려 한 거잖아요!"

이저벨라 아가씨가 울먹이며 말했지요.

"우리 아가씨가 제정신일까?"

캐서린 아씨가 저를 보며 하소연하듯 말하고는 다시 이저벨라 아가씨를 보고 말했어요.

"아가씨, 히스클리프와 내가 나눈 이야기를 한마디도 빼지 않고 다 말해 줄게요. 아가씨한테 재미있었을 것 같은 부분이 있으면 알려 줘요."

그러자 이저벨라 아가씨가 이렇게 대답했어요.

"어떤 이야기를 나눴는지는 상관없어요. 나는 그냥 함께 있고 싶었는데……."

"그랬군요!"

캐서린 아씨는 이저벨라 아가씨가 말을 끝맺기를 주저하는 걸 알아차렸어요.

"그 사람하고 같이 말이에요. 그리고 이젠 매번 내쫓기지만은 않을 거예요!"

이저벨라 아가씨가 열을 내며 계속 말했어요.

"캐시 언니, 언니는 여물통 안의 개(*어떤 개가 건초를 먹지도 않으면서 여물통 안에서 다른 동물이 먹지 못하게 한 이솝 우화에서 유래된 표현으로, 자기한테는 필요도 없는 물건이지만 남이 쓰지 못하게 하기 위해 차지하고 있는 이기적이고 심술궂은 사람을 가리킬 때 쓰인

다.)처럼 굴잖아요. 자기 말고는 누구도 사랑받는 꼴을 못 보잖아요!"

그러자 캐서린 아씨가 깜짝 놀라 소리쳤어요.

"아가씬 건방진 원숭이 새끼처럼 구는군요! 하지만 난 그 백치 같은 말 따윈 믿지 않겠어요! 아가씨가 히스클리프의 사랑을 탐내다니, 그를 멋진 사람이라고 생각하다니, 그건 있을 수 없는 일이에요! 내가 잘못 알아들은 거겠죠, 이저벨라 아가씨?"

"아니, 잘못 알아들은 거 아니에요."

사랑에 푹 빠진 아가씨가 말했어요.

"언니가 에드거 오빠를 사랑하는 것보다 훨씬 더 많이 나는 그 사람을 사랑해요. 그리고 언니만 그 사람을 내버려 두면, 그 사람도 나를 사랑할 거예요!"

"난 왕국을 준대도 아가씨처럼 굴진 않겠어요!"

캐서린 아씨가 단호하게 딱 잘라 말했어요. 그리고 그 말은 진심인 것 같았어요.

"넬리, 아가씨한테 자신이 미쳤다는 사실을 납득시키게 도와 줘. 히스클리프가 어떤 사람인지 말해 줘. 교양이라고는 없는 미개인이고, 전혀 세련되지도 못하며, 가시금작화와 현무암투성이의 무미건조한 황무지와도 같은 사람이라고 말이야. 아가씨, 아가씨한테 그에게 마음을 주길 권하느니 차라리 매서운 겨울날 카나리아 새끼를 숲에 놓아주는 게 낫겠어요! 아이 같은 우리 아가씨, 그의 성격을 개탄스러울 정도로 모르기 때문에 아가씨가 그런 꿈을 꾸는 거예요. 제발 그가 험악한 겉모습 속에 인자함과 애정을 감추고 있다고 상상하지 말아요! 그는 다듬어지지 않은 다이아몬드도 아니고, 진주를 품은 조개 같은 시골뜨기도 아니에요. 그는 사납고 무자비한, 늑대 같은 사람이에요. 난 그 사람에게 절대 '여기 저기 원수가 있어도 그냥 내버려 둬. 원수를 해치는 것은 옹졸하고 잔인한 일이니까.'라고 말하지 않고, '그들을 그냥 내버려 둬. 그들이 부당한 취급을 받는 건 내가 싫으니까.'라고 말하죠. 아가씨, 그는 만약 아가씨가 귀찮은 존재라고 느껴지면 아가씨를 참새 알처럼 으깨 버릴 거예요. 내가 알기로 그는 린턴가의 사람은 사랑할 수 없는 사람이에요. 하지만 아가씨의 재산과 앞으로 물려받을 아가씨의 유산을 보고 아가씨와 충분히 결혼할 수 있는 사람이지요. 그는 점점 탐욕이라는 죄에 빠져 가고 있어요. 내가 볼 때는 그래요. 그리고 나는 그의 친구예요. 그것도 무척 친한 친구여서, 혹시라도 그가 진짜로 아가씨를 잡으려 한다면 아마도 나는 입을 꾹 다물고 아가씨가 그의 덫에 걸리는 걸 잠자코 지켜볼 수밖에 없어요."

린턴 양은 분개하며 자기 올케를 빤히 노려 봤어요. 그러면서 화가 나서 외쳤어요.

"어쩜 이래! 어쩜! 새언니는 스무 명의 적보다도 더 나빠! 어쩜 이렇게 악독할까!"

"아! 그렇다면 아가씨는 내 말을 못 믿겠단 거예요? 내가 못된 이기심에서 이런 말을 하는 줄 알아요?"

"그게 아님 뭐예요! 새언니한테 정말 몸서리가 쳐져요!"

이저벨라 아가씨가 쏘아붙이자 상대방도 소리 높여 이렇게 응수했어요.

"좋아요! 아가씨 마음이 정 그렇다면, 혼자 알아서 맘대로 해 봐요. 난 할 만큼 다했으니까. 건방지고 무례한 아가씨한테 손 들었으니 말다툼은 이제 그만하죠."

그러고는 캐서린 아씨가 나가 버리자 이저벨라 아가씨가 흐느껴 울며 말했어요.

"저 여자의 이기심 때문에 내가 이런 고통을 겪어야 하다니! 다들, 왜 내 일이라면 사사건건 반대야! 새언니가 나의 유일한 위안을 망쳐 버렸어. 하지만 새언니가 거짓말한 거지, 그렇지? 히스클리프 씨는 악마가 아니야. 고결하고 진실한 영혼의 소유자야. 그렇지 않으면 그 사람이 어떻게 새언니를 잊지 못할 수가 있겠어?"

그 말에 제가 이렇게 말해 줬지요.

"마음속에서 그 인간을 몰아내요, 아가씨. 그는 불길한 징조를 알려 주는 새 같은 사람이에요. 아가씨의 짝이 될 만한 사람이 아니죠. 캐서린 아씨가 강하게 말하긴 했지만 틀린 말은 아니에요. 캐서린 아씨는 그 사람의 마음을 저나 다른 어느 누구보다 더 잘 아니까요. 그리고 아씨는 그 사람을 실제보다도 더 나쁘게 말하는 법이 절대 없지요. 정직한 사람은 자신이 한 일을 숨기지 않아요. 그런데 그가 어떻게 살아왔는지 아는 사람이 있어요? 그가 어떻게 부자가 되었는지, 왜 그가 자기가 혐오하는 사람의 집인 워더링 하이츠에 묵고 있는지 아는 사람이 있냐고요? 그 사람이 온 뒤로 힌들리 나리가 점점 더 나빠지고 있다고 해요. 계속해서 같이 밤을 새우는데, 힌들리 나리는 땅을 잡히고 돈을 빌리면서, 노름하고 술 마시는 일 말고는 하는 일이 없다는 이야기를 바로 일주일 전에 들었어요. 그 이야기를 해 준 사람은 바로 조지프 영감인데, 기머턴에서 만났을 때 그 영감이 이러더군요.

'넬리, 울 집에 머잖어 검시관이 조사혀러 들이닥칠 거여. 한 놈이 송아지헌티 혀듯 지 몸을 칼로 찌를라 혀는 걸 다른 놈이 말리다가 손가락을 거의 잘라먹을 뻔혔지 않겄어. 그러니께, 하느님의 심판을 받으러 가기로 단단히 마음을 묵고 칼로 지 몸을 찌를라 헌 건 쥔 나리구먼. 쥔 나리는 하느님의 법정에 앉아 있는 재판관들이, 바울도, 베드로도, 요한도, 마태도, 그 어느 누구도 두렵지 않은 거여. 그런 건 아무렇지도 않고, 그냥 그분들 앞에 그 뻔뻔스러운 낯짝을 내밀고 싶어 혀! 그리고 훌륭하기 그지없는 히스클리프 그 자슥은, 니도 알겄지만, 예사 놈이 아녀! 진짜 악마의 장난 앞에서도 어느 누구 못지않게 이를 드러내고 깔깔대며 웃을 놈이구먼. 느그 집에 가서는 지가 우리 집에서 을매나 멋지게 사는지에 대해서 아무 말도 안혀? 어떤 식이냐면 말이여, 해질 무렵에 일나서는 덧창을 닫고 촛불을 키놓고는 노름을 혀고 술을 퍼묵다 보면 다음날 해가 중천에 떠 있지. 그르믄 바보 같은 우리 쥔은 욕을 퍼붓고 미친 듯이 고함을 질러 대며 자기 방으로 가는디, 점잖은 사람은 듣기 무안혀서 손가락으로 귀를 틀어막아야 하는구먼. 그러면 그 악한은 얼마 땄는지 돈 계산을 혀고, 한술 뜨고 자고 일어난 다음, 이웃집으로 건너가서는 그 집 마누라와 시시덕거리는구먼. 물론 고놈은 캐서린 아씨헌티 아씨 아버지 돈이 지 호주머니로 굴러 들어오고, 아씨 아버지의 아들이 파멸로 이르는 길을 질주혀고 있는디, 지가 먼저 가서 그 문을 열어 놓을 거라고 말할 것이구먼!'

그런데 린턴 아가씨, 조지프는 악당 같은 영감탱이지만 거짓말쟁이는 아니에요. 그리고 히스클리프의 행동에 대한 조지프의 말이 사실이라면, 아가씨는 이제 그런 사람을 남편으로 맞았으면 좋겠다는 생각 따윈 전혀 하지 않겠죠, 그렇죠?"

"엘런, 너도 다른 사람들과 한통속이구나! 난 너의 중상모략은 듣지 않을 거야. 세상에 행복은 없다고 나를 설득하려고 하다니 엘런도 정말 못됐구나!"

아가씨를 그냥 내버려 두었다면 아가씨가 그런 환상에서 깨어났을지, 아니면 그래도 그런 환상을 계속 부단히 마음에 품고 있었을지는 알 수 없지만 아가씨에게는 생각해 볼 시간도 거의 없었어요. 그다음 날 이웃 마을에서 치안판사 회의가 있어서 우리 주인 나리가 참석해야 했어요. 히스클리프 씨는 우리 주인 나리가 없다는 걸 알고는 보통 때보다 좀 더 일찍 찾아왔어요.

캐서린 아씨와 이저벨라 아가씨는 서로 적의를 품고 있었지만 말없이 서재에 앉아 있었습니다. 이저벨라 아가씨는 최근에 자신이 한 경솔한 행동과 순간적으로 울화통이 확 치미는 바람에 자신의 비밀스러운 감정을 스스로 드러낸 것에 깜짝 놀랐었고, 캐서린 아씨는 충분히 시간을 두고 곰곰이 생각해 보니 시누이가 정말 괘씸하기 짝이 없었어요. 그래서 건방진 시누이를 비웃어 줄 기회가 다시 찾아오면, 시누이에게 절대로 웃어넘기지 못할 문제로 만들어 주겠다고 별렀지요.

창밖을 내려다보다가 히스클리프가 창문 밑을 지나가는 것을 보고는 캐서린 아씨는 싱긋이 웃었어요. 저는 벽난로 청소를 하다가 아씨의 입술에 짓궂은 미소가 떠오르는 것을 보았지요. 이저벨라 아가씨는 생각에 빠진 건지 책에 빠진 건지 서재 문이 열릴 때까지도 계속 그대로 남아 있었어요. 이저벨라 아가씨는 할 수만 있었다면 기꺼이 그 자리를 피했겠지만, 이미 너무 늦어 버려서 그럴 수가 없었지요.

"들어와. 마침 잘 왔어!"

안주인이 난롯불 앞으로 의자를 끌어다 놓으면서 유쾌하게 외쳤어요.

"우리 두 사람 사이의 냉기를 녹여 줄 제3자가 꼭 필요하던 참인데, 바로 네가 우리 둘 다 그 역할에 마땅하다고 고를 만한 사람이거든. 히스클리프, 나보다도 더 너에게 홀딱 빠진 사람을 드디어 소개하게 돼서 영광이야. 너, 기분 우쭐하겠는걸. 아냐, 넬리는 아니니까, 그쪽은 보지 마! 가엾게도 내 시누이가 너의 아름다운 모습과 마음을 생각하기만 해도 애가 타는 모양이야. 이 집 주인의 매제가 되는 것도 네가 마음먹기에 달렸어! 아니, 아니, 아가씨, 도망치면 안 되지요."

당황한 아가씨가 분개하여 일어나자 캐서린 아씨가 아가씨를 붙잡으며 짐짓 희롱조로 계속 말했어요.

"히스클리프, 우린 당신을 놓고 마치 고양이처럼 다투고 있었어. 그런데 너에 대한 헌신과 흠모를 주장하는 데 있어서 내가 지고 말았어. 게다가 우리 아가씨가 내게 말하기를, 내가 점잖게 물러서기만 한다면 자기가 내 경쟁자니까 네 가슴에 사랑의 화살을 쏘아 너를 영원히 사로잡아서 내 모습 따윈 영원한 망각 속으로 묻어 버리겠다지 뭐야!"

이저벨라 아가씨는 품위를 지키며 자기를 꼭 붙잡고 있는 새언니의 손에서 벗어나려고 버둥거리지 않고 말했습니다.

"새언니! 아무리 농담이라고 해도 진실만 말하고 나를 중상모략하지는 말아 주면 고맙겠어요! 히스클리프 씨, 부디 당신 친구에게 나를 놓아주라고 말씀해 주세요. 새언니는 당신과 내가 친한 사이가 아니란 걸 잊은 모양이에요. 그리고 새언니는 재밌는지 모르겠지만 나는 말할 수 없이 고통스러워요."

손님이 아무 대꾸도 없이 자리에 앉았는데 그녀가 그에게 어떤 감정을 품었는지 전혀 무관심한 표정인 것 같자, 이저벨라 아가씨는 몸을 돌려 자신을 괴롭히고 있는 새언니에게 제발 놓아달라고 나지막한 목소리로 애원했습니다. 그러자 캐서린 아씨가 소리쳐 대답하더군요.

"그렇게는 못 하겠는데요! 다시는 여물통 안의 개 같다는 소리는 듣지 않겠어요. 여기 그대로 있어요! 히스클리프, 기분 좋은 소식을 듣고도 왜 만족감을 드러내지 않는 거야? 이저벨라 아가씨는 나에 대한 에드거의 사랑 같은 건 히스클리프 너에 대한 자기의 사랑에 비하면 아무것도 아니라고 맹세하더라고(*앞서 이저벨라가 새언니가 자기 오빠를 사랑하는 것보다 훨씬 더 많이 자기가 히스클리프가 사랑한다고 했던 말을 캐서린이 착각한 것). 분명히 아가씨가 그런 말을 했지, 엘런? 그리고 우리 아가씨는 그저께 산책을 하고 난 다음부터는 계속 단식 투쟁 중이야. 너랑 같이 있는 걸 용납 못 해 내가 자기를 쫓아 버려서 억울하고 분하다고 말이지."

그러자 히스클리프가 두 사람 쪽으로 의자를 돌리면서 말했어요.

"네가 거짓말을 하는 것 같은데. 어쨌든 지금 너희 아가씨는 나와 같이 있고 싶어 하지 않아!"

그러고 나서 히스클리프는, 예를 들면 인도에서 가져온 지네처럼 혐오감을 불러일으키지만 그래도 호기심에 이끌려 보고 싶어지는 낯설고 징그러운 동물을 바라보듯이, 화제가 되고 있는 이저벨라 아가씨를 뚫어지게 쳐다보았어요.

그 가엾은 것이 그건 견딜 수 없었나 봐요. 이저벨라 아가씨는 얼굴이 계속 붉으락푸르락해지더니 속눈썹에 눈물이 맺힌 가운데, 자신의 작은 손가락에 힘을 주어 꼭 붙잡고 있는 캐서린 아씨의 손을 풀려고 했어요. 하지만 팔을 잡고 있는 캐서린 아씨의 손가락 하나를 풀기가 무섭게 아씨가 얼른 다른 손가락으로 감았기 때문에 한꺼번에 전부 풀 수 없다는 사실을 깨닫고 손톱을 사용하기 시작했어요. 날카로운 손톱에 긁혀 아가씨를 못 가게 붙잡고 있는 캐서린 아씨의 손에 빨간 초승달 모양의 자국이 났어요. 캐서린 아씨는 아픈 나머지 이저벨라 아가씨를 놓아주고 손을 털며 소리쳤습니다.

"이런 암호랑이 같으니! 제발 가 버려요. 그리고 그 여우 같은 낯짝 내놓지 마요! 좋아하는 사람 앞에서 손톱을 드러내다니 참 어리석기도 하지. 아가씬 그 사람이 어떤 결론을 내릴지 생각해 보지도 않았나 보죠? 이것 봐, 히스클리프! 저 손톱이 사람 잡을 무기야. 눈 안 할퀴게 조심해!"

이저벨라 아가씨가 문을 닫고 나가자 히스클리프가 야만스럽게 대답했어요.

"만약 나를 할퀴려 들면 그 손톱을 뽑아 주지. 그런데 대체 무슨 생각으로 저 계집애를 그렇게 놀리는 거야, 캐시? 아까 한 말이 정말은 아니겠지?”

“정말이야. 우리 아가씨는 몇 주일 동안이나 너 때문에 애를 태우고 있어. 오늘 아침에는 널 흠모하는 마음을 좀 가라앉혀 주려고 내가 너의 결점을 솔직히 이야기해 줬더니 글쎄, 너에 대해 열변을 토하면서 나한테 악담을 마구 퍼붓는 거 있지. 하지만 더 이상 신경 쓰지는 마. 아가씨가 건방져서 골탕을 먹이려고 한 것뿐이니까. 소중한 나의 히스클리프, 난 우리 아가씨를 정말 많이 좋아해. 그래서 네가 우리 아가씨를 완전히 낚아채서 집어삼키도록 내버려 둘 수는 없어.”

“난 네 아가씨를 별로 좋아하지 않으니까 그래 볼 생각도 없어. 송장 파먹는 귀신처럼 뜯어 먹으려 든다면 또 모르겠지만. 내가 만약 역겹고 창백한 얼굴의 네 아가씨와 단둘이 산다면 괴상망측한 소문이 나돌 거야. 가장 평범한 소문이라도, 내가 매일같이 혹은 하루걸러 그 흰 얼굴을 무지갯빛으로 멍들게 하고 푸른 눈을 시커멓게 멍들게 한다는 거겠지. 그 아가씨의 눈은 보기 싫게 린턴의 눈과 닮았더군.”

“‘보기 좋게’지. 그건 비둘기의 눈, 천사의 눈이야!”라고 캐서린 아씨가 대꾸했어요.

“그 아가씨가 오빠의 상속인이지, 그렇지?”

그가 잠시 침묵하다가 묻자 캐서린 아씨가 말했어요.

“그건 생각만 해도 분해. 에드거와 나 사이에 대여섯 명의 아이가 태어나 제발 아가씨의 상속권이 없어져야 할 텐데! 하지만 지금은 그 문제를 마음에 담아 두지 마. 넌 주위 사람들의 재산을 너무 탐하는 경향이 있어. 여기, 이 집 재산은 내 것이라는 걸 잊지 마."

"이 집 재산이 내 소유라고 하더라도 이 집 재산은 변함없이 네 거야. 하지만 이저벨라 린턴이 어리석을지는 모르지만 결코 미치지는 않았겠지. 그래, 그냥 네가 충고한 대로 그 문제는 덮어 두기로 해."

두 사람은 그 문제를 입에 담지 않았어요. 그리고 아마도 캐서린 아씨는 그 문제를 머릿속에도 담지 않았어요. 하지만 제가 느끼기로는 분명 상대방은 그날 저녁 그 문제에 대해 자꾸 상기하는 것 같았어요. 캐서린 아씨가 일이 있어 자리를 비울 때마다, 그가 혼자 미소를, 아니 미소라기보다는 씨익 웃으며 왠지 불길해 보이는 생각에 빠지는 것 같은 모습을 제가 보았거든요.

저는 그의 행동을 주시하기로 마음먹었어요. 제 마음은 언제나 캐서린 아씨 쪽보다도 주인 나리 쪽으로 기울어져 있었는데, 주인 나리는 다정하고 믿음직하고 고결한 분이니까, 저는 그게 당연하다고 생각했어요. 그리고 캐서린 아씨는 그와 정반대라고까지는 할 수 없지만 너무 자유분방한 것 같아서 아씨의 지조를 별로 신뢰할 수 없었고 아씨의 감정에는 더더구나 공감할 수 없었어요. 저는 워더링 하이츠와 스러시크로스 그레인지가 히스클리프 씨의 손아귀에서 조용히 벗어나 우리 모두 그가 등장하기 전의 상태로 되돌아가게 만들 수 있는 일이 일어났으면 하고 바랐어요. 그의 방문이 제게는 계속 거듭되는 악몽과 같았는데, 아마 주인 나리에게도 그랬을 거예요. 그가 워더링 하이츠에서 살고 있다는 사실은 도저히 말로 설명할 수 없는 압박감을 주었어요. 제 느낌에는 하느님이 워더링 하이츠에 있는 길 잃은 양을 버리시어 홀로 악의 구렁텅이에서 헤매도록 내버려 두시자, 사악한 짐승 하나가 그 양을 덮쳐서 잡아먹으려고 양이 우리로 돌아오는 길목에서 기다리며 어슬렁거리고 있는 것만 같았어요.

제11장

가끔 혼자서 이런 생각들에 잠겨 있다 보면 갑작스레 두려움이 밀려와 벌떡 일어나서 보닛 모자를 쓰고 워더링 하이츠가 어떻게 돌아가는지 보려고 나서기도 했습니다. 저는 힌들리 나리를 만나 나리의 생활 방식에 대해 사람들이 뭐라고 수군대는지 경고해 주는 게 저의 임무라고 스스로를 납득시켰지요. 그런데 곧바로 힌들리 나리의 나쁜 습관이 이제는 완전히 굳어 버렸다는 생각에 미치자, 제가 힌들리 나리에게 도움이 될 리 없다며 그 음산한 집에 가는 일을 주춤하며 접게 되었죠. 또 제 말을 곧이곧대로 받아들여 줄지도 의문스러웠고요.

한번은 기머턴에 가는 길에 일부러 길을 돌아 그 옛집 대문 앞을 지나간 적이 있습니다. 그때가 아마 지금 제가 이야기하는 그 무렵이었던 것 같아요. 화창하고 싸늘한 오후였는데, 땅은 황량하고 길은 단단하고 메말라 있었지요.

저는 큰길을 따라가다 왼편으로 가면 황야가 나오는 갈림길에 있는 돌 있는 데에 이르렀어요. 그 돌은 기둥 모양의 거친 사암으로, 북쪽에는 W. H., 동쪽에는 G., 남서쪽에는 T.G.라고 새겨져 있었는데, 워더링 하이츠, 기머턴 마을, 스러시크로스 그레인지의 방향을 알리는 이정표 구실을 하는 것이지요.

태양이 그 돌의 회색 상단에 노랗게 빛나는 것을 보니 여름날이 떠올랐습니다. 그러자 왜인지는 모르지만 갑자기 어린 시절의 감정들이 왈칵 솟구쳐 제 가슴속으로 밀려왔어요. 그곳은 20년 전에 힌들리 나리와 제가 가장 즐겨 찾던 장소였거든요.

저는 비바람에 깎인 그 돌을 한참 동안 바라보았지요. 그러고는 몸을 굽혀 그 돌 밑바닥 가까이에 있는 구멍을 보니, 그 구멍에는 달팽이 껍데기와 조약돌이 아직도 가득 들어 있었어요. 우리는 그것들을 보다 썩기 쉬운 것들과 함께 그곳에 두기를 좋아했었지요. 제 어릴 적 소꿉동무가 시든 풀밭에 앉아 까맣고 네모난 머리를 숙인 채 고사리 같은 손으로 돌조각을 쥐고 땅을 파고 있는 모습이 눈에 선했습니다.

"가엾은 힌들리!"

저는 무심결에 외쳤어요.

그러다 소스라치게 놀랐답니다. 제 눈에 순간적으로 그 아이가 얼굴을 들고 저를 똑바로 쳐다보는 모습이 보이지 뭐예요! 아이의 모습은 눈 깜짝할 사이에 사라져 버렸어요. 하지만 저는 곧바로 워더링 하이츠에 가 보고 싶은 억누를 수 없는 열망에 사로잡혔어요. 불길한 예감까지 더해져 그 충동에 따르라고 저를 부추겼습니다. 그가 죽은 게 아닐까? 곧 죽는 게 아닐까? 죽음의 전조가 아닐까? 하는 생각이 들었던 것이지요.

워더링 하이츠에 가까이 다가가면 다가갈수록 저는 점점 더 마음이 불안해졌습니다. 그 집이 눈에 들어오자 사지가 덜덜 떨렸지요. 좀 전에 본 환영이 저를 앞질러 와서는 대문 앞에 서서 안을 들여다보며 서 있었지요. 그건 마구 헝클어진 머리에 갈색 눈동자를 한 남자아이가 대문 창살에 불그레한 얼굴을 갖다 대고 있는 걸 봤을 때 처음 떠오른 생각이었어요. 그런데 다시 곰곰이 생각해 보니 그 아이는 바로 열 달 전 제가 두고 떠나온 뒤 별로 변하지 않은 헤어턴, 저의 사랑스러운 헤어턴 도련님이 틀림없었어요.

저는 좀 전의 바보 같은 두려움 따위는 순식간에 잊고 소리쳤어요.

"어머나, 도련님! 헤어턴 도련님, 저 넬리예요…… 도련님 유모 넬리요."

헤어턴 도련님은 제 팔이 닿지 않는 곳으로 물러서더니 커다란 돌멩이를 집어 들었어요.

"저는 도련님 아빠를 만나 뵈러 왔답니다."

저는 도련님의 행동으로 미루어 보아 도련님이 설령 넬리라는 유모를 기억한다더라도 제가 바로 그 넬리라는 건 알아보지 못한 것이라고 짐작하고 덧붙여 말했어요.

도련님은 돌멩이를 던지려고 팔을 쳐들었어요. 제가 도련님을 진정시켜 보려고 말을 걸었지만 도련님의 행동을 막지는 못했어요. 그 돌멩이는 제 보닛 모자에 맞았고, 그런 뒤 발음도 아직 제대로 못해 더듬거리듯이 말하는 그 어린 것의 입에서 한바탕 욕지거리가 줄줄이 튀어나왔어요. 그 어린 것이 그 욕지거리의 뜻을 알고 하는 건지, 모르고 하는 건지는 알 수 없지만 강조해야 할 곳은 능숙하게 강조하면서 아기 같은 그 얼굴에 오싹할 만큼 악의를 드러내며 일그러뜨렸어요.

록우드 나리께서도 능히 짐작하시겠지만, 저는 화가 나기보다는 마음이 무척 아팠어요. 울고 싶은 심정으로 도련님을 달래보려고 주머니에서 오렌지를 하나 꺼내 내밀었지요.

도련님은 망설이다가, 그냥 자기를 꾀려는 것일 뿐 주지는 않을 거라고 생각했는지 제 손에서 얼른 오렌지를 낚아챘어요.

저는 오렌지를 하나 더 꺼내 보여 주며 도련님의 손이 닿지 않게 치켜들었습니다.

“누가 그런 좋은 말을 가르쳐 줬어요, 도련님? 부목사님인가요?” 하고 제가 물었어요.

“부목사고 너고 다 뒈져 버려! 그거나 내놔.” 하고 도련님이 대꾸했지요.

“어디서 그런 말을 배웠는지 말해 주면 이걸 줄게요. 누가 선생님이죠?”

“악마 같은 아빠지.”라는 게 도련님의 대답이었어요.

“아빠한테서 뭘 배우는데요?”

저는 질문을 계속 했습니다.

헤어턴 도련님은 오렌지를 잡으려고 폴짝 뛰었지만 저는 오렌지를 더 높이 쳐들었어요.

“도련님 아빠가 뭘 가르쳐 주죠?”

“아무것도. 그냥 옆에 얼쩡거리지만 말래. 내가 아빠한테 욕을 하니까 못 참아 하거든.”

“아! 그러면 악마가 아빠한테 욕을 하라고 가르쳐 준 건가요?”

“응…… 아니.”

도련님이 느릿느릿 대답했어요.

"그럼 누구죠?"

"히스클리프야."

저는 히스클리프가 좋으냐고 물어보았어요.

"응!" 하고 도련님이 다시 대답했어요.

히스클리프를 좋아하는 이유를 알고 싶었지만 이런 말만 주워들을 수 있었어요.

"몰라…… 아빠가 나한테 뭐라 하면 아저씨가 되갚아 줘…… 아빠가 나한테 욕을 하면 아저씨가 아빠한테 욕을 해 주고…… 또 아저씨는 내 멋대로 하라고 해."

"그럼 부목사님이 읽고 쓰는 것을 안 가르쳐 주세요?"

제가 계속 물었어요.

"응, 부목사님이 이 집 문지방을 넘으면 —(*욕설을 말해서 대신 비워둔 것) 이빨을 부러뜨려 — 목구멍으로 넘어가게 해 주겠대. 히스클리프 아저씨가 진짜 그러마고 했어!"

저는 오렌지를 도련님의 손에 쥐여 주고는 아빠에게 가서 넬리 딘이라는 여자가 드릴 말씀이 있어서 대문 옆에서 기다리고 있다고 전해 달라고 했어요.

도련님은 정원에 난 길을 따라 집으로 들어갔어요. 하지만 힌들리 나리 대신 히스클리프가 현관문 앞 댓돌 위에 모습을 드러냈어요. 저는 곧장 돌아서서 있는 힘을 다해 쉬지 않고 이정표 있는 데까지 내달렸습니다. 제가 마귀라도 불러낸 것마냥 잔뜩 겁을 먹은 채로 말이죠.

이 일은 이저벨라 아가씨의 일과는 별로 관계가 없어요. 다만 이 일로 인해 저는 경계를 더욱 바짝 하고, 캐서린 아씨의 즐거움을 훼방 놓아 집안에 폭풍을 일으킨다 할지라도, 여기 스러시크로스 그레인지까지 그런 나쁜 영향이 퍼지지 않도록 최선을 다해 막기로 굳게 결심하게 되었답니다.

그다음으로 히스클리프가 스러시크로스 그레인지에 왔을 때 이저벨라 아가씨는 마침 안뜰에서 비둘기에게 모이를 주고 있었어요. 사흘 동안 올케언니에게는 결코 말 한 마디도 하지 않았지만, 짜증을 내며 투덜대지도 않아서 우리는 아주 편안했었답니다.

제가 알기로, 히스클리프는 그때까지 이저벨라 아가씨에게 꼭 필요한 경우가 아니면 인사말 한마디 건넨 적이 없었습니다. 그런데 이저벨라 아가씨를 보자마자, 먼저 조심스레 우리 집 정면 전체를 휙 살피더군요. 저는 부엌 창가에 서 있었는데 얼른 몸을 숨겼지요. 그는 안뜰의 포장된 길을 가로질러 이저벨라 아가씨에게 가서 뭐라고 말을 걸었습니다. 아가씨는 당황한 듯 자리를 피하려고 했는데 그러지 못하게 그가 아가씨의 팔을 잡았어요. 그리고 아가씨가 얼굴을 돌리는 걸로 보아 분명 그가 대답하기 곤란한 질문을 한 모양이었어요. 다시 집 쪽을 재빨리 휙 훑어보더니 아무도 보는 사람이 없다고 생각하고는 그 악당 놈이 뻔뻔스럽게도 이저벨라 아가씨를 껴안았어요.

"유다 같은 놈! 배신자! 게다가 위선자이기까지 한 놈! 파렴치한 사기꾼 같으니!"

제가 갑자기 버럭 소리를 질렀습니다.

"누구 말이야, 넬리?"

바로 옆에서 캐서린 아씨의 목소리가 들렸어요. 바깥에 있는 두 사람을 지켜보는 데 지나치게 정신이 팔린 나머지 아씨가 들어온 것도 몰랐던 거지요. 저는 흥분하여 이렇게 대답했어요.

"아씨의 아무짝에도 쓸모없는 친구 말이에요! 저기 있는 저 비열한 악당 말이에요. 아, 그가 우릴 언뜻 본 모양이로군요. 집으로 들어오네요! 아씨한테는 이저벨라 아가씨가 싫다고 말해 놓고는 아가씨에게 구애하다 걸렸으니 과연 뭐라고 그럴싸하게 둘러댈지 궁금하군요!"

캐서린 아씨도 이저벨라 아가씨가 히스클리프를 뿌리치고 정원으로 뛰어 들어가는 것을 보았어요. 잠시 후, 히스클리프가 문을 열고 들어왔어요.

제가 분개한 나머지 참지 못하고 몇 마디 쏘아붙였어요. 그러자 캐서린 아씨가 화를 내며 제게 입을 다물라고 했습니다. 감히 주제넘게 오만한 혀를 놀렸다간 부엌 밖으로 쫓겨날 줄 알라고 으름장을 놓더군요. 그러면서 이렇게 소리쳤지요.

"넬리 네가 말하는 걸 들으면 다들 네가 이 집 안주인인 줄 알겠어! 자기 분수를 알아야지! 히스클리프, 이런 소동을 일으키다니, 대체 무슨 짓이야? 이저벨라 아가씨를 내버려 두랬잖아! 제발 내 말 들어! 네가 이 집에 손님으로 오는 게 싫증 나서 내 남편이 널 못 오게 대문 빗장을 걸어 잠그길 원하는 게 아니라면 말이야!"

"어디 그렇게 해 볼 테면 해 보라지!"

그 사악한 악당 놈이 그렇게 쏘아붙이는데, 바로 그 순간 저는 정말 그가 혐오스러웠어요.

"그 자식은 인내심을 발휘하며 얌전히 있는 게 좋을걸! 날이 갈수록 점점 더 그 자식을 천당에 보내 버리고 싶어 미치겠으니까 말이야!"

캐서린 아씨가 안쪽 문을 닫으면서 말했어요.

"쉿! 날 짜증나게 하지 좀 마. 내 부탁을 왜 무시하는 거니? 우리 아가씨가 일부러 먼저 너한테 접근한 거야?"

그러자 히스클리프가 으르렁거리듯 대답했습니다.

"그게 너랑 무슨 상관인데? 네 아가씨가 원한다면 나한텐 그녀와 키스할 권리가 있지만 너한테는 반대할 권리가 없어. 내가 네 남편도 아닌데 나한테 질투하면 안 되지!"

그러자 우리 집 안주인이 대답했습니다.

"너한테 질투하는 게 아니야. 너를 위해 질투하는 거야. 인상 펴. 나를 보고 얼굴 찌푸리지 마! 이저벨라 아가씨가 좋으면 아가씨랑 결혼해. 하지만 솔직히 말해 봐. 정말 우리 아가씨가 좋은 거야, 히스클리프? 거봐, 대답 못 하잖아. 좋아하지 않는 게 분명해!"

"그리고 린턴 서방님께서 자기 동생이 저런 남자하고 결혼하는 걸 허락이나 하겠어요?" 하고 제가 끼어들어 한마디 했어요.

"내가 허락하게 만들 거야."

저의 주인마님이 단호하게 대답하자 히스클리프가 말했어요.

"번거롭게 그럴 필요 없어. 그자의 허락 따윈 없어도 얼마든지 결혼할 수 있으니까……. 그리고 너 말이야, 캐서린, 말이 나온 김에 몇 마디 할까 하는데……. 네가 나한테 얼마나 잔인하게 대했는지 내가 잘 알고 있단 사실을 명심해. 정말로 잔인했지!

내가 그 사실을 모른다고 착각한다면 넌 바보야. 그리고 달콤한 말로 날 위로할 수 있다고 믿는다면 넌 그야말로 멍청이야. 그리고 내가 복수하지 않고 넘어갈 거라고 생각한다면, 조만간 너에게 그 반대란 걸 알게 해 주겠어! 아무튼 네 시누이의 비밀을 말해 준 건 고마워. 맹세하건대 난 반드시 그걸 최대한 이용해 먹을 테니 넌 물러나서 구경이나 해!"

그러자 캐서린 아씨가 어이없어 하며 소리쳤습니다.

"너한테 이런 면이 있는 줄은 몰랐어! 내가 너한테 잔인하게 대했다고? 그래서 복수를 하겠다고! 그래 어떻게 복수할 건데, 이 배은망덕한 짐승 같은 놈아? 내가 너한테 어떻게 잔인하게 대했는데?"

히스클리프가 태도를 살짝 누그러뜨리며 대꾸했어요.

"너한테 복수하겠다는 게 아니야. 그럴 계획은 없어……. 폭군이 자신의 노예를 학대해도 노예는 폭군에게서 등을 돌리지 않고 대신 자기 밑의 노예를 짓밟지……. 네가 나를 죽도록 괴롭히는 게 즐겁다면 얼마든지 그래도 좋아. 다만 나도 똑같은 방법으로 조금 즐기게 해 줘. 그리고 될 수 있는 한 모욕적인 말은 삼가 줘. 나의 궁전을 완전히 무너뜨려 놓고 허름한 오두막 하나 달랑 지어 주고는 내게 집을 마련해 주는 자비를 베풀었다고 득의양양하게 생색내지 말라고. 이저벨라와 결혼하라는 네 말이 진심이라고 생각했다면, 난 벌써 내 목에 칼을 꽂고 죽었을 거야!"

그러자 캐서린 아씨가 소리쳤어요.

"아하, 내가 질투를 안 해서 네가 지금 이렇게 못되게 구는 거로구나? 좋아, 그렇다면 다시는 너한테 신붓감을 소개하지 않겠어. 그건 사탄에게 길 잃은 영혼을 소개하는 것만큼이나 나쁜 거니까. 사탄처럼 너는 남에게 고통을 안기는 데서 더없는 행복을 느끼지. 네가 하는 짓을 보니 딱 그래. 네가 오는 것에 잔뜩 심술을 부리던 에드거가 잠잠해져서 나도 이제 겨우 안정되고 편안해지기 시작했어. 그런데 넌 우리가 사이좋게 지내는 걸 알고는 불안해서 분란을 일으키기로 작정한 모양이로군. 히스클리프, 에드거와 싸우고 싶다면 싸우고 에드거 여동생도 속여. 넌 그게 바로 나한테 복수하는 가장 효과적인 방법이라고 생각할 테니까."

대화는 여기서 중단되었습니다. 캐서린 아씨는 상기된 얼굴로 우울하게 난롯가에 앉았어요. 아씨를 섬겼던 그자의 기운이 점점 다루기 힘들어져 가고 있었는데, 아씨는 그 기운을 가라앉힐 수도 통제할 수도 없었어요. 히스클리프는 팔짱을 끼고 난로 옆에 서서 사악한 생각에 잠겨 있었어요. 저는 그런 상태로 그들을 놔두고 린턴 서방님을 찾으러 나갔어요. 서방님은 무엇 때문에 캐서린 아씨가 아래층에서 그렇게 오래 있는지 궁금해하고 있던 참이었습니다.

"엘런, 집사람을 보았나?"

제가 들어가자 서방님이 물었어요.

"네, 부엌에 계세요. 안타깝게도 히스클리프 씨의 행동 때문에 화가 많이 나 계세요. 정말이지 제 생각엔 이제 그를 손님으로 계속 맞을지 다시 생각해야 할 때가 온 것 같아요. 너무 다정하게 대해 주다 보면 해를 입기 쉽죠. 그러다 지금 이 지경에 이르고 만 거고요."

그러면서 저는 안뜰에서 일어난 일과 그 뒤에 일어난 말다툼까지 전부 다 과감하게 될 수 있는 한 자세히 말씀드렸어요. 그렇게 다 말씀드려도 캐서린 아씨에게 불리할 건 별로 없을 거라고 생각했거든요. 나중에 아씨가 손님을 감싸고도는 바람에 자신에게 불리하게 되어 버렸지만 말이지요.

에드거 린턴 서방님은 제 이야기를 끝까지 듣고 있기가 힘들었던 모양이에요. 서방님이 내뱉은 첫마디로 보아 자기 부인에게도 탓이 없지는 않다고 생각하는 듯했죠. 서방님은 이렇게 소리쳤어요.

"도저히 못 참겠군! 그놈을 친구로 인정하며 나한테까지 그놈의 친구가 되라고 강요하다니 참으로 남부끄러운 일이야! 엘런, 하인들 방에 가서 두 사람만 불러와. 더 이상 캐서린을 그 질 낮은 악당 녀석과 말다툼하게 놔두지는 않겠어. 캐서린의 비위는 그 정도면 충분히 맞춰 줬어."

아래층으로 내려간 서방님은 하인들에게 복도에서 기다리라고 지시한 다음 저를 데리고 부엌으로 들어갔어요. 부엌에 있던 두 사람은 다시 화를 내며 언쟁을 하고 있었어요. 아무튼 캐서린 아씨가 새로 기세등등하게 호통을 치며 나무라고 있었고, 창가로 자리를 옮긴 히스클리프는 아씨의 격렬한 호통에 다소 주눅든 듯이 고개를 숙이고 있었어요.

히스클리프가 먼저 서방님을 보고는 황급히 아씨에게 조용히 하라고 손짓을 하더군요. 그러자 히스클리프가 그렇게 손짓한 이유를 알고는 아씨도 바로 입을 다물었지요. 린턴 서방님이 아씨에게 말했어요.

"도대체 어떻게 된 거요? 저런 불한당 녀석에게 그런 말을 듣고도 여기 그대로 있다니, 당신은 예의범절 따위는 없는 거요? 저 녀석의 말투가 평소에도 저러니 당신은 그게 아무렇지도 않은 모양이로군요. 당신은 저 녀석의 저열함에 길들어져 있고, 아마 나도 익숙해질 수 있다고 생각하는 거요!"

"문간에서 엿듣고 있었던 거예요, 에드거?"

안주인은 자기 남편이 화가 난 것에는 관심도 없고 개의치도 않는다는 걸 은연 중 내비치며, 그를 도발하려고 특별히 계산된 말투로 물었어요.

서방님의 말에 눈을 치켜뜨고 있던 히스클리프는 아씨의 말을 듣고는 일부러 린턴 서방님의 주의를 끌려는 듯이 낄낄거리며 비웃었지요.

그는 서방님의 주의를 끄는 데는 성공했지만, 에드거 서방님은 노발대발 분노를 터트려 그를 즐겁게 해 줄 마음은 전혀 없었어요. 에드거 서방님은 침착하게 말했습니다.

"히스클리프 씨, 이제까지 내가 당신을 참아 온 것은, 당신의 비열하고 타락한 성격을 몰라서가 아니라 그런 성격을 갖게 된 게 당신 잘못만은 아니라고 느꼈기 때문이오. 그리고 캐서린이 당신과 계속 친분을 유지하길 바라니까 그냥 묵인했던 거요. 어리석게도 말이오. 당신이란 존재는 가장 고결한 사람도 도덕적으로 타락시켜 버리는 독약과도 같소. 그런 이유로, 그리고 더 나쁜 결과를 막기 위해, 이후로는 이 집에 당신이 발을 들여놓지 못하게 하겠소. 그러니 지금 당장 이 집에서 나가 주시오. 3분

넘게 지체했다간 부지불식 간에 강제로 끌려 나가는 창피를 당하게 될 거요."

히스클리프는 그렇게 말하는 상대방의 키와 체격을 재는 듯이 조롱 가득한 눈길로 빤히 보았어요. 그러더니 이렇게 말하더군요.

"캐시, 당신의 온순한 이 어린 양이 황소처럼 위협하는군! 그러다 내 주먹에 대가리가 박살 날 위험이 있는데 말이야. 맹세컨대, 린턴, 네 녀석은 때려눕힐 가치도 없어서 심히 유감스러워!"

우리 서방님이 복도 쪽을 흘낏 보며 저한테 하인들을 데려오라고 눈짓했어요. 직접 부딪치는 위험을 무릅쓸 의사는 전혀 없었던 것이지요.

저는 서방님의 지시에 따라 복도로 나가려 했어요. 하지만 캐서린 아씨가 뭔가 낌새를 알아채고 따라와서는 하인들을 부르려는 저를 끌어당기며 문을 쾅 닫아 잠가 버렸습니다. 그러고는 화가 나기도 하고 놀라기도 한 표정의 자기 남편을 보며 쏘아붙였어요.

"참 공정하기도 하군요! 히스클리프와 맞서 싸울 용기가 없다면, 사과를 하든지 얻어맞든지 해요. 그러면 용기도 없으면서 있는 척하는 당신의 버릇이 고쳐질 테니까요. 싫어요! 당신한테 열쇠를 주느니 차라리 삼켜 버리겠어요. 두 사람 다 다정하게 대해 줬더니 보답 한번 멋지게 하는군요! 한쪽의 나약한 성질과 다른 한쪽의 못된 성질을 끝도 없이 너그럽게 다 받아 준 끝에 얻은 답례가 고작 터무니없이 어리석고 지독한 배은망덕의 표본 둘이라니! 에드거, 난 당신과 당신의 재산을 지켜 주고 있었어요. 그런데 감히 나를 나쁘게 생각하다니, 히스클리프가 당신을 속이 메스꺼울 때까지 두들겨 패 줬으면 좋겠어요!"

우리 서방님에게 그런 증세를 일으키기 위해서는 사실 두들겨 패 줄 필요도 없었어요. 서방님은 캐서린 아씨의 손에서 열쇠를 빼앗으려고 했어요. 하지만 아씨는 열쇠를 빼앗기지 않으려고 벽난로의 가장 뜨거운 불 가운데로 던져 버렸어요. 그러자 에드거 서방님의 얼굴이 파랗게 질리며 초조해서 몸을 덜덜 떨더군요. 필사적으로 애써도 고뇌와 굴욕이 뒤섞인 감정이 이는 걸 막지 못하고 그 감정에 완전히 압도당하고 말았답니다. 결국 서방님은 의자 등받이에 기대 얼굴을 두 손으로 감쌌습니다. 그 모습에 캐서린 아씨가 큰 소리로 외쳤어요.

"오! 맙소사! 옛날 같으면 이걸로 당신은 기사 작위를 받았을 텐데! 우리가 졌어요! 우리가 완패했어요! 왕이 생쥐 떼와 싸우라고 군대를 보내지 않듯, 히스클리프도 당신에게 손가락 하나 까닥 않을 거예요. 기운 내요, 다치지는 않을 테니! 당신 같은 사람은 어린 양이 아니라 젖먹이 아기 토끼예요."

그러자 아씨의 친구가 비꼬듯이 말했어요.

"캐시, 아무쪼록 네가 이 젖비린내 나는 겁쟁이 녀석과 즐겁게 살기를 바랄게! 너의 취향에 찬사를 보내. 침을 질질 흘리고 벌벌 떠는 저 녀석을 나보다 더 좋다고 선택하다니! 주먹으로 치지는 않겠지만 발로 차는 것으로 큰 만족감을 느껴 볼까나. 울고 있는 건가? 아니면 무서워서 까무러치기 일보 직전인가?"

그자가 린턴 서방님에게로 다가가서 서방님이 기대고 있는 의자를 밀었습니다. 하지만 그자는 거리를 유지하고 가만있는 편이 나았을 거예요. 우리 서방님이 재빨리 벌떡 일어서더니 그자의 목덜미를 정통으로 가격했으니까요. 좀 더 약한 사람이었더라면 아마 나가떨어졌을 거예요.

히스클리프는 잠시 숨을 쉬지 못했어요. 히스클리프가 숨 막혀 하는 사이, 린턴 서방님은 뒷문으로 빠져나가 마당을 통해 현관으로 갔습니다. 캐서린 아씨가 다급하게 외쳤어요.

"거봐! 이제 다시는 여기 못 오게 됐잖아. 어서 도망쳐. 그이가 권총 한 쌍과 대여섯 사람을 데리고 돌아올 테니까. 그이가 우리 대화를 다 엿들었다면, 널 결코 용서하지 않을 거야. 히스클리프, 넌 나한테 정말 가혹한 짓을 한 거야! 하지만 어서 가, 서둘러! 에드거가 궁지에 빠지는 건 봐도 네가 그러는 건 못 보겠으니까!"

그러자 히스클리프도 마구 소리를 지르더군요.

"그 녀석한테 얼얼할 정도로 목을 얻어맞았는데 내가 그냥 갈 것 같아? 천만에, 절대로 그렇게는 못 해! 내가 이 집을 나서기 전에 녀석의 갈비뼈를 썩은 헤이즐넛처럼 으스러뜨려 놓고 말겠어! 만약 지금 때려눕히지 못하면 언젠가 반드시 녀석을 죽이고 말 테야. 그러니 녀석이 살아 있는 게 좋다면 내가 지금 녀석을 손봐 주도록 놔두는 게 좋을 거야!"

제가 중간에 끼어들어 거짓말을 조금 보태 둘러댔습니다.

"서방님은 안 오셔. 마부 하나와 정원사 둘이 오고 있으니, 그들에게 떠밀려 길바닥으로 쫓겨나갈 때까지 기다릴 생각은 분명 아니겠지! 다들 몽둥이 하나씩을 들고 있어. 그리고 서방님은 그들이 명령을 잘 이행하는지 응접실 창문에서 지켜보고 있을 거능성이 많아."

정원사 둘과 마부 하나가 오고 있는 건 정말이었어요. 하지만 린턴 서방님도 그 사람들과 함께였지요. 그들은 벌써 안뜰로 들어섰어요. 히스클리프는 다시 생각해 보고는 아랫사람 셋과 싸우는 것을 피하기로 결심한 모양이었어요. 그는 부지깽이를 집어 안쪽 문의 자물쇠를 부쉈고 그들이 쿵쾅거리며 들어왔을 때는 이미 달아나고 없었어요.

극도로 흥분한 캐서린 아씨는 제게 2층에 같이 올라가 달라고 했어요. 아씨는 이런 소동이 일어난 데 제가 한몫 거들었다는 사실을 모르고 있었는데, 저는 아씨가 계속 몰랐으면 하고 간절히 바랐답니다. 2층으로 올라가자 캐서린 아씨가 소파에 몸을 내던지며 외쳤어요.

"미칠 것만 같아, 넬리! 천 명의 대장장이가 내 머릿속에서 망치를 두드리는 것만 같아! 이저벨라 아가씨한테는 내 곁에 얼씬도 하지 말라고 일러 줘. 이 소란은 다 아가씨 탓이니까 말이야. 그리고 아가씨든 누구든 지금 내 화를 더 돋우면 난 미쳐 날뛸지도 몰라. 그리고 넬리, 오늘 밤에 다시 에드거를 보게 되면, 내가 심하게 앓아누울지도 모르겠다고 전해 줘. 정말로 그렇게 됐으면 좋겠어. 그이 때문에 내가 얼마나 깜짝 놀라고 괴로웠는지 몰라! 그러니 나도 그이를 깜짝 놀라게 하고 싶어. 게다가 그이가 여기로 와서 독설이나 푸념을 줄줄이 늘어놓기 시작할지도 모르는데, 그럼 나도 되받아칠 게 분명하고, 그러다 보면 결국 끝이 어떻게 될지 누가 알겠어! 그러니까 내 말대로 해 줄 거지, 착한 넬리? 이번 일에 내 탓은 조금도 없단 걸 넬리도 잘 알잖아. 그이가 대체 뭐에 홀려 엿듣게 되었을까? 넬리가 나간 다음 히스클리프가 한 소리는 터무니없기 짝이 없었어. 하지만 내가 금방 이저벨라 아가씨에 대한 그의 흥미를 다른 데로 돌릴 수 있었을 거고, 그랬으면 아무렇지도 않게 그냥 다 넘어갔을 텐데. 그런데 그 바보 같은 인간이 귀신에 홀린 듯 자기에 대한 악담을 엿듣고 싶어 하는 열망에 사로잡히는 바람에 다 틀어지고 말았잖아! 에드거가 우리의 대화를 결코 엿듣지 않았더라면, 그이는 절대 그로 인해 더 나쁜 상황에 처하지 않았을 텐데. 정말이지, 내가 자기를 위해서 히스클리프한테 목이 쉬어라 호통치며 나무라고 있는데, 그이가 불쑥 들어와서 그런 불쾌한 어조로 터무니없는 소리를 나한테 마구 퍼부어 댈 때는 그 둘이 서로에게 무슨 짓을 하건 난 정말 신경 쓰고 싶지 않았어. 특히나 내가 그 상황이 어떻게 끝나든 우리 모두가 뿔뿔이 흩어져 정말로 오래도록 서로 모르는 사이처럼 지내게 될지도 모른다고 생각하니 더더욱 그랬다니까! 으음, 히스클리프와 계속 친구 사이로 지낼 수 없다면, 그리고 에드거가 그렇게 치사하게 나오고 질투한다면, 나는 내 마음을 갈기갈기 찢어 그들의 마음도 똑같이 만들어 줄 거야. 내가 궁지로 내몰렸을 때는 그렇게 하는 게 바로 다 끝장내 버릴 수 있는 가장 빠른 방법이니까! 하지만 희미하게나마 한 가닥 희망이 남아 있으니 그 방법은 일단 보류해 두겠어. 그이를 그런 식으로 불시에 기습하진 않을 거야. 지금까지 그이는 나를 자극할까 봐 두려워서 조심성 있게 행동해 왔지. 넬리 네가 그이한테 그런 태도를 접으면 위험하다고 말해 줘. 그리고 내 격한 성미를 부추기면 발작을 일으킬지 모른다고도 일깨워 줘. 넬리, 그런 무관심한 표정은 떨쳐 버리고 나를 조금이라도 걱정하는 표정 좀 지어 주면 안 돼?"

제가 아씨의 지시를 무덤덤하게 듣고 있었으니 틀림없이 아씨는 울화가 치밀어 올랐을 거예요. 자기 딴엔 정말 진지하게 지시를 내리고 있었으니까요. 하지만 자기가 격정에 사로잡혀 발작을 일으킬 수도 있다는 사실을 이용하려고 사전에 계획할 수 있는 사람이라면, 발작이 일어난 상태에서도 자신의 의지력을 발휘해 웬만큼은 자신을 제어할 수 있으리라고 저는 믿었어요. 그리고 저는 아씨의 남편을 아씨가 말한 것처럼 '깜짝 놀라게 하고' 싶지도 않았고 아씨의 이기심을 채워 줄 목적으로 서방님의 골칫거리를 늘리고 싶지도 않았지요.

그래서 저는 응접실 쪽으로 오고 있는 서방님과 마주쳤을 때 아무 말도 하지 않았습니다. 하지만 두 사람이 싸움을 다시 시작하나 엿들어 보려고 실례를 무릅쓰고 발길을 돌렸지요.

서방님이 먼저 말을 꺼냈어요. 화는 전혀 느껴지지 않는 대단히 슬프고도 의기소침한 목소리였죠.

"그냥 그대로 있어요, 캐서린. 난 금방 나갈 거요. 언쟁을 벌이러 온 것도 아니고 화해하러 온 것도 아니에요. 다만 한 가지 알고 싶은 게 있어요. 오늘 저녁 일이 있은 뒤에도 당신은 그런 자와 계속 친밀한 사이로 지내고 싶……."

"아, 제발!"

아씨가 발을 구르면서 말을 가로막았습니다.

"제발, 이제 그 이야기는 그만해요! 당신의 차가운 피는 아무리 해도 뜨겁게 끓어오르지 않는 모양이군요. 당신의 혈관은 얼음물로 가득 차 있나 보죠! 하지만 내 혈관은 뜨거워서 그렇게 냉담한 걸 보면 부글부글 끓어올라요."

하지만 린턴 서방님은 굴하지 않고 계속 말했습니다.

"내가 여기서 나가기를 바란다면, 내 질문에 대답을 해요. 대답을 들어야겠소. 당신이 아무리 사납게 굴어도 난 놀랍지 않아요. 당신은 마음만 먹으면 어느 누구 못지않게 냉철할 수 있다는 걸 알았으니까. 이제부터 히스클리프를 버리겠소, 아니면 나를 버리겠소? 당신은 내 친구인 동시에 그의 친구도 될 순 없어요. 난 당신이 어느 쪽인지 결단코 알아야겠어요."

그러자 캐서린 아씨가 미친 듯이 날뛰며 소리를 질렀어요.

"난 혼자 있어야겠어요! 날 가만히 놔두란 말이에요! 내가 겨우 견디고 있는 게 안 보여요? 에드거, 제발, 날 내버려 둬요!"

아씨는 쨍그랑 소리를 내며 깨질 때까지 호출 종을 마구 흔들어 댔어요. 저는 서두르지 않고 느긋하게 들어갔어요. 그토록 분별없이 고약하게 격분하는 꼴이라니 성자라도 성질이 날 정도였어요. 아씨는 소파에 누운 채로 소파 팔걸이에 머리를 찧으면서 이를 산산조각 내 버릴 듯이 갈아 대고 있었어요.

린턴 서방님은 갑자기 양심의 가책과 겁이 난 표정으로 아씨를 바라보며 서 있었어요. 서방님은 제게 물을 좀 가져오라고 했어요. 캐서린 아씨는 숨이 막혀 말도 하지 못했어요.

저는 물을 한 잔 가득 가져왔어요. 하지만 아씨가 마시려고 하지 않아서 아씨의 얼굴에 뿌렸지요. 그러자 곧바로 아씨의 몸이 뻣뻣해지면서 눈이 까뒤집히더니 뺨이 창백해지면서 납빛으로 변했는데 꼭 죽은 사람 같았어요.

린턴 서방님은 겁에 질린 표정이었어요.

"서방님, 조금도 걱정하실 것 없어요."

제가 속삭였습니다. 저도 속으로는 걱정이 안 될 수 없었지만 서방님이 굴복하는 것은 원치 않았지요.

"캐서린의 입술에서 피가 나!"

서방님이 몸을 벌벌 떨면서 말했어요.

"아무것도 아니니 신경 쓰지 마세요!"

저는 딱 잘라 말했어요. 그러고는 서방님이 오시기 전부터 아씨가 격분하다 발작이 일어난 척하려고 마음먹고 있었단 걸 슬쩍 귀띔해 주었어요.

그런데 제가 부주의하게 너무 큰소리로 귀띔해 주는 바람에 캐서린 아씨에게 들렸는지 아씨가 벌떡 일어났습니다. 머리카락은 어깨 위로 나부꼈고 두 눈은 번쩍거렸으며 목과 팔의 근육이 기이하게 튀어나온 모습이었어요. 저는 최소한 뼈가 몇 개 부서질 각오를 했는데, 아씨는 그저 잠깐 눈을 부릅뜨고 주위를 노려보더니 방에서 뛰쳐나가 버렸어요.

서방님은 제게 따라가라고 지시했어요. 저는 아씨의 침실 문 앞까지 따라갔지만 아씨가 문을 잠가 버려서 저는 방 안까지는 따라 들어갈 수가 없었답니다.

다음 날 아침, 아씨가 식사 시간에 내려오려고 하지 않아서 제가 뭘 좀 올려다 드릴까 물어보러 갔습니다.

"안 먹어!"

아씨는 단호하게 대답했어요.

점심때와 저녁때도 똑같이 물어보았어요. 그리고 그다음 날도 또 물어보았지만 똑같은 대답이 돌아왔지요.

린턴 서방님은 서방님대로 서재에서 시간을 보내며 자기 아내가 뭘 하고 있는지 묻지 않았어요. 서방님은 이저벨라 아가씨와 한 시간쯤 이야기를 나누었는데, 그러는 동안 누이에게서 히스클리프의 접근에 대해 공포감을 끌어내려 해 봤지만, 누이의 얼버무리는 대답에서 아무것도 얻지 못한 채로, 불만족스럽지만 어쩔 수 없이 심문을 마쳐야 했습니다. 하지만 그 몹쓸 구혼자 녀석이 계속 희망을 갖게 부추길 정도로 누이가 제정신이 아니라면, 남매간의 연을 완전히 끊겠노라고 엄숙한 경고를 덧붙였답니다.

제12장

이저벨라 아가씨는 늘 말없이 그리고 거의 언제나 눈물을 글썽거리면서 숲과 정원을 맥없이 돌아다녔고, 아가씨의 오빠는 서재에 틀어박혀 결코 펴 보지도 않던 책들에 파묻혀 지냈어요. 제가 볼 때 에드거 서방님은 캐서린 아씨가 자신의 행동을 뉘우치고 제 발로 걸어 나와 용서를 빌며 화해를 청하리라는 막연한 기대를 계속하다 지친 듯했어요. 그리고 캐서린 아씨는 식사 때마다 에드거 서방님이 자기가 옆에 없어 목이 멜 지경이지만, 자존심 때문에 달려와 자기 발치에 엎드리지 못하는 것이겠거니 생각하고는 단식을 계속했습니다. 그러는 동안 저는 이 집안에 분별 있는 사람이라고는 단 한 명뿐인데, 그게 바로 저라고 확신하며 계속 제가 맡은 집안일을 열심히 했습니다.

저는 이저벨라 아가씨에게 쓸데없는 위로의 말도, 캐서린 아씨에게 헛된 충고의 말도 하지 않았으며, 자기 아내의 목소리를 들을 수 없으니 그 이름이라도 간절히 듣기 원하는 서방님의 한숨도 못 들은 척했지요.

각자 알아서 할 일이니 저는 그냥 내버려 두기로 마음먹었던 것이지요. 그건 지루할 만큼 더딘 과정이긴 했지만 기쁘게도 마침내 그 과정에 희미하게 서광이 비치기 시작하는 것 같았어요. 아무튼 저는 처음에는 그렇게 생각했었답니다.

사흘째 되던 날, 캐서린 아씨가 걸어 잠근 방문을 열고 주전자와 물병에 있는 물을 다 마셨으니 물을 다시 가져오고, 귀리죽도 한 그릇 쑤어 오라고 했어요. 죽을 것 같다면서 말이죠. 그 말은 남편 귀에 들어가길 바라고 한 말 같았지만, 아씨가 전혀 죽을 것 같지 않았기 때문에 저는 그 말을 혼자서만 간직하고 귀리죽 대신 차와 버터를 바르지 않은 토스트를 가져갔습니다.

캐서린 아씨는 게걸스레 먹고 마셨습니다. 그러고는 다시 베개 위로 풀썩 쓰러지더니 두 주먹을 움켜쥐고 끙끙 앓는 소리를 내며 이렇게 외쳤어요.

"아, 난 죽을 거야. 아무도 날 걱정해 주지 않으니까. 저것도 먹지 말걸."

그러고는 한참 있다가 중얼거리는 소리가 들렸어요.

"아냐, 내가 왜 죽어. 그럼 그이만 좋을 텐데. 그이는 날 전혀 사랑하지 않아. 날 하나도 그리워하지도 않을 거야!"

"뭐 시키실 일 없으세요, 아씨?"

아씨의 송장처럼 창백한 얼굴과 이상하게 과장된 태도에도 저는 겉으로는 평정을 유지한 채 물었어요.

"그 냉담한 인간은 지금 뭘 하고 있지? 혼수상태에 빠진 거야, 아님 죽기라도 한 거야?"

아씨가 수척해진 얼굴에서 잔뜩 헝클어진 머리카락을 걷어 올리면서 다그쳐 물었어요.

"그 어느 쪽도 아니에요. 서방님을 말씀하시는 거라면 말이죠. 서방님은 필요 이상으로 공부를 많이 하시는 것 같지만 건강 상태는 좋은 편인 것 같아요. 달리 어울릴 상대가 없으니까 줄곧 책에 파묻혀 계세요."

그때 제가 아씨의 상태를 정확히 알았더라면 그렇게 말하지 않았을 거예요. 하지만 그때 저는 아씨가 이상이 생긴 것처럼 연기하고 있단 생각을 떨쳐 버릴 수가 없었어요.

"책에 파묻혀 있다니!"

아씨가 당혹스러워하며 소리치기 시작했어요.

"난 죽어 가고 있는데! 무덤에 들어가기 일보 직전인데! 어떻게 그럴 수가! 그이는 내가 얼마나 쇠약해졌는지 알고 있기는 한 거야?"

그러고는 아씨는 맞은편 벽에 걸린 거울에 비친 자기 모습을 빤히 쳐다보면서 말을 이어 갔어요.

"저게 캐서린 린턴이란 말이야? 그이는 아마 내가 토라져서 일부러 이러고 있는 줄 아나 보지? 내가 대단히 진지하단 사실을 그이에게 알려 줄 수 없어? 넬리, 이미 너무 늦은 게 아니라면, 그이의 마음이 어떤지 알아본 다음에 두 가지 중 하나를 택하겠어…… 당장 굶어 죽든지. 뭐 그래 봤자 그이가 인정머리 없는 인간이라면 벌도 되지 않겠지만…… 아니면 건강을 회복한 다음 이 마을을 떠나 버리든지. 넬리, 네가 지금 그이에 대해 해 준 말이 정말이야? 잘 생각해 보고 대답해. 그이가 정말로 내가 죽든 말든 전혀 관심이 없어?"

"아유, 아씨. 서방님은 아씨가 정상이 아니란 사실도 모르시는걸요. 그리고 물론 아씨가 굶어 돌아가실까 봐 염려하지도 않고요."

그러자 아씨가 대꾸했지요.

"그렇단 말이지? 그럼 내가 굶어 죽을 것 같다고 네가 그이한테 말해 주면 안 돼? 그이가 그렇게 믿게 만들란 말이야. 넬리 네 생각이 그렇다고 털어놓는 식으로 말하면 되잖아. 내가 틀림없이 굶어 죽을 것 같다고 그이한테 말하라고!"

"안 돼요, 아씨! 벌써 잊으셨나 본데, 아씨는 오늘 저녁 맛있게 음식을 드셨잖아요. 내일이면 아씨 얼굴에 그 효과가 보기 좋게 나타날 거라고요."

아씨가 제 말을 가로막고 말했어요.

"그이도 나를 따라 죽을 거라는 확신만 있다면, 난 지금 당장 죽어 버릴 텐데! 끔찍했던 지난 사흘 밤 동안 난 눈도 전혀 못 붙였어. 아아, 얼마나 괴로웠는지 몰라! 뭔가에 홀린 것만 같았어, 넬리! 그런데 넬리 네가 날 좋아하지 않는단 생각이 들기 시작하는군. 참으로 이상도 하지! 모든 사람이 서로 미워하고 경멸해도 나를 사랑하지 않을 수는 없다고 생각했는데, 몇 시간 만에 다들 적으로 변해 버렸어. 그들이 정말로 그렇게 되었다고 난 확신해. 그러니까 이 집 사람들 말이야. 그들의 싸늘한 얼굴에 둘러싸여 죽음을 맞이한다면 얼마나 처량할까! 이저벨라 아가씨는 내가 죽는 걸 보는 게 무섭고 끔찍해서 이 방에는 들어오려고도 하지 않을 거야. 그리고 그이는 엄숙하게 옆에 서서 내가 죽는 걸 지켜보겠지. 그러고는 자기 집에 평화가 돌아온 것에 대해 하느님께 감사의 기도를 올리고 다시 '책'한테로 돌아가겠지! 조금이라도 인정이 있는 사람이라면 내가 죽어 가고 있는 마당에 어떻게 책만 들여다보고 있단 말이야?"

캐서린 아씨는 제가 아씨의 머릿속에 심어 준 린턴 서방님의 체념한 듯 침착한 모습을 도저히 참을 수 없는 모양이었어요. 몸을 뒤척이며 흥분해서 어쩔 줄 몰라 하더니 급기야 미친 사람처럼 이로 베개를 물어뜯다가 온몸이 불덩이가 되어 일어나서는 제게 창문을 열어 달라고 부탁했습니다. 한겨울이라 북동풍이 강하게 불고 있었기 때문에 저는 안 된다고 말했어요.

캐서린 아씨의 얼굴에 휙 스치는 표정과 기분 변화에 잔뜩 불안해지기 시작하면서, 저는 아씨가 전에 아팠던 일과 아씨의 뜻을 거스르면 안 된다는 의사의 경고가 떠올랐습니다.

방금 전까지만 해도 미쳐 날뛰던 아씨가 이제는 한쪽 팔로 몸을 받치고 제가 안 된다며 자기의 부탁을 거절한 것도 잊은 채로, 어린애 같은 놀잇거리를 찾은 듯 자기가 물어뜯다 찢어진 베개 틈에서 깃털을 끄집어내 종류별로 시트 위에 가지런히 늘어놓았어요. 아씨의 마음이 이미 딴 데로 가 버린 것이었지요.

아씨가 혼자 중얼거렸습니다.

"이건 칠면조 깃털, 이건 들오리 깃털, 이건 비둘기 깃털. 아하, 베개 속에 비둘기 깃털을 넣어 놓았구나. 어쩐지 죽을 수가 없더라니!(*베개에 비둘기 깃털을 넣어 놓으면 죽어 가는 사람의 영혼이 떠나지 못하게 붙들어 둘 수 있다는 미신이 있다.) 누울 때 잊지 말고 바닥에 던져 버려야지. 여기 이건 붉은 뇌조 깃털, 그리고 이건…… 이 깃털이야, 깃털이 아무리 많아도 금방 알 수 있지…… 댕기물떼새 깃털 아냐! 예쁜 새지. 황야 한가운데에서 우리 머리 위를 빙빙 돌던. 구름이 언덕 위로 드리우면서 비가 올 것 같은 느낌이 들면 그 새는 둥지로 돌아가고 싶어 했지. 이 깃털은 히스 관목 사이에서 주운 거야. 그 새를 사냥해서 얻은 게 아니지…… 우리가 겨울에 그 새의 둥지를 봤는데 조그만 새들의 해골로 가득했어. 히스클리프가 둥지 위에 덫을 놓는 바람에 부모 새들이 둥지로 다가가지 못했던 거야. 그 뒤로 나는 히스클리프한테 절대로 댕기물떼새를 쏘지 않겠다는 약속을 받아 냈고 히스클리프는 약속을 지켰어. 그래, 여기도 또 있네! 넬리, 히스클리프가 내 댕기물떼새들을 쐈어? 그 중에 빨간 깃털도 있어? 내게 보여 줘."

"그런 어린애 같은 짓은 그만둬요!"

제가 아씨의 말을 가로막으며 베개를 빼앗아 구멍 난 부분이 매트리스 쪽으로 가도록 돌려놓았어요. 아씨가 베개 속 깃털을 한 움큼씩 꺼내고 있었거든요.

"누워서 눈을 감아요. 아씬 지금 정신이 나가서 헛소리를 하고 있어요. 난장판이 따로 없네! 깃털이 눈처럼 날리고 있잖아요!"

저는 방 안을 이리저리 돌아다니며 깃털을 주워 모았어요. 캐서린 아씨는 꿈꾸듯이 말을 계속 이어 나갔지요.

"넬리, 네게서 할머니의 모습이 보여. 너의 머리는 백발이고 어깨는 구부정해. 이 침대는 페니스톤 절벽 아래에 있는 요정의 동굴이고, 넬리 너는 지금 우리의 어린 암소들을 해치려고 요정의 화살촉을 줍고 있어. 하지만 내가 가까이에 있을 때는 화살촉이 아니라 그냥 양털을 줍는 척하지. 앞으로 50년 뒤에 넬리는 그렇게 될 거야. 지금은 그렇지 않다는 것 알아. 정신이 나가서 헛소리하는 거 아니야. 그렇게 생각한다면 넬리 네가 잘못 판단한 거야. 내가 정신이 나갔다면 넬리 너를 정말로 말라빠진 쭈그렁 할망구로 믿고, 내가 정말로 페니스톤 절벽 아래에 있다고 생각하지 않겠어? 하지만 난 지금이 밤이란 것도, 탁자 위에 촛불이 두 자루 켜져 있어서 그 빛에 저 검은 장롱이 흑옥처럼 빛나는 것도 알고 있어."

"검은 장롱? 그런 게 어디 있어요? 아씨는 잠꼬대를 하고 있는 거예요!"

"늘 그렇듯이 벽에 기대어 서 있잖아. 그런데 참으로 이상하기도 하네. 그 안에 얼굴이 보여!"

"이 방에는 장롱이 없고, 있었던 적도 결코 없어요."라고 대꾸하면서 저는 다시 자리에 앉아 아씨를 잘 지켜보려고 침대 커튼을 올렸어요.

"저 얼굴이 보이지 않아?"

아씨는 열심히 거울을 응시하며 물었어요.

어떤 말로도 자기 얼굴이 비친 것임을 아씨에게 이해시킬 수가 없었습니다. 그래서 저는 그냥 일어나 숄로 거울을 덮어 버렸어요. 그래도 아씨는 초조한 듯이 계속 말했어요.

"여전히 저 뒤에 있어! 그리고 움직였어. 누굴까? 넬리가 가고 난 다음 저게 나오면 어떡해! 아! 넬리, 이 방에 유령이 나오나 봐. 혼자 있기 무서워!"

저는 아씨의 손을 잡고 진정하라고 했어요. 아씨는 연신 몸서리를 치며 온몸을 부들부들 떨면서도 계속 거울 쪽을 쳐다보려고 안간힘을 쓰고 있었으니까요.

"이 방에는 아무도 없어요! 그건 아씨 자신이었어요, 아씨. 좀 전까지만 해도 알고 있었잖아요."

제가 강력히 말하자 아씨가 숨을 헐떡거리며 말했어요.

"나 자신이라고? 시계가 열두 시를 치고 있어! 그럼 그게 정말인가 봐. 무서워 죽겠어!"

아씨는 손가락으로 이불을 거머쥐더니 눈을 가렸어요. 저는 서방님을 부를 요량으로 문 쪽으로 슬그머니 가려다가 날카로운 비명소리에 다시 돌아서고 말았어요. 숄이 거울에서 떨어졌던 거였어요.

"이런, 왜 그러세요? 이제 보니 아씨는 겁쟁이로군요? 정신 차려요! 저것은 거울, 거울이에요, 아씨. 거울에 아씨가 비친 거예요. 그리고 저기 거울 속에는 아씨 옆에 저도 있잖아요."

아씨는 몸을 덜덜 떨고 당혹스러워하면서 저를 꼭 붙잡았지만, 아씨의 얼굴에서 공포의 빛은 점점 사라졌지요. 하얗게 질렸던 아씨의 얼굴이 이번에는 부끄러움으로 붉어지더군요. 아씨가 한숨을 쉬며 말했어요.

"어머나! 난 내가 우리 집에 있는 줄 알았어. 워더링 하이츠의 내 방에 누워 있는 줄 알았어. 몸이 약해지니까 머리가 혼란스러워져서 무심결에 소리를 질렀나 봐. 아무 말도 하지 말고 나와 함께 있어 줘. 소름 끼치는 꿈만 꿔서 잠자는 게 두려워."

"한숨 푹 자고 나면 괜찮을 거예요, 아씨. 이만큼 고생하셨으니 다시는 단식하려 들지 않았으면 좋겠네요."

"아아, 옛날 우리 집 내 침대에 누워 있다면 얼마나 좋을까!"

아씨는 두 손을 비벼 대며 비통하게 계속 말했어요.

"격자창 옆에서 전나무를 흔들어 대며 윙윙 불던 그 바람. 그 바람을 쐬게 해 줘…… 그 바람은 저 황야로 불어오지…… 그 바람을 한 번만 들이마시게 해 줘!"

아씨를 진정시키려고 저는 잠시 여닫이창을 살짝 열었어요. 차가운 바람이 들이쳐서 저는 창을 닫고 제자리로 돌아왔어요.

아씨는 이제 가만히 누워 있었어요. 눈물로 얼굴을 흠뻑 적신 채였죠. 지칠 대로 지쳐서 움직일 기운도 전혀 없었던 겁니다. 성질이 불같은 우리 캐서린 아씨가 영락없이 우는 아이 꼴을 하고 있었지요!

"내가 여기 틀어박힌 지 며칠이나 된 거야?"

아씨가 갑자기 생기를 되찾으면서 물었어요.

"월요일 저녁부터였죠. 그리고 지금은 목요일 밤, 아니 금요일 새벽이지요."

"뭐! 같은 주의 금요일이라고? 그렇게밖에 안 됐어?" 하고 아씨가 외쳤어요.

"찬물과 못된 성질머리만으로 그 정도 버텼으면 오래된 거죠." 하고 제가 대꾸했어요.

그러자 아씨는 미심쩍다는 듯 이렇게 중얼거렸어요.

"으음, 지루할 정도로 시간이 많이 지난 것 같은데. 틀림없이 더 오래된 것 같은데. 그들이 다툰 다음에 내가 응접실에 있었던 게 기억나. 그이가 지독하게 약이 올라 있었고, 내가 절망해서 이 방으로 뛰어 들어왔던 것도 말이야. 방문을 걸어 잠그는 순간 눈앞이 캄캄해지면서 방바닥에 쓰러졌어. 그이가 계속 나를 괴롭히면 발작을 일으키거나 사납게 날뛰다 미쳐 버릴 거란 느낌이 강하게 들었는데 그이에게 설명할 순 없었어. 내 혀도 내 머리도 내 맘대로 움직여지지 않았으니 그이는 아마도 나의 고통을 알 수 없었겠지. 그이에게서 또 그이의 목소리가 들리는 곳에서 피해야겠단 생각만 간신히 할 수 있었을 뿐이야. 내가 보고 들을 수 있을 정도로 의식을 회복했을 때는 벌써 날이 새고 있었어. 넬리, 내가 무슨 생각을 했으며, 이러다 정신을 놓는 게 아닐까 걱정될 정도로 내가 왜 그 생각을 자꾸만 되풀이해서 하게 되었는지 말해 줄게. 저 탁자 다리에 머리를 기댄 채 흐릿한 네모 창을 어렴풋이 바라보며 누워 있을 때, 나는 내가 옛날 우리 집에 있는 그 참나무 장 안 침상에 누워 있는 줄 알았어. 그리고 어떤 대단히 비통한 일로 내 마음이 찢어질 듯 아팠는데, 막 깨어난 참이라 그게 무슨 일이었는지 기억나지 않는 거야. 나는 곰곰이 생각해 보면서 그게 무엇이었는지 알아내려고 애를 썼어. 그런데 정말 이상하게도 지난 7년 동안의 삶이 내 기억 속에서 통째로 날아가 버리고 하나도 생각나지 않은 거 있지! 그 7년의 삶이 존재했었다는 것조차도 생각나질 않았어. 나는 어린아이고 아버지는 돌아가신 지 얼마 안 된 때였는데, 힌들리 오빠가 히스클리프와 나를 떼어 놓으라고 지시해서 나의 고통을 불러일으켰어. 난 난생 처음으로 혼자가 되어 밤새도록 울었고, 울적한 마음으로 깜박 졸다가 깼어. 참나무 장 침상의 문을 밀어젖혀 열려고 손을 들었어. 그런데 내 손에 부딪친 건 탁자였어! 탁자를 훑다가 카펫에 손이 닿았는데 갑자기 기억이 되살아나면서 나의 뒤늦은 비통함은 절망적인 발작이 되어 몰아쳤어. 왜 그렇게 미칠 듯이 비참한 기분이었는지는 나도 모르겠어. 별다른 원인은 없었으니까 틀림없이 일시적인 정신 착란이었을 거야. 하지만 열두 살인 줄 아는 내가 워더링 하이츠와 어린 시절 친밀했던 모든 것과 그 당시 나의 전부였던 히스클리프에게서 억지로 떨어져 나와 단박에 린턴 부인에다 스러시크로스 그레인지의 안주인에, 낯선 사람의 아내가 되었다고 생각해 봐. 그때부터 원래 내 세상이었던 곳에서 쫓겨나 버림받은 사람이 되었다고 생각해 보라고. 그러면 나락의 구렁텅이를 기어 다니는 것과 같았던 내 기분을 어렴풋이나마 알 수 있을 테니! 그래, 넬리 어디 맘껏 고개를 저어 봐. 내 마음을 어지럽히는 데 너도 한몫 거들었잖아! 너는 그이에게 말을 전했어야 했어. 정말로 그랬어야만 했고말고. 넌 그이가 나를 가만히 내버려 두게 만들었어야 해! 아, 내 몸이 불덩이 같아! 밖으로 나가면 얼마나 좋을까! 다시 아이 때로 돌아가면 얼마나 좋을까! 야만적이면서도 대담하고 자유로웠던 그 때로……. 어떤 상처를 입더라도 미치광이처럼 화내지 않고 그냥 깔깔 웃고 넘기던 그때로 돌아갈 수 있었으면! 왜 나는 이렇게 달라져 버렸을까? 왜 몇 마디 말에도 내 피는 격정적으로 끓어오를까? 저 언덕으로 나가 무성한 히스 사이에 있으면 난 틀림없이 다시 평소의 온전한 나 자신으로 돌아갈 거야. 다시 창을 활짝 열어. 열어서 단단히 고정시켜! 어서, 왜 가만히 있어?"

"아씨를 감기에 걸려 죽게 만들 수는 없으니까 그렇죠."

제가 대답하자 아씨가 부루퉁하니 말하더군요.

"내게 살 기회를 주지 않겠단 뜻이군. 하지만 아직 그런 것도 못 할 정도로 무력한 상태는 아니니까, 내가 직접 열지 뭐."

그러고는 제가 말릴 겨를도 없이 침대에서 미끄러지듯 빠져나와 아주 불안정한 걸음걸이로 방을 가로질러 가더니, 창문을 활짝 열어젖혀 칼날처럼 날카롭게 어깨를 에는 듯한 차가운 공기에 아랑곳하지 않고 창밖으로 몸을 내밀었어요.

저는 아씨에게 그만 침대로 돌아가자고 사정하다가 마지막에는 억지로 끌고 가려고 했어요. 하지만 정신 착란 상태인 아씨의 힘을 도저히 제 힘으로는 당해 낼 수 없단 사실을 곧 깨달았어요. (아씨가 정신 착란 상태라는 건 아씨의 뒤이은 행동과 헛소리로 확신하게 되었어요.)

달도 없는 밤이어서 지상의 모든 것이 안개 같은 어둠에 덮여 있었어요. 멀리에서든 가까이에서든 불빛이 새어 나오는 집이 없었어요. 모두 불을 끈 지 오래였고, 여기서는 원래 워더링 하이츠의 불빛이 전혀 보이지 않는데…… 그런데도 아씨는 워더링 하이츠의 불빛이 보인다고 우기는 거예요. 아씨는 열성적으로 소리쳤습니다.

"저길 봐! 저기 내 방이 보여. 안에는 촛불이 켜져 있고 앞에는 나무들이 흔들리고 있어. 그리고 촛불이 켜져 있는 또 다른 방은 조지프의 다락방이야. 조지프는 밤늦게까지 자지 않잖아, 그렇지? 조지프는 대문을 잠그려고 내가 집에 돌아오기를 기다리고 있는 거야. 하지만 아직 한참 기다려야 할 거야. 길도 험한데다 슬픈 마음으로 그 길을 가야 하니까. 게다가 그 길을 가자면 기머턴 교회를 지나야만 해! 우리는 종종 그곳의 유령들과 용감히 맞설 각오를 하고 그곳 묘지의 무덤 사이로 들어가 유령을 불러내 보라고 서로를 부추기곤 했지…… 그런데 히스클리프, 지금도 내가 그렇게 해 보라고 부추기면, 넌 과감히 나서서 그렇게 할 거야? 네가 그렇게 한다면, 난 널 붙들 거야. 나 혼자 거기 누워 있지는 않을 거야. 사람들이 열두 자 깊이로 날 묻고 그 위에 교회를 세워 준대도 난 너와 함께 있게 될 때까지는 편안히 잠들지 못할 거야…… 절대로 잠들지 못할 거야!"

아씨는 잠시 말을 끊었다가 묘한 웃음을 띠면서 다시 말을 이어 갔어요.

"그가 생각하고 있어…… 내가 그에게로 가는 편이 좋겠다는데! 그러면 교회 묘지를 지나지 않고…… 가는 길을 찾아봐! 뭘 꾸물대는 거야! 투덜대지 마. 넌 언제나 내 뒤를 따라왔었잖아!"

저는 제정신이 아닌 아씨에게 무슨 소리를 해도 소용이 없다는 것을 알고는, 아씨를 붙잡은 채로 손을 뻗어 아씨 몸에 두를 만한 것을 낚아챌 수 있는 방법을 궁리하고 있었습니다. 활짝 열린 창가에 아씨를 혼자 두는 건 마음이 놓이질 않았거든요. 그때 놀랍게도 방문 손잡이가 덜거덕거리더니 린턴 서방님이 들어왔어요. 마침 그때 서재에서 나와 복도를 지나가다 말소리를 듣고 호기심이 들기도 하고 걱정이 되기도 해서 늦은 밤중에 무슨 일인지 알아보러 왔던 거였지요.

"오, 서방님!"

눈앞에 펼쳐진 광경과 방 안의 한기에 놀라 서방님의 입에서 고함이 터져 나오려는 걸 알아차리고는 제가 얼른 먼저 소리쳤어요.

"우리 가여운 아씨가 병이 났는데 제 힘으론 아씨를 이길 수가 없어요. 전 전혀 아씨를 감당하지 못하겠어요. 제발 오셔서 잠자리에 들라고 설득해 주세요. 아씨는 자기 몸도 가누기 힘드니까 노여움은 그만 푸시고요."

그러자 서방님이 서둘러 우리 쪽으로 오면서 말했어요.

"캐서린이 병이 났다고? 창문을 닫아, 엘런! 캐서린! 왜……."

린턴 서방님은 말을 잇지 못했어요. 아내의 초췌한 모습을 보고 말문이 탁 막힌 거였죠. 충격과 놀라움에 휩싸여 그저 아내와 저를 번갈아 바라볼 뿐이었어요. 저는 계속 말을 이어 나갔습니다.

"아씨가 방에서 혼자 속을 끓이고 있었나 봐요. 거의 아무것도 먹지 않고 어디 아프다는 말도 전혀 하지 않으신 채, 오늘 저녁까지 아무도 방에 들여놓으려고 하지 않아서 저희도 아씨의 상태를 몰랐어요. 그래서 서방님께 알려 드리지 못했지요. 하지만 별일 아니에요."

제가 생각해도 참으로 어색한 설명이었고, 린턴 서방님도 얼굴을 찌푸렸어요. 그러면서 엄하게 말씀하셨습니다.

"별일 아니라니, 엘런 딘? 이 지경이 되도록 내가 몰랐던 이유를 좀 더 명확하게 설명해 봐!"

서방님은 아내를 품에 안고 비통한 표정으로 바라보았어요.

처음에 아씨는 서방님을 못 알아보는 것 같았어요. 아씨의 멍한 눈길에는 서방님이 보이지 않았던 것이지요. 그러나 정신 착란 상태가 완전히 굳어진 건 아니었어요. 그래서 오래도록 응시하고 있던 바깥의 어둠에서 눈을 떼고 서서히 서방님에게 주의를 집중하더니 자기를 안고 있는 사람이 누구인지 알아차렸어요. 아씨는 화를 내며 소리쳤어요.

"아하! 당신이 왔군요, 에드거 린턴? 당신은 원하지 않을 때는 잘만 나타나더니 정작 원할 때는 절대 나타나지 않는 그런 사람이로군요! 이제 우리에겐 애통해야 할 일이 많을 거예요…… 우리가 그렇게 될 거란 게 내 눈엔 보여요…… 하지만 아무리 애통해하더라도 내가 저기 바깥에 있는 내 비좁은 집, 봄이 가기 전에 내가 가기로 되어 있는 나의 안식처로 가는 것을 막진 못해요. 저기예요. 교회 지붕 아래의 린턴가 조상들 사이가 아니라 묘비와 함께 바깥에 묻히겠어요. 당신은 그분들이 묻힌 데로 가든, 내가 묻힌 데로 오든 마음대로 해요!"

그러자 서방님이 이렇게 말했습니다.

"캐서린, 대체 그게 무슨 말이오? 당신에게 이제 난 더 이상 아무것도 아니란 말이오? 당신은 그 비열한 녀석을 사랑하는 거요? 그 히스……."

"쉿!" 하고 아씨가 서방님의 말을 가로막았습니다.

"쉿! 지금은 말하지 말아요. 당신이 그 이름을 입 밖에 내면 나는 창문으로 뛰어내려 당장 끝장내 버릴 테니! 지금 당신이 손대고 있는 내 육신은 당신이 가질 테면 가져요. 하지만 내 영혼은 당신이 다시 내게 손대기 전에 저 언덕 꼭대기에 가 있을 거예요. 에드거, 난 당신을 원치 않아요. 당신을 원하던 때는 지났어요…… 당신 책한테로 돌아가요…… 당신에게 위안거리가 있어서 다행이군요. 내 마음속에서 이제 당신은 완전히 사라져 버렸으니까요."

"아씨가 정신이 오락가락해요."

제가 끼어들며 말을 이어 갔습니다.

"아씨는 저녁 내내 헛소리만 하고 있어요. 하지만 안정을 취하고 제대로 된 간호를 받으면 회복할 거예요. 그러니 앞으로 우리는 아씨의 마음을 어지럽히지 않도록 조심해야 해요."

그러자 린턴 서방님이 이렇게 대꾸했어요.

"이제 넬리 자네의 충고를 더는 바라지 않네. 자넨 안주인의 성질을 잘 알면서도 나를 부추겨 그녀를 괴롭히게 만들었어. 게다가 지난 사흘 동안 그녀가 어떻게 지내는지 조금도 알려 주지 않았지! 매정하기 짝이 없게도! 몇 달을 앓아도 이렇게 변할 순 없는데!"

딴 사람의 못된 고집 때문에 책망받는 게 너무 억울하단 생각이 들어서 저는 스스로 변호하기 시작했어요! 저는 큰 소리로 이렇게 반박했어요.

"물론 저는 아씨가 고집불통에 오만하기 그지없는 성질이란 걸 잘 알고 있었어요. 하지만 서방님께서 아씨의 사나운 성질을 부추기고 싶어 하시는 줄은 미처 몰랐네요! 아씨의 비위를 맞춰 주기 위해 히스클리프 씨를 눈감아 줘야 한다는 것도 몰랐고요. 저는 충직한 하인으로서의 의무를 다하느라고 서방님께 말씀드린 것뿐인데, 충직한 하인에게 주는 대가가 고작 이런 거로군요! 좋아요, 다음번에는 조심하라는 교훈을 얻은 셈 치죠 뭐. 다음번에는 서방님께서 직접 정보를 수집하시면 되겠네요!"

"다음번에 또 내게 꾸며 낸 이야기를 전하면, 그땐 자넬 이 집에서 내보내겠네, 엘런 딘." 하고 서방님이 대꾸했어요.

"그렇다면 서방님은 아무 얘기도 안 듣겠다, 이 말씀이시죠? 히스클리프 씨가 이저벨라 아가씨에게 수작을 걸러 와도 괜찮고, 서방님이 안 계실 때마다 들러서 아씨의 마음에 일부러 서방님에 대해 안 좋은 생각을 심어 줘도 괜찮다고 허락하신다는 거네요?"

캐서린 아씨는 혼란스러운 상태였지만 우리의 대화를 듣고 사태를 파악할 정도의 정신은 있었습니다. 우리의 대화를 듣고 있던 아씨가 격노해서 외쳤어요.

"아하! 넬리가 배신자였군! 넬리가 나의 숨은 적이었어. 이 마녀 같은 년! 그래서 우리를 해치려고 화살촉을 찾고 있던 거였구나! 날 놔 줘요. 저년이 뉘우치도록 해 주겠어! 저년이 잘못했다고 울부짖게 만들고 말겠어!"

아씨의 눈썹 아래에서 미치광이의 분노가 불타올랐어요. 캐서린 아씨는 린턴 서방님의 품에서 벗어나려고 필사적으로 몸부림쳤습니다. 저는 캐서린 아씨가 말한 일이 일어나도록 기다리고 싶은 마음은 없었어요. 그래서 저는 독단으로 의사를 불러와야겠다고 혼자서 마음먹고 그 방을 나왔습니다.

정원을 지나서 길로 나서려는데, 벽의 말굴레 고리가 박힌 곳에서 뭔가 허연 것이 보였어요. 불규칙적으로 흔들리고 있었는데 분명 바람에 흔들리는 것은 아니었어요. 서둘러 길을 가야 했지만, 나중에 그것이 저세상의 존재였다고 상상하는 일이 없도록 하기 위해 저는 멈춰 서서 그것이 뭔지 살펴봤답니다.

눈으로 보기보다는 손으로 만져서 그것이 뭔지 알게 되었는데, 순간 저는 굉장히 놀랍고 당혹스러웠어요. 그건 바로 이저벨라 아가씨의 애완견인 스프링거 스패니얼 종 패니였는데, 손수건에 대롱대롱 매달려 거의 숨이 넘어가기 일보 직전이었어요.

저는 재빨리 개를 풀어 정원에 놓아주었어요. 이저벨라 아가씨가 위층으로 자러 올라갈 때 녀석이 따라 올라가는 것을 보았는데 어떻게 거기까지 나온 건지, 그리고 어떤 몹쓸 인간이 이런 짓을 저질렀는지 무척 궁금했습니다.

고리에 묶어 놓은 손수건의 매듭을 풀고 있는데, 좀 떨어진 곳에서 질주하는 말발굽 소리가 반복해서 들려오는 것 같았어요. 새벽 두 시에 그런 곳에서 그런 소리가 나는 건 이상했지만, 머릿속을 차지한 생각들이 워낙 많았던지라 저는 그것에 대해서는 더 이상 생각하지 않았습니다.

제가 의사 선생님 댁이 있는 거리로 접어들었을 때 마침 케네스 선생이 마을에 있는 환자를 보러 집을 나서던 길이었어요. 제가 캐서린 린턴 아씨의 병에 대해 설명하자 케네스 선생은 즉시 발길을 돌려 저와 동행해 주었지요.

케네스 선생은 솔직하고 거친 사람이어서 캐서린 아씨가 지난번 발병 때처럼 자신의 지시를 잘 따르지 않으면 이번 두 번째 발병을 이겨 내지 못할 거라고 거리낌 없이 말했습니다. 그가 이러더군요.

"넬리 딘, 자네 아씨가 병이 난 데에는 다른 원인이 더 있다는 생각이 자꾸 드네만. 그 댁에 무슨 일이 있었나? 이쪽에 이상한 소문이 퍼졌어. 캐서린같이 튼튼하고 원기 왕성한 젊은 여자는 사소한 일로는 병이 나지 않고 나서도 안 되지. 그런 부류의 사람들이 열병이나 뭐 그런 종류의 병에 걸리면 고치기가 힘들어. 그래 어쩌다가 병이 났나?"

"그건 저희 서방님께서 알려 주실 거예요. 선생님도 언쇼 가문 사람들의 난폭한 기질을 알고 계실 거예요. 그중에서도 우리 아씨가 으뜸이고요. 병의 발단은 말다툼이었단 것만 말씀드릴게요. 우리 아씨가 격노해서 날뛰다가 일종의 발작을 일으킨 거예요. 적어도 우리 아씨의 말은 그래요. 아씨는 화가 최고조로 치민 상태에서 다투다가 뛰쳐나가 자기 방에 틀어박혀 버렸으니까요. 그 뒤로는 식사도 거부하고 있어요. 그리고 이제는 미친 듯이 헛소리를 해 대다가 반쯤은 꿈속인 듯 멍하니 있기를 번갈아 하고 있고요. 주위의 사람들을 알아보기는 하지만 머릿속에는 온갖 이상한 생각과 환상으로 가득 차 있어요."

"린턴 씨가 안쓰러워하겠군?"

케네스 선생이 미심쩍은 듯 물었어요.

"어디 안쓰러워만 하시겠어요? 만약 무슨 일이 생기면 우리 서방님은 마음이 갈기갈기 찢어지실 거예요! 그러니 필요 이상으로 그분을 놀라게 하지 마세요."

"그렇군, 그에게 조심하라고 말했었는데. 내 경고를 무시한 결과 벌어진 일이니 그가 감수해야지 뭐! 그는 최근에 히스클리프 씨와 친하게 지냈지 않았나?"

"히스클리프 씨가 우리 집을 자주 찾아왔지요. 하지만 그건 우리 서방님이 그와 어울리는 걸 좋아해서라기보다는 어렸을 적 아씨와 알고 지내던 사이라서 그런 것이지요. 하지만 지금은 히스클리프 씨의 방문을 금했어요. 주제넘게도 그자가 저희 린턴 아가씨에게 흑심을 드러냈기 때문이죠. 그자는 아마 다시는 우리 집에 발을 들여놓지 못할 거예요."

"그렇다면 린턴 양도 그에게 냉담한 태도를 보이는가?"라는 것이 의사 선생의 다음 질문이었지요.

"아가씨는 제게 속마음을 털어놓지 않으세요."

그 화제에 대해 계속 이야기를 나누는 게 내키지 않아서 저는 그렇게만 대답했습니다.

"그렇겠지. 앙큼한 아가씨니까."

케네스 선생은 고개를 내저으며 말했어요.

"자네 아가씨는 자기 비밀을 털어놓지 않겠지! 하지만 정말 어리숙한 바보야. 내가 믿을 만한 소식통으로부터 들었는데 말일세, 어젯밤에…… 어젯밤은 참으로 멋진 밤이었지! 자네 아가씨와 히스클리프가 자네 집 뒤쪽에 있는 숲을 두 시간 넘게 거닐었다네. 그런데 히스클리프가 자네 아가씨한테 다시 집으로 들어가지 말고 그냥 자기 말을 타고 함께 도망치자고 졸라 댔다더군! 내 소식통에 따르면, 자네 아가씨는 그다음 번 만날 때 도망칠 준비를 하고 오기로 명예를 건 언약을 하고서야 그에게서 겨우 벗어날 수 있었다고 하네. 내 소식통은 그다음 번이 언제인지는 듣지 못했다는데, 자네가 린턴 씨에게 조심하라고 강력히 권고해 주게!"

그 소식을 듣자 제 마음은 새로운 걱정으로 가득 찼어요. 저는 케네스 선생보다 앞서 나머지 길 대부분을 거의 달리다시피 해서 집으로 돌아왔지요. 그 조그만 개는 아직도 정원에서 짖고 있었어요. 저는 잠시 짬을 내 녀석을 위해 대문을 열어 주었지만, 녀석은 현관문 쪽으로 가지 않고 풀밭 여기저기를 킁킁거리며 뛰어다니더군요. 제가 녀석을 붙잡아 데리고 들어가지 않았더라면 바깥의 길 쪽으로 달아났을 거예요.

이저벨라 아가씨의 방에 올라가 보니 저의 의심이 맞아떨어졌습니다. 방은 비어 있었어요. 제가 몇 시간만 빨리 아가씨의 방에 올라갔더라도 아가씨는 자기 새언니가 병이 난 것을 알고 경솔한 짓을 하지 않았을지도 모르지요. 하지만 그제서야 뭘 어떻게 할 수 있었겠습니까? 당장 추격에 나선다면 그 둘을 따라잡을 가능성도 희박하게나마 있었겠지만 제가 추격에 나설 수는 없었어요. 그리고 감히 온 집안을 깨워서 소동을 피울 수도 없었고, 린턴 서방님에게 그 일을 알릴 수는 더더구나 없었지요. 지금 닥친 불행에 정신을 다 빼앗기고 있는데 두 번째 슬픔에 마음을 쓸 여유가 어디 있겠어요!

그 일에 대해선 모른 척 입을 다물고 일이 되어 가는 대로 내버려 둘 수밖에 없었어요. 마침 케네스 선생이 도착해서, 저는 애써 침착한 얼굴로 케네스 선생이 왔다고 알리러 갔습니다.

캐서린 아씨는 괴로운 표정으로 잠들어 있었어요. 서방님이 광란의 발작을 가라앉히는 데 성공한 모양이었어요. 서방님은 아씨의 머리맡을 지키고 앉아 고통스러운 표정이 다 드러나는 아씨 얼굴의 온갖 그늘과 변화를 하나하나 지켜보고 있었어요.

환자를 살펴보고 나서 케네스 선생은 서방님에게 아씨가 계속 절대적인 안정을 취할 수 있게 해 준다면 나을 수 있을 거라고 희망적으로 말했습니다. 제게는 앞으로 닥칠지 모르는 위험은 죽음이 아니라 영구적인 정신 이상이라고 슬쩍 알려 주더군요.

저는 그날 밤 눈을 붙이지 못했고 린턴 서방님도 마찬가지였지요. 사실 우리는 아예 잠자리에 들지도 않았어요. 그리고 하인들도 모두 평소 때보다 훨씬 일찍 일어나 발소리를 죽이고 집안을 오가며 자기 일을 하다가 마주치면 서로 숙덕거렸어요. 모두 일어나 활발히 움직이고 있는데 이저벨라 아가씨만 보이지 않자, 다들 아가씨가 정말 깊이 잠들었나 보다고 한마디씩 하기 시작했어요. 린턴 서방님도 자기 동생이 일어났는지 물어보셨는데, 어서 아씨를 보러 와 주기를 바라는 눈치였어요. 그러면서 자기 동생이 새언니 걱정은 거의 하지 않는 것이 속상한 듯했어요.

저는 서방님이 저한테 이저벨라 아가씨를 데려오라고 할까 봐 가슴이 조마조마했습니다. 그런데 아가씨가 도망쳤다는 소식을 처음으로 알리는 고역은 면할 수 있었어요. 아침 일찍 기머턴에 심부름을 갔던 생각 없는 하녀 아이 하나가 입을 헤벌리고 숨을 헐떡이며 위층으로 올라와 아씨 방으로 뛰어들며 이렇게 외치더군요.

"에구, 에구! 담엔 또 뭔 일이 벌어질라나요? 서방님, 서방님, 우리 아가씨가요……."

저는 그 아이의 소란스러운 태도에 격분해 급히 소리쳤어요.

"조용히 못 해!"

"목소리를 낮추고 말해 봐, 메리. 무슨 일이야? 이저벨라가 뭘 어쨌단 거지?" 하고 린턴 서방님이 물었어요.

"아가씨가 집을 나갔구먼요! 도망쳤다니께요! 히스클리프란 작자가 아가씨를 델구 달아났구먼요!"

그 계집아이가 헐떡거리며 말했어요. 그러자 서방님이 흥분해서 벌떡 일어나며 외쳤어요.

"그게 사실일 리 없어! 그럴 리가 없어. 어떻게 그런 생각을 할 수 있지? 엘런 딘, 가서 그 애를 찾아봐. 믿을 수 없어. 그럴 리가 없어."

이렇게 말하면서 서방님은 그 하녀 아이를 문 쪽으로 데려가서는 왜 그런 말을 했는지 이유를 알아야겠다며 다그쳤어요. 그 아이가 더듬거리며 이렇게 말하더군요.

"그게 저, 지가 여기로 우유 배달을 하는 남자애랑 길에서 마주쳤는데요. 그 애가 이 집에 곤란한 일이 생기지 않았느냐고 묻는 거여요. 지는 마님이 편찮으신 것을 말혀는 줄 알고 그렇다고 대답했지요. 그랬더니 그 애가 '누가 그들을 잡으러 갔겠지?'라고 말혀는 거예요. 지가 눈을 동그랗게 뜨고 빤히 쳐다보자, 그 애가 지가 그 일에 대해 아무것도 모른다는 사실을 알고는 다 이야기혀 주더라고요. 어젯밤 자정이 조금 넘어서 기머턴에서 3킬로미터 남짓 떨어진 대장간에 신사 한 명과 숙녀 한 명이 들어와서는 말에 편자를 단단히 박아 달라고 하더래요! 그래서 대장장이의 딸이 일어나서 누군지 슬쩍 봤는데 바로 알아봤대요. 먼저 남자가 누군지 알겠더라는군요. 남자가 히스클리프라는 확신이 들었대요. 사실 히스클리프를 잘못 알아볼 사람이 어디 있겠어요? 남자가 품삯으로 자기 아버지 손에 1파운드짜리 금화 한 개를 쥐여 주는 것을 보았대요. 여자는 망토로 얼굴을 가리고 있었지만, 물을 한 모금 달라고 혀서 마시다가 망토가 흘러내리는 바람에 여자의 얼굴을 똑똑히 봤대요. 히스클리프가 양손에 고삐를 잡고 말을 타고서 마을을 등지고 험한 길이 허락하는 한 최대한 빨리 가더래요. 대장장이의 딸은 자기 아버지에게는 아무 말도 혀지 않고 있다가 오늘 아침 기머턴 전체에 그 이야기를 퍼뜨렸구요."

저는 달려가서 그저 형식적으로 이저벨라 아가씨의 방을 들여다보았어요. 그리고 돌아와서 그 하녀 아이가 한 말이 사실이라고 확인해 드리려고 했습니다. 린턴 서방님은 아씨 침대 머리맡에 다시 자리 잡고 앉아 있었는데, 제가 방으로 다시 들어가자 서방님은 눈을 들어 저의 멍한 표정의 의미를 읽고는 아무런 지시도 내리지 않고 말 한 마디 없이 눈을 떨구었지요.

"아가씨를 따라잡아 데려오기 위해 조처를 취해야 하지 않나요? 우리가 어떻게 해야 할까요?" 하고 제가 물었습니다. 그러자 서방님이 대답했습니다.

"그 애는 제 발로 걸어 나갔어. 자기가 가고 싶으면 갈 권리가 있지. 이제 더 이상 그 애 일로 나를 성가시게 하지 마. 이제부터 그 애는 나에게 명목상의 누이일뿐이네. 그리고 우리의 연을 끊은 건 내가 아니라 바로 그 애야."

그게 그 문제에 대해 린턴 서방님이 말한 전부였어요. 더 이상 아무것도 묻지 않았고 어떤 식으로도 이저벨라 아가씨에 대한 언급은 일절 하지 않았습니다. 다만 거기가 어디든 제가 아가씨의 새집이 어딘지 알게 되면 우리 집에 있는 아가씨의 물건을 모두 다 그리로 보내라고 제게 지시하셨지요.

제13장

두 달 동안 도망간 두 사람은 모습을 드러내지 않았습니다. 그리고 그 두 달 동안 캐서린 아씨는 뇌막염에 걸려 최악의 상태에까지 이르렀지만 결국 이겨 냈어요. 외동자식을 간호하는 어머니도 린턴 서방님이 아내를 간호하는 것만큼 헌신적으로는 돌볼 수 없었을 거예요. 밤낮으로 아씨 옆을 지키면서 예민한 신경과 불안정한 정신에서 비롯된 온갖 짜증을 참을성 있게 다 받아주었지요. 케네스 선생의 견해로는 린턴 서방님이 아씨를 무덤에서 구해 내긴 했지만 그런 간호에 대한 보답이라곤 앞으로 끊임없이 골칫거리가 될 일을 만들게 된 것뿐이라더군요. 사실은 산송장 같은 인간 하나 살리느라 서방님의 건강과 기운을 희생시키고 있었던 것이죠. 하지만 캐서린 아씨의 생명이 위험에서 벗어났다는 말을 들었을 때 서방님의 감사와 기쁨은 한이 없었습니다. 그리고 몇 시간이고 아내 곁을 지키고 앉아서 아내의 몸이 점점 회복되는 것을 확인하고, 이제 정신 또한 정상으로 돌아와 곧 완전히 예전의 캐서린으로 돌아갈 것이라고 착각하며 너무나도 낙관적인 희망을 품고는 했답니다.

캐서린 아씨가 처음으로 그 방을 나온 것은 이듬해 3월이 시작될 무렵이었습니다. 린턴 서방님은 그날 아침 아내의 베개 위에 황금빛 크로커스 한 움큼을 올려놓았지요. 잠에서 깨어나 그

꽃들이 눈에 들어온 순간, 아씨는 오랫동안 기쁜 빛을 띤 적이 없었던 눈을 기쁨으로 반짝거리며 그 꽃들을 열심히 주워 모았습니다. 그러면서 아씨가 소리쳤어요.

"이게 워더링 하이츠에서 가장 먼저 피는 꽃이에요! 이 꽃을 보니 얼음을 녹이는 부드러운 바람과 따스한 햇살, 그리고 거의 다 녹은 눈이 떠올라요. 에드거, 남풍이 불지 않나요? 눈이 이제 거의 녹지 않았나요?"

그러자 아씨 남편이 대답했습니다.

"여기 아래쪽은 모두 녹았어요, 내 사랑! 황야 전체에 걸쳐 하얀 눈이 남아 있는 곳은 두 군데밖에 안 보여요. 하늘은 푸르고, 종달새는 노래하고, 개울도 시내도 모두 넘쳐흐르고 있어요. 캐서린, 지난 봄 이맘때, 내 소원은 이 집 지붕 아래에 당신이 있는 것이었지요. 그런데 이제 내 소원은 당신이 저 언덕을 이삼 킬로미터라도 올라가는 거예요. 바람이 살랑살랑 기분 좋게 불어서 당신 치료에도 좋을 것 같아요."

그랬더니 병자가 이렇게 말하더군요.

"나는 절대 거기 못 올라갈 거예요! 하지만 다시 올라갔을 땐! 그땐 당신은 날 놔두고 올 테고 난 영원히 그곳에 남겠죠. 내년 봄에도 당신 소원은 이 집 지붕 아래에 내가 있는 것이겠군요. 그리고 오늘 일을 돌이켜 보며 그때는 정말 행복했다고 생각하겠죠."

린턴 서방님은 세상에서 가장 부드러운 손길로 아씨를 어루만지면서 세상에서 가장 다정한 말로 아씨의 기운을 북돋워 주려고 했어요. 하지만 멍하니 크로커스 꽃을 바라보던 캐서린 아씨의 속눈썹에 눈물이 맺히더니 뺨을 타고 주르르 흘러내렸지만 아씨는 눈물이 흘러내리건 말건 신경 쓰지 않았어요.

우리는 캐서린 아씨의 몸 상태가 많이 좋아졌다는 것을 알고 있었습니다. 그래서 우리는 아씨가 이렇게 의기소침한 건 한곳에 너무 오래 갇혀 지낸 탓이니 장소를 바꾸면 그런 기분이 조금은 풀릴지도 모른다고 생각했답니다.

린턴 서방님은 제게 여러 주 동안 방치해 둔 응접실에 불을 지피고, 창가의 볕이 드는 곳에 안락의자를 갖다 놓으라고 했습니다. 그런 뒤 서방님이 아씨를 데리고 내려왔고, 아씨는 아늑한 온기를 즐기며 그곳에 오랫동안 앉아 있었고, 우리가 예상한 대로 주위의 여러 가지 물건들을 둘러보며 생기를 되찾았어요. 늘 보아 오던 익숙한 물건들이었지만, 아파서 누워 있던 지긋지긋한 방의 음울한 분위기는 연상되지 않았던 것이죠. 저녁 무렵이 되자 아씨는 무척 지친 것 같았어요. 하지만 아무리 설득해도 아씨는 자기 방으로 돌아가려고 하지 않았어요. 그래서 저는 다른 방에 잠자리가 준비될 때까지 응접실 소파에 일단 누울 자리를 마련해야 했답니다.

계단을 오르내리는 노고를 없애기 위해서 우리는 지금 록우드 나리가 누워 계시는, 응접실과 같은 층에 있는 이 방을 침실로 꾸몄습니다. 그리고 얼마 안 가서 아씨는 남편의 팔에 기대 이 방과 응접실을 오갈 수 있을 정도로 기운을 차렸습니다.

'그래, 이토록 지극정성으로 간호를 받는데 곧 회복되겠지.' 하고 저는 속으로 생각했어요. 아씨의 회복을 바라는 데는 또 다른 이유가 있었는데, 바로 아씨가 살아야만 또 다른 생명도 살 수 있단 거였죠. 우리는 조금만 있으면 상속인이 될 아기가 태어나 린턴 서방님의 마음을 기쁘게 해 줄 것이고, 그러면 서방님의 재산 또한 남의 손에 넘어가는 일도 없을 것이라는 희망을 품고 있었지요.

이저벨라 아가씨가 집을 나간 뒤 여섯 주쯤 지났을 때 자기 오빠에게 짧은 편지를 보내 히스클리프와 결혼했음을 알렸단 걸 말씀드려야겠네요. 그 편지는 무미건조하고 냉담한 것 같았지만, 편지 하단에는 모호한 사과의 말과 자신을 마음으로부터 기억해 달라는 애원, 그리고 자신의 행동이 오빠의 기분을 상하게 했다면 화해를 바란다는 말을 연필로 적어 놓았었지요. 그때는 자기도 어쩔 수 없었으며 그런 일을 저지르고 난 다음에는 돌이킬 수가 없었다고 주장하면서요.

제가 알기로 린턴 서방님은 이 편지에 답장을 하지 않았어요. 그로부터 2주일 뒤, 제게 긴 편지가 왔는데 신혼여행에서 갓 돌아온 신부가 쓴 것으로 보기에는 좀 이상했답니다. 그 편지를 아직 간직하고 있으니 읽어 드릴게요. 살아 계실 때 소중한 분이었다면 그분의 유품 역시 소중한 법이지요. 그 편지는 이렇게 시작해요.

엘런에게

난 어젯밤 워더링 하이츠에 도착했는데, 새언니가 많이 아팠고 아직도 아프다는 이야기를 처음으로 들었어. 새언니에게는 편지를 써선 안 될 것 같고, 오빠 역시 너무 화가 나 있거나 너무 괴로워서 내가 편지를 보내도 답장을 안 할 것 같아. 그래도 누군가에게 편지를 써야만 할 것 같은데 내게 남은 유일한 선택은 엘런뿐이었어.

부디 에드거 오빠에게 이 말을 전해 줘. 내가 오빠의 얼굴을 다시 볼 수 있다면 어떤 희생도 치를 것이라고. 그리고 집을 나온 지 24시간 만에 내 마음은 스러시크로스 그레인지로 돌아갔으며, 지금 이 순간에도 오빠와 새언니에 대한 애정을 가득 품고 그곳에 머무르고 있다고 말이야! 하지만 내 몸은 내 마음을 따라갈 수 없어. (이 문장에는 밑줄이 쳐져 있었습니다.) 그러니 내가 그리로 돌아갈 것이라고 기대하지는 말라고 전해 줘. 오빠와 새언니가 어떤 결론을 내리든 상관없지만, 다만 내가 그리로 돌아가지 못하는 건 내 의지가 약하거나 애정이 부족한 탓이 아니라는 건 확실히 해 줘.

지금부터는 엘런한테만 하는 이야기야. 엘런한테 물어보고 싶은 질문이 두 가지 있어. 첫째 질문은 이거야.

엘런, 넌 이 집에서 살 때 공감이라는 흔한 인간의 본성을 어떻게 해서 지킬 수 있었어? 이곳에선 나와 공유할 수 있는 감정을 지닌 사람을 찾을 수가 없어서 말이야.

두 번째 질문은 내가 아주 흥미를 가지고 있는 질문인데, 바로 이거야.

히스클리프 씨가 사람이야? 만약 사람이라면 미친 거야? 사람이 아니라면 악마인 거야? 이런 질문을 하는 이유는 말하지 않겠어. 하지만 내가 결혼한 상대의 정체가 뭔지 엘런이 알고 있다면 제발 내게 설명해 주기를 바라. 그러니까 엘런이 나를 만나러 왔을 때 말이야. 그리고 엘런, 가능한 한 빨리 찾아와 줘야 해. 편지는 하지 말고 직접 와 줘. 그때 에드거 오빠에게서 무엇이든 가져오면 좋겠어.

자, 이제 나의 새집 워더링 하이츠에서 내가 어떤 대접을 받았는지 들려줄게. 주위에 위로가 되어 주는 사람도, 위안거리도 없다는 소리를 늘어놓는 것은 그냥 혼자 기분 전환 삼아 하는 소리야. 사실 그런 생각은 전혀 하고 있지 않아. 다만 내가 그런 걸 그리워하는 순간에만 예외적으로 머릿속에 떠오를 뿐이지. 만약 그런 게 없는 게 내 불행의 전부이고 나머지 일이 잔혹한 한낱 꿈이라면 난 기뻐서 웃고 춤출 거야!

우리가 황야로 접어들었을 때 해가 스러시크로스 그레인지 뒤로 저물고 있었으니 여섯 시쯤 되었던 것 같아. 나의 동반자는 반시간쯤 머물면서 스러시크로스 그레인지의 숲이며 정원, 그리고 아마 집까지도 최대한 자세히 살펴봤어. 그래서 우리가 워더링 하이츠의 포장된 마당에 도착해 말에서 내렸을 때는 이미 날이 어두워져 있었지. 넬리 너의 옛 동료 하인인 조지프가 양초 등불을 들고 나와 우리를 맞이했어. 자기한테 수월한 쪽으로 참 예의도 바르게 우릴 맞이하더군. 나오자마자 맨 먼저 내 얼굴 높이까지 양초 등불을 들이대고 악의에 찬 눈빛으로 심술궂게 쳐다보더니 아랫입술을 삐죽 내밀고는 돌아서 버리는 거야.

그러고는 우리가 타고 온 말 두 마리를 마구간에다 끌어다 놓고 마치 우리가 고성에 살고 있는 것처럼 바깥 대문의 자물쇠를 채우려고 다시 나타났어.

히스클리프는 그자와 이야기한다고 뒤에 남았고, 난 부엌으로, 아니, 더럽고 지저분한 굴속으로 들어갔어. 아마 넬리가 보면 옛날 그 부엌인지 알아보지도 못할 거야. 넬리가 맡고 있던 때와는 정말 많이 변했으니까.

벽난로 옆에 꼬마 악당 같은 아이가 서 있었는데, 팔다리는 튼튼하고 옷은 더러웠지. 그런데 눈매와 입언저리가 새언니와 닮은 것 같았어.

'이 애가 에드거 오빠의 처조카로구나. 어떤 의미에서는 내게도 조카랄 수 있겠네. 악수를 하고, 그래, 뽀뽀를 해 줘야겠어. 처음부터 사이좋은 관계를 맺어 놓는 게 좋지.'라고 생각한 나는 다가가서 그 애의 통통한 손을 잡으려고 하며 말을 걸었어.

"안녕, 예쁜 아가!"

그 아이가 뭐라고 중얼거렸지만 난 알아들을 수가 없었어.

"우리 친구 할까, 헤어턴?" 하고 나는 두 번째로 대화를 시도해 보았지.

끈기 있게 말을 붙이려는 내 노력에 대한 보답으로 돌아온 건 그 아이의 욕설과 내가 당장 '꺼지지' 않으면 스로틀러를 풀어 나를 공격하도록 시키겠다는 협박이었어.

"야, 스로틀러, 어이!"

그 꼬마 녀석은 구석의 자기 은신처에 있던 잡종 불도그를 작은 소리로 불러 깨웠어.

"자, 이제 그만 나가시지?"

그 꼬마 녀석이 위압적으로 요구하더군.

나는 목숨이 아까웠기에 그 말을 따를 수밖에 없었어. 밖으로 나가 같이 들어가 줄 다른 사람이 오기를 기다렸어. 히스클리프 씨는 어디에도 보이지 않았고, 조지프는 내가 마구간까지 따라

가서 같이 들어가 달라고 부탁을 했는데도 나를 노려보면서 혼자 구시렁대더니 콧등에 주름을 잔뜩 잡으며 이렇게 대꾸했어.

"뭔 말투가 점잔을 그리도 빼는디! 아주 그냥 점잔을 빼는구먼! 점잔을 빼! 이 미천한 몸이 그런 말을 들어보기는 혔겄어? 고상 떨고 젠 체혀는 꼴이라니! 대체 뭐라 씨부리는 겨?"

"나와 함께 집으로 들어가 주면 좋겠다고 말하는 거예요!"

나는 그의 무례함에 단단히 화가 났지만 조지프가 귀가 먹었나 보다고 생각하며 소리쳤어.

"안 되는구먼. 난 헐 일이 또 있어서 말이여."

조지프는 이렇게 대답하고 자기 일을 계속했어. 그러는 동안 홀쭉하고 긴 턱을 움직이며 내 옷과 얼굴을 (옷은 너무나도 훌륭했지만 얼굴은 분명 그자가 바라는 만큼 슬퍼 보였을 거야.) 대단히 경멸스럽다는 듯이 이리저리 뜯어봤어.

나는 마당을 돌아서 쪽문을 지나 또 다른 문이 있는 데로 가서, 좀 더 예의 바른 하인이 모습을 드러낼지 모른다는 희망을 안고 실례를 무릅쓰고 문을 두드려 보았어.

잠깐 마음을 졸이고 있는데, 키가 크고 수척한 남자가 문을 열어 줬어. 그 남자는 네커치프(*장식이나 보온을 위해 목에 두르는 정사각형의 얇은 천)도 하지 않은데다, 행색도 옷차림도 꾀죄죄했어. 얼굴은 어깨 위로 내려온 텁수룩한 머리칼에 가려 있었어. 그런데 그 남자도 눈이 새언니와 닮았더군. 하지만 아름다움이라곤 완전히 소멸되어 버린 유령과도 같은 눈이었어. 그가 험악한 표정으로 이렇게 묻더군.

"여긴 무슨 볼일로 왔소? 당신은 누구요?"

"제 이름은 전에는 이저벨라 린턴이었어요. 전에 뵌 적이 있답니다. 최근에 히스클리프 씨와 결혼해서 그가 저를 이리로 데려왔는데, 아마 당신의 허락을 얻어서 한 일이겠지요."

"그럼 그가 돌아온 거요?"

은둔자 같은 그 남자가 굶주린 늑대처럼 눈을 번득이며 물었어.

"네, 우린 이제 막 왔어요. 그런데 그이가 저를 부엌 문간에 두고 어디론가 가 버렸어요. 그래서 전 혼자 집 안으로 들어가려고 하는데, 댁의 아드님이 그곳의 보초병 노릇을 하며 불도그를 풀어 저를 위협해 쫓아냈어요."

"그 흉악한 악당 같은 녀석이 약속을 잘 지켰다니 잘했군!"

앞으로 내가 신세를 지려는 이 집 주인은 으르렁거리듯이 말하며 히스클리프를 찾으리란 기대로 내 뒤의 어둠 속을 살피더군. 그러더니 혼잣말로 마구 저주를 퍼붓다가 그 '악마 녀석'이 자기를 속이기라도 하면 어떻게 갚아 줄 건지 늘어놓으며 위협했어.

나는 그 집에 들어가려던 두 번째 시도를 후회했어. 그리고 그가 퍼붓는 악담을 다 듣지 않고 도중에 슬그머니 도망치려고 했는데, 그걸 실행에 옮기기 전에 그가 내게 들어오라고 하고는 문을 다시 잠가 버렸어.

집 안의 커다란 벽난로에는 불이 지펴져 있었는데, 그 큰 방을 비추는 것이라고는 그 난로의 불빛이 전부였고, 그 방의 방바닥은 전체가 잿빛으로 변해 있었어. 그리고 내가 어렸을 적에 내 눈길을 사로잡곤 했던, 한때는 아주 눈부실 정도로 번쩍거렸던 백랍 접시도 때가 타고 먼지가 앉아 바닥처럼 거무칙칙하게 변해 있었어.

나는 하녀를 불러 침실로 안내를 받아도 되냐고 물어보았어. 하지만 언쇼 씨는 아무런 대답도 하지 않는 거야. 호주머니에 두 손을 찔러 넣은 채 왔다 갔다 하는데, 아무래도 내가 있다는 걸 깨끗이 잊어버린 듯했어. 분명 어딘가에 정신이 깊이 팔린 듯했고, 어딜 보나 사람을 극도로 싫어하는 눈치여서, 나는 주눅이 들어 다시 그에게 말을 붙이지 못했어.

혼자 고독하게 있는 것보다도 더 안 좋은 분위기 속에서 이 야박하기 짝이 없는 집의 난롯가에 앉아 있으니, 6킬로미터 남짓 떨어진 곳에 이 세상에서 내가 사랑하는 유일한 사람들이 있는 나의 즐거운 집이 떠올랐어. 하지만 그 6킬로미터가 우리 사이에 대서양처럼 존재해서 그 6킬로미터를 건너갈 수 없다고 생각했을 때 내 기분이 얼마나 암담했는지 말해도 넬리 넌 별로 놀라지 않겠지.

난 나 자신에게 물어보았어…… 내가 어디서 위안을 찾아야 할까? 에드거 오빠나 새언니한테는 얘기하지 말아 줘…… 내가 느끼는 온갖 슬픔 가운데서도 가장 큰 건…… 바로 히스클리프에게 맞서서 내 편이 되어 줄 수 있거나 내 편이 되어 주려고 하는 사람을 찾을 수 없다는 절망감이었어.

내가 워더링 하이츠로 오게 되었을 때 피난처를 찾은 것처럼 기뻐한 까닭은 그이와 단둘이 살지 않아도 되기 때문이었어. 하지만 그이는 여기 사람들이 어떤지 잘 알고 있었으니, 그들이 우리 일에 간섭할까 봐 걱정하지 않아도 되었던 거야.

나는 가만히 앉아 서글픈 생각에 잠겨 있었어. 시계가 여덟 시를 치고 아홉 시를 쳤지만 언쇼 씨는 여전히 고개를 가슴에 박고 완전히 침묵하며 방 안을 이리저리 서성이며, 이따금 신음소리를 토해 내거나 쓰라린 절규를 뱉어 낼 뿐이었어.

나는 집 안에서 혹시 여자 목소리가 나지 않는지 귀를 기울이면서 중간 중간 미칠 듯한 후회와 음울한 예감에 사로잡혀 있었어. 그러다 보니 결국 억누르지 못하고 나도 모르게 한숨과 울음이 밖으로 터져 나오고 말았어.

난 내가 밖으로 소리가 들릴 정도로 한숨 쉬며 울고 있는 줄도 몰랐는데, 왔다 갔다 하던 언쇼 씨가 맞은편에 멈춰 서서 새삼스레 깜짝 놀란 표정으로 나를 빤히 쳐다보더군. 나는 언쇼 씨가 내게 다시 관심을 보이는 틈을 타서 소리쳤어.

"제가 먼 길을 오느라 피곤해서 이만 자러 갔으면 해요! 하녀는 어디 있나요? 하녀가 이리로 오지 않으니, 제가 어디로 가야 하녀를 찾을 수 있는지 알려 주시겠어요?"

"우리 집에는 하녀가 없소. 자기 시중은 자기가 들어야 하오!"

"그럼 저는 어디에서 자야 하나요?"

나는 흐느껴 울면서 물었어. 피곤함과 비참함에 짓눌린 나머지 체면을 차릴 여유도 없었던 거야.

"조지프가 히스클리프의 방으로 안내해 줄 거요. 저 문을 열면 조지프가 있을 거요."

내가 언쇼 씨 말대로 하려는데 언쇼 씨가 갑자기 나를 붙잡으며 기묘하기 짝이 없는 말투로 이렇게 덧붙이는 거야.

"아무쪼록 방문 자물쇠를 잠그고 빗장도 질러 놓으시오. 잊지 마시오!"

"그럴게요! 하지만 왜 그래야 하죠, 언쇼 씨?"

문을 고의로 닫아 잠그고 히스클리프와 단둘이 방 안에 들어가 있는 건 별로 좋지 못한 생각 같았어.

"이걸 보시오!"

언쇼 씨가 이상한 모양새의 권총 한 자루를 조끼 호주머니에서 꺼내면서 대답했는데, 그 권총의 총신에는 용수철 달린 양날 칼이 붙어 있었어.

"이건 자포자기한 사람에게 큰 유혹이 되지 않겠소? 나는 매일 밤 이걸 들고 그자의 방으로 올라가 방문 손잡이를 돌려 보지 않고는 배길 수 없소. 일단 문이 열리는 날엔, 그자는 끝장이오! 그러기 전에 참아야 하는 이유를 백 가지씩 떠올려 보지만, 정신을 차리면 늘 변함없이 그자의 방문 앞에 가 있소. 그자를 죽여 내 계획을 좌절시키도록 부추기는 건 내게 마귀가 씐 탓일 거요. 당신은 그자를 사랑할 테니 할 수 있는 한 그 마귀와 맞서 싸워 보시오. 때가 오면 천국의 천사들이 다 내려와도 그자를 구하지 못할 테니!"

언쇼 씨의 무기를 호기심 어린 눈빛으로 살펴보는데, 끔찍한 생각이 떠올랐어. 나도 이런 무기를 지니고 있으면 얼마나 강해질까! 나는 그의 손에서 그것을 낚아채 칼날을 만져 보았어. 언쇼 씨는 짧은 순간 내 얼굴에 스친 표정을 보고 놀란 것 같았어. 무서워하는 표정이 아니라 탐내는 표정이었으니까 말이야. 언쇼 씨는 경계하는 눈초리로 권총을 도로 낚아채서는 칼날을 접어 조끼 호주머니 속에 다시 숨겨 넣었어.

"그자에게 말해도 상관없소. 그자에게 경계하라 하고 그자를 잘 지키시오. 우리 사이가 어떤지 아는 모양이군. 그가 위험하다고 해도 놀라지 않는 걸 보니."

"히스클리프가 당신에게 무슨 짓을 한 거죠? 무슨 나쁜 짓을 했기에 이토록 지독히도 미워하는 거죠? 그럴 바엔 이 집에서 나가라고 하는 편이 낫지 않겠어요?"

내 말에 언쇼 씨가 이렇게 호통쳤어.

"안 돼. 만약 그자가 이 집에서 나가겠다고 하면 그자는 죽은 목숨이야! 당신이 그렇게 하라고 그놈을 부추긴다면 당신도 살인자나 다름없어! 되찾을 기회도 없이 몽땅 잃으라고? 헤어턴을 거지가 되게 놔두라고? 이런, 빌어먹을! 반드시 되찾고 말 거야! 그놈의 돈도 빼앗은 다음 그놈의 피까지 빼앗아 버릴 거야. 그럼 그놈의 영혼은 지옥으로 떨어지겠지! 그놈을 손님으로 맞이하면 지옥이 열 배는 더 어두워질 거야!"

엘런, 너는 내게 네 옛 주인의 성질을 알려 준 적이 있었지. 그는 분명 미치광이가 되기 직전인 것 같아. 적어도 어젯밤엔 그랬어. 그 사람과 가까이 있으니 몸이 덜덜 떨려서 차라리 본데없고 무뚝뚝한 하인 조지프와 같이 있는 게 더 낫겠다는 생각이 들더라니까.

언쇼 씨가 다시 침울하게 방 안을 서성이기 시작하자, 나는 빗장을 풀고 부엌으로 피신했어.

조지프는 벽난로 위로 몸을 구부리고 거기 걸려 있는 큼직한 냄비를 들여다보고 있었어. 그리고 가까이에 위치한 등이 높은 긴 의자 위에는 빻은 귀리가 담긴 함지박이 놓여 있었어. 냄비

속의 내용물이 끓기 시작하자 조지프가 몸을 돌려 함지박에 손을 쑥 집어넣으려고 했지. 나는 조지프가 밤참을 준비하나 보다고 짐작하고, 배가 고팠던 터라 이왕이면 먹을 만하게 만들어야겠다고 마음먹고는 재빨리 "귀리죽은 내가 쑤겠어요!" 하고 외쳤어. 나는 빻은 귀리가 담긴 함지박을 조지프의 손이 닿지 않는 데로 옮겨 놓고 모자와 승마복을 벗기 시작했어. 그러면서 말을 이어 갔지.

"언쇼 씨가 자기 시중은 자기가 들어야 한다고 말하더군요. 그래서 그렇게 하려고요. 이곳에선 귀한 집 아씨처럼 굴지 않겠어요. 굶어 죽지 않으려면 그렇게 해야죠."

그러자 조지프가 자리에 앉아 골이 진 긴 양말을 신은 다리를 무릎에서 발목까지 주무르며 이렇게 투덜거렸어.

"하이고! 명령 내릴 상전이 또 하나 생겼구먼. 두 주인 섬기는데 이제 좀 익숙혀지나 혔더니. 이제 마님 상전까정 모셔야 하면 그냥 내뺄 때가 됐구먼. 오래 살던 이 집을 떠나야 헐 날이 올 줄은 몰랐는디, 그날이 멀지 않은 것 같혀!"

그렇게 푸념해도 나는 모른 척하고 기운차게 식사 준비를 했는데, 이런 일이 오로지 즐거운 놀이였던 시절이 문득 떠올라 한숨이 나왔어. 하지만 재빨리 그런 기억을 억지로 떨쳐 내려 했어. 행복했던 지난날을 떠올리면 무척 괴로워서 지난날의 기억이 불쑥 불쑥 떠오르려고 할 때마다 나무 주걱을 더 빨리 저었고, 냄비에 한 줌씩 빻은 귀리를 집어넣는 속도도 더 빨라졌어.

조지프는 내가 요리하는 모습을 보고 있자니 점점 화가 치미는 듯하더니 결국은 버럭 소리를 질렀지.

"저거 봐라! 헤어턴 도련님, 오늘 밤은 죽 먹긴 글렀구먼요. 내 주먹만 한 덩어리가 생기겄어. 저거 좀 보라니께! 저러다 그냥 함지박이고 뭐고 그냥 다 넣어 버리겠구먼! 저거, 저거 좀 보라니께, 웃물을 건져 내야 다 끝나는 겨. 콱, 콱! 그러고도 냄비 바닥이 빠지지 않다니 놀랍구먼!"

죽을 그릇에 담아 보니 내가 봐도 껄껄하고 맛없어 보이긴 하더라고. 죽을 그릇 네 개에 나눠 담고, 우유를 짜는 데서 1갤런들이 단지에 든 새로 짠 우유를 가져왔는데, 헤어턴이 단지째 잡고 들이키기 시작하자 그 큼직한 입술에서 우유가 줄줄 흘러내렸어.

나는 그렇게 더럽게 마시면 내가 마실 수 없지 않느냐며 잔에 따라 마셨으면 좋겠다고 타일렀어. 그러자 그 냉소적인 영감은 내가 까다롭게 군다며 엄청나게 기분이 상한 듯 "욘석도 어느 모로 보나 니만큼이나 훌륭혀고 건강혀."라고 몇 번이고 거듭 말하면서, 뭐 그리 잘난 체하냐며 어이없다는 표정을 지었어. 그러는 동안에도 그 꼬마 악당 녀석은 계속 우유 단지에 입을 대고 마셨고 단지 속으로 침을 흘리면서 반항하는 눈초리로 나를 노려보았어.

"난 딴 방에서 먹겠어요. 응접실은 없어요?"

내가 묻자 조지프는 조롱하듯이 내 말을 그대로 되풀이했어.

"응접실! 응접실이라고! 없는디. 이 집에 응접실은 없구먼. 우리혀고 같이 있는 게 싫으믄 쥔 나리 방에 가 있고, 쥔 나리혀고 같이 있는 게 싫으믄 우리혀고 같이 있어야지."

"그럼 위층으로 가겠어요. 방으로 안내해 줘요!"라고 나는 대꾸했어.

나는 내 그릇을 쟁반에 놓고 직접 가서 우유를 좀 더 가져왔어.

조지프는 몹시 투덜대며 일어나 앞장서서 계단을 올라갔어. 우리가 올라간 데는 다락방들이 있는 곳이었는데, 그는 이따금 방문을 열어 우리가 지나가는 방 안을 들여다봤어.

“요 방이 좋겠구먼.”

마침내 조지프가 경첩에 매달려 덜렁거리는 판자문을 홱 열어젖히면서 말했어.

“죽 먹기에는 충분헌 방이구먼. 저기 구석탱이에 곡물 포대가 놓여 있는디 저 정도믄 깨끗혀지. 그 멋진 비단 옷이 더러워질까 걱정되거들랑 그 우에다가 손수건이라도 피든가.”

그 ‘방’이란 잡동사니 보관 창고 같은 곳이었는데 맥아와 곡물 냄새가 코를 찔렀어. 맥아와 곡물이 든 여러 포대들이 둘레에 포개져 쌓여 있었고, 방 한가운데에만 빈 공간이 널찍하게 있었어.

나는 화가 나서 그를 마주 보며 외쳤어.

“아니, 이봐요! 여긴 자는 곳이 아니잖아요. 침실을 보여 달란 말이에요.”

조지프가 조롱하는 말투로 그 말을 되풀이했어.

“침실! 여긴 침실이라곤 저쪽 방이 다구먼. 바로 저쪽 방에 있는 내 침실 말이여.”

조지프가 다른 다락방 쪽을 가리켰는데, 지금 보여 준 다락방과는 달리 벽 주위에 물건이 별로 쌓여 있지 않고, 한쪽 끝에는 쪽빛 누비이불이 덮여 있는, 커튼도 안 달린 큼지막하고 낮은 침대가 있었어.

"내가 영감의 침실을 봐서 뭘 하겠어요? 히스클리프 씨가 이 집 꼭대기의 다락방에 묵지는 않겠죠, 안 그래요?"

내가 쏘아붙이자 조지프는 마치 새로운 발견이라도 한 듯이 이렇게 소리치는 거야.

"이런! 히스클리프 쥔장 나리의 침실로 데꼬 가달란 말이여? 진즉 그렇게 말혀지 그렸어. 그러믄 이런 헛수고 따윈 않고 그 방은 못 본다고 말혔을 턴디. 그 방은 늘 그가 잠가 놓아서 아무도 그 방에 얼씬도 못 혀."

난 한마디 하지 않을 수 없었어.

"퍽도 좋은 집이군요, 조지프 영감. 이 집에 사는 사람들도 퍽도 좋고요. 내 운명이 이 집 사람들과 연결된 날에, 이 세상 모든 광기의 응축된 정수가 내 머릿속에 들어왔던 거야! 하지만 지금은 그걸 문제 삼자는 게 아니라, 다른 방이 있냐고요? 제발, 어서 빨리 어디든 들어가서 편히 쉬게 해 줘요!"

내가 이렇게 간청해도 조지프는 아무런 대답도 하지 않고 그냥 고집스레 나무 계단을 터벅터벅 걸어 내려가더니 어떤 방 앞에서 걸음을 멈추었어. 조지프가 발걸음을 멈춘 것이나 그 방의 가구가 고급스러운 것으로 보아 나는 그 방이 가장 좋은 방인가 보다고 추측했어.

그 방에는 카펫이, 그것도 좋은 카펫이 깔려 있었지만, 카펫의 무늬는 먼지에 가려 흔적도 보이지 않았어. 벽난로에는 오려 낸 종이 장식이 갈기갈기 찢어진 채 드리워져 있었어. 꽤 비싼

천에 현대식으로 만든 풍성한 진홍색 커튼이 드리워진 멋진 참나무 침대도 놓여 있었지. 그런데 그 커튼은 분명 험하게 사용한 듯했어. 꽃줄 장식에 걸린 밸런스 커튼은 고리가 빠진 채 처져 있고, 그나마 고리가 걸린 철제 커튼 봉도 한쪽이 활처럼 휘어져서 커튼 천이 바닥에 질질 끌렸어. 의자도 모두 망가져 있었는데 심하게 부서진 의자가 많았어. 그리고 판자로 된 벽면도 여기저기 깊이 패여 보기 흉했어.

내가 그 방에 들어가 거기라도 차지해야겠다고 애써 결의를 다지고 있는데, 나의 바보 같은 안내인이 발표하듯 이렇게 말하는 거야.

"여긴 쥔 나리 방이구먼."

이때쯤 되자 내 밤참은 이미 다 식어 버렸고 식욕도 사라져 버렸으며 인내심도 바닥이 났어. 난 당장 들어가 쉴 수 있는 장소나 휴식 방도를 마련해 내라고 우겼어. 그랬더니 그 독실한 영감이 떠들어 대기 시작하더군.

"대체 뭔 헛소리여! 주여, 우리를 보살피소서! 주여, 용서하소서! 대체 얼루 가 있겠단 거여? 쓰잘데기 없는 기 참말로 성가시게 구는구먼! 헤어턴 데련님의 쪼매난 방 빼고는 싹 다 보여줬구먼. 이 집에 누워 잘 방은 인제 더는 없구먼!"

나는 어찌나 부아가 나던지 쟁반을 통째로 바닥에 내동댕이쳤어. 그러고는 계단 꼭대기에 앉아 두 손에 얼굴을 파묻고 울었지. 그러자 조지프가 소리치더군.

"얼씨구! 얼씨구! 잘혔구먼요, 캐시 아씨! 참 잘혔어, 캐시 아씨! 헌디, 쥔 나리가 깨진 그릇 조각을 밟기라도 하믄 우리한테 뭐라 혀고 난리가 날 턴디. 아무 짝에도 쓸모없는 푼수데기 같으니! 하느님이 내려 주신 귀헌 양식을 그리 무섭게 화를 내믄서 내동댕이치다니, 니는 지금부터 크리스마스 때꺼정 굶어도 싸구먼! 근디 그 성질머리 오래 부리지는 못할 거구먼. 히스클리프가 그리 변덕스러운 짓을 봐 줄 것 같혀? 니가 그리 성질 부리는 거를 히스클리프가 직접 봤음 좋겠구먼. 그라믄 정말 좋겄어."

조지프는 그렇게 잔소리를 늘어놓으며 아래층의 자기 소굴로 내려갔는데, 촛불을 가지고 가 버리는 바람에 나는 어둠속에 남겨졌어.

이런 바보 같은 짓을 한 뒤 반성의 시간이 찾아오자, 자존심을 죽이고 분노를 억누르고서, 자존심을 세우고 분노하다가 일어난 사태를 수습할 필요성이 있음을 인정하지 않을 수 없었어.

그런데 얼마 안 가 스로틀러란 녀석이 나타나 예상치 못한 도움을 줬어. 난 그제야 녀석이 우리 스컬커의 새끼란 걸 알아봤어. 강아지 시절을 우리 집에서 보내다가 아버지가 힌들리 씨에게 선물한 녀석이었어. 녀석도 날 알아보는 눈치였어. 인사를 하는 것처럼 내게 자기 코를 비벼 대더니 그런 다음 얼른 귀리죽을 핥아먹더라고. 그동안 나는 계단을 한 칸씩 손으로 더듬어 가며 깨진 그릇 조각을 주워 모으고 난간에 튄 우유를 손수건으로 닦아 냈어.

스로틀러와 내가 일을 끝내기가 무섭게 복도에서 언쇼 씨의 발소리가 났어. 내 조수는 꼬리를 내리고 벽에 바싹 붙었고, 나는 가장 가까운 방 안으로 얼른 숨어 들어갔어. 언쇼 씨를 피하려던 스로틀러의 노력은 성공하지 못한 모양이었는데, 계단을 타다닥 내려가는 소리와 깽깽거리며 길고 애처롭게 짖어 대는 소리로 짐작할 수 있었지. 난 운이 좋았어. 언쇼 씨는 계속 복도를 지나 자기 방으로 들어가더니 문을 닫았어.

그 직후 조지프가 헤어턴을 재우려고 데리고 올라왔어. 알고 보니 내가 피해 들어간 방은 헤어턴의 방이었는데, 조지프 영감이 날 발견하고는 이렇게 말했어.

"인자 니혀고 니 잘난 자존심에 딱 맞는 공간이 생겼구먼. 거실 말이여. 거실이 비었으니 가서 혼자 다 차지혀든가. 너처럼 못돼 처먹은 물건을 늘 따라다니는 악마까정 함께 델구 말이여!"

난 기꺼이 그가 알려 준 대로 했어. 그리고 거실 벽난로 가의 의자에 몸을 던지자마자 꾸벅꾸벅 졸다가 잠이 들었어.

단잠에 깊이 빠져 들었지만 너무나도 금방 깨고 말았어. 히스클리프 씨가 날 깨우는 바람에 말이야. 이제 막 들어온 그가 자기 딴에는 애정 어린 말투라지만 뭘 하느냐고 따지듯 물었어.

난 그에게 이렇게 늦게까지 자지 못하고 있는 이유를 이야기했지. 우리 방의 열쇠가 그의 호주머니에 들어 있기 때문이라고.

그런데 '우리'란 단어를 쓴 것이 죽을 만한 죄였어. 그는 그 방은 우리 방이 아니며, 결코 내 방이 될 수도 없다고 못 박았어. 그는 또…… 아니, 그냥 그가 한 말을 다시 입에 담지 않을래. 그가 평소 하는 짓도 말하지 않겠어. 아무튼 그는 기묘하고 끈질기게 나의 혐오를 사려고 해! 때로는 그에게 너무 심하게 놀라서 두려움마저 잊어버릴 지경이야. 호랑이나 독사도 내게서 그가 불러일으키는 그런 공포를 불러일으킬 수는 없을 거야, 정말 이야! 그는 캐서린 언니가 아프다는 이야기를 하더니 그게 다 오빠 탓이라고 비난하면서 에드거 오빠를 잡을 때까지 오빠 대신에 날 괴롭히겠다는 거야.

난 그를 정말 증오해. 난 비참해. 난 바보짓을 했어! 이 이야기는 우리 집에 있는 어느 누구한테도 절대 입 밖에 내지 않도록 조심해. 난 날마다 넬리가 오기만을 기다릴 거야. 날 실망시키지 말아 줘!

–이저벨라

제14장

저는 이 장문의 서한을 읽자마자 에드거 서방님에게로 가서 이저벨라 아가씨가 워더링 하이츠에 도착했는데, 캐서린 아씨의 상황에 대단히 슬퍼하고 있으며 서방님을 굉장히 보고 싶어 한다는 편지를 저한테 보내왔다고 알려 드렸어요. 서방님이 될 수 있는 대로 빨리 저를 보내 용서의 표시를 아가씨에게 전하기를 바라는 마음으로요.

그랬더니 린턴 서방님은 이렇게 말씀하더군요.

"용서? 난 그 애를 용서할 게 하나도 없어, 엘런. 워더링 하이츠에 가고 싶으면 오늘 오후에 가서 내가 '화난' 게 아니라 그 애를 잃어서 '애석한' 거라고 말해도 좋아. 그 애가 행복하리라고는 생각할 수 없으니 특히 더 그래. 하지만 내가 그 애를 보러 가는 건 어림도 없는 이야기야. 우리는 영원히 갈라선 거야. 만약 그 애가 정말로 나를 기쁘게 하고 싶다면 자기가 결혼한 그 악한을 설득해서 이 마을을 떠나라고 해."

"그럼 아가씨에게 짤막한 편지도 한 장 안 쓰시려고요, 서방님?" 하고 제가 애원하듯이 물었어요.

"그래. 그럴 필요 없어. 내가 히스클리프 가족과 연락하는 일은 히스클리프가 내 가족과 연락하는 일만큼이나 삼가야 해. 절대 있어서도 안 될 일이야!"

에드거 서방님의 냉담한 태도에 저는 무척 낙담했어요. 그리고 워더링 하이츠로 가는 내내, 저는 서방님의 말씀을 아가씨에게 전할 때 어떻게 하면 좀 더 아가씨의 용기를 북돋워 주고, 아가씨를 위로하기 위해 글 몇 줄 적어 보내는 것조차 거절한 서방님의 말씀을 어떻게 하면 좀 더 부드럽게 전할 수 있을까 열심히 머리를 짜냈어요.

아마도 아가씨는 아침부터 제가 오길 기다리고 있었던 모양이었어요. 정원에 난 길로 해서 집으로 다가가고 있는데, 아가씨가 격자창을 통해 내다보고 있기에 제가 아가씨에게 고개를 끄덕했어요. 그런데 아가씨는 누가 보고 있지는 않은지 두려워하는 것처럼 뒤로 물러서더군요.

저는 문을 두드리지 않고 그냥 들어갔어요. 전에는 밝았던 집이 어쩜 그렇게 스산하고 음울하게 변해 있던지! 정말이지, 제가 만약 아가씨의 처지에 있었다면 하다못해 난롯가를 쓸고 행주로 탁자도 닦았을 텐데 말이에요. 하지만 아가씨는 집안에 만연하게 퍼진 등한시하는 분위기에 이미 물든 것 같았어요. 아가씨의 예쁜 얼굴은 창백하고 맥이 풀려 있었어요. 머리카락도 예쁜 컬

이 다 풀어진 채로 몇 가닥은 축 늘어져 있고 또 몇 가닥은 아무렇게나 머리에 휘감겨 있었어요. 아마 어제 저녁 이후로는 옷매무새도 한번 다듬지 않은 것 같았어요.

힌들리 나리는 그곳에 없었어요. 히스클리프 씨는 탁자에 앉아서 지갑 속에 든 종이쪽지를 뒤적거리고 있었지요. 하지만 제가 들어가자 자리에서 일어나서는 아주 다정하게 어떻게 지냈는지 물으며 의자를 내밀어 앉으라고 권했어요.

그곳에서 제대로 된 것 같아 보이는 건 그 사람뿐이었는데, 그의 모습이 그보다도 좋아 보였던 적은 결코 없었던 것 같아요. 처지가 바뀌자 모습도 얼마나 많이 변했던지, 모르는 사람이 보면 틀림없이 그는 신사로 나고 자란 사람으로, 그의 부인은 완전히 단정치 못한 어린 계집쯤으로 여겼을 거예요!

이저벨라 아가씨는 저를 맞으러 부리나케 다가와서는 기대하고 있던 편지를 받으려고 한 손을 내밀었어요.

저는 고개를 가로저었어요. 하지만 아가씨는 제 고갯짓의 의미를 알아차리지 못하고 제가 보닛 모자를 놓으러 간 찬장 있는 데까지 따라와서 제가 가져온 것을 어서 달라고 낮은 목소리로 졸라 댔어요.

히스클리프는 아가씨가 왜 그렇게 행동하는지 짐작하고는 이렇게 말했어요.

"넬리, 이저벨라에게 전할 것이 있거든, 아마 틀림없이 있을 것 같은데, 그녀에게 전해 줘. 숨길 필요 없어. 우리 사이에 비밀은 없으니까."

저는 당장 사실대로 말하는 게 상책이라고 생각하고 이렇게 대답했어요.

“하지만 가져온 게 아무것도 없어요. 우리 서방님께서는 현재로써는 서방님의 편지나 방문을 기대해서는 안 된다고 아가씨에게 전하라고 하셨어요. 아가씨, 서방님께서는 아가씨에게 안부를 전하고 행복을 빌며 아가씨가 큰 슬픔을 안겼지만 용서하신다고도 전하라 하셨어요. 하지만 서방님은 앞으로 서방님 집안과 이쪽 집안은 서로 연락하지 말아야 한다고 생각하세요. 계속 연락해 봤자 좋을 게 하나도 없을 거라면서요.”

히스클리프 부인의 입술이 가볍게 떨렸어요. 그녀는 창가의 자기 자리로 돌아갔어요. 그녀의 남편은 제 옆의 벽난로 가의 재받이돌을 딛고 선 채로 캐서린 아씨에 대해 묻기 시작했어요.

저는 제 생각에 적당하다고 여겨지는 선에서 아씨의 병에 대해 이야기해 줬어요. 그런데 그가 하도 꼬치꼬치 캐묻는 바람에 그 병의 원인과 관련된 일들을 대부분 다 털어놓고 말았답니다.

저는 캐서린 아씨가 병에 걸린 건 다 아씨 자신 탓이라고 비난했는데, 사실 아씨는 그런 소릴 들을 만했어요. 그리고 린턴 서방님을 본받아 그도 앞으로 좋든 나쁘든 우리 서방님 집안일에 간섭하는 걸 피하기 바란다는 말로 마무리했어요. 그러면서 이렇게 덧붙였어요.

“우리 아씨께서는 이제 겨우 회복되고 있어요. 결코 예전의 모습으로 돌아오진 못하겠지만 목숨만은 건졌어요. 정말 조금이라도 우리 아씨를 배려하는 마음이 있다면, 다시는 아씨와 마주치지 않도록 해 주세요. 아뇨, 그냥 아예 이 마을을 떠나 주는 게 좋겠네요. 그렇게 해도 애석하지 않도록 말씀드리는 건데,

지금의 캐서린 린턴 아씨는 당신의 옛 친구인 캐서린 언쇼와는 완전히 다른 사람이에요. 저기 저 젊은 아가씨와 제가 다른 만큼이나 말이죠! 모습도 많이 변했지만 성격은 훨씬 더 많이 변했어요. 어쩔 수 없이 아씨와 함께 계실 수밖에 없는 그분께서도 이제부터는 아씨의 옛 모습에 대한 기억, 인정, 의무감으로 겨우 겨우 자신의 애정을 지탱해 나가실걸요!"

그러자 히스클리프가 애써 태연한 척하며 말했습니다.

"꽤 그럴 법하군. 넬리 너의 주인에게 의지할 거라곤 인정과 의무감 밖에 없단 건 꽤 그럴 법한 일이야. 그런데 넌 내가 캐서린을 그자의 의무감과 인정 따위에 맡겨 둘 거라고 생각해? 캐서린에 대한 내 감정을 그자의 감정에 비할 수 있다는 거야? 넬리, 네가 이 집을 나가기 전에 나와 캐서린을 만나게 해 준다고 약속해 줘야겠어. 뭐, 네가 약속하든 말든, 나는 캐서린을 만날 테지만! 어쩔 거야?"

"그건 안 돼요, 히스클리프 씨. 절대로 제가 중간에 끼어서 두 사람을 만나게 해 줄 순 없어요. 히스클리프 씨와 우리 서방님이 또다시 마주치게 된다면 캐서린 아씨는 돌아가시고 말 거예요!"

"넬리 네가 도와주면 그런 일은 피할 수 있어. 그리고 행여 그런 일이 벌어질 위험이 있다면, 그러니까 그자로 인해 캐서린의 생존에 단 하나라도 문제가 더 생긴다면, 그럼 나로선 응당 극단으로 치달을 수밖에 없어! 넬리, 솔직하게 말해 줬으면 좋겠는데, 캐서린이 그자를 잃으면 많이 괴로워할 것 같아? 캐서린이 그럴까 봐 두려워서 내가 지금 아무것도 않고 참고 있는 거야. 이것만 봐도 넌 그자의 감정과 나의 감정에 차이가 난다는 걸 알겠지. 그자가 내 입장이고 내가 그자의 입장이었다면, 내가 내 인생을 쓰라리게 만들 정도로 그자를 증오한다고 해도, 난 절대로 그자에게 손끝 하나 대지 않았을 거야. 못 믿겠단 표정이군, 그럼 그러든가! 캐서린이 그자를 원하는 한, 난 절대로 그자가 캐서린과 어울리지 못하게 막지 않았을 거야. 캐서린이 관심을 끊는 순간, 바로 그자의 심장을 찢어발기고 그자의 피를 마시겠지만 말이야! 하지만 그때까지는 나는…… 내 말이 믿기지 않는다면, 넌 나라는 사람을 잘 모르는 거야…… 그때까지는 난 내가 조금씩 죽어간다 해도 그자의 머리카락 한 올 안 건드릴 거야!"

저는 그의 말을 가로막으며 이렇게 말했습니다.

"하지만 당신은 캐서린 아씨가 완쾌될 수 있는 모든 가능성을 아무 거리낌 없이 송두리째 망쳐 놓고 있잖아요. 캐서린 아씨는 당신을 거의 잊었는데, 쓸데없이 아씨의 기억 속에 끼어들어 아씨를 또다시 불화와 고통의 소용돌이 속으로 몰아넣으려고 하잖아요."

"캐서린이 나를 거의 잊었다고? 이봐, 넬리! 그게 아니란 걸 잘 알면서 왜 이래! 너도 나만큼이나 잘 알잖아. 캐서린이 린턴 생각을 한 번 할 때 내 생각은 천 번이나 한다는걸! 내 인생에서 가장 비참했던 시절에는 나도 그런 생각을 했었고, 그 생각이 작년 여름 이곳으로 돌아왔을 때 내 머리를 떠나지 않았었지. 하지만 이제는 캐서린이 직접 그렇다고 확언한다면 모를까 두 번 다시 그런 끔찍한 생각은 안 해. 하지만 캐서린이 그렇다고 한다면, 그때 린턴도, 힌들리도, 내가 꾼 모든 꿈도 무의미한 게 될 거야. 내 미래는 '죽음'과 '지옥'이란 두 단어로 함축될 수 있을 거야. 그녀를 잃은 뒤의 내 삶이란 지옥과 같을 테니까.

그런데 나도 잠깐이나마 캐서린이 에드거 린턴의 애정을 나의 애정보다 더 소중히 여긴다고 생각했던 적이 있으니 참 바보였어. 그렇게 보잘것없는 녀석이 온 힘을 다해 여든 해를 사랑한다고 해도, 내가 하루 사랑하는 것만도 못할 텐데 말이야. 그리고 캐서린의 마음도 나의 마음만큼이나 깊은데, 그자가 캐서린의 사랑을 독차지하겠다는 건 말구유에 바다를 담겠다는 것과 다름없지. 쳇! 캐서린한테 그자는 그녀의 개나 말보다 겨우 조금 더 소중한 존재일 뿐이야. 그자에겐 나만큼 사랑받을 만한 점이 없는데, 어떻게 캐서린이 사랑받을 만한 점이 없는 그자를 사랑할 수 있겠어?"

이저벨라 아가씨가 기운찬 큰 목소리로 불쑥 끼어들었어요.

"새언니와 우리 오빠는 어떤 부부 못지않게 서로 사랑해요! 누구도 그런 식으로 말할 권리는 없어요. 우리 오빠를 얕보는데, 가만히 듣고 있지만은 않겠어요!"

"당신 오빠도 당신을 아주 좋아하지, 안 그래? 그래서 놀랄 만큼 민첩하게 당신을 세상으로 내쫓았지."라며 히스클리프가 경멸스럽다는 듯 말했어요.

"오빠는 내가 어떤 고통을 겪고 있는지 알지 못해요. 오빠한테 그런 말은 하지 않았으니까요." 하고 이저벨라 아가씨가 대꾸했어요.

"그럼 뭔가 다른 말은 했단 거로군. 편지를 한 거야?"

"결혼했다는 소식을 전하기 위해 편지를 했어요. 당신도 그 편지 봤잖아요."

"그 뒤로는 하지 않았고?"

"안 했어요."

"환경이 바뀌어서 그런지 우리 아가씨가 안타깝게도 얼굴이 많이 상했네요. 우리 아가씨의 경우에는 분명 누군가의 사랑이 모자라서 그런 거겠죠. 그게 누구인지 충분히 짐작은 되지만 누구라고 말하진 않겠어요."

제가 한마디 하자 히스클리프가 이렇게 응수하더군요.

"내 짐작엔 이저벨라의 사랑이 모자라는 것 같군. 지저분하고 게으른 계집으로 전락해 버렸으니까! 날 기쁘게 하는 일에도 싫증나 버렸지, 그것도 아주 일찌감치. 믿기 어렵겠지만, 우리가 결혼한 바로 다음 날부터 집에 가고 싶다고 질질 짜더라니까. 하지만 이저벨라가 너무 깐깐하게 굴지 않는 게 이 집에서 살기에는 훨씬 더 나을 거야. 그리고 난 이저벨라가 알짱거리고 돌아다니면서 내 체면에 먹칠하지 않게 주의해야 할 거고."

"음, 그렇지만 우리 아가씨는 보살핌과 시중을 받는 데 익숙한 분이라는 사실을 헤아려 주시면 좋겠어요. 모두의 보살핌을 받으면서 외동딸처럼 귀하게 자란 분이란 사실도요. 아가씨 곁에 시중드는 하녀를 붙여 주고 아가씨에게 다정하게 대해 줘야 해요. 에드거 서방님을 어떻게 생각하든지 간에, 당신에 대한 이저벨라 아가씨의 깊은 사랑을 의심해선 안 돼요. 그렇지 않았다면 아가씨가 옛 집에서의 우아하고 안락했던 생활과 그곳의 가족들을 버리고 이토록 황폐하게 내버려진 곳에서 당신과 기꺼이 함께하기 위해 오지 않았을 거예요."

그러자 히스클리프가 이렇게 대꾸했어요.

"이저벨라가 자기 집과 가족을 버린 건 망상에 빠졌기 때문이었어. 망상에 빠져 나를 로맨스 소설 속 남자 주인공이라 상상하고, 내가 기사도를 아낌없이 발휘해 뭐든 자기 맘대로 다 하도록 받아 주리라 기대했던 거지. 이저벨라는 전혀 이성적이지 못한 사람 같아. 그러니까 그렇게 막무가내로 나를 등장인물로 삼아 터무니없는 상상을 계속하고, 그렇게 해서 마음에 품게 된 거짓된 감정에 따라 행동했던 거겠지. 하지만 드디어 나란 사람에 대해 알기 시작한 것 같아. 처음에 날 짜증나게 만들던 바보같이 실실 웃거나 표정을 꾸며 내는 짓을 이제는 하지 않고, 그녀가 나한테 반한 일과 그녀란 사람에 대해 내가 어떻게 생각하는지 말해 줘도 어리석게도 진심인지 모르더니 이제는 알아차리니까 말이야. 내가 자기를 사랑하지 않는다는 사실을 알아챈 건 통찰력을 발휘한 끝에 나온 경탄할 만한 성과였어. 한때는 아무리 가르쳐 줘도 그녀에게 그 사실을 깨우쳐 줄 수 없다고 생각했다니까! 그렇지만 아직도 아주 미흡한 수준이야. 오늘 아침에서야 무슨 간담을 서늘케 하는 정보라도 되는 듯이 내가 자기로 하여금 날 미워하게 만드는 데 정말로 성공했다고 알려 주는 걸 보면 말이야! 날 미워하게 만드는 건 정말 헤라클레스의 노역처럼 지극히 어려운 일이긴 하지. 그런 노역이 성공을 거뒀다면 충분히 감사할 만해…… 그런데 당신 말을 믿어도 될까, 이저벨라? 날 미워한다는 게 정말이야? 내가 당신을 한나절만 혼자 내버려 둬도, 다시 내게 슬그머니 다가와서 한숨을 쉬고 아양을 떨면서 날 구슬리려고 하는 것 아냐? 넬리, 아마 이저벨라는 내가 넬리 앞에서 자기한테 무척 다정한 척해 주길 바라고 있을 거야. 진실이 드러나면 자기 허영심에 상처가 날 테니까. 하지만 우리 사이에서 완전히 일방적으로 한 사람만이 열정을 품었단 사실을 누가 안다고 해도 난 상관없고, 그 부분에 대해선 그녀에게 거짓말을 한 적도 전혀 없어. 조금이라도 거짓으로 상냥하게 대한 적이 없으니 그녀는 나를 비난하지 못할 거야. 스러시크로스 그레인지에서 도망쳐 나올 때, 내가 맨 처음 한 일이 그녀의 강아지를 목매다는 거였는데, 개를 풀어 달라고 애원하기에 내가 바로 말했지. 한 사람만 빼고 그녀의 식구 모두를 목매다는 게 소원이라고 말이야. 이저벨라는 그 한 사람의 예외가 자기라고 생각한 모양이었어. 그리고 그녀는 잔인한 짓을 전혀 혐오스러워 하지 않았지. 소중한 자기 몸만 다치지 않는다면, 천성적으로 잔인한 걸 좋아하는 모양이야! 그런데 저 가련한 노예근성의 천한 마음을 지닌 계집이 내가 자기를 사랑할 거라고 꿈꾸다니, 정말이지 어처구니없고 바보 같은 일 아니겠어? 넬리, 너의 주인에게 가서 전해. 그의 누이만큼 비굴한 사람은 내 평생 처음 보았다고, 린턴 가문의 이름에 먹칠까지 한다고 말이야. 그리고 나는 그녀가 어디까지 견뎌 내나 못살게 굴며 실험했는데, 그래도 수치스럽게 슬며시 다가와 알랑대고 굽실거리는 탓에 어떤 실험을 해야 할지 더 이상 좋은 수가 떠오르지 않아 때로는 실험을 늦출 때도 있다니까! 하지만 네 주인에게 오빠로서도 치안판사로서도 나설 일은 없으니 맘 편히 있으라고 전해. 난 법의 한계를 엄중히 지키고 있으니까 말이야. 지금까지 난 이저벨라가 별거를 청구할 빌미로 삼을 만한 행동은 조금도 하지 않았어. 게다가 누가 우리를 떼어 놓는다고 해도 그녀가 고마워하지 않을 거야. 떠나고 싶다면 떠나라고 해. 그녀를 괴롭히면서 얻는 희열보다 함께 있어서 성가신 게 더 많으니까 말이야!"

"히스클리프 씨, 지금 한 말은 미치광이나 할 법한 이야기로군요. 그리고 당신 부인도 필시 당신이 미쳤다고 확신하고 있겠군요. 그런 까닭에 당신 부인이 이제까지 참아 줬던 거겠죠. 하지만 이제 당신이 우리 아가씨에게 떠나도 좋다고 했으니, 아가씨는 틀림없이 기회다 싶어서 얼른 그 말대로 할 거예요. 아가씨, 자진해서 저 사람과 계속 남겠다고 할 만큼 넋이 빠진 건 아니겠지요?"

"말조심해, 엘런!"

이저벨라 아가씨가 격노해 눈을 번득이며 대답했어요. 그 눈빛으로 보아 아가씨의 혐오를 사려는 남편의 노력이 완전히 성공했단 건 의심할 여지가 없었어요.

"저이의 말은 한마디도 믿지 마. 저이는 거짓말쟁이 악마에다 괴물이지, 사람이 아냐! 전에도 떠나도 좋다는 말을 들은 적이 있었어. 그래서 떠나려고 했던 적도 있었지만 이제 감히 다시는 그러지 못하겠어! 다만, 엘런, 저이의 악랄한 말을 우리 오빠나 새언니에게는 단 한마디도 전하지 않겠다고 약속해 줘. 저이는 무슨 구실로든 에드거 오빠를 자극해서 절망하게 만들려고 저러는 거니까. 저이는 오빠를 마음대로 조종하기 위해 의도적으로 나와 결혼했다고 그러더군. 하지만 절대로 그렇게는 못 할걸! 그렇게 되느니 차라리 내가 먼저 죽어 버릴 거야! 내가 바라고 기도하는 건 오직 저이가 악마 같은 신중함을 잊고 나를 죽여 줬으면 하는 거야! 내가 상상할 수 있는 단 한 가지 기쁨은 내가 죽거나 저이가 죽는 것을 보는 것뿐이야!"

히스클리프 씨가 끼어들며 이렇게 말했어요.

"자, 현재로선 이 정도면 충분할 것 같군! 넬리, 만약 법정에 불려 간다면 저 여자가 지금 한 말을 꼭 기억해 내도록 해! 그리고 저 얼굴을 잘 봐 둬. 이젠 제법 나와 잘 어울리는 수준이 되었어. 아니, 이저벨라, 당신은 이제 자기 자신을 보호하기엔 상태가 좋지 않아. 내가 당신의 법적 보호자니 아무리 그 의무가 싫더라도 당신을 계속 데리고 있으면서 관리해야만 해. 위층으로 올라가. 나는 엘런 딘과 단둘이 할 얘기가 있으니까. 그쪽 길이 아니잖아. 위층으로 올라가라니까! 이봐, 위층으로 올라가는 길은 이쪽이야!"

히스클리프 씨는 이저벨라 아가씨를 붙잡아 거실에서 밀쳐 내고는 이렇게 중얼거리면서 돌아왔어요.

"난 동정 안 해! 동정 따윈 하지 않아! 벌레가 꿈틀거리면 꿈틀거릴수록 나는 더욱더 짓밟아 창자까지 튀어나오게 하고 싶어! 그건 마음에 이가 돋아나는 것과 같아서, 이가 돋아날 때 아프면 아플수록 그만큼 더 힘껏 이를 갈고 싶어져."

"'동정'이란 말이 무슨 뜻인지 알기나 해요? 평생 동정심을 느껴 본 적이라도 있어요?"

제가 급히 저의 보닛 모자를 집어 들며 말했어요. 그러자 제가 그만 가려고 한다는 것을 알아채고는 그가 제 말을 가로막았어요.

"그거 내려놔! 아직은 못 가…… 이리로 와 봐, 넬리. 내가 캐서린을 만나겠단 결심을 했는데, 설득으로든 강제로든 네가 나를 도와주게 만들고 말겠어. 그것도 당장. 해를 입힐 생각은 없다고 맹세할게. 소란을 일으키거나 린턴 씨를 화나게 하거나 모욕하고 싶은 게 아냐. 다만 직접 캐서린한테서 몸 상태가 어떤지 왜 병에 걸렸는지 듣고, 뭐든 내가 도울 수 있는 일이 있는지 묻고 싶을 뿐이야. 어젯밤 스러시크로스 그레인지의 정원에서 여섯 시간 동안 있었고 오늘밤에도 또 갈 거야. 이제 매일 밤 그곳에 갈 거야. 그리고 매일 낮에도 갈 거야. 그 집 안으로 들어갈 기회를 잡게 될 때까지 계속. 만약 에드거 린턴과 마주치면 망설임 없이 그자를 때려눕혀 내가 그곳에 있는 동안 입도 벙긋 못하게 만들어 놓을 거야. 만약 그자의 하인들이 날 막는다면, 이 권총으로 위협해서 쫓아 버릴 거고. 하지만 하인들도 네 주인도 맞닥뜨리지 않고 들어가는 게 더 좋지 않을까? 그리고 넬리 너라면 아주 쉽게 그렇게 해 줄 수 있어! 내가 가서 너에게 신호를 할게. 그럼 캐서린이 혼자 있게 되면 곧바로 사람들 눈에 띄지 않게 나를 안으로 들여 주고 내가 떠날 때까지 망을 봐주면 되잖아. 양심에 거리낄 게 전혀 없어. 네가 곤란한 일이 일어나지 않게 막는 거니까."

저는 제가 고용된 집에서 그런 배신자 역할을 맡을 수 없다고 거절했습니다. 게다가 그의 만족을 위해 캐서린 아씨의 평온을 깨뜨리는 것은 잔인하고 이기적이라고 주장했지요. 그러면서 저는 이렇게 덧붙였지요.

"아주 흔하기 그지없는 일상적인 일에도 캐서린 아씨는 안쓰러울 정도로 깜짝 놀라요. 지나치게 신경과민이어서 당신이 불시에 찾아간다면 그 충격을 견디지 못할 게 뻔해요. 그러니 제발 고집 부리지 말아요. 그래도 계속 고집을 부린다면 저는 하릴없이 우리 서방님에게 당신의 계획을 알려 드릴 수밖에 없어요. 그러면 우리 서방님은 그런 부당한 침입으로부터 자신의 집과 식솔들을 안전하게 지킬 수 있는 조치를 취하실 거예요!"

그러자 히스클리프가 소리쳤어요.

"그렇다면 난 넬리 너를 여기에 붙잡아 둬야겠군! 널 내일 아침까지 여기 워더링 하이츠에 붙잡아 두겠어. 캐서린이 날 만났을 때 그 충격을 견딜 수 없다고 주장하는 건 바보 같은 소리야. 그리고 캐서린이 놀라는 건 나도 바라지 않으니, 넬리, 네가 미리 대비해 놔. 내가 가도 좋은지 캐서린에게 미리 물어보면 되잖아. 캐서린이 내 이름을 전혀 언급하지 않고 아무도 캐서린에게 내 이야기를 하지 않는다고 했지? 그 집에서 내 이야기를 하는 게 금지되어 있다면 과연 누구한테 캐서린이 내 이야기를 하겠어? 캐서린은 당신네들 전부를 자기 남편의 첩자로 생각하고 있는 거야. 아아, 틀림없이 캐서린은 당신네들 사이에 있는 게 지옥에 있는 것 같겠군! 다른 무엇보다 캐서린이 침묵한다니 그녀의 기분이 어떨지 짐작이 가. 그녀가 종종 안절부절못하고 초조한 기색이라고 했지? 그런데 그게 무슨 캐서린이 평온하단 증거란 말이야? 그녀의 정신 상태가 불안하다고도 했지? 그렇게 끔찍하게 고립되어 있는데 도대체 어떻게 불안하지 않을 수 있겠어? 그리고 그 재미없고 보잘것없는 녀석이 고작 '의무감'과 '인정' 따위로 그녀를 간호하고 있다니! 고작 '동정심'과 '자비심' 따위로! 그 따위 얄팍한 간호로 그자가 캐서린의 기력을 회복시킬 수 있다고 생각하는 건, 참나무를 화분에 심어 놓고 무성해지기를 바라는 거나 마찬가지야! 우리 당장 합의를 보지. 넬리를 여기 그대로 붙잡아 두고, 내가 린턴이나 하인들과 싸우면서 캐서린을 만나러 갈까? 아니면 넬리가 지금까지 그랬던 것처럼 내 편이 되어 내 부탁을 들어줄래? 어서 결정해! 네가 계속 고집스럽게 심술을 부릴 생각이라면, 나도 여기서 더 꾸물거릴 이유가 없으니까!"

음, 록우드 나리, 저는 설득도 해 보고 불평도 하면서 그의 부탁을 딱 잘라 쉰 번은 거절했어요. 하지만 결국에는 어쩔 수 없이 합의하고 말았답니다. 저는 그의 편지를 우리 아씨에게 전해 주기로 약속했어요. 그래서 만약 아씨가 좋다고 하면, 린턴 서방님이 다음번 언제 집을 비우는지 그에게 알려 주기로 약속했지요. 우리 서방님이 집을 비우면 그때 그가 능력껏 집 안으로 들어오기로요. 저도 자리를 비울 것이고, 다른 하인들도 마찬가지로 방해가 안 되도록 모두 내보내 놓기로 했고요.

그게 과연 잘한 일이었을까요, 잘못한 일이었을까요? 형편상 어쩔 수 없이 그렇게 하기로 했지만 지금 와서 생각해 보니 잘못한 일인 것 같아요. 그때 저는 그의 요구를 들어줌으로써 또 다른 충돌을 막았다고 생각했어요. 캐서린 아씨의 정신병이 한 고비를 넘기는 데 좋은 쪽으로 작용할지 모른다고도 생각했죠. 그런 뒤 제가 말을 옮기고 다닌다며 에드거 서방님에게 엄중하게 질책받았던 일이 떠올랐지요. 무척 가혹하기는 했지만 저의 그런 행동을 신뢰에 대한 배신이라고 부른다면, 그러한 신뢰에 대한 배신은 이번이 마지막이며 다시는 이런 짓을 하지 않겠다고 거듭 다짐하며 저는 그 문제에 대한 모든 불안을 잠재워 보려고 했습니다.

그럼에도 불구하고 집으로 돌아가는 길의 제 마음은 워더링 하이츠로 가던 길의 제 마음보다 더 우울했답니다. 그리고 히스클리프의 편지를 캐서린 아씨에게 전하기로 마음을 다잡기까지 수없이 고민했지요.

그런데 록우드 나리, 케네스 선생님이 오셨나 보네요. 내려가서 케네스 선생님에게 나리가 한결 많이 나으셨다고 말씀드려야겠어요. 제 이야기는 이곳 사투리로 말하자면 '지리한' 것이지만, 다음에 오전 시간을 때워야 할 때 이어서 또 들려 드리도록 할게요.

'지리한 데다 음울하기까지 하지!'

그 착한 여인이 의사를 맞이하러 내려가자 나는 속으로 생각했다. 기분 전환 삼아 재미로 들을 만한 종류의 이야기는 전혀 아니란 생각도 들었지만, 신경 쓸 게 뭐 있나! 나는 쓴 약초와도 같은 딘 부인의 이야기에서 몸에 좋은 약을 뽑아낼 것이다. 그런데 일단 캐서린 히스클리프의 반짝반짝 빛나는 눈에 숨어 있는 매력을 경계해야겠다. 내가 그 젊은 과부에게 마음을 빼앗겼는데 그녀가 자기 엄마를 그대로 쏙 빼닮았다면 아주 묘하고도 난처한 입장에 처하게 될 테니까!

제2권

제1장

또 한 주가 지났다. 그리고 그만큼 나도 건강이 더 회복되었고 그만큼 봄도 더 가까워졌다!

가정부가 중요한 집안일을 하다 중간 중간 짬을 내 여러 번에 걸쳐 이야기를 해 줘서 이제 나는 이웃집의 내력을 다 들었다. 조금 요약은 하겠지만 그녀가 들려준 그대로 그 이야기를 계속하려 한다. 그녀는 대체로 아주 훌륭한 이야기꾼이어서 내가 그것보다 더 좋게 고칠 수 있을 것 같지 않기 때문이다.

제가 워더링 하이츠에 다녀온 날 저녁, 저는 히스클리프 씨가 보이진 않아도 우리 집 부근에 있다는 걸 아주 잘 알고 있었어요. 그래서 저는 밖으로 나가는 것을 피했어요. 아직 그의 편지가 제 주머니에 있었던 터라 그에게서 더 이상 협박이나 괴롭힘을 당하고 싶지 않았으니까요.

저는 우리 서방님이 출타하기 전까지는 편지를 전하지 않기로 마음먹었지요. 캐서린 아씨가 편지를 받고 어떤 반응을 보일지 짐작이 되지 않았으니까요. 그 결과, 저는 사흘이 가도록 그 편지를 아씨에게 전해 주지 않고 있었어요. 나흘째 되는 날은 일요일이었는데, 집안사람들이 교회로 가고 난 뒤 저는 편지를 가지고 아씨의 방으로 갔어요.

남자 하인 하나가 저와 함께 집을 지키려고 남아 있었지요. 우리 집은 집안사람들이 예배를 보러 간 동안에는 대개 문을 잠그고 있는데, 그날따라 날이 굉장히 따스하고 좋아서 저는 문을 활짝 열어 놓았어요. 누가 올지 알고 있었으니 약속을 지키기 위해서 저는 남자 하인에게 아씨가 오렌지를 무척 드시고 싶어 하니 얼른 마을로 달려가서 값은 내일 치른다 말하고 몇 개 사오라고 시켰습니다. 그가 나가자 저는 위층으로 올라갔습니다.

캐서린 아씨는 여느 날과 다름없이 헐렁한 흰 옷에 어깨에는 가벼운 숄을 걸치고 열어 놓은 창문 앞에 앉아 있었습니다. 발병 초기 얼마간 잘라 냈던 삼단 같은 머리카락은 이제는 그냥 빗질만 한 채로 관자놀이와 목에 자연스레 치렁치렁 드리워져 있었지요. 제가 히스클리프에게도 말했던 것처럼 아씨의 모습은 변해 있었지만, 아씨가 이렇게 차분할 때면 그렇게 변한 모습 속에 이 세상의 것으로 생각되지 않는 아름다움이 보이는 듯했어요.

빛나던 눈은 꿈꾸는 듯하고 애수에 잠긴 부드러운 눈으로 변해 있었지요. 아씨의 눈은 더 이상 자기 주변의 것들을 바라보지 않는 듯했어요. 늘 저 너머를, 이 세상 밖이라고 해도 될 정도로 훨씬 먼 저 너머를 응시하는 것 같았어요. 다시 살이 오르면서 초췌한 모습이 사라지긴 했지만 아씨의 얼굴은 창백했고, 정신 상태에서 비롯된 기묘한 표정을 짓고 있었죠. 그래서 이렇게 변해 버리게 한 원인들이 마음 아프게 연상되며 아씨에 대한 안쓰러운 관심이 일었습니다. 예외 없이 저도 그랬고, 아씨를 본 사람이라면 누구라도 그랬을 겁니다. 그러니 아씨의 얼굴과 표정을 본 사람이라면 누구든 병이 낫고 있다는 더 실재적인 증거를 눈앞에 두고서도 아씨가 이제 곧 죽을 운명이라는 인상을 강하게 받았답니다.

아씨 앞의 창턱에는 책이 한 권 펼쳐져 있었는데, 느껴질락 말락 한 바람에 이따금 책장이 팔락거렸어요. 린턴 서방님이 거기에 놔둔 모양이었어요. 아씨는 기분 전환 삼아 책을 읽거나 어떠한 소일거리도 전혀 하려 들지 않았으니까요. 그래서 서방님은 예전에 아씨가 즐거워했던 일에 아씨의 관심을 다시 불러일으키기 위해 애를 쓰며 여러 시간을 보내곤 했답니다.

아씨는 서방님의 의도를 알아차리고, 기분이 좋을 때면 서방님의 노력을 차분하게 받아 주었습니다. 하지만 때때로 피곤한 한숨을 억누르다가 결국은 세상에서 가장 슬픈 미소와 입맞춤으로 서방님의 노력을 멈추게 함으로써 그런 노력이 쓸데없다는 것을 보여 주었지요. 하지만 기분이 안 좋을 때면 뾰로통하니 외면하면서 손으로 얼굴을 가리거나, 심지어는 화를 내며 서방님을 밀쳐 내기도 했습니다. 그러면 서방님은 소용없는 일이었단 걸 깨닫고는 아씨를 혼자 있게 해 주었어요.

기머턴 예배당의 종은 아직도 계속 울리고 있었고, 골짜기에서 넘실거리며 부드럽고 아름답게 흐르는 시냇물 소리도 마음을 달래듯 귓전에 들려왔지요. 그것은 아직은 들리지 않는, 여름철 나뭇잎이 속삭이듯 살랑거리는 소리를 대신하는 아름다운 소리였는데, 여름이 와서 스러시크로스 그레인지 주변의 나무들에 잎이 무성해지면 나뭇잎이 흔들리는 소리에 파묻혀 들리지 않게 되는 소리였어요. 반면 워더링 하이츠에서는 해빙기나 장마철이 지난 뒤의 조용한 날이면 언제나 그 시냇물 소리가 들렸지요. 아마도 캐서린 아씨는 그 소리에 귀를 기울이면서 워더링 하이츠를 생각하고 있었을 거예요. 어쨌든 아씨가 생각하거나 귀를 기울일 수 있었다면 말이지요. 하지만 앞서 말씀드린 것처럼 아씨는 멍하니 먼 데를 보고 있는 표정이어서 눈으로도 귀로도 물질계의 것들은 인식하지 않는 것처럼 보였습니다.

"아씨 앞으로 편지가 왔어요, 아씨. 답장을 해야 하니 지금 당장 읽어야 해요. 제가 겉봉을 뜯을까요?"

저는 무릎에 올려놓은 아씨의 손에 편지를 슬쩍 쥐어 주면서 말했습니다.

"응." 하고 아씨는 눈길을 돌리지도 않고 대답했어요.

제가 겉봉을 뜯었는데, 아주 짧은 편지였어요.

"자, 읽어 보세요."

아씨가 손을 뒤로 빼는 바람에 편지가 떨어졌어요. 저는 편지를 다시 아씨의 무릎에 올려 주고 아씨가 기꺼이 편지를 내려다볼 맘이 들 때까지 서서 기다렸어요. 하지만 좀처럼 그렇게 될 것 같지 않아서 결국 제가 다시 이렇게 말했어요.

"아씨, 제가 읽어 드릴까요? 히스클리프 씨한테서 온 편지예요."

그러자 캐서린 아씨가 깜짝 놀라 기억을 떠올리며 힘든 기색을 보이더니 생각을 가다듬으려고 애썼어요. 아씨는 편지를 집어 들고 자세히 읽는 것 같았어요. 그리고 히스클리프 씨의 서명 부분에 이르자 한숨을 쉬었어요. 그래도 아직 그 편지에 담긴 뜻을 이해하지 못하는 것 같았어요. 그 편지에 대한 아씨의 대답을 듣고 싶다고 말하자 아씨는 그저 그 이름만 가리키며 애절하고 의아스러운 표정으로 열심히 저를 응시할 뿐이었어요. 그래서 저는 설명이 필요하다고 짐작하고 말했어요.

"저, 그가 아씨를 만나고 싶어 해요. 그가 지금쯤 정원에서 제가 어떤 회답을 갖고 올지 초조하게 기다리고 있을 거예요."

제가 이렇게 말하고 있는데, 밑의 양지바른 풀밭에 누워 있던 큰 개가 막 짖을 것처럼 귀를 쫑긋 세우는 모습이 눈에 들어왔어요. 그런 뒤 쫑긋 세웠던 귀를 도로 눕히고 꼬리를 흔드는 것으로 보아 그 개가 낯선 사람으로 여기지 않는 누군가가 다가오는 모양이었어요.

캐서린 아씨는 몸을 앞으로 숙이고 숨을 죽이며 귀를 기울였어요. 잠시 후 현관으로 걸어 들어오는 발소리가 났습니다. 문이 열려 있었으니 히스클리프 씨가 들어오고 싶은 유혹을 못 참고 걸어 들어온 것이었지요. 필시 제가 약속을 회피하려 한다고 짐작해서 자기 자신의 배짱을 믿기로 결심한 모양이었어요.

긴장된 얼굴로 캐서린 아씨는 방 입구 쪽을 뚫어져라 보고 있었어요. 히스클리프 씨는 어느 방인지 바로 찾아내지는 못했어요. 그러자 아씨는 제게 그를 이리로 데려오라는 몸짓을 했어요. 하지만 제가 미처 방문 있는 데까지 가기도 전에 그가 방을 찾아내 성큼성큼 한두 걸음 만에 아씨 옆으로 가서 아씨를 꽉 끌어안았어요.

그는 5분 정도 말을 하지도, 아씨를 꽉 끌어안은 팔을 풀지도 않았어요. 그러는 동안 그는 아마 자기가 평생 동안 한 키스보다 더 많은 키스를 퍼부었을 거예요. 하지만 그때 먼저 키스를 한 쪽은 우리 아씨였어요. 저는 그가 너무나 괴로워서 아씨의 얼굴을 차마 바라보지 못하는 것을 똑똑히 보았답니다! 아씨를 보는 순간, 그도 저처럼 아씨가 궁극적으로는 회복될 가망이 없고 분명 곧 죽을 운명이라는 확신이 들었던 것이지요.

"아아, 캐시! 아아, 내 목숨과도 같은 이여! 나더러 어떻게 견디라고!" 그게 그의 첫마디였는데, 자신의 절망을 애써 감추려고 하지 않는 말투였어요.

그러면서 그가 아씨를 빤히 쳐다봤는데 어찌나 그의 시선이 강렬하던지 저는 그의 눈에 눈물이 고이지 않을까 생각했어요. 하지만 그의 눈은 극심한 괴로움으로 타오를 뿐 눈물이 나지는 않았어요.

"뭐야 이건?"

캐서린 아씨가 이렇게 말하며 상체를 뒤로 젖히더니 갑자기 이마를 찌푸리며 그를 마주 보았어요. 아씨의 기분은 이랬다저랬다 시시각각으로 변덕을 피우는 한낱 풍향계 같았거든요.

"히스클리프, 너랑 에드거가 내 가슴을 찢어 놓았어! 그래 놓고는 너희 둘 다 불쌍한 사람은 자기들인 것처럼 내게로 와서 그 일을 애통해하지! 나는 너희를 불쌍하게 생각하지 않을 거야. 절대로 그렇게 안 하고말고. 너희는 날 죽여 놓곤 아주 잘 먹고 잘 사는 것 같군. 어쩜 건강하기도 해라! 내가 죽은 뒤에 몇 년이나 더 살 작정들이야?"

히스클리프는 한쪽 무릎을 꿇고 아씨를 끌어안은 상태였습니다. 그가 일어나려고 하자 아씨가 그의 머리카락을 움켜잡고는 일어나지 못하게 했어요. 그러면서 비통하게 계속 말을 이어 갔지요.

"우리 둘 다 죽을 때까지 이렇게 너를 붙들고 있었으면 좋겠어! 네가 어떤 괴로움을 겪었든 난 상관 안 해. 네가 괴롭건 말건 전혀 신경 쓰지 않을 거야! 왜 넌 괴로우면 안 돼? 난 이렇게 괴로운데! 내가 땅속에 묻히면 넌 날 잊을 거니? 행복해할 거야? 지금부터 20년 뒤에 넌 이렇게 말할 거니? '저게 캐서린 언쇼의 무덤이야. 난 오래전에 그녀를 사랑했고 그녀를 잃고 비참했어. 하지만 그건 지난 일이야. 그 후로 난 여러 사람을 사랑했고 이젠 내 아이들이 그녀보다 더 소중해. 그리고 죽을 때가 되면 난 그녀에게로 가는 게 기쁘기보다는 아이들을 두고 떠나는 게 슬플 거야!'라고. 넌 그렇게 말할 거지, 히스클리프?"

"제발 날 괴롭히지 마! 너 정말 내가 너처럼 미치는 꼴을 봐야 되겠어?"

히스클리프는 머리카락을 움켜잡은 아씨의 손에서 겨우 빠져나와 이를 갈면서 소리쳤어요.

옆에서 냉정하게 바라보는 사람의 눈에 비친 두 사람의 모습은 낯설고도 무시무시했습니다.

캐서린 아씨는 이승에서의 육신과 함께 이승에서의 성격을 버리고 가지 않는 한, 천국에 가더라도 그곳을 유배지로 밖에 여기지 않을 게 뻔했어요. 그 당시 아씨의 창백한 뺨, 핏기 없는 입술, 번득이는 눈에는 사납고 강렬한 복수심이 서려 있었어요. 그리고 오므려 쥔 손가락에는 조금 전까지 움켜잡고 있었던 히스클리프의 머리카락이 한 줌 남아 있었습니다. 한편 히스클리프는 한 손으로 바닥을 짚고 일어나면서 다른 한 손으로는 아씨의 팔을 잡고 있었는데, 아씨의 건강 상태에 필요한 부드러운 면이 워낙 부족한 사람인지라, 그가 아씨의 팔을 놓자 아씨의 창백한 피부에 시퍼렇게 손가락 자국 네 개가 선명하게 나 있었습니다. 히스클리프가 사납게 말을 계속 이어 갔습니다.

"죽어 가면서 나한테 그런 식으로 말하다니, 너 정말 악마에게라도 홀린 거야? 지금 네가 하는 말 한 마디 한 마디가 모두 내 기억에 생생하게 새겨져 네가 나를 떠난 뒤에도 영원토록, 점점 더 깊이 내 마음을 잠식해 들어갈 거라곤 생각 안 해? 넌 내가 널 죽였다고 말하지만 그게 거짓말이란 건 너도 잘 알잖아. 그리고 캐서린, 내가 존재하는 한 널 잊을 수 없단 것도 넌 잘 알잖아! 네가 세상을 떠나 안식을 취하는 동안 내가 지옥과도 같은 괴로움에 몸부림치리라는 것만으로는 네 지독한 이기심을 만족시킬 수 없는 거야?"

"난 안식을 취하지 못할 거야."

캐서린 아씨는 격렬하고 불규칙한 심장 박동에 자신의 쇠약한 몸 상태가 생각나는지 한탄하듯 말했어요. 지나치게 흥분하는 바람에 아씨의 심장은 눈으로도 보이고 귀로도 들릴 정도로 격렬하게 뛰고 있었지요.

캐서린 아씨는 더는 말을 하지 못하다가 발작이 끝나고서야 좀 더 다정한 말투로 이렇게 말을 이어 나갔습니다.

"히스클리프, 네가 나보다 더 큰 고통을 당하길 바라는 게 아냐! 난 그저 우리가 절대 헤어지지 않기를 바랄 뿐이야. 그러니 나중에 내가 한 말 때문에 네가 괴롭거든 나도 땅속에서 똑같이 괴로워한다고 생각하고 부디 날 위해서, 날 용서해 줘! 다시 이리 와서 무릎을 꿇고 앉아 줘. 넌 평생토록, 결코 나한테 해를 끼친 적이 없었잖아. 그러지 마, 네가 맘속에 분노를 품고 있다면, 그건 내 모진 말을 기억하고 있는 것보다 더 나쁠 거야! 다시 이리 오지 않을래? 어서!"

히스클리프가 아씨의 의자 뒤로 가서 아씨 쪽으로 몸을 숙였지만, 아씨에게 자기 얼굴이 보일 정도로 숙이지는 않았는데, 그의 얼굴은 감정이 북받쳐 흙빛으로 변해 있었어요. 아씨가 히스클리프를 보려고 몸을 틀자 그는 얼굴을 보이지 않으려고 갑자기 돌아서더니 벽난로 쪽으로 걸어가서 우리에게 등을 돌린 채 말없이 서 있었어요.

캐서린 아씨가 의심스러운 눈초리로 그를 계속 지켜보고 있었는데, 그의 움직임 하나하나가 아씨 안에서 새로운 감정을 일깨운 듯했습니다. 아씨는 말을 멈추고 한참을 그렇게 바라보다가 잔뜩 분개해 실망스러운 어조로 저를 보며 다시 말을 시작했습니다.

"아니, 저것 봐, 넬리! 그는 무덤에서 날 구할 수 있다는데도 잠깐만이라도 화를 누그러뜨리려고 하질 않잖아! 내가 받은 사랑이 고작 저런 거였다니! 뭐, 하지만 신경 안 써! 저건 '나의' 히스클리프가 아니니까. 나는 그래도 나의 히스클리프를 사랑할 거고 저승까지라도 데리고 갈 거야. 그는 내 영혼 속에 있으니까 말이야.”

그리고 아씨는 생각에 잠긴 채 이렇게 덧붙였지요.

“내가 가장 짜증나는 건 결국 이 산산이 부서진 감옥 같은 육신이야. 이런 육신에 갇혀 있는 데 지칠 대로 지쳤어. 난 이제 저 영광스러운 세계로 달아나 그곳에서 언제까지나 머물게 되기만을 애타게 기다리고 있어. 눈물 사이로 그곳을 흐릿하게 보고 아픈 마음의 벽에 갇힌 채 그곳을 그리워하는 게 아니라, 정말로 그곳으로 가서 그곳 안에 있고 싶은 거야. 넬리, 너는 네가 나보다 더 낫고 운이 좋다고 생각하겠지. 네가 아주 건강하고 기운이 넘치니까 내가 안쓰러울 테지만, 그건 조만간 바뀔 거야. 내가 넬리 너를 안쓰럽게 생각하게 될 걸. 나는 너희 모두보다 비교도 안 될 만큼 멀고 높은 곳에 가 있을 거야. 히스클리프는 내 곁에는 오지 않을 모양이군!”

아씨는 혼잣말을 계속해 나갔습니다.

“내 곁에 있고 싶어 하는 줄 알았는데. 야아, 히스클리프! 이제 그만 골내고 내 옆으로 와, 히스클리프.”

간절한 마음에 캐서린 아씨는 자리에서 일어나 의자 팔걸이에 기대섰습니다. 그 간절한 호소에 결국 히스클리프가 아씨 쪽으로 돌아섰는데 완전히 절망한 표정이었어요. 결국 눈물이 어리고 만 휘둥그레진 두 눈은 캐서린 아씨를 향한 채 사납게 번득였고 가슴은 마치 경련을 일으키듯 들썩거렸습니다. 그 순간 분명 따로 떨어져 있던 두 사람이 순식간에 하나가 되는 과정을 제가 가까스로 봤는데, 히스클리프가 자기에게로 몸을 내던진 아씨를 받아 안아서 어느새 둘은 꼭 끌어안았어요. 제가 볼 때는 우리 아씨가 살아서는 절대로 풀려나지 못할 것 같은 그런 포옹이었어요. 사실 제 눈에는 캐서린 아씨가 곧바로 의식을 잃은 것 같았어요. 히스클리프는 바로 옆의 의자로 몸을 던졌는데, 아씨가 기절했는지 확인하려고 제가 다급히 다가가자, 저를 향해 이를 갈고 미친개처럼 입에 거품을 물면서 절대 뺏기지 않겠다는 듯 빈틈없이 경계하며 아씨를 꽉 끌어안았습니다. 저는 그가 저와 같은 인간이라고는 느껴지지 않았어요. 제가 무슨 말을 해도 알아들을 것 같지도 않았죠. 그래서 저는 몹시 당황한 채로 물러서서 입을 꾹 다물었습니다.

그래도 바로 캐서린 아씨가 움직여서 조금 안심이 되었어요. 아씨는 자기를 안고 있는 히스클리프의 목을 한 손으로 꽉 끌어안고는 자기 뺨을 그의 뺨에 갖다 댔어요. 그러자 히스클리프는 아씨를 미친 듯이 어루만지면서 거칠게 말을 쏟아 냈어요.

"네가 얼마나 잔인했는지, 얼마나 잔인하고 기만적이었는지 난 이제야 깨달았어. 대체 왜 나를 경멸했어? 캐시, 왜 너 자신의 마음을 저버린 거야? 난 위로할 말이 한마디도 없고, 넌 그래도 싸. 네가 네 자신을 죽인 거야. 그래, 내게 입을 맞추고 맘껏 울어. 내 입맞춤과 눈물도 맘껏 짜내 가. 나의 입맞춤과 눈물이 너를 시들게 해 파멸시킬 테니까. 넌 나를 사랑했잖아. 그런데 무슨 권리로 나를 떠난 거야? 무슨 권리로…… 대답해 봐…… 린턴에게 그런 하찮은 연정을 품었던 거야? 불행도, 타락도, 죽음도, 하느님이나 사탄이 우리에게 가할 수 있는 어떤 것도 우리를 갈라놓을 수 없었을 텐데, 바로 네가 네 손으로 우리를 갈라놓아 버렸지. 내가 네 마음을 찢어 놓은 게 아니라, 바로 네 자신이 네 마음을 찢어 놓은 거야. 그리고 네가 네 마음을 찢어 놓으면서 내 마음도 갈기갈기 찢어 놓았어. 나는 건강하니 나로선 그만큼 더 나쁘지. 내가 살고 싶겠어? 내 삶이 어떨 것 같아? 만약 네가 죽…… 이런 제길! 너라면 네 영혼을 무덤 속에 묻고서 살고 싶겠어?"

그러자 캐서린 아씨는 흐느끼면서 이렇게 대꾸했어요.

"날 혼자 내버려 둬. 제발 좀 혼자 내버려 두라고. 내가 잘못했다면 나는 그로 인해 죽어 가고 있어. 그거면 됐잖아! 너도 날 버리고 갔잖아. 하지만 난 너를 비난하진 않겠어! 난 너를 용서해. 그러니 너도 나를 용서해 줘!"

"용서하는 것도, 네 눈을 보는 것도, 네 여윈 손을 만지는 것도 힘든 일이야. 내게 입을 맞춰 줘. 하지만 네 눈은 보이지 않게 해 줘! 네가 나한테 한 짓은 용서하겠어. 나는 나를 죽인 살인자를 사랑하니까. 하지만 너를 죽인 살인자는! 내가 어떻게 그 자를 용서할 수 있겠어?"

그런 뒤 두 사람은 서로의 얼굴에 얼굴을 파묻고 서로의 눈물로 얼굴을 적시며 아무 말이 없었어요. 아무튼 제가 볼 때는 둘 다 울고 있는 것 같았어요. 히스클리프도 이런 엄청난 일이 벌어졌을 때는 울 수 있는 모양이었습니다.

그러는 동안 점점 저는 몹시 불안해졌습니다. 오후가 후다닥 지나가 버려, 제가 심부름 보낸 하인도 돌아왔고, 골짜기 위의 서쪽으로 기우는 태양이 드리우는 빛에 기머턴 예배당 현관 밖으로 사람들이 쏟아져 나오는 것이 보였기 때문이었어요.

"예배가 끝났어요. 반 시간만 있으면 서방님이 돌아오실 거예요." 하고 제가 알려 주었습니다.

히스클리프는 신음하듯 욕설을 뱉으며 캐서린 아씨를 더 꽉 껴안았고 아씨도 꼼짝하지 않았어요.

이윽고 한 무리의 하인들이 길을 따라 올라와 부엌 별채 쪽으로 향하는 게 보였어요. 린턴 서방님도 그리 멀지 않은 뒤쪽에서 따라왔어요. 서방님은 대문을 직접 열고 천천히 산보하듯 걸어왔는데, 아마도 여름날만큼이나 바람이 부드럽게 산들거리는 멋진 오후를 즐기는 듯했어요.

"서방님이 돌아오셨어요. 제발 빨리 내려가요! 앞 계단으로 내려가면 아무도 마주치지 않을 거예요. 어서 서둘러요. 그리고 서방님이 완전히 안으로 들어오실 때까지 나무 사이에 숨어 있어요."

제가 소리치자 히스클리프는 자기를 껴안고 있는 아씨의 팔을 풀려고 하면서 말했어요.

"캐시, 난 가야 해. 하지만 내가 죽지 않는 한, 네가 잠들기 전에 다시 보러 올게. 네 창문에서 5미터도 안 떨어져 있을게."

"가지 마! 절대 못 가!"

아씨가 소리치며 있는 힘을 다해 그를 꽉 붙들었어요.

"한 시간 동안만이야."

히스클리프는 간절히 애원했어요.

"일 분도 안 돼."

아씨는 대꾸했지요.

"이제 정말 가야만 해. 린턴이 곧 올라올 거야."

불안해진 침입자가 계속 주장했어요.

히스클리프가 일어나면서 아씨의 손을 풀려고 하자, 아씨는 헐떡거리며 더 단단히 매달렸어요. 아씨의 얼굴에는 광기 어린 결연함이 드러나 있었지요.

"안 돼! 아아, 가지 마. 가지 마. 이게 마지막이야! 에드거는 우리를 해치지 못할 거야. 히스클리프, 난 죽어! 죽는다고!"

"우라질, 머저리 같은 녀석! 저기 오는군."

히스클리프는 이렇게 외치고는 의자에 도로 털썩 주저앉았어요.

"쉿, 내 사랑! 쉿, 쉿, 캐서린! 난 안 가고 여기 있을 거야. 그래서 그자가 날 쏜다 해도 난 축복의 말을 입에 담으며 숨을 거둘 거야."

그러고선 둘은 다시 꼭 껴안았어요. 서방님이 계단을 올라오는 소리가 들리자 저는 이마에서 식은땀이 흐르고 공포에 휩싸였어요. 제가 열을 내며 이렇게 다그쳤습니다.

"아씨의 정신 나간 헛소리를 들어 줄 참이에요? 아씨는 자기가 무슨 말을 하는지도 몰라요. 아씨가 자기 앞가림할 정신이 없다고 해서 아씨를 망쳐 놓을 작정이에요? 일어나요! 당장 뿌리칠 수 있잖아요. 이건 이제껏 당신이 저지른 짓 가운데서 가장 극악무도한 짓이에요. 이제 우리는 완전히 끝장났어요. 서방님이고 아씨고 하인이고 다 끝장났다고요."

저는 제 두 손을 쥐어짜며 소리 질렀어요. 그 소리를 듣고 린턴 서방님이 급히 달려왔어요. 이런 소란의 한가운데서 캐서린 아씨의 팔이 축 늘어지고 머리가 앞으로 푹 꺾이자 저는 진심으로 다행이라고 생각했어요.

'아씨가 기절했거나 죽었나 봐. 그러면 도리어 잘된 거야. 주위 사람들 모두에게 계속 짐으로 남아 불행을 가져오는 사람으로 사는 것보다는 죽는 게 훨씬 더 낫잖아.'

에드거 서방님은 놀라움과 분노로 창백하게 질린 채 불청객에게 덤벼들었어요. 서방님이 어떻게 할 작정이었는지는 모르겠어요. 상대방이 서방님의 팔에 죽은 것처럼 보이는 아씨를 안겨줘서 서방님이 하려던 행동이 뭐였든 당장, 다 멈추게 만들었으니까요. 그러면서 상대방이 이렇게 말했죠.

"이봐, 당신이 악마가 아니라면 부인부터 먼저 살려. 나한테 따질 게 있으면 그러고 나서 따져!"

히스클리프는 응접실로 걸어 들어가 앉았어요. 린턴 서방님은 저를 불렀어요. 그리고 아주 힘겹게, 이리저리 손을 쓴 끝에, 우리는 간신히 아씨의 의식을 회복시켜 놓을 수 있었어요. 하지만 아씨는 무척 어리둥절해하며 한숨을 쉬고 신음 소리를 낼 뿐 아무도 알아보지 못하더군요. 에드거 서방님은 아씨 걱정에 아씨의 혐오스러운 친구를 잊어버린 모양이었어요. 하지만 저는 아니었습니다. 저는 기회가 생기자마자 바로 그에게로 가서 캐서린 아씨는 좀 나아졌으며 오늘 밤 경과는 내일 아침에 반드시 알려 줄 테니 제발 그만 떠나 달라고 간청했어요. 그러자 그가 이렇게 대답하더군요.

"집 밖으로 나가는 걸 거부하지는 않겠어. 하지만 정원에 있을 거야. 그러니 넬리, 내일 약속은 꼭 지켜야 해. 저기 낙엽송 밑에 있을 테니까, 명심해! 안 그러면 린턴이 있든 말든 또 들어올 거야."

반쯤 열린 방문 사이로 아씨 방 안을 재빨리 흘깃 쳐다보고 제 말이 틀림없는 사실임을 확인하고서야 그 재수 없는 존재는 집 밖으로 나갔습니다.

제2장

그날 밤 자정 무렵 태어난 아기가 바로 록우드 나리께서 워더링 하이츠에서 본 그 캐서린 아씨인데, 아주 작고 연약한 칠삭둥이였어요. 그리고 두 시간 뒤 그 아이의 엄마는 히스클리프가 없는 것을 알아채거나 에드거 서방님을 알아볼 정도로 결코 의식을 회복하지 못한 채 세상을 떠나고 말았습니다.

아내를 여의고 에드거 서방님이 얼마나 비통해하셨는지 이야기하자니 마음이 너무나 아프네요. 그 여파로 생긴 일들을 보면 그 슬픔이 서방님 마음속에 얼마나 깊이 사무쳤는지 잘 알 수 있어요.

제가 보기에 서방님을 더욱 슬프게 한 건 재산을 물려줄 아들 없이 혼자가 되었다는 사실이었어요. 저는 어미 없는 허약한 아기를 바라보며 그 사실에 한탄했지요. 그리고 아비가 손녀보다 딸을 더 챙기는 게 당연한 일이긴 하지만, 돌아가신 린턴 나리가 당신 재산을 손녀 대신 딸이 상속하도록 해 놓은 것에 대해 마음속으로 원망했어요.

그 아기는 환영받지 못한 아기였지요. 가엾은 것 같으니! 태어나서 처음 몇 시간 동안은 울다 지쳐 죽었다 해도 누구 하나 거들떠보지 않았을 거예요. 물론 나중에 우리는 그렇게 방치했던 만큼 잘해 줘서 상쇄하긴 했지만, 그 아이의 시작은, 아마 끝도 마찬가지가 될 것 같은데, 함께해 주는 사람 하나 없이 고독하기 그지없었답니다.

바깥 날씨가 눈부시고 상쾌했던 그다음 날 아침, 정적 가득한 그 방의 창문 블라인드 사이로 어느새 아침 햇빛이 은은하게 새어 들어와 침상과 그 위에 누워 있는 고인을 그윽하고 부드러운 빛으로 감쌌습니다.

에드거 린턴 서방님은 눈을 감은 채 베개를 베고 누워 있었어요. 서방님의 젊고 뽀얀 얼굴은 옆에 누워 있는 시신만큼이나 죽은 사람 같았고 움직임도 전혀 없었습니다. 하지만 서방님의 얼굴에는 고뇌에 지친 나머지 적막감이 감돌았고 아씨의 얼굴에는 완벽한 평온함이 감돌았지요. 매끈한 이마, 감긴 두 눈, 미소를 살짝 머금은 입술. 천국에 있는 어떤 천사도 그런 모습의 아씨보다 아름다울 순 없을 것 같았어요. 그리고 저도 아씨가 누리고 있는 무한한 평온을 함께했습니다. 신이 내려 주신 안식을 누리고 있는, 근심이라곤 전혀 없는 그 모습을 응시하고 있던 그 시간보다 제 마음에 더 성스러운 기분이 들었던 적은 한 번도 없었답니다. 저는 몇 시간 전에 아씨가 했던 말을 무의식적으로 그대로 따라 했어요.

"우리들이 있는 곳과는 비교도 안 될 만큼 멀고 높은 곳으로 가셨겠지! 아직 지상에 있든 이제 천국에 있든 아씨의 영혼은 하느님 곁에서 편히 있을 거야!"

제가 별나서 그런지는 모르겠지만, 광적으로나 절망적으로 슬퍼하는 사람과 함께 있는 경우가 아니라면, 시신을 모신 방을 지키는 동안 저는 행복감을 느낀답니다. 그곳에는 이승도 저승도 깨뜨릴 수 없는 안식이 있으니까요. 그리고 끝도 없고 그림자도 없는 내세에 대한 확신 같은 것도 느낄 수 있으니까요. 그러니까 고인들이 들어가는 영원의 세계 말이에요. 그곳에선 삶이 끝없이 계속되고, 삶에 대한 공감 속에 사랑이 깃들고, 삶의 충만함 속에 기쁨이 넘치지요. 저는 그때 린턴 서방님이 캐서린 아씨의 축복 받은 해방을 그토록 슬퍼하는 것을 보고, 서방님의 사랑처럼 헌신적인 사랑에도 얼마나 많은 이기심이 깃들어 있는지 알게 되었답니다.

틀림없이 사람들은 참을성이라곤 없이 제멋대로 살다간 우리 아씨가 평화로운 안식처에 들어갈 만한 자격이 있는지 의심쩍게 여기겠지요. 냉정히 심사숙고해 보면 그런 의심이 들지도 모르지만, 그때 아씨의 시신 앞에서는 누구도 그러지 못했을 거예요. 아씨의 시신이 너무나도 평온해 보여서, 좀 전까지 그 육신에 깃들었던 영혼도 분명 똑같은 평온을 얻었음을 표시하는 것만 같았거든요.

"록우드 나리, 그런 사람들도 저세상에서 과연 행복할까요? 저는 그게 무척 궁금해요."

딘 부인의 물음이 어딘지 이단적이라는 느낌이 들어 나는 대답을 거절했다. 딘 부인은 그냥 하던 이야기를 계속해 나갔다.

캐서린 린턴 아씨의 일생을 돌이켜 보면 아씨가 저세상에서 행복할 것이라고 생각할 만한 근거가 없어서 걱정스러워요. 하지만 아씨는 이제 그만 아씨를 만든 조물주께 맡기기로 하지요.

서방님이 잠든 것 같아서, 저는 해가 뜨고 얼마 지나지 않아

조심스레, 슬그머니 그 방에서 맑고 신선한 공기가 있는 바깥으로 나왔습니다. 하인들은 제가 장시간 시신 곁을 지키고 있었기 때문에 졸음을 쫓으려고 나왔을 거라고 생각했겠지만, 사실 저의 주된 목적은 히스클리프 씨를 만나는 것이었어요. 만약 그가 밤새 숲속의 낙엽송 사이에만 계속 있었다면, 스러시크로스 그레인지에서 일어난 소동은 전혀 들리지 않았을 거예요. 아니면 기머턴으로 가는 심부름꾼의 말발굽 소리 정도는 들었겠지요. 하지만 만약 그가 집 쪽으로 더 가까이 왔었다면, 이리저리 분주히 돌아다니는 불빛과 바깥문이 여닫히는 광경을 보고 아마도 집안에 좋지 못한 일이 생겼다는 사실을 알아챘을 테지요.

저는 그를 찾고 싶기도 했지만 또한 두렵기도 했어요. 그 끔찍한 소식을 전해 줘야만 할 것 같은 데다 빨리 처리하고 싶은 마음도 간절했지만, 도무지 그 소식을 어떻게 전해야 할지 알 수가 없었답니다.

그를 찾았는데, 그는 숲에서 적어도 몇 미터는 더 깊숙이 들어간 곳에 있더군요. 고목이 된 물푸레나무에 기대서 있었는데, 모자를 벗고 있어서 머리가 이슬에 흠뻑 젖어 있었지요. 이슬이 물푸레나무의 싹이 난 가지에 맺혔다가 그의 주위로 후두둑 떨어지고 있었거든요. 그는 그 자세로 오랫동안 서 있었던 것 같아요. 찌르레기 한 쌍이 둥지를 짓느라 그에게서 1미터도 채 떨어지지 않은 곳을 분주하게 오가면서도 가까이 있는 그를 마치 통나무로 여기는 듯한 모습으로 봐서 말이지요. 제가 다가가자 새들은 날아가 버렸고, 그가 고개를 들고 저를 쳐다보며 이렇게 말했어요.

"그녀는 죽었어! 그 소식을 들으려고 널 기다린 게 아냐. 손수건 치우고 내 앞에서 훌쩍거리지 마. 빌어먹을 것들! 그녀는 너희 따위의 눈물은 한 방울도 원하지 않아!"

그때 제가 울고 있었던 건 캐서린 아씨 때문이기도 했지만 히스클리프 때문이기도 했어요. 우리는 자신이나 타인에게 연민이라고는 전혀 느끼지 않는 사람들에게 가끔 연민을 느끼는 법이잖아요. 그리고 그의 얼굴을 본 순간, 그가 이미 아씨의 죽음을 알고 있단 걸 눈치챘어요. 그의 입술이 달싹거리고 시선이 땅을 향하고 있어서 저는 그가 마음을 가라앉히고 기도를 드리는가 보다는 바보 같은 생각을 했답니다. 저는 흐느낌을 억누르고 뺨을 훔치면서 대답했습니다.

"네, 아씨는 돌아가셨어요! 천국에 가셨을 거예요. 우리가 충분히 주의하면서 악을 버리고 선을 좇는다면 우리 모두 천국에서 다시 아씨를 만날 수 있을 거예요!"

그러자 히스클리프가 짐짓 코웃음을 치며 물었어요.

"그럼 그녀는 충분히 주의했단 말이야? 성자처럼 죽었다고? 이봐, 그냥 진짜 어떻게 된 건지나 들려 달라니까. 어떻게……."

히스클리프는 그 이름을 말하려 애썼지만 결국 그러지 못했어요. 그는 입을 꾹 다물고 마음속의 격심한 고통과 소리 없는 싸움을 벌이면서도 겉으로는 물러서지 않고 사납게 노려보며 저의 동정을 거부했습니다.

"어떻게 죽었느냔 말이야?"

히스클리프가 마침내 다시 물었습니다. 대담한 사람인데도 마음속 고통과 그렇게 싸운 끝에, 자기도 모르게 손끝까지 덜덜 떨려 결국 뒤의 나무에 몸을 기대더군요. 그 모습에 저는 속으로 이렇게 생각했습니다.

'가엾은 녀석! 너도 남들과 똑같은 심장과 신경을 가진 인간이구나! 그런데 왜 그렇게 그걸 숨기려고 안달하는 거지? 네가 오만을 부려도 하느님을 눈멀게 할 순 없는데! 그렇게 계속 오만을 부리며 하느님을 시험하면 결국 하느님이 노하셔서 네가 굴욕의 비명을 지르게 만들 거야!'

저는 큰 소리로 이렇게 대답했습니다.

"어린 양처럼 조용히 숨을 거두셨어요! 아씨는 마치 잠자던 아이가 깨려다가 다시 잠에 빠져드는 것처럼 한숨을 쉬면서 몸을 쭉 펴더군요. 그러고는 5분 뒤 심장이 살짝 한 번 뛰는 것 같더니 더 이상은 뛰지 않았어요!"

"저기…… 혹시 내 이야기를 하던가?"

히스클리프가 머뭇거리면서 물었는데, 마치 그 질문에 대한 대답이 차마 참고 듣기 힘든 내용으로 이어질까 봐 두려운 듯했어요.

"아씨의 의식이 전혀 돌아오지 않아서, 당신이 나간 다음에는 아무도 알아보지 못했어요. 얼굴에는 달콤한 미소를 띠고 누워 있었죠. 그리고 마지막 순간에는 즐거웠던 어린 시절을 다시 떠올렸던 것 같아요. 아씨는 삶을 온화한 꿈속에서 끝맺은 거지요. 부디 저세상에서도 그렇게 온화하게 깨시기를!"

그러자 그가 발작을 하듯, 제어할 수 없이 격노하여 발을 구르며 무시무시할 정도로 격렬하게 외쳤어요.

"부디 고통 속에서 깨기를! 이런, 그녀는 끝까지 거짓말쟁이

였군! 그녀는 어디로 갔지? 그곳이 아냐. 천국이 아니라고. 사라진 것도 아닌데, 대체 어디로 간 거야? 참! 넌 내 괴로움 따윈 전혀 신경 쓰지 않는다고 했지! 난 한 가지만 기도하겠어. 내 혀가 뻣뻣해질 때까지 그 기도를 되풀이하겠어. 캐서린 언쇼, 내가 살아 있는 한, 부디 네가 편히 쉬지 못하기를! 넌 내가 너를 죽였다고 했지. 그럼 귀신이 되어 날 찾아와! 살해당한 사람은 자기를 살해한 사람에게 귀신이 되어 찾아오기 마련이지. 난 유령이 지상을 떠돌아다닌다는 것을 믿고, 또 그렇다고 알고 있어. 언제나 나와 함께 있어 줘. 어떤 모습으로라도 좋아. 그냥 날 미치게 해 줘! 널 찾을 수 없는 이 지옥 같은 세상에 제발 날 버리지만 말아 줘! 제길! 말로 표현할 수가 없어! 내 생명인 너 없이 난 못 살아! 내 영혼인 너 없이는 난 못 산단 말이야!"

그러면서 그는 옹이투성이인 나무 몸통에 머리를 쿵쿵 들이받았어요. 그러고는 눈을 치뜨고 울부짖는데, 그 모습이 마치 사람이 아니라 칼이나 창에 찔려 죽어 가는 사나운 짐승 같았어요.

나무껍질 여기저기에 피가 튄 자국이 보였고 그의 손과 이마도 피로 얼룩져 있었어요. 제가 목격한 그 광경은 아마도 밤사이 여러 번 되풀이되었던 것 같았어요. 그 광경에 저는 전혀 연민이 일지 않고 오히려 질겁했답니다. 그래도 저는 그를 그런 상태로 놔두고 떠나기가 망설여졌습니다. 하지만 제가 지켜보고 있다는 것을 알아차릴 만큼 진정된 그는 당장 꺼지라고 고함을 쳐서 저는 그 말에 따랐습니다. 그를 진정시키거나 위로하는 건 제 능력 밖의 일이었으니까요!

캐서린 아씨의 장례식은 아씨가 돌아가신 다음 돌아오는 첫 금요일에 치르기로 정했어요. 그래서 그때까지 아씨의 관은 뚜껑을 덮지 않은 채 꽃이며 향기로운 나뭇잎을 흩뿌려서 큰 거실에 모셔 두었습니다. 린턴 서방님은 밤이고 낮이고 그곳에서 지내면서 잠도 자지 않고 아씨의 관 옆을 지켰어요. 그리고 저 말고는 아무도 모르는 일이 하나 있었는데, 히스클리프도 마찬가지로 적어도 밤만이라도 매일 바깥에서 자지 않고 지켰습니다.

저는 히스클리프와 연락하지는 않았지만 그가 할 수만 있다면 들어올 계획이라는 것을 잘 알고 있었어요. 그리고 화요일, 날이 저물고 얼마 뒤, 우리 서방님이 피로에 지친 나머지 결국 두 시간쯤 자리를 비우게 되었을 때, 히스클리프의 끈기에 마음이 뭉클해진 저는 시들어 가는 모습의 그의 우상에게 마지막 작별 인사라도 할 수 있는 기회를 주려고 창가로 가서 창문을 하나 열었어요.

그는 조심스럽고도 짧게 그 기회를 놓치지 않고 이용했어요. 얼마나 조심스러웠던지 아주 작은 소리 하나 나지 않아서 그가 온 줄도 몰랐답니다. 사실 그가 왔다간 것도 몰랐을 뻔했는데, 시신의 얼굴을 가린 천이 흐트러져 있고 은실로 묶은 옅은 색 머리카락 한 타래가 바닥에 떨어져 있더라고요. 조사해 보니 그 머리카락 타래는 캐서린 아씨의 목에 걸려 있던 로켓(*여성 장신구의 하나로, 사진이나 머리카락 따위를 넣어 목걸이에 다는 작은 갑을 말한다.)에서 빼낸 게 틀림없었습니다. 히스클리프가 로켓 뚜껑을 열어 안에 든 내용물을 꺼내고 자신의 검은 머리카락 한 타래를 대신 넣어 두었더군요. 저는 둘의 머리카락을 감아서 함께 넣어 줬습니다.

당연히 언쇼 나리에게 자기 누이의 시신을 무덤에 안장하는데 참석해 달라고 요청했습니다. 하지만 언쇼 나리는 참석 못 한다는 연락도 없이 끝내 오지 않았어요. 그리하여 아씨 남편 외에 조문객이라고는 소작인과 하인들밖에 없었습니다. 이저벨라 아가씨는 아예 부르지도 않았고요.

캐서린 아씨의 매장지는 마을 사람들이 깜짝 놀라게도, 교회 안에 있는 린턴 가문의 묘석 아래도 아니고, 바깥에 있는 아씨의 친척들 무덤 옆도 아니었습니다. 아씨의 시신을 파묻은 곳은 교회 공동묘지 한구석의 초록 비탈이었어요. 그 부근은 담장이 워낙 낮아서 황야에서 히스와 월귤나무가 담장을 타고 넘어와 있었고, 토탄질의 흙에 거의 묻히다시피 한 곳이었어요. 아씨의 남편도 지금 그곳에 묻혀 계신답니다. 두 분의 무덤 위에는 소박한 묘비가 하나씩 서 있고, 무덤 발치에는 평평하고 네모난 회색 돌이 하나씩 놓여 있어서, 그곳이 무덤임을 표시해 주지요.

제3장

아씨의 장례식이 열렸던 그 금요일을 마지막으로 한 달 동안 계속되던 맑게 갠 날이 끝났어요. 그날 저녁이 되자 좋던 날씨가 갑자기 바뀌었어요. 바람이 남풍에서 북동풍으로 바뀌더니 처음에는 비가, 그런 뒤는 진눈깨비가, 나중에는 눈까지 내렸지요.

다음 날에는 누구도 지난 3주 동안 여름 날씨가 계속되었다고 믿기 어려울 정도였어요. 앵초와 크로커스는 겨울처럼 눈 더미에 덮여 버렸고, 종달새도 지저귀지 않았고, 일찍 새순이 돋은 나무의 어린잎은 갑자기 덮친 찬 기운에 그만 검게 변해 버렸습니다. 그날 하루는 정말 쓸쓸하고 춥고 음울하게 느릿느릿 가고 있었답니다! 우리 주인 나리는 자기 방에 들어박혀 있었고, 저는 적막한 응접실을 혼자 차지하고는 아기 방처럼 쓰고 있었어요. 저는 칭얼대는 인형 같은 아기를 무릎에 올려놓고 앉아 아기를 이리저리 흔들어 주면서, 아직도 계속 휘몰아치는 눈송이들이 커튼 없는 유리창에 쌓이는 모습을 지켜보고 있었어요. 그런데 바로 그때 문이 열리더니 누군가가 들어와 가쁜 숨을 몰아쉬며 마구 소리 내 웃는 게 아니겠어요!

순간 저는 놀라기도 했지만 그보다는 화가 더 많이 났습니다. 하녀 가운데 하나일 거라 생각한 저는 호통을 쳤습니다.

"무슨 짓이야! 감히 여기가 어디라고 그렇게 경박하게 구는 거야? 린턴 서방님이 들으면 뭐라고 하시겠어?"

"미안! 하지만 에드거 오빠는 자고 있는 줄 알았어. 그리고 웃음을 못 참겠는 걸 어떡해."라고 대답하는 데 귀에 익은 목소리였어요.

그렇게 말하던 여자가 숨을 헐떡이며 한 손으로 옆구리를 짚고서 벽난로 쪽으로 다가왔어요.

"워더링 하이츠에서부터 내내 뛰어오는 길이야!"

그 여자가 잠시 말을 멈췄다가 다시 이어 갔습니다.

"중간중간 날아오기도 했지만 말이야. 몇 번이나 넘어졌는지 세지도 못하겠어. 아아, 온몸이 쑤시네! 놀라지 마. 숨 좀 돌리고 곧바로 다 설명해 줄 테니까. 그러니 지금은 그냥 좀 밖에 나가서 나를 기머턴에 태워다 줄 마차를 준비하라고 지시를 내리고, 하인을 시켜 내 옷장에서 옷 몇 벌 챙겨 오게 해 주는 친절을 베풀면 안 될까?"

그 침입자는 바로 히스클리프 부인이었습니다. 그런데 이저벨라 아가씨는 분명 그렇게 웃고 있을 처지가 아닌 듯했어요. 어깨에 치렁치렁 늘어뜨려진 머리카락에서는 젖은 눈이 녹으며 물이 뚝뚝 떨어지고 있었어요. 옷은 평소 즐겨 입는 처녀 같은 옷차림이었는데, 아가씨 나이에는 어울리지만 유부녀라는 자기 신분에는 맞지 않았어요. 목선이 깊이 파이고 소매가 짧은 드레스에, 머리에는 아무것도 쓰지 않고 목에도 아무것도 두르지 않은 차림새였지요. 얇은 비단으로 된 그 드레스는 젖어서 몸에 착 달라붙어 있었고, 발에는 겨우 얇은 슬리퍼만 신겨져 있었어요. 이에 더하여 한쪽 귀밑에는 깊은 상처가 나 있었는데 추위로 인해 얼어서 피가 많이 흐르지는 않았지만, 창백한 얼굴은 긁힌 자국과 멍투성이였고, 몸은 지쳐서 거의 가누지도 못할 지경이었어요. 그러니 여유를 가지고 느긋하게 아가씨를 살펴보게 되었을 때에도 처음에 아가씨가 불쑥 들어왔을 때 제가 느낀 놀라움이 별로 가시지 않았으리라고 나리께선 짐작하실 수 있으시겠죠.

"아이고, 아가씨! 아가씨가 지금 입은 옷을 다 벗고 마른 옷으로 갈아입을 때까지 난 어디에도 안 가고 아무 말도 듣지 않겠어요. 그리고 기필코 오늘 밤에는 기머턴에 못 가요. 그러니 마차를 부를 필요도 없어요." 하고 제가 외쳤어요.

"기필코 난 가고 말 테야. 걸어가든 타고 가든. 하지만 옷을 단정하게 갈아입는 데는 반대 안 해. 그리고…… 아악, 지금 내 목에 흘러내리는 것 좀 봐! 불을 쬐니까 따끔거리네."라고 이저벨라 아가씨가 말했어요.

이저벨라 아가씨는 제가 자기 지시대로 따르기 전에는 자기 몸에 손도 못 대게 할 거라면서 고집을 피웠어요. 그래서 결국 마부에게 마차를 대령하라고 지시하고 하녀가 필요한 옷가지를 싸기 시작하고 나서야, 저는 아가씨의 승낙을 얻어 상처에 붕대를 감아 주고 아가씨가 옷을 갈아입는 것도 거들 수 있었습니다.

제가 일을 끝내자 아가씨가 찻잔을 앞에 놓고 벽난로 가의 안락의자에 앉아 말했습니다.

"자, 엘런, 이리 와서 내 맞은편에 앉아. 불쌍한 새언니의 아기는 저리 치우고. 그 아일 보고 싶지 않으니까! 내가 여기 들어올 때 아주 바보같이 굴었다고 해서 새언니 일을 조금도 맘 아파하지 않는다고 생각하면 안 돼. 나도 심하게 많이 울었단 말이야. 그래, 내겐 다른 어느 누구보다 울 이유가 있었지. 엘런 너도 기억하겠지만, 새언니랑 난 싸운 다음 화해도 하지 않고 헤어졌으니까. 난 나 자신이 용서가 안 돼. 하지만 그렇다 하더라도 그 인간을 동정하고 싶지는 않았어. 잔인한 짐승 같은 놈! 오, 저 부지깽이를 이리 좀 줘! 이게 내가 지니고 있는 그 인간의 마지막 물건이야!"

그러면서 아가씨는 약지에 끼고 있던 금반지를 빼서 바닥에 내던졌어요. 그러고는 어린애가 화풀이하듯이 금반지를 부지깽이로 내려치며 계속 말했습니다.

"박살 내 버릴 거야! 그런 뒤 태워 버릴 거야!"라고 소리치며 마구 내려치던 금반지를 집어서 벽난로 불 속으로 던져 버렸어요.

"좋아! 그가 나를 다시 끌고 가면 반지를 또 하나 사 내야 하는 거지 뭐. 그는 에드거 오빠를 괴롭히기 위해 나를 찾으러 오고도 능히 남을 인간이야. 그러니 그 인간의 사악한 머릿속에 그런 생각이 들까 봐 내가 감히 여기 머물 수가 없는 거야! 게다가 에드거 오빠도 이젠 내게 다정하게 대해 주지도 않고, 안 그래? 그리고 난 오빠한테 도움을 청하러 오지도 않을 거고 더 골칫거리를 안기지도 않을 거야. 어쩔 수 없이 피할 곳을 찾아 이리로 온 거야. 하지만 오빠가 이 방에 없단 걸 몰랐더라면, 그냥 부엌에서 잠깐 쉬었다가 세수하고 몸을 좀 녹인 다음, 내게 필요한 것은 엘런 너한테 가져다 달라고 해서 저주받은 그 인간의 손이 닿지 않는 곳 어디로든 다시 떠났을 거야. 그 사람의 탈을 쓴 마귀의 손이 닿지 않는 곳으로! 아아, 그 인간이 어찌나 화를 내며 날뛰었는지 몰라. 내가 붙잡혔다면 어떻게 됐을까! 새언니의 오빠 언쇼 씨가 힘으로는 그 인간을 당해 내지 못해서 유감이야. 언쇼 씨한테 그럴 힘만 있었다면 난 그 인간이 무너지는 걸 볼 때까지 도망치지 않았을 텐데!"

"아유, 아가씨, 그렇게 빨리 말하지 말아요!" 하고 저는 말을 가로막았어요.

"얼굴에 싸매 놓은 손수건이 풀리면 상처에서 또 피가 날 거예요. 자, 차를 들면서 한숨 돌려요. 그리고 그만 웃어요. 이 댁에도, 아씨 처지에도 웃음은 전혀 어울리지 않으니까요!"

"그래, 그건 부인할 수 없는 사실이지. 저 애 좀 봐! 내내 울고 있잖아. 우는 소리 안 들리는 곳으로 한 시간만 좀 치워 줘! 난 그 이상은 여기 머물지 않을 거니까."

저는 호출 종을 울려 아기를 하녀에게 맡겼습니다. 그러고는 아가씨에게 무엇 때문에 이런 믿기 힘든 몰골로 워더링 하이츠에서 부랴부랴 도망쳐 나온 거냐고 물었어요. 그리고 우리와 함께 있지 않겠다면 어디로 갈 작정이냐고도 물었지요. 그랬더니 아가씨가 이렇게 대답하더군요.

"내가 있고 싶은 곳도, 있어야 할 곳도 여기야. 에드거 오빠를 위로하고 아기를 돌봐야 하는 두 가지 일을 위해서도 그렇고, 또 이 집이 진짜 내 집이기도 하니까. 하지만 내 장담하는데, 그 인간이 날 그냥 놔두지 않을 거야! 내가 통통하게 살이 오르고 즐겁게 지내는 걸 보고 그 인간이 그냥 참아 넘길 것 같아? 그리고 그 인간이 우리가 평온하게 지낸다고 생각하고서도 우리의 안락을 망치겠다고 마음먹지 않고 그냥 넘어갈 것 같아? 이제 난 그 인간이 내 목소리가 들리거나 내 모습이 눈에 보이기만 해도 짜증이 날 정도로 날 혐오한다는 걸 확실히 알았으니까 오히려 안심이 돼. 내가 자기 앞에 나타나기만 하면 자기도 모르게 안면 근육이 일그러지며 증오의 표정을 띠더라니까. 그건 내가 자기에게 증오를 품을 타당한 이유가 있다는 사실을 그 인간이 알기 때문이기도 하고, 또 원래부터 나를 아주 싫어하기 때문이기도 해. 나를 얼마나 싫어하냐면, 만약 내가 용케 도망치기만 한다면 그 인간이 날 찾으러 온 영국을 뒤지고 다니지 않을 거란 확신이 단단히 들 정도야. 그러니까 난 완전히 종적을 감춰야만 해. 그 인간 손에 죽기를 바라던 애초의 바람은 이제 사라졌어.

이젠 그 인간이 차라리 자살이라도 했으면 좋겠어! 그 인간이 내 사랑을 완전하게 꺼트려 버려서 난 이제 맘이 편안해. 하지만 내가 그를 얼마나 사랑했는지는 아직도 기억나고, 또 여전히 그를 사랑할 수 있을 것 같단 생각도 희미하게나마 들기도 해. 만약에 말이야…… 아냐, 아니야! 설령 그가 나를 맹목적으로 사랑했다 하더라도, 그 악마 같은 본성은 어떻게든 그 존재를 드러냈을 거야. 캐서린 언니는 그만큼 그를 잘 알면서도 그토록 끔찍이도 소중히 여겼으니, 정말 취향 한번 특이해. 괴물이 따로 없는데! 그 인간이 이 세상에서도, 내 기억에서도 사라져 버렸으면 좋겠어!"

"쉿, 조용! 그도 사람이잖아요. 좀 더 너그럽게 생각하세요. 그래도 이 세상엔 그보다 더 나쁜 사람들도 있으니까요!"

저의 말에 아가씨가 이렇게 쏘아붙였어요.

"그는 사람이 아냐. 그리고 그에겐 나의 너그러움을 구할 권리도 없어. 난 그에게 내 마음을 줬는데, 그는 내 마음을 받아 찌부러뜨려서 죽인 다음 내게 도로 내팽개친 거야. 엘런, 사람은 마음으로 감정을 느끼는 법이지. 그런데 그 인간이 내 마음을 파괴해 버렸으니, 내겐 그를 동정할 힘이 없어. 그리고 그가 지금부터 죽는 날까지 신음하고 캐서린 언니를 위해 피눈물을 흘린다고 해도 난 그를 동정하지 않을 거야! 절대로, 정말로, 결단코, 난 그러지 않을 거야!"

이렇게 말하며 이저벨라 아가씨는 울기 시작했어요. 하지만 곧바로 속눈썹에 매달린 눈물을 닦아 내더니 다시 이야기를 시작했습니다.

"무엇 때문에 결국 도망쳐 나오게 됐냐고 물었지? 내가 그의 분노를 악의보다 한 단계 끌어올리는 데 성공했기 때문에 도망칠 수밖에 없었던 거야. 시뻘겋게 달군 집게로 신경을 끄집어내려면 주먹으로 머리통을 쥐어박을 때보다 더 냉정해야 하는 법이지. 그 인간은 흥분하자 평소 그렇게도 뽐내던 악마 같은 신중함을 잊고 살인이라도 저지를 것처럼 폭력을 휘둘렀어. 난 그를 격분시킬 수 있다는 데서 쾌감을 느꼈어. 그렇게 쾌감을 느끼자 나의 자기 보호 본능이 깨어났어. 그래서 난 완전히 도망쳐 나온 거야. 그리고 다시 그자에게 잡힌다면 얼마든지 맘껏 복수하라지 뭐.

엘런도 알다시피, 어제 언쇼 씨도 장례식에 마땅히 참석해야 했었잖아. 그러려고 그는 술도 삼갔어. 아예 입에도 안 댄 건 아니고 어지간하면 안 마시려고 했단 거야. 그러니까 아침 여섯 시쯤에 인사불성으로 취해 잠자리에 들었다가 낮 열두 시쯤에 술이 깨지 않은 채로 일어날 정도로 마시지는 않았어. 그 결과, 언쇼 씨가 잠에서 깼을 때는 자살 충동을 느낄 정도로 의기소침한 상태여서 무도회만큼이나 교회의 장례식장에도 갈 기분이 아니었어. 그래서 대신 그는 난롯가에 앉아 진인지 브랜디인지 모를 술을 큰 잔으로 계속 들이켰어.

히스클리프는 —그 인간의 이름만 불러도 몸서리가 쳐져!— 지난 일요일부터 오늘까지 그 집에서 남처럼 굴었어. 천사가 먹여 줬는지 지옥의 친척이 먹여 줬는지는 모르지만 아무튼 거의 일주일 동안 우리와 같이 식사하지 않았어. 동이 틀 무렵에야 집으로 돌아와 위층 자기 방으로 올라가 방문을 닫아걸고는 나오질 않았어. 누가 자기랑 같이 있고 싶어 죽는 줄 아나 봐! 방에 틀어 박혀서는 광신도처럼 줄곧 기도만 해 대더라니까! 정작 그 인간이 매달리는 유일한 신은 이젠 감각 없는 먼지와 재가 된 존재일 뿐인데 말이야. 그리고 어쩌다 하느님을 부를 때도 하느님과 자신의 사악한 아버지인 악마를 교묘히 뒤섞는 거야! 그렇게 떡도 대단한 기도를 마친 뒤에는 ―기도는 대개 목이 점점 쉬어서 목구멍에서 소리가 안 나올 때까지 계속되었어.― 또 집을 나가서 늘 스러시크로스 그레인지로 곧장 내려가는 거야! 왜 에드거 오빠는 순경을 불러 그 인간을 감옥에 처넣지 않았는지 모르겠어! 나도 새언니 일이 슬프기는 했지만, 그래도 그 일 덕택에 모멸적인 억압에서 해방된 요 며칠 동안은 휴가라도 얻은 기분이 들지 않을 수 없었어.

난 조지프의 끊임없는 잔소리를 울지 않고 들어 넘길 만큼 기운을 차렸고, 집 안에서 아래위층을 오갈 때도 전처럼 겁먹은 도둑처럼 걷지 않게 되었어. 엘런, 넌 조지프 영감 따위가 뭐라든 내가 울 게 뭐 있냐고 생각하겠지만 조지프와 헤어턴은 정말 함께 있기 싫은 사람들이야. 그 '꼬마 선장'이나 그의 충실한 지지자인 밉살스러운 영감과 같이 있을 바에야, 차라리 언쇼 씨 옆에 앉아서 그의 끔찍한 횡설수설을 듣는 편이 나아!

히스클리프가 집에 있을 땐, 난 대개 어쩔 수 없이 부엌으로 가서 그들과 같이 있거나 눅눅한 빈방 중 하나에 들어가 추위에 덜덜 떨며 있을 수밖에 없어. 히스클리프가 집에 없을 땐, 이번 주가 바로 그랬는데, 난 거실 벽난로 옆 한구석에다 탁자와 의자를 갖다 놓고 언쇼 씨가 뭘 하든 전혀 신경 쓰지 않지. 그리고 언쇼 씨도 내 일에 신경 쓰지 않고. 요즘 언쇼 씨는 누가 자극하지만 않는다면 예전보다 훨씬 조용히 지내. 더 시무룩하고 우울해지긴 했지만 화내며 날뛰는 일은 줄었어. 조지프는 쥔 나리가 사람이 달라진 게 틀림없다고 단언하더군. 하느님께서 나리의 가슴에 와 닿아 나리가 '불 가운데서'(*고린도전서 3장 15절 "누구든지 그 공적이 불타면 해를 받으리니 그러나 자신은 구원을 받되 불 가운데서 받은 것 같으리라.") 구원을 얻었다나 뭐라나. 대체 뭐가 긍정적인 변화의 징후라는 건지 난 잘 모르겠지만, 뭐 그거야 내가 상관할 바는 아니지.

어젯밤, 나는 내 구석 자리에 앉아서 밤늦게 열두 시가 되어 가도록 옛날 책들을 여러 권 읽고 있었어. 바깥에는 거세게 눈보라가 휘몰아치고 머릿속에서는 교회 묘지와 새 무덤 생각이 자꾸만 나서, 위층으로 올라가려니 정말 울적한 기분이 들었거든! 내 앞에 펴놓은 책에서 눈을 떼는 순간, 곧바로 그 구슬픈 광경이 눈에 선하게 떠올라서 난 감히 책에서 눈을 뗄 수가 없었어.

언쇼 씨는 맞은편에 앉아 있었어. 한 손으로 머리를 받치고 있었는데, 아마 나랑 똑같은 일에 대해 생각하고 있었을 거야. 그는 이성을 잃을 정도로 취하기 전에 술잔을 내려놓더니 두세 시간 동안을 꼼짝도 하지 않았고 말도 하지 않았어. 집 안에는 아무 소리도 나지 않았고, 이따금 창문을 덜컹거리며 신음하는 바람 소리, 벽난로에서 석탄이 살짝 탁탁 튀는 소리, 그리고 내가 참참이 길어진 촛불 심지를 자를 때 가위가 찰칵거리는 소리만이 들릴 뿐이었지. 헤어턴과 조지프는 자기 방에서 세상모르고 잠들어 있었을 거야. 난 한없이, 너무나도 슬퍼져서 책을 읽으며 한숨을 쉬었어. 마치 모든 기쁨이 이 세상에서 사라져서 다시는 돌아오지 않을 것만 같았거든.

부엌 걸쇠가 달그락거리는 소리에 마침내 그 음울한 정적이 깨졌어. 히스클리프가 혼자 자지 않고 불침번을 서다가 여느 때보다 일찍 돌아온 거였는데, 내 추측으론, 갑작스레 불어 닥친 폭풍 때문이었던 것 같아.

부엌문이 잠겨 있어서 그가 다른 문으로 들어오려고 돌아가는 소리가 들렸어. 내가 일어나며 입에서 새어 나오는 대로 참지 못하고 말을 내뱉는 바람에 문 쪽을 응시하고 있던 언쇼 씨가 나를 돌아보았어.

'저자를 5분간 들이지 않고 밖에 세워 두겠어. 반대하진 않겠지?' 하고 언쇼 씨가 소리쳤어.

'그럼요. 밤새도록 들이지 않아도 전 좋아요. 어서 그렇게 해요! 문에 자물쇠를 채우고 빗장도 질러요.' 하고 난 대답했어.

언쇼 씨는 히스클리프가 앞문에 이르기 전에 내가 말한 대로 했어. 그러고는 자기 의자를 내가 앉은 탁자 맞은편으로 가져온 다음, 탁자 위로 몸을 기대고 내 눈을 들여다보며, 불타는 증오심에 이글거리는 눈빛으로 내 눈 속에서도 똑같은 증오심을 찾으려 했어.

그는 꼭 암살자처럼 보이기도 했고 그렇게 느껴지기도 했으니 내 눈에서 정확히 그와 똑같은 증오심을 찾을 수는 없었어. 하지만 그는 내 눈에서 만족할 만큼 증오를 발견했는지 잔뜩 고무되어 이렇게 말하는 거야.

'당신이나 나나 저기 밖에 있는 녀석에게 갚아 줘야 할 큰 빚이 있지! 우리 둘 다 겁쟁이가 아니라면, 힘을 합쳐 그 빚을 청산할 수 있을 텐데. 당신도 당신 오빠처럼 나약한가? 정녕 끝까지 참기만 하고 보복 한번 하지 않을 셈이야?'

'저도 이제 참는 덴 진절머리가 나요. 보복이 나 자신에게로 되돌아오지만 않는다면 기꺼이 보복하겠어요. 하지만 배반과 폭력은 양쪽 끝이 뾰족한 창과 같아서, 그걸 쓰는 쪽이 상대방보다 더 심하게 다치는 법이지요.'

나의 대답에 언쇼 씨가 이렇게 소리쳤어.

'응당 배반과 폭력은 배반과 폭력으로 갚아야 하는 법! 히스클리프 부인, 내가 당신에게 바라는 건 아무것도 하지 말고, 그냥 가만히 앉아 잠자코 있으라는 거야. 자, 말해 봐, 그건 할 수 있겠지? 저 악마 같은 놈의 존재가 결딴나는 걸 보면 당신도 틀림없이 나만큼 기쁠 텐데. 당신이 선수를 치지 않으면 그자가 먼저 당신을 죽일 거야. 그런 다음에는 날 파멸시켜 버리겠지. 빌어먹을 흉악한 악당 같으니! 마치 자기가 벌써 이 집 주인인 것마냥 문을 두드리는군! 당신이 입 다물고 잠자코 있겠다고 약속하면, 저 시계가 치기 전에 —한 시가 되려면 3분이 남았군— 당신은 자유의 몸이 될 거야!'

언쇼 씨는 내가 지난번에 네게 보낸 편지에서 말한 그 무기를 품에서 꺼내더니 촛불을 끄려고 하는 거야. 하지만 내가 초를 낚아채며 그의 팔을 붙잡았어.

'난 입 다물고 있지 않을 거예요! 저 사람한테 손대면 안 돼요. 그냥 문을 열어 주지 말고 조용히 있어요!'라고 내가 말했어.

그러자 자포자기 심정이 된 그가 외치더군.

'아니! 난 이미 결심했으니, 맹세코, 실행에 옮기고 말겠어! 당신이 안 된다고 해도 당신에게는 친절을 베풀고 헤어턴에게는 정의를 보여줄 거야! 날 비호하려고 골치 앓을 필요 없어. 캐서린이 세상을 떠났으니, 내가 지금 당장 내 목을 찌른다 해도 이젠 이 세상에 날 위해 슬퍼해 주거나 나 때문에 수치스러워할 사람은 아무도 없으니 말이야. 그러니 이제 끝을 내야 할 때가 왔어!'

차라리 곰과 싸우거나 미치광이를 사리에 맞게 설득하는 편이 나을 거야. 그때 내가 할 수 있었던 유일한 방책이라곤 창문으로 달려가서 언쇼 씨가 희생시키려고 목표로 삼은 그자에게 어떤 운명이 기다리고 있는지 경고하는 것뿐이었지. 나는 다소 의기양양하게 소리쳤어.

'오늘밤은 딴 데 가서 자는 게 나을 거예요! 당신이 끝까지 들어오겠다고 고집하면, 언쇼 씨가 당신을 쏠 생각 같으니까요.'

'당장 문을 여는 게 좋을 거야, 이 — 같은 것.'이라며 그 인간이 내가 다시 입에 담고 싶지 않은 퍽도 고상한 단어로 나를 지칭하며 대꾸했어.

'난 이 일에는 간섭하지 않겠어요. 총 맞는 게 소원이면 들어오든가요! 뭐, 난 내 할 바는 다 했으니까.'라고 나도 맞받아쳤어.

이렇게 말하고 나서 난 창문을 닫고 난롯가의 내 자리로 돌아왔어. 난 워낙에 위선이라고는 떨 줄 모르는 사람인지라 그 인간이 당면한 위험을 조금이라도 걱정하는 척을 못 하겠어서 말이야.

언쇼 씨는 나한테 격렬하게 욕설을 퍼부었어. 내가 아직도 그 악당 놈을 사랑하는 게 틀림없다며 내가 지닌 그 천한 감정에 대해 온갖 저급한 단어를 들먹이며 마구 욕설을 해 댔지. 그런데 나는 마음속으로 비밀스레 (양심의 가책은 전혀 들지 않고) 이런 생각을 했어. '만약 히스클리프가 언쇼 씨를 해치워 이 사람의 불행이 끝나게 된다면 그건 이 사람에게 대단히 다행스러운 일일 것이고, 만약 언쇼 씨가 히스클리프를 그가 마땅히 있어야 할 곳으로 보내 준다면 그건 내게 대단히 고마운 일일 텐데!' 하고 말이야. 이런저런 생각을 하고 앉아 있는데, 내 뒤의 여닫이창이 히스클리프가 주먹으로 치는 바람에 바닥으로 탁 떨어지더니 그 인간의 험악한 얼굴이 어두운 그림자를 드리우며 그리로 쑥 들어왔어. 창틀 사이가 엄청 좁은 탓에 어깨에서 걸려 더는 들어오지 못하더군. 그래서 난 안전하겠단 생각에 크게 기뻐하며 미소를 지었어. 머리와 옷에는 눈이 하얗게 쌓여 있었고, 추위와 분노에 드러낸 날카로운 식인종 같은 이빨이 어둠속에서 번득거렸어.

'이저벨라, 문 열어! 안 그러면 후회하게 만들어 주겠어!'라며 조지프 식대로 표현하자면 히스클리프가 '으르릉대며' 말했어.

'난 살인을 저지를 순 없어요. 언쇼 씨가 실탄을 장전한 칼 달린 권총을 들고서 지키고 서 있는걸요.'

'그럼 부엌문 열어!' 하고 히스클리프가 말하기에 내가 이렇게 대꾸했어.

'언쇼 씨가 나보다 먼저 가 있을 텐데요. 그리고 당신의 사랑은 한바탕 퍼붓는 눈 하나 참아 내지 못하는 초라한 것이로군요!

여름 달빛이 비추는 날씨에는 집을 나가 우리가 편히 잘 수 있게 해 주더니, 겨울바람이 불어 닥치기 무섭게 피할 곳을 찾아 꽁무니를 빼다니 말이죠! 히스클리프, 내가 당신이라면, 난 그녀의 무덤에 뻗어 누워 충성스러운 개처럼 죽겠어요. 이제 이 세상은 틀림없이 살 가치가 없는 곳일 텐데, 안 그래요? 당신은 캐서린 언니만이 당신 삶의 온전한 기쁨이란 인상을 나에게 각인시켰죠. 그런데 그런 당신이 그녀를 잃고 어떻게 살아남을 생각을 하는지 난 도무지 상상이 안 되네요.

'녀석이 거기에 있군…… 그렇지?'

언쇼 씨가 소리치면서 떨어진 여닫이 창 쪽으로 쏜살같이 달려왔어.

'내 팔을 밖으로 뻗으면 맞힐 수 있겠는걸!'

엘런, 네가 날 정말 못됐다고 생각할까 봐 걱정스러워. 하지만 엘런이 사정을 다 아는 게 아니니까 선불리 판단하지는 마! 난 무엇을 준다 해도 그자의 목숨까지 빼앗으려는 시도를 방조하지 않으려 했어. 물론 그가 죽기를 바라는 마음이야 있었지만 말이야. 그래서 그 인간이 언쇼 씨의 무기를 향해 팔을 힘껏 내밀어 언쇼 씨의 손에서 그걸 확 잡아챘을 때 난 무척 실망했어. 그리고 내가 좀 전에 비아냥거리며 했던 말이 어떤 결과를 가져올지 몰라 공포에 사로잡혀 불안해졌어.

총이 격발되면서 접혀 있던 칼이 튕겨 나와 그만 언쇼 씨의 손목에 꽂혀 버렸어. 히스클리프가 칼을 잡아서 있는 힘껏 당기자 칼이 빠져나오면서 살이 쭉 찢어졌고, 칼에서 피가 뚝뚝 떨어지는 총을 호주머니에 찔러 넣었어. 그런 다음에 그는 돌멩이를 집어 들어 창과 창 사이의 칸막이를 두들겨 부수고 안으로 뛰어 들어왔어. 그의 상대는 극심한 통증과 동맥인지 대정맥인지에서 출혈이 심해 의식을 잃고 쓰러졌어.

그 악당 같은 놈은 언쇼 씨를 발로 차고 짓밟고 또 머리채를 잡아 돌바닥에다 되풀이해서 찧었어. 그러는 동안에도 조지프를 부르지 못하게 한 손으로는 나를 꽉 붙잡고 있었어.

그 인간은 언쇼 씨를 완전히 끝장내 버리고 싶은 걸 참느라고 초인적인 자제력을 발휘했어. 하지만 점점 숨이 차자 결국 단념하고 겉보기엔 죽은 것 같은 언쇼 씨의 몸뚱이를 긴 의자 위에 끌어다 놓았어.

그러고 그는 언쇼 씨의 윗도리 소매를 찢어서 잔인할 정도로 거칠게 상처 난 곳을 동여매면서, 그러는 동안에도 좀 전에 발로 찰 때만큼이나 격하게 침을 뱉고 욕설을 퍼부어 댔어.

그 인간의 손에서 풀려나자마자 나는 바로 늙은 하인을 찾아 갔어. 내가 허겁지겁 쏟아 낸 이야기의 요지를 서서히 이해한 조지프는 숨을 헐떡이며 아래층으로 계단을 한 번에 두 칸씩 다급하게 달려 내려갔어.

'이 일을 으째? 인자 이 일을 으쩔 겨?'

그러자 히스클리프가 호통을 쳤어.

'어쩌긴 뭘 어째. 네 주인은 미쳤어. 그러니 네 주인이 한 달을 더 산다면 정신 병원에 처넣어 버릴 거야. 도대체 넌 왜 내가 못 들어오게 문을 다 걸어 잠가 놓은 거야? 이 이빨 빠진 개 같은 영감탱이! 거기 서서 투덜투덜 구시렁거리지 말고 이리 와. 난 저자를 간호할 생각이 없으니까. 저것 좀 닦아 내. 촛불의 불

똥이 안 튀게 조심하면서 말이야. 저 피의 반 이상이 브랜디니까!'

조지프가 두려움에 두 손을 번쩍 들고 위를 올려다보며 외쳤어요.

'그러니께 니가 쥔님을 죽일라 혔구먼 그려? 이런 처참한 광경은 첨 보는구먼! 하느님이시여…….'

히스클리프는 피가 흥건한 곳 한가운데로 조지프를 떠밀어 무릎을 꿇어앉힌 다음 수건을 던져 줬어. 하지만 조지프는 피를 닦는 대신 두 손을 모으고 기도를 시작했는데, 말투가 어찌나 이상하던지 난 웃음을 터뜨리고 말았어. 난 어떤 것을 봐도 충격을 받지 않는 마음 상태였어. 사실 난 교수대 아래에 태연히 서 있는 죄수만큼이나 될 대로 되라는 기분이었어.

'저런, 널 깜빡했군! 너도 같이 닦아. 무릎을 꿇고. 그래도 넌 저놈과 짜고 나한테 대항하겠지, 안 그래, 이 독사 같은 년아? 자, 어서 해. 네 년에게 딱 맞는 일이니까!'

그 폭군이 이렇게 말하며 나를 이가 딱딱 맞부딪치도록 흔들어 대더니 조지프 옆으로 내동댕이쳤어. 조지프는 흔들림 없이 자신의 기도를 다 마치고 일어서더니, 곧장 스러시크로스 그레인지에 다녀와야겠다고 말하더군. 린턴 나리는 치안판사니까, 부인이 오십 명이 죽었대도 이 일을 조사해야 한다는 거였어.

조지프가 고집을 피우며 자기 결심을 끝내 굽히지 않으니까 히스클리프는 그 사건의 요점을 내 입으로 말하게 하는 게 편하겠다고 여긴 모양이었어. 내가 마지못해 조지프의 질문에 대답하면서 어찌된 일인지 설명하자, 히스클리프는 옆에 서서 나를 지켜보며 적의로 씩씩거렸지.

그 영감한테 히스클리프가 먼저 공격한 게 아니라고 납득시키는 데는 상당한 노력이 필요했는데, 내가 억지로 쥐어짜 내듯 겨우겨우 대답을 해 줬으니 특히 더 그랬지. 하지만 곧 언쇼 씨가 아직 살아 있는 걸 깨달은 조지프가 언쇼 씨에게 얼른 술 한 모금을 먹이자, 그 덕택에 그의 주인이 이내 몸을 움직이고 의식도 회복했어.

언쇼 씨가 인사불성 상태에서 자기가 무슨 일을 당했는지 모른다는 것을 눈치챈 히스클리프는 정신을 잃을 정도로 취했었다고 그를 몰아세웠어. 그러고는 그런 형편없는 짓에 대해선 더는 언급하지 않을 테니 가서 잠이나 자라고 했어. 기쁘게도 그 인간은 사려 깊은 척 그렇게 충고를 하고는 나가 버렸고, 언쇼 씨는 벽난로가의 돌바닥에 몸을 쭉 펴고 눕더군. 그렇게 쉽게 빠져나오게 된 걸 신기해하면서 난 내 방으로 갔어.

오늘 아침 열한 시 반쯤에 내려오니, 언쇼 씨가 벽난로 가에 앉아 있었는데 무척 심하게 아픈 듯했어. 그리고 언쇼 씨에게 붙어 다니는 악귀 같은 히스클리프도, 언쇼 씨 못지않게 수척하고 창백한 얼굴로 벽난로에 기대고 있더군. 둘 다 식사할 생각이 없는 모양이었어. 그래서 식탁에 차려 놓은 음식이 다 식을 때까지 기다리다가 결국 나 혼자 먹기 시작했어.

난 아무런 방해도 받지 않고 실컷 먹으면서 간간이 침묵하고 있는 두 사람에게 눈길을 던지며 일종의 만족감과 우월감을 맛보았고, 또 양심에 아무런 거리낌이 없었기에 마음이 편안했어.

식사를 마친 뒤, 난 평소와는 달리 대담하게 벽난로 쪽으로 다가가 언쇼 씨의 자리를 돌아 그의 옆 모퉁이에 무릎을 꿇고 앉았어.

히스클리프는 내 쪽으로 전혀 눈길도 주지 않았어. 그래서 난 고개를 쳐들고 그의 얼굴을 찬찬히 뜯어보았어. 마치 그의 얼굴이 돌로 변하기라도 한 양 아주 대담하게 말이지. 내가 한때는 아주 남자답다고 생각했지만 지금은 정말 끔찍하게 여기는 그의 이마에는 짙은 먹구름이 드리워져 있었고, 바실리스크(*쳐다보거나 입김을 부는 것만으로도 사람을 죽일 수 있다는, 뱀과 같이 생긴 전설상의 괴물) 같은 두 눈은 잠을 못 자서 빛이 거의 죽어 있었고, 속눈썹이 젖어 있는 것으로 보아 아마 울고 있었던 것 같아. 그의 입술은 잔인하게 비웃는 듯한 표정을 잃고, 형언할 수 없이 슬픈 표정을 띤 채 굳게 닫혀 있었어. 그게 다른 사람이었다면 그런 비통한 얼굴 앞에서 난 내 얼굴을 가리고 말았을 거야. 하지만 그런 얼굴을 하고 있는 게 바로 그 인간이어서 난 흐뭇했지. 쓰러진 적을 모욕하는 것 같아서 비열하단 생각이 들었지만 화살을 쏠 절호의 기회를 놓칠 수는 없었어. 악을 악으로 갚아주는 기쁨을 맛볼 수 있는 건 오직 그가 약해졌을 때뿐이니까."

제가 이저벨라 아가씨의 말을 가로막으며 끼어들었어요.

"아유, 이런, 아가씨! 누가 들으면 아가씨가 평생 성경책 한 번 안 펴 본 사람인 줄 알겠어요. 하느님이 적을 벌하신다면, 분명 그것으로 족한 거예요. 아가씨까지 가세해 벌주려 하는 건 비열하고 주제넘은 짓이라고요!"

그러자 이저벨라 아가씨가 이렇게 이야기를 이어 갔어요.

"일반적인 경우라면 나도 그렇다고 인정했을 거야, 엘런. 하지만 내 손으로 직접 한몫 거들지 않는다면 히스클리프에게 어떤 고통이 가해져도 만족할 수 없을 것 같은 데 어떡해? 그가 고통을 덜 겪을지언정, 내가 직접 그에게 고통을 주고, 자기에게 고통을 준 게 나라는 걸 그가 알았으면 좋겠어. 아아, 그 인간한테 갚아 줄 게 얼마나 많은데! 단 한 가지 조건이 충족되어야만 내가 그나마 그를 용서하고자 하는 마음을 품을 수 있을 거야. 그 조건이 뭐냐면, 눈에는 눈, 이에는 이로, 내가 당한 모든 쓰라린 고통을 그대로 되갚아 줘서 그 인간을 나와 같은 비참한 지경으로 끌어내리는 거야. 그 인간이 먼저 상처를 주었으니, 그 인간이 먼저 용서를 청해야지. 그런 다음…… 그래, 엘런, 그런 다음에야, 나도 조금은 너그러운 모습을 보여줄 수 있을 거야. 하지만 내가 복수하기란 아예 불가능한 일이니 난 그 인간을 용서할 수 없는 거야. 언쇼 씨가 물을 좀 달라고 해서 나는 물을 한 잔 갖다 주고는 몸이 좀 어떠냐고 물어봤어. 그랬더니 언쇼 씨가 이렇게 대답하더군.

'내가 바라는 것만큼 아프진 않아. 팔은 제쳐 놓고 온몸 구석구석이 도깨비 떼하고 한바탕 싸움을 치른 것마냥 쑤셔!'

'그럼요, 당연하지요. 캐서린 언니는 자기가 중간에서 당신이 다치지 않게 막았다고 자랑하곤 했어요. 그러니까 언니 말은 어떤 사람이 언니를 화나게 할까 봐 당신을 해치려 하지 않는다는 거였어요. 죽은 사람이 무덤에서 실제로 일어나는 일이 없어서 다행이에요. 안 그랬으면 어젯밤 캐서린 언니가 그 역겨운 광경을 봤을 테니까요! 그런데 가슴과 어깨가 긁히고 멍들지 않았어요?'

'잘 모르겠는데. 그런데 무슨 소리지? 내가 정신을 잃었을 때 저놈이 감히 나를 치기라도 했단 말이오?'

'당신을 짓밟고 걷어차고 바닥에 내동댕이쳤어요. 그리고 이빨로 당신을 물어뜯고 싶어서 침을 질질 흘리더군요. 고작 반만 사람인 놈이니까요. 아니, 반조차도 안 되겠네요.' 하고 나는 나지막한 목소리로 일러줬어.

언쇼 씨도 나처럼 우리 공동의 적의 얼굴을 올려다봤어. 우리의 적은 고뇌에 잠겨 자기 주변의 일은 전혀 알아채지 못하는 듯했어. 그자가 더 오래 서 있을수록 그 시커먼 속내가 얼굴에 더욱 뚜렷하게 드러났어.

'아아, 단말마의 고통 속에서라도 하느님께서 내게 저자의 목을 졸라 죽일 수 있는 힘을 주시기만 한다면, 난 기꺼이 지옥에라도 갈 텐데.'

안절부절못하며 언쇼 씨가 신음하듯 말을 내뱉고는 일어서려고 몸부림치다가 상대와 맞서 싸울 힘이 부족하다는 걸 깨닫고는 절망하며 도로 주저앉았어.

'그러지 말아요. 저자가 댁의 가족 한 사람을 죽인 걸로 충분해요. 스러시크로스 그레인지에서는 다들 히스클리프만 아니었더라면 당신의 누이동생이 죽지 않았을 거라고 생각해요. 결국에는 저자한테 사랑을 받는 것보다는 미움을 받는 게 나아요. 우리가 얼마나 행복했는지, 저자가 오기 전에 캐서린 언니가 얼마나 행복했는지 생각날 때면 난 그날이 저주스럽기만 해요.'라고 나는 큰 소리로 내 생각을 말했어.

아마도 히스클리프는 그 말을 한 사람의 기분보다는 자기가 들은 그 말의 진실이 더 와 닿은 것 같았어. 눈에서 줄줄 흘러내린 눈물이 벽난로의 재 속으로 떨어지고 그가 답답한 한숨을 내쉰 걸 보면 그 말에 주의가 환기된 모양이었어.

나는 그를 똑바로 빤히 쳐다보며 경멸스럽다는 듯이 소리 내어 웃었어. 그러자 지옥의 흐린 창과도 같은 그의 두 눈이 순간 나를 향해 번쩍였어. 하지만 평소 내보이던 악마 같은 눈빛이 눈물에 젖어서 아주 희미해져 있었던 탓에 난 겁도 없이 감히 또 조롱하듯 소리 내어 웃었어.

'일어나! 당장 내 눈앞에서 썩 꺼져.' 하고 비탄에 잠긴 그자가 말하더군.

목소리는 거의 알아듣기 힘들었지만 아무튼 난 그렇게 말했다고 짐작했어. 그래서 난 이렇게 대꾸했지.

'미안해요. 하지만 나도 캐서린 언니를 사랑했어요. 그런 언쇼 씨에게 간호할 사람이 필요하니 새언니를 대신해서 내가 돌보는 거예요. 새언니가 죽고 나니, 언쇼 씨에게서 새언니의 모습이 보이는 것 같아요. 만약 당신이 이분의 눈알을 후벼 내려 하지 않았고, 눈을 시퍼렇게 멍들이거나 벌겋게 상처 입히지 않았다면, 언쇼 씨의 눈은 캐서린 언니의 눈과 똑같았을 거예요. 그리고 새언니의…….'

'이 진절머리 나게 멍청한 년, 밟아 죽이기 전에 일어나!' 하고 그자가 소리치며 한 발 다가와서 나는 한 발 뒤로 물러섰어. 난 도망칠 태세를 갖추며 계속 말했어.

'하긴, 만약 불쌍한 캐서린 언니가 당신을 신뢰해 히스클리프 부인이라는 그 우스꽝스럽고 경멸스러우면서도 모멸적인 호칭을 지니게 되었더라도, 금방 나와 비슷한 꼴이 되고 말았을걸! 새언니도 당신의 끔찍한 짓거리를 묵묵히 참아 주지만은 않았을 거야. 새언니는 혐오와 역겨움을 드러내 놓고 표출했을걸.'

그 인간과 나 사이에는 긴 의자의 등받이와 언쇼 씨의 몸이 가로놓여 있었어. 그래서 그 인간은 나를 잡으려고 애쓰는 대신 식탁 위에 있는 나이프를 움켜쥐더니 내 머리를 겨냥해 확 던졌어. 나이프가 내 귀 밑에 박히는 바람에 난 말을 하던 중간에 멈췄어. 하지만 난 나이프를 뽑고 문 쪽으로 달아나면서 한마디 더 던져 줬지. 그게 그 인간이 던진 나이프보다 그 인간의 가슴에 더 깊이 박혔으면 좋겠어.

내가 마지막으로 그 인간을 흘끗 봤더니, 그 인간이 맹렬한 기세로 나를 쫓아오려는데, 그 집 주인이 껴안고 저지하는 바람에 그 두 사람은 서로 엉킨 채로 벽난로 근처에 쓰러지더군.

나는 부엌을 통해 달아나는 길에 조지프에게 얼른 주인에게 달려가 보라고 일러 줬어. 그러고는 문간에서 의자 등받이에다 한배에서 태어난 강아지들을 매달고 있던 헤어턴과 부딪치는 바람에 그만 그 아이를 넘어뜨렸지. 난 지옥을 빠져나온 영혼처럼 축복 받은 마음을 안고 가파른 길을 껑충껑충 달리고, 펄쩍펄쩍 뛰어넘고, 나는 듯이 내달렸어. 꾸불꾸불한 그 길을 벗어난 다음에는 곧장 황야를 가로질러 구르듯이 기슭을 지나고 습지를 헤치며, 사실상 스러시크로스 그레인지의 불빛을 표지판 삼아 나 자신을 재촉하며 이리로 급히 달려온 거야. 다시 워더링 하이츠의 지붕 밑에서 하룻밤이라도 더 보내느니 차라리 영원히 지옥에서 살라는 선고를 받는 편이 훨씬 나아."

이저벨라 아가씨는 말을 멈추고 차를 한 모금 마셨어요. 그런 뒤 일어서더니 제게 보닛 모자와 제가 갖다 놓은 큰 숄을 씌워 달라고 하고는 한 시간만 더 있다 가라는 저의 간절한 애원에도 들은 척도 않고 의자 위에 올라서서 에드거 서방님과 캐서린 아씨의 초상화에 입을 맞추고 제게도 똑같이 입맞춤을 해 준 다음 마차를 타러 내려갔어요. 패니 녀석이 옛 주인을 만나 반가워서 미친 듯이 짖어 대며 따라가더군요. 이저벨라 아가씨는 그렇게 마차를 타고 떠난 뒤로 다시는 이 고장을 찾지 않았어요. 하지만 상황이 어느 정도 안정되자 아가씨는 오라버니인 우리 주인어른과 정기적으로 편지를 주고받았지요.

제가 알기로 이저벨라 아가씨가 새로 자리를 잡은 곳은 남쪽의 런던 근처였어요. 아가씨는 도주하고 몇 달 뒤 그곳에서 아들을 낳았어요. 아가씨는 아이의 이름은 린턴이라고 지었는데, 처음부터 그 아이는 병치레가 잦고 투정이 심한 아이라는 소식을 전해 왔어요.

히스클리프 씨는 마을에서 저와 마주친 어느 날 이저벨라 아가씨가 어디 사는지 물었어요. 저는 알려 주지 않았어요. 그는 아가씨가 어디 사는지는 전혀 중요하지 않지만 자기 오빠에게로 올 생각은 하지 않는 게 좋을 거라고 한마디 하더군요. 그랬다간 자기가 직접 그녀를 데리고 살아야 할지언정 오빠와 함께 살도록 내버려 두지는 않겠다면서요.

제가 그에게 아무런 정보도 주지 않았지만, 그는 우리 집 하인들 가운데 누군가를 통해 아가씨가 살고 있는 곳과 아이의 존재에 대해 알아냈어요. 그래도 그는 아가씨를 찾아가 못살게 굴지는 않았어요. 아마도 그러지 않은 건 아가씨를 그만큼 많이 싫어한 덕분이지 싶어요.

저를 만나면 히스클리프 씨는 종종 자기 아들에 대해서 묻곤 했어요. 그리고 그 애의 이름을 듣고는 잔인하게 씩 웃으면서 이렇게 한마디 하더군요.

"그들은 내가 그 아이도 미워하기를 바라는군, 그렇지?"

"그들은 당신이 그 아이에 대해선 아무것도 모르기를 바라고 있어요."라고 제가 대답했지요.

"하지만 내가 그 아이를 데려올 거야. 내가 데려오고 싶을 때 말이지. 그렇게들 알고 있어!"

다행히도 그 애의 엄마는 그런 때가 오기 전에 세상을 떠났는데, 캐서린 아씨가 돌아가시고 한 13년쯤 후로, 린턴 도련님이 열두 살 남짓 되었을 때였어요.

이저벨라 아가씨가 뜻밖의 방문을 했던 다음 날에도 저는 린턴 서방님께 그 일에 대해 말할 기회를 갖지 못했어요. 린턴 서방님은 대화를 피했고 무슨 의논을 할 상태도 아니었으니까요. 겨우 기회를 잡아 이야기를 전했더니 누이가 남편을 떠난 것이 대단히 기쁜 모양이었어요. 천성이 유순한 분이 어떻게 저럴 수 있을까 싶을 만큼 끔찍이도 히스클리프를 혐오했거든요. 린턴 서방님의 혐오감이 어찌나 깊고 강했던지, 서방님은 히스클리프를 만날 것 같거나 히스클리프에 대한 이야기를 들을 것 같은 곳에는 아예 가지를 않았어요. 아내를 잃은 슬픔에 그런 혐오감까지 더해져 서방님은 완전히 은둔자가 되어 버렸어요. 치안판사 직도 내던지고, 심지어 교회도 나가지 않고, 무슨 일이 있어도 마을에 가는 걸 피하면서, 자신의 숲과 저택의 경계 내에서 철저히 은둔하며 지냈어요. 다만 가끔 변화가 있다면, 혼자서 황야를 산책하거나 아내의 무덤을 찾아가곤 한 거였는데, 그나마 그것도 대개 다른 사람들이 집 밖으로 나다니지 않는 저녁이나 이른 아침 시간에 그랬어요.

그렇지만 린턴 서방님은 워낙 착한 분이어서 그렇게 굉장히 불행한 상태는 오래가지 않았어요. 그러니까 적어도 그분은 캐서린 아씨의 영혼이 유령이 되어 자기에게 나타나기를 빌지는 않았단 거죠. 시간이 지나자 체념하게 되었고, 우울함도 평범한 즐거움보다 더 달콤한 것이 되었답니다. 서방님은 열렬하고도 부드러운 사랑으로 아내의 추억을 되새기면서 아내가 갔을 거라고 믿어 의심치 않는 천국으로 자신도 갈 수 있기를 기대하고 염원했어요.

그리고 린턴 서방님은 이승에서도 위안과 사랑을 얻게 되었어요. 제가 앞서 말했듯, 서방님은 처음 며칠 동안은 죽은 아내의 작고 연약한 후계자에게 전혀 관심이 없는 듯했어요. 하지만 그런 냉담함은 4월에 눈이 녹듯 순식간에 스르르 녹아 버렸고, 그 어린 것은 옹알거리며 말을 한마디 하고, 아장거리는 발을 한 걸음 내딛기도 전에 서방님의 마음속에 독재자로 군림하게 되었지요.

린턴 서방님은 그 아이에게 캐서린이란 이름을 지어 주었지만 결코 그 아이를 그렇게 정식 이름으로 부른 적이 없었습니다. 죽은 아내를 캐시라고 줄여 부른 일이 결코 없었던 것처럼 말이지요. 그건 아마도 히스클리프가 돌아가신 캐서린 아씨를 줄여서 캐시라고 부르는 버릇이 있었기 때문일 거예요. 서방님은 그 어린 것을 언제나 캐시라고 불렀는데, 그러면 아이 엄마와 구별되면서도 연결되기도 했으니까요. 그리고 서방님의 애정은 그 아이가 자신의 핏줄이라는 점보다는 돌아가신 캐서린 아씨의 핏줄이라는 점 때문에 훨씬 더 많이 솟아나는 것 같았어요.

저는 우리 서방님과 힌들리 언쇼 나리를 비교하며 비슷한 상황인데도 왜 두 사람이 그렇게 정반대로 행동했는지 납득이 가도록 설명해 보려고 저 자신을 괴롭히곤 했습니다. 둘 다 다정한 남편이었고 자식에 대한 애착도 강했는데 왜 두 사람이 좋든 나쁘든 같은 길을 가지 않았는지 도무지 알 수가 없었어요. 하지만 마음속으로 곰곰이 생각해 보니, 힌들리 나리는 겉보기엔 더 정신력이 강해 보였지만, 슬프게도 실제로는 더 나쁘고 약한 인간이었어요. 배가 좌초하자 선장은 자기 자리를 버리고 떠났고 선원들도 배를 구하려고 애쓰는 대신 곧바로 소동과 혼란에 빠져들어 자신들의 운 나쁜 배를 살릴 수 있는 희망을 남기지 않았지요. 이와 반대로 린턴 서방님은 고결하고 신실한 영혼의 참된 용기를 보여 주었어요. 린턴 서방님은 하느님을 믿었고, 하느님은 린턴 서방님을 위로해 주었습니다. 한 사람은 희망을 품었고 다른 한 사람은 절망에 빠졌지요. 두 사람은 각자 자신의 운명을 선택한 것이고 자신의 선택을 마땅히 감수할 운명이었던 거지요.

하지만 록우드 나리는 제 설교를 듣고 싶지는 않으시겠지요. 록우드 나리도 이 모든 일들을 저만큼이나 잘 판단할 능력이 있으실 테니까요. 적어도 나리께선 잘 판단할 거라고 생각하실 테니, 다 매한가지지요.

언쇼 나리의 최후는 예상할 수 있었던 일이었지요. 언쇼 나리의 최후는 누이동생을 보내고 얼마 되지 않아 찾아왔는데, 남매는 거의 여섯 달 간격으로 세상을 떠났습니다. 스러시크로스 그레인지에 사는 우리는 언쇼 나리가 죽음을 앞두고 어떤 상태였는지에 대해 아주 간단한 설명조차 듣지 못했어요. 제가 알게 된 내용도 장례식 준비를 거들러 갔을 때에 들은 게 다였습니다. 언쇼 나리가 돌아가셨다는 소식도 케네스 선생이 우리 주인어른에게 전해 주러 들러서 알게 되었고요.

"어이, 넬리."

어느 날 아침, 케네스 선생이 말을 타고 마당으로 들어오며 저를 부르는데, 너무 이른 시간이라 나쁜 소식을 가져 왔을 게 분명하다는 불길한 예감이 즉각 엄습하지 않을 수 없었어요.

"이제는 자네와 내가 상복을 입을 차례네. 이번엔 누가 우리를 따돌리고 먼저 저세상으로 갔을 것 같나?"

"누가 죽었어요?" 하고 제가 당황해서 물었지요.

케네스 선생이 말에서 내려 문 옆의 고리에 말고삐를 걸며 대꾸했어요.

"글쎄, 어디 맞혀 보게나! 앞치마 자락도 들어 올려야 할 걸세. 분명 필요할 테니."

"설마 히스클리프 씨는 아니지요?" 하고 제가 외쳤어요.

"뭐! 그를 위해 흘릴 눈물도 있어? 아니야, 히스클리프는 건장한 청년이야. 오늘도 얼굴이 활짝 폈던걸…… 지금 막 그를 만나고 왔거든. 아내가 집을 나간 뒤로 살이 다시 팍팍 찌고 있지."

"케네스 선생님, 그럼 누구예요?"라며 제가 조바심을 내며 다시 묻자 케네스 선생이 이렇게 대답했습니다.

"힌들리 언쇼일세! 자네의 옛 친구 힌들리 말이야. 그리고 나와는 세상 돌아가는 이야기를 나누는 사이이기도 했던 친구 말일세. 물론 그가 너무 거칠어져서 내가 감당하기 힘들어진 지 한참 됐지만. 거봐! 눈물이 날 거랬지. 하지만 기운 내! 곤드레만드레로 취해 그답게 죽었으니까. 가엾은 친구 같으니. 나도 슬프다네. 오랜 친구를 잃었는데 안 그럴 수 있겠나. 비록 그 친구가 사람이 상상할 수 있는 가장 나쁜 기벽을 지녔고, 나한테도 여러 번 몹쓸 짓을 하긴 했지만, 그 친구는 이제 겨우 스물일곱인 걸로 아는데. 그렇다면 넬리 자네와 동갑이겠군. 그런데 누가 그 친구와 넬리가 한 해에 태어났다고 생각할까!"

솔직히 말해 그때 제가 받은 충격은 캐서린 아씨가 돌아가셨을 때보다도 훨씬 더 컸고, 옛 추억이 자꾸만 마음속에 떠올랐어요. 저는 케네스 선생님에게 다른 하인의 안내를 받아 주인어른에게 가시라고 말씀드리고는 현관에 주저앉아 혈육을 잃은 것처럼 하염없이 울었어요.

'편안히 제명에 가신 걸까?'라는 의문을 떨쳐 버릴 수가 없었어요. 무슨 일을 하건 그 생각이 저를 괴롭혔어요. 그 생각이 어찌나 성가시고 끈질기게 들던지 결국 워더링 하이츠에 고인을 위해 장례식 일을 거들러 가도 좋다는 허가를 구해야겠다고 마음먹기에 이르렀지요. 린턴 서방님은 허락하기를 전혀 내켜 하지 않았지만, 저는 돌아가신 언쇼 나리가 친지 하나 없는 처지라고 호소하며 애원했어요. 고인은 제 옛 주인인 동시에 저와 남매처럼 같이 자란 사이이니, 제가 린턴 서방님을 모시듯 마땅히 고인도 똑같이 잘 모셔야 하지 않겠느냐고도 말씀드렸지요. 게다가 어린 헤어턴은 나리의 처조카인데, 더 가까운 친척이 없으니 나리께서 그 아이의 후견인 역할을 해야 하며, 재산이 얼마나 남았는지 알아보고 또 고인이 된 처남의 뒷일도 처리하는 게 마땅하고 당연한 일이라고 일깨워 드렸지요.

린턴 서방님은 그 당시 그런 일들을 처리하기에 부적합한 상태였기 때문에 저더러 자신의 변호사와 상담해 보라더군요. 그러면서 마침내 제가 워더링 하이츠에 가도 된다고 허락해 줬답니다. 주인어른의 변호사는 또한 언쇼 나리의 변호사이기도 했었죠. 저는 마을로 변호사를 찾아가서 저와 함께 워더링 하이츠로 가 달라고 부탁했어요. 그는 고개를 가로젓더니, 히스클리프를 건드리지 말고 그대로 내버려 두라고 충고했어요. 진실이 알려진다면 헤어턴이 거지나 다름없는 신세라는 게 드러날 거라고 단언하면서 말이죠.

"그 애의 아버지는 빚을 진 채 죽었소. 전 재산이 저당 잡혀 있으니 자연 상속인인 그 아이에게 남은 유일한 희망은, 채권자의 마음에 조금이나마 동정심을 불러일으켜 채권자가 그 아이에게 너그럽게 대하고 싶은 마음이 들게 하는 것뿐이오."라고 변호사가 말했지요.

저는 워더링 하이츠에 도착해서는 모든 일이 제대로 진행되고 있는지 보러 왔다고 설명했어요. 무척 괴로워 보이는 조지프는 제가 온 것에 만족감을 표했어요. 히스클리프 씨는 제가 필요하다고 여기지는 않았지만, 제가 원한다면 그곳에 머물면서 장례식 준비를 맡아도 된다고 했어요. 그러면서 이렇게 한마디 하더군요.

"정확히 하자면, 저 바보 같은 녀석의 시체는 일체 장례식 같은 건 치르지 말고 네거리에다 파묻어 버려야 해.(*당시에는 자살을 죄로 여겨 자살한 자들은 영혼이 안식을 취하지 못하도록 네거리에 묻는 풍습이 있었다.) 내가 어제 오후 어쩌다가 10분쯤 집을 비웠는데, 그사이에 녀석이 나를 못 들어오게 이 집의 양쪽 문을 다 걸어 잠그고는 작정하고 밤새도록 술을 과하게 마시다가 죽은 거야! 오늘 아침에 말처럼 힝힝거리는 듯한 녀석의 소리가 들리기에 우리가 문을 부수고 들어갔더니 긴 의자에 널브러져 있는 거야. 살가죽에 머리 가죽까지 다 벗겨 내도 녀석은 깰 것 같지 않았어. 그래서 사람을 보내 케네스 선생을 불러왔는데, 선생이 왔을 때는 이미 그 짐승 같은 녀석이 썩어 가는 고깃덩어리로 변해 있었어. 죽어서 차갑게 식고 빳빳하게 굳어 있었지. 그러니 녀석 때문에 더 이상 소란을 피워 봤자 소용없었단 걸 이젠 인정하겠지!"

늙은 하인은 그 말이 사실이라고 확인해 주면서도 이렇게 중얼거렸어요.

"내가 아니라 저자가 의사를 부르러 갔어야 혔구먼! 쥔님은 저자보담도 내가 더 잘 보살폈을 건디. 그라고 내가 집을 나설 때만 혀도 쥔님은 돌아가시지 않았단 말이여. 그런 일은 전혀 일어날 것 같지 않았구먼!"

저는 장례식을 남부끄럽지 않게 치러야 한다고 고집했습니다. 히스클리프 씨는 제 마음대로 해도 좋다고 말하긴 했지만, 다만 장례식을 치르는 전체 비용이 자기 호주머니에서 나온다는 사실만은 잊지 말라고 하더군요.

히스클리프 씨는 기쁨도 슬픔도 드러내지 않고 내내 냉정하고 무관심한 태도를 취했어요. 굳이 말하자면 어려운 일을 무사히 치르고 났을 때 느끼는 냉혹한 만족감을 드러냈어요. 딱 한 번 정말이지 기쁨에 겨운 모습을 보이기는 했어요. 그건 바로 사람들이 집에서 관을 운구해 나갈 때였는데, 그는 위선의 탈을 쓰고 문상객 틈에서 애도하는 시늉을 하고 있더군요. 그리고 헤어턴 도련님과 함께 관을 따라가기 전에 그 불쌍한 아이를 탁자 위에 올려놓더니 묘하게도 즐거워하며 이렇게 중얼거렸어요.

"야, 토실토실한 녀석, 이제 넌 내 거야! 바람이 똑같이 휘어져라 불어 대는 데도 한 나무가 다른 나무처럼 비뚤어지지 않고 잘 자라는지 어디 두고 보자고!"

아무것도 모르는 그 어린 것은 그 말을 듣고 좋아했어요. 그러면서 히스클리프의 구레나룻을 만지작거리고 볼을 쓰다듬었습니다. 하지만 저는 그 말의 뜻을 알아채고 신랄하게 톡 쏘아붙였어요.

"이봐요, 헤어턴 도련님은 저와 함께 스러시크로스 그레인지로 가야 해요. 이 세상에 도련님보다 더 당신 게 아닌 건 없죠!"

"린턴이 그렇게 말하던가?" 하고 그가 물었어요.

"물론이죠. 주인어른께서 저한테 도련님을 데려오라고 분부하셨어요."

그러자 그 악당이 이렇게 말하더군요.

"글쎄, 우리가 지금 이 문제로 왈가왈부할 건 없지. 하지만 난 내 손으로 아이를 길러 보고 싶은 생각이 있어. 그러니 네 주인에게 전해. 만약 네 주인이 이 아이를 데려가려 한다면 난 이 아이 대신 내 자식을 데려와야겠다고 말이야. 내가 헤어턴을 순순히 보내지도 않겠지만, 내 자식을 꼭 데리고 오고 말 거야! 네 주인에게 잊지 말고 꼭 전해."

이렇게 넌지시 말한 것만으로도 우리의 손을 묶기에 충분했습니다. 제가 집으로 돌아가서 그 말을 전했더니, 처음부터 별 관심이 없던 에드거 린턴 서방님은 더 이상 그 일에 개입하려 하지 않았어요. 설사 그분이 기꺼이 그럴 생각이 있었다 해도, 과연 어떤 성과라도 거둘 수 있었을지 모르겠네요.

객이 이제 워더링 하이츠의 주인이 되었습니다. 그는 자신의 소유권을 확실히 하고 변호사에게 그 사실을 입증해 보였고, 그 다음 차례로 변호사가 린턴 서방님에게 그 사실을 입증해 보였는데, 돌아가신 언쇼 나리가 도박에 미쳐 판돈을 대기 위해 자신이 소유한 땅 전부를 저당 잡혔는데, 그 저당권자가 바로 히스클리프라는 내용이었어요.

이렇게 해서 지금쯤 이 인근에서 제일가는 신사가 되었어야 할 헤어턴 도련님은 아버지의 숙적에게 완전히 의존해야만 하는 신세로 전락하고 말았답니다. 도련님은 지금 자기 집에서 임금도 못 받는 하인으로 살고 있지만, 보살펴 줄 사람 하나 없는 데다 자신이 부당한 취급을 당해 왔다는 사실을 모르기 때문에 전혀 자기 권리를 회복할 수 없는 것이지요.

제4장

딘 부인이 이야기를 계속해 나갔다.

그 음울한 시기 뒤의 12년은 제 인생에서 가장 행복했던 시절이었어요. 그 시절 동안 제가 겪은 가장 어려운 일이라면 어린 우리 아가씨의 잔병치레 정도였는데, 그런 잔병치레야 부잣집 아이건 가난한 집 아이건 아이라면 누구나 다 치러야 하는 거였죠.

그 밖에 별다른 일은 없었고, 아기는 태어나고 여섯 달이 지나자 낙엽송처럼 무럭무럭 자라, 린턴 부인의 무덤 위에 두 번째로 히스 꽃이 피기 전에 걸음마도 떼고 말도 하게 되었답니다.

어린 우리 아가씨는 적막한 집 안에 햇살을 가져다준, 가장 마음을 사로잡는 존재였어요. 얼굴이 얼마나 예뻤는지 몰라요. 언쇼 집안의 아름다운 검은 눈동자에다 린턴 집안의 뽀얀 살결과 앙증맞은 이목구비, 그리고 곱슬곱슬한 금발 머리를 물려받은 정말 예쁜 아기였죠. 성품은 거칠지는 않았지만 혈기왕성한 편이었는데, 애정에 지나치게 민감하고 의욕적인 아가씨의 마음 덕분에 그런 왕성한 혈기는 가라앉곤 했어요. 강렬한 애착을 품는 그 능력이 자기 엄마를 연상시켰지만 그래도 아가씨는 엄마를 닮지는 않았어요. 우리 아가씨는 비둘기처럼 여리고 순한 면도 있었고, 사근사근한 목소리에 사려 깊은 표정을 하고 있었으니까요. 화를 내도 절대 길길이 날뛰는 법이 없었고 사랑을 해도 결코 사납지 않고 오히려 깊고 온화했지요.

하지만 솔직히 인정하자면 우리 아가씨에게는 이런 타고난 장점을 덮을 만한 단점도 있었어요. 건방진 성향도 그 가운데 하나였어요. 그리고 마음씨 고운 아이건 성마른 아이건 응석받이라면 예외 없이 지니는 비뚤어진 성향도 있었지요. 아가씨는 어쩌다가 하인이 자기를 짜증나게 하면, 언제나 "아빠한테 일러바칠 거야!"라고 했어요. 그리고 아빠가 자기를 표정으로라도 나무라면, 누가 봤을 때 무슨 가슴 찢어지는 일이라도 당한 듯이 굴었답니다. 주인어른은 아가씨에게 가혹한 말 한마디 한 적이 없을 거예요.

주인어른은 아가씨의 교육을 전적으로 도맡아 했고, 또 그것을 낙으로 삼았어요. 다행히도 아가씨는 호기심도 많고 머리도 좋아서 공부를 잘하는 학생이었어요. 아가씨는 배우는 속도도 빠르고 배우는 데도 열심이어서 주인어른은 가르치는 데 보람을 느꼈어요.

아가씨는 열세 살이 될 때까지 한 번도 혼자서 우리 저택 소유의 숲 너머까지 가 본 적이 없었습니다. 린턴 나리가 아가씨를 데리고 나리의 소유지 밖으로 2, 3킬로미터 정도 나갔다 오는 경우가 드물게 있었지만 다른 누구에게도 아가씨를 맡긴 적은 없었지요. 기머턴은 아가씨 귀에는 실체가 없는 지명일 뿐이었고, 자신의 집을 제외하고는 아가씨가 가까이 가 봤거나 안에 들어가 본 건물이라곤 예배당이 유일했어요. 워더링 하이츠와 히스클리프 씨는 아가씨에게 존재하지 않는 거나 마찬가지였죠. 아가씨는 완전히 은둔자처럼 살았지만, 보기에는 더할 나위 없이 만족한 듯했어요. 사실 가끔은 놀이방 창문으로 전원 풍경을 내다보며 이렇게 말하고는 했지만요.

"엘런 아줌마, 난 얼마나 있어야 저기 저 야트막한 산꼭대기에 올라가 볼 수 있을까? 산 너머 저편에는 뭐가 있을까? 바다가 있을까?”

“아니에요, 캐시 아가씨. 저 너머에도 저런 야트막한 산들이 또 있어요.” 하고 저는 대답하곤 했어요.

“저 금빛 나는 바위들은 바로 아래쪽에 서서 보면 어떻게 보일까?” 하고 아가씨가 물은 적이 있었습니다.

깎아지른 듯한 페니스톤 절벽에 아가씨는 특히나 마음이 끌렸는데, 석양이 페니스톤 절벽과 가장 높은 봉우리에 비치고 그 옆의 풍경 전체에 그늘이 드리울 때 더욱더 마음이 끌리는 모양이었어요.

저는 페니스톤 절벽은 다만 헐벗은 돌덩이에 불과하며, 갈라진 틈에는 조그만 나무 한 그루 자랄 만한 흙도 없다고 설명했습니다.

“그런데 여기는 저녁인데, 왜 저기는 저렇게 오랫동안 환해?” 하고 아가씨가 계속 꼬치꼬치 캐물었어요.

“저기가 여기보다 훨씬 더 높으니까요. 저기는 너무 높고 가팔라서 아가씨는 올라갈 수 없어요. 겨울이면 이곳에 서리가 내리기 전에 벌써 저곳엔 서리가 매일 내리고 있죠. 그리고 한여름에도 북동쪽에 있는 저 시커먼 골짜기에는 눈이 쌓여 있던걸요.”

“와아, 엘런 아줌마는 저길 올라가 봤구나! 그럼 나도 어른이 되면 올라갈 수 있겠네. 엘런 아줌마, 아빠도 저길 올라가 봤을까?” 하고 아가씨가 신이 나서 크게 조잘거렸어요. 그 질문에 저는 얼른 대답했어요.

"아가씨 아빠는, 저기는 애써 올라갈 만한 가치가 없다고 말씀하실 거예요. 아가씨가 아빠와 함께 산책하는 저 황야가 훨씬 더 좋아요. 그리고 우리 저택의 숲이 세상에서 가장 멋진 곳이지요."

"하지만 난 우리 숲은 잘 알지만, 저긴 모르는걸. 저기에서 제일 높은 곳 꼭대기에 올라가서 주위를 둘러보면 얼마나 기쁠까. 내 작은 조랑말 미니가 언젠간 나를 저곳으로 데려다 줄 거야." 하고 아가씨는 혼자서 중얼거렸어요.

하녀 가운데 하나가 그곳에 요정 동굴이 있다는 이야기를 하는 바람에 아가씨의 머릿속은 온통 그 계획을 실행에 옮기고 싶은 마음으로 가득하게 되었어요. 그래서 아가씨는 그곳으로 가게 해 달라고 린턴 나리를 졸라 댔어요. 결국 나리는 아가씨가 좀 더 나이가 들면 그곳으로 가게 해 주겠다고 약속했지요. 그런데 캐시 아가씨는 달수로 나이를 따지면서 "이제 페니스톤 절벽에 가도 될 정도로 나이가 들지 않았나요?"라는 질문을 늘 입에 달고 다녔어요.

그곳으로 가는 길은 워더링 하이츠 옆으로 구불구불하게 나 있었어요. 나리는 거기를 지나가는 게 내키지 않았지요. 그러니 아가씨는 매번 "아직은 아냐, 아가, 아직 멀었단다."라는 대답만 계속 들을 수밖에 없었답니다.

이저벨라 아가씨는 남편 히스클리프 곁을 떠난 뒤로 열두 해 남짓 살았다고 제가 아까 말씀드렸지요. 린턴 집안사람들은 허약한 체질이었어요. 이저벨라 아가씨도 에드거 나리도 이 고장에서 흔히 볼 수 있는 혈색 좋은 건강한 체질이 아니었어요. 이저벨라 아가씨가 마지막으로 앓은 병이 무엇이었는지 잘 모르지만, 제 짐작으로는 남매가 같은 병으로 돌아가신 것 같아요. 처음에는 서서히 진행되지만 치유되지 않고 뒤로 갈수록 급속도로 빠르게 목숨을 앗아가는 일종의 열병에 걸려서 말이지요.

이저벨라 아가씨는 넉 달 동안 병을 앓다가 최후의 순간이 다가오는 것 같다고 알리는 편지를 오빠에게 보내왔어요. 처리해야 할 일도 많고, 마지막 인사도 하고 싶고, 자기 아들 린턴을 오빠의 손에 안전하게 맡기고 싶으니 가급적이면 자기에게 와 달라고 간청하는 편지였죠. 이저벨라 아가씨의 바람은 어린 린턴을 오빠가 데리고 가서 자기가 했던 것처럼 맡아 줬으면 하는 것이었어요. 아이의 아비인 히스클리프는 그 아이의 양육이나 교육에 대한 부담을 지려 하지 않을 것이라고 이저벨라 아가씨는 굳게 확신했던 것이지요.

우리 주인 나리는 한시도 주저하지 않고 동생의 청에 응했습니다. 보통 일로는 집을 비우는 것을 꺼리는 분이었지만 그 편지를 받고는 곧장 달려갔어요. 자신이 집을 비우는 동안 캐시 아가씨를 특별히 잘 보살피라고 제게 당부하면서, 절대 아가씨가 우리 숲 바깥으로 나가게 해서는 안 된다고, 제가 동행하더라도 절대 안 된다고 누누이 말씀하셨어요. 나리는 아가씨가 누구도 동행하지 않고 혼자 나가는 건 아예 상상도 하지 않았지요.

주인 나리는 3주 동안 집을 비웠습니다. 처음 하루 이틀 동안 아가씨는 너무 슬퍼하며 책도 읽지 않고 놀지도 않고 서재 한구석에 앉아 있기만 했습니다. 그렇게 조용히 있으니 제게 거의 수고를 끼치지 않았어요. 하지만 그 뒤에는 지루해서 틈만 나면 조바심치고 짜증을 내기 시작했습니다. 그런데 그 당시 저는 너무 바쁘기도 하고 나이도 꽤 먹은지라 아래위층을 오르내리며 아가씨와 즐겁게 놀아 줄 수 없었기에, 아가씨 혼자서 즐겁게 놀 수 있는 방법을 생각해 냈습니다.

저는 캐시 아가씨를 혼자 마당으로 내보내 여기저기 여행을 다니는 것처럼 상상하며 놀게 했습니다. 어떨 때는 걸어서 또 어떨 때는 조랑말을 타고요. 그리고 아가씨가 돌아오면 실제 모험담과 상상속의 모험담을 모두 다 참을성 있게 들어주었어요.

따사로운 여름날이 한창 절정에 달한 때였습니다. 캐시 아가씨는 그렇게 혼자 돌아다니는 데 아주 맛이 들려서, 아침을 먹고 나가면 차 마실 시간이 되어서야 돌아오는 일이 종종 있었어요. 그런 날 밤에는 자기가 상상으로 지어낸 이야기들을 자세히 들려주며 보냈어요. 대문은 대개 잠겨 있었고, 또 활짝 열려 있다 하더라도 아가씨가 대담하게 혼자서 밖으로 나갈 거라고는 생각하지 않았기 때문에 저는 아가씨가 혼자 경계를 벗어날까 봐 걱정하지는 않았습니다.

불행히도 그런 저의 확신은 잘못된 것으로 판명되었습니다. 어느 날 아침 여덟 시에 캐시 아가씨가 제게 와서는 그날은 자기가 아라비아 상인이 되어서 대상을 이끌고 사막을 건널 거라고 말했어요. 그래서 저는 아가씨에게 아가씨 자신과 동물들, 그러니까 말 한 마리와 낙타 세 마리가 먹을 양식을 넉넉히 챙겨 줘야 했습니다. 낙타 세 마리 역할은 커다란 사냥개 한 마리와 포인터 종 사냥개 두 마리가 맡았고요.

저는 맛있는 것을 이것저것 바구니에 잔뜩 챙겨 담아 말안장

한쪽에다 매달아 주었어요. 챙이 넓은 모자에 얇은 베일까지 둘러 7월의 햇볕을 가리고, 요정처럼 사뿐히 말에 뛰어올라 타더니, 말을 전속력으로 몰지 말고 일찍 돌아오라는 저의 조심스러운 당부를 무시하고 즐겁게 까르르 웃으며 말을 빠르게 몰고 떠났어요.

그 맹랑한 것이 차 마실 시간에도 결코 모습을 나타내지 않았어요. 같이 간 무리 가운데 사냥개는 늙은 개다 보니 편안한 것을 좋아해서 먼저 돌아왔습니다. 하지만 캐시 아가씨와 조랑말, 포인터 종 개 두 마리는 어디에도 보이지 않았어요. 저는 아씨를 찾아보라고 여기저기 사람을 보냈는데, 나중에는 저도 직접 아씨를 찾아 이리저리 헤매고 다녔답니다.

일꾼 하나가 마당과 경계를 이루는 숲의 울타리를 손보고 있더군요. 저는 그 일꾼에게 우리 집 어린 아가씨를 못 봤냐고 물었습니다.

“아침에 봤어요. 저한테 낭창낭창한 개암나무 가지를 하나 꺾어 달라더군요. 그러고는 조랑말을 타고 제일 낮은 저쪽 울타리를 훌쩍 뛰어넘어 말을 전속력으로 몰고 사라져 버렸어요.”라고 그 일꾼이 대답했습니다.

나리께선 그 이야기를 듣고 제 기분이 어땠을지 짐작하실 수 있겠지요. 곧바로 아가씨가 페니스톤 절벽을 향해 갔음에 틀림없다는 생각이 들더군요.

“무슨 일이 생기면 어쩌지?” 하고 저는 소리치며 그 일꾼이 손보고 있던 울타리 구멍으로 빠져나가 곧장 큰길로 향했어요.

마치 내기라도 한 사람처럼 몇 킬로미터를 줄곧 부리나케 걸어간 끝에 모퉁이를 돌자 워더링 하이츠가 보이는 곳에 도착했습니다. 하지만 캐서린 아가씨의 모습은 멀리에도 가까이에도 보이지 않았습니다.

페니스톤 절벽은 히스클리프 씨네 집을 지나 2.5킬로미터, 스러시크로스 그레인지에서는 6.5킬로미터나 떨어진 곳에 위치해 있었어요. 그래서 저는 페니스톤 절벽에 도착하기 전에 날이 저물까 걱정되기 시작했습니다.

'혹시 아가씨가 절벽을 기어오르다가 미끄러져서 죽거나 어디 뼈라도 부러졌으면 어떡하지?'란 생각도 들었어요.

마음이 조마조마하고 정말이지 애가 탔습니다. 그런데 워더링 하이츠 옆을 급히 지나다가 포인터 종 개 가운데 가장 사나운 녀석인 찰리가 머리는 붓고 귀에서는 피를 흘리며 창문 아래에 엎드려 있는 걸 보자마자 기쁜 마음이 들며 안도했습니다.

저는 쪽문을 열고 현관문 쪽으로 달려가 안으로 들어가게 해 달라고 현관문을 마구 두드렸어요. 전에 기머턴에 살았던 저와 안면 있는 여자가 문을 열어 주러 나왔습니다. 그 여자는 언쇼 나리가 돌아가신 뒤 그곳에 하녀로 와 있었어요.

"아! 그 댁 꼬마 아가씨를 찾으러 왔군요! 걱정 말아요. 여기에 무사히 잘 있으니까…… 그나저나 주인 나리가 아니어서 다행이에요." 하고 그 여자가 말했습니다.

"그럼 이 댁 주인은 집에 없나 보군요?"

저는 빠르게 걸어온 데다 놀라기까지 해서 숨이 턱까지 차올라 헐떡이며 물었습니다.

"예, 없어요. 주인 나리도 조지프도 다 나갔어요. 두 사람 다

한 시간 내로는 돌아오지 않을 것 같아요. 안으로 들어와서 좀 쉬었다 가요."라고 그녀가 대답했어요.

안으로 들어가니 저의 길 잃은 어린 양이 벽난로 앞에서 자기 엄마가 어렸을 때 앉곤 했던 작은 의자에 앉아 몸을 앞뒤로 흔들고 있었습니다. 모자는 벽에 걸어 놓고 마치 자기 집인 양 완전히 편안한 모습으로 한껏 기분이 고조된 채 깔깔대고 웃으면서 헤어턴 도련님에게 재잘거리고 있었어요. 헤어턴 도련님은 이제 체격 좋고 건장한 열여덟 살 청년이 되어 있었는데, 호기심 가득하고 무척 놀라운 표정으로 우리 아가씨를 뚫어져라 쳐다보고 있었어요. 그런데 도련님은 아가씨의 입에서 쉴 새 없이 줄줄이 쏟아져 나오는 거침없는 발언과 질문 가운데 이해할 수 있는 게 정말 거의 없는 듯했어요.

저는 반가운 마음을 화난 표정으로 감추며 이렇게 소리쳤어요.

"아주 잘하셨어요, 아가씨! 나리가 돌아오실 때까지 말 타는 건 이번이 마지막인 줄 알아요. 다시는 문지방도 못 넘게 할 테니까 말이죠. 이 못돼 먹은 맹랑한 아가씨 같으니!"

"야아, 엘런 아줌마잖아!"

아가씨가 명랑하게 소리치며 벌떡 일어나 제 쪽으로 달려왔습니다.

"오늘 밤 들려줄 멋진 이야기가 있는데…… 아줌마가 날 찾아냈네. 아줌마는 전에 여기 와 본 적 있어?"

"저기 걸어 둔 모자를 쓰고 당장 집으로 가요. 캐시 아가씨 때문에 내가 얼마나 속상한지 몰라요. 아가씨가 큰 잘못을 했어요! 입을 삐죽거리고 울어 봤자 아무 소용없어요. 그걸로 내가 아가씨를 찾아 온 동네를 샅샅이 뒤지면서 고생한 게 없던 일이 되진 않으니까요. 린턴 나리가 아가씨를 내보내지 말라고 나한테 신신당부를 했는데, 아가씨가 그렇게 몰래 빠져나가다니! 아가씨가 교활한 꼬마 여우라는 게 드러났으니, 이제 더 이상 아무도 아가씨를 믿지 않을 거예요."

그러자 캐시 아가씨는 바로 기분이 가라앉아서 흐느끼며 말했어요.

"내가 뭘 어쨌다고 그래? 아빤 나한테 아무런 당부도 하지 않았는걸. 엘런 아줌마, 아빠는 날 야단치지 않을 거야. 아빠는 절대 아줌마처럼 화내지 않아!"

저는 다시 또 아가씨를 재촉했습니다.

"자, 어서요! 모자 끈은 내가 매 줄게요. 우리 이제 그만 토닥거리자고요. 아이, 창피해라! 열세 살이나 된 분이 아기처럼 그게 뭐예요!"

제가 이렇게 외친 건 아가씨가 모자를 벗어 버리고 제 손이 닿지 않는 벽난로 쪽으로 달아났기 때문이었지요. 그러자 하녀가 끼어들어 말했습니다.

"아유, 딘 부인, 어여쁜 아가씨를 너무 나무라지 말아요. 우리가 잠시 들어오라고 한 거예요. 아가씨는 딘 부인이 염려할까 봐 말을 탄 채로 곧장 지나쳐 가려고 했어요. 하지만 헤어턴이 같이 가 주겠다고 했고, 나도 그게 낫겠다고 생각했어요. 언덕 너머 산길은 험하니까요."

헤어턴 도련님은 이런 말이 오가는 동안 무척 어색해서 말도 하지 않고 호주머니에 손을 꽂은 채 가만히 서 있었는데, 제가 불쑥 나타난 게 못마땅한 표정이었어요.

저는 그 여자의 참견을 무시하고 제 할 말을 계속했어요.

"아가씨, 얼마나 더 기다리란 말이에요? 이제 십 분만 있으면 날이 어두워질 거예요. 캐시 아가씨, 조랑말은 어디에 있어요? 피닉스는 어디에 있고요? 서두르지 않으면 아가씨를 놔두고 갈 테니까 아가씨 맘대로 해요."

"조랑말은 뜰에 있어. 피닉스는 저기에 가두어 뒀고. 피닉스가 물렸어. 찰리도 물리고. 아줌마한테 다 말해 주려고 했는데. 하지만 아줌마가 화를 내니까 말해 주지 않을래." 하고 아가씨가 대답했어요.

저는 아가씨의 모자를 집어서 다시 씌워 주려고 아가씨에게로 다가갔어요. 그런데 아가씨는 그 집 사람들이 자기편인 걸 알아채고는 방 안에서 이리저리 도망치기 시작했어요. 제가 잡으려고 뒤쫓자, 생쥐처럼 가구 위로, 아래로, 뒤로 요리조리 피해 다니는 바람에 쫓아다니는 제 꼴만 우스꽝스럽게 만들었지요.

헤어턴 도련님과 하녀가 깔깔대고 웃으니까 아가씨도 따라 깔깔대고 웃으면서 점점 더 버릇없이 굴었어요. 급기야 저는 화가 잔뜩 치밀어 올라 버럭 소리쳤어요.

"진짜 이러기예요, 캐시 아가씨. 이게 누구 집인지 알면 아가씨가 먼저 당장 나가자고 할걸요."

"너희 아빠 집이지, 그렇지?"

아가씨가 헤어턴 도련님을 돌아보면서 물었어요.

"아녀."

헤어턴 도련님은 눈을 내리깔고 겸연쩍은 듯 얼굴을 붉히며 대답했어요.

도련님은 우리 아가씨의 눈이 자신의 눈과 꼭 닮았는데도 아가씨의 눈길을 똑바로 마주 보지 못했어요.

"그럼 누구 집이야? 네 주인의 집이야?" 하고 캐시 아가씨가 물었어요.

헤어턴 도련님은 방금 전과는 다른 감정으로 얼굴을 더욱 붉히면서 중얼중얼 욕지거리를 하며 돌아서 버렸습니다.

그러자 성가시게도 아가씨는 저를 보며 다그쳐 물었어요.

"아줌마, 저 애 주인은 누구야? 저 애는 '우리 집'과 '우리 식구'라고 말했어. 그래서 이 집 주인 아들인 줄 알았지 뭐야. 그리고 저 애는 나를 결코 '아가씨'라고 부르지 않았어. 저 애가 하인이라면 그렇게 불렀을 텐데. 안 그래?"

이 철딱서니 없는 소리에 헤어턴 도련님의 얼굴은 뇌운이 낀 듯 어두워졌어요. 저는 질문을 퍼부어 대는 아가씨의 어깨를 말없이 잡고 흔들어 마침내 아가씨가 떠날 채비를 하게 만드는 데 성공했지요.

"자, 이제 내 말을 데려와."

아가씨는 자기와 친척인지도 모르고 우리 집의 마구간지기 아이에게 하듯이 헤어턴 도련님에게 명령조로 말했어요.

"그리고 날 따라와. 난 마귀 사냥꾼이 출몰한다는 습지도 보고 싶고, 네가 '요정 떼거지'라고 부른 것들에 대한 이야기도 듣고 싶어. 어서 서둘러! 뭘 해? 내 말을 데려오라니까!"

"네까짓 것의 하인 노릇 따윈 안 할 터니, 뒈져서 지옥에나 떨어져 버려라!"라며 청년이 으르렁거렸어요.

"뭐 어떻게 돼 버리라고?"

캐시 아가씨가 놀라서 물었습니다.

"뒈져서 지옥에나 떨어져 버리랬다. 요 건방진 마녀 같은 년아!" 하고 헤어턴 도련님이 대꾸했어요.

제가 끼어들어 아가씨에게 이렇게 말했어요.

"거봐요, 캐시 아가씨! 아가씨한테 참 멋진 친구가 생겼군요! 어린 숙녀한테 참 말을 곱게도 하는군요! 제발 저 청년과 다시는 말도 섞지 말아요. 자, 그냥 우리가 직접 미니를 찾아서 돌아가도록 해요."

깜짝 놀란 나머지 캐시 아가씨는 헤어턴 도련님에게 시선이 고정된 채 빤히 쳐다보며 소리쳤어요.

"하지만 엘런 아줌마, 어떻게 저 애가 감히 나한테 저런 말을 하지? 저 애는 내가 시킨 일을 하면 안 되는 거야? 이 못된 놈, 네가 한 말을 우리 아빠한테 다 일러바칠 거야. 두고 봐!"

헤어턴 도련님이 그따위 위협쯤은 전혀 아무렇지도 않다는 듯한 표정이자, 캐시 아가씨는 분한 나머지 눈물을 글썽거렸어요. 그러더니 하녀 쪽으로 향해 소리쳤어요.

"당신이 내 조랑말을 데려와요. 내 개도 당장 풀어 놓고!"

그 말에 하녀가 이렇게 대꾸하더군요.

"부드럽게 말해요, 아가씨. 예의 바르게 굴어서 손해 볼 건 없으니까요. 그런데 저기 헤어턴은 여기 주인 나리의 아드님은 아니지만 아가씨의 사촌이에요. 그리고 난 아가씨 시중들라고 고용된 사람이 아니고요."

“저딴 애가 내 사촌이라니!”

캐시 아가씨가 코웃음을 치며 외쳤어요.

“맞아요. 정말이에요.”

캐시 아가씨를 나무란 하녀가 대꾸했어요. 그러자 아가씨가 크게 난처해하며 제게 하소연했습니다.

“아이, 엘런 아줌마! 저들이 저런 말 못 하게 해. 아빠는 내 사촌을 데리러 런던에 가셨단 말이야. 내 사촌은 신사의 아들이야. 그리고 내…….”

아가씨는 말을 잇지 못하고 그만 울음을 터트리고 말았어요. 그런 촌뜨기와 친척이라는 생각만으로도 속상한 모양이었어요. 그 모습에 제가 속삭였어요.

“쉿, 그만 뚝! 사촌이 여러 명일 수도 있고 이런저런 별의별 사촌도 있을 수 있는 거예요, 캐시 아가씨. 그렇다고 더 나쁠 것도 없어요. 그 사촌들이 맘에 안 들고 나쁘면, 그냥 상종 안 하면 그만이에요.”

“아냐. 저 애는 내 사촌이 아니야, 엘런 아줌마!”

아가씨는 이렇게 외치며 생각할수록 더 비통해지는지 그 생각을 피하려는 듯 제 품속으로 뛰어들었습니다.

저는 캐시 아가씨와 하녀 두 사람 다 안 해도 될 괜한 말을 해서 무척 속이 상했습니다. 보나마나 린턴 나리가 곧 아이를 데리고 돌아올 거란 우리 아가씨의 말이 히스클리프 씨에게 전해질 테고, 캐시 아가씨는 아가씨대로 자기 아버지가 돌아오자마자 그 막된 녀석이 친척이라는 하녀의 주장에 대한 설명을 요구할 게 뻔했으니까요.

헤어턴 도련님은 하인으로 오해 받은 불쾌감이 가시자 우리 아가씨가 슬퍼하는 모습에 마음이 약해진 모양이었어요. 도련님은 아가씨의 조랑말을 문간으로 끌어다 놓고, 아가씨를 달래 주려고 개집에서 다리가 굽은 예쁜 테리어 강아지를 데려와 아가씨의 손에 안겨 주며 나쁜 뜻으로 한 말은 전혀 아니었으니까 그만 울음을 그치라고 말했어요.

캐시 아가씨는 잠시 울음을 멈추고 두려움과 증오심에 찬 눈길로 헤어턴 도련님을 살피듯이 흘끗 보더니 다시 울음을 터트렸어요.

저는 캐시 아가씨가 그 불쌍한 아이에게 그렇게 반감을 드러내는 것을 보고 피식 웃음이 나는 걸 참기 어려웠습니다. 헤어턴 도련님은 균형 잡히고 탄탄한 체격의 청년으로, 얼굴도 잘생기고 튼튼하고 건강했지만, 입고 있는 옷은 농가에서 일하고 토끼나 사냥감을 찾아 황야를 어슬렁거리며 돌아다니는, 그가 날마다 하는 일에 알맞은 차림이었어요.

그래도 도련님의 인상에서 도련님이 자기 아버지보다 더 나은 성품과 자질을 지닌 사람이란 게 느껴졌습니다. 좋은 자질들이 잡초만 무성한 버려진 땅에 방치되는 바람에 제대로 자라지 못하고 우거진 잡초 속에 파묻혀 버린 것이었죠. 하지만 그럼에도 불구하고, 그건 지금과 다른 좋은 환경에서라면 풍성한 수확을 거둘 수 있는 비옥한 토양을 갖추고 있다는 증거였습니다.

히스클리프 씨는 헤어턴 도련님을 신체적으로 학대했던 것 같지는 않아요. 헤어턴 도련님의 겁 없는 성격 덕택에 히스클리프 씨가 그런 식으로 억압할 유혹을 느끼지 않은 모양이에요. 히스클리프 씨가 판단하기에 헤어턴 도련님에게는 학대하고자 하는 열의를 불러일으킬 만한 소심하거나 민감한 면이 전혀 없었던 거지요.

히스클리프는 자신의 적의를 헤어턴 도련님을 짐승처럼 만드는 데 다 쏟아 부은 모양이었어요. 그래서 그는 도련님에게 글을 읽는 것도 쓰는 것도 전혀 가르치지 않았고, 보호자인 자신을 짜증나게 하지 않는 이상 어떤 나쁜 습관도 꾸짖은 적이 전혀 없었습니다. 선을 향해서는 결코 단 한 걸음도 인도되지 않았고, 악을 멀리하라는 권고도 단 한 번 받은 적이 없었습니다. 그리고 제가 들은 바로는, 헤어턴 도련님이 그 유서 깊은 집안의 종손이란 이유로 조지프 영감이 속 좁게 편애하며 어릴 때부터 도련님의 비위를 맞춰 주고 오냐오냐하며 응석을 다 받아 주는 바람에 도련님이 그렇게 질이 나빠지는 데 상당히 기여했지요.

조지프는 돌아가신 캐서린 아씨와 히스클리프가 어린 시절에, 조지프의 말을 빌자면, '숭악한' 짓을 해서, 돌아가신 주인 나리가 인내심의 한계를 넘은 나머지 결국 술에서 위안을 구하게 되었다고 두 사람을 툭하면 비난했듯이, 이제는 헤어턴 도련님의 잘못을 전부 다 도련님의 재산을 가로챈 히스클리프의 책임으로 돌렸어요.

그 아이가 욕을 해도 조지프는 바로잡으려 하지 않았어요. 아무리 괘씸한 짓을 해도 마찬가지였고요. 조지프는 헤어턴 도련님이 망가질 대로 망가지는 것을 구경하면서 분명 만족감을 느꼈던 것 같았어요. 조지프는 도련님이 타락해 그 영혼이 지옥에 떨어졌다고 인정하면서도, 그 책임은 히스클리프가 져야 한다고 생각했어요. 헤어턴 도련님의 파멸은 히스클리프의 책임이라는 생각이 조지프에게 크나큰 위안이 되었던 것이지요.

조지프는 헤어턴 도련님에게 가문과 혈통에 대한 자부심을 심어 주었습니다. 조지프가 그럴 엄두를 낼 수 있었다면 헤어턴 도련님과 워더링 하이츠의 현재 주인이 서로에게 증오심을 품게 할 수도 있었겠지만, 주인에 대한 조지프의 두려움은 거의 미신과도 같았어요. 그래서 조지프는 기껏해야 주인에 대한 자신의 감정을 혼자 중얼중얼 빈정대거나 은밀히 저주하는 정도가 다였지요.

그 당시 워더링 하이츠 사람들이 통상적으로 어떻게 지냈는지 제가 속속들이 안다고는 할 수 없어요. 제 눈으로 직접 본 건 거의 없어서 저도 전해 들은 이야기를 말씀드리는 것뿐이에요. 마을 사람들은 히스클리프 씨가 지독하게 인색하고 소작인들에게 잔인하고 매정하기 짝이 없는 지주라고 단언했어요. 그래도 집 안은 하녀가 살림을 돌보면서 옛날의 아늑한 모습을 되찾았고, 힌들리 나리 시절에 흔했던 난장판도 이제는 벌어지지 않았습니다. 그 집 주인은 너무 침울한 사람이라서 좋은 사람이건 나쁜 사람이건 누구와도 친하게 지내려고 하지 않았어요. 뭐, 아직도 그렇긴 하지만요…….

그런데 이야기가 옆길로 샜군요. 캐시 아가씨는 화해의 선물인 테리어를 거절하고 자기 개들인 찰리와 피닉스를 내놓으라고 요구했어요. 찰리와 피닉스는 고개를 떨군 채 다리를 절면서 왔고, 우리는 다들 몹시 불편한 상태로 집을 향해 출발했지요.

저는 캐시 아가씨에게서 그날 어떻게 보냈는지 캐내 보려 했지만 아가씨는 좀처럼 입을 열려 하지 않았어요. 아가씨한테서 겨우 알아낸 건, 제 짐작대로 이번 순례의 목적지는 페니스톤 절벽이었단 것, 그리고 워더링 하이츠 대문까지는 별다른 일 없이 갔는데, 그때 마침 헤어턴 도련님이 개들을 대동하고 나타나 그 개들이 아가씨의 일행에게 덤벼들었다는 것이었습니다.

격렬한 싸움을 벌이던 개들을 떼어 놓으며 주인들은 서로 인사를 나누게 됐습니다. 캐시 아가씨가 헤어턴 도련님에게 자기가 누구이며 어디로 가는지 말하면서 길을 안내해 달라고 부탁했고, 결국 도련님을 구슬려 동행하게 만들었지요.

도련님은 아가씨를 안내하면서 요정 동굴에 얽힌 신비한 이야기와 스무 군데의 기묘한 장소에 대한 이야기를 들려주었어요. 하지만 저는 아가씨 눈 밖에 난 상태라서 아가씨가 본 흥미로운 것들에 대한 이야기를 듣는 혜택은 누리지 못했어요.

그런데 보아하니 우리 아가씨가 헤어턴 도련님을 하인이라고 불러서 도련님의 기분을 상하게 하고, 히스클리프의 가정부가 도련님을 아가씨의 사촌이라고 해서 아가씨의 기분을 상하게 하기 전까지 아가씨는 안내자인 헤어턴 도련님이 마음에 들었던 모양이에요.

그래서 헤어턴 도련님이 퍼부은 욕지거리가 아가씨의 마음에 맺혔던 거지요. 우리 집에서는 모든 사람들에게 언제나 '사랑스러운 아이'고, '귀염둥이'고, '여왕'이고, '천사'였던 아가씨가 처음 보는 사람한테 그토록 충격적으로 모욕당했으니! 아가씨는 그걸 이해하지 못했어요. 그래서 저는 아가씨에게서 그 일을 아버지 앞에서 꺼내지 않겠다는 약속을 받아 내느라 정말 힘들었답니다.

저는 아가씨에게 아가씨 아빠가 워더링 하이츠의 사람 모두를 얼마나 싫어하는지, 아가씨가 그곳에 갔었단 걸 알게 되면 아빠가 얼마나 상심할지에 대해 설명했어요. 하지만 제가 가장 강하게 주장한 바는, 만약 제가 나리의 명령을 소홀히 한 걸 아가씨가 누설한다면, 나리께서 아마 굉장히 화가 나서 저를 이곳에서 쫓아낼지 모른다는 점이었어요. 캐시 아가씨는 그렇게 된다면 견딜 수 없었기에 아줌마 말대로 하겠노라고 굳게 약속하고 저를 위해서 그 약속을 지켰습니다. 어찌되었건 우리 아가씨는 마음씨 고운 어린 소녀였으니까요.

제5장

검정색의 테가 둘린 편지로 저의 주인 나리께서 돌아오실 날짜를 알려 왔습니다. 이저벨라 아가씨가 돌아가신 거였지요. 나리는 자기 딸에게 상복을 입히고, 어린 조카를 데리고 갈 테니 방과 그 밖의 여러 물품들을 마련해 놓으라고 편지에 써 놓았더군요.

캐시 아가씨는 돌아오는 아빠를 맞을 생각에 기뻐서 날뛰었어요. 그리고 '진짜' 사촌에게는 셀 수 없이 훌륭한 점이 많을 것이라는 대단히 낙관적인 기대를 잔뜩 품었어요.

그 두 사람이 도착한다고 한 날 저녁이 되었어요. 이른 아침부터 캐시 아가씨는 자신의 소소한 일들을 명령하느라 바빴어요. 그리고 이제는 새로 지은 검정 상복을 입은 채로 —가여운 것! 아가씨는 자기 고모가 돌아가셨다는 데도 별로 슬퍼하는 기색도 없었어요.— 저택 경계까지 두 사람을 마중하러 같이 나가자고 계속 저를 귀찮게 졸라 댔어요.

캐시 아가씨는 저와 함께 나무 그늘 밑의 이끼 낀 울퉁불퉁한 잔디밭을 한가롭게 걸어가면서 이렇게 조잘거렸어요.

"린턴 그 앤 나보다 딱 여섯 달 늦게 태어났대. 그 애랑 같이 놀면 얼마나 즐거울까! 이저벨라 고모가 아빠한테 그 애의 아름다운 머리카락을 한 타래 보냈었는데, 내 머리카락보다 색이 연했어. 아마빛에 더 가깝고 나처럼 가늘었어. 난 그걸 조그만 유리 상자 속에 넣어 소중히 간직하고 있어. 그 머리카락의 주인을 만나면 얼마나 좋을까 자주 상상하곤 했었는데. 아이! 행복해. 아빠, 우리 아빠, 사랑하는 우리 아빠! 빨리 와, 엘런 아줌마, 우리 뛰어 가자! 뛰어 가자니까!"

캐시 아가씨는 제가 차분한 발걸음으로 대문에 이를 때까지 몇 번이나 뛰어갔다가 되돌아 왔다가 또 뛰어갔다가 하더니, 길가의 비탈진 풀밭에 앉아서 참을성 있게 기다려 보려고 하더군요. 하지만 그건 불가능한 일이었고, 우리 아가씨는 1분도 가만히 있지 못했어요. 그러더니 이렇게 외쳤어요.

"왜 이렇게 안 와! 앗, 저기 길 위에 먼지가 이네. 아빠가 오고 있어! 아니잖아! 아빠랑 그 애는 언제 오는 걸까? 우리 조금만 더 가 보면 안 될까? 엘런 아줌마, 1킬로미터, 딱 1킬로미터만 더, 응? 그러마고 대답해 줘. 저 모퉁이의 자작나무 숲까지만!"

저는 안 된다고 딱 잘라 말했어요. 그리고 마침내 우리 아가씨의 조바심이 끝났습니다. 달려오는 마차가 눈에 들어왔거든

요.

캐시 아가씨는 창으로 내다보는 아버지의 얼굴을 보자마자 환호성을 지르며 두 팔을 내밀었어요. 아버지도 딸 못지않게 열성적인 모습으로 마차에서 내렸습니다. 그리고 한참 동안을 자기들 외에 다른 사람이 옆에 있다는 생각은 할 겨를도 없어 보이더군요.

두 사람이 서로 한참을 껴안고 있는 동안 저는 린턴 도련님을 돌볼까 해서 마차 안을 슬쩍 들여다봤어요. 린턴 도련님은 마치 지금이 겨울인 것처럼 안에 털이 달린 따뜻한 망토를 입고 한쪽 구석에 잠들어 있더군요. 창백하고 가냘파서 계집아이처럼 보이는 소년이었는데, 우리 주인 나리의 동생이라고 오인할 정도로 정말 많이 닮았더군요. 하지만 그 아이의 표정에는 에드거 린턴 나리에게 전혀 없는 병약하고 까다로운 면이 있었어요.

주인 나리가 마차 안을 들여다보고 있는 저를 보시고 손을 내저으며 린턴 도련님이 여기까지 오느라 피곤할 테니, 마차 문을 닫아 도련님이 깨지 않게 그대로 놔두는 게 좋겠다고 말씀했어요.

캐시 아가씨도 마차 안의 아이를 한 번 보고 싶어 했지만, 아버지가 그러지 말라고 말렸습니다. 저는 하인들을 준비시켜 놓기 위해 먼저 서둘러 집으로 향했고, 나리와 아가씨는 함께 집으로 걸어 올라갔습니다.

현관으로 올라가는 계단 앞에 이르자 린턴 나리가 멈춰서더니 딸을 보며 당부했습니다.

"그런데, 얘야, 네 사촌은 너처럼 건강하지도 쾌활하지도 않단다. 그리고 불과 얼마 전에 엄마를 잃었다는 사실을 명심해야 한다. 그러니 그 아이가 당장 너와 놀고 뛰어다니기를 기대해서는 안 된단다. 그리고 말을 많이 해서 그 아일 성가시게 하지도 말고. 적어도 오늘 저녁만이라도 그 아이가 조용히 쉬게 해 주자꾸나. 알겠지?"

"예, 알겠어요, 아빠. 하지만 그 아일 한 번 봤으면 좋겠는데, 한 번도 밖을 내다보지 않네요."

마차가 멈추자, 외삼촌이 자고 있는 아이를 깨우고는 안아서 마차에서 내렸어요. 나리는 두 아이의 자그마한 손을 서로 꼭 쥐여 주며 말했어요.

"린턴, 이쪽은 너의 사촌 캐시란다. 캐시 누나는 벌써 너를 좋아하고 있단다. 그러니까 오늘 밤 울어서 누나를 슬프게 하지 않았으면 좋겠구나. 이제 기운을 좀 내 보렴. 여행은 끝났으니, 이제 맘껏 편히 쉬면서 재미있게 놀기만 하면 된단다."

"그럼 잘래요."

소년은 캐시 아가씨가 인사하려 하자 뒷걸음을 치면서 대답했어요. 그러고는 손가락으로 눈에 맺히기 시작한 눈물을 닦아냈습니다.

"자, 이리로 오세요, 착한 도련님. 도련님이 울면 우리 아가씨도 울 거예요. 봐요. 우리 아가씨가 도련님 때문에 얼마나 슬퍼하는지!"라고 속삭이며 저는 린턴 도련님을 안으로 데리고 들어갔습니다.

캐시 아가씨는 린턴 도련님 때문에 슬픈 것인지는 모르겠지만 도련님 못지않게 슬픈 표정을 지으며 자기 아버지에게로 돌아갔어요. 집 안으로 들어온 세 사람은 차를 준비해 놓은 서재로 올라갔습니다.

저는 린턴 도련님의 모자와 망토를 벗겨 주고 탁자 옆의 의자에 앉혔습니다. 하지만 린턴 도련님은 자리에 앉자마자 다시 울기 시작했어요. 주인 나리가 왜 그러냐고 물었지요.

"난 의자에는 못 앉아요."라고 아이가 흐느껴 울며 말했어요.

"그럼 소파에 앉으렴. 엘런 아줌마가 네게 차를 가져다줄 거야."라며 아이의 외삼촌이 참을성 있게 대답했습니다.

주인 나리가 까다롭고 병약한 조카를 데려오는 길에 대단히 고생을 했겠단 확신이 들더군요.

린턴 도련님은 발을 질질 끌며 느릿느릿 소파 쪽으로 걸어가 소파에 드러누웠어요. 캐시 아가씨가 발받침과 자기 찻잔을 가지고 그 아이 옆으로 가더군요.

처음에 캐시 아가씨는 가만히 앉아 있었지만 그런 상태가 오래갈 리 없었지요. 아가씨는 사촌 동생이 오면 귀여워해 주려고 마음먹고 있었어요. 그래서 아가씨는 그 아이의 머리카락을 쓰다듬고 뺨에 입을 맞추며 아기에게 하듯이 자기 찻잔 받침에 차를 따라 먹이려고 했어요. 린턴 도련님은 아기나 다름없어서 아가씨의 그런 행동이 맘에 드는 모양인지, 눈물을 닦고 희미하게 미소를 띠며 얼굴이 밝아졌어요.

두 아이를 잠시 지켜보고 있던 주인 나리가 제게 이렇게 말했어요.

"좋아, 저 아인 잘 지낼 수 있겠어. 잘 지낼 수 있고말고. 우리가 저 아일 데리고 있을 수 있다면 말이야, 엘런. 제 또래랑 어울리면 금방 기운을 차릴 거고, 그리고 튼튼해지길 바라다 보면 튼튼해질 거야."

'그럼요. 우리가 저 아일 데리고 있을 수 있다면 말이지요!' 하고 저는 속으로 생각했습니다.

그리고 그렇게 될 가망은 거의 없다는 극도의 불안감이 불현듯 엄습했어요. 그러자 저런 약골이 워더링 하이츠 같은 곳에서 자기 아버지와 헤어턴 도련님 사이에서 어떻게 살아갈 수 있을까, 하는 생각이 들었지요. 그 두 사람이 어떤 친구가 되고 선생이 될지는 뻔했으니까요.

우리의 의심은 이내 현실이 되었는데, 그 순간은 제가 예상한 것보다 훨씬 빨리 찾아왔습니다. 차를 다 마시고 난 뒤, 저는 아이들을 위층으로 데리고 올라가 린턴 도련님이 잠드는 걸 보고는 ―도련님은 자기가 잠들 때까지 제가 곁을 떠나지 못하게 했거든요.― 내려와서 거실 탁자 옆에 서서 에드거 린턴 나리의 침실에 갖다 놓을 초에 불을 붙이고 있었어요. 그때 하녀 하나가 부엌에서 나오더니 히스클리프 씨의 하인 조지프가 문간에서 우리 주인 나리를 뵙기를 청한다고 제게 알려 주었어요.

저는 적잖이 동요하며 이렇게 말했어요.

"무슨 일로 왔는지 내가 먼저 알아봐야겠어. 사람을 만나러 오기에는 너무 늦은 시간 아냐? 게다가 우리 나리는 먼 여행길에서 막 돌아온 참인데 말이야. 우리 나리가 그자를 만나실 수 없을 것 같은데."

제가 하녀에게 그렇게 말하고 있는데 조지프가 부엌을 지나 거실에 모습을 드러냈습니다. 그는 주일날 입는 옷을 빼입고 굉장히 독실한 체하는 심술궂은 표정으로, 한 손에는 모자를, 다른 한 손에는 지팡이를 들고 매트에다 신발을 닦았어요.

"안녕하세요, 조지프 영감. 이 밤에 여기엔 무슨 일로 오신 건가요?" 하고 제가 쌀쌀맞게 물었어요.

"린턴 나리헌티 헐 말이 있어서 왔는디."라고 조지프는 경멸적으로 너 따위는 비키라는 듯이 손을 내저으며 대답하더군요.

"우리 나리께서는 이제 막 잠자리에 드실 참이에요. 특별히 할 말이 있는 게 아니면, 지금은 들으려 하지 않으실 거예요. 그러니 저기 앉아서 무슨 볼일로 왔는지 저한테 전해 주세요."

"이 댁 쥔장 방은 어딘겨?" 하고 그자가 닫힌 방문들을 쭉 훑어보며 묻더군요.

중간에서 전해 주겠다는 저의 제안을 그자가 거부하기로 단단히 마음을 굳혔단 걸 알아챌 수 있었지요. 그래서 정말 내키지 않았지만 저는 서재로 올라가서 늦은 시각에 때아닌 손님이 찾아왔다고 알려 드리며 내일 다시 오라고 하는 게 좋지 않겠느냐고 말씀드렸어요.

하지만 린턴 나리는 제게 그렇게 하라고 허락할 겨를도 없었어요. 조지프가 제 뒤를 따라 올라와서 그 방으로 바로 밀고 들어와 두 주먹을 지팡이 손잡이 위에 포갠 채로 탁자 맞은편에 버티고 섰기 때문이었죠. 그러고서 조지프는 자기를 들이지 않을 것을 예상하고 있었다는 듯이 목청을 높여 큰 소리로 말하기 시작했어요.

"히스클리프 씨가 자기 아덜을 데리고 오라고 혀서 왔구먼요. 그 아를 안 내주시면 쉰네는 못 돌아가는구먼요."

에드거 린턴 나리는 잠시 아무 말도 하지 않았습니다. 엄청나게 슬픈 표정이 나리의 얼굴에 드리웠어요. 나리는 그 애 혼자만 따로 떼어 놓고 보더라도 가여운데, 죽은 이저벨라 아가씨의 소망과 두려움, 아가씨의 자식에 대한 간절한 바람, 그리고 그 아이를 잘 돌봐 달라고 부탁 받은 일까지 떠올리니, 그 애를 넘겨줘야 할지도 모른다는 현실에 너무나 비통해서 어떻게 하면 그걸 피할 수 있을까 마음속으로 모색하는 듯했어요. 하지만 아무런 묘안도 떠오르지 않는 모양이었어요. 아이를 데리고 있고 싶은 바람을 겉으로 뚜렷이 드러내면 그걸 요구한 쪽에서는 더욱 위압적으로 나올 테니 아이를 포기하는 수밖에 별 도리가 없었지요. 그래도 나리는 자고 있는 아이를 깨우지는 않으려 했습니다. 그래서 우리 나리는 침착하게 대답했지요.

"히스클리프 씨에게 그의 아들은 내일 워더링 하이츠로 보내겠다고 전하게. 그 아인 지금 자고 있는데 너무 피곤해서 거기까지 갈 수 없네. 아이의 엄마는 내 보호 아래서 그 아이가 지내기를 바랐으며, 지금 아이의 건강이 아주 좋지 못하다는 사실도 함께 전해 주게."

"안 되는구먼요!"

조지프가 지팡이로 바닥을 탕 치며 강압적인 태도로 말했어요.

"안 되는구먼요! 그건 아무 의미가 없구먼요! 히스클리프 씨는 아 엄마도 나리도 전혀 신경 쓰지 않는구먼요. 헌디 자기 아덜은 찾고야 말겄단 생각이구먼요. 그러니 지가 그 아를 꼭 데려가야 허는구먼요. 이제 알아들으시겄지요!"

그러자 린턴 나리는 단호하게 대답했습니다.

"오늘 밤에는 못 데려가네! 당장 돌아가서 자네 주인에게 내가 말한 대로 전하게. 엘런, 이 영감을 데리고 내려가. 어서 나가!"

그러면서 린턴 나리는 분개한 영감의 팔을 잡고 끌어당겨 방 밖으로 내쫓고는 문을 닫아 버렸지요. 그러자 조지프는 천천히 물러나면서 외쳤어요.

"좋구먼요! 낼은 그 양반이 직접 올 턴디, 어디 그 양반도 쫓아낼 테면 쫓아내 보슈!"

제6장

히스클리프가 직접 온다는 조지프의 위협이 실행되는 위험을 미연에 방지하기 위해, 우리 나리는 제게 다음 날 일찍 린턴 도련님을 캐시 아가씨의 조랑말에 태워 그 집에 데려다 주라고 이르며 이렇게 말씀했어요.

"이제 우리에겐 좋건 나쁘건 그 애의 운명을 좌지우지할 힘이 없으니, 내 딸애한테는 그 애가 어디로 갔는지에 대해서 일절 말해서는 안 되네. 이후로 캐시는 그 애와 어울릴 일도 없을 거고, 그 애가 가까운 곳에 있다는 사실도 모르고 지내는 게 좋겠어. 그렇지 않으면 캐시가 가만히 있지 못하고 워더링 하이츠로 가려고 안달할 테니까. 그러니 캐시한테는 그냥 그 애 아버지가 갑자기 그 애를 데려오라고 사람을 보내서 그 애가 어쩔 수 없이 떠났다고만 말하게."

린턴 도련님은 새벽 다섯 시에 일어나는 게 무척 내키지 않는데다 또다시 길을 떠날 채비를 해야 한다는 말을 듣자 깜짝 놀랐어요. 하지만 도련님의 아버지인 히스클리프 씨와 얼마간 함께 지내게 될 것이며, 아버지가 도련님을 몹시 보고 싶은 마음에 여독이 풀릴 때까지 도련님을 만나는 기쁨이 미뤄지는 걸 원하지 않는다고 전하며 이 일을 풀어 보려 했어요.

"내 아버지라고?"

이상하게도 도련님은 당황하며 외쳤어요.

"엄마는 내게 아버지가 있단 말씀을 한 적이 한 번도 없는데. 아버지는 어디 사셔? 난 외삼촌과 살고 싶은데."

"도련님 아버지는 이 저택에서 조금 떨어진 곳에 사세요. 저 언덕 너먼데요, 그다지 멀지 않으니까 도련님이 건강해지시면 걸어서 이곳으로 올 수도 있어요. 집에 가서 아버지를 만나게 됐으니 좋으시겠네요. 도련님이 어머니를 사랑했던 것처럼 아버지도 사랑하도록 해야 해요. 그러면 도련님 아버지도 도련님을 사랑해 주실 테니까요."

"그런데 왜 나는 지금까지 아버지 이야기를 한 번도 듣지 못했을까? 그리고 왜 다른 사람들처럼 엄마와 아빠는 함께 살지 않았어?"

"도련님 아버지는 북쪽에서 일을 하셔야 했고, 어머니는 건강 때문에 남쪽에서 사셔야 했으니까요."

제 대답에도 굴하지 않고 린턴 도련님은 계속 캐물었어요.

"그런데 왜 엄마는 나한테 아버지 이야기를 안 하셨지? 엄마는 외삼촌 이야기는 자주 들려줬어. 그래서 오래 전부터 외삼촌을 사랑하게 된 거야. 내가 어떻게 아빠를 사랑할 수 있을까? 난 아빠를 모르는데."

"아, 아이들은 누구나 부모를 사랑하게 되어 있어요. 도련님 어머니는 아마도 도련님에게 아버지 이야기를 자주 하면, 도련님이 아버지와 함께 살고 싶어 할 거라고 생각하셨나 보죠. 어서 서두르자고요. 이렇게 화창한 날 아침에 일찍 말을 타는 건 한 시간 더 자는 것보다 훨씬 좋은 거예요."

"그 애도 우리와 함께 가는 거야? 어제 만난 그 여자애도 말이야."

"오늘은 함께 안 가요."

"외삼촌은?"

"안 가세요. 거기까지 도련님과는 제가 같이 갈 거예요."

린턴 도련님은 베개 위에 도로 눕더니 골똘히 생각에 잠겼습니다. 그러더니 마침내 소리쳤어요.

"외삼촌이 안 가면 나도 안 갈래. 날 어디로 데려갈지 알게 뭐야."

저는 아버지를 만나는 것을 내켜 하지 않다니 그건 버릇없는 짓이라고 설득해 보았어요. 그래도 도련님은 옷을 갈아입히려는 저를 막무가내로 거부했어요. 그래서 저는 도련님을 달래서 침대에서 나오게 하는 데 주인 나리의 도움을 청할 수밖에 없었답니다.

그 가여운 것은 이 집을 떠나는 것은 아주 잠시일 뿐이라거나, 에드거 나리와 캐시 아가씨가 그를 찾아갈 것이라는 따위의 몇 가지 기만적인 다짐을 받아 내고서야 마침내 떠나기로 했어요. 그리고 저도 워더링 하이츠로 가는 길 사이사이 도련님에게 그와 똑같은 여러 근거 없는 약속들을 지어내 되풀이해서 말했어요.

히스 향 가득한 맑은 공기와 환한 햇살, 그리고 조롱말 미니의 여유롭고 가벼운 발걸음에 축 가라앉아 있던 도련님의 기분이 풀렸습니다. 도련님은 자신이 살 새로운 집과 그곳에 사는 사람들에 대해 흥미를 갖고 활기차게 이런저런 질문을 하기 시작했습니다.

"워더링 하이츠도 스러시크로스 그레인지만큼 좋은 곳이야?"

도련님은 이렇게 물으며 골짜기 쪽을 향해 마지막으로 눈길을 한 번 돌렸습니다. 골짜기에서는 엷은 안개가 피어올라 푸른 하늘 가장자리에 뭉게구름을 만들어 내고 있었어요.

"워더링 하이츠는 나무가 그렇게 울창하지는 않아요. 그리고 그렇게 크지도 않지만 사방으로 아름다운 시골 경치를 볼 수 있어요. 그곳 공기는 도련님 건강에 더 좋을 거예요. 훨씬 맑고 습기도 적으니까요. 처음에는 그 집을 보고 아마 낡고 어둡다고 생각하실 거예요. 하지만 훌륭한 집이고 이 근방에서는 두 번째로 좋은 집이에요. 그리고 황야를 산책하는 것도 얼마나 근사한데요! 헤어턴 언쇼 도련님이 —캐시 아가씨의 외사촌이니까 도련님한테도 사촌뻘이 되지요.— 아주 멋진 곳을 전부 다 안내해 줄 거예요. 그리고 날씨가 좋은 날엔 책을 가지고 나와 푸른 골짜기를 도련님 서재로 삼을 수도 있고요. 또 가끔은 외삼촌과 함께 산책을 하실 수도 있을 거예요. 도련님 외삼촌은 저 언덕으로 자주 산책을 나가시니까요."

"그런데 우리 아버지는 어떻게 생겼어? 외삼촌처럼 젊고 잘 생겼어?" 하고 린턴 도련님이 물었어요.

"외삼촌만큼 젊어요. 하지만 검은 머리카락과 검은 눈동자에, 좀 더 엄격한 인상이고, 전체적으로 키도 몸집도 더 커요. 원래 성격이 그런 분이니까 처음에는 온화하고 자애로워 보이지 않을 거예요. 그래도 아버지에게 솔직하고 다정하게 대해야 한단 걸 명심해요. 그럼 자연스럽게 아버지도 도련님을 외삼촌보다 더 좋아해 주실 거예요. 도련님이 자기 아들이니까요."

"검은 머리카락에 검은 눈동자라니!"

린턴 도련님이 혼잣말을 하며 사색에 잠겼습니다. 그러더니 "아버지의 모습이 상상이 안 되네. 그럼 나는 아버지랑 안 닮았어?" 하고 물었지요.

"별로 안 닮았어요."라고 저는 대답했습니다. 그런 뒤 저는 속으로 '하나도 안 닮았어요.'라고 생각하며, 유감스러운 마음으로 저와 길을 같이 가고 있는 그 아이를 찬찬히 뜯어봤습니다. 창백한 안색, 가냘픈 체격, 크고 맥없는 눈…… 그 눈은 엄마의 눈을 쏙 빼닮았지만, 다만 다른 점이 있다면, 몸이 아파서 짜증이 나 순간적으로 번득일 때를 빼고는 자기 엄마의 눈에서 볼 수 있던 반짝거리는 생기가 털끝만큼도 없다는 것이었어요.

"아버지가 한 번도 엄마와 나를 보러 온 적이 없다니 너무 이상해. 아버지가 나를 본 적이 있을까? 본 적이 있다면 틀림없이 내가 갓난아기였을 때겠지. 난 아버지에 대해 기억나는 게 아무것도 없으니까."라고 도련님이 중얼거렸습니다.

"아유, 린턴 도련님, 500킬로미터는 아주 먼 거리예요. 그리고 10년이란 세월은 도련님에게 여겨지는 것만큼 어른들에게는 그렇게 길게 여겨지지 않는답니다. 아마도 히스클리프 씨는 여름마다 이번에는 가 봐야지 하고 계획만 세우다가 결국 적당한 기회를 잡지 못했겠지요. 그리고 이제는 너무 늦어 버렸고요. 그러니 아버지한테 그런 걸 물어서 난처하게 하지 말아요. 쓸데없이 아버지 마음만 불편하게 할 테니까요."

아이는 그때부터 나머지 길은 혼자만의 생각에 푹 빠져 있었어요. 그러다 마침내 우리는 워더링 하이츠의 정원 대문 앞에서 멈췄습니다. 저는 아이가 그곳을 보고 어떤 인상을 받았는지 알아보려고 아이의 표정을 살폈지요. 현관의 조각된 장식, 낮게 달린 격자창, 멋대로 뻗어 있는 구스베리 덤불, 구부러진 전나무를 침통한 표정으로 열심히 살펴보고는 고개를 가로젓더군요. 보아하니 아이는 새 거처의 겉모습이 영 못마땅한 모양이었습니다. 하지만 그 아이는 곧바로 불평하지 않고 미뤄 둘 만큼 분별력이 있었어요. 집 안으로 들어가 보면 겉모습과는 달리 아주 좋을지도 몰랐으니까요.

린턴 도련님이 조랑말에서 내리기 전에 제가 먼저 가서 현관문을 열었습니다. 여섯 시 반이었는데, 그곳 식구들은 막 아침식사를 끝낸 참이었어요. 하녀가 식탁을 치우며 행주질을 하고 있었고, 조지프는 주인의 의자 옆에 서서 절름발이 말에 대한 이야기를 하고 있었고, 헤어턴 도련님은 건초 밭에 나갈 채비를 하고 있었지요. 히스클리프 씨가 저를 보고는 소리쳤어요.

"여어, 넬리! 내가 직접 그곳에 가서 내 소유물을 찾아와야 하나 생각했는데, 넬리가 챙겨 온 모양이군, 안 그래? 어디 쓸 만

한가 좀 볼까."

히스클리프 씨가 일어나 문 쪽으로 성큼성큼 걸어왔고, 헤어턴 도련님과 조지프도 호기심에 입을 헤벌리고 뒤따라왔어요. 불쌍한 린턴 도련님은 겁먹은 눈으로 세 사람의 얼굴을 대강 훑어보았어요.

"아이고오! 쥔 나리, 고 양반이 아를 바꿔치기헌 게 틀림없구먼요. 요 아는 그 양반 따님 같은뎁쇼!"라고 조지프가 아이를 심각하게 살펴보더니 말했어요.

히스클리프는 자기 아들을 빤히 쳐다봐서 자기 아들을 당황하게 하고, 덜덜 떨게 만들고는 경멸하듯 웃음을 터트렸어요. 그러면서 이렇게 외치더군요.

"제길! 참도 예쁘장하군! 참으로 사랑스럽고 매력적인 물건이잖아! 넬리, 거기선 요 물건을 달팽이와 상한 우유로 기른 것 아냐? 에잇, 젠장! 예상보다 더 안 좋군. 하기야 별로 기대를 많이 한 건 아니었지만!"

저는 덜덜 떨면서 어쩔 줄 몰라 하는 아이에게 말에서 내려 안으로 들어가자고 말했습니다. 린턴 도련님은 자기 아버지가 한 말의 뜻도, 또 그 말이 자기를 두고 한 말인지도 제대로 알지 못했어요. 사실 도련님은 험상궂고 냉소적인 그 낯선 사람이 자기 아버지인지도 아직 확신할 수 없었어요. 도련님은 점점 더 두려움에 사로잡혀 제게 달라붙었어요. 그리고 히스클리프 씨가 자리에 앉으면서 도련님에게 "이리 와 봐!" 하고 말하자, 도련님은 그만 제 어깨에 얼굴을 파묻고 울음을 터트리고 말았어요.

"쯧쯧!"

히스클리프가 혀를 차며 한 손을 뻗어서 도련님을 거칠게 끌어당겨 자기 무릎 사이에 세워 놓고는 턱을 잡아 도련님의 고개를 들어 올렸지요.

"바보같이, 뚝 그치지 못해! 우린 널 해치려는 게 아냐, 린턴. 네 이름이 린턴이라고 했지? 넌 완전히 네 어미 판박이로군! 날 닮은 구석은 대체 어디에 있지, 이 울보 겁쟁이 녀석?"

히스클리프 씨는 아이의 모자를 벗겨 숱 많은 아마빛 곱슬머리를 뒤로 넘긴 다음, 가느다란 팔과 조그만 손가락을 만져 보았어요. 그가 그렇게 살펴보는 동안 도련님은 울음을 그치고 커다랗고 파란 눈을 들어 자기를 살펴보는 사람을 자기도 살펴봤어요.

"넌 날 알겠냐?"

히스클리프 씨는 아이의 팔다리가 하나같이 가냘프고 연약하다는 것을 확인하고 나서 물었습니다.

"아뇨!"라고 린턴 도련님이 멍하니 겁에 질린 시선으로 쳐다보며 대답했어요.

"그래도 나에 대해서 들은 적은 있겠지?"

"아뇨."

"아니라고? 네게 자식으로서 아비에 대한 존경심을 깨우쳐 준 일이 없다니, 네 어미는 참으로 괘씸한 사람이로구나! 그럼 내가 말해 주지, 넌 내 아들이다. 그리고 네게 이런 아버지가 있다는 걸 모르게 내버려 두다니 네 어미는 못된 계집이야. 이런, 그렇게 질겁하고 얼굴을 붉힐 건 없잖아! 그래도 피는 하얗지 않은 모양이니 참으로 다행한 일이군. 착한 아이가 돼야 해. 그러면 내가 너한테 잘해 줄 테니. 넬리, 피곤하면 앉아서 좀 쉬고, 그렇지 않으면 집으로 돌아가지 그래. 보나마나 여기서 보고 들은 것을 스러시크로스 그레인지의 그 하찮은 인간에게 보고해야 할 테니. 그리고 이 어린 것도 네가 계속 남아 있으면 마음을 굳히지 못할 테니까."

"그럼, 이 아이에게 다정하게 대해 주길 바랄게요, 히스클리프 씨. 그렇지 않으면 이 아이를 오래 데리고 있지 못할 테니까요. 그리고 이 넓은 세상에서 당신의 유일한 혈육은 이 아이뿐이라는 사실을 꼭 명심해요."

그러자 히스클리프 씨가 소리 내어 웃으며 대답하더군요.

"말도 못 하게 다정하게 대해 줄 테니 걱정 따윈 접어 둬! 다만 어느 누구도 이 아이에게 다정하게 대해서는 안 돼. 내가 이 아이의 애정을 독차지해야겠으니 말이야. 그럼 다정하게 대해 주기 시작해 볼까나. 조지프! 이 아이에게 아침을 좀 갖다 줘. 헤어턴, 이 지긋지긋한 새끼야, 넌 가서 네 할 일이나 해. 참, 넬리!"

그들이 나가자 히스클리프 씨는 제게 이렇게 덧붙여 말했습니다.

"내 아들이 장차 스러시크로스 그레인지의 주인이 될 테니, 그 집 후계자가 되는 게 확실해질 때까지는 이 아이가 죽기를 바라진 않아. 게다가 이 아인 내 자식이니까, 내 후손이 당당하게 그 집 토지의 주인이 되어, 이 몸의 후손이 그 집 후손들을 고용해 품삯을 주고 자기들 조상의 땅을 경작하게 하는 걸 보는 승리감을 맛보고 싶단 말이야. 그게 바로 내가 요 애새끼를 참고 견딜 수 있는 유일한 이유야. 요 녀석 자체도 싫지만, 요 녀석 때문에 기억들이 되살아나서 더 싫어! 하지만 앞서 말한 그 이유 하나만으로도 충분히 참고 견딜 수 있어. 그러니 나와 함께 있어도 녀석은 안전하고, 넬리 너의 주인이 자기 자식을 보살피는 것 못지않게 나도 녀석을 정성스레 보살필 거야. 위층에 녀석의 방을 멋지게 잘 꾸며 놓았고, 녀석이 배우고 싶은 것을 가르쳐 줄 가정 교사도 30킬로미터 남짓 떨어진 곳에서 일주일에 세 번씩 오기로 해 뒀어. 헤어턴에게도 녀석의 말에 따르라고 일러뒀고. 사실, 나는 녀석이 자기 또래보다 우월한 면과 신사다운 면을 갖출 수 있도록 만반의 준비를 해 놓았지. 하지만 유감스럽게도 이 녀석은 그렇게 애쓸 만한 녀석이 못 되는군. 내가 이 세상에서 축복을 바란 일이 있다면 이 녀석이 자랑할 만한 훌륭한 자식이었으면 하는 것이었는데, 창백한 얼굴에 징징거리기나 하는 녀석이라니 실망스럽기 짝이 없군!"

히스클리프 씨가 말하는 동안 조지프가 우유죽 한 그릇을 들고 돌아와서 린턴 도련님 앞에 놓았어요. 도련님은 아주 싫다는 표정으로 맛없어 보이는 죽을 휘휘 젓더니 이런 건 먹을 수 없다고 하더군요.

그 늙은 하인도 주인과 마찬가지로 그 아이를 멸시하는 기색이 역력했습니다. 그래도 그 감정을 억지로 마음속으로만 품고 있었는데, 히스클리프가 아랫사람들에게 그 아이를 잘 모시라는 뜻을 분명히 했기 때문이었죠.

조지프는 린턴 도련님의 얼굴을 들여다보며 남한테 들릴까봐 목소리를 낮춰 속삭이듯 말했어요.

"먹을 수 없다고? 헤어턴 데련님도 어렸을 때 이것밖에는 안 먹었구먼. 헤어턴 데련님이 먹을 만헌 것이믄 데련님도 먹을 만헌 것일 턴디!"

"안 먹는다니까! 저리 치워." 하고 린턴 도련님은 퉁명스럽게 대꾸했어요.

조지프는 분개하여 죽 그릇을 늘름 집어 들고 우리 쪽으로 가져왔어요.

"요 음식이 뭐 잘못됐나여?"라며 조지프가 쟁반을 히스클리프 씨의 코밑에 들이대면서 물었지요.

"뭐가 잘못됐단 말이야?" 하고 히스클리프 씨가 대답했어요.

"나 원 참! 저 까다로운 데련님이 이런 건 못 먹겠다는구먼요. 헌디 내 그럴 줄 알았구먼요! 데련님 모친이 꼭 그랬구먼요. 그 아씬 우리 같이 더런 것들이 심은 밀로 만든 빵은 드시지도 않았으니께요!"

그러자 주인이 화를 내며 말했습니다.

"저 애 어미 얘기는 내 앞에서 꺼내지도 마. 그냥 애가 먹을 수 있는 걸로 갖다 주면 될 것 아냐. 저 애는 평소 뭘 먹지, 넬리?"

저는 데힌 우유나 차가 좋겠다고 말해 주었어요. 그러자 히스클리프 씨는 가정부에게 그런 걸 좀 만들어 오라고 지시했어요.

'그래, 아버지의 욕심 덕분에 아이가 편안하게 있을 수 있겠어. 아들이 허약한 체질이니 상당히 잘 대해 줘야 한단 걸 깨달은 모양이야. 히스클리프 씨의 기분이 그렇게 변한 걸 우리 에드거 나리한테 알려서 나리를 안심시켜 줘야겠어.' 하고 저는 속으로 생각했어요.

계속 그곳에 있을 아무런 핑계도 없었기에 저는, 린턴 도련님이 순하게 생긴 양치기 개 한 마리가 다가오자 겁을 먹고 저지하느라 바쁜 사이에 살짝 빠져나왔어요. 하지만 도련님이 워낙 경계를 바짝 하고 있던 터라 속아 넘어가지 않았어요. 제가 문을 닫자 울음소리와 함께 미친 듯이 되풀이해서 외치는 소리가 들렸어요.

"날 두고 가지 마! 난 여기 안 있을 거야! 여기 안 있을 거라고!"

그러자 빗장을 올렸다가 다시 내리는 소리가 들렸어요. 도련님이 밖으로 못 나가게 하려는 거였죠. 저는 조랑말 미니에 올라타 재촉하며 빠르게 몰았습니다. 그리고 그렇게 저의 짧은 보호자 노릇은 끝이 났지요.

제7장

그날 우리는 어린 캐시 아가씨 때문에 고역을 치렀습니다. 캐시 아가씨는 사촌과 놀 거란 기대에 아주 신이 나서 일어났어요. 그런데 사촌이 떠났다는 소식을 듣자 눈물을 펑펑 쏟으며 어찌나 비통해하던지, 어쩔 수 없이 에드거 나리가 직접 나서서 사촌이 금방 돌아올 거라는 말로 아가씨를 달래야만 했어요. 그렇지만 "내가 그 애를 데려올 수 있다면"이란 단서를 붙이셨지요. 물론 그럴 가망은 전혀 없었지만요.

그런 약속으로 캐시 아가씨를 진정시키기에는 역부족이었어요. 하지만 시간이 더 힘을 발휘했지요. 그래도 아가씨는 이따금 아버지에게 린턴이 언제 돌아오느냐고 묻기는 했지만, 그 아이의 얼굴은 아가씨의 기억 속에서 점점 희미해져서 나중에 다시 만났을 때는 알아보지 못할 정도가 되었지요.

저는 기머턴에 볼일을 보러 갔다가 워더링 하이츠의 가정부와 우연히 마주치면 어린 도련님이 어떻게 지내는지 묻곤 했습니다. 린턴 도련님도 캐시 아가씨만큼이나 집에 틀어박혀 지내다시피 해서 도통 볼 수가 없었거든요. 가정부에게서 들은 말로 추측컨대, 린턴 도련님은 여전히 몸이 안 좋고 그 집 사람들에게는 성가신 존재인 것 같았어요. 가정부의 말로는 히스클리프 씨가 드러내지 않으려고 애를 쓰기는 하지만 점점 더 많이, 훨씬 심하게 도련님을 싫어하는 모양이었습니다. 히스클리프 씨는 도련님의 목소리만 들려도 질색하고, 한 방에서 몇 분간 같이 앉아 있는 것도 전혀 못 견딘다더군요.

부자간에 대화는 거의 오가지 않는 모양이었어요. 린턴 도련님은 그 집 사람들이 응접실이라고 부르는 작은 방에 앉아서 가정 교사에게 수업을 받거나 저녁 시간을 보내고, 그렇지 않으면 하루 종일 침대에 누워 있다고 했어요. 내내 기침을 달고 살고 툭하면 감기에 걸리고, 늘 어딘가가 쑤시고 아프기 때문이라더군요. 그러면서 그녀가 이렇게 덧붙였어요.

"그리고 내 살다 살다 그렇게 심약한 인간은 처음 봤구먼요. 자기 몸을 그렇게 챙기는 인간도 처음 봤고요. 어떤 식이냐면요, 내가 어쩌다 창문을 저녁 늦게까지 열어 놓으면, 그 아인 '아아! 밤공기를 조금만 쐬도 죽을 것 같아!'라고 하질 않나, 한여름에도 불을 때 달라고 하질 않나, 조지프의 담뱃대를 독약처럼 보질 않나, 달달한 거나 맛있는 걸 늘 입에 달고 살아야 하고, 언제나 '우유, 우유!' 하면서 계속 우유만 찾고, 나머지 식구들은 겨울에 추워서 얼어 죽든 말든 혼자 털 망토로 꽁꽁 싸매고 벽난로 옆 의자에 앉아서 토스트와 함께 물이든 뭐든 벽난로 시렁에다 올려놓고 홀짝거리며 먹죠. 그리고 헤어턴이 그 아이를 가엾게 여겨서 놀아 주러 오면 ―헤어턴은 거칠기는 하지만 심성이 나쁜 아이는 아니거든요.― 꼭 한쪽은 욕을 하고 한쪽은 울면서 헤어지고 만답니다. 우리 주인은 그 아이가 자기 아들만 아니라면, 헤어턴이 그 아이를 죽도록 두들겨 패도 좋아할 거예요. 그리고 그 아이가 자기 몸을 얼마나 챙기는지 반만 알아도 분명, 그 아이를 당장 쫓아내고 싶어 할걸요. 하지만 우리 주인이 그런 유혹에 빠질 위험은 없어 보여요. 주인은 응접실에는 절대 들어가지 않으니까요. 그리고 행여 자기와 같이 있는 곳에서 린턴 도련님이 그런 짓을 할라치면 당장 위층으로 쫓아 보내 버리니까요."

가정부의 이런 말을 듣고 저는 어린 린턴 히스클리프 도련님이 원래는 그런 아이가 아니었다 할지라도 아무도 자기한테 정을 주지 않으니까 이기적이고 고약한 아이가 되어 버린 거라고 추측했어요. 그런 뒤 린턴 도련님에 대한 저의 관심은 시들었습니다. 여전히 도련님의 운명을 생각하면 애통하고 도련님이 우리 곁에 남았더라면 하는 아쉬운 마음이 남아 있긴 했지만 말이죠.

에드거 나리는 도련님 소식을 알아오라고 저를 부추겼습니다. 나리는 린턴 도련님 생각을 많이 하셨고, 도련님을 보기 위해서는 어느 정도 위험도 감수하려 했지요. 한번은 저에게 그 집 가정부를 만나 린턴 도련님이 마을에 나올 때가 있는지 물어보라고 했어요.

가정부 말로는 린턴 도련님이 딱 두 번 자기 아버지와 함께 말을 타고 마을에 나간 적이 있었는데, 두 번 다 집에 돌아온 뒤 완전히 녹초가 되어 사나흘 동안 뻗어 버린 척했다더군요.

제 기억이 맞다면, 그 가정부는 린턴 도련님이 오고 나서 2년 뒤에 그곳을 떠났고, 제가 모르는 여자가 가정부 일자리를 이어받아 아직도 그곳에서 살고 있어요.

우리 스러시크로스 그레인지에서는 시간이 예전처럼 기분 좋게 계속 흘러갔고, 어느덧 캐시 아가씨는 열여섯 살이 되었습니다. 캐시 아가씨의 생일은 돌아가신 안주인의 기일이기도 해서, 아가씨의 생일을 제대로 챙긴 적이 전혀 없었어요. 그날이면 아가씨의 아버지는 변함없이 혼자 하루 종일 서재에 틀어박혀 있다가, 해질 무렵 기머턴 교회의 공동묘지까지 걸어가서는 그곳에서 자정이 넘도록 머물다 오는 경우가 많았습니다. 그러니 캐시 아가씨는 알아서 혼자 즐겁게 놀 거리를 찾아야만 하는 처지였어요.

그해 3월 20일은 아름다운 봄날이었습니다. 아버지가 서재에 들어가자 우리 아가씨는 외출복으로 갈아입고 내려와서는 아버지에게 저와 함께 황야 초입까지만 산책 가도 되냐고 물었더니 멀리 가지 않고 한 시간 내로 돌아온다면 가도 된다고 허락해 줬다고 말하더군요. 그러면서 이렇게 소리쳤어요.

"그러니까 어서 서둘러, 엘런 아줌마! 가 보고 싶은 데가 있어. 붉은 뇌조 떼가 한동안 머무는 곳인데, 벌써 둥지를 틀었는지 보고 싶어."

"거기라면 한참 올라가야 되잖아요. 뇌조는 황야 초입에는 알을 낳지 않는걸요."

"아냐, 그렇게 안 멀어. 아빠하고 바로 그 근처까지 갔다 온 적이 있는걸."

저는 그 문제에 대해 더 이상 아무 생각도 하지 않고 보닛 모자를 쓰고는 기세 좋게 출발했습니다. 캐시 아가씨는 신이 나서 제 앞을 폴짝폴짝 뛰어가다가 제 옆으로 돌아오더니 다시 또 뛰어갔는데 그 모습이 꼭 어린 사냥개 같았어요. 처음에는 저도 여기저기서 지저귀는 종달새 소리에 귀를 기울이기도 하고, 기분 좋고 따스한 햇볕도 쬐면서, 저의 귀염둥이이자 기쁨인 아가씨의 모습을 지켜보는 게 무척 즐거웠답니다. 아가씨의 황금빛 곱슬머리는 풀린 채 뒤로 나부끼고, 눈부신 뺨은 활짝 핀 들장미처럼 매끈하고 더없이 맑았으며, 눈은 그늘 한 점 없는 즐거움으로 빛났어요. 그 당시의 우리 아가씨는 행복했으며 그야말로 천사였지요. 하지만 딱하게도 우리 아가씨는 만족하지 못했어요.

"그래, 아가씨가 말한 붉은 뇌조는 대체 어디에 있는 거예요, 캐시 아가씨? 이제는 보일 때도 됐잖아요. 우리 저택 숲 울타리에서 상당히 멀리까지 왔다고요."

제 말에 캐시 아가씨는 줄곧 이렇게 대답했지요.

"아이 참, 조금만 더 가면 돼. 정말 조금만 더 가면 돼, 엘런 아줌마. 저 작은 언덕을 올라가서, 저 기슭을 지나고, 그 맞은편에 이르면 뇌조가 있을 거야."

그러나 올라야 할 언덕과 지나야 할 기슭이 하도 많아서 마침내 지치기 시작한 저는 이제 그만 돌아가자고 말했어요.

캐시 아가씨가 저보다 한참 앞서 가고 있었기 때문에 저는 아가씨에게 소리쳐 말해야 했어요. 아가씨는 제 소리가 안 들리는지, 아니면 들려도 마음 쓰지 않는 건지, 계속 펄쩍펄쩍 뛰어가는 바람에 저는 어쩔 수 없이 아가씨 뒤를 따라가야 했어요. 그러다 결국은 어떤 골짜기로 뛰어들어 더는 모습이 보이지 않게 되었죠. 아가씨의 모습이 다시 보인 건 우리 집보다 워더링 하이츠에 3킬로미터 남짓 더 가까운 곳에서였어요. 어떤 사람 둘이 캐시 아가씨를 붙잡는 게 보였는데, 그 가운데 하나가 히스클리프 씨라는 확신이 들더군요.

캐시 아가씨가 뇌조 둥지를 약탈하다가, 아니면 적어도 뇌조 둥지를 찾다가 현장에서 잡힌 모양이었어요.

워더링 하이츠 부근은 히스클리프 씨의 땅이니까 그는 밀렵꾼을 꾸짖고 있었던 것이지요.

"저는 하나도 훔치지 않았고 보지도 못한걸요."

제가 고생스럽게 그들에게 다가갔을 때 캐시 아가씨는 이렇게 말하며 그게 사실임을 증명하기 위해 두 손을 펴 보이고 있었어요.

"훔칠 생각도 없었어요. 아빠가 이 근처에는 뇌조가 아주 많다고 해서 저는 뇌조 알을 보고 싶었을 뿐이에요."

히스클리프는 사악하게 씩 웃으며 저를 흘깃 보았는데, 그렇게 말하는 상대가 누구인지 알고 있다는 듯 적의를 드러내며 '아빠'가 누구냐고 묻더군요.

"스러시크로스 그레인지의 린턴 씨예요. 아저씨는 저를 모르시는 모양이군요. 안 그러면 그런 식으로 말씀하시지 않았을 테니까요."라고 캐시 아가씨가 대답했어요.

"그럼 넌 네 아빠가 대단히 높은 평가와 존경을 받는다고 생각하는 모양이지?"라며 그가 비아냥거렸어요. 캐시 아가씨는 그렇게 말하는 상대방을 호기심 가득한 시선으로 쳐다보며 이렇게 물었어요.

"그런데 아저씨는 누구세요? 저 사람은 전에 본 일이 있는데, 아저씨 아들이에요?"

캐시 아가씨는 옆에 서 있는 헤어턴 도련님을 가리켰습니다. 헤어턴 도련님은 나이를 두 살 더 먹는 동안 체구가 커지고 건장해졌을 뿐, 여전히 다루기 곤란하고 거칠어 보였어요.

"캐시 아가씨, 한 시간만 산책한다는 게 벌써 세 시간이 다 돼가요. 이제 우린 정말로 돌아가야 해요." 하고 제가 끼어들었어요.

히스클리프는 저를 밀어제치고 아가씨의 물음에 대답했어요.

"아니, 이 녀석은 내 아들이 아니야. 나한테도 아들이 하나 있는데, 너도 전에 본 적이 있어. 그리고 네 유모가 어서 가자고 재촉하지만, 내 생각엔 너와 유모 둘 다 잠깐 쉬어 가는 게 더 좋을 것 같군. 여기 히스 황야 언덕 꼭대기만 돌면 내 집인데, 그리로 가지 않겠어? 쉬었다 가면 더 빨리 집에 갈 수 있을 테지. 그리고 우리 집에서 따뜻한 대접도 받을 거고."

저는 캐시 아가씨에게 무슨 일이 있어도 그 제안에 응해서는 안 된다며, 그건 전혀 고려할 가치도 없는 제안이라고 귓속말을 했어요.

"왜 안 되는데? 뛰어다녔더니 피곤한데, 땅이 이슬에 젖어서 여기서는 앉을 수도 없는걸. 우리 거기로 가자, 엘런 아줌마! 게다가 내가 저 아저씨의 아들을 본 적이 있다고 하잖아. 저 아저씨가 잘못 알고 있는 거겠지만 저 아저씨가 어디 사는지는 짐작이 가. 내가 페니스톤 절벽에서 돌아오던 길에 들렀던 그 농가 아냐. 그렇지?" 하고 우리 아가씨가 큰 소리로 물었어요.

"맞아. 자, 넬리, 이제 그만 입 다물어. 우리 집을 잠깐 들르면 이 아가씨도 좋아할 거야. 헤어턴, 넌 이 아가씨와 먼저 가도록 해. 넬리, 넌 나와 함께 가지."

"안 돼요, 우리 아가씨는 그곳에 가면 안 돼요."

저는 히스클리프가 붙잡은 팔을 뿌리치려고 애쓰면서 소리쳤어요. 하지만 아가씨는 곧바로 내빼 전속력으로 언덕 꼭대기를 돌아 벌써 문 앞의 섬돌 앞에 가 있었어요. 헤어턴 도련님은 아가씨와 같이 가라는 지시를 받았지만 아가씨를 바래다주는 시늉도 하지 않고 길옆으로 꽁무니를 빼서 사라지고 없었어요.

"히스클리프 씨, 이건 정말 잘못된 일이에요. 좋지 못한 일이란 건 당신도 알잖아요. 그리고 그곳에 가면 우리 아가씨는 린턴 도련님을 만나게 될 테고, 집에 돌아가자마자 우리 나리께 전부 다 말해 버리겠죠. 그러면 비난은 고스란히 제 몫이고요."

제 말에 히스클리프 씨는 이렇게 대꾸했어요.

"난 저 애와 린턴을 만나게 해 주고 싶어. 린턴은 요 며칠 간 좀 나아졌어. 그 애가 사람들 앞에 모습을 드러낼 정도로 몸 상태가 좋은 경우는 좀처럼 없거든. 그리고 오늘 우리 집을 방문한 일은 비밀로 해 두자고 자네 아가씨를 금방 설득하면 될 텐데, 대체 뭐가 잘못이란 거야?"

"우리 아가씨가 당신 집에 가도록 제가 묵인하고 그냥 내버려 뒀단 걸 우리 나리가 아시면 저를 미워하실 테니 잘못이란 거지요. 그리고 당신이 우리 아가씨에게 그렇게 하자고 자꾸 부추기는 데는 나쁜 속셈이 있기 때문이라고 전 확신하니까요."

"내 속셈은 그야말로 순수하네. 내 속셈을 전부 다 말해 주지. 그건 두 사촌끼리 사랑에 빠져 결혼했으면 좋겠단 거야. 내가 네 주인에게 큰마음 쓰는 거라고. 네 주인의 어린 계집은 받을 유산이 없으니 네 아가씨가 내 바람대로 움직이기만 한다면, 당장 린턴과 함께 공동 상속자로 지정될 거야."

히스클리프 씨의 말에 제가 이렇게 대꾸했어요.

"만약에 린턴 도련님이 돌아가신다면, 사실 도련님이 얼마나 사실지 불확실하니까요, 그럼 캐시 아가씨가 상속인이 되겠군요."

"아니, 그렇게는 안 되지. 유언장에 그런 것을 보장하는 조항은 없으니까. 내 아들의 재산은 나한테 오게 되어 있어. 하지만 논란을 막기 위해 난 그 둘의 결합을 바라는 것이고, 또 그렇게 만들 작정이야."

"그런데 난 다시는 우리 아가씨와 함께 당신 집 쪽으로는 얼씬도 안 할 작정이에요."라고 제가 쏘아붙였을 때 우리는 그 집 대문 앞에 이르렀습니다. 캐시 아가씨가 거기에서 우리가 오기를 기다리고 있었어요.

히스클리프는 제게 닥치라고 응수하고는 우리를 앞지르며 서둘러 길을 올라가 현관문을 열었습니다. 우리 집의 어린 숙녀는 히스클리프를 어떻게 생각해야 할지 확실히 마음을 정하지 못하겠다는 듯이 그를 몇 번 쳐다봤는데, 그는 우리 아가씨와 눈이 마주칠 때마다 미소를 지었고 아가씨에게 말할 때는 한결 사근사근한 목소리로 말했어요. 그래서 어리석게도 저는 그가 아가씨의 어머니를 떠올려 아가씨에게 상처 입히려는 마음을 누그러뜨릴지도 모른다고 생각했어요.

린턴 도련님은 벽난로 가에 서 있었습니다. 들판을 산책하고 돌아온 모양인지 모자를 쓴 채로 조지프에게 마른 신발을 가져오라고 소리치고 있었어요.

열여섯 살이 되려면 아직 몇 달 모자라는데, 나이에 비해 키가 큰 편이었습니다. 도련님의 이목구비는 여전히 예쁘장했으며, 눈빛과 안색은 제가 기억했던 것보다 밝았는데, 상쾌한 공기와 따사로운 햇살 덕택에 그저 일시적으로 그런 빛을 띤 것뿐이었지요.

"자, 저게 누굴까? 누군지 알아보겠니?"

히스클리프 씨가 캐시 아가씨 쪽을 돌아보며 묻자, 캐시 아가씨는 미심쩍은 듯 도련님과 히스클리프 씨를 번갈아 살펴보더니 말했어요.

"아저씨 아들이에요?"

"맞아, 그렇단다. 그렇지만 네가 내 아들을 본 게 이번이 처음일까? 잘 생각해 봐! 이런! 넌 기억력이 나쁘구나. 린턴, 넌 네 사촌이 기억나지 않니? 만나고 싶다고 우리를 그렇게 들들 볶아 놓고는."

캐시 아가씨가 린턴이라는 이름을 듣고는 뜻밖의 기쁨에 불타올라 소리쳤어요.

"뭐, 린턴! 저애가 그때 그 꼬마 린턴이라고? 이제 나보다 키가 크네! 정말 네가 린턴이야?"

그 아이가 다가오며 자기가 린턴이라고 말했습니다. 그러자 캐시 아가씨는 린턴 도련님에게 열렬히 입맞춤을 퍼부었고, 그 둘은 서로 마주 보며 시간이 가져온 모습의 변화에 놀라워했지요.

캐시 아가씨의 키는 이미 어른만하게 다 자랐고, 몸매는 풍만하면서도 날씬했으며, 강철처럼 탄탄하고, 전체적으로 건강과 활기가 넘쳤습니다. 린턴 도련님의 표정과 몸놀림은 기운이 없었고, 몸은 심하게 가냘팠어요. 하지만 도련님의 기품이 배어 있는 태도가 이런 결점들을 메워 줘서 불쾌한 인상을 주지는 않았지요.

캐시 아가씨는 사촌과 정답게 이런저런 이야기를 주고받은 뒤 히스클리프 씨에게로 갔어요. 히스클리프 씨는 문 옆에서 계속 서성이며 집 안과 밖을 번갈아 주의를 살피고 있는 모습이었어요. 하지만 집 밖을 살피는 척하면서 실제로는 집 안에만 주의를 기울이고 있었지요.

캐시 아가씨가 그에게 인사를 하려고 다가가면서 외쳤습니다.

"그럼 아저씨가 제 고모부로군요! 처음 봤을 때 화를 내시긴 했지만 그래도 전 아저씨가 좋았어요. 왜 린턴을 데리고 우리 집에 안 오세요? 여러 해를 줄곧 이토록 가까운 곳에 살면서 한 번도 우리를 보러 오시지 않았다니 정말 이상해요. 왜 그러신 거예요?"

"네가 태어나기 전에는 아주 번질나게 드나들었지. 이런, 제길! 그렇게 하고도 아직 입맞춤할 게 남았으면 린턴에게나 해. 나한테 낭비하지 말고."

"엘런 아줌마 나빠!"

캐시 아가씨는 이렇게 외치며 자신의 남아도는 입맞춤을 이번에는 제게 퍼부으려고 덤벼들었어요.

"못됐어, 엘런 아줌마! 날 이 집에 들어오지 못하게 하려 하다니. 하지만 난 앞으로는 매일 아침 이리로 산책 올 거야. 고모부, 그래도 되죠? 가끔은 아빠와 함께 와도 되죠? 고모부는 우리를 만나는 게 좋지 않으세요?"

"좋고말고!"

아가씨의 고모부가 앞으로 찾아올지 모르는 방문객들 모두에 대한 깊은 반감으로 인해 우거지상이 되려는 것을 겨우 참으며 대답했어요. 그러고는 캐시 아가씨를 바라보며 계속 말했습니다.

"그런데 잠깐만! 지금 생각해 보니, 이야기를 해 두는 편이 낫겠어. 네 아버지는 나에 대해 편견을 갖고 계셔. 네 아버지와 난 언젠가 한 번 기독교도답지 않게 격렬하게 싸운 일이 있단다. 그래서 네가 만약 여기 오는 걸 네 아버지한테 말하면, 전적으로 그 일을 반대하실 거야. 그러니 앞으로 네 사촌을 보지 않아도 된다면 몰라도, 그렇지 않다면 네 아버지한테 여기에 왔었다고 말해서는 안 돼. 네가 오고 싶으면 와도 좋지만, 그걸 말해서는 안 된다는 거지.”

그 말에 캐시 아가씨가 풀이 확 죽어 물었어요.

“왜 싸우셨는데요?”

“네 아버지는 내가 자기 누이와 결혼하기에는 너무나 가난하다고 생각했어. 그런데도 내가 기어코 결혼을 하자 네 아버지는 비탄에 잠겼단다. 네 아버지는 자존심에 상처를 입었고, 그래서 그 일을 결코 용서하지 않는 거지.”

“그건 잘못된 일이에요! 언젠가 제가 아빠한테 그렇게 말씀드리겠어요. 하지만 린턴과 저는 두 분의 싸움과는 아무런 관계가 없군요. 그럼 저는 여기에 오지 않을 테니 린턴을 저희 집으로 보내 주세요.”

그러자 아가씨의 사촌이 중얼거렸어요.

“나한텐 너무 멀어요. 6킬로미터를 넘게 걸었다가는 난 죽고 말 거예요. 그건 안 되니, 캐서린 양, 캐서린 양이 여기로 와요. 매일 아침은 아니더라도 가끔, 일주일에 한두 번씩이요.”

아버지는 자기 아들에게 심한 경멸의 눈초리를 흘끗 던졌어요. 그러고는 저를 보고 이렇게 넋두리를 했어요.

“넬리, 아무래도 내가 헛수고를 하는 것 같아. 저 멍청이가 부르는 대로 ‘캐서린 양’은 녀석이 얼마나 못났는지 깨닫게 되면 아예 상대도 안 해 줄 거야. 헤어턴이 천한 놈이긴 하지만, 만약 저게 헤어턴이었으면 하고 내가 하루에도 스무 번씩 헤어턴을 탐내는 거 알아? 헤어턴 녀석이 언쇼가 아닌 다른 사람의 자식이기만 했다면 난 녀석을 사랑했을 거야. 하지만 캐서린 저 애가 헤어턴 녀석을 사랑할 리는 만무하지. 저 보잘것없는 내 아들 녀석이 기운차게 분발하지 않으면, 헤어턴을 저 녀석과 경쟁시켜야겠어. 우린 저 물건이 열여덟 살까지 살기도 어렵다고 내다보고 있어. 에잇, 망할. 못나빠진 녀석! 발 말리는 데 정신이 팔려 캐서린에게는 눈길조차 주지도 않잖아…… 린턴!"

"예, 아버지." 하고 그 소년이 대답했어요.

"주변에 네 사촌에게 보여 줄 만한 곳이 아무 데도 없니? 하다못해 토끼나 족제비 굴 같은 거라도 말이야? 신발을 바꿔 신기 전에 네 사촌을 정원에라도 데리고 나가. 마구간에 가서 네 말이라도 보여 주란 말이다."

"여기 앉아 있는 게 좋지 않아요?"

다시 몸을 움직이는 게 영 내키지 않는다는 말투로 린턴 도련님이 캐시 아가씨를 보며 물었어요.

"글쎄."

캐시 아가씨는 이렇게 대답하면서 문 쪽으로 갈망하는 시선을 던졌는데, 분명 나가서 활발히 돌아다니고 싶은 눈치였어요.

린턴 도련님은 계속 그 자리를 지킨 채 벽난로 쪽으로 더 가까이 몸을 웅크렸어요.

히스클리프 씨가 일어나더니 부엌을 통해 뒷마당으로 나가 헤어턴 도련님을 소리쳐 불렀어요.

헤어턴 도련님의 대답하는 소리가 들리더니 이내 그 둘이 다시 들어왔어요. 헤어턴 도련님은 씻다가 왔는지 뺨이 발그레하고 머리가 젖어 있더군요.

"아참, 고모부, 여쭤 볼 게 있어요."

캐시 아가씨는 예전에 가정부가 했던 말이 생각났는지 소리쳤어요.

"고모부, 저 사람은 제 사촌이 아니죠, 그렇죠?"

아가씨의 질문에 히스클리프 씨가 대답했어요.

"네 사촌이 맞아. 그는 네 엄마의 조카야. 그가 맘에 들지 않아?"

캐시 아가씨는 미심쩍은 표정이었어요. 히스클리프 씨는 그냥 자기 할 말을 계속하더군요.

"잘생긴 청년 같지 않니?"

버릇없는 어린 것이 발돋움하고 서서 히스클리프의 귀에 대고 뭐라고 속삭였어요.

히스클리프 씨가 껄껄 웃자 헤어턴 도련님의 얼굴이 어두워졌지요. 그걸 보니 헤어턴 도련님은 혹시라도 누가 자기를 멸시하지는 않는지에 대해 아주 민감하고, 자신의 열등함을 어렴풋이나마 알고 있는 모양이었어요. 하지만 그의 주인인지, 보호자인지가 이렇게 외치자 찌푸렸던 그의 얼굴이 펴졌어요.

"헤어턴! 네가 우리 가운데 가장 인기가 많겠는데! 캐서린 말로는 네가, 음, 뭐랬더라? 아무튼 굉장히 으쓱할 만한 말이었어. 자, 캐서린을 데리고 농장을 한 바퀴 돌아봐. 신사답게 행동해야 한단 걸 명심해! 추잡한 단어는 쓰지 말고. 이 어린 아가씨가 너를 보고 있지 않을 때는 너도 아가씨를 빤히 쳐다봐서는 안 돼. 그리고 아가씨가 너를 볼 때는 재빨리 얼굴을 돌려. 말할 때는 천천히 말하고 손은 호주머니에서 빼고. 이제 나가서 이 아가씨를 최대한 정중하게 모셔."

히스클리프 씨는 창문 앞을 지나가는 두 사람을 지켜봤습니다. 헤어턴 도련님은 자신의 동행에게서 얼굴을 완전히 돌리고 가더군요. 그리고는 익숙한 풍경을 이곳에 처음 온 사람이나 예술가처럼 흥미롭게 살펴보는 흉내를 냈어요.

캐시 아가씨는 헤어턴 도련님을 슬쩍 훔쳐봤지만 별로 감탄한 표정은 아니었어요. 그런 뒤 아가씨는 스스로 즐길 거리를 찾아 주의를 돌렸고, 대화의 부족을 쾌활하게 흥얼거리는 노래로 메우며 계속 즐겁고 경쾌하게 걸어갔어요. 둘을 지켜보고 있던 히스클리프 씨가 한마디 했지요.

"내가 저 녀석 입을 봉해 놨으니, 저 녀석은 내내 단 한 마디도 못 할 거야! 넬리, 넌 내가 저 녀석 나이였을 때 어땠는지 기억할 거야. 아니, 내가 몇 살 더 어렸을 때였겠군. 나도 저렇게 멍청해 보였어? 조지프의 표현을 빌리자면 나도 저렇게 '얼빵해' 보였어?"

"더했지요. 거기다 뚱해 있기까지 했으니까요."

히스클리프 씨는 큰 소리로 자기의 생각을 계속 말했어요.

"난 저 녀석한테서 얻는 기쁨이 커! 녀석은 내 기대를 충족시켜 주고 있지. 녀석이 바보로 타고났다면 난 지금의 반만큼도 즐겁지 않을 거야. 하지만 저 녀석은 바보가 아니야. 그리고 난 저 녀석의 모든 감정을 공감할 수 있어. 내가 직접 느낀 감정이니까 말이야. 예를 들면, 난 지금 저 녀석이 무엇 때문에 괴로워하는지 정확히 알아. 하지만 그건 그저 녀석이 겪게 될 괴로움의 시작에 불과하지. 녀석은 점점 상스럽고 무식해져서 절대 거기에서 벗어날 수 없을 거야. 난 저 녀석의 악당 같은 아비가 나를 옭아맨 것보다 더 빠르게, 그러면서도 더 저급하게 저 녀석을 옭아맸지. 저 녀석은 자신의 야수성을 자랑으로 여기니까. 나는 저 녀석에게 몸이 아닌 정신과 관련된 모든 것을 어리석고 약한 것이니 멸시하라고 가르쳤지. 넬리, 죽은 힌들리가 자기 아들을 보면 자랑스러워할 것 같지 않아? 거의 내가 내 아들 녀석을 자랑스러워하는 것 못지않게 말이야. 하지만 둘에게는 차이점이 있는데, 한 녀석은 황금인데 길바닥에 깔리는 돌로 쓰이고 있고, 다른 녀석은 주석인데 반질반질 광을 내서 은 식기인 양 쓰이고 있단 거야. 내 자식은 값어치라고는 전혀 없지만, 그래도 내게는 그런 형편없는 물건이라도 되는 데까지는 써먹을 수 있다는 장점이 있지. 죽은 힌들리의 자식 놈은 아주 훌륭한 자질을 지니고 있었지만 지금은 다 잃어 버려서, 소용이 되기는커녕 더 나빠져 버렸어. 뭐, 나야 아쉬울 건 하나도 없지만, 힌들리가 어느 누구보다 더 아쉬워할 거라는 건 나만이 알지. 그리고 가장 재미있는 것은 헤어턴 녀석이 날 지독하게도 좋아한단 거야! 그 점에 있어서는 내가 힌들리를 이겼다는 걸 넬리 너도 인정하겠지. 그 죽은 악한이 무덤에서 벌떡 일어나 자기 자식을 부당하게 대우했다고 나를 욕하면 나는, 그 자식 놈이 세상에 단 하나뿐인 자기 친구에게 욕을 퍼붓는 아비에게 분개하며, 그에게 맞서 무덤으로 다시 쫓아 버리는 장면을 구경하는 재미를 보게 될 테지!"

히스클리프는 그 생각에 악마처럼 낄낄 웃었습니다. 그가 대답을 기대하고 한 말이 아님을 알았기에 저는 아무런 대답도 하지 않았지요.

그동안 우리의 이야기가 들리지 않을 만큼 멀찌감치 떨어져 앉아 있던 린턴 도련님이 불안한 기색을 보이기 시작했어요. 아마도 조금 피곤할까 봐 캐시 아가씨와 즐겁게 어울릴 기회를 거절했던 게 후회스러워서 그런 것 같았어요.

도련님의 아버지는 아들의 불안한 시선이 창문 쪽을 흘끗거리며 헤매고, 아들의 손이 쭈뼛거리며 모자로 향하는 것을 알아챘습니다. 히스클리프는 짐짓 쾌활한 목소리로 외쳤어요.

"일어나, 이 게으름뱅이야! 저 둘을 쫓아가 봐…… 이제 저 모퉁이, 벌통 옆에 있으니까."

린턴 도련님은 기운을 추슬러 벽난로 가를 떠났습니다. 격자창이 열려 있었는데, 린턴 도련님이 나가자 캐시 아가씨가 자신의 무뚝뚝한 안내원에게 문 위에 새겨져 있는 글자가 뭐냐고 묻는 소리가 들렸어요.

헤어턴 도련님은 위를 물끄러미 쳐다보더니 진짜 얼간이같이 머리를 긁적거렸어요.

"넨장맞을 글이겠지 뭐. 난 읽을 줄 몰러."

헤어턴의 대답에 캐시 아가씨가 소리쳤습니다.

"저걸 못 읽어? 난 읽을 수는 있는데…… 저건 우리나라 글자잖아…… 그런데 저 글자가 왜 저기 새겨져 있는지를 모르겠어."

린턴 도련님이 킥킥거렸는데, 그건 도련님이 처음으로 보여 준 즐거운 모습이었어요. 도련님이 자기 사촌에게 말했지요.

"그 앤 글자를 몰라요. 저렇게 덩치 큰 저능아가 있다는 게 믿겨져요?"

그러자 캐시 아가씨가 진지하게 물었어요.

"앤 온전한 애 맞아? 아니면 모자란 거야? 어디 잘못된 거 아냐? 내가 방금 두 번이나 물어봤는데, 두 번 다 어찌나 멍청한 표정이던지 난 얘가 내 말을 알아듣지 못한 줄 알았어. 실은 내가 그의 말을 거의 알아듣지 못했지만!"

린턴 도련님이 다시 킥킥거리며 웃고는 조롱하듯이 헤어턴 도련님을 힐끗 쳐다봤어요. 헤어턴 도련님은 분명 그 순간 뭐가 어떻게 돌아가는지 전혀 모르는 듯했어요. 린턴 도련님이 말했어요.

"게으른 것 말고는 전혀 문제없어, 그렇지, 언쇼? 내 사촌은 널 바보라고 생각하는구나. 네가 '쓰잘데기 없는 책'이니 뭐니 하며 공부를 멸시하더니 이런 꼴이 된 거지…… 캐서린, 언쇼의 끔찍한 요크셔 사투리 들어 봤죠?"

"제길, 그 망할 놈의 공부는 혀서 어따 쓰는디?"

헤어턴 도련님은 매일 함께 지내는 린턴에게는 대꾸하기가 더 쉬운 모양인지 으르렁거리며 쏘아붙였어요. 헤어턴 도련님이 뭐라고 좀 더 말을 이으려고 하는 참인데, 앞의 두 아이가 유쾌하게 요란스러운 웃음을 터트렸어요. 경박한 우리 아가씨는 린턴 도련님이 헤어턴 도련님의 이상한 말투를 웃음거리로 삼는 게 아주 즐거운 모양이었어요. 그러자 린턴 도련님이 킥킥거리며 말했어요.

"네가 말할 때 '그 망할 놈'이란 말은 해서 어디다 쓰는데? 우리 아빠가 너한테 추잡한 단어는 쓰지 말랬잖아. 그런데 넌 입만 열면 그런 단어가 쏟아져 나오지. 신사답게 행동하도록 하라고,

알겠어?"

"니가 머스마가 아니라 가시나 같아서 당장 쓰러뜨리지 않고 봐주는 겨. 알겠어? 이 불쌍한 약골 녀석아!"

화가 난 그 무식한 시골뜨기가 물러가면서 쏘아붙였어요. 그러는 동안 그의 얼굴은 분노와 굴욕감이 뒤섞여 벌겋게 달아올랐어요. 그는 모욕을 당한 것은 알겠는데 어떻게 그걸 표현해야 할지 몰랐으니까요.

저와 함께 그들의 대화를 엿듣고 있던 히스클리프 씨는 헤어턴 도련님이 물러가는 것을 보자 빙긋 웃었지만 그런 뒤 곧바로 경박한 두 아이에게 아주 혐오스러운 시선을 던졌는데, 그 둘은 문간에 서서 계속 수다를 떨고 있었습니다. 남자애는 헤어턴 도련님의 단점과 결점을 늘어놓고 그의 행동에 관한 일화들을 계속 들려주면서 신이 나 있었고, 여자애는 여자애대로 남자애의 당돌하고 악의적인 말 속에 분명히 드러나고 있는 비뚤어진 심보를 알아채지 못한 채, 그 이야기에 즐거워하고 있었지요. 하지만 저는 그 모습을 보고 린턴 도련님을 가엾게 여기기보다는 싫어하게 되었으며, 도련님의 아버지가 아들을 깔보는 것도 어느 정도 이해할 수 있게 되었습니다.

캐시 아가씨와 저는 오후까지 그곳에 머물렀습니다. 더 일찍 그곳을 떠나려 해도 캐시 아가씨를 억지로 데리고 나올 수가 없었거든요. 하지만 다행히도 우리 주인 나리는 서재에 틀어박혀 나오지 않았기 때문에 우리가 한참 동안 집을 비운 것을 알아채지 못했지요.

집으로 돌아오면서 저는 캐시 아가씨에게 우리가 떠나온 집 사람들의 품성을 기꺼이 깨우쳐 주려고 했습니다. 하지만 아가씨는 제가 그 사람들에게 편견을 갖고 있다고 확신하고 있었어요. 그런 탓에 캐시 아가씨는 이렇게 소리쳤지요.

"아하! 엘런 아줌마는 아빠 편이구나. 그럼 아줌마는 공정하지 않잖아. 이제 알겠어. 그렇지 않았다면 아줌마가 그토록 오랜 세월 동안 린턴이 아주 먼 곳에서 산다고 나를 속였을 리 없지. 나 정말, 굉장히 많이 화났어. 그래도 지금은 무척 기쁘니까 화를 내진 않겠어! 하지만 고모부에 대해선 이러쿵저러쿵하지 마. 그분이 내 고모부란 걸 명심하라고. 그리고 아빠한테 왜 고모부랑 싸웠냐고 따질 거야."

아가씨가 계속 이런 식으로 이야기하는 바람에 결국 저는 아가씨의 오해를 바로잡으려고 노력하다가 그만두고 말았습니다.

그날 밤에는 아버지를 만나지 못했기 때문에 캐시 아가씨는 워더링 하이츠에 갔다 온 이야기를 하지 못했어요. 하지만 다음날 다 들통이 나고 말았는데 저한텐 무척 원통한 일이었지요. 그래도 아주 유감스럽지만은 않았어요. 아가씨를 지도하고 훈계하는 책임은 저보다 주인 나리가 지는 게 더 효율적이라고 생각했으니까요. 하지만 우리 나리는 캐시 아가씨가 워더링 하이츠 사람들과 접촉을 피했으면 하는 자신의 바람에 대한 만족할 만한 이유를 머뭇거리며 제대로 대지 못했는데, 캐시 아가씨는 특히 자기가 하고자 하는 일을 못 하게 규제 당할 때에는 반드시 타당한 이유를 듣고 싶어 했지요.

캐시 아가씨는 아침 인사를 한 뒤 이렇게 외쳤어요.

"아빠! 어제 내가 황야에 산책 나갔다가 누굴 만났는지 맞혀 봐요…… 아, 아빠, 놀랐구나! 그런데 아빠는 잘못된 행동을 한 적이 있죠, 그렇죠? 난 알아요. 하지만 들어 봐요. 아빠가 엘런과 한통속이 돼서는, 내가 린턴이 돌아오기를 줄곧 바라다가 늘 실망할 때면 날 그렇게 동정하더니, 그게 다 그런 척했었다는 걸 내가 어떻게 알게 됐는지 말해 줄 테니까요!"

아가씨는 산책을 나간 일과 그 뒤에 일어난 일들을 사실대로 들려주었어요. 주인 나리는 책망하는 눈빛으로 저를 여러 번 힐끗 봤지만 아가씨가 말을 마칠 때까지 아무런 말도 하지 않았어요. 그런 뒤 나리는 아가씨를 자기 쪽으로 끌어당기더니 린턴이 이웃에 산다는 사실을 아빠가 왜 숨겼는지 아느냐고, 그리고 린턴과 네가 만나도 해롭지 않을 텐데 왜 네가 그런 즐거움을 누리지 못하게 막았다고 생각하느냐고 물었어요.

"그건 아빠가 히스클리프 씨를 싫어하니까 그랬겠죠."라고 아가씨는 대답했어요.

"캐시, 그럼 너는 아빠가 네 감정보다 내 감정을 더 소중히 여긴다고 믿는 거니? 아니야, 그건 내가 히스클리프 씨를 싫어하기 때문이 아니라 그가 나를 싫어하기 때문이야. 또, 그가 조금이라도 기회가 생기면 놓치지 않고 자기가 무척 싫어하는 사람들을 학대하고 망가뜨리면서 기뻐하는, 대단히 극악무도한 사람이기 때문이지. 네가 네 사촌과 계속 어울리려면 그자와 접촉하지 않을 수 없단 걸 나는 알았단다. 그리고 그자는 나 때문에 너를 미워하리란 것도 알았지. 그래서 나는 오로지 너를 위해서, 네가 린턴을 만나지 못하도록 예방조치를 취한 거지 다른 이유는 없었단다. 언젠가 네가 나이가 더 들면 다 얘기해 줄 생각이었는데 여태까지 미뤄서 미안하구나!"

그래도 캐시 아가씨는 전혀 납득이 되지 않는다는 듯이 말했어요.

"하지만 히스클리프 씨는 무척 다정하던데요, 아빠. 그리고 그분은 우리가 서로 만나는 것을 반대하지 않았어요. 내가 오고 싶으면 언제든 자기 집에 와도 좋다고 말했고요. 다만 자기가 아빠와 다투기도 했고, 이저벨라 고모와 결혼한 일로 자기를 용서하지 않을 거라며 아빠한테는 말하지 말라고 했죠. 아빤 용서하지 않을 거잖아요. 지금 비난 받을 사람은 바로 아빠라고요. 그분은 적어도 우리가, 린턴과 제가 친구가 되게 해 주려 한다고요. 하지만 아빠는 그렇지 않잖아요."

우리 주인 나리는 캐시 아가씨가 고모부의 악랄한 성격에 대한 자신의 말을 믿지 않으려 한단 걸 알아채고는 고모부가 이저벨라 고모에게 한 짓과 워더링 하이츠를 자기 소유로 만든 수법을 간단히 들려줬어요. 나리는 그 주제에 대해 오래 이야기하는 것을 못 견디셨는데, 거의 말씀하지 않으셨지만, 자기 아내가 죽은 뒤로 내내 마음속을 떠나지 않던 오랜 원수에 대한 공포와 증오가 그때와 똑같이 생생히 떠올랐기 때문이에요. '그자만 없었더라면 내 아내가 아직 살아 있을지도 모르는 일 아닌가!'라는 게 나리의 마음속에 끊임없이 드는 쓰라린 생각이었고, 그래서 나리의 눈에 히스클리프는 살인자처럼 보였던 것이지요.

캐시 아가씨가 아는 나쁜 짓이라고 해 봤자, 성질이 급하고 생각이 모자란 탓에 말을 안 듣는다든가, 억지를 부린다든가, 화를 낸다든가 하는 그런 자신의 사소한 짓뿐인 데다 그마저도 그런 짓을 저지른 그날 바로 뉘우치는지라, 여러 해 동안 복수에 대해 곱씹으며 마음속에 감추고 있다가 양심의 가책도 없이 계획된 복수를 찬찬히 실행에 옮기는 흉악한 마음을 지닌 사람도 있다는 데 깜짝 놀랐습니다. 이제껏 전혀 배운 적도 없고 생각해 본 적도 없는 그런 인간 유형을 처음 접한 아가씨가 굉장히 깊은 인상과 충격을 받은 듯하자, 에드거 나리는 그 주제에 대해 더 이야기할 필요가 없다고 생각했어요. 그래서 그저 이렇게만 덧붙였지요.

"애야, 내가 왜 너한테 그자의 집과 식구들을 피하라고 하는지 이젠 알았겠지. 자, 그럼 이제 예전에 하던 공부도 하고 놀이도 즐기면서 그 사람들에 대해서는 더 이상 생각하지 말거라!"

캐시 아가씨는 아버지에게 입을 맞춘 다음, 늘 하던 대로 두어 시간 동안 조용히 앉아 공부를 했습니다. 그런 다음 아버지와 함께 경내를 산책했고, 그날 하루 전체가 여느 때처럼 지나갔습니다. 하지만 저녁에 아가씨가 자기 방으로 물러가자 저는 옷 갈아입는 것을 도와주러 갔는데, 아가씨가 침대 옆에 무릎을 꿇고 앉아 울고 있었습니다. 그 모습에 제가 소리쳤습니다.

"아유, 이런, 바보 같은 어린애처럼 이게 뭐예요! 정말이지 비통한 일을 겪어 보면, 이런 사소한 반대에 부딪혔다고 눈물을 낭비한 걸 부끄러워할 거예요. 캐시 아가씨는 한 번도, 정말 슬픈 일 비슷한 것도 겪어 본 적이 없잖아요. 주인 나리하고 제가 죽어서 이 세상에 아가씨 혼자 남았다고 잠깐 생각해 봐요. 그땐 아가씨 심정이 어떻겠어요? 현재의 경우와 그런 고통스러운 경우를 비교해 보고, 지금 곁에 있는 소중한 사람들을 감사히 여기고 더 많이 가지려 탐내지 말아요."

"나 때문에 우는 게 아니야, 엘런 아줌마. 린턴 때문에 우는 거야. 린턴은 내일 나를 다시 만날 거라고 잔뜩 기대하고 있는데 얼마나 실망이 크겠어. 린턴이 날 기다릴 텐데, 난 못 가잖아!"

"허튼소리 그만해요! 아가씨가 린턴 도련님을 생각하는 만큼 린턴 도련님이 아가씨를 생각할 줄 알아요? 린턴 도련님 옆에는 헤어턴 도련님이 있잖아요? 단 두 번, 그것도 두 번 다 오후 나절 잠깐 만난 친척을 못 본다고 울 사람은 백에 하나도 없어요. 린턴 도련님은 아가씨가 안 오면 그냥 혼자 어떻게 된 일인지 나름대로 짐작하고 아가씨 일로 더 이상 속 썩지 않을 거라고요."

캐시 아가씨가 일어서며 이렇게 물었어요.

"그래도 내가 왜 못 가는지 편지로 린턴에게 알려 주면 안 될까? 그리고 그냥 이 책들만 보내 주면 안 될까? 린턴한테 빌려주기로 약속했거든. 린턴의 책들은 내 책들만큼 좋지 않은데, 내가 내 책들이 얼마나 재미있는지 말했더니 린턴이 내 책들을 정말 많이 보고 싶어 했어. 그럼 안 될까, 엘런 아줌마?"

저는 단호하게 대답했어요.

"안 돼요! 절대로, 안 되고말고요! 그러면 린턴 도련님이 아가씨한테 답장을 쓸 테고, 그러다 보면 절대 끝이 안 나요. 안 돼요, 캐시 아가씨. 완전히 절연해야 해요. 나리께서도 그러길 바라고 저도 그러는지 지켜볼 거예요!"

"그래도 짤막한 편지 한 장이라도 어떻게 안 될……."

캐시 아가씨가 애원하는 표정으로 다시 말을 꺼내자 저는 아가씨의 말을 가로막았습니다.

"조용! 짤막한 편지 타령은 이제 그만하고 잠이나 자요!"

캐시 아가씨는 제게 아주 버릇없는 시선을 던졌는데, 어찌나 버릇없던지 저는 처음에는 아가씨에게 잘 자라고 입을 맞춰 주지도 않으려고 했어요. 저는 대단히 언짢은 마음으로 이불을 덮어 주고 문을 닫고 나왔습니다. 하지만 도중에 후회가 되어서 조용히 다시 들어갔는데, 아니 글쎄! 우리 아가씨는 책상에 흰 종잇조각을 올려놓고 손에는 연필을 쥐고서 책상 앞에 서 있는 게 아니겠어요. 그러다 제가 들어가자마자 죄진 것처럼 그것들을 보이지 않게 슬쩍 치우더군요.

"캐시 아가씨, 아가씨가 편지를 쓰더라도 그 편지를 전해 줄 사람을 구하지 못할 거예요. 그러니 이제 촛불을 끄겠어요." 하고 저는 말했어요.

제가 초에 촛불 끄는 덮개를 씌우는데 아가씨가 제 손등을 찰싹 때리면서 심통을 부리며 "아줌마 진짜 못됐어!" 하고 소리쳤어요. 그런 뒤 저는 아가씨의 방을 나왔는데, 아가씨는 단단히 토라져서 방문 빗장을 걸어 버리더군요.

아가씨는 결국 편지를 써서 마을에서 우유를 가지러 오는 아이를 통해 목적지에 전달했던 모양인데, 저는 그 사실을 얼마간 시간이 흐른 뒤에야 알게 되었답니다. 몇 주일이 지나자 캐시 아가씨도 침착함을 되찾았어요. 비록 혼자서 슬그머니 구석으로 가는 것을 이상하리만치 좋아하게 됐지만 말이죠. 그리고 아가씨는 책을 읽고 있다가 제가 갑자기 가까이 다가가면 깜짝 놀라며 책 위로 몸을 굽혔는데, 분명 그 책을 보이지 않게 감추고 싶어 하는 듯했어요. 그럴 때면 책장 사이로 종이 끄트머리가 삐죽

나와 있는 게 보이기도 했어요.

캐시 아가씨는 또한 아침에 일찍 내려와서는 꼭 뭔가가 도착하기를 기다리는 사람처럼 부엌에서 서성대는 일이 부쩍 많아졌어요. 그리고 아가씨는 서재의 책장에 달린 작은 서랍 하나를 자기 서랍으로 썼는데, 그 앞에서 몇 시간이고 시간을 때우다가 그곳을 떠날 때는 서랍 열쇠를 특히 주의해서 간수하곤 했어요.

어느 날, 아가씨가 그 서랍을 뒤지고 있을 때 유심히 살펴보니, 최근까지 그 안에 들어 있던 장난감이며 자질구레한 장신구들이 없어지고 그 대신 접힌 종이 뭉치가 들어 있었어요.

저는 호기심과 의심이 일어 캐시 아가씨의 신비에 싸인 보물을 슬쩍 엿보기로 마음먹었어요. 그래서 밤에 아가씨와 주인 나리가 위층으로 올라가 안전해지자마자, 저는 집안 열쇠 꾸러미를 뒤져 아가씨 서랍에 맞는 열쇠를 찾아냈습니다. 저는 서랍을 열어 안에 든 내용물을 제 앞치마에 몽땅 턴 다음, 제 방에서 느긋하게 살펴보려고 가져갔지요.

그럴 거라 의심은 하고 있었지만 그래도 거의 매일 보낸 듯한 편지 한 뭉치를 발견하고는 놀랐습니다. 아가씨가 보낸 편지에 대한 린턴 히스클리프 도련님의 답장임에 틀림없었어요. 날짜가 앞선 편지들은 어색하고 짤막했어요. 하지만 점점 그 편지들은 긴 연애편지가 되어 갔어요. 그걸 쓴 사람의 나이를 생각하면 당연히 유치할 수밖에 없었지만, 그래도 더 경험 있는 누군가가 손봐 준 게 아닌가 싶은 부분들이 여기저기 있었어요.

어떤 편지는 아주 이상하게도 열정적인 내용과 맥없이 축 처진 내용이 뒤섞여 있었는데, 격정적으로 시작했다가는 마치 어린 학생이 실체 없는 상상 속 연인에게 쓸 법한 짐짓 꾸며낸 듯하고 장황한 말투로 끝맺고 있었지요.

그 편지들이 캐시 아가씨를 만족시켰을지는 모르지만, 제게 그것들은 아주 쓸모없는 쓰레기로밖에 안 보였어요.

이만하면 적당하다 싶은 만큼 그 편지들을 훑어본 다음, 저는 그것들을 손수건에 싸서 따로 챙겨 내놓고 빈 서랍은 다시 잠가 뒀습니다.

평소 습관대로 캐시 아가씨는 일찍 내려와 부엌에 들렀습니다. 지켜보니 아가씨는 어떤 소년이 도착하자 문 쪽으로 가더군요. 그리고 소젖 짜는 하녀가 그 소년이 갖고 온 통에 우유를 채우는 동안, 아가씨는 뭔가를 그 소년의 웃옷 호주머니에 찔러 넣고는 또 뭔가를 빼내더군요.

저는 마당으로 돌아가 숨어서 그 심부름꾼을 기다렸습니다. 그 아이는 자기가 맡은 물건을 지키려고 대담하게 맞서다가 우유를 쏟기까지 했어요. 하지만 결국 저는 그 편지를 빼앗는 데 성공했어요. 그러고는 얼른 집으로 돌아가지 않으면 심각한 결과를 초래할 거라고 위협하고는 담벼락 밑에 그대로 선 채로 캐시 아가씨의 애정 어린 편지를 읽어 보았습니다. 사촌의 편지보다는 더 간결하고 유려하면서도 무척 귀엽고 우스꽝스러웠어요. 저는 고개를 가로저으며 생각에 잠긴 채 집으로 들어갔어요.

비가 오는 바람에 그날은 숲을 산책하며 기분 전환을 할 수 없자, 아가씨는 아침 공부를 마친 뒤 그 서랍에서 위안을 얻고자 했던 모양이에요. 아가씨의 아버지는 책상 앞에 앉아 책을 읽고 있었어요. 저는 일부러 창문 커튼의 술이 뜯긴 곳을 찾아 몇 바늘 꿰매면서 아가씨의 행동에 시선을 고정한 채 계속 지켜보고 있었어요.

둥지 가장자리까지 가득 찬 짹짹거리는 새끼들을 놔두고 갔다가 돌아온 어미 새가 약탈당한 빈 둥지를 보고 비통하게 울부짖고 날개를 파닥거리는 모습도, 우리 아가씨가 '아악!' 하고 내지른 외마디 비명과 조금 전까지 드리워진 행복했던 표정이 싹 가시는 모습보다 더 처절하게 절망을 드러내지는 못할 거예요. 린턴 나리가 고개를 들고 아가씨를 쳐다보며 물었어요.

"아가, 왜 그래? 어디 다쳤니?"

아버지의 어조와 표정을 보고 아가씨는 자기가 몰래 감춰 둔 소중한 물건을 찾아낸 사람이 자기 아버지는 아니라는 것을 확신했어요.

"아니에요, 아빠……."

아가씨가 헐떡거리며 저에게 말을 이었어요.

"아줌마! 엘런 아줌마! 위층으로 좀 따라와. 나 몸이 좀 안 좋아!"

저는 아가씨가 시키는 대로 아가씨와 함께 서재에서 나왔어요.

"에잇, 엘런 아줌마가 가져갔지?"

캐시 아가씨는 위층 방에 단둘이 들어가게 되자 무릎을 꿇으면서 바로 말을 꺼냈어요.

"아이, 제발 좀 돌려줘. 그럼 절대, 다시는 그런 짓 안 할게! 아빠한텐 말하지 마. 아줌마, 아빠한테 아직 말하지 않았지? 말하지 않았다고 대답해 줘! 내가 정말 말도 안 듣고 못되게 굴었어. 하지만 이제 다시는 안 그럴게!"

저는 진지하고 엄숙한 태도로 아가씨에게 일어나라고 말했어요.

"캐시 아가씨, 보아하니 진도가 상당히 많이 나간 것 같더군요! 부끄러운 줄 알아요! 보나마나, 한가한 시간마다 퍽도 훌륭한 쓰레기 뭉치만 들여다보고 있었겠군요! 왜, 책으로 펴내도 되겠던데요! 내가 주인 나리한테 보여 드리면 나리께서 어떻게 생각하실 것 같아요? 아직 보여 드리진 않았지만, 내가 아가씨의 터무니없는 비밀을 지켜줄 거라고는 아예 꿈도 꾸지 말아요. 이게 무슨 꼴이에요! 틀림없이 아가씨가 먼저 그런 어리석은 편지를 쓰자고 꼬드겼겠죠. 린턴 도련님이 먼저 그런 걸 생각했을 리가 절대 없죠."

그러자 캐시 아가씨는 가슴이 찢어질 듯이 흐느껴 울며 말했어요.

"아냐! 내가 먼저 그런 게 아냐! 난 그 애를 사랑한다고 생각한 적이 한 번도 없었어. 그랬는데……."

"사랑이라고요!"

저는 사랑이란 단어에 한껏 멸시를 담아 외쳤어요.

"사랑이라니! 그런 말이 가당키나 해요! 그건 내가 일 년에 한 번씩 우리 집에 곡물을 사러 오는 방앗간 일꾼을 사랑한다고 말하는 거나 마찬가지지요. 참 대단한 사랑이네요. 린턴 도련님을 만난 건 아가씨 평생 달랑 두 번이고, 그 두 번을 다 합해 봐도 네 시간도 채 되지 않는데 말이죠! 여기 그 유치한 쓰레기 같은 편지가 있어요. 난 이걸 갖고 서재로 갈 거예요. 그런 대단한 사랑에 대해 아버지께서는 뭐라고 말씀하시는지 한번 들어나 보죠."

캐시 아가씨는 자신의 소중한 편지를 빼앗으려고 펄쩍 뛰어올랐어요. 하지만 저는 편지를 머리 위로 쳐들었지요. 그러자 아가씨는 저더러 그걸 태워 버려도 좋다고, 아빠한테만 보이지 않는다면 어떻게든 해도 좋다며 더욱 미친 듯이 애원의 말을 쏟아 냈어요. 저는 한껏 꾸짖어 주려고 했으나, 그게 모두 소녀다운 허영심이라고 여겨져서 한바탕 웃음이 터져 나오려 하는 바람에, 결국 다소 마음을 누그러뜨리고 이렇게 물었어요.

"만약 내가 이 편지들을 태우겠다고 하면, 아가씨는 다시는 편지를 주고받지 않겠다고 단단히 약속하겠어요? 책도 —아가씨가 도련님에게 책을 보낸 것도 알고 있어요.— 머리카락 타래도 반지도 장난감도?"

"우린 장난감 같은 건 보내지 않아!"

캐시 아가씨는 자존심이 상한 나머지 부끄러운 것도 잊어버리고 소리쳤어요.

"그러니까 어떤 것도 절대 안 된단 거예요, 아가씨! 아가씨가 약속하지 않겠다면, 난 이제 그만 나리께로 가 봐야겠어요."

그러자 캐시 아가씨가 제 옷자락을 붙잡으며 외쳤지요.

"약속할게, 엘런 아줌마! 아아, 그걸 저기 불 속에 던져! 던져 버려! 어서!"

하지만 제가 부지깽이로 불 속에 공간을 만들기 시작하자, 캐시 아가씨는 그 희생을 감당해 내기가 너무 고통스러웠는지 한두 장만 자기에게 내어 달라고 간절히 애원했어요.

"한두 장만, 엘런 아줌마. 린턴을 위해서 간직하게!"

저는 손수건을 풀어 손수건 안에 든 것을 비스듬히 던져 넣기 시작했고, 그러자 불꽃이 동그랗게 말리며 굴뚝으로 솟아올랐어요.

"한 장이라도 가질 테야! 아줌만 너무 잔인해!"

캐시 아가씨는 이렇게 악을 쓰며 손을 불 속으로 휙 집어넣어 손가락을 데어 가면서까지 반쯤 타다만 종잇조각을 몇 장 끄집어냈습니다.

"좋아요! 아가씨가 정 이렇게 나온다면 몇 장 가져가서 나리께 보여 드릴 수밖에요!"라고 대꾸하면서 저는 남은 편지들을 다시 손수건에 털어 넣고 다시 문 쪽으로 향했습니다.

캐시 아가씨는 자기가 쥐고 있는 검게 그을린 종잇조각들을 불길 속에 던져 버린 다음, 제가 쥐고 있는 제물도 다 태워 버리라는 손짓을 했어요. 그렇게 제물은 다 처리가 되었습니다. 저는 편지가 다 타고 남은 재를 휘저은 다음, 그 위에 한 삽 가득 석탄을 덮었습니다. 캐시 아가씨는 지독한 마음의 상처를 입은 듯 말없이 자기 방으로 물러갔어요. 저는 서재로 내려가 주인 나리께 아가씨의 현기증은 거의 가라앉았지만, 제가 보기에는 잠깐 자리에 누워 있는 게 좋겠다고 말씀드렸어요.

아가씨는 점심은 걸렀지만 차 마시는 시간에는 다시 모습을 드러냈어요. 얼굴은 창백했고 눈언저리가 벌겠지만 겉모습은 경탄할 만큼 차분했지요.

이튿날 아침, 저는 '캐서린 린턴 양은 앞으로 편지를 받지 않을 것이니, 린턴 히스클리프 군은 더 이상 편지를 보내지 말기 바랍니다.'라고 쓴 쪽지를 답장으로 보냈습니다. 그 뒤로 우유를 가지러 오는 아이는 빈 호주머니로 오게 되었지요.

제8장

여름이 끝나고 초가을에 접어든 무렵, 성 미카엘 축일(*9월 29일)이 지났지만 그해는 추수가 늦어져서 우리 밭에도 아직 곡식을 거둬들이지 못한 곳이 몇 군데 있었습니다.

린턴 나리와 따님은 수확하는 사람들이 있는 곳으로 자주 산책을 나가곤 했어요. 마지막으로 곡식 단을 나르는 날에도 두 분은 해가 질 때까지 밭에 머물렀는데 그날 저녁따라 쌀쌀하고 습해서 우리 주인 나리는 그만 독감에 걸리고 말았습니다. 그런데 독감이 좀처럼 낫지 않고 폐까지 나빠지는 바람에 나리는 그해 겨울 내내 거의 집 안에만 갇혀 지내야 했답니다.

가엾은 캐시 아가씨는 짧은 연애를 하다 겁을 먹고 연애를 그만두게 된 뒤로는 한층 더 슬픔에 젖고 실의에 빠진 듯했어요. 그래서 아가씨의 아버지는 너무 책만 읽지 말고 운동을 좀 더 많이 하라고 권했어요. 하지만 더 이상 나리가 아가씨를 상대해 줄 수 없었기 때문에 가능한 한 제가 대신 아가씨의 상대가 되어 줘야겠다고 생각했습니다. 하지만 저는 낮에 할 일이 많았던 탓에 아가씨를 따라다닐 수 있는 시간을 두세 시간 밖에 낼 수 없는 데다, 아가씨가 저보다는 나리와 어울리는 걸 더 좋아했기 때문에 나리의 대리 역할을 제대로 해내지 못했어요.

10월인가 11월 초순인가, 꽤 쌀쌀하고 비가 올 듯한 어느 오후, 잔디밭과 오솔길은 살짝 습기를 머금은 낙엽으로 바스락거렸고, 차갑고 파란 하늘은 구름에 반쯤 가려져 있었는데, 짙은 잿빛 띠 모양 구름이 서쪽에서 빠르게 피어오르며 한바탕 비가 퍼부을 조짐이 보였어요. 저는 캐시 아가씨에게 소나기가 올 것이 확실하니 오늘은 산책을 하지 않는 게 어떻겠냐고 했지요. 아가씨는 안 된다고 하더군요. 그래서 저는 마지못해 망토를 걸치고 우산을 챙겨 캐시 아가씨를 따라 숲의 맨 안쪽까지 산책을 나갔습니다. 그건 아가씨가 대개 마음이 울적해질 때면 가는 공식적인 산책 코스였는데, 에드거 나리가 평소보다 병세가 악화되면 아가씨는 어김없이 마음이 울적해지곤 했지요. 병세가 악화된 건 결코 나리가 실토해서 안 건 아니고, 나리가 부쩍 말수가 줄고 얼굴이 우울해지는 것을 보고 아가씨도 저도 그렇게 짐작한 거였어요.

캐시 아가씨는 슬픔에 잠긴 채 계속 걸어갔습니다. 이제는 달리거나 뛰지도 않았어요. 냉기에 달리고 싶은 마음이 들 법한데도 말이지요. 저는 여러 번 곁눈질로 아가씨가 손을 들어 뺨을 훔치는 것을 볼 수 있었습니다.

저는 캐시 아가씨의 생각을 다른 데로 돌릴 만한 게 없나 하고 둘러보았습니다. 길 한쪽에는 울퉁불퉁한 기슭이 솟아 있었는데, 개암나무와 제대로 자라지 못한 참나무들이 뿌리를 반쯤 드러낸 채 언제 넘어질지 모르는 불안한 모습으로 서 있었어요. 참나무가 자라기에는 흙이 너무 푸석푸석한 데다 강한 바람까지 맞아 거의 땅에 닿을 만큼 누워 있는 것도 여러 그루 있었지요. 여름이면 캐시 아가씨는 그런 나무 몸통을 타고 기어 올라간 다음, 땅에서 6미터 위의 나뭇가지에 걸터앉아 흔들거리는 것을 좋아했답니다. 그리고 저는 아가씨의 민첩한 동작과 경쾌하고 어린애 같은 마음에 즐거워하면서도 그렇게 높이 올라간 것을 볼 때마다 야단을 쳐야 한다고 생각했어요. 하지만 아가씨가 나무에서 내려올 필요는 없다고 느낄 정도로만 야단을 쳤습니다. 점심을 먹고 난 뒤부터 차 마시는 시간까지 캐시 아가씨는 산들바람에 흔들리는 자신의 요람에 누워서, 그저 혼자서 옛 노래들을 —제가 불러주던 동요들을— 부르거나, 자기와 같이 그 나무에 세를 든 새들이 새끼들에게 먹이를 먹이고 나는 훈련을 시키는 모습을 구경하거나, 반쯤은 생각에 잠긴 듯 반쯤은 꿈을 꾸는 듯이 눈을 감고 편안하게 누워 말로는 표현 못 할 행복을 누리곤 했어요.

"저길 봐요, 아가씨!"

저는 어떤 구부러진 나무의 뿌리 아래 후미진 곳을 가리키며 외쳤어요.

"아가씨, 여긴 아직 겨울이 오지 않았나 봐요. 저기 작은 꽃이 한 송이 피어 있어요. 7월에 저 잔디 층계를 연보라색 안개로 뒤덮듯 흐드러지게 피었던 수많은 블루벨 가운데 마지막 한 송이에요. 저리로 가서 그 꽃을 꺾어 아버지께 보여 드리지 않을래요?"

캐시 아가씨는 흙투성이 은신처에서 혼자 외롭게 한들거리고 있는 그 꽃을 한참 동안 바라보다 마침내 대답하더군요.

"싫어. 저 꽃에 손 안 댈 거야. 그런데 엘런 아줌마, 꽃이 침울해 보이지 않아?"

"그러네요. 아가씨처럼 얼어붙고 의기소침해 보이는군요. 아가씨 뺨에 핏기가 하나도 없네요. 우리 손잡고 같이 뛰어요. 아가씨가 기운이 몹시 없으니 내가 처지지 않고 같이 뛸 수 있겠어요."

"싫어."

캐시 아가씨는 또 싫다고 대답하고는 계속 느긋하게 산책하며 중간 중간 멈춰 서서 이끼 한 조각, 색 바랜 풀 한 무더기, 갈색 낙엽 더미 사이로 모습을 내민 밝은 오렌지색 버섯을 보며 골똘히 생각에 잠기곤 했어요. 그리고 이따금 얼굴을 돌리고는 손을 얼굴로 가져가더군요.

"우리 예쁜 캐시 아가씨, 왜 울어요?"

저는 아가씨에게로 다가서서 아가씨 어깨를 팔로 감싸 안으며 물었어요. 그러고는 이렇게 덧붙였죠.

"아버지가 감기 같은 것 좀 걸렸다고 울면 안 돼요. 더 큰 병이 아닌 걸 감사해야죠."

그러자 아가씨는 더 이상 참지 못하고 울음을 터트렸지요. 아가씨는 숨이 막힐 것처럼 흐느껴 울었어요.

"아아, 더 큰 병이 되고 말거야! 아빠와 엘런 아줌마가 내 곁을 떠나 나 혼자 남게 되면 난 어떡해? 엘런 아줌마가 한 말이 잊히지가 않아. 계속 내 귓전을 맴돌아. 아빠와 아줌마가 세상을 떠나면 내 삶이 어떻게 변하고 이 세상은 얼마나 쓸쓸해질까?"

"우리가 먼저 죽을지 아가씨가 먼저 죽을지 누가 알겠어요? 불행한 일이 생길 거라고 미리 근심하는 건 나빠요. 우리 셋 가운데 누구든 저세상으로 가기 전까지 살날이 아직 여러 해 남고 또 남았다고 생각해야죠. 주인 나리는 젊으세요. 그리고 난 튼튼하고 마흔다섯 살도 채 안 됐어요. 내 어머니는 여든 살까지 사셨는데 마지막까지 정정하셨답니다. 그리고 린턴 나리께서 예순까지만 사신다고 쳐도 지금 아가씨 나이보다 더 많은 햇수가 남은걸요. 앞으로 닥칠 재앙을 20년이나 앞당겨 슬퍼하는 건 어리석은 짓 아니에요?"

"하지만 이저벨라 고모는 아빠보다 젊었잖아."라고 아가씨가 대꾸하며 좀 더 위안을 받았으면 하는 소심한 기대를 안고 저를 쳐다봤어요.

"이저벨라 고모에게는 아가씨나 저처럼 간호해 줄 사람이 없었는걸요. 아가씨 고모는 나리만큼 행복하지도 않았고, 살아야 할 이유도 나리만큼은 없었지요. 아가씨는 그저 아버지 시중을 잘 들고 쾌활한 모습으로 아버지의 기운을 북돋워 드리고 어떤 일로도 걱정을 끼치지 않기만 하면 돼요. 캐시 아가씨, 알겠어요? 솔직히 말해서 아가씨가 무모하게도, 제멋대로 무덤에 있어도 시원찮을 인간의 아들에게 어리석고 별난 애정을 품는다면, 그리고 아가씨와 그 애를 떼어 놓는 게 상책이라고 판단한 나리로 인해 그 애와 헤어지게 되어 애태우고 있는 아가씨의 마음을 나리께서 아시는 날에는, 아가씨 때문에 나리가 돌아가실지도 모른다고요."

그러자 저의 동행이 이렇게 대꾸했지요.

"아빠의 병 말고 내가 애태우는 일은 하나도 없는걸. 내게 아빠보다 소중한 건 아무것도 없어. 그리고 난 절대로, 정말이야,

오, 정말이지 절대로, 내게 지각이 있는 한, 아빠를 성가시게 하는 행동도 하지 않고 말도 하지 않을 거야. 엘런 아줌마, 난 나 자신보다 아빠를 더 사랑해. 그걸 어떻게 알 수 있느냐면, 아빠가 불행해지는 것보다는 내가 불행해지는 편이 낫기 때문에 난 매일 밤마다 내가 아빠보다 오래 살 수 있게 해 달라고 기도를 드려. 그걸 봐도 내가 나 자신보다 아빠를 더 사랑한다는 걸 알 수 있지."

"좋은 말씀이에요. 하지만 행동으로 그걸 증명해 보여야 해요. 그리고 아버지가 나으신 뒤에도 아버지를 염려하며 했던 결심을 잊지 말아요."

이렇게 이야기를 주고받는 사이, 어느새 우리는 길 쪽으로 난 문 가까이에 이르렀습니다. 어린 우리 아가씨는 이제 다시 햇살처럼 환해진 얼굴로 담장 위로 기어 올라가 걸터앉더니 큰길 쪽으로 드리워진 찔레나무 맨 윗가지에 달린 진홍색 열매를 따려고 손을 뻗었습니다. 낮은 데 달린 열매는 누가 따 가고 없었지만 높은 데 달린 열매는 새들이 아닌 이상에야 캐시 아가씨가 있는 곳에서만 손이 닿았어요.

열매를 따려고 팔을 뻗다가 아가씨의 모자가 떨어졌어요. 문이 잠겨 있었기 때문에 아가씨는 담장을 타고 넘어가서 모자를 주워 오겠다고 하더군요. 제가 담장에서 떨어지지 않게 조심하라고 이르기가 무섭게 아가씨는 민첩하게 담장 아래로 모습을 감췄습니다.

하지만 담장을 다시 올라오기가 그렇게 쉬운 일이 아니었지요. 담장의 돌이 매끄럽고 돌 사이는 시멘트로 깔끔하게 발라 놓은 데다 찔레나무 덤불과 블랙베리 가지가 멋대로 뻗어 있어 다시 올라오는 데 전혀 도움이 되지 않았던 모양이에요. 그런데 바보처럼 제가 그 사실을 깨달은 건 아가씨가 깔깔대고 웃으면서 이렇게 외치는 소리가 들리고 나서였답니다.

"엘런 아줌마! 아줌마가 열쇠를 가져와야겠어. 안 그러면 내가 빙 돌아 문지기 아저씨 오두막까지 뛰어갔다 와야 해. 이쪽에서는 담장을 못 오르겠어!"

"거기 그대로 있어요. 내 호주머니에 열쇠 꾸러미가 있으니까 어쩌면 문을 열 수 있을지도 몰라요. 만약 안 열리면 문지기한테는 내가 갔다 올게요."

캐시 아가씨가 문 앞에서 이리저리 왔다 갔다 춤추며 혼자 즐겁게 노는 동안, 저는 큰 열쇠들을 돌아가며 하나씩 다 끼워 봤어요. 마지막 열쇠까지 끼워 봤지만 맞는 열쇠는 하나도 없더군요. 그래서 아가씨에게 거기 그대로 있으라고 다시 말하고는 최대한 서둘러 집으로 가려 했는데, 뭔가가 다가오는 소리가 들렸어요. 그건 빠른 걸음으로 다가오는 말발굽 소리였어요. 캐시 아가씨가 춤을 멈췄고 곧바로 말도 멈추는 소리가 났어요.

"누가 온 거예요?"라고 제가 소리 죽여 물었어요.

"엘런 아줌마, 문 좀 빨리 열어 줬으면 좋겠어."

아가씨도 걱정스러운 듯 소리 죽여 대답했어요.

"여어, 린턴 양! 만나서 반갑군. 그리 서둘러 들어가려고 하지 마. 린턴 양이 해명해 줬으면 하는 게 있으니까."라며 말을 타고 온 사람이 굵직한 목소리로 외치는 소리가 들렸어요.

"히스클리프 씨, 저는 당신과 이야기하지 않겠어요. 우리 아빠가 그러시는데, 당신은 나쁜 사람이고 우리 아빠도 나도 미워한다더군요. 엘런 아줌마도 그렇게 말했고요."라고 캐시 아가씨가 대꾸했어요.

그러자 히스클리프가 (말을 타고 온 사람이 바로 그였어요.) 이렇게 말했습니다.

"지금 그게 중요한 게 아니야. 나도 내 아들을 미워하는 건 아냐. 린턴 양에게 말하고 싶은 건 바로 내 아들 녀석에 관한 거야. 그래! 린턴 양이 얼굴을 붉히는 게 당연하지. 두세 달 전까지만 해도 내 아들 녀석에게 편지를 줄곧 보내지 않았나? 장난으로 연애를 했지, 응? 둘 다 매를 맞아도 싸! 특히 린턴 양은 누나면서, 그리고 나중에 알고 보니 더 매정스럽기까지 하더군. 린턴 양의 편지가 나한테 있으니, 나한테 버릇없이 굴면 당장 린턴 양 아버지한테 보내 버릴 줄 알아! 추정컨대, 린턴 양이 그 연애 놀이에 싫증이 나서 그만둬 버린 것 같은데, 그렇지 않아? 아무튼 린턴 양이 그러는 바람에 내 아들은 '절망의 구렁텅이'에 빠져 버리고 말았어. 내 아들 녀석은 진심이었어. 정말로 사랑했지. 녀석이 지금 죽어 가고 있는 건 틀림없이 린턴 양 때문이야. 린턴 양의 변덕에 녀석의 심장이 고장 났어. 비유로 하는 말이 아니라 실제로 고장 났단 말이야. 헤어턴이 녀석을 여섯 주 동안이나 계속 웃음거리로 삼고 내가 좀 더 엄한 방법으로 겁을 줘서 녀석의 백치 같은 짓을 그만두게 만들려 했지만, 내 아들 녀석은 나날이 병색이 짙어져서 린턴 양이 구해 주지 않는다면 녀석은 여름이 오기 전에 땅속에 묻히고 말 거야!"

그 소리를 듣고는 제가 담장 안쪽에서 소리쳤습니다.

"불쌍한 어린 아가씨한테 어쩜 그렇게 빤한 거짓말을 할 수가 있어요! 제발 말을 타고 가던 길이나 가요! 어떻게 그런 너절한 거짓말을 일부러 지어낼 수 있죠? 캐시 아가씨, 내가 돌로 자물쇠를 부술게요. 저따위 야비한 헛소리는 믿지 말아요. 잘 알지도 못하는 사람을 사랑해서 죽는 건 있을 수 없는 일이란 거 아가씨가 조금만 생각해 봐도 알 수 있잖아요."

"엿듣는 사람이 있는 줄 몰랐군."

거짓말을 하다 들킨 그 악당이 중얼거렸습니다. 그러고는 큰 소리로 이렇게 덧붙이더군요. "훌륭한 딘 부인, 난 당신을 좋아하지만, 겉 다르고 속 다른 당신의 말과 행동은 좋아하지 않아. 내가 이 '불쌍한 어린 아가씨'를 미워한다고 단언하다니, 당신이야말로 어떻게 그런 빤한 거짓말을 할 수가 있지? 그런 도깨비 같은 이야기를 지어내니까 린턴 양이 겁을 집어먹고 우리 집 문지방 근처도 못 오는 거 아냐? 캐서린 린턴, (난 이 이름을 들으면 마음이 따뜻해진단다.) 아리따운 아가씨, 난 이번 주 내내 집을 비울 거야. 내 말이 사실인지 아닌지 직접 가서 확인해 봐. 착한 아이니까, 제발 그렇게 해 주렴! 네 아버지가 나고, 내 아들이 너라고, 입장 바꿔 생각해 봐. 린턴 양 아버지가 직접 찾아와 내 아들 녀석에게 한 번 걸음 해서 자기 딸을 위로해 달라고 애원하는데 내 아들 녀석이 거절한다면, 린턴 양은 그 무심한 연인을 어떻게 생각하겠어? 그러니 어리석게 그런 잘못을 저지르지는 마. 나의 구세주 앞에 맹세컨대, 내 아들 녀석은 무덤에 들어가게 생겼고, 녀석을 구할 수 있는 사람은 린턴 양밖에 없어!"

저는 자물쇠를 부수고 밖으로 뛰어나갔습니다.

"정말 맹세컨대 내 아들 녀석이 죽어 가고 있다고."

히스클리프는 저를 잔뜩 노려보며 그 말을 반복하고는 말을 이어 갔습니다.

"슬픔과 낙담이 녀석의 죽음을 재촉하고 있어. 넬리, 이 아일 못 보내겠거든, 너라도 건너와. 하지만 난 다음 주 이맘때까지 집을 비울 거야. 그러니 네 주인도 이 아이가 자기 사촌을 방문하는 것에 반대하지 않겠지!"

"들어가요."

이렇게 말하며 저는 캐시 아가씨의 팔을 잡고 반 강제로 끌고 들어갔습니다. 캐시 아가씨가 안 들어가고 꾸물거리면서 걱정스러운 눈빛으로 히스클리프의 표정을 유심히 살피고 있었거든요. 하지만 히스클리프의 표정은 너무나 근엄해서 내면의 속임수가 드러나지 않았어요.

히스클리프는 말을 탄 채 가까이 다가와 허리를 굽히고 이렇게 말했어요.

"캐서린 양, 솔직히 말해서 난 내 아들 녀석을 못 참아 주겠어. 헤어턴과 조지프는 나보다 더 못 참아 주고. 녀석이 냉혹한 사람들 틈에 있다는 건 인정해. 녀석은 사랑뿐 아니라 다정함도 애타게 그리워해. 캐서린 양이 해 주는 다정한 말 한마디가 녀석에게는 최고의 명약이 될 거야. 딘 부인의 매정한 주의 따위는 신경 쓰지 말고, 아량을 베풀어 어떻게든 녀석을 만나러 와 줘. 녀석은 밤이나 낮이나 캐서린 양 생각뿐이야. 캐서린 양이 편지도 보내지 않고 찾아오지도 않으니, 녀석은 캐서린 양이 자기를 미워하지 않는다고 내가 아무리 말해 줘도 도통 받아들이질 않아.”

제가 문을 닫는데 자물쇠가 헐거워져 문이 고정되지 않자 돌멩이 하나를 굴려 문에 괴어 놓았습니다. 윙윙 우는 나뭇가지 사이로 빗방울이 후드득 떨어지기 시작하며 더는 지체 말라는 듯이 경고했기 때문에 저는 우산을 펴서 캐시 아가씨를 우산 아래로 끌어당겼어요.

집으로 향해 서둘러 가느라 우리는 히스클리프와 마주친 일에 대해 이야기를 나누진 못했습니다. 하지만 저는 캐시 아가씨의 마음이 이제 이중의 어둠으로 흐려졌단 것을 본능적으로 알아챘습니다. 아가씨의 얼굴이 어찌나 슬프던지 딴 사람 같았어요. 아가씨는 분명 자기가 들은 말 한 마디 한 마디가 모두 사실이라고 여기는 듯했어요.

주인 나리는 우리가 돌아오기 전에 자기 방으로 쉬러 가고 안 계셨어요. 캐시 아가씨가 좀 어떠시냐고 여쭤 보려고 살며시 나리의 방으로 들어갔는데 잠들어 계셨다더군요. 아가씨는 돌아와서 저더러 자기와 함께 서재에 있어 달라고 부탁했어요. 우리는 함께 차를 마셨어요. 그런 뒤 아가씨는 깔개 위에 눕더니 피곤하니까 자기한테 말을 시키지 말라고 했어요.

저는 책을 한 권 들고 읽는 척했어요. 아가씨는 제가 책 읽기에 빠졌다고 믿고는 곧바로 또다시 소리 죽여 울기 시작했어요. 그 당시는 그게 우리 아가씨가 가장 즐겨 하는 기분 풀이인 듯했어요. 저는 아가씨가 잠시 울게 내버려 뒀어요. 그런 뒤 저는 아가씨를 타이르며, 아가씨가 저와 생각을 같이한다고 확신하는 것마냥 아들에 대한 히스클리프 씨의 모든 주장을 비웃고 조롱

했지요. 아아! 하지만 슬프게도 저에게는 히스클리프의 이야기가 가져온 효과를 꺾을 만한 수완이 없었습니다. 모든 게 히스클리프 씨가 의도한 대로 되고 만 것이지요.

"엘런 아줌마 말이 맞을지도 몰라. 하지만 사실을 확인하기까지 난 절대로 맘 편히 있지 못할 거야. 그리고 난 린턴에게 내가 편지를 쓰지 않는 건 내 탓이 아니라고 말해 줘야만 해. 또 내 마음이 변하지 않으리란 것도 린턴에게 확신시켜 주고 싶어."

캐시 아가씨가 그렇게 바보같이 쉽게 믿어 버리는데 아무리 화를 내고 아니라고 반박해 봤자 무슨 소용이 있겠어요? 그날 밤 우리는 결국 서로 적의를 품고 헤어졌어요. 하지만 다음 날 저는 고집쟁이 어린 아가씨의 조랑말 옆에서 워더링 하이츠로 가는 길에 오르고 말았습니다. 저는 아가씨의 슬퍼하는 모습을, 창백하고 낙담한 얼굴과 멍한 눈을 차마 볼 수가 없었습니다. 그리고 그곳에서 린턴 도련님이 직접 우리를 맞이하면 히스클리프 씨의 말이 사실에 근거한 것이 아니란 점도 입증할 수 있으리란 실낱같은 희망을 품고 아가씨에게 져 주었던 것이지요.

제9장

밤새 내린 비로 인해 아침이 되자 안개가 자욱한 가운데 서리와 이슬비가 뒤섞인 채 내렸고, 고지대에서 빗물이 콸콸 흘러내려서 일시적으로 생긴 개울들이 우리의 길을 방해했습니다. 저는 발이 완전히 젖었습니다. 짜증이 나고 기분이 처졌지요. 안 그래도 불쾌한데 더욱 불쾌하게 만들기에 딱 좋은 기분이었죠.

우리는 히스클리프 씨가 정말로 집에 없는지 확인하기 위해 부엌으로 해서 집 안으로 들어갔습니다. 저는 히스클리프 씨의 말을 별로 신뢰하지 않았으니까요.

조지프가 활활 타오르는 벽난로 옆에 혼자 앉아 있는 모양새가 극락에라도 온 듯했어요. 가까이에 있는 탁자에는 에일 맥주 한 잔과 큼지막하게 구운 귀리 비스킷이 잔뜩 놓여 있었고, 입에는 짤막한 검정색 담배 파이프를 물고 있더군요.

캐시 아가씨는 벽난로 앞으로 뛰어가 불을 쬐었어요. 저는 주인이 댁에 계시느냐고 물었습니다.

저의 물음에 한참 동안이나 대답이 없기에 저는 영감이 그동안 귀가 먹었나 싶어서 더 큰 소리로 다시 물었어요.

"없는디! 없구먼! 온 디로 돌아가 뿌려."

조지프는 으르렁댄다기보다는 코로 소리치는 것처럼 외쳤어요.

"조지프!"

짜증 난 목소리가 안쪽 방에서 저와 거의 동시에 조지프를 소리쳐 부르며 이렇게 외쳤어요.

"내가 대체 몇 번이나 불러야 해? 이제 불씨가 조금밖에 안 남았단 말이야. 조지프! 당장 좀 와 보라니까!"

담배 파이프를 뻐끔뻐끔 세게 빨며 벽난로의 쇠살대만 빤히 쳐다보고 있는 꼴을 보아하니, 조지프는 그 호출은 못 들은 척하기로 한 모양이었어요. 가정부와 헤어턴 도련님은 보이지 않았는데, 가정부는 심부름을 가고, 헤어턴 도련님은 일하러 간 것 같았어요. 그게 린턴 도련님의 목소리인 줄 알았기에 우리가 안으로 들어갔습니다.

린턴 도련님은 우리가 다가가는 걸 자기를 등한시하는 하인으로 잘못 알고 소리쳤어요.

"에잇, 너 같은 건 다락방에서 죽어 버려! 얼어 죽어 봐야……."

린턴 도련님이 자기의 잘못을 깨닫고는 바로 말을 멈췄고, 사촌이 도련님에게로 날아가듯 달려갔어요.

"진짜 린턴 양 맞아?"

커다란 의자 팔걸이에 비스듬히 기대고 있던 머리를 들며 린턴 도련님이 말했어요.

"안 돼. 나한테 입 맞추지 마. 숨 막힌단 말이야. 이럴 수가! 아빠가 린턴 양이 올 거라고 말하긴 했지만……."

린턴 도련님은 캐시 아가씨의 포옹을 풀고 조금 숨을 돌리고는 계속 말을 이어 갔습니다. 그러는 동안 캐시 아가씨는 깊이 뉘우치는 표정으로 옆에 서 있었어요.

"문 좀 닫아 줄래? 들어오면서 문을 열어 놨잖아. 저것들…… 저 망할 것들이 난로에 석탄을 넣어 주질 않아요. 추워 죽겠는데!"

저는 난로 속의 재를 뒤적거려 놓고 석탄을 한 통 가득 퍼 왔습니다. 병약한 도련님은 재가 날린다고 툴툴거렸어요. 하지만 도련님은 성가실 정도로 기침을 해 대는 데다 열도 있고 아픈 기색도 역력해서 저는 도련님이 성질을 부려도 나무라지 않았답니다.

"그래, 린턴, 날 보니까 좋아? 내가 좀 도움이 되는 것 같아?"

라고 린턴 도련님의 찌푸렸던 이마가 펴지자 캐시 아가씨가 속삭이듯 물었어요. 그러자 린턴 도련님이 이렇게 말했어요.

"왜 진작 오지 않았어? 편지를 보내는 대신에 직접 왔었어야지. 긴 편지를 쓰느라고 얼마나 지쳤는지 몰라. 직접 말로 하는 편이 더 나았을 텐데. 하지만 이젠 말하는 것도, 다른 그 무엇도 할 기운이 없어. 질라는 대체 어디 있는 거야! (저를 보며) 부엌에 있는지 좀 가 볼래?"

저는 좀 전에 제가 해 준 일에 대해 고맙다는 말 한마디도 듣지 못한 데다, 도련님의 명령에 이리저리 뛰어다니기 싫어서 이렇게 대답했지요.

"부엌에는 조지프 말고 아무도 없어요."

"물 마시고 싶은데!"

도련님이 짜증을 내며 소리치고는 고개를 돌렸어요.

"질라는 아빠가 집만 비웠다 하면 늘 기머턴을 쏘다녀. 정말 비참해! 난 어쩔 수 없이 이리로 내려온 거야. 2층에서는 아무리 불러도 절대 대답하지 않기로 다들 작정한 것 같으니까."

"아버님은 신경 써서 잘해 주시나요, 도련님?"

아가씨가 다정하게 다가가려다 말고 멈추는 것을 보며 제가 물었어요. 그러자 도련님이 소리쳤어요.

"잘해 주냐고? 적어도 저자들한테 내게 좀 더 잘해 주라고 시키기는 하지. 망할 것들! 그런데 있지, 린턴 양, 저 짐승 같은 헤어턴 녀석이 날 비웃어. 난 그 녀석이 미워. 실은 모두 다 미워 죽겠어. 하나같이 밉살스러운 것들이야."

캐시 아가씨는 물을 찾아 나섰어요. 찬장에서 주전자를 발견하고는 큰 잔에 물을 가득 부어 가지고 왔어요. 도련님은 탁자 위에 있는 포도주 병에서 포도주를 한 숟가락만 따라 물에 타 달라고 아가씨에게 말했어요. 한 모금 마시고 나더니 한결 편안해진 표정으로 캐시 아가씨에게 정말 고맙다고 인사까지 하더군요.

“그래, 날 보니까 좋아?”

우리 아가씨는 좀 전과 똑같은 말을 되풀이하여 물어보고는 도련님의 얼굴에 엷은 미소가 어리는 것을 보자 기뻐했어요.

“그럼, 좋고말고. 린턴 양 같은 그런 목소리를 듣는 건 새로운 일이거든! 하지만 린턴 양이 와 주지 않아서 얼마나 속이 탔었다고. 그런데 아빠는 린턴 양이 오지 않는 건 나 때문이라며, 나더러 한심하고 발뺌이나 하는 아무짝에도 쓸모없는 놈이래. 그러면서 린턴 양도 나를 멸시한다고 말하면서 만약 아빠가 나였다면 지금쯤 자기는 린턴 양 아빠 대신 스러시크로스 그레인지의 주인 자리를 꿰차고도 남았을 거라지 뭐야. 린턴 양은 날 멸시하지 않지, 그렇지, 린……?”

우리 아가씨가 말허리를 자르며 끼어들었어요.

“날 캐서린이나 캐시라고 불렀으면 좋겠어! 널 멸시하느냐고? 전혀! 난 널 아빠와 엘런 아줌마 다음으로 이 세상 어느 누구보다도 사랑해. 하지만 너희 아빠는 싫어. 너희 아빠가 돌아오시면 난 여기 못 올 거야. 너희 아빤 집을 여러 날 비우실 거니?”

“여러 날은 아냐. 하지만 사냥철이 시작돼서 황야에 자주 나가시니까, 아빠가 집에 안 계시는 한두 시간은 나와 함께 보낼 수 있어. 그렇게 하자! 그렇게 한다고 말해 줘! 너랑 있으면 짜증이 안 날 것 같아. 넌 나를 자극하지도 않고 늘 나를 도울 준비가 되어 있잖아, 안 그래?"

캐시 아가씨는 도련님의 길고 부드러운 머리카락을 쓰다듬으며 말했어요.

"그래. 우리 아빠가 허락만 해 준다면, 난 내 시간의 반을 너와 보낼 텐데…… 귀여운 린턴! 네가 내 동생이면 얼마나 좋을까!"

그러자 도련님이 더 들떠서 물었어요.

"내가 동생이면 넌 네 아빠만큼 날 좋아해 줄 거야? 하지만 아빠가 그러시는데, 네가 내 아내가 된다면 넌 네 아빠보다도, 그리고 세상 누구보다도 날 사랑하게 될 거래. 그러니까 난 네가 내 아내가 됐으면 좋겠어!"

그 말에 캐시 아가씨는 심각한 얼굴로 이렇게 대꾸했어요.

"안 돼! 난 어느 누구도 우리 아빠보다 더 사랑할 수는 없어. 그리고 간혹 자기 아내를 미워하는 사람들도 있어. 하지만 남매간에는 그렇지가 않아. 네가 내 동생이라면 넌 우리와 함께 살 거고, 우리 아빠는 나를 좋아하는 만큼 너도 좋아해 주실 거야."

자기 아내를 미워하는 사람은 없다고 린턴 도련님이 반박했어요. 하지만 캐시 아가씨는 자기 아내를 미워하는 사람은 있다고 단언하면서, 자기 딴에는 실례를 드는 것이 최선이란 생각에 도련님의 아버지가 아내인 자기 고모를 무척 미워한 것을 그 예로 말하는 게 아니겠어요.

저는 아가씨의 경솔한 입놀림을 막으려고 해 보았지만 그러지 못했고, 결국 아가씨는 자기가 아는 것을 다 털어놓고 말았어요. 린턴 히스클리프 도련님은 화가 잔뜩 나서 아가씨의 이야기는 거짓이라고 우겼어요.

"우리 아빠가 그랬는걸. 우리 아빠는 거짓말하지 않아!"

캐시 아가씨가 당돌하게 쏘아붙였어요.

"우리 아빠는 네 아빠를 경멸해! 우리 아빠는 네 아빠를 '비열한 바보 멍청이'랬어!"

린턴 도련님이 외치자 캐서린 아가씨는 이렇게 응수했어요.

"네 아빠는 나쁜 사람이야. 그리고 네 아빠가 한 말을 눈썹도 까딱하지 않고 그대로 옮기다니 너도 정말 못됐어. 이저벨라 고모가 그런 식으로 도망치게 만들다니, 네 아빠는 나쁜 사람임에 틀림없어!"

"엄마는 도망친 게 아냐. 모르면 가만있어!"라고 린턴 도련님이 말했지요.

"도망쳤다니까!"라고 어린 우리 아가씨는 소리쳤어요.

"좋아, 그럼 나도 너한테 말해 줄 게 있어! 네 엄마는 네 아빠를 미워했대. 자, 어때?"

"뭐!" 하고 캐시 아가씨가 외쳤지만 너무나 격분하여 말을 잇지 못했어요.

"그리고 네 엄마는 우리 아빠를 사랑했대!"라고 도련님이 덧붙였지요.

"거짓말쟁이 녀석! 이제 난 네가 미워."라고 씩씩거리며 말하는 아가씨의 얼굴이 화가 치밀어 올라 새빨개졌어요.

"사랑했대! 사랑했대!"

린턴 도련님은 노래를 부르듯이 말하고는 앉은 의자 뒤쪽으로 몸을 푹 기대더니, 뒤에 서 있는 말다툼 상대가 흥분한 꼴을 보며 즐기려고 머리를 뒤로 젖혔어요.

"그만해요, 히스클리프 도련님! 그것도 도련님 아버지가 지어낸 이야기일걸요."

제가 끼어들자 도련님이 소리쳤어요.

"아냐, 당신은 입 닥쳐! 캐서린, 네 엄만 우리 아빠를 사랑했대, 사랑했어. 정말로, 사랑했대, 사랑했어!"

이성을 잃은 캐시 아가씨가 의자를 세게 밀치는 바람에 도련님은 한쪽 팔걸이로 고꾸라졌어요. 도련님은 즉각 숨 막힐 듯 기침을 하기 시작했고, 그 바람에 도련님의 승리는 금방 끝이 나 버렸지요.

그런데 기침을 어찌나 오래, 계속하던지 저조차도 겁이 덜컥 나더군요. 도련님의 사촌은 아무 말도 못 하고 자신이 일으킨 나쁜 짓의 결과에 아연실색하여 펑펑 울었어요.

저는 기침이 멎을 때까지 도련님을 붙잡고 있었습니다. 기침이 멎자 도련님은 저를 밀쳐 내고 말없이 고개를 숙였어요. 캐시 아가씨도 울음을 그치고 맞은편에 앉아 침통하게 난롯불을 들여다봤어요.

"이제 좀 어때요, 히스클리프 도련님?" 하고 제가 십 분쯤 기다린 다음 물어보았어요.

"내가 당하는 고통을 저 애도 당해 봤으면 좋겠어. 독살스럽고 잔인한 것 같으니! 헤어턴도 절대 나를 건드린 적이 없는데, 평생 단 한 번도 날 때린 적이 없는데…… 그리고 오늘은 몸 상태도 더 좋았는데⋯⋯ 그런데⋯⋯."

도련님의 목소리는 훌쩍거리는 소리에 파묻혀 잘 들리지 않았어요.

"난 널 때리지 않았어!"

캐시 아가씨가 또다시 울음이 터지려는 것을 참으려고 입술을 깨물며 중얼거렸어요.

린턴 도련님은 엄청난 고통을 겪는 사람처럼 한숨을 쉬고 신음을 했는데, 15분 동안이나 그러기를 계속하더군요. 그런데 도련님은 사촌이 소리 죽여 흐느끼는 걸 포착할 때마다, 연민을 자아내려는 듯 고통스러운 신음소리를 새삼스레 높이는 것으로 보아, 아무래도 사촌을 괴롭히려고 일부러 그러는 것 같았어요.

캐시 아가씨는 참을 수 없을 정도로 괴로워하다가 마침내 먼저 말을 걸었습니다.

"아프게 해서 미안해, 린턴! 하지만 나였다면 살짝 밀었다고 그렇게 아프진 않았을 거야. 그래서 네가 그렇게 아플 줄 몰랐던 거야. 린턴, 많이 아픈 건 아니지, 그렇지? 내가 너에게 해를 끼쳤다고 생각하면서 집으로 돌아가게 하지 말아 줘! 대답해 줘. 나한테 말 좀 해 봐."

그러자 린턴 도련님이 이렇게 중얼거렸습니다.

"난 말 못 해. 네가 날 이렇게 심하게 아프게 만들어 놓았으니, 난 기침 탓에 숨이 막혀 밤새 한숨도 못 잘 거야! 너도 한번 당해 보면 그게 어떤 건지 알 텐데. 나는 몹시 괴로워하는데도 넌 아주 편안히 잘 자겠지. 내 곁에는 있어 주는 사람 하나 없는데! 너 같으면 그런 끔찍한 밤을 어떻게 보낼까?"

그러면서 린턴 도련님은 자기 연민에 휩싸여 목 놓아 울기 시작했습니다. 그 모습에 제가 나서서 말했지요.

"도련님이 끔찍한 밤을 보내는 게 습관이 되어 있다면, 도련님을 편안히 쉬지 못하게 하는 건 우리 아가씨가 아니네요. 우리 아가씨가 오지 않았더라도 마찬가지였을 테니까요. 어쨌든 아가씨는 두 번 다시 도련님을 괴롭히지 않을 거예요. 그리고 우리가 가고 나면 아마 도련님도 한결 차분해지겠지요."

"나 그만 갈까? 내가 갔으면 좋겠니, 린턴?"

캐시 아가씨가 애절하게 물으며 린턴 쪽으로 몸을 숙였어요. 그러자 도련님은 움찔 피하며 토라진 목소리로 이렇게 대꾸했어요.

"일을 이미 저질러 놓고는 뭘 어떡하겠어. 물론 더 나쁘게 할 수는 있겠지. 나를 괴롭혀 열까지 나게 해서 말이야!"

"그래, 그럼 내가 그만 갔으면 좋겠어?"라고 캐시 아가씨가 다시 물었습니다.

"어쨌든 그냥 날 좀 내버려 둬. 네가 말하는 거 듣기도 싫으니까!"

캐시 아가씨는 제가 그만 돌아가자고 아무리 설득해도 듣지 않고 속상하게 한참을 그대로 남아 있었어요. 하지만 린턴 도련님이 쳐다보지도 않고 말도 걸지 않으니 결국은 문 쪽으로 움직였고 저는 그 뒤를 따랐어요.

하지만 비명 소리가 우리의 발길을 붙잡았습니다. 린턴 도련님이 앉은 자리에서 벽난로 바닥 돌로 미끄러져 몸부림치며 괴로워하고 있었습니다. 보는 사람을 최대한 비통하게 만들고 고통을 주기로 작정한, 제멋대로에 골칫거리 어린애가 심술을 피워 대는 것이었죠.

저는 그 행동으로 도련님의 성격을 완전히 파악하고는 도련님의 비위를 맞춰 주려 하는 건 어리석은 짓이라는 사실을 단번에 알아챘어요. 하지만 저의 동행은 그렇지 못해서 깜짝 놀라 도로 달려가서는, 무릎을 꿇고 울면서 달래기도 하고 애원도 한 끝에야 비로소 린턴 도련님이 잠잠해졌어요. 하지만 그건 결코 아가씨를 괴롭히는 데 양심의 가책을 느껴서가 아니라 숨이 찼기 때문이었지요. 제가 나서서 이렇게 말했어요.

"도련님을 긴 의자에 올려놓아야겠어요. 거기서 맘껏 뒹굴라지요. 여기서 계속 도련님을 지켜보고 있을 순 없어요. 캐시 아가씨, 아가씨가 도련님에게 도움을 줄 수 있는 사람이 아니라는 사실과 도련님의 건강 상태가 저렇게 된 건 아가씨에 대한 애착 때문이 아니라는 사실을 이제 받아들이겠죠? 자, 이제 의자에 올려놓았어요! 어서 가요. 자기의 허튼수작을 봐주는 사람이 옆에 아무도 없다는 걸 알면 도련님도 가만히 누워 있을 수밖에요!"

캐시 아가씨는 쿠션을 머리 밑에 받쳐 주고 물도 좀 갖다 주었어요. 린턴 도련님은 물은 거부하고 받쳐 준 쿠션이 마치 딱딱한 돌멩이나 나무토막이기라도 한 양 거북스럽게 머리를 뒤척거렸어요.

캐시 아가씨는 쿠션을 좀 더 편안하게 놓아 주려고 했어요.

"이걸로는 안 돼. 낮단 말이야!"라며 도련님이 툴툴댔어요.

캐시 아가씨는 쿠션을 또 하나 가져와 그 위에 받쳐 주었지

요.

"이건 너무 높아!"라며 그 얄미운 것이 투덜거렸어요.

"그럼 어떻게 하면 돼?"라고 캐시 아가씨가 절망스러운 표정으로 물었지요.

린턴 도련님은 캐시 아가씨가 긴 의자 옆에 반쯤 무릎을 꿇자 몸을 살짝 일으켜 아가씨를 감싸 안으며 아가씨의 어깨에 기대더군요. 제가 얼른 끼어들어 말했지요.

"안 돼요. 그럼 곤란해요! 쿠션으로도 충분하잖아요, 히스클리프 도련님! 우리 아가씨는 도련님한테 이미 시간을 너무 많이 썼어요. 우린 이제 5분도 더 있을 수 없어요."

그러자 아가씨가 반박했어요.

"아냐, 아냐. 더 있어도 돼! 린턴은 이제 얌전하게 잘 참고 있는걸. 내가 찾아와서 자기 상태가 더 나빠졌다고 내가 믿게 되면, 오늘밤 자기보다 내가 훨씬 더 많이 고통스러울 거란 걸 린턴도 이제 깨닫기 시작한 모양이야. 또 내가 그렇게 믿게 되면 감히 두 번 다시는 여기 오지 못하리란 것도. 린턴, 사실대로 말해 봐. 나 때문에 네가 몸이 더 안 좋아졌다면, 난 다시는 여기에 와선 안 되니까 말이야."

린턴 도련님은 이렇게 대답하더군요.

"네가 와서 날 낫게 해 줘야지. 네가 날 아프게 했으니까 당연히 와야 해. 그것도 굉장히 심하게 아프게 했잖아! 네가 왔을 때는 지금처럼 아프진 않았다고. 안 그래?"

그러자 도련님의 사촌이 이렇게 대꾸했어요.

"하지만 너 혼자 울고불고 화내서 더 아프게 된 거잖아. 그러니 네가 아픈 건 다 내 탓만은 아냐. 하지만 우린 이제 친구처럼 사이좋게 지낼 거야. 그리고 넌 내가 오기를 원하잖아. 가끔씩이라도 날 만나면 좋겠지, 안 그래?"

린턴 도련님은 짜증스레 대꾸했어요.

"그렇다고 말했잖아! 여기 의자에 앉아서 네 무릎을 베개 해 줘. 우리 엄마는 오후 내내 그렇게 해 주시곤 했었어. 가만히 앉아서, 말은 하지 말고, 노래를 할 줄 알면 노래를 해 주든가, 아니면 재미있는 이야기를 담은 길고 멋진 시를 들려줘. 나한테 가르쳐 준다고 약속했던 것 가운데서 말이야. 안 그러면 이야기라도 들려줘. 하지만 난 이야기를 담은 시가 더 좋아. 어서 해 줘."

캐시 아가씨는 기억나는 것 가운데 가장 긴 이야기 시를 들려주었어요. 둘 다 굉장히 즐거워하더군요. 제가 완강히 반대해도 린턴 도련님은 하나가 끝나면 또 하나 더 해 달라고 졸랐어요. 둘은 시계가 열두 시를 알리는 종을 칠 때까지 계속 그렇게 했는데, 마당에서 헤어턴 도련님이 점심을 먹으러 돌아오는 소리가 들렸어요.

캐시 아가씨가 마지못해 일어나자 어린 히스클리프 도련님은 아가씨의 옷자락을 붙잡으며 물었습니다.

"캐서린, 그럼 내일 더 해 줘. 내일도 올 거지?"

"안 돼요! 그다음 날도 안 되고요." 하고 제가 딱 잘라 말했지요.

그런데 캐시 아가씨가 몸을 굽혀 도련님의 귀에 대고 뭐라고 속삭이자 도련님 이마가 펴지는 것을 보니, 아무래도 아가씨가 저와는 다른 대답을 한 모양이었어요.

"아가씨, 내일은 여기 못 와요, 명심해요! 꿈에라도 그럴 생각은 아니겠죠?"

그 집을 나오자 제가 말을 꺼냈는데 아가씨는 빙긋 웃기만 하더군요.

"이런, 내가 단속을 각별히 해야겠군요! 망가진 그 자물쇠를 고쳐 놔야겠어요. 거기 말고 다른 데로는 빠져나갈 길이 없으니까요."

그러자 캐시 아가씨가 깔깔대고 웃으면서 말했어요.

"담장을 넘어가면 되지. 엘런 아줌마, 우리 집은 감옥이 아니야. 그리고 아줌마는 날 지키는 간수도 아니고. 게다가 난 열일곱 살이 다 되었는걸. 이제 나도 다 컸어. 그러니 내가 가서 돌봐 주면 린턴은 틀림없이 빨리 회복할 거야. 내가 그 애보다 손위니까 더 생각도 깊고 철도 들었잖아, 안 그래? 그리고 린턴은 내가 조금만 구슬리면 곧 내가 시키는 대로 할 거야. 린턴이 얌전할 때는 얼마나 귀여운지 몰라. 내 친동생이었으면 굉장히 귀여워해 줬을 텐데. 서로 친해지면 절대 다투지 않겠지, 그렇겠지? 엘런 아줌만 린턴이 좋지 않아?"

"뭐가 좋겠어요? 간신히 십 대까지 살아남은 고약한 성질머리의 골골한 약골 따위가요! 다행히도 히스클리프 씨가 짐작한 대로, 스무 살을 넘기지 못할 거예요! 정말 봄이 올 때까지 살아있을지도 의심스러워요. 도련님이 언제 세상을 떠나든 그 댁에선 상실감도 크지 않을 거예요. 히스클리프 씨가 자기 아들을 데려간 게 우리로서는 운이 좋았던 셈이에요. 더 다정하게 대하면 대할수록, 린턴 도련님은 더 진저리나고 이기적인 사람이 되었을 테니까요! 아가씨가 도련님을 남편으로 맞을 가망이 없으니 정말 다행이에요, 캐서린 아가씨!"

제 말을 듣고 저의 동행은 점점 심각해졌습니다. 린턴 도련님이 죽는다는 말을 그렇게 함부로 한 것이 아가씨 마음을 상하게 한 모양이었어요. 아가씨는 한참을 생각에 잠겨 있다가 이렇게 대답했지요.

"린턴은 나보다 어린걸. 그러니까 그 애가 제일 오래 살아야 해. 꼭 그럴 거야. 나만큼은 살아야 해. 린턴이 처음 이곳 북쪽 지방으로 왔을 때처럼 이제 건강해질 거야. 틀림없어! 아빠처럼 그 애가 아픈 건 그냥 감기 때문이야. 아줌마가 아빠는 곧 나으실 거랬잖아. 그런데 왜 그 애는 아니란 거야?"

"자, 자, 아무튼 우리가 골머리 앓을 필요는 없어요. 아가씨, 내 말 잘 듣고 명심해요. 난 내가 한 말을 꼭 지킬 테니까요. 나와 함께든 아니든 또다시 워더링 하이츠에 가려 한다면, 린턴 나리께 말씀드릴 거예요. 그리고 나리께서 허락하지 않는다면 사촌과 친하게 지내서도 안 돼요."

"이미 친해졌는걸!"

캐시 아가씨가 부루퉁하니 투덜댔어요.

"그럼 앞으로는 친하게 지내면 안 돼요."

"두고 보면 알게 될 거야!"라고 아가씨가 대답하고는 전속력으로 말을 몰고 가버려서 저는 뒤에서 힘겹게 따라갔습니다.

우리는 둘 다 점심 전에 집에 도착했어요. 주인 나리는 우리가 숲을 거닐다 온 줄 아는지 어디 갔다 왔느냐고 묻지 않더군요. 집에 들어가자마자 저는 서둘러 흠뻑 젖은 신발과 양말을 갈아 신었어요. 하지만 워더링 하이츠에서 그렇게 오래 앉아 있었던 탓에 몸에 무리가 오고 말았지요. 그 다음 날 아침 저는 자리에서 일어날 수가 없었습니다. 그리고 그 뒤 3주 동안 저는 제할 일도 못 하고 몸져누워 있었지요. 그건 그 전에는 결코 겪어 보지 못했던 불행이었고, 다행히 그 후로는 결코 그런 일을 겪지 않았어요.

우리 집 꼬마 안주인은 제 옆에 와서 시중을 들어주고 외로움을 달래 주며 천사처럼 행동했어요. 저는 방에만 갇혀 있으니 기분은 축 가라앉았지만 —부지런히 몸을 놀리던 사람이 그러고 있으려니 지루하기 짝이 없었거든요.— 불평할 거리는 아주 사소한 것도 없었답니다. 캐시 아가씨는 린턴 나리의 방에서 나오면 곧바로 제 머리맡으로 왔어요. 아가씨의 하루를 저와 린턴 나리가 나눠 가졌고, 아가씨는 다른 데는 1분도 할애하지 않았어요. 아가씨는 식사도 공부도 놀이도 다 제쳐 놓았지요. 저는 우리 아가씨처럼 다정하게 간호하는 사람은 못 봤어요. 아가씨는 따뜻한 마음을 지닌 사람임에 틀림없었어요. 아버지를 그렇게 사랑하면서도 저한테까지 그토록 다정하게 잘해 주다니 말이죠!

아가씨의 하루를 저와 주인 나리와 나누어 가졌다고 말씀드렸지요. 하지만 우리 주인 나리는 일찍 방으로 물러가셨고, 저는 대개 여섯 시 이후로는 아무것도 필요로 하지 않으니 저녁부터는 아가씨만의 시간이었지요.

불행하게도 저는 저녁 식사 뒤에는 아가씨 혼자 어떻게 보내는지 생각해 본 적이 없었습니다. 그리고 아가씨가 빈번히 제 방을 들여다보며 잘 자라고 인사할 때, 아가씨의 뺨에 생기가 넘치고 가느다란 손가락이 발그스레한 것을 보기는 했지만, 차가운 황야를 말을 타고 달려와서 그리된 것이리라고는 미처 상상도 못 하고, 그저 서재의 뜨거운 난롯가에 있다 보니 그렇게 됐겠지 하고 생각했습니다.

제10장

3주가 지나고 나서야 겨우 저는 제 방에서 나와 집 안에서나마 거동할 수 있게 되었지요. 처음으로 저녁까지 몸을 일으켜 앉아 있던 날, 저는 눈이 침침해서 캐시 아가씨에게 책을 읽어 달라고 부탁했습니다. 주인 나리는 이미 잠자리에 드셨고 우리끼리만 서재에 있었지요. 아가씨는 알겠다고 했지만 별로 마음이 내키지 않는 듯했어요. 그래서 저는 제 취향의 책은 맞지 않을 것 같아서 아가씨가 읽고 싶은 걸로 골라서 읽어 달라고 했습니다.

아가씨는 자기가 좋아하는 책을 하나 골라서 착실하게 한 시간 정도 읽어 내려갔어요. 그러더니 자꾸만 이렇게 묻는 거예요.

"엘런 아줌마, 안 피곤해? 이제 그만 눕는 게 좋지 않을까? 이렇게 오래 계속 앉아 있으면 몸에 좋지 않을 텐데."

"아뇨, 괜찮아요, 아가씨. 난 안 피곤해요."라고 저는 그럴 때마다 되풀이해서 대답했지요.

제가 요지부동이란 걸 깨달은 아가씨는 책 읽기가 싫어졌다는 것을 보여 주려고 다른 방법을 쓰더군요. 하품을 하기도 하고

기지개를 켜는 것으로 방법을 바꾼 것이죠.

그러다가 "엘런 아줌마, 나 피곤해."라고 말했지요.

"그럼 그만 읽고 이야기나 해 봐요."라고 저는 대답했습니다.

그건 더 싫었나 봅니다. 아가씨는 초조한 듯 한숨을 쉬면서 여덟 시까지 시계만 보더니 마침내 자기 방으로 가 버리더군요. 언짢고 나른한 표정과 계속 눈을 비벼 대던 것으로 보아하니 너무 졸려서 정말 못 참겠던 모양이었어요.

다음 날 밤에는 아가씨가 훨씬 더 참기 어려워하는 것처럼 보였어요. 그리고 저와 함께 있게 된 지 사흘째 되던 날 밤, 아가씨는 머리가 아프다고 투덜대며 자리를 떴지요.

저는 아가씨의 행동이 이상하다고 생각했어요. 혼자 한참을 앉아 있던 저는 올라가서 아가씨에게 이제 좀 괜찮아졌는지 물어보고 어두운 2층에 혼자 있지 말고 아래층으로 내려와 소파에 누워 있으라고 하기로 마음먹었지요.

올라가 보니 캐시 아가씨는 보이지 않았고, 아래층으로 내려와 봐도 없었어요. 하인들도 아가씨를 못 봤다고 하더군요. 에드거 나리의 방문에 귀를 기울여 봤지만 아무 소리도 나지 않았어요. 저는 아가씨 방으로 다시 돌아가 촛불을 끄고 창가에 앉았어요.

달이 밝게 빛나고 있었고, 눈이 드문드문 땅을 덮고 있었죠. 어쩌면 아가씨가 정원에 바람을 쐬러 나갔을지도 모른다는 생각이 스쳤어요. 그때 숲 안쪽 울타리를 따라 살금살금 움직이는 형체가 눈에 들어왔어요. 하지만 그건 저의 어린 안주인이 아니었어요. 그 형체가 밝은 데로 모습을 드러내자 저는 그게 마부 가운데 한 사람이란 걸 알아봤어요.

그는 저택으로 통하는 마찻길을 살피며 한참 서 있었어요. 그러고는 마치 무엇이라도 발견한 듯 잽싼 걸음으로 걸어가더니 이내 캐시 아가씨의 조랑말을 끌고 다시 나타났어요. 그런데 이제 막 조랑말에서 내린 듯한 우리 아가씨가 그 옆에서 걸어오고 있지 않겠어요.

마부는 조랑말을 끌고 살그머니 잔디밭을 가로질러 마구간 쪽으로 가 버렸어요. 캐시 아가씨는 거실 여닫이창으로 들어와 제가 기다리고 있는 곳으로 소리를 내지 않고 살금살금 올라왔지요.

캐시 아가씨는 문을 조심스레 닫고 눈이 묻은 신발을 벗고 모자 끈을 풀었어요. 제가 염탐하고 있는 걸 알아채지 못한 채 아가씨가 망토를 벗으려는 순간, 제가 불쑥 일어나 모습을 드러냈지요. 깜짝 놀라는 바람에 캐시 아가씨는 순간적으로 그 자리에 못 박혀 버렸어요. 알아들을 수 없는 외마디 비명을 지르며 꼼짝도 못 한 채 서 있었지요.

저는 최근 아가씨가 다정하게 저를 간호해 준 게 생생하게 깊은 인상으로 남아 있어서 차마 꾸짖지는 못하고 부드럽게 말을 꺼냈어요.

"사랑스러운 우리 캐시 아가씨, 이 시각에 말을 타고 어딜 갔다 온 거예요? 왜 거짓말로 나를 속이려 한 거예요? 어디 갔었어요? 말해 봐요!"

"숲 맨 안쪽까지 갔다 왔어. 그리고 난 거짓말 안 했어."라고 캐시 아가씨가 더듬거리며 말했습니다.

"다른 덴 안 갔고요?"라며 제가 다그쳐 물었어요.

"응, 안 갔어."

아가씨가 중얼거리며 대답하자 제가 슬프게 소리쳤어요.

"이런, 아가씨, 잘못한 줄은 아는 모양이네요. 아니면 나한테 거짓말하고 싶은 마음이 들지 않았을 테니까요. 아가씨가 그러니 전 대단히 슬프네요. 아가씨가 고의적인 거짓말을 지어내는 것을 듣느니 차라리 석 달 동안 앓아눕는 게 낫겠어요."

캐시 아가씨가 제 쪽으로 획 몸을 날려 제 목을 끌어안으며 와락 울음을 터트렸습니다. 그러면서 이렇게 말했지요.

"아이, 엘런 아줌마가 화내면 너무 무서워. 화 안 낸다고 약속해 줘. 그러면 사실대로 다 털어놓을게. 나도 숨기는 건 싫단 말이야."

우리는 창가 자리에 앉았습니다. 저는 아가씨의 비밀이 뭐든 절대 야단치지 않겠다고 약속했어요. 물론 아가씨의 비밀이 뭔지 짐작하기는 했지만요. 그리하여 아가씨는 이야기를 시작했습니다.

"엘런 아줌마, 난 워더링 하이츠에 다녀오는 길이야. 아줌마가 병이 난 다음부터 하루도 안 거르고 거의 매일 갔어. 아줌마가 몸져누워 있을 때 사흘, 아줌마가 일어나 방에서 나온 뒤 이틀은 빼고. 마이클한테 책과 그림을 주고는 매일 저녁 미니를 준비시키고 나중에 다시 마구간으로 데려가는 일을 부탁했지. 마이클도 야단치지 마. 알겠지? 여섯 시 반쯤 워더링 하이츠에 도착해서 대개 여덟 시 반까지 그곳에 있다가 전속력으로 말을 몰아 집으로 돌아왔어. 내 즐거움을 위해 그곳에 간 건 아냐. 오히려 내내 비참했던 적이 많아. 뭐, 가끔 일주일에 한 번 정도는 행복했던 것 같아. 처음에는 린턴과 한 약속을 지킬 수 있도록 아줌마를 설득하는 게 힘든 일일 거라고 생각했어. 그때 우리가 그 집을 떠날 때 내가 린턴한테 다음 날 다시 오겠다고 약속을 했었거든. 그런데 다음 날 아줌마가 꼼짝 못 하고 2층에만 누워 있게 되는 바람에 그 문제를 떨쳐 버릴 수 있었지. 그리고 마이클이 그날 오후에 숲으로 난 문 자물쇠를 고쳐 달 때 나는 그 문 열쇠를 손에 넣었어. 그러고는 내 사촌이 아파서 자기가 우리 집에는 못 오고 내가 들러 주기를 바라는데 아빠는 내가 가는 걸 반대한다고 마이클한테 말해 줬어. 그러고는 조랑말에 대해 마이클과 협상을 했어. 마이클은 책 읽는 걸 좋아하는데 곧 결혼해서 우리 집을 떠날 생각이라더군. 그래서 마이클은 내가 서재에 있는 책을 자기에게 빌려주면 내가 바라는 대로 해 주겠다고 제안했어. 하지만 난 서재의 책 대신 내 책을 주겠다고 했더니 마이클도 그게 더 좋다고 했어.

내가 두 번째 찾아갔을 때 린턴은 한층 생기 넘쳐 보였어. 그 집 가정부인 질라가 우리를 위해 방을 깨끗이 치워 주고 불도 많이 때 주면서, 조지프는 기도회에 갔고 헤어턴 언쇼는 개들을 데리고 나갔으니, ―그런데 나중에 듣고 보니 우리 숲에 꿩을 밀렵하러 간 거더라고― 우리 하고 싶은 대로 하고 놀라고 했어.

질라가 데운 포도주와 생강 쿠키를 갖다 주었는데 아주 마음씨 착해 보이는 아줌마였어. 린턴은 안락의자에 앉고, 난 벽난로 앞의 작은 흔들의자에 앉아 굉장히 즐겁게 웃고 떠들었는데, 우린 할 이야기가 정말 많았어. 우리는 여름에 어디를 가고 무엇을 할 건지 계획도 짰어. 아줌마는 바보 같은 계획이라고 말할 테니 그 계획은 말해 주지 않을래.

그런데 우리는 한번은 거의 싸울 뻔했어. 린턴은 7월의 더운 날을 가장 유쾌하게 보내는 방법은, 활짝 핀 히스 꽃 사이를 벌들이 꿈꾸듯 윙윙거리며 날아다니고, 종달새는 머리 위 높은 곳에서 지저귀고, 구름 한 점 없는 파란 하늘에 밝은 태양이 계속 내리쬐는 가운데, 아침부터 저녁까지 황야 한가운데의 히스가 무성한 비탈에 누워 있는 거라고 했어. 그게 그 애가 생각하는 더없이 완벽한 천국의 행복이었어. 하지만 내게 있어 천국의 행복이란, 서풍이 불어오고 눈부신 하얀 구름이 하늘 위를 빠르게 흘러가는 가운데 살랑거리는 초록빛 나무에 걸터앉아 흔들거리는 거였어. 그리고 종달새뿐만 아니라 개똥지빠귀, 찌르레기, 홍방울새, 뻐꾸기가 사방에서 노랫소리를 쏟아 내고, 멀리로는 황야가 보이다가 느닷없이 서늘하고 어스레한 골짜기로 이어지고, 가까이로는 키 큰 풀들이 산들바람에 나부끼며 크게 물결치듯 넘실거리고, 숲이 있고 물이 졸졸 소리를 내며 흐르고, 온 세상이 기쁨에 겨워 깨어나 시끌벅적한 거였어. 린턴은 모든 것이 평온함의 황홀경에 빠져 있기를 바란 반면, 나는 모든 것이 반짝반짝 생기 넘치고 대단히 즐거운 축제에서처럼 춤추기를 바란 거지.

내가 린턴한테 너의 천국은 반만 살아 있는 거라고 했더니 그 애가 내 천국은 술에 취했다는 거야. 그래서 내가 너의 천국에서는 잠이 쏟아지겠다고 쏘아붙였더니, 그 애가 내 천국에서는 숨도 못 쉴 거라고 받아치는 바람에 우린 점점 골이 나게 되었어.

결국 우리는 날씨가 좋아지는 대로 두 가지를 다 해 보기로 하고는 서로 입을 맞추고 화해했어. 한 시간쯤 가만히 앉아 있다가 그 큰 방의 카펫이 깔리지 않은 매끄러운 바닥이 눈에 들어왔는데 탁자만 치우면 놀기 좋을 것 같았어. 그래서 린턴에게 질라를 불러 도움을 청하자고 했어. 까막잡기(*눈을 가린 술래가 주위의 사람을 붙잡아 누군지 알아맞히는 놀이)를 하자고 말이야. 질라한테 술래를 맡기고서. 엘런 아줌마도 술래를 하곤 했었잖아. 그런데 린턴이 싫다는 거야. 그 놀이는 하나도 재미없다나. 그래도 나랑 공놀이하는 건 괜찮다고 했어. 우린 벽장을 뒤져 팽이, 굴렁쇠, 배드민턴 채, 셔틀콕 같은 오래된 장난감 더미 속에서 공 두 개를 찾아냈어. 하나는 C가, 다른 하나에는 H가 쓰여 있어서, C는 캐서린을, H는 아마도 린턴의 성인 히스클리프를 나타낼 테니, 내가 C가 쓰인 공을 갖겠다고 했어. 하지만 H가 쓰인 공에서 밀기울이 삐져나오자 린턴은 그 공을 맘에 들어 하지 않았어.

내가 계속 이기니까 린턴은 다시 심술이 나서 기침을 하며 자기 의자로 돌아가 앉았어. 하지만 그날 밤은 그 애가 기분을 쉽게 풀어서 내가 엘런 아줌마가 가르쳐 준 아름다운 노래 두세 곡을 불러 줬더니 그 애가 넋을 잃고 들었어. 내가 가야만 할 시간이 되자 린턴이 내일 저녁에도 와 달라고 애원하며 매달려서 난 그러마고 약속했어.

난 미니를 타고 바람처럼 가볍게 달려 집으로 돌아왔어. 그리고 아침까지 워더링 하이츠와 나의 귀엽고 사랑스러운 사촌 꿈을 꾸었지.

그런데 아침에 일어나니 괜스레 슬펐어. 엘런 아줌마도 아픈 데다 내가 워더링 하이츠에 가는 걸 아빠가 아시고 가도 좋다고 허락해 주셨으면 얼마나 좋을까 하는 생각이 들었기 때문이었지. 하지만 차를 마신 뒤 아름다운 달빛이 비치는 저녁이 되어 말을 타고 계속 가다 보니 우울한 기분이 가셨어.

'오늘도 행복한 저녁이 되도록 해야지.'라고 속으로 생각했는데, 나의 귀여운 린턴이 행복해할 걸 생각하니 한층 더 기뻤어.

내가 그 집 마당으로 말을 몰고 들어가 막 집 뒤쪽으로 돌아가려고 하는데, 그때 언쇼란 녀석이 날 보고는 고삐를 붙잡더니 앞문으로 들어가라더군. 그 애가 미니의 목덜미를 쓰다듬으며 예쁜 녀석이라고 말했는데, 마치 내가 자기에게 말을 걸어 주길 바라는 눈치였어. 난 그냥 내 말을 가만 놔두라고, 안 그러면 말에게 차일 거라고만 말했어.

그랬더니 그 애가 천박한 말투로 대꾸했어.

'요딴 말헌티 채여 봤자 별로 안 아플 턴디.' 그러고는 씨익 웃으며 미니의 다리를 훑어보는 거야.

미니한테 한번 차이게 해 줄까 하는 마음이 살짝 들었는데 그 애가 문을 열러 가 버리지 뭐야. 그 애가 빗장을 들어 올리면서 고개를 들어 위에 새겨진 글자를 올려다보더니 어색함과 의기양양함이 뒤섞인 얼빠진 표정으로 이렇게 말하는 거야.

'캐서린 양! 나도 이제 저거 읽을 수 있는디.'

'어머, 그래? 그럼 어디 한번 읽어 봐. 너도 이제 똑똑해졌네!' 하고 내가 외쳤어.

그 앤 글자 하나하나를 더듬거리며 길게 늘어지게 그 이름을 읽었어.

'헤-어-턴-언-쇼.'

'그리고 저 숫자는?'

그 애가 더는 못 읽고 딱 막히는 것을 보고는 나는 용기를 북돋워 주려고 큰 소리로 물었어.

'그건 아직 모르는디.' 하고 그 애가 대답했어.

'에이, 멍청이!'라고 말하고는 난 그걸 못 읽는 그 애를 보며 깔깔대고 실컷 웃었어.

그 바보는 마치 나를 따라 웃어야 하는 건지 아닌지 잘 모르겠다는 듯이 입가는 씩 웃음을 머금고 눈가는 잔뜩 찌푸린 채로 나를 빤히 쳐다봤어. 그 애는 내 웃음이 즐겁고 친근한 웃음인지 아니면, 그게 사실은 멸시하는 웃음인지 잘 몰랐던 거야.

나는 갑자기 다시 진지한 표정을 지으며, 그 애가 아니라 린턴을 만나러 왔으니 그만 비켜 주길 바란다고 말해 그 애의 의심을 풀어 줬지.

그 애의 얼굴이 빨개지는 게 달빛에 보였어. 그 애는 빗장에서 손을 떼고 굴욕스럽고 공허한 표정으로 슬그머니 물러가 버리더군. 그 앤 자기 이름을 읽을 수 있게 됐다고 자기도 린턴만큼이나 교양을 갖춘 것으로 생각했던 모양이야. 그런데 내가 자기랑 똑같이 생각하지 않으니까 놀랄 만큼 당황한 거지."

가만히 듣고 있던 저는 아가씨의 말을 가로막았어요.

"잠깐만요, 캐서린 아가씨! 아가씨를 나무라려는 건 아니지만, 아가씨가 그곳에서 한 행동은 맘에 들지 않는군요. 아가씨가 히스클리프 도련님과 마찬가지로 헤어턴 도련님도 아가씨의 사촌이라는 사실을 기억했다면, 그런 식으로 행동하는 것이 얼마나 부적절한 짓인지 느꼈을 거예요. 적어도 헤어턴 도련님이 린턴 도련님만큼 교양을 갖추고 싶어 하는 건 칭찬받을 만한 야심이지요. 헤어턴 도련님은 그저 으스대려고 배운 게 아닐 거예요. 아가씨가 헤어턴 도련님이 글을 모른다고 도련님에게 창피를 준 적이 있단 건 의심할 여지가 없군요. 그래서 도련님은 글을 배워 아가씨를 기쁘게 해 드리고 싶었던 거겠죠. 도련님이 아직 글을 제대로 못 읽는다고 해서 비웃는 건 정말 교양머리 없는 짓이에요. 아가씨가 만약 도련님과 같은 환경에서 자랐다면, 아가씨인들 덜 무식했을 것 같아요? 헤어턴 도련님도 어렸을 적에는 아가씨 못지않게 영리하고 총명한 아이였어요. 그 비열한 히스클리프 씨가 헤어턴 도련님을 아주 부당하게 다룬 탓에 도련님이 지금 이렇게 멸시를 받다니 마음이 아프네요."

아가씨는 제가 열변을 토하자 깜짝 놀라 외쳤어요.

"아유, 엘런 아줌마, 그런 일로 울지는 않겠지? 하지만 잠깐만 참고 더 들어 봐. 그럼 그 애가 나를 기쁘게 하려고 글자를 배웠는지, 과연 그 짐승 같은 놈에게 예의 바르게 굴 가치가 있는지 알게 될 테니까. 나는 그 집 안으로 들어갔어. 린턴이 긴 의자에 누워 있다가 나를 맞이하려고 몸을 반쯤 일으키며 말을 건넸어.

'나 오늘 밤엔 몸이 안 좋아, 캐서린, 내 사랑. 그러니까 이야기는 너만 하고 난 듣고만 있을게. 이리 와서 내 옆에 앉아. 난 네가 약속을 어기지 않을 줄 알았어. 그리고 오늘도 네가 가기 전에 다시 약속을 받아 내야겠어.'

린턴이 몸이 안 좋다고 하니까 귀찮게 하지 말아야겠다고 생각했어. 그래서 난 조용히 이야기만 하고 질문은 하지 않고, 어떤 식으로든 그 애를 짜증나게 하는 일은 피했어. 린턴을 위해 아주 재미있는 책을 몇 권 가져갔었는데, 린턴이 그 중 한 권을 조금 읽어 달라고 부탁하기에 내가 막 읽어 주려던 참인데, 바로 그때 언쇼가 조금 전 일을 곱씹다 보니 잔뜩 독이 올랐던지 문을 벌컥 여는 거야. 그 애가 곧장 우리에게로 오더니 린턴의 팔을 붙잡고는 자리에서 휙 밀쳐 내 버리는 거 있지.

'니 방으로 가 버려!'

그 애가 흥분해서 거의 알아들을 수 없는 목소리로 외치는데 얼굴이 붓고 사나워 보였어.

'이 물건도 니를 보러 온 기면 같이 델구 가. 네까짓 놈 때문에 내가 이 방에서 쫓겨날 순 없어. 썩 꺼져, 둘 다 얼릉!'

언쇼는 우리에게 욕을 퍼붓고는 린턴이 대답할 틈도 주지 않고 린턴을 부엌으로 거의 내던지다시피 했어. 그리고 내가 린턴을 따라가는데 언쇼가 주먹을 꽉 쥐더라고. 보아하니 나를 치고 싶어 죽을 것 같은 모양이었어. 나는 순간 겁을 먹고 책을 한 권 떨어뜨렸어. 그러자 언쇼가 내 뒤에서 그 책을 걷어차더니 우릴 부엌으로 내쫓고는 문을 탁 닫아 버리는 거야.

난롯가에서 껙껙거리는 악의에 찬 웃음소리가 나기에 돌아보니 밉살스러운 조지프 영감이 앙상한 손을 비비며 건들거리고 서 있었어.

'난 헤어턴 데련님이 느그들 혼구녕을 내줄 줄 알았구먼! 데련님은 훌륭한 청년이여! 정신이 똑바로 박혔단 말이여! 데련님은 알아, 그럼 알고말고, 저쪽 주인이 누가 돼야 하는지 데련님도

나만큼이나 잘 알고 있구먼! 헤헤헤! 데련님이 느그들을 제대로 잘 쫓아냈구먼! 헤헤헤!'

'이제 우리 어디로 가?'

나는 늙은이의 조롱을 무시하고 내 사촌에게 물었어.

린턴은 하얗게 질려서 벌벌 떨고 있었어. 그때 보니 린턴이 귀엽지 않는 거 있지. 엘런 아줌마, 아아, 전혀! 오히려 끔찍해 보이는 거야! 야윈 얼굴과 큼지막한 눈에는 광기 어리고 무기력한 분노가 드리웠어. 린턴은 문손잡이를 잡고 흔들어 댔지만, 문은 안에서 잠겨 있었지.

'안으로 들여보내 주지 않으면 널 죽여 버릴 거야! 날 안으로 들여보내 주지 않으면 널 죽여 버릴 거야! 악마 같은 놈! 악마 같은 놈! 죽여 버릴 거야! 죽여 버릴 거라고!'

린턴이 말이 아니라 비명처럼 소리를 질러 대자, 조지프가 또 껄껄거리며 웃었어.

'저 봐, 저건 영락없이 지 애비구먼! 딱 지 애빌 빼다 박았네그려! 하긴 우린 다들 지 애비 닮은 구석이 있는 벱이지. 헤어턴 데련님, 전혀 신경 쓸 것 없구먼! 겁먹을 것도 없어! 저 자슥은 데련님 있는 데로 못 들어가니께!'

나는 린턴의 두 손을 붙잡고 문에서 떼어 놓으려고 했어. 하지만 그 애가 어찌나 깜짝 놀랄 정도로 비명을 지르던지 감히 더는 그럴 수 없었어. 결국 린턴은 비명을 질러 대다가 갑작스레 심한 기침을 해 대기 시작했고, 그러다가 피를 토하면서 바닥에 쓰러졌어.

나는 공포에 질려 마당으로 달려 나가 목청껏 질라를 소리쳐 불렀어. 마구간 뒤의 헛간에서 소젖을 짜고 있던 질라가 내가 부르는 소리를 듣고는 일을 하다 말고 부리나케 달려와 무슨 일이냐고 물었어.

나는 숨이 차서 설명할 수가 없었어. 그래서 그냥 질라를 끌고 들어가 두리번거리며 린턴을 찾았어. 언쇼는 자기가 불러일으킨 재앙을 살피러 밖으로 나왔던 모양인지, 그 애가 불쌍한 린턴을 2층으로 옮기고 있었어. 질라와 내가 뒤따라 올라갔는데, 그가 계단 꼭대기에서 나를 멈춰 세우더니 난 들어가지 못한다며 집으로 돌아가라고 하는 거야.

난 언쇼에게 네가 린턴을 죽였다며 난 꼭 들어가야겠다고 소릴 질렀어.

조지프가 문을 잠그면서 '고딴 짓일랑' 하지 말라고 딱 잘라 말하면서 '그 자슥처럼 미칠라 글카느냐'고 물었어.

난 질라가 나올 때까지 울면서 서 있었어. 질라는 조금만 있으면 린턴이 좋아질 거라고 장담하면서 그렇게 울며불며 소란스럽게 굴면 린턴이 참지 못할 거라며 나를 거의 안다시피 데리고 거실로 내려왔어.

엘런 아줌마, 난 당장이라도 머리를 쥐어뜯고 싶었어! 얼마나 흐느껴 울었던지 눈앞이 거의 보이지 않을 지경이었어. 그런데 아줌마가 그토록 동정하는 그 악당 놈이 내 앞에 서서는 주제넘게도 가끔씩 그만 '뚝' 그치라면서 자기 잘못이 아니라고 부정하는 거야. 그러다가 결국 아빠한테 일러 감옥에 처넣어 교수형을 당하게 해 주겠다는 나의 으름장에 겁을 먹고 울먹이기 시작하더니 겁쟁이처럼 동요한 걸 감추려고 급히 밖으로 뛰어나가 버렸어.

그래도 내가 언쇼를 완전히 떼어 낸 건 아니었어. 결국 사람들에게 떠밀려 그 집을 나서게 되었는데, 워더링 하이츠를 벗어나 몇 백 미터쯤 왔을 때, 그 애가 갑자기 길가의 그늘에서 불쑥 튀어나와 미니를 가로막으며 날 붙잡지 뭐야.

'캐서린 양, 난 심하게 슬퍼. 헌디 오히려 너무…….'라면서 말을 시작했지.

난 그 애가 날 죽이려 하는 게 아닌가 싶어서 채찍으로 후려갈겼어. 그 애가 끔찍한 욕설을 퍼부으며 손을 놓자, 나는 반쯤 정신이 나간 채로 집을 향해 전속력으로 말을 몰았어.

그날 밤엔 아줌마에게 잘 자라는 인사도 하지 못했고, 그다음 날은 워더링 하이츠에 가지 않았어. 무척 가고 싶긴 했지만 이상하게 흥분됐고, 린턴이 죽었단 소리를 들을까 봐 겁이 나기도 한데다 헤어턴을 만날 생각에 몸서리쳐지기도 했거든.

사흘 째 되던 날에는 용기를 냈어. 더 이상 난 조마조마한 상태로 있기 힘들어서 한 번 더 슬그머니 집을 나섰어. 다섯 시에 집을 나섰는데 걸어가는 길에, 그 집으로 가서 린턴의 방까지 누구의 눈에도 띄지 않고 몰래 들어가 볼까 생각했어.

하지만 개들이 짖어 내가 그 집에 오고 있단 걸 알려 버렸어. 질라가 나를 맞아 주면서 '도련님은 점점 낫고 있다'고 말하며 카펫이 깔린 깔끔한 작은 방으로 안내해 줬어. 그 방에서 린턴이 작은 소파에 누워 내가 갖다 준 책을 읽고 있는 걸 보고 난 이루 말할 수 없을 정도로 기뻤어.

하지만 린턴은 꼬박 한 시간 동안 나한테 말도 하지 않고 눈길도 주지 않는 거야, 엘런 아줌마. 그 앤 성질머리가 얼마나 고약한지 몰라. 그런데 한층 당혹스럽게도 마침내 입을 열고는 한다는 말이 고작 그 소란을 야기한 장본인은 바로 나라면서 헤어턴에겐 아무 잘못도 없다는 헛소리지 뭐야!

화를 내지 않고는 도무지 아무 말도 할 수 없을 것 같아서 난 그냥 일어나 그 방을 나와 버렸어. 그러자 린턴이 내 뒤에다 대고 들릴 듯 말 듯하게 '캐서린!' 하고 불렀어. 그 앤 내가 그렇게 반응할 거라곤 예상하지 못했나 봐. 하지만 난 뒤돌아보지 않고 그대로 돌아와 버렸어. 그리고 그다음 날이 내가 그곳에 가지 않고 우리 집에만 머문 두 번째 날이었는데, 난 다시는 린턴을 찾아가지 않기로 결심하기에 이르렀지.

그런데 린턴에 대한 소식 하나 듣지 못한 채로 잠자리에 들었다가 아침에 일어나는 게 어찌나 괴롭던지 나의 결심은 제대로 굳기도 전에 녹아서 흔적도 없이 사라졌어. 전에는 그곳에 가는 게 잘못인 것 같았는데, 이제는 가지 않으려고 참는 게 잘못인 것 같았어. 그럴 때 마침 마이클이 와서 미니에 안장을 얹고 채비할까 물어보더라고. 난 '그래.' 하고 대답했고, 미니를 타고 언덕을 넘어가면서는 난 의무를 수행하는 것이라고 생각했어.

안마당으로 가려면 어쩔 수 없이 그 집 전면에 난 창문 앞을 지나가야 해서 내가 그 집에 온 걸 숨기려고 해 봤자 아무 소용 없었어.

'도련님은 거실에 계시는데요.'라고 질라가 응접실 쪽으로 향하는 날 보고는 알려 줬어.

거실로 들어가 보니 언쇼도 있었지만 언쇼는 바로 나가 버리더군. 린턴은 커다란 안락의자에 앉아 졸고 있었어. 나는 벽난로 쪽으로 다가가 진지한 말투로 얼마간은 진심을 담아 말을 꺼냈어.

'린턴, 네가 날 싫어하고, 내가 일부러 네게 상처를 주기 위해 온다고 생각하고, 또 내가 올 때마다 정말 그런 것처럼 구니까, 이번이 우리가 만나는 마지막 날이야. 이제 우리 작별 인사하자. 그리고 네 아빠한테는 날 보고 싶지 않다고 말씀드리고, 또 이 문제에 대해 더 이상 거짓말을 꾸며 내지 마시라고도 전해.'

그러자 린턴이 이렇게 대꾸했어.

'앉아서 모자나 벗어, 캐서린. 넌 나보다 훨씬 더 행복하니까 나보다 더 훌륭한 사람이어야지. 아빠가 툭하면 내 결점만 이야기하고 드러내 놓고 나를 멸시하니 내가 자신감이 없는 것도 당연하잖아. 아빠가 걸핏하면 말하는 것처럼 내가 정말 쓸모없는 사람이 아닌지 의심이 들어. 그러다 보니 난 자꾸만 짜증이 나고 비통한 기분이 들어서 사람들을 다 미워하게 된 거야! 나는 아무짝에 쓸모없는 놈이고, 거의 언제나 기분도 나쁘고 성질도 더러워. 그래, 네가 바란다면 내게 작별 인사를 해도 좋아. 그러면 넌 골칫거리 하나를 없애는 셈이지. 다만, 캐서린, 이것만은 알아줬으면 좋겠어. 내가 너만큼 상냥하고 다정하고 착해질 수 있다면, 난 행복해지고 건강해지는 것보다 정말 기꺼이, 아니 그 이상으로 그렇게 되고 싶단 걸 믿어 줘. 그리고 이것도 믿어 줘. 내가 네 사랑을 받을 자격이 있는지는 모르겠지만, 네가 다정하게 대해 줘서 네가 날 사랑하는 것보다 내가 널 더욱 깊이 사랑하게 되었고, 내가 너한테 이제까지 성질을 피웠고 또 지금도 그

럴 수밖에 없겠지만 그렇게 한 걸 후회하고 뉘우치고 있으며, 죽을 때까지 후회하고 뉘우칠 거라는 걸!'

난 린턴의 말이 진심으로 와 닿았어. 그래서 그 애를 용서해 줘야 할 것만 같았어. 그리고 바로 다음 순간 그 애가 또 싸움을 건다 해도 다시 또 용서해 줘야 할 것만 같았지. 화해는 했지만 우린 둘 다 내가 그곳에 있는 내내 계속 울었어. 나는 전적으로 슬퍼서 운 건 아니었고 린턴이 그런 비뚤어진 성격을 갖고 있는 게 안쓰러워서 울었어. 그 앤 자기와 가까운 사람들을 마음 편하게 해 주지 못할 테고, 또 자기 자신도 마음이 편치 못할 테니까!

그날 밤 이후로 난 언제나 그 애의 조그만 응접실로 갔는데, 그 애 아빠가 그다음 날 돌아왔기 때문이었어. 우리가 첫 번째 밤처럼 즐겁고 희망에 찼던 게 한 세 번쯤 되는 것 같아. 나머지 다른 날들은 따분하고 힘들었는데, 어떤 때는 그 애의 이기심과 심술 때문에, 또 어떤 때는 그 애의 병 때문에 그랬어. 하지만 난 그 애가 이기적으로 굴거나 심술을 부릴 때도 그 애가 아플 때와 마찬가지로 조금도 분개하지 않고 참을 수 있게 되었어.

히스클리프 씨는 일부러 나를 피하는지 거의 모습을 볼 수가 없었어. 실은, 지난 일요일에, 평소보다 조금 일찍 갔더니 린턴의 전날 밤 행동을 놓고 그가 불쌍한 린턴에게 잔인하게 욕을 퍼붓는 소리가 들렸어. 그가 엿듣지 않았다면 그 일을 어떻게 알았는지 모르겠어. 분명 린턴이 전날 밤 나한테 얄밉게 굴긴 했지만, 그건 나 말고는 아무도 관여할 일이 아닌데 말이야. 그래서 내가 안으로 들어가 히스클리프 씨의 잔소리를 가로막으며 내 생각을 말했지. 그랬더니 그가 웃음을 터뜨리며 그렇게 생각해 줘서 고맙다고 말하면서 나갔어. 그가 나간 뒤, 나는 린턴에게 격한 말을 할 때는 소리를 낮춰야 한다고 당부했어.

자, 엘런 아줌마! 이게 다야. 내가 워더링 하이츠에 못 가게 되면 두 사람이 불행해져. 반면에 아줌마가 아빠한테 일러바치지만 않으면 내가 워더링 하이츠에 가는 게 어느 누구의 평온도 해치지 않잖아. 안 일러바칠 거지, 응? 아줌마가 그런다면 그건 너무 비정한 짓이야."

"그 일에 대해선 내일까지 결정하겠어요, 캐시 아가씨. 생각을 좀 더 해 봐야 하니까요. 난 이만 물러날 테니 아가씨는 쉬도록 해요. 난 가서 심사숙고해 볼게요."라고 저는 대답했어요.

하지만 저는 그것을 속으로 생각하지 않고 주인 나리 앞에 가서 소리 내어 다 털어 놓았습니다. 아가씨의 방에서 곧장 주인 나리의 방으로 가서 아가씨와 린턴 도련님이 나눈 대화 내용과 헤어턴 도련님에 대한 부분만 빼고 그 이야기를 전부 다 전해 드렸던 것이지요.

린턴 나리는 저한테 인정하신 것 이상으로 놀라고 괴로워하셨어요. 다음 날 아침, 캐시 아가씨는 제가 아가씨의 믿음을 배신했다는 사실과 아가씨의 비밀 방문이 이제 끝났다는 사실을 알게 되었어요.

아가씨는 방문 금지 명령에 울고불고 몸부림치며 린턴을 가엾게 여겨 달라고 아버지에게 애원했지만 다 헛일이었지요. 아가씨가 얻어 낸 위안거리라고 해 봤자 고작 주인 나리가 린턴 도련님에게 도련님이 오고 싶을 때 우리 집으로 와도 좋다는 허락과 함께, 캐시 아가씨를 더 이상 워더링 하이츠에서 만날 기대는 접어야 한다고 설명하는 편지를 써 보내겠다는 약속이 다였어요. 아마도 우리 나리께서 조카의 성질과 건강 상태를 알았더라면, 그런 작은 위안마저도 허락하지 않는 게 좋다고 생각했을 테지만 말이죠.

제11장

"이게 다 지난겨울에 일어난 일들이에요, 록우드 나리."

딘 부인이 계속 말했다.

"겨우 1년 남짓 되었네요. 지난겨울만 해도 열두 달 뒤에 이 집안사람들과 아무 관계도 없는 분한테 즐겁게 이 집안사람들 이야기를 들려주게 되리라고는 생각지도 못했는데 말이죠! 하지만 나리께서 언제까지 아무 관계없는 사람일지 누가 알겠어요? 나리께선 아직 젊으시니 홀로 사는 데는 만족 못 하실 테니까요. 그리고 어떻든 제 생각엔 어느 누구도 캐서린 린턴 아가씨를 보면 반하지 않을 수 없을 것 같거든요. 웃으시는군요. 하지만 제가 우리 아가씨 이야기를 할 때면 나리께서 왜 그토록 생기 넘치고 흥미로운 표정이었을까요? 그리고 왜 나리께서는 우리 아가씨의 초상화를 나리 방 벽난로 위에 걸어 놓도록 부탁하셨어요? 또 왜……."

딘 부인이 말하는 중간에 내가 외쳤다.

"그만하게, 내 착한 친구! 내가 자네 아가씨를 사랑하게 되는 건 꽤 그럴 법하지만, 과연 자네 아가씨가 날 사랑하겠는가? 유혹에 빠져 내 평온함을 거는 건 너무 무모한 짓 같네. 게다가 여긴 내 고장도 아니고. 나는 바쁜 세상에 속한 사람이니 그 세상 속으로 돌아가야 하는걸. 하던 이야기나 계속해 보게. 그래, 캐서린은 아버지의 명령에 따랐나?"

그러자 가정부가 이야기를 계속해 나갔다.

"따랐지요. 아버지에 대한 애정이 여전히 캐시 아가씨 마음속에 가장 크게 자리 잡은 감정이었거든요. 그리고 우리 주인 나리가 화를 내지 않고 말씀했으니까요. 나리는 자신의 보물을 온갖 위험과 적들 사이에 남겨 두고 떠날 사람처럼 깊은 애정을 담아 말씀하셨지요. 딸의 머릿속에 자신의 당부를 새겨 놓는 것만이 딸을 안전한 길로 인도하기 위해 자신이 남겨 줄 수 있는 유일한 도움이라고 생각한 모양이었어요.

린턴 나리가 며칠 뒤 저에게 이렇게 말씀하셨어요.

"엘런, 내 조카 녀석이 편지를 보내거나 찾아와 주면 좋을 텐데. 그 애에 대해 어떻게 생각하는지 솔직히 말해 봐. 보다 나은 쪽으로 변했나? 아님 어른이 되면 나아질 가망이 보이나?"

"도련님은 너무 허약해요, 나리. 어른이 될 때까지 살 수 있을지도 모르겠어요. 이것만은 확실히 말할 수 있는데, 도련님은 자기 아버지는 닮지 않았어요. 만약 불행하게도 캐시 아가씨가 도련님과 결혼한다 해도, 아가씨가 바보같이 너무 도련님이 하고 싶은 대로 놔두지만 않는다면 충분히 다룰 수 있을 거예요. 그런데 나리, 린턴 도련님과 직접 만나 아가씨한테 어울리는 상대인지 살펴볼 시간은 얼마든지 있으시잖아요. 도련님이 성년이 되려면 4년 넘게 남았으니까요."

에드거 나리가 한숨을 쉬더니 창가로 걸어가 기머턴 교회 쪽을 내다봤어요. 안개 낀 오후였지만 2월의 햇살이 희미하게 비추고 있어 교회 묘지에 서 있는 전나무 두 그루와 드문드문 세워진 비석들을 분간할 수 있었습니다. 에드거 나리가 거의 혼잣말처럼 말했어요.

"난 자주 기도를 했어. 어서 나를 데려가 달라고. 그런데 이제 떠날 때가 되니 겁이 나고 무서워. 내가 새신랑이 되어 저 산골짜기를 내려오던 때의 추억이 아무리 달콤했을지라도 머지않아, 몇 달, 아니 어쩌면 몇 주 뒤에 사람들 손에 들려 호젓한 골짜기에 눕혀지리라는 기대만큼 달콤하지는 않을 거라고 생각했어. 엘런, 난 어린 내 딸 캐시 덕분에 정말 행복했어. 무수한 겨울밤과 여름 낮을 나는 동안, 그 아인 내게 살아있는 희망이었어. 하지만 저 오래된 교회의 비석들 사이에서 혼자 생각에 잠길 때도 그에 못지않게 행복했어. 6월의 기나긴 저녁 내내 그 애 엄마의 초록빛 무덤 위에 누워, 나도 그 무덤 아래 누울 날이 오기를 바라고 갈망하면서 말이야. 캐시를 위해 내가 뭘 해 줄 수 있을까? 어떻게 그 아일 떠나야 할까? 내가 죽고 난 뒤 나를 잃은 캐시에게 린턴이 위안이 되어 줄 수만 있다면, 난 린턴이 히스클리프의 자식이어도, 그 아이가 내게서 캐시를 빼앗아 가도 전혀 상관없어. 히스클리프가 자신이 뜻한 바를 이루고 내 마지막 축복을 훔치는 데 성공한다 해도 난 상관 안 해! 하지만 린턴이 보잘 것 없는 녀석이라면, 그저 지 애비의 꼭두각시에 불과한 약해 빠진 녀석이라면, 절대 녀석에게 캐시를 내어 줄 순 없어! 캐시의 들뜬 기분을 눌러 버리는 게 힘들겠지만, 내가 살아 있는 동안 캐시를 슬프게 만들고, 내가 죽은 후에는 캐시가 혼자 외롭게 남겨진다 해도 어쩔 수 없는 노릇이야. 사랑스러운 내 딸! 차라리 나보다 먼저 그 애를 하느님께 맡겨 땅속에 묻어 줬으면 좋겠어."

나리의 말에 저는 이렇게 대답했어요.

"나리, 아가씨는 그냥 지금 그대로 하느님께 맡겨 두세요. 혹시라도 하느님의 뜻에 따라 나리께서 먼저 세상을 떠나신다면—제발 그런 일이 없기를!— 제가 아가씨의 벗이 되어 끝까지 돌봐 드리겠어요. 캐시 아가씨는 착해요. 그래서 전 아가씨가 일부러 엇나갈지 모른다는 걱정은 안 해요. 그리고 사람은 누구나 자기 일에 충실하면 결국엔 반드시 보답을 받기 마련이니까요."

봄이 한창인 때였어요. 우리 주인 나리는 따님을 데리고 저택 내 산책을 다시 시작하긴 했지만, 아직은 원래 기운을 회복하지 못하신 상태였어요. 하지만 경험이 부족한 아가씨의 생각으로 그건 회복의 징조였답니다. 그런데다 나리의 뺨에 종종 혈색이 돌고 눈빛이 맑아졌기 때문에 아가씨는 나리가 회복되고 있다고 확신하는 듯했어요.

캐시 아가씨의 열일곱 번째 생일날, 주인 나리는 교회 묘지에 가지 않았습니다. 비가 내리고 있어서 저는 이렇게 물었지요.

"나리, 설마 오늘 밤엔 나가시지 않으시겠지요?"

"그래, 올해에는 조금 뒤로 미뤄야겠어." 하고 나리가 대답했어요.

나리는 린턴 도련님에게 꼭 만나고 싶다는 내용의 편지를 다시 보냈습니다. 병약한 도련님이 남 앞에 내놓을 만한 상태였다면, 도련님의 아버지는 틀림없이 가라고 허락했겠지요. 그런데 사실은 그렇지 못했으므로, 린턴 도련님은 자기 아버지가 지시하는 대로 받아쓴 답장을 보내왔습니다. 스러시크로스 그레인지에 자기가 찾아가는 것을 아버지가 반대한다고 넌지시 알리면서, 외삼촌이 다정하게도 자기를 잊지 않고 기억해 줘서 정말 기쁘다며, 산책길에 이따금 만나 뵙기를 바라며, 사촌끼리 이토록 오래 만나지 못하고 지내지 않았으면 좋겠다고 개인적으로 애원하는 내용이었지요.

도련님 편지 가운데 그 대목은 간결한 것으로 보아 아마도 도련님 자신의 생각을 직접 적은 것 같았어요. 히스클리프 씨는 자기 아들이 캐서린을 만나고 싶다고 애원하는 정도는 혼자서도 충분히 잘 쓸 수 있단 걸 알았던 거죠. 도련님의 편지에는 이렇게 적혀 있었어요.

"캐서린을 이곳으로 보내 달라고 부탁드리는 것은 아닙니다. 하지만 제 아버지는 제가 그곳에 못 가게 하시고, 외삼촌은 캐서린이 우리 집에 못 오게 하시니, 제가 캐서린을 절대 만날 수 없지 않나요? 이따금 캐서린과 함께 말을 타고 워더링 하이츠 쪽으로 와 주시면 안 될까요? 외삼촌이 있는 데서 캐서린과 몇 마디 말이라도 나눌 수 있게요! 우린 이렇게 헤어져 있어야 할 만한 잘못을 저지른 적이 없어요. 그리고 외삼촌께서 저한테 화나신 것도 아니잖아요. 외삼촌이 저를 싫어할 이유가 없으니까요. 외삼촌도 그건 인정하시죠? 그리운 외삼촌! 내일 제게 다정한 편지를 보내 주세요. 그리고 스러시크로스 그레인지를 제외한 어디든 외삼촌께서 원하시는 곳에서 외삼촌을 만나 뵙게 해 주세요. 외삼촌께서 저를 한 번만 만나 얘길 나눠 보시면 제가 제 아버지와는 성격이 다르다는 것을 알 수 있으리라고 생각합니다. 제 아버지께서는 제가 당신 아들이라기보다는 외삼촌의 조카라고 단언하실 정도니까요. 그리고 제게는 캐서린과 어울릴 자격이 없을 만큼 결점이 많지만, 캐서린은 그런 것을 너그러이 봐줬어요. 그러니 캐서린을 봐서 외삼촌도 저를 너그러이 봐주셨으면 좋겠습니다. 저의 건강은 염려해 주신 덕분에 나아졌습니다. 하지만 모든 희망에서 고립된 채로 계속 혼자 고독하거나, 저를 전혀 좋아하지 않고 앞으로도 전혀 좋아하지 않을 사람들 틈에서 살 수밖에 없는 운명인 동안에는 제가 어떻게 기운차고 건강할 수 있겠습니까?"

에드거 나리는 그 아이를 불쌍히 여겼지만 그 아이의 요청을 기꺼이 받아들일 수 없었습니다. 캐시 아가씨를 데리고 나갈 순 없었으니까요.

나리는 여름이 되면 어쩌면 만날 수 있을지도 모른다고 답장을 보내며, 그사이에도 틈틈이 계속 편지하기를 바란다며, 그 집에서 도련님이 힘든 처지임을 잘 알고 있기에 자신이 편지로 할 수 있는 충고와 위로는 뭐든 하겠노라고 도련님에게 약속하셨지요.

린턴 도련님은 그 말을 따랐습니다. 맘대로 쓰도록 그냥 내버려 뒀더라면 도련님은 편지마다 불평과 한탄만 한가득 늘어놓아 모든 일을 망쳤을지도 몰라요. 하지만 도련님의 아버지가 빈틈

없이 감시했지요. 그리고 물론 그는 우리 주인 나리가 보낸 편지도 한 줄 빠짐없이 자기에게 보이라고 요구했고요. 그래서 린턴 도련님은 늘 머리에서 가장 먼저 떠오르는 자신만의 개인적인 고통이나 괴로움에 대해 쓰는 대신, 그저 친구이자 연인인 캐서린에게서 떨어져 지내야 하는 잔인한 상황에 대해서만 지겹도록 되풀이해서 쓰곤 했습니다. 그리고 외삼촌께서 곧 만나 줘야 한다며, 그렇지 않으면 외삼촌이 공허한 약속들로 자신을 고의로 속인 것으로 알겠다는 뜻을 넌지시 내비치고는 했어요.

우리 집에서는 캐시 아가씨가 도련님의 강력한 협력자였어요. 둘은 힘을 모아 주인 나리를 설득한 끝에 마침내 저의 감독 아래서 일주일에 한 번 정도, 우리 집에서 가장 가까운 황야에서 만나 함께 말을 타거나 산책해도 좋다는 허락을 받아 냈습니다. 6월이 되어도 주인 나리의 병세가 계속 악화되고 있었기 때문이었죠. 그리고 린턴 나리는 해마다 수입 가운데 일정 부분을 우리 어린 아가씨의 몫으로 따로 챙겨 놓긴 했지만, 아가씨가 조상 대대로 내려오는 집을 계속 소유하거나, 그럴 수 없다면 적어도 단시일에 그 집을 되찾았으면 하는 당연한 바람을 지니고 있기도 했고요. 그리고 나리는 그렇게 할 수 있는 유일한 방법이 당신의 상속인과 결혼시키는 것이라고 여겼어요. 하지만 우리 나리는 그 상속인이 거의 당신만큼이나 급속도로 건강이 악화되고 있다는 사실을 전혀 몰랐어요. 그 사실을 아는 사람은 아무도 없었던 것 같아요. 의사가 워더링 하이츠를 찾는 일도 없었고, 우리 가운데는 린턴 히스클리프 도련님을 보고 와서 건강 상태가 어떤지 알려 줄 사람도 없었으니까요.

저도 도련님이 일찍 돌아가시리란 저의 불길한 예감이 틀렸으며, 린턴 도련님이 황야에서 말을 탄다는 둥 산책을 한다는 둥 편지에 써 놨기에 저는 도련님이 목적을 이루는 데 아주 열심인 것 같아서 정말이지 건강이 회복되고 있는 게 틀림없단 생각이 들었지요.

누가 봐도 열의를 지닌 것 같았던 도련님의 그런 모습이 사실은 히스클리프 씨의 강요에 의한 것이었다는 사실을 나중에 알게 되었지만, 설마 죽어 가는 자식을 그처럼 포학하고 사악하게 다루는 아비가 있을 줄은 상상도 못 했습니다. 히스클리프 씨는 탐욕스럽고 냉혹한 자신의 계획이 우리 나리의 죽음으로 좌절될 조짐이 보이자 급박해져서 더욱 애를 썼던 것이지요.

제12장

여름이 이미 절정을 지났을 무렵, 에드거 나리가 두 아이의 애원에 마지못해 허락을 해 줘서, 캐시 아가씨와 저는 처음으로 아가씨의 사촌을 만나러 말을 타고 길을 나섰습니다.

후텁지근하고 무더운 날이었어요. 햇볕이 내리쬐지는 않았지만 하늘에는 얼룩덜룩한 구름에 연무까지 잔뜩 끼어 비가 올 것 같지는 않았어요. 우리가 만날 장소는 갈림길 옆의 이정표 돌 앞으로 정해져 있었어요. 그런데 우리가 그곳에 도착하자 어린 목동이 심부름꾼으로 와서 우리에게 이렇게 말하더군요.

"린턴 데련님은 저어기 워더링 하이츠 쪽에 있는디, 좀만 더 와 주믄 고맙겠다는구먼요."

"그렇다면 린턴 도련님이 외삼촌의 첫 번째 지시 사항을 잊어버린 모양이로군요. 외삼촌께서 우리 소유지를 벗어나지 말라고 이르셨는데, 우린 끝까지 다 왔으니 당장 돌아가죠." 하고 제가 말했어요.

"저기, 린턴이 있는 데까지만 갔다가 말 머리를 돌려서 같이 우리 집 쪽으로 오면 되잖아." 하고 저의 동행이 대꾸했어요.

그러나 린턴 도련님이 있는 곳에 도착하고 보니, 그곳은 도련님 댁 대문에서 겨우 400미터 남짓 떨어진 지점이었는데, 도련님은 말을 타고 오지 않아서 우리는 어쩔 수 없이 말에서 내리고 우리의 말들은 풀을 뜯게 놓아둘 수밖에 없었답니다.

도련님은 히스 무성한 황야에 누워 우리가 오기를 기다리고 있었는데 우리가 바로 몇 미터 앞으로 갈 때까지도 일어나지 않더군요. 우리가 몇 미터 앞으로 다가가자 그제야 일어나서 걸어오는데 어찌나 힘이 없고 또 얼굴은 얼마나 창백하던지 저는 곧바로 외쳤어요.

"이런, 히스클리프 도련님! 오늘 아침엔 산책을 못 하겠군요. 안색이 정말 안 좋아 보이네요!"

캐시 아가씨는 비통하고 놀라운 표정으로 도련님을 살펴봤어요. 그리고 막 입 밖으로 터져 나오려던 기쁨의 환성은 놀람의 탄성으로 바뀌었고, 오래 미뤄 온 만남을 축하하는 인사말은 평소보다 건강이 더 안 좋아진 건 아니냐고 묻는 걱정스러운 안부의 말로 바뀌고 말았지요.

"아냐…… 나았어…… 나았어!"

린턴 도련님은 몸을 떨면서 마치 아가씨의 손에 의지해야 한다는 듯 아가씨의 손을 꼭 쥐고는 가쁜 숨을 몰아쉬며 말했어요. 그러는 동안 커다랗고 파란 눈은 겁먹은 듯 멍하니 아가씨를 향해 있었지요. 전에는 나른한 빛을 띠었던 두 눈은 퀭하면서도 매섭고 사나운 빛을 띠는 눈으로 탈바꿈해 있었고요.

"아냐, 넌 더 나빠졌어. 널 마지막으로 봤을 때보다 더 나빠졌어. 더 여위고 더……."라고 아가씨가 주장하는데, 도련님이 급히 끼어들었어요.

"나 피곤해. 너무 더워서 못 걷겠어. 여기서 쉬자. 아침나절엔 몸이 안 좋을 때가 많거든. 아빠 말로는 내가 무척 빨리 자라서 그런 거래."

납득이 전혀 안 된다는 표정으로 캐시 아가씨가 앉자 도련님은 아가씨 옆에 비스듬히 누웠어요. 그러자 아가씨가 애써 쾌활하게 말했어요.

"여긴 네가 말한 천국과 비슷하지 않아? 우리가 각자 가장 즐겁다고 생각하는 장소에서 가장 즐겁다고 생각하는 방식으로 하루씩 해서 이틀을 보내기로 한 것 기억나? 여기가 네가 말한 천국과 거의 비슷해. 구름이 낀 것만 빼고는 말이야. 그래도 구름이 굉장히 보드랍고 고우니까 햇볕이 내리쬐는 것보다 더 좋은 것 같아. 다음 주엔, 너만 갈 수 있다면, 우리 저택의 숲으로 말을 타고 가서 내가 말한 천국을 맛보지 않을래?"

린턴 도련님은 아가씨가 하는 말을 기억하지 못하는 듯했어요. 그리고 분명 어떤 종류의 대화도 계속하는 게 무척 힘들어 보였어요. 아가씨가 꺼낸 이야기에 도련님이 별로 관심을 보이지 않고, 또 자기를 즐겁게 해 줄 능력 역시 없다는 것이 아주 분명하자, 아가씨는 실망을 감추지 못했지요. 도련님의 몸 전체와 태도는 뭐라 규정하기 힘들게 변해 있었어요. 잘 토라져도 다독거려 주면 기분 좋게 변하던 성격은 만사가 귀찮은 듯한 무관심으로 대체되어 있었고, 귀염을 받으려고 일부러 애태우고 못살게 구는 어린애 같은 투정도 별로 부리지 않았고, 오래 병을 앓고 있는 병자처럼 자신에게만 몰두해 시무룩한 모습은 더욱 늘어 있어서, 위로를 해도 받아들이지 않고 다른 사람들이 기분 좋게 웃으면 그걸 모욕으로 여기기까지 하더군요.

도련님이 우리와 함께 있는 게 고맙기보다는 오히려 참고 견뎌야 할 벌처럼 여긴다는 것을 저뿐만 아니라 캐시 아가씨도 알아차렸어요. 그러자 아가씨는 한 치의 망설임도 없이 당장 돌아가자고 말했지요.

뜻밖에도 그 말에 린턴 도련님이 무기력한 상태에서 깨어나 이상하게도 동요하는 상태로 빠지는 거예요. 도련님은 두려운 듯이 워더링 하이츠 쪽을 흘낏 바라보더니 적어도 반 시간만이라도 더 있어 달라고 애원하더군요. 그러자 캐시 아가씨는 이렇게 말했지요.

"하지만 내 생각엔 네가 여기 앉아 있는 것보다 집에 가 있는 게 더 편안할 것 같은데. 그리고 오늘은 내가 이야기나 노래나 수다로 널 즐겁게 해 줄 수 없을 것 같기도 하고. 지난 여섯 달 동안 넌 나보다 더 진중해졌나 봐. 그래서 넌 이젠 내가 기분을 전환시켜 주려고 하는 것들이 별로 맘에 들지 않는 거야. 그런 게 아니어서 내가 너를 즐겁게 해 줄 수 있다면 기꺼이 더 있다 갈게."

"여기서 좀 쉬었다 가. 그리고 캐서린, 내 몸이 굉장히 안 좋다고 생각하거나 말하지 마. 후덥지근한 날씨에 열기까지 더해지니 나른해져서 그런 거니까. 그리고 네가 오기 전에 나 혼자서 많이 걸어 다니기도 했거든. 외삼촌께도 내 건강이 그럭저럭 괜찮다고 말씀드려, 알겠지?"

"네가 그렇게 말하더라고 아빠한테 말씀드릴게, 린턴. 난 네가 그런지는 정확히 알 수 없지만 말이야."

어린 우리 아가씨는 린턴 도련님이 누가 봐도 거짓인 것을 왜 그리 끈질기게 우겨 대는지 의아해하며 대답했습니다. 우리 아가씨의 의아해하는 시선을 피하며 린턴 도련님이 말했어요.

"그럼 다음 주 목요일에 여기에서 또 보자. 그리고 외삼촌께 널 보내 줘서 감사드린다고, 정말 감사드린다고 전해 줘. 저기, 그리고 있잖아, 혹시라도 우리 아버지를 만나게 되면 말이야, 우리 아버지가 나에 대해 물어보면 말이지, 내가 아무 말도 없이 멍청하게 있었다고 생각하지 않게 말 좀 잘해 줘. 지금 짓고 있는 것 같은 그런 슬프고 풀이 죽은 표정도 짓지 말고. 그럼 우리 아버지가 화내실 거야."

"난 네 아버지가 화내도 전혀 신경 안 써."라며 캐시 아가씨는 도련님 아버지가 자기한테 화낼 거란 말로 알아듣고 소리쳤어요.

그러자 캐시 아가씨의 사촌이 몸을 떨며 대꾸했어요.

"하지만 난 안 그래. 그러니 제발 우리 아버지가 나한테 화나게 만들지 마. 캐서린, 우리 아버지는 아주 엄하단 말이야."

"아버지가 도련님한테 엄하다고요, 히스클리프 도련님? 하고 싫은 대로 하도록 내버려 두는 데 싫증이 나서, 전엔 소극적으로 미워하다가 이젠 적극적으로 미워하나 보죠?" 하고 제가 물었지요.

린턴 도련님은 저를 쳐다보았지만 아무 대답도 하지 않았어요. 그러고는 졸린 듯 가슴께로 고개를 떨구고는 기진맥진해서인지 아파서인지 모르지만 억눌린 신음 소리만 낼 뿐 아무 말도 하지 않았어요. 그러는 동안 도련님 옆에서 10분을 더 앉아 있던 캐시 아가씨는 월귤 열매를 찾아 제게 나눠 주며 위안을 찾기 시작했어요. 아가씨는 린턴 도련님에게는 월귤 열매를 권하지 않았는데, 더 신경 써 봤자 피곤해지고 짜증날 뿐이란 걸 알았기 때문이죠. 그러다 마침내 캐시 아가씨가 제 귀에 대고 속삭였습니다.

"엘런 아줌마, 이제 반 시간은 지나지 않았어? 우리가 왜 계속 여기 있어야 하는지 모르겠어. 린턴은 잠이 들었고, 아빠는 우리가 돌아오길 기다리고 있을 텐데."

"그렇지만 린턴 도련님이 잠들어 있는데 어떻게 떠나요. 도련님이 깰 때까지 참고 기다려요. 아깐 빨리 만나러 가자고 안달하더니, 가엾은 린턴 도련님을 만나고 싶어 하던 마음이 어쩜 이리 금방 사라져 버리죠!"

제 말에 캐서린 아가씨는 이렇게 대꾸했습니다.

"저 앤 왜 나를 만나고 싶어 했을까? 나는 전에, 저 애가 기분이 가장 언짢을 때도 지금처럼 기분이 별날 때보다 더 저 애를 좋아했어. 우리가 지금 만난 게 아빠한테 야단맞을까 봐서, 어쩔 수 없이 꼭 해야만 하는 일을 억지로 하는 것 같잖아. 하지만 린턴이 하기 싫어하는 일을 고모부가 시키는 이유가 뭐든 간에, 난 고모부를 기쁘게 하기 위해 여기에 오지는 않을 거야. 그리고 린턴의 건강이 나아졌다니 기쁘지만 예전처럼 나한테 상냥하지도 않고 다정하지도 않아서 유감이야."

"그럼 아가씬 도련님 건강이 좋아졌다고 생각해요?" 하고 제가 물었어요.

"응. 아줌마도 알다시피 저 앤 아프면 늘 엄청 유난을 떠는 애니까. 자기 건강이 그럭저럭 괜찮다고 아빠한테 전해 달랬는데, 그 정도까지는 아니어도 그래도 꽤 좋아진 것 같아."

"내 생각은 달라요. 내가 볼 땐 훨씬 건강이 안 좋아진 것 같아요."라고 제가 말했어요.

그 말을 하는 순간 린턴 도련님이 공포에 사로잡힌 듯 깜짝 놀라 잠에서 깨더니 누가 자기 이름을 부르지 않았느냐고 물었어요.

"아니. 꿈에서 들었나 보지. 어떻게 넌 집 밖에서, 그것도 아침부터, 꾸벅꾸벅 졸 수 있는지 난 도무지 이해가 안 돼." 하고 캐시 아가씨가 대답했어요.

"아버지가 부르는 소릴 들은 것 같았는데. 정말 아무도 안 부른 게 확실해?"

린턴 도련님은 우리 위로 험상궂게 드리운 언덕을 힐끗 올려다보면서 헐떡거리며 물었어요. 그러자 도련님의 사촌이 이렇게 대답했어요.

"정말 확실하다니까. 엘런 아줌마와 내가 너의 건강에 대해 이야기하고 있었을 뿐이야. 너 정말 우리가 지난겨울 헤어졌을 때보다 건강해진 거야? 만약 그렇다 하더라도 분명 건강해지지 않은 게 한 가지 있어. 그건 바로 나에 대한 너의 관심이야. 말해 봐, 그렇지?"

린턴 도련님은 눈물을 마구 쏟으며 이렇게 대답했어요.

"아냐, 그렇지 않아, 그렇지 않단 말이야!"

그러면서 아직도 상상의 목소리에 사로잡혀 두리번거리며 그 목소리의 주인공을 찾았어요.

캐시 아가씨가 일어나며 말했어요.

"오늘은 이만 돌아가야겠어. 오늘 우리 만남에 무척 실망했단 건 숨기지 않겠어. 그래도 너 말고는 아무에게도 이 이야긴 하지 않을 거야. 네 아버지가 두려워서 그런 건 아냐!"

"쉿! 제발 조용히 좀 해! 아버지가 오셔."

린턴 도련님이 낮은 목소리로 말하고는 캐시 아가씨의 팔에 매달려 아가씨를 붙들려고 했어요. 하지만 캐시 아가씨는 고모부가 온단 말에 황급히 린턴 도련님을 뿌리치고는 휘파람으로 미니를 불렀고, 미니는 개처럼 쏜살같이 달려왔습니다.

캐시 아가씨는 훌쩍 미니에 올라타며 큰소리로 말했어요.

"다음 목요일에 올게. 잘 가. 엘런 아줌마, 얼른 가자!"

그렇게 우리는 도련님을 놔두고 떠났는데, 도련님은 아버지가 온단 지레짐작에 정신이 팔려 우리가 가는 것도 거의 알아채지 못했어요.

우리가 집에 도착하기 전에 캐시 아가씨의 불쾌감은 연민과 후회가 뒤섞인 당혹스러운 감정으로 누그러졌고, 그 감정에는 린턴 도련님의 몸 상태와 그 집에서의 처지와 같은, 실제로 도련님이 처한 상황에 대한 막연하고 불안한 의구심도 많이 섞여 있었어요. 저도 아가씨와 같은 감정이었지만, 두 번째 만나면 우리가 더 잘 판단할 수 있을 테니 나리께 너무 많이 말씀드리지는 말라고 아가씨에게 조언했어요.

주인 나리는 우리가 다녀온 이야기를 해 달라고 요청했어요. 조카 분이 전해 달라고 부탁한 감사의 말은 당연히 그대로 전하고, 나머지는 캐시 아가씨가 조심스레 간단히만 들려 드렸어요. 저도 무엇을 숨기고 무엇을 밝혀도 되는지 잘 알지 못했기에 나리가 질문해도 궁금증을 해소하는 데 별로 도움이 되지 못했습니다.

제13장

어느덧 이레가 지났는데, 그 이레 동안 하루가 다르게 에드거 린턴 나리의 병세가 급격히 악화되었습니다. 전에는 여러 달에 걸쳐 악화되었다면 이제는 몇 시간 만에 그렇게 되었지요.

우리는 할 수만 있다면 캐시 아가씨가 모르게 하려 했지만 눈치가 빠른 아이인지라 그럴 수가 없었어요. 아가씨는 혹시 일어날지도 모른다고 생각했던 끔찍한 일이 점점 확실히 일어날 일이 되어 가고 있음을 남몰래 직감하고 수심에 잠겼어요.

목요일이 돌아왔지만 캐시 아가씨는 감히 말을 타고 나가겠다는 말을 꺼낼 수가 없었습니다. 그래서 제가 대신 린턴 나리께 말씀드려 외출 허락을 받아 냈어요. 일주일 내내 아가씨가 있었던 곳이라고는 아버지가 매일 잠깐, 그것도 겨우 일어나 앉아 있을 수 있는 아주 잠깐 동안만 머무는 서재와 나리의 방뿐이었으니까요. 아가씨는 나리 머리맡에서 시중을 들거나, 나리 옆에 앉아 있지 않는 매 순간을 아까워하며 한시도 자리를 뜨지 않았어요. 내내 간병을 들고 슬퍼하느라 아가씨의 얼굴이 파리해진 것을 보고, 주인 나리는 밖에 나가 사촌을 만나면 기분 전환이 될 것이라고 자기 편할 대로 생각하고는 흔쾌히 아가씨를 내보냈던 것이지요. 당신이 돌아가신 뒤에도 이제 아가씨가 완전히 홀로 남겨지지 않으리라는 희망에서 위안을 얻으면서요.

주인 나리가 무심코 입 밖에 낸 몇 가지 생각으로 추측컨대, 나리는 조카의 외모가 당신을 닮았으니 마음도 당신을 닮았을 것이라고 굳게 믿고 있었어요. 그도 그럴 것이 린턴 도련님의 편지에서는 성격적 결함이 거의, 아니 하나도 드러나지 않았으니까요. 그리고 해명하자면 저도 마음이 약해져서 주인 나리의 잘못된 생각을 바로잡아 주지 못했어요. 어차피 사실을 아신다고 해도 힘도 못 쓰시고 어떻게 할 기회도 없는 분에게 사실대로 알려서 마지막 순간까지 마음을 어지럽혀 봤자 무슨 소용이 있겠는가, 하고 저 혼자 속으로 생각했으니까요.

우리는 산책을 오후로 미뤘어요. 8월의 황금빛 오후였지요. 언덕에서 불어오는 바람의 숨결마다 얼마나 생기가 넘치는지 그 숨결을 마시는 사람은 누구나, 죽어 가는 사람이라 할지라도, 다시 생기를 되찾을 것만 같았답니다.

캐시 아가씨의 얼굴도 마치 풍경 같았는데, 그늘과 햇빛이 잇달아 휙휙 얼굴을 스쳐 갔지요. 하지만 그늘은 오래 머물고 햇빛은 순간적으로 스쳐 지나갈 뿐이었지요. 그러면 가엾게도 어린 마음에 우리 아가씨는 그렇게 잠깐 근심을 잊었던 것조차 자책하곤 했답니다.

린턴 도련님이 전에 정해 놓았던 장소에서 우리를 기다리고 있는 모습이 보였어요. 우리 어린 아가씨는 미니에서 내리더니, 아주 잠깐만 있다 올 작정이니 저는 말에서 내릴 것 없이 자기 조랑말을 붙잡고 있으라고 하더군요. 하지만 저는 반대했어요. 제가 책임을 맡은 아가씨가 단 한 순간도 눈에 들어오지 않는 위험을 무릅쓸 수 없었으니까요. 그래서 아가씨와 저는 함께 히스 무성한 황야 비탈을 올라갔습니다.

린턴 히스클리프 도련님이 이번에는 훨씬 활기차게 우리를 맞아 주었습니다. 그런데 그렇게 활기찬 건 기분이 좋아서도 즐거워서도 아니고 두려워서 그런 것 같았어요. 도련님은 짧게 간신히 말을 건넸어요.

"늦었네! 외삼촌 몸이 많이 안 좋지 않아? 난 네가 못 올 줄 알았어."

캐시 아가씨는 인사를 하려다 말고 대신 이렇게 소리쳤어요.

"왜 넌 솔직하지 못한 거야? 왜 나를 만나고 싶지 않다고 똑바로 말을 못 해? 린턴, 분명 우리 둘 다를 괴롭히는 것 말고는 다른 이유는 아무것도 없으면서 일부러 두 번씩이나 나를 이리로 불러내는 게 이상하잖아!"

린턴 도련님은 몸을 떨면서 반은 애원하듯이 반은 부끄러운 듯이 아가씨를 힐끔 쳐다보았지만 도련님의 사촌은 그런 수수께끼 같은 행동을 눈감아 줄 만한 참을성이 없었어요.

"우리 아빠가 지금 무척 편찮으시단 말이야. 그런데 왜 나를 우리 아빠 머리맡에서 불러내는 거야? 넌 내가 약속을 지키지 않길 바라면서 왜 내가 약속을 지키지 않아도 된다는 전갈을 보내지 않았느냔 말이야? 자! 설명을 해 봐. 너랑 놀거나 시시덕거리고 싶은 생각 따윈 싹 사라져 버렸으니까. 그리고 이젠 더 이상 너의 그 아니꼬운 태도에 일일이 비위를 못 맞춰 주겠으니까!"

우리 아가씨가 다그치자 도련님은 중얼거렸어요.

"내 태도가 아니꼽다니! 내가 언제? 제발, 캐서린, 그렇게 화난 표정 짓지 마! 그래, 날 맘껏 경멸해도 좋아. 난 아무짝에 쓸모없는 겁쟁이 녀석이니까. 난 괄시받아 마땅해! 하지만 난 네가 화를 낼 가치도 없는 못난 놈이야. 그러니 미워하려면 우리 아버지를 미워하고 나는 그냥 경멸 정도만 해 줘!"

그러자 캐시 아가씨가 화가 나서 소리쳤어요.

"허튼소리 집어치워! 바보 멍청이 같으니! 저것 좀 봐! 내가 진짜 한 대 치기라도 할까 봐 벌벌 떠는 꼴이라니! 경멸해 달라고 미리 부탁할 필요 따윈 없어, 린턴! 누구라도 너를 상대하다 보면 자연스럽게 경멸하게 될 테니까. 이거 놔! 난 집으로 돌아갈 거야. 벽난로 가에 그냥 앉아 있게 놔둘 것이지 너를 끌어내서 마치 무슨 사이인 척하다니, 이 무슨 바보 같은 짓이람. 무엇하러 우리가 무슨 사이인 것처럼 굴었을까? 내 옷자락 놔 줘. 네가 울면서 그렇게 몹시 겁에 질린 표정을 지어 내가 널 동정한다 해도, 넌 그 따위 동정은 퇴짜를 놔야 하는 거라고! 엘런 아줌마, 이런 행동이 얼마나 부끄러운 짓인지 얘한테 말 좀 해 줘. 일어나. 그리고 너 스스로를 벌레만도 못한 비굴한 인간으로 격하시키지 마. 제발 그러지 말라고!"

린턴 도련님은 눈물을 줄줄 흘리며 고통스러운 표정으로 힘없는 몸뚱이를 땅에 내던졌습니다. 도련님은 격렬한 공포에 사로잡혀 마치 경련이라도 일으킬 것 같았지요.

"아아! 난 견딜 수가 없어! 캐서린, 캐서린, 난 배신자이기도 해. 그런데 감히 너한테 말할 수 없어! 하지만 네가 이렇게 가버리면 난 죽는단 말이야! 소중한 캐서린, 내 목숨은 네 손에 달렸어. 넌 날 사랑한다고 했잖아. 그러니 그렇게 한다고 해서 너한테 해가 될 건 없어. 가지 않을 거지, 그렇지? 다정하고 상냥하고 착한 캐서린! 그러니 아마 넌 그렇게 하겠노라고 승낙해 주겠지. 그럼 아버지는 내가 네 곁에서 죽게 해 줄 거야!"

우리 아가씨는 도련님이 극심하게 괴로워하는 모습을 보자 도련님을 일으켜 주려고 몸을 굽혔어요. 다정하게 응석을 다 받아 주던 옛 감정이 되살아나 짜증이 누그러지면서 점점 마음이 무척 아프고 불안해지는 모양이었어요.

"뭘 승낙하란 말이야? 여기 더 있겠다고 승낙하란 거야? 그 이상한 말이 무슨 뜻인지 잘 좀 설명해 봐. 그럼 그렇게 할 테니까. 네가 말과는 다르게 행동하니까 내가 혼란스럽잖아! 침착하고 솔직하게 네 마음을 짓누르는 게 뭔지 당장 다 털어놔 봐. 넌 날 해치려는 게 아니잖아, 린턴, 그렇지? 네가 막을 수만 있다면, 넌 어떤 적도 날 상처 입히지 못하게 할 거잖니? 난 네가 너 자신에 관한 일 앞에서는 겁쟁이인지 모르겠지만 가장 친한 친구까지 배신할 정도로 비겁한 겁쟁이는 아니라고 믿어."

"하지만 아버지가 나를 협박하는걸. 난 아버지가 무서워. 정말 무섭단 말이야! 그래서 감히 말할 엄두가 나질 않아!"라며 도련님이 몹시 여윈 손가락을 꽉 쥐고 헐떡이며 말했어요.

그러자 아가씨가 경멸스럽기도 하지만 측은하기도 하다는 듯이 말했어요.

"그래, 그렇다면 할 수 없지 뭐! 그럼 비밀은 말 안 해 줘도 돼. 네 몸이나 잘 챙겨. 나야 겁쟁이가 아니라서 하나도 안 두렵지만!"

아가씨의 넓은 아량에 도련님이 눈물을 왈칵 쏟았어요. 도련님은 자신을 부축하고 있는 아가씨의 손에 입을 맞추며 미친 듯이 엉엉 울면서도 비밀을 털어놓을 용기를 내지는 못했어요.

저는 그 비밀이 뭘까 곰곰이 생각해 보다가, 제가 호의를 베푼답시고 린턴 도련님이나 다른 어느 누구에게 도움을 주려고 캐시 아가씨가 고통을 겪게 만드는 일은 절대로 있어선 안 된다고 결심했지요. 그런데 그때 히스 무성한 황야에서 바스락거리는 소리가 나서 고개를 들어 보니, 히스클리프 씨가 워더링 하이츠에서 내려와 우리 바로 앞까지 와 있더군요. 그는 린턴 도련님이 흐느끼는 소리가 들릴 정도로 아주 가까이 있었지만 저와 같이 있는 일행들에게는 눈길 한 번 주지 않고, 어느 누구에게도 들려준 적이 없는 사뭇 다정한 목소리로 저를 부르며 반갑게 맞았는데, 저는 그가 진심으로 그런 것인지 의심하지 않을 수 없었답니다.

"넬리, 우리 집에서 이렇게 가까운 곳에서 만나니 아주 반갑군! 그래, 스러시크로스 그레인지에는 별일 없고? 한번 들어 보세!"

그러면서 목소리를 낮춰 이렇게 덧붙이더군요.

"들리는 소문엔 말이야, 에드거 린턴의 임종이 가까웠다던데. 아마도 사람들이 그의 병세를 과장한 거겠지?"

"아뇨. 우리 주인 나리는 이제 곧 돌아가실 것 같아요. 소문은 사실이에요. 우리 모두에게는 슬픈 일이지만 우리 나리에게는 다행스러운 일이겠지요!"라고 제가 대답했어요.

"얼마나 갈 것 같은가?" 하고 그가 묻더군요.

"그건 모르지요." 하고 저는 대답했어요.

"왜 묻느냐 하면,"

히스클리프 씨가 말을 시작하며 두 젊은이를 바라보았는데, 그 둘은 그의 시선에 못 박힌 듯 꼼짝도 못 했어요. 린턴 도련님은 감히 몸을 움직이지도 고개를 들지도 못하는 듯했고, 그러다 보니 캐시 아가씨도 도련님 때문에 움직이지 못했던 거지요.

"저기 저 녀석이 내 일을 망치기로 작정한 듯해서 말이야. 그래서 난 녀석의 외삼촌이 녀석보다 어서 먼저 가 주면 고맙겠거든. 이런! 저 녀석이 내내 저런 꼬락서니를 하고 있었나? 질질 짜지 말라고 단단히 일렀건만. 대체적으로 녀석이 린턴 양 앞에서 꽤 활발하게 굴던가?"

"활발했냐고요? 전혀요. 얼마나 괴로워했는데요. 내가 볼 때 도련님은 연인과 언덕을 산책할 게 아니라 침대에 누워 의사의 치료를 받아야 할 것 같은데요."라고 제가 대답했지요.

"하루 이틀 뒤에 치료받을 거야. 하지만 먼저……"

히스클리프 씨가 중얼대다가 소리쳤어요.

"린턴, 일어나! 일어나란 말이야! 그렇게 바닥에 엎드려 있지 말고. 당장 일어나지 못해!"

린턴 도련님은 또다시 발작적으로 치솟는 공포를 감당하지 못해 몸을 가누지 못하고 다시 바닥에 엎드려 있었는데, 제가 볼 땐 아무래도 자신에게로 힐끗 던져진 아버지의 시선 때문에 그런 듯했습니다. 그것 말고는 그런 굴욕적인 모습을 보일 이유가 달리 없었으니까요. 린턴 도련님은 아버지의 명령에 따르려고 몇 번 애를 썼지만 곧바로 얼마 안 되는 기운마저 바닥나는 바람에 신음소리를 내며 다시 쓰러졌습니다.

히스클리프 씨가 다가가 린턴 도련님을 잡아 일으켜 비탈진 풀밭에 기대게 했어요. 그러면서 흉포한 감정을 억누르고 있는 듯한 목소리로 말했어요.

"이제 점점 화가 치밀어 오르는군. 네 녀석이 하찮은 기운 하나 건사하지 못한다면……. 망할 녀석! 냉큼 일어나지 못해!"

그러자 린턴 도련님이 숨을 헐떡이며 말했습니다.

"일어날게요, 아버지! 다만, 잠시만 이대로 있게 해 주세요. 안 그러면 기절할 것 같아요! 저는 아버지가 바라는 대로 했어요. 정말이에요. 캐서린이 증명해 줄 거예요. 제가…… 제가…… 쾌활하게 행동했단 걸요. 아! 내 곁에 있어 줘, 캐서린. 내 손을 좀 잡아 줘."

그 말에 도련님의 아버지가 나서서 말하더군요.

"내 손을 잡고 일어서! 그래 됐어. 린턴 양의 팔에 기대…… 그렇지. 린턴 양을 봐. 린턴 양, 이 녀석이 이리 심하게 공포에 질리니 린턴 양은 내가 악마 그 자체라고 생각하겠군. 부디 친절을 베풀어 이 녀석을 부축해 집까지 같이 걸어가 주겠나? 내가 손만 대도 녀석이 몸서리를 쳐서 말이야."

"얘, 린턴! 나는 워더링 하이츠에 못 가. 아빠가 가지 말라고 했어. 네 아버지가 너를 해칠 것도 아닌데 왜 그리 겁을 내는 거야?" 하고 캐시 아가씨가 속삭였어요.

"나는 저 집에 절대 다시는 못 들어가. 너를 데리고 오지 않으면 못 들어가게 한대!"라고 린턴 도련님이 대답하자 도련님의 아버지가 소리쳤어요.

"그만해! 캐서린이 자식으로서 아버지의 뜻을 따르겠다는데 존중해 줘야지. 넬리, 네가 이 녀석을 데리고 들어가 줘. 그럼 의사한테 보이라는 네 충고를 지체 없이 따를 테니까."

"그러는 게 온당한 일이죠. 하지만 난 우리 아가씨 곁에 있어야 해요. 당신 아들을 보살피는 건 내 일이 아니에요."

"참 뻣뻣하게도 구는군! 그건 나도 알아. 네가 정 그렇게 나오면 뭐 어쩌겠어. 이 아일 꼬집어서 비명을 지르게 만들어 너의 동정심을 유발할 수밖에. 자, 이리 온, 우리 집 영웅. 내 부축을 받아 나와 같이 집으로 돌아가겠니?"

히스클리프 씨가 다시 한 번 린턴 도련님에게로 다가가 그 허약한 것을 붙잡을 것처럼 굴자, 린턴 도련님은 그를 피해 사촌에게 매달리며, 거절은 허용하지 않는다는 기세로 미친 듯이, 끈덕지게 같이 가 달라고 애원했어요.

아무리 제가 안 된다고 해도 캐시 아가씨를 말릴 수는 없었어요. 사실 우리 아가씨인들 어떻게 도련님을 뿌리칠 수 있었겠습니까? 도련님이 무엇 때문에 그렇게 두려움에 사로잡힌 건지 알 길은 없었지만, 그때 도련님의 모습은 두려움에 사로잡혀 무력

했으며, 조금이라도 건들었다간 충격을 받아 백치가 될 것만 같았어요.

다 같이 그 집 문지방 앞에 이르자, 캐시 아가씨는 집 안으로 들어가고, 저는 아가씨가 병자를 의자에 앉히고는 바로 나오리라 예상하고 안에 들어가지 않고 서서 기다렸어요. 그러자 히스클리프 씨가 저를 안으로 떠밀면서 소리쳤어요.

"우리 집에 들어가도 전염병에 걸리지 않아, 넬리. 그리고 난 오늘은 손님 접대를 잘하고 싶거든. 어서 앉아. 이제 그만 문을 닫아야겠군."

그러고는 문을 닫더니 잠가 버리기까지 하는 거예요. 저는 깜짝 놀랐어요. 히스클리프 씨가 계속 덧붙여 말하더군요.

"차나 한 잔 들고 가. 나 혼자 있으니까. 헤어턴 녀석은 바람이 닿지 않는 풀밭으로 소를 몰고 나갔고, 질라와 조지프는 놀러 나갔어. 난 혼자 있는데 익숙하지만, 그래도 가능하다면 재미있는 사람들과 같이 있는 편이 좋아. 린턴 양, 그 녀석 옆에 앉도록 해. 내가 가진 걸 린턴 양에게 줄 테니. 그 선물은 받을 가치가 거의 없는 것이긴 하지만 내겐 그것 말고는 달리 줄 게 없으니까. 그건 바로 린턴 저 녀석이야. 린턴 양, 뭘 그리 눈을 동그랗게 뜨고 봐! 참 이상도 하지. 난 나를 두려워하는 존재가 있으면 그 어떤 존재에게라도 어찌나 흉포한 감정이 생겨나는지 몰라. 내가 만약 법이 덜 엄격하거나 취미가 덜 고상한 곳에서 태어났더라면, 나는 하루저녁의 오락거리로 저 둘을 생체 해부하며 즐겼을 텐데 말이야."

히스클리프 씨는 숨을 들이쉬더니 탁자를 치며 혼잣말로 욕을 했어요.

"제기랄! 저것들, 미워 죽겠군!"

"난 당신이 두렵지 않아요!" 하고 캐시 아가씨가 소리쳤는데, 아가씨는 그가 한 말의 뒷부분을 듣지 못한 것 같았어요.

아가씨는 히스클리프 씨에게로 가까이 다가갔어요. 아가씨의 검은 두 눈이 흥분과 결의로 이글거렸어요.

"그 열쇠를 이리 내놔요. 제가 가져야겠어요! 굶어 죽는다 해도 이곳에선 먹지도 마시지도 않겠어요."

히스클리프 씨는 열쇠를 쥔 손을 탁자 위에 올려놓고 있었어요. 그는 캐시 아가씨의 대담함에 다소 놀란 것 같기도 하고, 어쩌면 아가씨의 목소리와 눈길에서 아가씨에게 그것을 물려준 사람의 모습이 떠오른 것 같기도 한 표정으로 아가씨를 쳐다보더군요.

캐시 아가씨는 열쇠로 달려들어 그의 느슨한 손가락에서 열쇠를 반쯤 빼냈어요. 하지만 아가씨의 행동에 그가 퍼뜩 정신을 차리고 얼른 열쇠를 다시 차지했어요. 그러고는 이렇게 말했지요.

"이런, 캐서린 린턴. 비켜서지 못해. 안 그러면 때려눕힐 거야. 그럼 딘 부인이 미쳐 날뛰겠지."

이 경고에도 아랑곳하지 않고 아가씨는 열쇠를 꽉 쥐고 있는 그의 손에 다시 달려들었습니다.

"우린 집에 갈 거란 말이에요!"

아가씨가 거듭 외치며 무쇠 같은 힘을 지닌 그의 손을 펴려고 안간힘을 썼습니다. 아가씨는 손톱으로 할퀴어도 소용이 없다는 걸 깨닫고는 굉장히 세게 이로 꽉 깨물어 버리더군요.

히스클리프 씨가 제 쪽을 힐끗 보았는데 그 눈길에 저는 순간 흠칫해 끼어들어 말리지 못했어요. 캐시 아가씨는 그의 손가락에만 집중한 나머지 그의 얼굴을 쳐다볼 겨를이 없었습니다. 그는 갑자기 손가락을 펴더니 다툼의 대상인 열쇠를 내놓았지요. 하지만 캐시 아가씨가 그걸 손에 넣기도 전에 히스클리프 씨는 자유로워진 손으로 아가씨를 붙잡아 자기 무릎 앞으로 끌어당기더니 다른 손으로 아가씨의 양쪽 뺨을 무섭게 마구 후려갈겨 대는 거예요. 그가 아가씨를 잡고 있지 않았더라면 한 대만으로도 그가 협박한 대로 나가떨어지고 말 정도로 세게 말이지요.

그 악마 같은 폭행에 저는 미친 듯이 노하여 그에게 덤벼들며 고함을 질러 댔어요.

"이 악당 같은 놈아! 이 악당 같은 놈아!"

그러다 가슴께를 떠밀리는 바람에 저는 입을 다물고 말았습니다. 제가 살이 찌다 보니 금방 숨이 차거든요. 그런데 거기에다가 분노까지 치밀어 오르다 보니 저는 현기증이 나서 비틀거리며 뒤로 물러섰어요. 금방이라도 숨이 막히거나 혈관이 터져 버릴 것만 같았어요.

그 소동은 2분 만에 끝났어요. 캐시 아가씨는 그의 손에서 풀려나자 두 손을 관자놀이에 갖다 댔는데 마치 귀가 제자리에 붙어 있는지 떨어졌는지 알 수 없다는 표정이었지요. 그 가여운 것이 갈대처럼 몸을 떨고, 완전히 어쩔 줄 몰라 하며 탁자에 기댔어요.

"보다시피, 난 아이들을 혼내 주는 법을 알고 있지!"

그 악당이 바닥에 떨어진 열쇠를 주우려고 몸을 굽히면서 사납게 말하더군요.

"이제 내가 시킨 대로 린턴에게로 가. 거기서 맘 편히 울라고! 내일이면 내가 너의 아비가 될 테고, 며칠 더 지나면 세상에 네 아비라고는 나밖에 없게 될 거야. 그럼 실컷 패 주지. 넌 잘 견뎌 낼 거야. 약골이 아니니까. 다시 너의 눈에 그런 악마 같은 성질을 내비쳤다간 매일 뜨거운 맛을 보게 될 줄 알아!"

캐시 아가씨는 린턴 도련님에게 가지 않고 제게로 달려오더니, 무릎을 꿇고 앉아 빨게져 화끈거리는 뺨을 제 무릎에 대고는 엉엉 소리 내어 울었어요. 아가씨의 사촌은 긴 의자의 한쪽 구석에 쥐새끼처럼 조용히 웅크리고 앉아 자기가 아닌 다른 사람에게 그 벌이 떨어진 것을 기뻐하는 것 같았지요.

히스클리프 씨는 우리가 다들 어리벙벙해 있는 모습을 보고 일어나서 신속하게 차를 준비했습니다. 찻잔과 찻잔 받침을 차리고는 차를 따라 제게 한 잔 내밀며 말하더군요.

"차 한 잔 마시고 울화를 씻어 내. 그리고 네가 애지중지하는 저 버릇없는 아이와 내 아들놈도 좀 마시게 하고. 내가 차를 끓이긴 했지만 독을 타진 않았으니까 말이지. 난 나가서 너희가 타고 온 말들을 찾아볼 테니."

히스클리프 씨가 나가자마자, 우리에게 맨 먼저 든 생각은 어디로 해서든, 어떻게든 빠져나가야겠단 거였어요. 우리는 부엌문으로 나가려 해 보았지만 밖에서 잠겨 있었어요. 그래서 창문을 살펴보았지만 창문은 너무 좁아서 캐시 아가씨의 작은 몸조차 빠져나갈 수가 없었어요. 우리가 꼼짝없이 갇혔다는 사실을 깨닫자 저는 고함을 쳤어요.

"린턴 도련님! 도련님의 악마 같은 아버지가 뭘 노리고 저러는지 도련님은 알고 있을 테니 우리한테 말해 봐요. 안 그러면 도련님 아버지가 우리 아가씨에게 한 것처럼 나도 도련님 따귀를 갈겨 줄 테니까요."

"맞아, 린턴. 우리한테 말해 줘. 내가 여기 온 건 바로 너 때문이었으니까. 네가 말해 주지 않으면 넌 은혜도 모르는 못된 놈이 되는 거야."라며 아가씨도 거들었어요.

"차부터 좀 줘, 목이 마르니까. 그럼 말해 줄게. 딘 부인은 좀 비켜서요. 그렇게 옆에서 딱 지키고 서 있는 건 싫단 말이에요. 에이, 캐서린, 내 잔에 네 눈물이 떨어지고 있잖아! 난 그거 안 마실래. 새로 따라 줘." 하고 도련님이 말했어요.

캐서린 아가씨는 새로 한 잔을 따라 도련님 앞으로 밀어 주고는 눈물을 훔쳤어요. 그 비열한 어린 녀석이 자기는 이제 더 이상 무서워할 일이 없어졌단 생각에 태연자약하게 굴자 저는 정나미가 다 떨어졌어요. 황야에서 그토록 괴로워하더니 워더링 하이츠로 들어서기가 무섭게 괴로움은 온데간데없이 사라져 버렸더라고요. 그래서 짐작컨대 도련님이 우리를 그곳으로 유인해 오지 못하면 끔찍한 분노의 재앙이 따를 것이란 협박을 받았는데, 그 일을 완수했으니 도련님에게 더 이상 당면한 두려움은 없었던 것이지요. 차를 몇 모금 마신 뒤 도련님이 계속 말했어요.

"아빠는 우리를 결혼시키고 싶어 해. 그런데 네 아빠가 지금은 우리를 결혼시키려 하지 않는단 걸 알아. 그리고 더 기다리다간 내가 죽을 것 같아 불안해하셔. 그래서 우리를 내일 아침에 결혼시키기로 한 거야. 그러니까 넌 오늘 밤 내내 여기 있어야 해. 그리고 네가 아빠가 원하는 대로 하면 다음날 집으로 돌아가게 해 줄 거야. 나도 데리고 말이지."

그 말에 제가 이렇게 소리쳤어요.

"우리 아가씨가 도련님을 데리고 간다고요? 한심하기 짝이 없는 멍청이 같으니! 도련님이 결혼을 한다고요? 나 원 참, 그자가 미쳤군요! 아님 우리 모두를 바보로 생각하든지. 그리고 저토록 아름답고 젊은 숙녀가, 건강하고 마음씨 고운 아가씨가 다 죽어 가는 도련님 같은 꼬마 원숭이에게 시집갈 거라고 생각해요? 캐서린 린턴 아가씨는 고사하고 과연 누가 도련님 같은 사람을 남편으로 삼고 싶어 하겠어요? 눈물을 질질 짜는 비겁한 속임수로 결국 우릴 이곳으로 데려오다니 매를 맞아 마땅해요. 그리고 제발 이젠 그 어리숙한 표정 좀 짓지 말아요! 가증스러운 배신도 모자라 천치 같은 발상까지 하다니 세게 흔들어 혼쭐을 내놓고 싶은 마음이 굴뚝같으니까요."

그러면서 제가 도련님을 쥐고 살짝 흔들었을 뿐인데, 도련님이 기침을 하더니 평소에 수작을 부리던 대로 끙끙대며 울기 시작하더군요. 그 바람에 캐시 아가씨가 저를 나무랐지요.

"밤새 여기 있으라고? 그건 안 돼!"라며 아가씨가 천천히 주위를 둘러봤어요.

"엘런 아줌마, 난 저 문에 불을 지르고서라도 나갈 거야."

아가씨는 자신이 뱉은 위협의 말을 당장이라도 실행에 옮길 기세였어요. 그러자 린턴 도련님이 깜짝 놀라 벌떡 일어났는데, 이번에도 소중한 자기 자신이 다칠까 봐 그런 것 같았어요. 도련님은 가냘픈 두 팔로 아가씨를 꽉 껴안고 흐느껴 울며 말했어요.

"나랑 결혼해서 날 좀 구해 줘! 날 네 집으로 데려가 주면 안 돼? 아아! 사랑하는 캐서린! 가면 안 돼. 날 두고 가면 안 돼. 넌 우리 아버지 말에 따라야 해. 그래야만 한단 말이야!"

그 말에 우리 아가씨는 이렇게 대꾸했지요.

"난 우리 아빠 말에 따라야 해. 그리고 우리 아빠가 이런 잔인한 걱정에 시달리지 않게 해야 해. 밤새 이러고 있어야 한다니! 우리 아빠가 어떻게 생각하시겠어? 벌써 걱정하고 계실 거야. 난 때려 부수든지 불을 지르든지 이 집에서 나갈 거야. 조용히 해! 네가 위험에 처하진 않을 테니. 하지만 네가 날 막는다면 말이지…… 린턴, 난 너보다 우리 아빠를 더 사랑해!"

히스클리프 씨의 분노를 야기할까 봐 극심한 공포에 질린 나머지 도련님은 또다시 겁쟁이 특유의 달변을 토해 내며 호소하기 시작했습니다. 캐시 아가씨는 거의 제정신이 아니었지만 그래도 자기는 집에 가야만 한다고 고집했고, 이번에는 도리어 아가씨가 도련님을 향해 애원하며 그렇게 이기적으로 자신의 고통만 생각하지 말라고 설득하려 했지요.

둘이 한창 그러고 있는데 우리를 감금한 히스클리프 씨가 돌아왔어요.

"너희가 타고 온 말들이 달아나 버렸어. 이런, 린턴! 또 질질 짜는 거냐? 저 애가 너한테 무슨 짓을 했어? 자, 자, 그만하면 됐으니 가서 잠이나 자! 이 녀석아, 한두 달만 있으면 넌 지금 저 애가 포학하게 군 걸 매서운 손찌검으로 갚아줄 수 있을 거야. 넌 순수한 사랑을 애타게 그리고 있지, 그렇지 않아? 이 세상에서 그것 말고는 달리 바라는 게 없잖아. 그러니 저 애한테 장가를 보내 주겠단 말이야! 자, 그만 자러 가! 질라는 오늘밤엔 오지 않을 테니, 잠옷은 직접 갈아입도록 해. 쉿! 그만 훌쩍거려! 일단 네가 방으로 가면 내가 너한테 가는 일은 없을 테니 두려워할 것 없어. 우연이긴 했어도 넌 꽤 잘해 냈어. 나머진 내가 알아서 하지."

그는 이렇게 말하면서 아들이 나갈 수 있게 문을 열어서 잡아 주었는데, 그곳을 빠져나가는 아들의 모습은 꼭 자기를 돌보는 사람이 심술궂게 짓눌러 버리려는 게 아닐까 의심하는 스패니얼 강아지 같았어요.

히스클리프 씨는 문의 자물쇠를 다시 단단히 잠갔습니다. 그런 뒤 아가씨와 제가 말없이 서 있는 벽난로 쪽으로 다가왔어요. 캐시 아가씨는 그를 쳐다보며 본능적으로 손을 뺨으로 가져갔어요. 그가 가까이 오니 뺨을 맞았을 때의 고통스러운 감각이 되살아난 모양이었어요. 다른 사람이라면 어느 누구도 그런 아이 같은 행동을 엄격하게 볼 수 없었을 테지만, 그자만큼은 아가씨를 못마땅한 얼굴로 노려보며 이렇게 투덜거렸어요.

"아 참! 넌 내가 두렵지 않다고 그랬지? 그렇다면 넌 너의 용기를 꼭꼭 숨겨 둔 모양이군. 겉보기에는 지독히도 두려워하는 것 같으니 말이야!"

그러자 캐시 아가씨가 이렇게 대꾸했어요.

"지금은 두려워요. 내가 여기 계속 머물면 아빠가 불행할 테니까요. 아빠를 불행하게 하고 제가 어떻게 견디겠어요? 지금 아빠는…… 지금 우리 아빠는…… 히스클리프 씨, 저를 집에 보내 주세요! 린턴과 결혼하겠다고 약속할게요. 아빠도 그럼 좋아하실 테고 저도 린턴을 사랑하니까요. 제가 기꺼이 결혼하겠다는 데 왜 강제로 결혼시키려고 하세요?"

그 말에 제가 끼어들어 소리쳤어요.

"어디 한번 아가씨를 강제로 결혼시켜 보라지요! 이 나라에는 법이란 게 있어요. 정말 다행히도 법이란 게 있다고요! 우리가 아무리 외딴 곳에 산다 해도 말이지요. 설령 저자가 내 아들이라 해도 난 저자를 고발할 거예요. 그건 성직자 면책 특권도 안 통하는 중죄라고요!"

그러자 그 악당이 소리쳤어요.

"닥치지 못해! 거 되게 시끄럽게 떠들어 대네! 넬리, 넌 입 좀 다물고 있어. 린턴 양, 네 아비가 불행할 거라 생각하니 대단히 즐거운걸. 아주 흡족해서 잠도 안 올 것 같아. 널 잡아 두면 그런 결과를 낳는다니 앞으로 24시간 동안 너를 내 집에 잡아 두는 데 그보다 더 분명한 이유가 어디 있겠어. 린턴과 결혼하겠다는 너의 약속에 대해선 말이지, 네가 그 약속을 지킬 수 있도록 내가 알아서 처리하지. 넌 그 약속을 이행할 때까지 이곳에서 나가지 못할 테니까 말이야."

"그럼 엘런 아줌마를 보내서 아빠한테 제가 무사하다고 알려 주세요! 아니면 지금 당장 결혼시켜 주든가요. 불쌍한 우리 아빠! 엘런 아줌마, 아빠는 우리가 길을 잃었다고 생각하실 거야. 우린 어떡하면 좋아?"라며 캐시 아가씨가 엉엉 울며 외쳤어요.

그러자 히스클리프 씨가 이렇게 대꾸하더군요.

"네 아비는 그렇지 않을걸! 네가 자길 시중드는 데 넌더리가 나서 잠시 놀러 나갔다고 생각할 거야. 넌 그러지 말라는 네 아비의 명령을 무시하고 네 발로 이 집에 들어왔다는 사실을 부인하지 못할 거야. 그리고 네 나이에 놀고 싶은 건 지극히 당연한 일이야. 그리고 아픈 사람, 그것도 그저 아비에 불과한 사람을 간호하는 데 진절머리가 나는 것도 지극히 당연한 일이지. 캐서린, 네 아비의 가장 행복한 시절은 네가 태어나면서 끝났어. 네 아비는 아마도 네가 태어난 걸 저주했을 거야. (어쨌든 난 그랬으니까.) 그러니 네 아비가 세상을 떠나는 순간에도 널 저주하는 건 아주 있을 법한 일이지. 나도 그 저주에 가담할 거고. 난 널 사랑하지 않아! 어떻게 내가 그러겠어? 실컷 울어. 내가 보기에 이제부터는 그게 너의 주된 소일거리가 될 것 같으니까. 린턴이 네가 잃어버린 것들을 메워 주지 않는 한은 말이지. 그런데 선견지명 있는 네 아비는 린턴이 그래 줄 것이라고 믿는 모양이더군. 네 아비가 린턴에게 보낸 조언과 위로의 편지들은 대단히 재미있게 읽었어. 마지막 편지에서 네 아비는 나의 보석과도 같은 아들놈에게 자신의 보석과도 같은 딸을 잘 보살펴 달라고, 그리고 결혼하면 다정하게 대해 달라고 부탁했더군. 잘 보살피고 다정하게 대해 달라, 그야말로 아버지다운 부탁 아닌가! 하지만 린턴은 보살핌과 다정함을 전부 다 자신에게만 쏟아 넣어야 하는 녀석이야. 린턴은 작은 폭군 노릇은 잘해 낼걸. 이빨이 뽑히고 발톱이 깎인 고양이라면 얼마든지 괴롭히려고 들 놈이지. 네가 이번에 다시 집으로 돌아가면 린턴이 정말로 다정하게 대해 주더란 이야기를 녀석의 외삼촌에게 전할 수 있을 거야. 내 보증하지."

제가 끼어들어 말했어요.

"말 한번 잘했네요! 당신 아들의 본모습을 아가씨한테 확실히 밝혀요. 당신 아들이 당신과 닮은 점을 보여 주라고요. 그러면 캐시 아가씨가 코카트리스(*한 번 노려보거나 입김을 불면 그 자리에서 사람을 죽게 만드는 수탉의 머리와 발에 뱀의 몸통을 한 괴물) 같은 당신 아들과 결혼하는 걸 다시 생각해 볼 테니까요!"

그랬더니 그가 이렇게 대꾸하더군요.

"이젠 녀석의 정감 가는 성격에 대해 말해도 별로 상관없겠군. 네 아가씨는 녀석과 결혼하든가 아님 여기 죄수처럼 갇혀 있든가 둘 중 하나를 해야 하니까. 그리고 넬리 너도 네 주인이 죽을 때까지는 네 아가씨와 함께 여기 있어야 하니까 말이야. 난 너희 둘 다 꼭꼭 숨겨 여기에 붙들어 둘 수 있어. 내 말이 의심스럽거든, 네 아가씨를 구슬려 약속을 철회하게 만들어. 그럼 내 말이 맞는지 판단할 수 있는 기회가 생길 테니!"

그러자 캐시 아가씨가 말했어요.

"전 약속을 철회하지 않겠어요. 스러시크로스 그레인지로 갈 수만 있다면 지금 당장이라도 린턴과 결혼하겠어요. 고모부, 고모부는 잔인한 사람이긴 하지만 악마는 아니잖아요. 그러니 순전히 악의로 제 모든 행복을 돌이킬 수 없을 정도로 망가뜨리지는 않겠죠. 아빠가 만약 제가 일부러 자기를 두고 나갔다고 생각하신다면, 그리고 제가 돌아가기 전에 아빠가 돌아가신다면, 제가 어떻게 살아갈 수 있겠어요? 이제 울음은 그칠게요. 하지만 여기에서 고모부 앞에 무릎을 꿇고 앉아서 고모부가 저를 보실 때까지 일어나지도 고모부 얼굴에서 눈을 떼지도 않을 거예요! 안 돼요, 고개를 돌리지 마세요! 절 좀 봐 주세요! 고모부가 봐도 고모부를 짜증나게 할 건 아무것도 없을 거예요. 전 고모부를 미워하지 않아요. 고모부가 저를 때렸다고 화가 난 것도 아니고요. 고모부, 고모부는 평생 어느 누구도 사랑해 본 적 없으세요? 한 번도요? 아! 제발 한 번만 봐 주세요. 제가 얼마나 비참한지를요. 저를 보시면 안쓰럽고 불쌍한 생각이 들지 않을 수 없을 거예요."

히스클리프는 난폭하게 아가씨를 밀치며 고함을 쳤어요.

"그 도롱뇽 같은 손가락 치우고 저리 비켜! 아니면 걷어차 버릴 거야! 차라리 뱀에게 칭칭 휘감기는 게 낫지. 대체 어떻게 나한테 알랑거릴 생각을 할 수가 있어? 난 네가 진짜 끔찍하게 싫단 말이야!"

히스클리프는 어깨를 으쓱했어요. 아니 실은 몸을 흔들었는데 마치 혐오감 때문에 돋은 소름을 털어 내는 듯했어요. 그러고는 의자를 뒤로 거칠게 밀쳤어요. 그러는 사이 저는 일어나서 노골적으로 마구 욕설을 퍼부으려고 입을 열었는데, 그가 한마디만 더 했다간 저 혼자 다른 방으로 보내 버리겠다고 협박하는 바람에 저는 첫 문장을 말하던 도중에 입을 다물고 말았지요.

점점 날이 저물어 가고 있던 무렵, 정원 문 쪽에서 사람들 소리가 들렸어요. 그러자 집주인이 바로 튀어 나갔어요. 그는 눈치가 빨랐고 우리는 그렇지 못했던 거지요. 2, 3분 정도 이야기하는 소리가 들리더니 그는 혼자 돌아왔어요.

"저는 아가씨의 사촌 오빠인 헤어턴 도련님이 왔나 했어요. 헤어턴 도련님이라도 오면 좋을 텐데! 헤어턴 도련님이 우리 편이 되어 줄지 누가 알아요?"라고 제가 아가씨에게 말했는데, 그 말을 엿듣고 히스클리프가 말했어요.

"좀 전에 찾아온 사람들은 너희 둘을 찾으려고 스러시크로스 그레인지에서 보낸 하인 셋이었어. 창문을 열고 소리쳤으면 좋았을 텐데. 하지만 내 장담하는데, 저 계집은 넬리가 그렇게 하지 않아서 다행스러운 모양이야. 어쩔 수 없이 여기 있게 된 걸 기뻐하는 게 확실하다니까."

그 좋은 기회를 놓친 걸 알고, 우리는 참지 못하고 비통한 울음을 터트렸어요. 히스클리프는 우리가 흐느끼게 내버려 두다가 아홉 시가 되자 우리에게 부엌으로 해서 위층에 있는 질라의 방으로 가라고 했어요. 저는 아가씨에게 그 말에 따르자고 속삭였습니다. 어쩌면 그곳의 창문으로든, 아니면 다락방으로 올라가 다락방 지붕창으로든, 어떻게든 빠져나갈 수 있을지도 모른단 생각이 들었거든요.

하지만 질라 방의 창문은 아래층 창문과 마찬가지로 좁았고, 다락방 사닥다리는 아예 올라가지도 못하게 해 놨더군요. 그러니 우린 아래층에서와 마찬가지로 위층에서도 꼼짝없이 갇힌 신세였지요.

우리는 둘 다 자리에 눕지 않았어요. 캐시 아가씨는 창문 옆에 자리를 잡고 날이 밝기만을 초조하게 기다렸어요. 아가씨에게 눈 좀 붙이라고 제가 여러 번 애원했지만 제가 들을 수 있었던 대답이라고는 깊은 한숨뿐이었답니다.

저는 의자에 앉아 앞뒤로 흔들거리면서, 제가 해야 할 여러 가지 일을 제대로 하지 못했다고 자책했습니다. 그러자 그로 인해 제가 모시는 분들의 모든 불행이 일어난 것이라는 생각이 들었어요. 물론 실제로는 그렇지 않았단 걸 저도 이젠 알아요. 하지만 참담했던 그날 밤 제 머릿속에 그런 생각이 들면서 저는 히스클리프보다 제 책임이 더 큰 것만 같았어요.

아침 일곱 시가 되자 그가 와서는 린턴 양이 일어났는지 묻더군요.

우리 아가씨는 바로 문으로 달려가서 대답했어요.

"예."

"그럼 이리 나와."라고 말하고는 그가 문을 열더니 아가씨를 밖으로 끌어냈어요.

저도 뒤따라가려고 일어났지만 그가 다시 문을 잠가 버리는 거예요. 저는 저도 나가게 해 달라고 큰 소리로 외쳤어요.

"참고 있어. 좀 있다 아침을 올려 보낼 테니." 하고 그가 대답하더군요.

저는 문을 쾅쾅 두드리고 빗장을 거세게 흔들었어요. 캐시 아가씨가 왜 엘런 아줌마는 계속 가두어 두냐고 묻자, 그는 저를 두고 한 시간쯤은 더 참아야 한다고 대답하더니 아가씨를 데리고 가 버렸습니다.

저는 두세 시간쯤 참고 기다렸어요. 그리고 마침내 발소리가 들리긴 했지만 히스클리프의 발소리는 아니었어요.

"먹을 거 가져왔는디, 문 열라구!" 하고 외치는 소리가 들렸어요.

부리나케 문을 열어 보니, 헤어턴 도련님이 제가 하루 종일 먹어도 될 만큼 음식을 챙겨 왔더군요. 도련님이 쟁반을 제 손에 떠밀며 덧붙여 말했어요.

"요것 받어!"

"잠깐만 있다 가요." 하고 제가 말을 꺼냈어요.

"안 뎌!" 하고 외치고는, 제가 붙들어 두려고 아무리 매달려도 도련님은 아랑곳하지 않고 물러가 버렸어요.

그리고 저는 그날 하루 종일, 그리고 그다음 날도 온종일, 또 그다음 날도, 또 그다음 날도 계속 그 방에 갇혀 있었습니다. 모두 합해 닷새 밤과 나흘 낮을, 매일 아침 한 번 헤어턴 도련님을 보는 것 외에는 어느 누구도 보지 못한 채로 갇혀 지냈지요. 헤어턴 도련님은 그야말로 모범적인 간수로, 무뚝뚝한 데다 말수도 적고 제가 정의감이나 동정심을 불러일으키려고 갖은 말을 다해 봐도 아예 들은 척도 않더군요.

제14장

닷새째 되던 날 아침에, 아니 아침이라기보다는 오후에 더 가까운 때에, 전과는 다른 발소리가 들렸는데, 좀 더 가볍고 잰 발걸음 소리였죠. 그리고 이번에는 발소리의 주인공이 방으로 들어왔어요. 바로 질라였어요. 진홍색 숄을 두르고, 머리에는 검정 비단 보닛 모자를 쓰고, 팔에는 버들가지로 엮은 바구니를 걸치고 있었어요. 질라가 저를 보고는 소리쳤어요.

"어머나! 딘 부인! 아니 글쎄, 기머턴에 당신에 대한 소문이 쫙 퍼졌어요. 우리 주인 나리가 말씀해 주기 전까지는 당신이 아가씨와 함께 블랙호스 늪에 빠져 죽은 줄로만 알았지 당신이 발견되어서 이곳에 머무르고 있을 줄은 꿈에도 몰랐어요! 아유, 다행히도 늪에 있는 섬 같은 데로 올라갔던 모양이로군요, 그렇죠? 그래, 거기서 얼마나 있었던 거예요? 우리 주인 나리가 당신을 구해 준 건가요, 딘 부인? 하지만 당신은 그리 야위지 않았군요. 그리 고생한 것 같지는 않은데, 안 그래요?"

"당신 주인은 진짜 악당이에요! 하지만 그는 이 일에 대해 책임을 져야 할 거예요. 그런 거짓말은 지어내 봤자일 텐데. 어차피 다 들통 날 것을!"

제가 그렇게 말하자 질라가 물었어요.

"그게 무슨 말이에요? 당신네들이 늪에서 실종되었단 건 우리 주인 나리가 지어낸 이야기가 아니라, 마을 사람들 사이에서 떠도는 소문인걸요. 그래서 저는 집으로 들어오며 헤어턴 언쇼에게 큰 소리로 이렇게 말했지요.

'어유, 헤어턴, 밖에 나갔다가 안 좋은 일이 벌어졌단 소문을 들었지 뭐야. 그 생기 넘치는 아가씨와 쾌활한 넬리 딘에게 말도 안 되는 안타까운 일이 일어나다니.'

그가 나를 빤히 쳐다보더군요. 그래서 전 그가 아무런 이야기도 못 들었나 보다 싶어서 그 소문을 들려줬어요.

주인 나리도 옆에서 귀 기울여 듣고 있었는데 혼자 그냥 씩 웃으며 이렇게 말했어요.

'질라, 그 두 사람이 늪에 빠졌다고 해도 지금은 늪에서 나왔어. 넬리 딘은 바로 지금 질라 방에 묵고 있지. 위층에 올라가거든 넬리에게 이제, 얼른 가라고 해. 열쇠는 여기 있네. 늪의 물이 그녀의 머릿속에 들어가서 아주 미친 듯이 집으로 달려가려는 걸 제정신이 돌아올 때까지 내가 붙잡아 둔 거야. 갈 수 있다면 당장 스러시크로스 그레인지로 돌아가라고 말해. 그리고 그녀의 아가씨는 그 댁 어른의 장례식엔 늦지 않게 보내 주겠다고 내가 전하더라고 이르고.'"

저는 숨이 턱 하고 막힐 것만 같았어요.

"우리 에드거 나리가 아직 돌아가신 건 아니죠? 아아! 질라, 질라!"

"예, 아직 돌아가시지 않았어요. 좀 앉아요, 딘 부인. 아직 몸이 많이 안 좋은 것 같으니. 그 댁 주인 나리는 아직 돌아가시지 않았어요. 케네스 선생 생각으론 하루는 더 버틸 것 같대요. 케네스 선생을 길에서 만나 물어봤거든요."

저는 앉는 대신에 겉에 걸치는 것들을 챙겨 부리나케 아래층으로 내려갔어요. 이제 아래층으로 향하는 길은 잠겨 있지 않더군요.

거실로 들어서자마자 저는 캐시 아가씨 소식을 알려 줄 사람을 찾아 두리번거렸어요.

그곳은 햇살로 가득했고 문이 활짝 열려 있었지만 가까이에는 아무도 없는 것 같았어요.

당장 가 버릴까 아니면 다시 돌아가 아가씨를 찾을까 망설이고 있는데 벽난로 쪽에서 약한 기침 소리가 나서 그쪽으로 제 시선이 향했습니다.

린턴 도련님이 긴 의자를 혼자 차지하고 누워 막대 사탕을 빨면서 심드렁한 눈길로 저의 움직임을 쫓고 있더군요.

"캐시 아가씨 어디 있죠?"

저는 도련님이 혼자 있는 걸 보고는 겁을 줘서 알아낼 요량으로 매섭게 다그쳐 물었어요.

린턴 도련님은 천진난만한 아이처럼 사탕만 빨더군요.

"갔어요?" 하고 제가 물었지요.

"아니. 위층에 있어. 캐서린은 못 가. 우리가 가도록 놔두지 않을 테니까."

"가도록 놔두지 않는다고요! 멍텅구리 같으니! 지금 당장 아가씨가 있는 방으로 날 안내해요. 안 그러면 비명을 질러 댈 정도로 따끔하게 혼쭐을 내 줄 거예요."

제가 소리치자 린턴 도련님이 대꾸했습니다.

"넬리가 그 방에 들어가려고만 해도 아빠가 넬리를 따끔하게 혼쭐내 줄걸. 내가 캐서린한테 물렁하게 굴어선 안 된다고 아빠가 그러셨어. 캐서린은 내 아내인데 나를 떠나고 싶어 하다니 괘씸하잖아! 아빠 말로는 캐서린이 날 미워하고 내가 죽기를 바란대. 내 돈을 차지하려고 말이야. 하지만 누가 자기한테 돈을 준대? 집에도 못 가게 할 거야! 절대 안 보낼 테니까, 실컷 울다가 병이 날 테면 나라지!"

린턴 도련님은 다시 사탕을 빨면서 잠을 청하려는 듯 눈을 감았어요. 저는 말을 다시 시작했어요.

"히스클리프 도련님, 지난겨울 캐시 아가씨가 도련님한테 얼마나 다정하게 대해 주었는지 다 잊은 거예요? 그때 도련님은 아가씨를 사랑한다고 맹세했잖아요! 아가씨가 도련님한테 책도 갖다 주고 노래도 불러 주고 도련님을 만나려고 여러 차례 눈과 바람을 뚫고 찾아왔었잖아요! 아가씨는 하루저녁이라도 못 오게 되면 도련님이 실망할 거라고 울었고요. 그리고 그때는 캐시 아가씨가 도련님한테 백배는 과분하다고 생각했잖아요. 그런데 이제는 도련님 아버지가 도련님과 아가씨 둘 다 미워하는 것을 알면서도 아버지가 꾸며 낸 거짓말을 믿는군요! 게다가 아버지와 한패가 돼서 아가씨를 미워하기까지 하고요. 참으로 멋진 보답이네요, 안 그래요?"

도련님이 입꼬리를 실쭉하며 입에 물고 있던 막대 사탕을 빼더군요. 저는 계속 말을 이어 갔습니다.

"아가씨가 도련님을 미워했으면 워더링 하이츠에 왔겠어요? 혼자 잘 생각해 보라고요! 도련님 돈에 대해선 말이죠, 우리 아가씨는 도련님이 돈을 물려받는지조차도 모른다고요. 그리고 아가씨가 아프다면서요. 그런데 그런 아가씨를 낯선 집 위층에 혼자 내버려 두다니요! 그것도 그렇게 방치되는 게 어떤 것인지 겪어 봐서 잘 아는 도련님이 말이에요! 도련님은 자신의 고통은 애처롭게 여겼잖아요. 우리 아가씨도 도련님의 고통을 애처롭게 여겼는데, 도련님은 아가씨의 고통을 애처롭게 여기지 않는군요! 히스클리프 도련님, 한낱 나이 든 하녀에 불과한 저도 이렇게 눈물을 흘리고 있잖아요. 그런데 도련님은 아가씨를 그리 사랑하는 것처럼 굴기도 했고, 또 아가씨를 흠모할 만한 충분한 이유가 있는데도 자기 몸 상할까 봐 눈물 한 방울 흘리는 것조차 아까워하면서 거기에 아주 편안히 누워 있군요. 아! 도련님이 이리도 무정하고 이기적인 사람이라니!"

그러자 도련님이 뿌루퉁하게 대꾸하더군요.

"난 캐서린하고 같이 못 있겠어. 나 혼자서는 같이 안 있을 거야. 어찌나 울어 대는지 견딜 수가 있어야지. 아빠를 부르겠다고 말해도 통 그치려 들지 않는 거야. 그러다 결국 한 번은 아빠를 불렀어. 아빠가 조용히 하지 않으면 목을 조르겠다고 위협했지만 캐서린은 아빠가 방에서 나가자마자 다시 울기 시작했어. 내가 잠을 잘 수가 없어서 짜증을 내며 소릴 질러도 그 앤 밤새도록 신음소리를 내며 비통해하는 거야."

"도련님 아버지는 나가셨나요?"

그 진절머리나는 인간이 자기 사촌의 정신적 고통에 공감할 능력이 없다는 것을 깨닫고는 제가 물었어요.

"마당에 계셔. 케네스 선생님과 말씀을 나누고 계신데, 그 선생님 말로는 외삼촌이 마침내, 정말로 돌아가실 것 같대. 그럼 외삼촌의 뒤를 이어 내가 스러시크로스 그레인지의 주인이 될 테니까 내겐 기쁜 일이지. 캐서린은 언제나 그걸 자기 집이라고 말했어. 그건 캐서린 집이 아니야! 그건 내 집이라고. 아빠가 캐서린이 가진 건 모두 내 거랬어. 캐서린의 좋은 책들도 모두 내 거야. 그런데 캐서린이 나한테 내가 우리 방 열쇠를 손에 넣어 자길 나가게 해 준다면 자기 책이랑 예쁜 새랑 조랑말 미니를 준다고 제안하는 거 있지. 하지만 난 캐서린에게 네 건 모두 다 내 거니까 네가 나한테 줄 수 있는 건 아무것도 없다고 말해 줬어. 그랬더니 캐서린이 울면서 목걸이에 있는 조그마한 그림을 꺼내 나한테 가지라는 거야. 금으로 된 케이스 안에 두 개의 초상화가 같이 들어 있었어. 한 쪽은 자기 어머니, 다른 쪽은 외삼촌이었는데 두 분 다 젊을 때 그린 거였어. 그게 바로 어제 일이야. 난 그것 또한 내 거라고 주장하며 빼앗으려 했어. 그 독살스러운 것이 안 빼앗기려고 나를 떠미는 바람에 내가 다쳤지. 내가 비명을 지르자 캐서린이 겁을 먹더군. 아빠가 오는 소리가 나자 캐서린은 그 금빛 케이스의 경첩을 떼어 케이스를 둘로 나누고는, 내게 자기 엄마의 초상화가 있는 쪽을 주고 다른 초상화가 있는 쪽은 감추려고 했어. 하지만 아빠가 와서 무슨 일이냐고 물어서 내가 설명을 해 줬어. 아빠는 내가 갖고 있는 것을 빼앗고 캐서린에게는 가진 걸 나한테 주라고 명령했어. 캐서린이 싫다고 하자 아빠는, 글쎄 아빠는, 캐서린을 쓰러뜨리고 목걸이 줄에서 케이스를 비틀어 떼더니 발로 짓밟아 버렸어."

"그래, 아가씨가 맞는 걸 보니 좋던가요?"라고 도련님에게 말을 더 시킬 요량으로 제가 물었어요.

"난 못 본 체했어. 난 아빠가 개나 말을 때리면 못 본 체해. 진짜 심하게 때리니까. 그래도 처음에는 기분이 좋았어. 나를 떠밀었으니까 벌을 받아 마땅하다고 생각했거든. 그런데 아빠가 나가신 뒤에 캐서린이 내게 창가로 오라고 하더니 볼 안쪽이 이에 부딪쳐 찢어지고, 입 안에 피가 가득 고인 걸 보여 주는 거야. 그러고 나서 캐서린은 찢어진 초상화 조각을 주워 모아 벽 쪽으로 가서 돌아앉더니 그때부터는 아무 말도 안 하는 거야. 그래서 나는 아파서 말을 못 하나 보다고 생각했어. 버릇없는 계집이라고 생각하고 싶진 않지만, 그대로 계속 울고만 있는데 어떻게 그렇게 생각을 안 해! 그리고 얼마나 창백하고 사납게 보이는지 난 이제 캐서린이 무섭기까지 해!"

"도련님은 마음만 먹으면 그 방 열쇠를 가져올 수 있지요?" 하고 제가 물었어요.

“그럼, 2층에 가면 돼. 하지만 지금 난 2층까지 걸어갈 수가 없어.” 하고 도련님이 대답했어요.

“열쇠는 어느 방에 있어요?”

제가 묻자 도련님이 소리쳤어요.

“아이 참! 어디 있는지 넬리 너한테 가르쳐 줄 수 없어! 그건 우리의 비밀인걸. 아무도, 헤어턴도, 질라도 모르게 되어 있단 말이야. 에이! 넬리 때문에 피곤해졌어. 저리 가, 저리 가란 말이야!”

그러고는 도련님은 얼굴을 팔 쪽으로 돌리더니 다시 눈을 감아 버렸어요.

저는 히스클리프 씨와 마주치지 않고 빠져나가 스러시크로스 그레인지에 가서 우리 아가씨를 구출해 낼 사람들을 데려오는 것이 상책이라고 생각했습니다.

제가 스러시크로스 그레인지에 들어서자, 저를 본 동료 하인들은 굉장히 놀라고 기뻐했답니다. 그리고 자신들의 어린 안주인이 무사하단 말을 듣고는 두세 명이 서둘러 위층으로 올라가 에드거 나리의 방문 앞에서 그 소식을 큰 소리로 알리려고 하더군요. 하지만 그 소식은 제가 직접 알리게 해 달라고 부탁했어요.

겨우 그 며칠 사이에 우리 나리가 얼마나 변하셨던지요! 슬픔에 젖고 체념에 빠진 모습으로 누워 죽음을 기다리고 있었어요. 나리는 아주 젊어 보였어요. 실제 나이는 서른아홉인데 모르는 사람에게는 적어도 열 살은 젊게 보일 것 같았어요. 캐시 아가씨의 이름을 중얼거리는 것으로 보아 아가씨 생각을 하고 있었던 모양이었어요. 제가 나리의 손을 잡고 속삭이는 목소리로 이렇게 말씀드렸어요.

"나리! 캐시 아가씨는 곧 돌아올 거예요! 아가씨는 살아 있고 건강해요. 아마 오늘 밤쯤 돌아올 거예요."

저는 이 소식을 듣고 처음 나리가 보인 반응에 가슴이 철렁했어요. 나리는 반쯤 몸을 일으켜 방 안을 열심히 둘러보더니 다시 털썩 누우며 기절하고 말았거든요.

나리가 다시 깨어나자마자 저는 우리가 워더링 하이츠에 강제로 끌려가서 감금되어 있었다는 이야기를 했어요. 전적으로 사실은 아니었지만, 저는 히스클리프 씨가 저를 강제로 끌고 들어갔다고 말했어요. 린턴 도련님에 대한 좋지 않은 이야기는 되도록 삼갔고요. 도련님 아버지의 잔혹한 짓거리에 대해서도 말하지 않았는데, 그건 이미 쓰디쓴 맛이 넘쳐 나는 그분의 잔에 될 수 있는 한 쓴 맛을 더하지 않기 위해 그런 거였죠.

우리 나리는 나리의 원수가 목표로 삼은 것 가운데 하나가 나리의 부동산은 물론 동산까지도 자기 아들의 것으로, 아니 그보다는 자기 자신의 것으로 차지하는 것임을 이미 간파하고 있었습니다. 하지만 나리는 조카도 당신과 함께 세상을 뜰 날이 얼마 남지 않았다는 사실은 몰랐기 때문에 그 원수가 왜 당신이 죽을 때까지 기다리지 않고 그렇게 나선 것인지 도무지 이해할 수 없었지요.

어쨌든 주인 나리는 유언장을 고치는 게 좋겠다고 생각했습니다. 캐시 아가씨의 재산을 아가씨 마음대로 처분할 수 있게 놔두는 대신, 신탁 관리자의 손에 맡겨 아가씨가 평생 동안 쓸 수 있도록 하고, 아가씨에게 아이들이 생기면 아가씨가 죽은 뒤 그 아이들에게 물려주기로 결심하신 것이지요. 그렇게 해 놓으면 린턴 도련님이 죽더라도 히스클리프 씨에게 재산이 상속되는 일은 막을 수 있을 테니까요.

저는 나리의 분부를 받고, 하인 하나는 변호사를 부르러 보내고, 또 하인 넷은 쓸 만한 무기들을 챙겨 들고 아가씨를 가둔 놈에게서 우리 어린 아가씨를 데려오라고 보냈어요. 하지만 양쪽 다 밤늦게까지 돌아오지 않았습니다. 혼자 간 하인이 먼저 돌아왔더군요.

그 하인은 변호사 그린 씨의 집에 갔더니 출타 중이어서 그가 돌아올 때까지 두 시간을 기다렸는데, 집에 돌아온 그린 씨는 마을에 처리해야만 하는 일이 하나 있다며 스러시크로스 그레인지에는 다음날 아침이 되기 전에 오겠노라고 말했다더군요.

하인 넷도 자기들끼리만 돌아왔어요. 그들은 캐시 아가씨가 아픈데, 그것도 방에서 나올 수 없을 정도로 심하게 아파서 히스클리프 씨가 아가씨를 만나도록 허용해 주지 않더라는 것이었어요.

저는 그따위 지어낸 말에 넘어갔다고 그 멍청한 자들을 단단히 나무랐는데, 주인 나리에게 그 소식을 전하지는 않았어요. 저는 다음 날 동틀 녘에 무리를 다 이끌고 워더링 하이츠로 올라가서 갇혀 있는 아가씨를 순순히 내놓지 않으면 그야말로 돌격해 들어가기로 결심했습니다.

만약 그 악마 같은 놈이 우리 아가씨를 내놓으려고 하지 않으면 그 집 문간에서 그자를 죽이는 한이 있더라도 우리 주인 나리께 따님을 꼭 보여 드리고 말겠노라고 저는 다짐하고 또 다짐했습니다.

다행히도, 워더링 하이츠로 올라가서 그런 고생은 하지 않아도 되었지요.

새벽 3시쯤 저는 물 한 주전자를 가지러 아래층으로 내려갔습니다. 물 주전자를 손에 들고 현관 복도를 지나는데 바로 그때 현관문을 날카롭게 두드리는 소리가 나는 바람에 저는 화들짝 놀랐답니다.

"아하! 변호사 그린 씨로구나. 그린 씨가 온 걸 가지고."

저는 놀란 마음을 가라앉히며 누군가 다른 사람이 문을 열어 주겠지 하고 그냥 지나쳐 가려는데 다시 문을 두드리는 소리가 났습니다. 크지는 않았지만 계속 끈질기게 두들겨 대더군요.

저는 물 주전자를 난간에 올려놓고는 서둘러 가서 직접 문을 열어 주었습니다.

추분 무렵의 보름달이 바깥을 환히 밝히고 있었지요. 문을 두드린 사람은 그린 변호사가 아니었어요. 우리 예쁜 어린 아가씨가 흐느껴 울며 달려들어 제 목을 끌어안았어요.

"엘런 아줌마! 아줌마! 아빠는 살아 계셔?"

"예! 그럼요. 천사 같은 우리 아가씨, 살아 계시고말고요! 하느님, 감사합니다. 아가씨를 우리 곁으로 무사히 돌려보내 주셔서!" 하고 저는 외쳤어요.

아가씨는 가쁜 숨을 몰아쉬면서도 위층의 린턴 나리 방으로 바로 달려가고 싶어 했어요. 하지만 저는 아가씨를 억지로 의자에 앉혀 물을 마시게 한 다음 창백한 얼굴을 씻기고 제 앞치마

자락으로 얼굴을 비벼서 희미하게나마 화색이 돌게 했어요. 그런 다음 제가 먼저 올라가서 아가씨가 돌아왔다는 말씀을 전하겠다면서, 나리께는 린턴 히스클리프 도련님과 행복하게 지낼 수 있을 거라고 말씀드리기를 아가씨에게 간청했어요. 아가씨는 눈을 동그랗게 뜨고 빤히 쳐다보았지만 왜 제가 그런 거짓말을 하라고 충고하는지 그 이유를 이내 이해하고는 아버지 앞에서 불평은 하지 않겠다고 제게 다짐했지요.

저는 부녀가 만나는 자리에는 도무지 못 있겠더라고요. 15분 정도 침실 문 밖에 서 있었고, 그런 뒤에도 감히 침대 가까이로는 갈 수가 없었어요.

그런데 완전히 침착하더군요. 캐시 아가씨의 절망도 아버지의 기쁨만큼이나 고요했어요. 아가씨는 적어도 겉보기에는 차분하게 아버지를 부축했고, 아버지는 환희에 빠져 커진 듯한 눈으로 딸의 얼굴을 올려다보며 눈을 떼지 않았지요.

록우드 나리, 우리 주인 나리는 더 없이 행복하게 돌아가셨어요. 그 모습 그대로 세상을 떠나셨답니다. 주인 나리는 딸의 뺨에 입을 맞추면서 속삭이듯 중얼거렸어요.

"나는 네 엄마 곁으로 간단다. 사랑스러운 아가, 너도 언젠간 우리 곁으로 오겠지."

이렇게 말한 뒤에 나리는 약간의 미동도 없고 말도 없었지만, 그 황홀한 듯 반짝이는 시선은 그대로였습니다. 그러다 어느 사이엔가 맥박이 멈추고 영혼이 떠나갔지요. 몸부림 한 번 없이 그대로 돌아가셨기에 아무도 나리가 운명한 정확한 시간을 알 수 없었습니다.

캐시 아가씨는 눈물이 다 말라 버렸는지, 아니면 너무나 비통한 나머지 눈물도 나오지 않는 건지 메마른 눈으로 그곳에 앉아 있었습니다. 그러다 동이 텄고, 또 정오가 될 때까지도 그렇게 가만히 앉아 있었지요. 급기야 제가 가서 좀 쉬라고 계속 권하지 않았다면 아가씨는 아버지의 임종을 되씹으며 그대로 그곳에 계속 앉아 있었을 거예요.

제가 아가씨를 그 방에서 내보낸 건 잘한 일이었습니다. 점심 때 변호사가 나타났으니까요. 그는 이미 워더링 하이츠에 들러서 어떻게 행동해야 할지 지시를 받고 왔더군요. 그는 이미 히스클리프 씨에게 매수돼 있었고, 그래서 주인 나리의 부름에도 바로 응하지 않고 시간을 끌었던 것이지요. 다행히도 우리 주인 나리는 딸이 돌아온 뒤에는 세속의 잡다한 일들을 떠올려 마음을 어지럽히지는 않았지요.

그린 씨는 집 안의 모든 물건들과 사람들을 정리하는 책임을 맡았더군요. 그는 저를 제외한 모든 하인들에게 해고 통보를 했습니다. 그는 자기에게 위임된 권한을 행사해 에드거 린턴 나리가 아내 옆이 아닌 교회 안 린턴 가문의 묘지에 묻혀야 한다고 우기고 나서기까지 했어요. 하지만 그러지 못하도록 우리 주인 나리께서 미리 유언장에 남겨 놓으셨고, 제가 나리의 유언장에 적힌 지시 사항을 조금도 어겨서는 안 된다고 큰 소리로 항변해서 그는 그렇게 하지는 못했습니다.

장례식은 급히 치러졌습니다. 이제 린턴 히스클리프 부인이 된 캐서린 아가씨에게는 아버지의 시신이 스러시크로스 그레인지를 떠나는 날까지는 스러시크로스 그레인지에 머물러도 좋다는 허락이 떨어졌지요.

우리 아가씨가 제게 들려준 바에 따르면, 아가씨가 괴로워하는 모습에 결국은 린턴 도련님이 아가씨를 풀어 주는 위험을 감수한 것이었어요. 캐시 아가씨는 제가 보낸 하인들이 문 앞에서 실랑이를 벌이는 소리를 들었는데, 히스클리프 씨가 뭐라고 대답하는지도 짐작했다고 해요. 그로 인해 아가씨는 될 대로 되라는 식으로 발악하게 되었는데, 그러자 제가 떠난 뒤 곧바로 위층의 작은 응접실로 옮겨 와 있던 린턴 도련님이 겁을 집어먹고 아버지가 다시 올라오기 전에 열쇠를 가져왔답니다.

린턴 도련님은 열쇠로 문을 연 다음, 문을 제대로 닫지 않은 상태에서 문을 다시 잠그는 잔꾀를 썼습니다. 그러고는 자야 할 시간이 되자 헤어턴 도련님과 자게 해 달라고 간청을 해서 그날 밤만은 그래도 좋다는 허락을 받아 냈어요.

캐시 아가씨는 동이 트기 전에 살그머니 그 방에서 빠져나왔어요. 하지만 개들이 짖을까 봐 감히 현관문으로는 나오지 못하고 빈 방을 돌아다니며 창문을 살폈어요. 그러다 운 좋게도 우연히 자기 어머니가 쓰던 방에 들어갔는데, 그 방의 창문으로 수월하게 빠져나와 옆에 있는 전나무를 타고 땅으로 내려왔답니다. 아가씨의 공범은 소심하게 꾀를 짜낸 보람도 없이 아가씨가 도망치는 걸 거들었다고 벌을 받았다고 하더군요.

제15장

장례식을 치르고 난 저녁, 어린 우리 아씨와 저는 서재에 앉아 있었습니다. 우리는 주인 나리를 애도하며 슬픔에 잠긴 채로, 사실 우리 둘 중 한 사람은 절망에 빠진 채로, 음울한 미래에 대해 이런저런 추측을 해 보았어요.

우리는 지금 캐서린 아씨한테 가장 좋은 운명은 적어도 린턴 도련님이 살아 있는 동안 여기 스러시크로스 그레인지에서 계속 살 수 있도록 허락을 받는 것이라는 데 의견 일치를 보았습니다. 린턴 도련님이 이 집으로 와서 함께 살고 저도 계속 가정부로 남아 있도록 허락을 받는 것이었지요. 그렇게 되길 바라는 건 지나치게 긍정적인 생각이 아닌가 싶었지만 그래도 저는 꼭 그렇게 되기를 바랐고, 그러자 저는 제가 살던 집에서, 제가 하던 일을 그대로 하며, 그리고 무엇보다도 사랑하는 아씨와 계속 살 수 있을지 모른다는 기대에 기운이 나기 시작했습니다. 그런데 바로 그때, 해고된 사람이었지만 아직 떠나지 않고 있던 하인 하나가 급히 뛰어 들어오더니, '그 악마 같은 히스클리프'가 마당으로 들어오고 있다면서 그의 면전에서 문을 걸어 잠가 버릴까 묻더군요.

우리가 그렇게 하라고 지시할 만큼 정신이 나갔다 하더라도 우리에겐 그럴 시간이 없었어요. 히스클리프는 문을 두드린다거나 자기 이름을 대는 격식 따윈 차리지도 않았어요. 자기가 이제 이 집 주인이니까 주인으로서의 특권을 이용해 말 한마디 없이 곧장 안으로 걸어 들어왔습니다.

우리에게 그가 오고 있다고 보고하는 하인의 목소리를 따라 그가 서재 쪽으로 향했지요. 그리고 서재로 들어와서는 그 하인을 손짓으로 나가게 한 다음 문을 닫았어요.

그곳은 그가 18년 전 손님으로 처음 안내받아 들어왔던 바로 그 방이었어요. 바로 그때와 똑같은 달빛이 창문으로 비쳤고, 바깥에는 그때와 똑같은 가을 풍경이 펼쳐져 있었지요. 아직 촛불을 켜지는 않았지만, 그 방 안의 모든 것들이, 벽에 걸린 초상화의 돌아가신 린턴 부인의 아름다운 얼굴과 부군인 린턴 나리의 우아한 얼굴까지 훤히 다 보였어요.

히스클리프는 벽난로 쪽으로 다가왔습니다. 그의 모습 또한 세월의 흐름에도 별로 바뀌지 않았더군요. 그때와 똑같은 사람이 그곳에 있었어요. 다만 가무잡잡한 얼굴이 약간 누래졌고, 좀 더 침착해 보였으며, 체중이 10킬로그램쯤 불어 보였을 뿐 다른 변화는 없었습니다.

캐서린 아씨는 그를 보자 당장 뛰쳐나가고 싶은 충동에 사로잡혀 벌떡 일어났습니다. 그가 아씨의 팔을 붙잡으면서 말했어요.

"가만있어! 더 도망쳐 봤자야! 대체 어디로 가려고? 난 너를 집으로 데려 가려고 온 거야. 이제부터는 며느리 노릇에 충실하고 린턴에게 더는 나를 거역하라고 부추겨선 안 돼. 네가 도망치는 데 그 녀석이 가담한 걸 알고는 어떤 벌을 내려야 하나 난감했지. 거미줄처럼 약해 빠진 녀석이라 한 번 꼬집기만 해도 소멸돼 버릴 것 같아서 말이야. 하지만 네가 녀석의 얼굴을 보면 녀석이 받아 마땅한 벌을 받았단 사실을 알 수 있을 거야! 그저께 저녁 녀석을 아래층으로 데리고 내려와서 의자에 그냥 앉혀 놓은 다음 녀석에게 전혀 손도 대지 않았어. 헤어턴을 내보내고 우리 둘만 있었지. 그렇게 두 시간 있다가 조지프를 불러 녀석을 다시 위층으로 데려다 주게 했지. 그런데 그 뒤로는 내가 눈앞에 보이기만 해도 마치 유령이라도 본 듯이 잔뜩 신경을 곤두세우는 거야. 그리고 내가 가까이에 없어도 종종 내가 보이는 모양이야. 헤어턴 말로는 밤에 쉬지 않고 거의 한 시간 간격으로 비명을 지르며 깨어나 내게서 자기를 지켜 달라고 너를 부른다더군. 그러니 넌, 네 귀하신 짝이 좋든 싫든 우리 집으로 가야 해. 그 녀석은 이제 너의 책임이니까. 녀석에 대한 나의 모든 관심은 너에게 넘겨주마."

저는 그에게 애원해 보았습니다.

"캐서린 아씨를 그냥 여기에서 계속 살게 놔두고 린턴 도련님을 아씨에게로 보내 주면 안 될까요? 당신은 두 사람 다 싫어하니 곁에 없어도 보고 싶지도 않을 거잖아요. 두 사람은 당신의 아비답지 않은 냉혹한 마음에 나날이 골칫거리가 될 뿐이잖아요."

"난 지금 여기 스러시크로스 그레인지에 세 들 사람을 구하는 중이야. 그리고 난 꼭 내 애들이 내 곁에 있었으면 하거든. 게다가 나한테 얻어먹고 살려면 저 애도 일을 해야지. 린턴이 죽고 난 뒤에도 저 애가 호사스럽게 무위도식하며 살게 보살필 순 없잖아. 어서 갈 준비를 해. 강제로 끌고 가게 만들지 말고."

그러자 캐서린 아씨가 말했습니다.

"갈게요. 린턴은 내가 이 세상에서 사랑해야 할 전부니까요. 내가 린턴을 미워하게 만들고 린턴이 나를 미워하게 만들려고 당신이 온갖 짓을 다해도 우리가 서로를 미워하게 만들진 못할 거예요! 내가 옆에 있는 데서 린턴을 다치게 해 볼 테면 해 봐요. 저를 겁먹게 할 수 있으면 어디 한번 그렇게 해 보라고요."

히스클리프는 이렇게 대꾸하더군요.

"허풍쟁이 투사 납셨군! 하지만 난 린턴 녀석을 다치게 할 정도로 널 좋아하지는 않아. 그래도 고통이 지속되는 한 네가 그 고통을 한껏 맛보게 해 주겠어. 네가 녀석을 미워하게 된대도 그건 내 탓이 아니야. 그건 바로 녀석 자신의 퍽도 고운 마음씨 탓이지. 녀석은 네가 도망친 것과 그 결과로 일어난 일들에 대해 몹시 억울해하고 있어. 그러니 너의 고귀한 헌신에 녀석이 고마워할 거라고는 기대하지 마. 자기가 나만큼 힘이 세다면 네게 어떤 짓을 할 것인지 녀석이 질라에게 유쾌하게 설명하는 걸 들었으니까. 그런 짓을 할 의향이 다분히 있으니, 녀석은 몸이 아주 약해서 그러지 못한다면 기지를 발휘해 힘을 쓰지 않고 너를 괴롭힐 대안을 찾아내겠지."

"린턴의 성질이 고약하단 건 알고 있어요. 누구 아들인데 어련하겠어요. 하지만 난 린턴보다는 성질이 더 좋으니까 그 애의 고약한 성질도 기꺼이 용서할 수 있어요. 그리고 난 그 애가 날 사랑하는 걸 알아요. 그래서 나도 그 애를 사랑하고요. 히스클리프 씨, 당신에게는 당신을 사랑해 주는 사람이 아무도 없죠. 그리고 당신이 우리를 아무리 불행하게 만든다 해도, 우리는 당신이 그렇게 잔인한 건 사실 우리보다 훨씬 불행하기 때문이라고 생각하며 복수한 셈 칠 거예요. 당신이야말로 불행한 사람이지요, 안 그래요? 악마처럼 외롭고 악마처럼 시기하지요. 아무도 당신을 사랑하지 않아요. 그러니 당신이 죽어도 누구 한 사람 당신을 위해 울어 주지 않을걸요! 난 당신처럼 되진 않을 거예요!”

캐서린 아씨는 의기양양하게 말했지만 음울한 기운이 약간 느껴졌어요. 이제 자기도 시댁 분위기에 빠져들어 원수의 슬픔에서 기쁨을 찾기로 결심한 것처럼 보였지요.

“거기서 1분만 더 꾸물대고 서 있어 봐. 그럼 당장 네가 너 자신인 걸 후회하게 만들어 줄 테니까. 썩 꺼져, 마녀 같은 년. 가서 네 짐이나 챙겨.”

시아버지의 호통에 아씨는 경멸스러운 표정으로 물러갔습니다.

아씨가 자리를 비운 사이, 저는 질라를 제 대신 여기 스러시크로스 그레인지에서 일하게 하고, 질라 대신 제가 워더링 하이츠에서 일하게 해 달라고 애원하기 시작했습니다. 하지만 그는 절대 그것을 허용하려 하지 않았어요. 그가 저한테 조용히 하라고 시키고는 그제야 처음으로 방 안을 흘끗 둘러보았는데 초상화들에 눈길이 멈추더군요. 린턴 부인의 초상화를 살펴보고 나서 그가 이렇게 말했어요.

“저건 내가 집으로 가져가야겠군. 꼭 필요한 건 아니지만…….”

그가 갑자기 난로 쪽으로 돌아서더니, 뭐랄까, 더 적당한 표현이 없으니, 미소라고 할 수밖에 없겠군요, 미소를 지으며 말을 이어 갔어요.

“내가 어제 한 일을 이야기해 주지! 린턴의 무덤을 파고 있던 교회 묘지기를 시켜 캐시의 관 뚜껑에 덮인 흙을 치우게 한 다음, 나는 관을 열어 봤어. 한때 캐시의 얼굴을 다시 보게 되면 나도 거기 묻힐 거라고 생각했던 적이 있었지. 캐시의 얼굴은 아직 예전 그대로더군. 내가 꿈쩍도 하지 않아서 교회 묘지기가 나를 비켜 세우느라 애를 좀 먹었지. 그런데 교회 묘지기가 하는 말이 시신에 공기가 닿으면 변한다는 거야. 그래서 나는 관의 한쪽 옆을 쳐서 느슨하게 한 뒤에 관을 흙으로 완전히 덮어 줬어. 느슨하게 해 놓은 쪽은 망할 린턴 녀석이 묻힌 쪽이 아냐! 그 녀석 관은 납땜을 했어야 하는 건데! 그리고 난 교회 묘지기를 매수해 내가 그곳에 묻힐 때 캐시의 관에서 느슨하게 해 놓은 옆면을 빼내고 내 관도 옆면을 슬쩍 빼내 달라고 부탁해 뒀어. 난 그렇게 되리라고 믿어. 그럼 린턴 녀석이 흙이 되어 우리에게 닿을 때쯤이면, 녀석은 누가 누군지 알아보지 못할 거야!"

"참으로 못됐군요, 히스클리프 씨! 죽은 이의 평온을 어지럽히다니 부끄럽지도 않던가요?" 하고 제가 큰소리로 따져 묻자 그는 이렇게 대꾸하더군요.

"난 누구의 평온도 어지럽히지 않았어, 넬리. 내 자신이 평온을 좀 얻긴 했지만. 이젠 난 한결 편안해질 거야. 그리고 내가 죽게 되더라도 계속 얌전히 땅속에 머물 테니 네게도 좋은 일이지. 내가 그녀의 평온을 어지럽혔다고? 천만에! 그녀야말로 18년 동안 밤이고 낮이고 나의 평온을 어지럽혀 왔어. 끊임없이 그리고 무자비하게. 바로 어젯밤까지도 말이야. 어젯밤에서야 비로소 난 평온해졌지. 꿈을 꿨는데, 내가 심장이 멎어 얼음장 같은 내 뺨을 그녀의 뺨에 맞댄 채로, 잠든 그녀 옆에서 영면에 들어 있었거든."

"그럼 만약 그녀가 썩어 흙이 되어 버렸다든가 그보다 더 나쁜 상태였다면, 그땐 무슨 꿈을 꾸었을까요?" 하고 제가 물었어요.

"캐시와 함께 썩어서 한결 더 행복해하는 꿈을 꾸었겠지! 넬리는 내가 그따위 변화를 두려워하는 줄 알아? 난 캐시의 관 뚜껑을 들어 올릴 때 이미 그렇게 변화되었을 거라 생각했었어. 하지만 내가 죽어서 그런 변화를 함께할 수 있을 때까지는 그 변화가 시작되지 않으면 더 좋겠어. 게다가 내가 그녀의 감정 없는 얼굴에서 강렬한 인상을 받지 않았더라면, 그 이상한 감정은 좀처럼 사라지지 않았을 거야. 그 이상한 감정은 기묘하게 시작되었지. 넬리도 알다시피, 난 캐시가 죽은 뒤로 완전히 미쳐서 동틀 무렵부터 다음 날 동틀 무렵까지 계속 캐시에게 돌아와 달라고 끊임없이 빌었지. 유령으로라도 말이야. 난 유령이 있다고 굳게 믿거든. 난 유령이 사람들 사이에 존재할 수 있고, 또 진짜로 존재한다고 확신해!

캐시가 그곳에 묻히던 날에는 눈이 내렸어. 난 저녁때 교회 묘지로 갔어. 겨울처럼 살을 에는 듯한 바람이 휘몰아치고 사방에 인적 하나 없었어. 그녀의 바보 같은 남편이 그렇게 늦은 시간에 그 외딴 곳으로 발길을 할 것 같지도 않았고, 다른 사람이야 거기 올라올 일이 없었지.

나 혼자인 데다 우리 사이를 가로막고 있는 건 2미터도 채 안 되는 단단하지 않은 흙뿐이란 생각에 난 혼잣말을 했어.

'다시 한 번 캐시를 품에 안아 봐야지! 만약 캐시의 몸이 차가우면 이 북풍 때문에 내 몸이 차가워진 탓이고, 캐시가 움직이지 않는다면 잠들어서 그런 거라고 생각할 거야.'

나는 연장 창고에서 삽을 가져와 힘껏 땅을 파기 시작했는데, 관에 삽이 닿아 긁히는 소리가 났어. 그래서 삽 대신 손으로 관 뚜껑을 잡아당기기 시작했지. 나무 관 뚜껑에 박힌 나사못 주위가 벌어지기 시작하며 내가 목적한 바를 이루려던 참이었는데, 바로 그때 위에서, 무덤 가장자리에서 몸을 아래로 굽히며 누군가 한숨을 쉬는 소리가 들리는 것 같았어. 나는 '내가 이 관 뚜껑을 열고 나면 누군가 우리 둘을 함께 묻고 삽으로 흙을 덮어 주면 좋으련만!' 하고 중얼거리며 더욱 필사적으로 관 뚜껑을 뜯어내려고 했어. 바로 내 귓전에서 다시 한숨 소리가 들렸어. 진눈깨비가 가득 실린 바람 대신 따뜻한 숨결이 느껴지는 것 같았지. 난 피가 돌고 살이 붙어 있는, 살아있는 존재가 근처에 없다는 걸 알고 있었어. 하지만 비록 눈으로 분간할 순 없어도 어둠속에서 실체를 지닌 형체가 다가오면 누구나 또렷이 감지하듯이, 난 캐시가 그곳에 있다는 걸, 땅속이 아니라 땅 위에 있다는 걸, 또렷이 느낄 수 있었어.

갑자기 안도감이 심장에서 온몸으로 퍼져 나갔어. 난 고생스러운 작업을 멈추고 단번에 이루 말할 수 없을 정도로 위안을 받고 돌아섰어. 캐시의 영(靈)이 내 옆에 있었어. 내가 파낸 무덤을 다시 흙으로 채우는 동안 캐시의 영은 계속 거기에 있다가 나를 집으로 이끌었어. 넬리, 웃고 싶으면 웃어도 좋아. 하지만 난 집에 가면 그녀를 보게 되리란 확신이 들었어. 그녀가 내 옆에 있다고 확신했기 때문에 난 그녀에게 말을 걸지 않을 수 없었지.

워더링 하이츠에 도착하자 나는 현관문으로 열심히 달려갔어. 그런데 현관문이 잠겨 있더군. 그 넨장맞을 언쇼 놈과 내 마누라가 내가 들어오지 못하게 해 놓은 거였지. 난 들어가서 언쇼 놈을 숨이 막힐 정도로 세게 걷어차고는 위층의 내 방으로, 캐시가 쓰던 방으로 급히 뛰어올라가 조바심을 내며 방 안을 둘러봤어. 그녀가 내 옆에 있는 게 느껴졌어. 거의 보일 것 같으면서도 도통 보이질 않는 거야! 고뇌에 찬 간절한 열망, 잠깐 단 한 번만이라도 볼 수 있게 해 달라는 열띤 애원을 하며 난 피땀을 흘려야 했어. 하지만 난 잠깐만이라도, 단 한 번도 그녀를 볼 수 없었지. 그녀는 살아 있을 때도 걸핏하면 그러더니 또 내게 악마 같은 짓을 한 거지! 그리고 나는 그 후로 계속 더할 때도 있고 덜할 때도 있었지만 견딜 수 없는 극심한 고통에 시달려 왔어! 그야말로 지옥 같았지. 내 신경을 어찌나 팽팽히 당기며 심하게 괴롭히던지, 내가 질긴 놈이기에 망정이지 그렇지 않았다면 신경이 탁 풀려, 벌써 오래 전에 무기력한 린턴 꼴이 나고 말았을 걸.

헤어턴과 거실에 앉아 있을 때는 밖에 나가기만 하면 바로 캐시를 만날 것만 같았고, 황야를 돌아다닐 때는 집으로 들어오는 캐시를 만날 수 있을 것만 같았지. 그래서 외출을 하면 서둘러 돌아오곤 했는데, 틀림없이 캐시가 워더링 하이츠 어딘가에 있을 것만 같다는 확신이 들었거든! 그리고 캐시 방에서 잘 때는 ―이젠 그것도 못 하지만― 가만히 누워 있을 수가 없었는데, 내가 눈을 감자마자 캐시가 창 밖에 나타나거나 침상의 문을 열거나 방 안으로 들어오거나, 심지어는 어릴 때 그랬던 것처럼 사랑스러운 머리를 베개에 눕히거나 했기 때문이야. 그러면 난 캐시를 보려고 눈을 뜰 수밖에 없었어. 그래서 하룻밤에도 백 번을 넘게 눈을 감았다 떴다 했는데, 눈을 뜨면 늘 실망뿐이었지! 고문이 따로 없었어! 내가 밤새 끙끙대고 앓는 일이 잦으니까 급기야 악당 같은 조지프 영감탱이가 틀림없이 내 양심이 내 안에서 악마 노릇을 하고 있다고 믿기에 이르렀어.

그런데 이제 관 속의 캐시 얼굴을 보고 나니 조금이나마 진정이 돼. 장장 18년에 걸쳐 허깨비 같은 희망으로 나를 현혹시켜 1인치씩도 아니고 털끝만 한 틈보다도 더 조금씩 서서히 말려 죽어 가게 만들다니, 사람을 죽이는 방법치고는 정말 기묘한 방법이지!"

히스클리프 씨는 말을 멈추고 이마를 닦았습니다. 머리카락은 땀에 젖어 이마에 달라붙고 두 눈은 벽난로의 타다 남은 빨간 불씨에 고정되어 있었지요. 눈썹이 찌푸려지지 않고 관자놀이께로 추켜 올라가 있어서 험상궂은 인상은 약해졌지만 특유의 고뇌하는 표정과 한 가지 대상에 몰입해 정신적 긴장감으로 인한 고통스러운 표정이 드러나 보였어요. 딱히 저를 보고 한 말이 아니어서 저는 그냥 잠자코 있었습니다. 저는 그의 말을 듣고 싶지 않았거든요!

잠시 뒤 그는 다시 초상화를 보며 깊은 생각에 잠겼습니다. 그러더니 초상화를 떼서 내리고는 더 잘 보이는 곳에 놓고 감상하려는 듯이 소파에 기대 놓았습니다. 그렇게 정신이 팔려 있는데 캐서린 아씨가 들어와서 갈 준비가 다 되었다며 이제 자기 조랑말에 안장을 얹기만 하면 된다더군요.

"초상화는 내일 보내도록 해."

히스클리프 씨는 제게 말한 뒤, 아씨를 돌아보며 덧붙였어요.

"조랑말은 없어도 돼. 오늘 저녁은 날씨도 좋고, 또 워더링 하이츠에서는 조랑말이 필요 없을 거야. 어디를 가든 너의 발로 걸어가면 될 테니까. 자, 가지."

"잘 있어, 엘런 아줌마!" 하고 사랑스러운 우리 아씨가 속삭였어요. 아씨가 제게 입을 맞추는데 입술이 얼음장 같더군요.

"엘런 아줌마, 날 보러 와야 해. 잊지 마."

그러자 우리 아씨의 시아버지가 말하더군요.

"딘 부인, 그런 짓은 하지 않도록 조심해! 용건이 있으면 내가 이리로 올 테니까. 내 집에 와서 염탐하는 건 사절이야!"

그는 우리 아씨에게 앞장서라고 손짓을 했어요. 그러자 우리 아씨는 제 가슴을 도려내는 눈길로 돌아보고는 그가 시키는 대로 했어요.

저는 창문으로 그들이 뜰을 걸어 내려가는 모습을 지켜보았습니다. 히스클리프는 캐서린 아씨가 분명 처음에 싫다고 하는 것 같았는데도 아씨의 팔을 자기 팔에 꾹 끼우고 가더군요. 빠르게 성큼성큼 걸어 그가 급히 아씨를 끌고 오솔길로 들어서자 두 사람의 모습은 나무에 가려 버렸습니다.

제16장

저는 캐서린 아씨가 떠난 뒤에 한 번 워더링 하이츠를 찾아갔지만 아씨를 보지는 못했어요. 아씨의 안부가 궁금해서 찾아갔었는데 조지프가 손으로 문을 잡고 저를 들여보내 주질 않았지요. 새아씨는 '겁나 바쁘고' 주인 나리는 집에 없다면서요. 질라가 그곳이 돌아가는 이야기를 대충 해 주지 않았더라면 저는 누가 죽었는지 누가 살아 있는지도 모를 뻔했답니다.

질라가 캐서린 아씨를 거만하다고 생각해 아씨를 좋아하지 않는다는 걸 질라의 이야기로 짐작할 수 있었어요. 우리 아씨가 처음 그 집에 갔을 때 질라에게 뭘 좀 해달라고 부탁했는데 히스클리프 씨가 질라는 질라 할 일이나 하고 자기 며느리도 자기 일은 자기가 하게 놔두라고 했다더군요. 그러자 속 좁고 이기적인 여편네인 질라는 기꺼이 주인 말에 따랐지요. 캐서린 아씨는 질라가 자기를 소홀히 대하자 어린애처럼 짜증을 고스란히 드러내며 멸시로 갚아 줬어요. 그리고 이렇게 해서 아씨는 저의 정보원인 질라가 무슨 큰 잘못을 저지른 것마냥 아주 확실하게 자신의 적 가운데 한 사람으로 단정 짓게 되었던 것이지요.

여섯 주 전쯤, 그러니까 록우드 나리가 이곳에 오시기 얼마 전에, 하루는 황야에서 질라를 만나 한참 이야기를 나눴어요. 그때 질라가 제게 들려준 이야기는 이렇습니다.

"워더링 하이츠에 도착하자마자 새아씨가 어떻게 했는지 알아요? 아니 글쎄, 나와 조지프에게 잘 있었느냐는 인사 한마디 없이 위층으로 뛰어올라가 버리더라니까요. 새아씨는 린턴 도련님 방에 틀어박혀 아침까지 꼼짝도 않았어요. 그러더니 주인 나리와 헤어턴이 아침 식사를 하는데 거실로 들어와서는 몸을 덜덜 떨며 자기 사촌이 몸이 많이 아프니 의사를 불러다 줄 수 없냐고 묻더군요. 그러자 주인 나리가 대답했지요.

'그건 우리도 다 알고 있어! 하지만 녀석의 목숨은 한 푼의 값어치도 없어. 난 녀석에게 한 푼도 쓰지 않을 거야.'

'하지만 전 어떻게 해야 할지 모르겠어요. 아무도 도와주지 않는다면 그 앤 죽고 말 거예요!'

새아씨가 말하자 주인 나리가 소리쳤어요.

'이 방에서 나가! 그리고 그 녀석에 대해선 절대 한 마디도 내 귀에 더 들어오게 하지 마! 여기 있는 어느 누구도 그 녀석이 어떻게 되든 걱정하는 사람은 없으니까. 정 그렇게 걱정되거들랑 네가 간호해 주든가. 그렇지 않으면 녀석을 방에 가둬 두고 나와 버리든가!'

그러자 새아씨는 나한테 귀찮게 졸라 대기 시작했어요. 그래서 나는 그 성가신 린턴 도련님 때문에 이미 시달릴 만큼 시달렸다며 우린 각자 할 일이 있는데 새아씨의 일은 린턴 도련님 시중을 드는 것이라고, 주인 나리가 그 일은 새아씨에게 맡기라고 그랬다고 말해 줬죠.

어린 부부가 둘이서 어떻게 지냈는지는 난 몰라요. 아마 린턴 도련님은 굉장히 안절부절못하며 밤낮없이 끙끙 앓았을 거예요. 그리고 새아씨의 창백한 얼굴과 졸린 눈을 보건대 거의 쉬지 못했다는 걸 누구나 짐작할 수 있었지요. 새아씨는 가끔 정말 어찌할 바를 몰라 하며 부엌에 들어와서는 도움을 간절히 바라는 듯한 표정을 지어 보였지만, 저는 주인 나리의 명령을 거역하고 싶지 않았어요. 딘 부인, 제가 감히 어떻게 주인 나리의 명령을 거역하겠어요? 케네스 선생을 불러오지 않는 건 잘못된 일이라고 생각했다 할지라도 그러라고 권하거나 그러지 않는다고 항의하는 건 내 일이 아니잖아요. 그래서 그럴 때마다 난 늘 끼어들기 싫다며 거절했어요.

한두 번, 집안사람들이 모두 잠자리에 든 뒤에, 어쩌다 방문을 열었다가 계단 꼭대기에 앉아서 울고 있는 새아씨를 본 적이 있어요. 그럴 때면 난 마음이 동하여 끼어들고 싶어질까 봐 얼른 방문을 닫고 안으로 들어가 꼼짝도 하지 않았어요. 새아씨가 정말이지 불쌍하긴 했지만 그래도 난 내 일자리를 잃고 싶지 않았거든요!

결국 어느 날 밤, 새아씨가 대담하게도 내 방에 불쑥 들어와 나를 혼비백산하게 만들며 이렇게 말했어요.

'히스클리프 씨한테 가서 그의 아들이 죽어 가고 있다고 전해 줘요. 이번에는 틀림없이 죽는다고요. 당장 일어나서 그렇게 좀 전해 달라니까요!'

그 말을 하고는 새아씨가 다시 나가 버리더군요. 나는 덜덜 떨면서 귀를 기울인 채 15분 정도 누워 있었어요. 아무런 움직임 없이 집 안은 고요하기만 했어요.

난 '새아씨가 잘못 판단한 거야. 도련님이 고비를 넘긴 모양이야. 잠자는 사람들을 깨울 필요는 없겠어.'라고 혼잣말을 하고는 다시 잠들었어요. 그런데 요란하게 울리는 종소리에 두 번째로 잠을 깼어요. 우리 집에 종이라고는 딱 하나, 린턴 도련님이 쓰도록 달아 놓은 것뿐이었지요. 주인 나리가 나를 부르더니 무슨 일인지 가 보고 아들 부부에게 다시는 종을 울리지 못하게 하라더군요.

나는 새아씨가 아까 제 방에 와서 한 말을 주인 나리께 전했어요. 그러자 주인 나리는 혼자 욕지거리를 하더니 잠시 뒤 촛불을 켜 들고 나와 아들 부부의 방으로 향했어요. 나도 따라갔지요. 새아씨는 두 손을 무릎 위에 포갠 채 침대 옆에 앉아 있더군요. 그녀의 시아버지가 가까이 다가가 린턴 도련님의 얼굴에 촛불을 비추며 가만히 살펴보고 만져 보기도 한 다음 새아씨를 돌아보며 말했어요.

'자, 캐서린! 기분이 어떠냐?'

새아씨는 아무 말도 않더군요.

'기분이 어떠냔 말이다, 캐서린!'

주인 나리가 다시 묻자 새아씨는 이렇게 대답했어요.

'저 앤 이제 아무런 염려 없는 곳으로 갔고 저는 자유의 몸이 되었어요. 그러니 제 기분이 좋아야 하겠지요…… 하지만,'

새아씨는 쓰라린 마음을 감추지 못한 채 말을 이어 갔어요.

'너무나 오랫동안 저 혼자 죽음에 맞서 싸우도록 내버려져 있던 탓에 저는 오직 죽음만을 느끼고 죽음만을 볼 뿐이에요! 내가 죽은 것처럼 기분이 좋지 않아요!'

정말 새아씨는 그래 보였어요! 나는 새아씨에게 포도주를 조금 갖다 줬어요. 종소리와 발소리에 잠이 깬 헤어턴과 조지프가 문밖에서 우리 이야기를 듣고 있다가 그제야 방 안으로 들어오더군요. 조지프는 그 애가 없어져서 기쁜 모양이었어요. 헤어턴은 신경이 쓰이는 모양이었지만, 그래도 린턴 도련님 생각보다는 캐서린 아씨를 쳐다보는 데 더 정신이 팔려 있었지요. 하지만 주인 나리는 헤어턴에게 가서 다시 잠이나 자라고 하더군요. 그의 도움은 필요 없다면서요. 그 뒤 나리는 조지프를 시켜 자기 방으로 아들의 시신을 옮기게 하고는 나도 내 방으로 돌아가라고 했어요. 그래서 그 방에는 새아씨만이 홀로 남게 되었지요.

다음 날 아침, 주인 나리는 새아씨한테 아침 식사를 하러 내려오도록 전하라고 나를 올려 보냈어요. 새아씨는 이제 막 옷을 벗고 잠자리에 들려던 참이었는데 몸이 아프다더군요. 나는 당연히 그럴 만도 하다고 생각했어요. 주인 나리한테 고했더니 나리는 이렇게 대꾸하더군요.

'그럼, 장례식이 끝날 때까지 그냥 내버려 둬. 가끔 올라가서 필요한 거나 챙겨 주고. 몸이 나은 것 같으면 곧장 내게 알리도록 해.'"

질라의 말에 따르면, 캐시 아씨는 2주일을 위층에서 지냈는데, 질라는 하루에 두 번씩 아씨의 방에 들렀고, 좀 더 다정하게 대해 주려 했지만, 자기가 더 다정하게 대해 줄라 치면 우리 아씨가 거만한 태도로 단박에 물리쳤다더군요.

히스클리프 씨는 딱 한 번 위층에 올라갔는데, 아씨에게 린턴 도련님의 유언장을 보여 주기 위해서였어요. 린턴 도련님은 자신의 전 재산과 아씨의 소유였던 동산을 자기 아버지에게 유증했던 것이지요. 외삼촌이 돌아가시고 우리 아씨가 일주일간 집을 비운 사이, 그 가여운 것이 협박을 당했는지 꼬드김에 넘어갔는지는 몰라도 그런 짓을 했던 것이지요. 린턴 도련님이 미성년자라서 토지의 소유권에 대해서는 관여할 수 없었습니다. 하지만 히스클리프 씨는 자기 아내의 권리와 자신의 권리를 주장해 토지도 손에 넣었어요. 합법적으로 그랬겠지요. 어쨌든 우리 캐서린 아씨는 돈도 도와줄 사람도 없는 탓에 그의 소유권에 대해 문제 제기도 못 하고 있답니다.

질라는 이렇게 말했지요.

"그때 딱 한 번을 빼고는 나 말고 아무도 새아씨의 방에 얼씬도 하지 않았어요. 새아씨에 대해 물어보는 사람도 아무도 없었고요. 새아씨가 처음 거실로 내려온 건 어느 일요일 오후였어요.

내가 점심을 들고 올라갔는데, 새아씨가 추워서 이제 더 이상 못 견디겠다고 소리를 지르는 거예요. 그래서 내가 주인 나리는 스러시크로스 그레인지에 갈 거고 헤어턴과 나는 새아씨가 내려오지 못하게 막을 이유가 없다고 말했어요. 그래서 새아씨는 주인 나리가 말을 타고 떠나는 소리가 들리자마자 모습을 드러냈어요. 검은색 상복 차림에 금발의 곱슬머리는 퀘이커 교도처럼 단정하게 귀 뒤로 빗어 넘겼는데 빗질로는 곱슬머리가 펴지지 않았던 모양이에요.

조지프와 나는 대개 일요일마다 예배당에 가는데, (록우드 나리도 아시겠지만, 기머턴에 있는 교회에 지금 목사님이 안 계시다 보니, 감리교회인지 침례교회인지 모르지만 그 교회를 예배당이라고 부른답니다, 하고 딘 부인이 설명했다.) 조지프는 그날도 예배당에 갔지만, 나는 집에 남는 편이 낫겠다고 생각했어요. 젊은이들은 늘 연장자들이 옆에서 감독해 주는 게 더 좋거든요. 헤어턴이 수줍음이 많긴 하지만 행실이 반듯한 모범적인 청년은 아니니까요. 나는 헤어턴에게 그의 사촌이 우리와 함께 여기 앉아 있을 것 같은데, 사촌은 늘 안식일을 경건하게 보내는데 익숙한 사람이니, 사촌이 옆에 있는 동안에는 총을 손질하거나 실내에서 하는 자질구레한 일감에는 손대지 않는 게 좋겠다고 일러뒀어요.

요. 헤어턴은 그 소식에 얼굴을 붉히며 자기 손과 옷을 훑어봤어요. 그러더니 고래 기름과 화약을 보이지 않는 곳으로 당장 치워 버리더군요. 새아씨와 같이 어울리고 싶은 모양이었어요. 그리고 하는 짓으로 보아 짐작컨대, 볼품 있게 보이고 싶어 하는 것 같았고요. 그래서 저는 주인 나리가 옆에 있을 때는 감히 소리 내어 웃지 못하지만, 그때는 깔깔 소리 내어 웃으면서 원한다면 매무새 다듬는 걸 도와주겠다고 하며 그 애가 당황하는 걸 놀렸죠. 그랬더니 헤어턴이 골이 나서 욕을 퍼붓기 시작하더군요."

질라는 제가 자기 태도에 불쾌해한단 걸 눈치채고는 이렇게 말했어요.

"그런데 딘 부인, 부인은 부인의 어린 아씨가 헤어턴에게는 과분하다고 생각하겠지요. 그리고 부인 생각이 맞을 거예요. 하지만 솔직히 난 새아씨가 자존심을 한풀 꺾으면 좋겠어요. 이제는 새아씨가 아무리 박학하고 고상한들 무슨 소용 있겠어요? 새아씨는 이제 부인이나 나만큼 가난한걸요. 아니 우리보다 더 가난할지도 모르죠. 부인은 돈을 좀 모아 놨을 테고, 저도 조금이나마 그러려고 하고 있으니까요."

헤어턴 도련님은 질라가 매무새를 다듬어 주게끔 몸을 맡겼다더군요. 그리고 질라가 멋지다고 치켜세워 주자 기분 좋아하더래요. 그 가정부의 말에 따르면, 캐서린 아씨가 들어오자 헤어턴 도련님은 전에 모욕당했던 것은 거의 잊어버린 채 상냥하게 굴려고 애쓰더래요. 질라는 이렇게 말하더군요.

"새아씨는 고드름같이 냉랭하고 공주처럼 도도하게 걸어 들어오더군요. 내가 일어나서 앉아 있던 안락의자를 권했어요. 아니, 그런데 나의 공손한 대우에 콧방귀를 끼는 거 있죠. 헤어턴도 일어나 벽난로 가까이에 있는 긴 의자로 와서 앉으라고 권했어요. 새아씨한테 추워서 몸이 꽁꽁 얼었을 게 분명하다면서 말이죠.

'한 달 넘게 꽁꽁 얼어 있었어.'라고 새아씨가 최대한 경멸스러운 말투로 대답했어요.

그러고는 의자를 직접 들어다가 우리 두 사람에게서 멀찍이 떨어진 곳에 놓더군요.

새아씨는 몸이 녹을 때까지 앉아 있다가 방 안을 둘러보기 시작했는데 찬장에 책이 가득한 걸 발견했어요. 새아씨는 곧바로 일어나서 책을 꺼내려고 손을 뻗었지만 너무 높아서 닿질 않았어요.

새아씨의 사촌은 새아씨가 애쓰는 걸 잠시 지켜보고 있다가 마침내 용기를 내서 새아씨를 도와주었어요. 새아씨가 치맛자락을 잡아 펼치고 있자 헤어턴은 먼저 손에 잡히는 대로 책을 꺼내 치맛자락에 가득 채워 줬어요.

그 청년에게 그건 커다란 진전이었지만 새아씨는 고맙다는 말도 않더군요. 그래도 헤어턴은 새아씨가 자신의 도움을 받아들여 줘서 흐뭇한지, 새아씨가 그 책들을 뒤적거리고 있는 동안 과감히 뒤에 서서 책 속의 옛날 그림들 가운데에서 자기 맘에 드는 그림을 보면 몸을 굽혀 가며 손가락으로 가리키기도 했어요. 새아씨가 그의 손가락이 닿은 책장을 건방지게 홱 잡아채 버리는 데도 그는 기죽지 않았어요. 헤어턴은 조금 더 뒤로 물러서서 책 대신 새아씨를 바라보는 것으로 만족했지요.

새아씨는 책을 읽는 건지, 읽을 만한 걸 찾는 건지 계속 책을 보고 있었어요. 어느새 헤어턴의 주의는 점점 새아씨의 숱 많고 비단결 같은 곱슬머리로 쏠려 있었지요. 새아씨의 얼굴이 헤어턴에겐 보이지 않았고, 새아씨에게도 헤어턴의 얼굴이 보이지 않았어요. 그리고 아마 헤어턴은 자기가 무슨 짓을 하는지 거의 깨닫지 못했겠지만 촛불에 이끌린 어린애처럼, 마침내 눈으로 보고만 있다가 직접 손으로 만지는 데로 나아갔습니다. 헤어턴은 손을 내밀어 마치 새라도 되는 양 부드럽게 새아씨의 곱슬머리 한 가닥을 어루만졌어요. 그런데 그렇게 살살 만졌는데도 새아씨는 마치 목에 칼이라도 찔린 것처럼 화들짝 놀라 뒤를 돌아보는 것이었어요. 새아씨는 혐오스럽다는 듯한 말투로 소리를 질렀어요.

'당장 저리 비켜! 감히 날 만져? 왜 거기 서 있는 거야? 널 참고 봐 줄 수가 없어! 가까이 오기만 해 봐. 다시 2층으로 올라가 버릴 테니까.'

헤어턴은 심하게 얼빠진 얼굴로 뒷걸음질 쳤어요. 그는 긴 의자에 앉아 아주 조용히 있었고, 새아씨는 반 시간쯤 더 계속 책을 뒤적거리고 있었지요. 마침내 헤어턴이 내게로 건너오더니 이렇게 속삭이더군요.

'질라, 저 애헌티 우리에게 책을 읽어 달라고 부탁혀 봐. 암것도 안 허려니 주니가 나잖어. 그리고 난 그러고 싶어. 저 애가 읽어 주는 걸 듣고 싶단 말이여! 내가 원한다고 허지 말고 질라가 부탁허는 거라고 혀.'

그래서 저는 곧바로 말했지요.

'새아씨, 헤어턴이 새아씨가 우리한테 책을 읽어 줬으면 좋겠다는데요. 헤어턴이 무척 친절하게 받아들이고 대단히 고마워할 거예요.'

새아씨는 눈살을 찌푸리고 헤어턴을 쳐다보며 이렇게 대답했지요.

'헤어턴 씨, 그리고 당신들 모두, 다들 잘 알아 두는 게 좋겠군요. 당신들이 내게 위선적으로 친절하게 구는 척하며 베푸는 그 어떤 친절도 난 사절한단 걸요! 난 당신들을 경멸하고 당신들 어느 누구하고도 할 말이 없어요! 당신들 가운데 어느 한 사람에게서든 친절한 말 한마디만 들었더라도, 아니 어느 한 사람이라도 얼굴을 내비치기만 했더라도, 난 내 목숨이라도 기꺼이 내놨을 텐데, 다들 얼씬도 하지 않았잖아요. 하지만 난 당신들에게 불평할 생각 없어요! 추워서 어쩔 수 없이 여기 내려온 것이지, 당신들을 재미있게 해 주거나 당신들과 즐겁게 어울리려고 내려온 게 아니니까.'

'내가 뭘 어쨌는디? 왜 날 탓하는 겨?'라며 헤어턴이 말문을 열었어요. 그러자 새아씨가 대답했지요.

'아! 당신은 예외야. 난 당신 같은 사람이 날 걱정 안 해 준다고 섭섭했던 적은 한 번도 없으니까.'

헤어턴은 새아씨의 건방진 태도에 발끈해서 이렇게 반박했어요.

'허지만 난 몇 번이고 부탁혔는걸. 히스클리프 아저씨헌티 니 대신 내가 밤새 간호허게 혀 달라고 몇 번이고 부탁혔는디…….'

'닥쳐! 너의 그 불쾌한 목소리를 듣느니 차라리 밖으로 나가 아무 데로나 가 버리겠어!'라고 새아씨가 말하더군요.

'그럼 나 대신 지옥으로나 가 버리든지!'라고 헤어턴이 투덜대면서 주일에 하는 일을 더 이상 삼가야 할 이유가 없다는 듯이 총을 매달아 놓은 곳에서 그의 총을 풀어 내렸어요.

헤어턴이 이제 거리낌 없이 마구 지껄이자, 새아씨는 이내 자기 혼자만의 방으로 물러가는 게 좋겠다고 생각한 듯했어요. 하지만 서리가 내려 날이 더 추워지고 난 뒤부터는 새아씨도 어쩔 수 없이 체면을 버리고 점점 더 많이 우리와 같이 있을 수밖에 없었지요. 하지만 난 새아씨에게 내 착한 천성을 더 이상 멸시당하는 일이 없도록 주의했어요. 그래서 그 뒤로는 나도 새아씨 못지않게 뻣뻣하게 굴고 있답니다. 우리 가운데는 새아씨를 사랑하는 사람도 좋아하는 사람도 없어요. 그런데 없을 만도 하지 뭐예요. 새아씨에게 아주 짤막하게라도 뭐라고 한마디 했다간 누구든지 상관 않고 입술을 삐죽거리며 덤벼드니까요! 주인 나리한테까지 달려들어 겁도 없이 자길 때릴 테면 때려 보라고 대들기까지 하는걸요. 그러다 당하면 당할수록 점점 더 독살스러워지더군요."

저는 질라에게 이런 이야기를 듣고 처음에는 당장 일을 그만두고 작은 집을 하나 마련해서 캐서린 아씨를 데려가 함께 살기로 결심했습니다. 하지만 히스클리프 씨가 헤어턴 도련님에게 따로 집을 마련해 줄 리 만무한 것과 마찬가지로 저에게 그걸 허락해 줄 리도 만무했지요. 그러니 아씨가 재혼을 한다면야 모를까, 현재로선 해결책을 찾을 수가 없어요. 그리고 재혼 문제는 제가 어찌할 수 있는 일이 아니랍니다.

이로써 딘 부인의 이야기는 끝났다. 의사의 예측과는 달리 나는 빨리 원기를 회복하고 있어서, 이제 겨우 1월 둘째 주밖에 안 됐지만, 하루나 이틀 뒤에 말을 타고 워더링 하이츠에 가서 주인을 만나, 다음 여섯 달은 런던에 가서 지낼 것이니 원한다면 10월 이후에는 나 대신 새로 세 들 사람을 구해도 좋다고 알릴 작정이다. 난 그 무엇을 준대도 여기에서 다시 겨울을 나지는 않으려 한다.

제17장

어제는 청명하고 바람 한 점 없는 몹시 추운 날이었다. 나는 계획대로 워더링 하이츠로 갔다. 우리 집 가정부가 자기 아씨에게 짤막한 편지 하나를 전해 달라고 부탁했는데, 그 훌륭한 여인이 그런 부탁을 조금도 이상하게 여기지 않았기에 나는 거절하지 않았다.

현관문은 열려 있었지만, 철저한 경계 태세의 대문은 지난번 내가 찾아왔을 때와 마찬가지로 단단히 잠겨 있었다. 문을 두드려 정원 화단에 있는 헤어턴 언쇼를 불러냈고, 그자가 사슬을 풀어 문을 열어 줘서 나는 안으로 들어갔다. 그 친구는 촌사람치고는 잘생긴 편이다. 난 이번에는 그 친구를 특별히 주의해 보았다. 그런데 아무래도 그는 자신의 이점을 최대한 드러내지 않으려고 최선을 다하는 것처럼 보였다.

내가 히스클리프 씨가 집에 계시느냐고 묻자, 헤어턴이 지금 집에 없지만 점심때에는 돌아올 것이라고 대답했다. 시간이 열한 시여서 내가 안으로 들어가서 그를 기다리겠다는 뜻을 밝히자, 그는 즉각 손에 들고 있던 연장을 내팽개치고 주인의 대리가 아니라 감시인 역할을 하듯 나와 동행했다.

그와 함께 안으로 들어가니, 캐서린이 점심에 먹을 채소를 다듬으며 일을 거들고 있었다. 그녀는 처음 봤을 때보다 더 부루퉁하고 더 의기소침해 보였다. 캐서린은 내게 거의 눈길을 주는 일 없이 지난번과 마찬가지로 흔한 형태의 예의도 갖추지 않고 하던 일을 계속했다. 내가 고개를 숙이며 안녕하시냐고 인사를 했지만, 조금도 아는 체하지 않으며 대꾸도 전혀 하지 않았다.

'저 아가씬 그리 상냥하지 않은 것 같군. 딘 부인이 상냥한 아씨라고 그리 강조하더니만. 미인인 건 맞지만 천사는 아니야.'라고 나는 속으로 생각했다.

헤어턴이 캐서린에게 채소를 부엌으로 치우라고 무뚝뚝하게 말했다.

"네가 직접 치워!"

캐서린은 채소를 다 다듬자 그것을 밀치면서 말했다. 그러고는 창가에 있는 의자로 물러나 앉아 치마의 무릎 부분에다 순무 껍질을 놓고 새와 동물 모양을 새기기 시작했다.

나는 정원 경치를 내다보고 싶은 척하며 그녀 쪽으로 다가갔다. 그리고 헤어턴 눈에 띄지 않게 딘 부인의 편지를 교묘하게 그녀의 무릎에 떨어뜨렸다고 생각했는데, 그녀가 큰 소리로 이렇게 묻는 게 아닌가.

"이게 뭐예요?"

그러면서 그녀는 그걸 내던져 버렸다.

"당신의 오랜 지인인 스러시크로스 그레인지의 가정부가 보낸 편지요."

나는 그녀가 나의 선행을 폭로해 버려서 약이 오르기도 하고, 또 그걸 내가 쓴 편지라고 오해할까 봐 염려되어 얼른 대답했다.

그녀가 그 말을 듣고 반가워하며 그걸 주우려 했지만 헤어턴이 더 빨랐다. 헤어턴은 그 편지를 줍더니 히스클리프 씨가 먼저 봐야 한다고 말하면서 조끼 속에 집어넣었다.

그러자 캐서린은 아무 말 없이 우리에게서 얼굴을 돌리더니 아주 슬그머니 호주머니에서 손수건을 꺼내 눈가로 가져갔다. 그녀의 사촌은 약해진 마음을 억제하느라 잠시 씨름하더니 결국 그 편지를 꺼내 한껏 무례하게 그녀 옆의 바닥에 휙 내던졌다.

캐서린은 그 편지를 집어 들고 열심히 읽었다. 그런 뒤 나에게 자신의 옛 집에 사는 사람들과 동물들에 대해 질문을 몇 가지 하더니 언덕 쪽을 가만히 바라보며 혼잣말로 중얼거렸다.

"미니를 타고 저 아래로 내려가 보고 싶어! 저 위로도 올라가 보고 싶어! 아, 난 지쳤어. 난 오도 가도 못 하는 신세야, 헤어턴!"

그리고 그녀는 한숨 같기도 하고 하품 같기도 한 소리를 토해 내며 예쁜 머리를 창턱에 기대고는 우리가 자기를 보건 말건 관심도 없고 알지도 못한 채로 멍하니 슬픔에 빠져 들었다.

나는 얼마 동안 말없이 앉아 있다가 말을 걸었다.

"히스클리프 부인, 내가 부인에 대해 잘 알고 있단 사실을 모르실 테지요? 부인이 얼마나 친밀하게 여겨지는지, 부인이 내게 말을 걸지 않는 게 이상한 기분이 들 정도군요. 우리 집 가정부는 전혀 지칠 줄 모르고 부인 이야기며 부인 자랑을 늘어놓는답니다. 그런데 내가 만약 우리 집 가정부에게 부인이 자기 편지를 받고도 아무런 답변도 없었다는 말만 전하고 부인에 대한 소식이나 답장을 가져가지 않는다면 우리 집 가정부의 실망이 얼마나 크겠습니까?"

내 말에 캐서린이 놀란 듯한 표정으로 물었다.

"엘런 아줌마가 당신을 좋아하나요?"

"그럼요, 아주 좋아하지요."

내가 주저 없이 대답하자 캐서린이 이렇게 말을 이었다.

"그럼 엘런 아줌마한테 꼭 전해 줘요. 답장을 쓰고 싶지만 답장을 쓸 종이가 없다고요. 책도 한 권 없어서 책장을 찢어서 쓸 수도 없다고요."

그 말에 내가 이렇게 외쳤다.

"책이 없다니요! 책도 없이 이런 데서 어떻게 산단 말입니까? 제가 실례가 되는 질문을 한 건 아닌지 모르겠군요…… 저는 커다란 서재가 있는데도 스러시크로스 그레인지에서 지내는 게 정말 따분할 때가 많거든요. 제게서 책을 빼앗아 간다면 저는 절망에 빠지고 말겁니다!"

그러자 캐서린이 말했다.

"저도 책이 있을 때는 늘 책을 읽었지요. 그런데 히스클리프 씨는 전혀 책을 읽지 않아요. 그래서 그는 제 책들을 없앨 생각을 하게 된 거지요. 저는 몇 주 동안 책은 구경도 못 했어요. 딱 한 번, 조지프의 신학 서적들을 뒤진 적이 있었는데 조지프가 무척 화를 냈어요. 그리고 또 한 번은, 헤어턴, 네 방에 몰래 챙겨 둔 책들을 우연히 본 적이 있어. 라틴어 책에 그리스어 책, 그리고 소설책과 시집도 있던데, 그건 다 나의 오랜 벗과도 같은 책들이야. 소설책과 시집은 내가 이곳으로 가져온 건데, 까치가 그저 훔치는 재미로 은수저를 모으듯이 너도 내 책들을 그저 훔치는 재미로 모은 모양이지! 내 책들은 너한테 쓸모가 없잖아. 아니면 네가 못 읽으니 남도 못 읽게 하려는 고약한 심보로 내 책들을 감춰 놨겠지. 네가 날 시기해서 보물과도 같은 내 책들을 뺏으라고 히스클리프 씨를 꼬드긴 거 아냐? 하지만 난 그 책들 내용 대부분을 내 머리와 가슴에 새겨 놓았으니 넌 그걸 내게서 빼앗아 가진 못할 거야!"

헤어턴은 자기가 몰래 책을 모아 놓은 것을 사촌이 폭로하자 얼굴이 새빨개져서는 더듬거리며 아니라고 사촌의 비난을 부인했다. 나는 그 모습에 그를 두둔하고 나섰다.

"헤어턴 군은 지식을 넓히고 싶은 겁니다. 그는 부인의 높은 학식을 시기하는 게 아니라 본받고자 하는 거지요. 그도 몇 년 있으면 똑똑하고 학식 있는 사람이 될 겁니다!"

그러자 캐서린이 이렇게 대꾸했다.

"그러는 사이 그는 제가 멍청이로 전락하길 바라겠죠. 맞아요, 혼자 철자를 외우고 읽으려고 하는 걸 들었는데, 아주 실수투성이더군요! 헤어턴, 어제 했던 것처럼 「체비 체이스」(*15세기 영국의 이야기 시)를 다시 낭송해 보지 그래. 얼마나 웃겼는지 몰라! 난 다 들었어…… 네가 어려운 낱말을 찾아보려고 사전을 뒤적거리는 소리도, 사전에 적힌 설명이 무슨 뜻인지 몰라서 욕하는 소리도 다 들었다고!"

무식하다고 조롱할 땐 언제고, 이젠 또 무식을 벗어나려고 애쓴다고 조롱하다니, 그 청년은 분명 너무 불쾌한 모양이었다. 나 역시 같은 생각인 데다, 그가 무지몽매하게 키워진 자신을 깨우치려 처음으로 시도했던 일화를 딘 부인이 들려준 일이 떠올라 나는 또 한마디 거들고 나섰다.

"하지만 히스클리프 부인, 우리 누구에게나 시작이 있는 법이고, 문턱에서 걸려 비틀거리기 마련이잖아요. 그런데 그때 만약 우리의 스승이 우리를 도와주지 않고 멸시했다면, 우린 아직도 문턱에 걸려 비틀거리고 있을 겁니다."

그러자 캐서린이 대꾸했다.

"어머! 저는 헤어턴이 공부하는 걸 막겠다는 게 아니에요…… 그게 아니라, 그에게는 제 책을 몰래 가져가서 읽을 권리가, 절대 용납할 수 없는 실수와 틀린 발음으로 제 책을 우습게 만들 권리가 없단 거예요! 산문이든 운문이든 그 책들엔 저마다 사연들이 있어서 제게 귀중한 것들인데, 저딴 인간이 입에 올려 품위가 떨어지고 더럽혀지는 건 싫단 말이에요! 게다가 하필이면 제가 가장 즐겨 되풀이해서 읽는, 제가 가장 좋아하는 책들만 골라 갔지 뭐예요. 마치 악의를 품고 고의적으로 그런 것처럼요!"

헤어턴의 가슴이 잠시 조용히 들썩거렸는데, 그는 심한 굴욕감과 분노에 사로잡혔지만 그것을 억누르기가 쉽지 않은 모양이었다.

나는 그의 당혹감을 덜어 줘야겠다는 신사다운 생각에 자리에서 일어나 문간으로 자리를 옮겨 그곳에 서서 바깥 경치를 둘러봤다.

헤어턴도 나를 따라 자리에서 일어나더니 그곳을 나갔다. 하지만 대여섯 권의 책을 손에 들고 이내 다시 돌아와 캐서린의 무릎에다 집어 던지며 소리쳤다.

"가져가! 두 번 다시는 그딴 것들 듣고 싶지도 읽고 싶지도 생각하고 싶지도 않으니까!"

"나도 이젠 안 가져! 이제 이 책들을 보면 네가 연상될 테니까 꼴도 보기 싫어!" 하고 캐서린이 쏘아붙였다.

캐서린은 분명 자주 읽었던 것 같은 책을 한 권 펼치더니 글을 이제 갓 배우기 시작한 사람처럼 느릿느릿 한 대목을 읽었다. 그러고는 깔깔 웃으며 책을 내던졌다.

"그리고 이것도 들어 봐!"

캐서린이 계속 약을 올리며 옛 이야기 시 한 편을 앞서와 똑같은 말투로 느릿느릿 읽기 시작했다.

하지만 헤어턴도 자존심이 있는지라 더 이상 괴로움을 참으려 들지 않았다. 캐서린의 건방진 입놀림을 그가 손으로 저지하는 소리가 들렸는데, 나는 그게 전적으로 못마땅하지만은 않았다. 그 옹졸한 여자가 자기 사촌의 거칠지만 예민한 감정을 상하게 하려고 기를 썼으니, 그가 자신에게 괴로움을 안긴 자에게 그 괴로움을 청산해 갚아 줄 유일한 방법은 완력을 행사하는 것뿐이었다.

그런 뒤 그는 그 책들을 주워 모아 벽난로 속에 집어 던져 버렸다. 나는 홧김에 그런 제물을 바치는 것이 얼마나 괴로운 일인지를 그의 얼굴에서 읽을 수 있었다.

책들이 타들어 가는 동안 그는 그 책들에서 이미 얻었던 즐거움, 그리고 그 책들에서 얻으리라고 기대했던 승리감과 계속해서 커가는 즐거움을 상기하는 듯했다. 그리고 나는 그에게 남몰래 공부하고 싶게 만든 동기도 또한 알 것 같았다. 그는 캐서린이 자기 앞에 나타날 때까지는 날마다의 노동과 거친 동물적인 즐거움에 만족했을 것이다. 캐서린이 비웃는 것에 대한 수치심과 캐서린에게 인정받고 싶다는 바람이 보다 나은 사람이 되어야겠다는 그의 첫 번째 자극제가 되었을 것이다. 그런데 비웃음을 당하지 않고 인정을 받기는커녕, 보다 나은 사람이 되려는 그의 노력은 정반대의 결과를 낳고 말았던 것이다.

"하긴, 너 같은 짐승이 책에서 얻을 수 있는 건 기껏해야 이딴 것뿐이겠지."

캐서린이 상처 난 입술을 빨면서 분개한 시선으로 활활 타오르는 불길을 지켜보며 소리쳤다.

"그만 입 닥치는 게 좋을걸!"

헤어턴이 사납게 대꾸하고는 흥분된 나머지 더는 말을 잇지 못하고 부리나케 문 쪽으로 오는 바람에, 그곳에 서 있던 나는 그가 지나가도록 비켜 주었다. 그런데 그가 현관 앞 섬돌을 지나기도 전에 집으로 걸어 올라오던 히스클리프 씨가 헤어턴과 마주치자 헤어턴의 어깨를 잡으며 이렇게 물었다.

"왜 그러니, 얘야?"

"암 것도, 암 것도 아녀여!"라고 대답하고는 헤어턴은 슬픔과 분노를 혼자서 삭이려는 듯이 그를 뿌리치고 가 버렸다.

히스클리프 씨가 그의 뒷모습을 물끄러미 바라보다가 한숨을 쉬었다. 그리고는 자기 뒤에 내가 있는 줄도 모르고 중얼거렸다.

"내가 나 자신을 훼방 놓다니 참으로 이상야릇하군! 그렇지만 저 녀석의 얼굴에서 제 아비의 모습을 찾으려 해도 날이 갈수록 점점 더 그녀의 모습만 보이는걸! 도대체 저 녀석은 왜 저리 그녀를 닮은 걸까? 녀석의 얼굴을 차마 볼 수가 없어."

그는 눈길을 땅으로 떨구고 침울하게 안으로 걸어 들어왔다. 그의 얼굴에는 전에는 볼 수 없었던 불안하고 걱정스러운 표정이 어려 있었고, 몸도 더 여위어 보였다.

그의 며느리가 창문으로 그가 오는 것을 보고는 얼른 부엌으로 달아나 버려서 나는 혼자만 남게 되었다. 내가 인사를 건네자 그가 대답했다.

"이렇게 다시 바깥출입을 한 걸 보니 기쁘군요. 얼마간은 이기적인 이유에서 비롯된 기쁨이기는 하지만요. 이 적막한 곳에서 당신 대신 세 들 사람을 쉽게 구할 수 있을 것 같지 않거든요. 당신이 무엇 때문에 이런 곳으로 오게 됐을까 궁금했던 적이 여러 번 있었지요."

"이유 없는 변덕 때문이었던 것 같아요. 이번에도 또 이유 없는 변덕이 일어 이곳을 떠나려 합니다. 저는 다음 주 런던으로 떠날 겁니다. 그러니 열두 달로 계약된 임대 기간이 지나면 스러시크로스 그레인지에 계속 세 들 의향이 없다고 미리 말씀드리려고요. 저는 그 집에서 더 이상 살지 않을 생각입니다."라는 게 나의 대답이었다.

"오, 저런! 세상과 떨어져 사는 데 싫증이 난 모양이로군요? 하지만 당신이 그곳에 살지 않을 테니 집세를 깎아 달라고 부탁하러 왔다면 이렇게 찾아온 건 쓸모없는 짓이오. 나는 어느 누구에게서든 내가 마땅히 받아야 할 돈을 받아 내는 데 있어서는 절대 사정을 봐주는 법이 없으니까 말이오."

"집세를 깎아 달라고 온 게 아닙니다! 원하신다면 지금 당장 집세를 청산하지요."

나는 기분이 무척 상해서 소리치며 호주머니에서 약속 어음 기입장을 꺼냈다. 그러자 그가 차분하게 대꾸했다.

"아니, 아니오. 당신이 돌아오지 않더라도 집세로 제할 만한 것은 충분히 남아 있겠지요. 그러니 나야 그리 급할 것 없소이다. 자, 앉아서 우리와 같이 점심이나 듭시다. 다시 찾아올 염려가 없는 손님은 대개 환영받는 법이지요. 캐서린! 점심 식사를 차려. 어디 있는 거야?"

캐서린이 나이프와 포크가 담긴 쟁반을 들고 다시 나타났다.

"넌 조지프와 먹어. 그리고 손님이 가실 때까지 부엌에 있도록 해."

캐서린은 아주 고분고분 그의 지시를 따랐는데, 그의 명령을 어기고 싶은 유혹조차 들지 않는 듯했다. 시골뜨기들과 염세가들 틈에서 살다 보니 그녀는 더 나은 부류의 사람을 만나도 알아보지 못하는 모양이었다.

한편에는 엄숙하고 무뚝뚝한 히스클리프 씨를, 다른 한편에는 완전히 입을 꾹 닫은 헤어턴을 두고 앉아 나는 다소 불편한 식사를 하고 일찌감치 작별을 고했다. 그 집을 나서는 길에 뒷문으로 가서 캐서린을 마지막으로 살짝 보고 조지프 영감을 약 올려 줄 생각이었는데, 주인이 헤어턴에게 내 말을 끌고 오라는 명을 내리고 몸소 현관문까지 나를 바래다주는 바람에 나는 바라던 대로 할 수가 없었다.

나는 말을 타고 길을 내려오면서 생각했다.

'저런 집에서 살면 얼마나 적적할까! 린턴 히스클리프 부인의 착한 유모가 바라는 대로 부인과 내가 애정이 싹터 런던의 번화한 곳으로 함께 이주하게 된다면, 부인으로서는 동화보다 더 낭만적인 이야기가 실현되는 것일 텐데!'

제18장

1802년. 그 해 9월, 나는 북쪽 지방에 사는 친구에게서 자기네 황야 사냥터를 싹 쓸어 버리러 오라는 초대를 받았다. 그리고 그 친구의 집으로 가는 길에 뜻밖에도 기머턴에서 25킬로미터도 안 되는 곳을 지나게 되었다. 길가의 선술집에서 마부가 물통을 들고 내 말에게 물을 먹이고 있었는데, 그때 갓 수확한 새파란 귀리를 실은 짐수레가 지나가자 마부가 말을 걸었다.

"그거 기머턴에서 오는 거 아녀! 거긴 딴 디보다 추수가 석 주는 늦으니께."

"기머턴?"

내가 그 단어를 되뇌는데, 그 인근에서 살던 기억이 이미 아득하고 꿈처럼 어렴풋해져 있었다.

"아! 나도 거기 알아! 여기서 거리가 얼마나 되나?"

내가 묻자 마부가 대답했다.

"저 언덕을 넘으믄 20킬로미터 남짓 될 터인디 길이 울퉁불퉁하구먼요."

나는 갑자기 스러시크로스 그레인지에 들러 보고 싶은 충동에 사로잡혔다. 정오도 채 되지 않은 데다, 여인숙에서 지내느니 내 집 지붕 아래서 밤을 지내는 편이 나을 것 같단 생각도 들었던 것이다. 게다가 지금 하루쯤 짬을 낼 수 있을 때 집주인을 만나 일을 처리하면, 다시 그곳을 찾아가는 수고를 아낄 수도 있지 않겠는가.

잠시 쉬고 나서 나는 하인에게 그 마을로 가는 길을 알아보라고 일렀다. 그리고 말들이 무척 고생하긴 했지만 우리는 약 세 시간 만에 그곳에 용케 도착해냈다.

나는 하인을 마을에 남겨 두고 혼자 골짜기를 따라 내려갔다. 잿빛 교회는 더 잿빛으로 보였고, 적막한 교회 묘지는 더 적막해 보였다. 황야에 풀어 놓은 양 한 마리가 무덤 위의 잔풀을 뜯어 먹고 있는 게 눈에 띄었다. 상쾌하고 따뜻한 날씨였다. 나다니기에 좀 덥긴 했지만 위아래로 펼쳐진 기분 좋은 경치를 즐기는 데 방해가 될 정도는 아니었다. 내가 만약 8월이 더 가까운 때에 그 경치를 봤더라면, 틀림없이 그런 경치가 펼쳐진 이 한적한 곳에서 한 달을 허비하고 싶은 유혹을 받았을 것이다. 겨울에는 이보다 더 황량한 곳이 없지만, 산에 둘러싸인 골짜기들에다 히스 만발한 깎아지른 듯 가파른 저 언덕들에 이르기까지 여름에는 이보다 더 멋진 곳이 없다.

나는 해지기 전에 스러시크로스 그레인지에 도착해서 안으로 들어가기 위해 문을 두드렸다. 하지만 부엌 굴뚝에서 가느다랗고 파란 연기가 동그랗게 한 줄기 피어오르는 것으로 보아, 집

안사람들이 뒤채로 물러나 있어서 문을 두드리는 소리가 들리지 않는 모양이었다.

나는 말을 탄 채 안마당으로 들어갔다. 현관 입구에 아홉 살이나 열 살쯤 되어 보이는 여자애가 앉아서 뜨개질을 하고 있었고, 어떤 노파가 승마 발판에 비스듬히 기대앉아 깊은 생각에 잠긴 듯 담뱃대를 빨고 있었다.

"딘 부인 안에 있소?"

나는 노파에게 물었다.

"딘 마님 말이우? 없수다! 딘 마님은 여기 살지 않는디. 워더링 하이츠에 올라가 있다우." 하고 그 노파가 대답했다.

"그럼 할머니가 이 집 가정부시오?" 하고 내가 또 물었다.

"그렇수다. 내가 이 집을 지키고 있다우." 하고 노파가 대답했다.

"그렇군요. 나는 록우드라고 이 집 주인이오. 내가 묵을 만한 방이 있소? 오늘 밤은 여기서 묵어갈까 하는데."

그러자 노파가 놀라서 소리쳤다.

"여기 쥔 나리라고요! 아이고, 쥔 나리가 오실 줄 누가 알았겠수? 왜 오신다고 미리 기별을 안 하셨수! 하나같이 눅눅혀서 괜찮은 방이 없는디. 쓸 만헌 방이 하나도 없구먼요!"

노파가 담뱃대를 내던지고 허겁지겁 안으로 들어가자, 여자애도 뒤따랐고 나도 따라 들어갔다. 나는 노파의 말이 사실이란 것을, 게다가 달갑지 않은 나의 출현에 노파가 거의 혼이 다 나갔다는 것을 이내 알 수 있었다.

나는 노파에게 진정하라고 이르며, 산책 나갔다 올 테니 그동안에 거실 한쪽 구석에 저녁상을 차리고 잠자리를 마련해 놓기만 하라고 했다. 쓸고 닦고 할 건 없고, 그냥 불만 잘 지펴 놓고 마른 시트만 있으면 된다고 했다.

노파는 기꺼이 최선을 다할 기세로 보였다. 난로 청소 솔을 부지깽이로 잘못 알고 벽난로의 쇠 살대 안으로 쑤셔 넣기도 하고 다른 여러 도구들도 혼동하긴 했지만 말이다. 하지만 나는 노파가 내가 돌아올 때까지 쉴 곳 하나 마련해 놓을 기력은 있을 거라 믿으며 밖으로 나왔다.

나는 워더링 하이츠로 산책을 갈 생각이었다. 안마당을 벗어날 때 문득 뒤늦게 생각난 게 있어서 집 안으로 다시 발길을 돌렸다.

"워더링 하이츠에는 별고 없나?" 하고 나는 노파에게 물었다.

"예. 쇤네가 알기로는요!"

노파가 뜨거운 밑불이 담긴 그릇을 들고 종종걸음을 치면서 대답했다.

나는 왜 딘 부인이 스러시크로스 그레인지를 떠났는지 물어보려고 했지만, 그런 다급한 상황에서 노파를 붙들고 있을 수는 없어서 그냥 돌아 나와 버렸다. 그러고는 뒤로는 저무는 태양의 노을빛을, 앞으로는 온화한 달빛을 받으며 한가로이 걸어갔다. 노을빛은 점점 사라지고 달빛이 점점 환해질 무렵, 나는 그레인지의 숲을 벗어나 히스클리프 씨의 집 쪽으로 올라가는 돌투성이 샛길로 접어들었다.

워더링 하이츠가 보이는 곳에 아직 이르지도 않았는데 남아 있는 낮의 흔적이라고는 서쪽 하늘의 어슴푸레한 호박색 빛 한 줄기뿐이었다. 하지만 환한 달빛에 길 위의 자갈 하나, 풀잎 하나까지 다 보였다.

대문을 타고 넘거나 두드리지 않아도 되었는데, 손을 대자 그냥 열렸다.

나는 '많이 발전했는데!' 하고 생각했다. 그리고 또 발전된 점이 있었는데, 그건 코로 느껴졌다. 흔한 과실수들 사이에서 비단꽃향무와 꽃무 향기가 바람에 실려 왔던 것이다.

문도 창도 다 활짝 열려 있었다. 그렇지만 탄광 지방에서 대개 그렇듯이 보기 좋게 타오르는 빨간 불빛이 벽난로를 밝히고 있었다. 그 불빛을 보면 마음이 아늑해지니 조금 더운 것쯤은 참을 수 있는 것이다. 그래도 워더링 하이츠는 거실이 아주 널찍해서 그 집 사람들은 벽난로의 열기가 닿지 않게 물러나 있을 공간이 얼마든지 있었다. 그런 까닭에 그곳 사람들은 창문에서 그리 멀지 않은 곳에 자리 잡고 있었다. 집에 들어가기 전부터 그들의 모습이 보이고 말하는 소리도 들렸다. 그러다 보니 결과적으로 유심히 보고 귀 기울여 듣게 되었고, 그곳에서 그렇게 서성이는 동안 점점 호기심과 시기심이 뒤섞인 감정이 일었다.

"'컨-트러리'라니까! 벌써 세 번째라고, 이 바보야! 이제 다시는 안 가르쳐 줄 거야. 읽어 봐. 안 그러면 머리카락을 잡아당겨 버릴 거야!"

은방울처럼 감미로운 목소리의 주인공이 말했다.

"그래, 컨트러리. 아주 잘 읽었으니, 이제 뽀뽀해 줘."

굵지만 부드러운 또 다른 목소리가 대답했다.

"안 돼. 하나도 틀리지 않고 처음부터 정확하게 다시 읽어 봐."

남자가 글을 읽기 시작했다. 그는 점잖은 옷차림새의 청년으로, 책을 앞에 놓고 탁자에 앉아 있었다. 청년의 잘생긴 얼굴은 기쁨으로 환하게 빛났고, 청년의 시선은 조바심이 나서 가만있지 못하고 자꾸만 책장에서 벗어나 자기 어깨에 놓인 작고 하얀 손으로 향했다. 그러면 그 손의 임자는 그가 주의를 기울이지 않는 것을 알아챌 때마다 그의 뺨을 잽싸게 찰싹 때려서 정신을 차리게 했다.

그 손의 임자는 뒤에 서 있었다. 그녀가 그의 공부를 봐주기 위해 몸을 굽힐 때면 간간이 그녀의 빛나는 밝은 곱슬머리가 흘러내려 그의 갈색 머리카락과 엉켰다. 그리고 그녀의 얼굴을 그가 볼 수 없어서 다행이지, 안 그랬다면 그는 결코 가만히, 착실하게 앉아 있지 못했을 것이다. 하지만 그녀의 얼굴을 볼 수 있었던 나는, 그 매혹적인 미모를 바라보는 것 외에 다른 뭔가를 할 수 있게 됐을지도 모르는 기회를 날려 버린 게 분한 나머지 입술을 깨물었다.

실수도 없지 않아 있었지만 공부가 끝나자 제자가 상을 달라고 요구해 적어도 다섯 번은 입맞춤을 받았고, 또 자기도 아낌없이 입맞춤을 돌려주었다. 그런 뒤 두 사람은 문 쪽으로 왔는데, 둘이 주고받는 대화를 들어 보니 밖으로 나가 황야를 산책할 모양이었다. 그런데 바로 그때 내가 헤어턴 언쇼의 옆에 불운한 내 몸뚱이를 드러낸다면, 그자가 입 밖에 내어 말하지는 않더라도 마음속으로는 나를 지옥에서도 가장 밑바닥으로 떨어질 운명이라고 저주할 것만 같았다. 그래서 나는 무척 언짢고 악의에 찬 기분으로 살금살금 돌아 부엌으로 피신했다.

부엌 쪽도 문이 열려 있었다. 부엌 문간에 친근한 넬리 딘이 앉아 바느질을 하면서 노래를 부르고 있었는데, 안쪽에서 들려오는, 음악적인 어조와는 거리가 먼 말투의 경멸 가득한, 옹졸하고도 가혹한 말에 방해를 받아 중간에 자꾸 끊기곤 했다.

"니 노랫소리를 듣느니 차라리 아침부터 밤까정 욕지거리를 듣겄구먼!"

넬리가 뭐라고 했는지 들리지는 않았지만, 넬리의 말에 부엌 안쪽을 차지한 자가 대꾸했다.

"내 참말로 남부끄러워서 성경도 못 피겄다. 사탄도 모자라 세상 온갖 사악헌 것들을 찬양허는 노래나 불러 쌓고! 아이고! 니는 아무짝에도 쓸모없는 기집이구먼! 저쪽 기집도 마찬가지여. 느그들 틈에서 저 불쌍헌 데련님만 죽어나게 생겼구먼! 딱헌 데련님!"

그러고는 그가 신음을 토하면서 또 이렇게 덧붙였다.

"데련님이 귀신헌티 홀린 기 틀림없구먼! 오, 하느님, 저것들 심판 좀 해 주시면 좋겄구먼요! 우리 세상에는 저것들을 다스릴 법도 정의도 없으니께여!"

그러자 노래를 부르던 넬리 딘이 쏘아붙였다.

"없고말고요! 그렇지 않았다면 우리는 활활 타오르는 장작단에 올라앉아 화형당하고 있겠지요. 이봐요, 영감님, 제발 말 좀 그만하고 기독교도답게 성경이나 읽으라고요. 내 일엔 전혀 상관 말고요. 이 노래는 「요정 애니의 결혼」이라는 아름다운 곡이에요. 춤추기에도 좋은 곡이고요."

딘 부인이 다시 노래를 시작하려는 참인데, 바로 그때 내가 다가가자 딘 부인은 바로 나를 알아보고 벌떡 일어나며 외쳤다.

"어머나, 세상에, 록우드 나리 아니세요! 어떻게 이렇게 갑자기 돌아오실 생각을 하신 거예요? 스러시크로스 그레인지는 다 잠가 버렸는데요. 기별이라도 하고 오시지 않고요!"

"내가 머물 동안만 거기서 숙박할 수 있게 준비해 달라고 일러두고 왔네. 난 내일 다시 떠날 걸세. 그런데 딘 부인은 어쩌다 여기로 옮기게 된 건가? 그 이야기나 해 보게나."

"질라가 일을 그만두고 나갔어요. 그래서 나리가 런던으로 떠나시고 얼마 안 되어 히스클리프 씨가 저더러 이곳으로 와서 나리가 돌아오실 때까지만 있어 달라고 했어요. 어서 이리 들어오세요! 이 시각에 기머턴에서 걸어오신 거예요?"

"그레인지에서 오는 길이네. 거기에서 내가 묵어갈 수 있도록 준비를 하는 동안, 자네 주인과 일을 마무리 지으려고 온 거네. 앞으로 얼마간은 다시 기회를 내기가 힘들 것 같아서 말이지."

그러자 넬리가 나를 거실로 안내하며 물었다.

"무슨 일이신데요, 나리? 여기 주인 나리는 지금 나가고 안 계세요. 금방 돌아오시지는 않을 거예요."

"집세에 관한 일이네."

"그렇군요! 그건 우리 아씨, 히스클리프 부인과 해결하셔야지요. 아니 그보단 저와 해결하는 게 낫겠군요. 우리 아씨는 아직 그런 일을 어떻게 처리해야 하는지 배우질 못해서 제가 대신하고 있답니다. 다른 사람은 아무도 없으니까요."

나는 깜짝 놀란 표정을 지었다.

"어머나! 나리는 아직 히스클리프 씨가 돌아가셨단 소식을 듣지 못했나 보군요!"

"히스클리프 씨가 돌아가셨다고? 얼마나 되었는가?" 하고 내가 깜짝 놀라 큰 소리로 물었다.

"석 달 됐어요. 일단 좀 앉으세요. 모자도 벗어 이리 주시고요. 다 말씀드릴 테니까요. 가만, 아직 아무것도 안 드셨겠네요?"

"아무것도 안 먹고 싶네. 집에 저녁을 차려 두라고 일러 놓고 왔으니, 딘 부인도 앉게. 그가 죽을 줄은 꿈에도, 전혀 생각 못 했는데! 어떻게 된 일인지 들어나 보세. 그들은 한동안은 돌아오지 않는다고 그랬지? 그 젊은이들 말일세."

"예. 아주 늦도록 쏘다녀서 제가 매일 저녁 야단을 쳐야 해요. 그래 봤자 제 말을 듣지 않지만요. 아무튼, 그럼 오래 숙성시킨 맥주라도 한 잔 드세요. 피곤해 보이시는데 마시면 기운이 좀 나실 거예요."

내가 사양할 틈도 없이 딘 부인이 서둘러 맥주를 가져오려고 하자 조지프가 말하는 소리가 들렸다.

"저 나이에 놈팽이를 끌어들이다니 지독헌 추문 아녀? 거다 또 쥔장의 술 창고에서 맥주꺼정 퍼다 멕이려 들다니! 쥔장이 아직 살아 있어 저 꼬라지를 봤으면 을매나 원통헐꼬."

딘 부인은 멈춰 서서 응수하지 않고 그냥 나가더니 커다란 은잔에 거품 가득 맥주를 부어서 금방 다시 돌아왔다. 나는 맥주 맛이 좋다고 열성적으로 한껏 칭찬해 줬다. 그런 뒤 딘 부인이 내게 히스클리프 씨에 얽힌 뒷이야기를 들려줬다. 딘 부인의 표현을 빌리자면, 그는 '기묘한' 최후를 맞았다고 한다.

나리가 떠나신 지 2주도 안 되어, 저는 워더링 하이츠로 오라는 부름을 받았어요. 저는 캐서린 아씨를 위해서 즐겁게 부름에 응했지요.

아씨와 다시 처음 만났을 때 제가 얼마나 비통하고 충격을 받았는지 몰라요! 우리가 떨어져 지낸 뒤로 아씨는 엄청나게 많이 변했더군요. 히스클리프 씨는 왜 마음을 고쳐먹고 저를 이곳으로 불렀는지는 설명하지 않았어요. 그는 그저 제가 필요하다면서 캐서린 아씨를 보는 데 넌더리가 났다고만 말하며, 린턴 도련님이 쓰던 작은 응접실을 저의 거실로 쓰면서 아씨와 같이 있으라더군요. 자신은 어쩔 수 없이 하루에 한두 번 봐야 하는 걸로도 충분하다면서요.

캐서린 아씨는 일이 그런 식으로 처리되자 기쁜 모양이었어요. 저는 우리 아씨가 스러시크로스 그레인지에서 즐겨 읽던 책이며 좋아하던 다른 물건들을 조금씩 몰래 날라다 놓고는 이만하면 우리가 그런대로 안락하게 지낼 수 있겠다며 혼자 우쭐해했답니다.

하지만 그 망상은 오래가지 못했습니다. 캐서린 아씨는 처음에는 만족했지만 얼마 안 가 점점 짜증을 내며 가만히 있지를 못하더군요. 아씨가 그렇게 된 한 가지 이유는, 아씨는 정원 밖으로 나가는 게 금지되어 있었는데, 봄이 끝나 가는 마당에 좁은 정원 경계 안에만 갇혀 있자니 무척 애가 탔기 때문이었지요. 또 다른 이유는, 제가 집안일을 하느라 어쩔 수 없이 자꾸만 아씨 곁을 떠나게 되었기 때문이에요. 그러면 아씨는 혼자 쓸쓸하게 있기 싫다고 불평했어요. 그러면서 혼자 평화롭게 앉아 있기보다는 차라리 부엌으로 와서 조지프와 옥신각신 말다툼하는 걸 더 좋아하더라고요.

저는 둘의 작은 언쟁 따위엔 신경 쓰지 않았어요. 하지만 주인 나리가 거실에 혼자만 있고 싶어 할 때면, 헤어턴 도련님도 어쩔 수 없이 부엌으로 피해 와야만 하는 일이 잦아서 신경이 쓰였어요. 처음에 아씨는 도련님이 부엌으로 오면 자리를 뜨거나 조용히 제 일을 거들 뿐, 도련님 쪽으로는 눈길도 주지 않고 말도 건네지 않았어요. 그리고 도련님 또한 늘 아주 뚱하니 말이 없었지요. 그런데 얼마 지나자 아씨의 태도가 돌변해 도련님을 가만 놔두질 않더군요. 도련님한테 말을 걸기도 하고, 도련님이 멍청하고 게으르다고 지적을 하기도 하고, 어떻게 그런 삶을 견뎌 낼 수 있는지, 어떻게 저녁 내내 난롯불만 바라보다 꾸벅꾸벅 졸며 앉아 있을 수 있는지 놀라워하기도 했지요. 한번은 아씨가 이렇게 말하더군요.

"저 앤 꼭 개 같아. 그렇지 않아, 엘런 아줌마? 아니면 짐마차를 끄는 말 같다고나 할까? 매일같이 늘 일하고 먹고 자기만 하니까 말이야! 얼마나 마음이 삭막하고 처량할까! 헤어턴, 넌 꿈을 꾸기는 하니? 만약 그렇다면 무슨 꿈을 꿔? 아참, 넌 나한테 말 안 하지!"

그러고는 아씨는 헤어턴 도련님을 쳐다보았어요. 하지만 도련님은 또다시 입을 열려고도 아씨를 쳐다보려고도 하지 않았어요. 그러자 아씨가 그냥 계속 혼자 말을 이어 갔지요.

"저 앤 아마 지금도 꿈을 꾸고 있을 거야. 우리 집 암캐 주노가 어깨를 움찔하는 것처럼 저 애도 어깨를 움찔했잖아. 엘런 아줌마, 아줌마가 저 애한테 한번 물어봐."

"아씨가 예의 바르게 행동하지 않으면 헤어턴 도련님이 주인 나리한테 일러바쳐 아씨를 위층으로 보내 버릴걸요!"라고 제가 대꾸했어요. 도련님은 어깨를 움찔할 뿐만 아니라 주먹도 불끈 쥐었는데, 마치 주먹을 휘두르고 싶은 유혹이 이는 듯했어요.

또 언젠가 아씨는 이렇게 소리친 적도 있었어요.

"내가 부엌에 있을 때 헤어턴이 왜 입도 벙긋 않는지 난 알아. 저 앤 내가 자길 비웃을까 봐 두려운 거지. 엘런 아줌마, 어떻게 생각해? 언젠가 저 애가 혼자 읽기 공부를 시작한 적이 있었어. 그런데 내가 막 웃으니까, 책을 태워 버리고 공부를 그만둬 버리지 뭐야. 저 애 정말 바보 같지 않아?"

"그건 아씨가 못되게 군 거 아니에요? 안 그래요?" 하고 제가 말했어요.

"아마도 그렇겠지. 하지만 난 저 애가 그토록 바보 같을 줄은 예상도 못 했단 말이야. 헤어턴, 내가 너한테 책을 준다면 이젠 받을 거야? 받나 안 받나 시험해 봐야지!"

아씨는 자기가 읽고 있던 책을 도련님의 손에 올려놓았어요. 그러자 도련님은 그 책을 내동댕이치면서 당장 그런 짓을 그만두지 않으면 모가지를 분질러 버리겠다고 중얼거렸어요.

"그래, 그럼 책은 여기 놔둬야겠네. 책상 서랍 속에 말이야. 난 이제 자러 갈래."라고 아씨가 말하더군요. 그러고는 제게 도련님이 책에 손을 대는지 잘 지켜보라고 귓속말로 이르고는 자리를 떴습니다. 하지만 도련님은 그 책 근처로는 오려고도 하지 않았어요. 제가 다음 날 아침 아씨에게 그렇게 고했더니 아씨는 크게 실망하더군요. 아씨는 도련님이 끈덕지리만치 부루퉁하고 나태하게만 지내는 걸 안타까워하는 듯했어요. 자기 때문에 도련님이 스스로를 향상시키려던 걸 접게 되었다고 아씨는 양심의 가책을 느꼈던 것이지요. 그것도 완전히 접게 만들었으니까요.

하지만 아씨는 자신의 잘못을 만회하기 위해 머리를 썼습니다. 제가 다림질을 하거나 응접실에서는 못 하고 아래층에 머무르면서 해야 하는 다른 일이 있는 동안이면, 아씨는 재미있는 책을 가져와 제게 큰 소리로 읽어 주고는 했어요. 헤어턴 도련님이 거기에 있으면, 아씨는 대개 흥미진진한 대목에서 딱 멈추고는 책을 그냥 아무데나 내려놓고 나가더군요. 아씨는 그러기를 여러 차례 되풀이했어요. 하지만 도련님은 노새처럼 고집이 세서 아씨의 미끼를 덥석 물지 않았어요. 비 오는 날이면 도련님은 조지프와 벽난로 가를 한쪽 씩 차지하고 자동 장치처럼 앉아 담배를 피우곤 했어요. 나이든 쪽은 다행히 귀가 먹어서, 그가 알아들었더라면 사악한 허튼소리라고 했을 아씨의 책 읽는 소리를 알아듣지 못했어요. 나이 어린 쪽은 아씨의 소리를 애써 듣지 않는 척했지요. 날씨가 좋은 저녁이면 헤어턴 도련님은 사냥을 하러 나갔어요. 그러면 캐서린 아씨는 하품을 하고 한숨을 쉬면서 자기에게 말 좀 하라고 저를 들볶다가는 제가 말을 꺼낼라 치면 곧바로 마당이나 정원으로 뛰쳐나가 버리더군요. 그리고 마지막에는 울음을 터트리면서 자기는 사는 게 넌더리가 나고 자기 삶은 아무 쓸모가 없다며 한탄하기까지 했답니다.

히스클리프 씨는 점점 더 사람들과 어울리기를 거부하더니 헤어턴 언쇼 도련님도 방에 거의 들이지 않기에 이르렀어요. 3월 초, 헤어턴 도련님은 사고를 당하는 바람에 부엌에서 여러 날을 틀어박혀 있게 되었어요. 혼자 언덕으로 사냥을 나갔다가 총이 터지는 바람에 팔에 파편이 박혀, 집으로 돌아오는 길에 피를 많이 흘렸던 것이지요. 그 결과 도련님은 회복될 때까지 부득이 난롯가에서 안정을 취하며 있을 수밖에 없게 되었습니다.

캐서린 아씨는 도련님이 부엌에 있게 돼서 좋은 모양이었어요. 어쨌든 아씨는 이제 더욱더 위층의 자기 방에 있는 걸 싫어하게 되었어요. 그래서 저를 따라 아래층으로 내려가려고 저한테 아래층에서 할 일을 찾아내라고 닦달하곤 했지요.

부활절 다음 월요일, 조지프는 소를 몇 마리 끌고 기머턴 장에 갔습니다. 그리고 오후에 저는 부엌에서 식탁보와 침구류를 손질하느라 바빴지요. 도련님은 여느 때처럼 시무룩하게 벽난로 구석에 앉아 있었고, 우리 아씨는 유리창에 그림을 그리기도 하고 소리 낮춰 한바탕 노래를 불렀다가는 또 속삭이듯 뭐라고 쫑알거리기도 하면서 혼자 이리저리 놀며 한가한 시간을 보내고 있었어요. 그러면서 사촌 쪽을 약이 오르고 조바심 난 시선으로 재빨리 흘끗 보고는 했는데, 도련님은 요지부동으로 담배만 피우며 벽난로만 들여다보고 있었어요.

창문 앞에서 그러고 있으니 빛을 가려서 더 이상 일을 못 하겠다고 제가 아씨에게 말했더니, 아씨는 벽난로 쪽으로 자리를 옮겼습니다. 저는 아씨가 어떡하고 있는지 별로 주의를 기울이지 않았지만 이내 아씨가 도련님에게 말을 거는 소리가 들렸어

요.

"헤어턴, 난 알게 됐어. 난 이제 네가 내 사촌 오빠 노릇을 해 주기를 바라고, 또 그래 주면 기쁠 거라는 걸. 네가 나한테 그렇게 화를 내고 거칠게 대하지만 않는다면 말이야."

헤어턴 도련님은 아무 대꾸도 하지 않았어요.

"헤어턴, 헤어턴, 헤어턴! 안 들려?" 하고 아씨가 계속 말을 걸었습니다.

"절루 꺼지지 못혀!"라며 헤어턴 도련님이 단호하고 무뚝뚝하게 으르렁거리듯 쏘아붙였어요.

"그 담뱃대부터 좀 치워야겠어."라면서 아씨가 조심스럽게 손을 내밀어 도련님의 입에서 담뱃대를 뽑아 버렸어요.

도련님이 도로 빼앗으려고 시도할 틈도 주지 않고 아씨는 담뱃대를 부러뜨려 불 속으로 던져 버렸어요. 도련님은 아씨에게 욕을 퍼부으며 다른 담뱃대를 집어 들더군요.

"그만 피워. 먼저 내 이야기 좀 들어 봐. 담배 연기가 내 얼굴 앞에 둥둥 떠다니니 말을 못 하겠단 말이야!" 하고 아씨가 소리쳤어요.

"뒈져 지옥으로나 떨어져라! 날 가만 내버려 두지 못혀!" 하고 도련님이 사납게 외쳤어요.

하지만 아씨는 물러서지 않았어요.

"싫어. 그렇게는 못 하겠어. 내가 어떻게 해야 네가 나한테 말을 할지 알 수가 없어. 넌 내 말을 듣지 않기로 결심한 모양이지? 내가 널 바보 같다고 했던 건 나쁜 뜻으로 그런 게 아니야. 널 경멸하려고 그랬던 게 아니란 말이야. 그러니, 헤어턴, 날 좀 봐. 넌 내 사촌이잖아. 그러니까 너도 나를 사촌으로 받아들여야지."

"난 니깟 것허고는 아무 사이도 아녀. 더럽게 빼기고 참말로 비열허게 사람을 놀리기나 혀는 주제에! 내가 다시 니깟 것헌티 곁눈질이라도 허면 내 몸뚱이도 영혼도 지옥으로 갈겨! 썩 비켜! 당장!"

캐서린 아씨는 얼굴을 찌푸리더니 입술을 깨물고 창가의 자리로 물러났습니다. 그러고는 기이한 곡조를 흥얼거리며 금방이라도 터져 나오려는 울음을 애써 감추려 했어요.

"헤어턴 도련님, 사촌 동생과 사이좋게 지내셔야죠. 아씨가 건방지게 굴었다고 뉘우치고 있잖아요! 아씨와 친하게 지내면 도련님에게 많이 이로울 거예요. 도련님을 완전히 다른 사람으로 만들어 줄 거예요." 하고 제가 끼어들어 말했어요.

그러자 도련님이 버럭 소리를 질렀습니다.

"친허게 지내라고? 저 기집이 날 미워허고 나를 지 발싸개만도 못헌 놈이라고 생각허는디! 싫어! 나를 왕으로 만들어 준다혀도 저딴 기집의 호의를 구허려고 더 이상 멸시당허지는 않을겨."

"내가 널 미워하는 게 아니라, 네가 날 미워하는 거지! 넌 히스클리프 씨 못지않게, 아니 그보다 더 날 미워하잖아."

캐시 아씨가 더 이상 속상한 마음을 숨기지 못하고 울음을 터트리며 대들자, 도련님이 이렇게 쏘아붙였어요.

"아이고, 거짓말도 참말로 잘허네. 그럼 내가 뭣허러 골백번이나 니 편을 들다가 히스클리프 아저씨 화를 돋웠겄냐? 것두

니가 나를 비웃고 멸시허는 디 말이여. 글구…… 어디 계속 날 귀찮게 혀 봐. 저쪽 방으로 들어가서 니가 내를 들들 볶아 부엌에서 내몰았다고 일러바쳐 버릴 테니께!"

그러자 아씨가 눈물을 훔치며 말했어요.

"난 네가 내 편인 줄은 몰랐어. 비참했던 탓에 모두에게 모질게 굴었던 거야. 하지만 이제 너한테 고맙게 생각해. 그리고 날 용서해 줘. 그것 말고는 내가 달리 뭘 할 수 있겠어?"

아씨는 다시 벽난로 쪽으로 돌아가 거리낌 없이 손을 내밀었어요.

도련님의 얼굴이 먹구름이 낀 것처럼 어두워지고 찌푸려지더니, 두 주먹을 불끈 쥐고 방바닥만 뚫어져라 응시했어요.

캐서린 아씨는 도련님이 그렇게 완강한 태도를 취하는 것은 고집이 세고 성미가 비뚤어진 탓이지 자기를 싫어해서가 아니란 것을 본능적으로 알아차린 게 틀림없었어요. 결심이 서지 않아 잠깐 서 있다가 몸을 굽히고 도련님의 뺨에 가볍게 입을 맞춘 걸 보면 말이지요.

장난꾸러기 아씨는 제가 자기를 못 본 줄 알고 아주 점잖게 앞서 있었던 창가의 자리로 다시 물러났어요.

저는 나무라듯 고개를 절레절레 저었어요. 그러자 아씨가 얼굴을 붉히며 목소리를 낮춰 이렇게 말하더군요.

"그래! 엘런 아줌마, 내가 어떻게 했어야 했는데? 저 애가 악수는커녕 나를 쳐다보려고도 하질 않잖아. 난 내가 자기를 좋아한다는 걸, 내가 자기와 친해지고 싶어 한다는 걸 어떻게 해서든 보여 주고 싶었단 말이야."

아씨의 입맞춤에 헤어턴 도련님이 설득당한 건지 아닌지는 모르겠어요. 도련님은 잠시 얼굴을 보이지 않으려고 무척 조심했지요. 그리고 얼굴을 들었을 때는 눈을 어디에 둬야 할지 몰라 몹시 곤혹스러워 하더군요.

캐서린 아씨는 좋아 보이는 책 한 권을 흰 종이로 깔끔하게 포장한 다음, 리본으로 묶고는 거기에다 '헤어턴 언쇼 오빠에게'라고 쓰더니 저한테 자기 대신 거기 적힌 수령인에게 그 선물을 전해 달라고 부탁했어요.

"그리고 이렇게 전해 줘. 만약 이 선물을 받아 주면 내가 가서 제대로 읽는 법을 가르쳐 줄 거고, 만약 받아 주지 않는다면 난 위층에 올라가서 두 번 다시는 귀찮게 하지 않을 거라고 말이야."

저는 그것을 들고 가서 저를 대신 보낸 사람이 초조하게 지켜보는 가운데 그 말을 그대로 전했습니다. 헤어턴 도련님이 손을 펴려고 하지 않아서 저는 그것을 도련님의 무릎 위에 놓아 주었어요. 도련님은 그것을 내동댕이치지는 않더군요. 저는 하던 일을 하러 돌아갔어요. 캐서린 아씨는 머리와 두 팔을 탁자 위에 기대고 있었는데, 마침내 조그맣게 바스락거리며 포장지 뜯는 소리가 났어요. 그러자 아씨가 슬그머니 그쪽으로 가서 사촌 옆에 조용히 앉는 게 아니겠어요. 도련님이 몸을 떨며 얼굴을 붉혔는데, 무례한 태도도 퉁명스럽고 거친 모습도 완전히 사라져 있었지요. 도련님은 처음에는 아씨의 캐묻는 듯한 표정과 속삭이는 듯한 애원에도 한마디도 대답할 용기를 내지 못했어요.

"날 용서한다고 말해 줘, 헤어턴 오빠, 어서! 그 짧은 말 한마디로 오빠는 나를 정말 행복하게 해 줄 수가 있단 말이야."

도련님은 들리지 않는 소리로 뭐라고 중얼거렸어요.

"그리고 내 친구도 되어 줄 거지?"

캐서린 아씨가 미심쩍은 듯 덧붙여 물었어요.

"안 뎌! 넌 평생을 매일같이 날 챙피혀힐 겨. 니가 내를 알믄 알수록 더 챙피혀힐 턴디, 내는 그걸 참을 수가 읎다구."

"그래서 내 친구가 되어 줄 수 없단 거야?"

아씨가 꿀만큼이나 달콤한 미소를 지으면서 슬쩍 도련님에게 바싹 다가앉았어요.

둘이 주고받는 말소리가 제게는 더 이상 또렷이 들리지 않았어요. 하지만 제가 다시 돌아봤을 때, 둘이 굉장히 환한 얼굴로 도련님이 선물로 받은 책을 펼쳐 놓고 같이 내려다보고 있는 모습을 보고는, 양측이 협정을 맺어 원수 같았던 그 둘이 이제부터는 막역한 맹우가 되었음을 의심치 않았지요.

그들이 보고 있는 책에는 귀중한 그림들이 가득했어요. 그 그림들에도, 또 그렇게 같이 앉아 있는 것에도 매료되어, 둘은 조지프가 집으로 돌아올 때까지도 꼼짝 않고 계속 그대로 앉아 있었습니다. 그 불쌍한 영감은 캐서린 아씨가 헤어턴 언쇼 도련님과 같은 의자에 앉아 한 손을 도련님의 어깨에 올려놓고 있는 광경을 보고 완전히 경악하더군요. 자기가 애지중지하는 도련님이 아씨와 아무렇지도 않게 가까이 앉아 있는 모습에 당혹스러워도 했고요. 조지프는 그 광경에 너무나도 심하게 충격을 받아 그날 밤 그 일에 대해서는 한마디도 꺼내지 못했어요. 조지프의 감정은, 그가 침통하게 탁자 위에 자신의 커다란 성경책을 펼쳐 놓고는 그 위에다 지갑에서 그날 소를 내다 팔고 받아 온 지저분한 지폐를 꺼내 올려놓으면서 푹푹 내쉬는 한숨을 통해서만 드러날 뿐이었지요. 드디어 조지프는 헤어턴 도련님을 자기 자리로 불러 이렇게 말하더군요.

"이걸 쥔 나리헌티 갖다 줘여, 데련님. 그라고 그 방에 있어여. 내도 내 방으로 올라갈 거구먼요. 여긴 우리헌티 어울리지도 맞지도 않구먼요. 그러니 여기서 나가서 다른 방을 찾아봐야겠구먼요!"

"자, 캐서린 아씨, 우리도 여기서 나가야겠어요. 다림질을 다 마쳤으니, 우리 이제 그만 올라갈까요?"

제 말에 아씨가 마지못해 일어나며 이렇게 대답했어요.

"여덟 시도 안 됐는데! 헤어턴 오빠, 이 책을 벽난로 위 선반에 놔두고 갈게. 그리고 내일 다른 책도 좀 더 갖고 내려올게."

"아씨가 놔두는 책은 뭐든 거실로 가져갈 거구먼. 그 책들을 다시 보게 되믄 다행일 겨! 그러니 그리 헐 티면 혀 봐!"

캐시 아씨는 자기 책에 손댔다간 조지프의 책에 그대로 갚아주겠다고 위협했어요. 그러고는 헤어턴 도련님 옆을 지나가면서 미소를 짓더니 노래를 부르며 위층으로 올라갔는데, 제가 감히 말하건대, 아씨는 린턴 도련님을 처음 몇 번 찾아왔을 때를 제외하고는 이 집에 온 뒤로 가장 마음이 가벼워 보였답니다.

이렇게 시작된 친밀함은 급속히 깊어 갔어요. 일시적으로 장애에 부딪친 적도 있긴 했지만요. 헤어턴 도련님은 바라는 만큼 빨리 교화되지 않았고, 우리 아씨도 사려 깊은 철학자나 인내심의 귀감이 되는 사람은 아니었으니까요. 하지만 한 사람은 사랑하고 존중하고자 했고, 다른 한 사람은 사랑하고 존중받고자 했으니, 두 사람의 마음은 같은 곳을 향해 있었고, 결국 둘은 용케 그곳에 도달하게 되었답니다.

록우드 나리, 우리 아씨의 마음을 얻기가 아주 쉬웠다는 걸 잘 아시겠지요? 하지만 이제는 나리께서 그러길 시도하지 않아서 다행이라고 생각해요. 지금 제가 무엇보다 바라는 일은 그 두 분의 결합이니까요. 그 두 분의 결혼식 날에 저는 이 세상 어느 누구도 부럽지 않을 거예요. 그날엔 영국에서 저보다 더 행복한 여자는 없을걸요!

제19장

그런 일이 있었던 월요일 다음 날, 헤어턴 언쇼 도련님이 아직 평소 하던 일을 할 수가 없어서 집 안에 남아 있는 걸 본 저는 이제 종전처럼 아씨를 제 곁에 두기 어렵겠다는 것을 바로 알아차렸어요.

아씨는 저보다도 먼저 아래층으로 내려가 정원으로 나갔는데, 정원에서는 사촌이 수월한 일을 하고 있었지요. 그런데 제가 아침 먹으라고 두 사람을 부르러 나가 보니, 아씨는 사촌을 설득해 까치밥나무 덤불과 구스베리 덤불을 뽑아내 널찍하니 빈 터를 마련해 놓고는 사촌과 함께 스러시크로스 그레인지에서 화초를 갖다 심을 계획을 짜느라 여념이 없었어요.

불과 반 시간 만에 쑥대밭이 되어 버린 정원을 보고 저는 질겁했습니다. 까치밥나무들은 조지프가 애지중지하는 건데, 아씨가 화단을 만들겠다고 고른 데가 하필이면 까치밥나무 덤불 한가운데지 뭡니까! 저는 이렇게 소리쳤어요.

"저런! 이 꼴을 조지프가 보자마자 당장 주인에게 다 일러바칠걸요. 멋대로 정원을 이리 파헤쳐 놓고 대체 뭐라고 변명할 셈인데요? 이런 꼴로 만들어 놨으니 이제 우리한테 불벼락이 떨어질 거예요. 어디 안 그러나 두고 보라죠! 헤어턴 도련님, 아무리 아씨가 시켜도 그렇지, 이리 엉망으로 만들어 버리다니 정말 생각이 없군요!"

그러자 헤어턴 도련님이 다소 당황하며 대답하더군요.

"조지프가 애지중지허는 나무란 걸 깜빡혔어. 조지프헌티 내가 그렀다고 헐게."

우리는 늘 히스클리프 씨와 함께 식사를 했습니다. 저는 차를 내오고 고기를 썰어서 나눠 주는 안주인 역할을 맡았어요. 그래서 식사를 할 때는 제가 꼭 있어야 했어요. 캐서린 아씨는 대개 제 옆에 앉았어요. 하지만 그날, 아씨는 슬그머니 헤어턴 도련님에게로 더 가까이 다가가더군요. 그걸 보고 저는 아씨가 적의를 드러낼 때와 마찬가지로 친밀감을 드러낼 때도 아무 거리낌이 없다는 것을 이내 깨달았어요.

"아씨, 사촌 오빠와 너무 많이 이야기하거나 사촌 오빠만 쳐다보지 않도록 해요. 그렇지 않으면 틀림없이 히스클리프 씨의 심기가 불편해져 아씨와 도련님 두 분 다에게 몹시 화를 낼 테니까요."라며 함께 안으로 들어갈 때 제가 귓속말로 당부했어요.

"알았어, 안 그럴게." 하고 아씨가 대답했지요.

하지만 1분도 안 되어, 캐서린 아씨는 모걸음질로 도련님에게 다가가 도련님의 죽 그릇에 앵초 꽃을 올려놓고 있는 게 아니겠어요.

도련님은 그 자리에서는 감히 아씨에게 말을 걸지도 못하고 제대로 쳐다보지도 못했어요. 그런데도 아씨가 계속 장난을 치자 급기야 두어 차례 하마터면 웃음을 터트릴 뻔했어요. 제가 눈살을 찌푸리자 아씨는 주인 쪽을 힐끗 봤는데, 얼굴 표정을 보아하니 주인은 함께 있는 우리보다는 다른 일에 마음을 빼앗겨 있는 게 분명했습니다. 캐서린 아씨는 잠깐 심각해져서는 아주 진지하게 그를 찬찬히 살피더군요. 그런 뒤 다시 아씨는 도련님 쪽을 보면서 또다시 실없는 장난을 치기 시작했어요. 결국 헤어턴 도련님은 억지로 참던 웃음을 토해 내고 말았지요.

히스클리프 씨가 깜짝 놀라 재빨리 우리의 얼굴을 뜯어보았어요. 캐서린 아씨는 그의 눈길을 그가 질색하는, 평소의 초조하면서도 반항하는 눈길로 똑바로 쳐다보더군요. 그러자 히스클리프 씨가 소리를 버럭 질렀어요.

"내 손이 닿지 않는 데 있어서 다행인 줄 알아! 대체 어느 악마에게 홀렸기에 그 지긋지긋한 눈으로 나를 자꾸만 되쏘아 보는 거야? 눈 내리깔지 못해! 그리고 네가 내 앞에 있다는 사실을 다시는 상기시키지 말란 말이야. 웃는 버릇을 고쳐 놓은 줄 알았더니!"

"웃은 건 저였어요." 하고 헤어턴 도련님이 중얼거렸어요.

"뭐라고 했니?" 하고 주인이 물었어요.

도련님은 자신의 접시만 바라볼 뿐, 웃은 건 자신이라는 자백을 되풀이하지는 않았어요.

히스클리프 씨는 잠시 도련님을 쳐다보더니 말없이 다시 아침을 들며 좀 전처럼 깊은 생각에 잠겼어요.

거의 식사가 끝나 가고 있었고 두 젊은이도 신중하게 서로 조금 떨어져 앉아 있었어요. 그래서 저는 이제 식사하는 동안 더 이상 소동은 일어나지 않을 줄 알았어요. 그런데 그때 조지프가 문간에 나타났는데, 덜덜 떨리는 입술과 광포한 눈빛을 보아하니 그가 자신의 소중한 나무들에 가해진 잔인무도한 일을 본 모양이었어요.

조지프는 아직 그 일을 조사해 보기 전이었지만 캐시 아씨와 사촌이 그 근처에서 얼쩡거리는 것을 본 게 틀림없었어요. 되새김질하는 소처럼 입을 움직여서 무슨 말인지 알아듣기 힘들었지만 그가 이렇게 말하더군요.

"일헌 모가치를 받어서 나가야 겄구먼요! 60년이나 여서 일혔으니 이 댁에 뼈를 묻을 작정이었는디. 내 책도 다락방으로 옮기고 자질구레한 내 물건들도 다 치우고 부엌도 저치들에게 내줄 생각이었는디. 이 댁의 평화를 위혀서 말이구먼요. 내 난롯가 자리를 포기허는 기 힘들었지만 그려도 그러려고 했구먼여! 허지만, 아니 글씨, 저것이 나헌티서 내 정원꺼정 뺏어 가려 허잖어여! 쥔 나리, 도저히 못 참겄구먼요! 쥔 나리가 그러고 싶다면야 그런 멍에를 지던가여. 허지만 내는 그런 디 익숙허지도 않구, 또 원래 늙은이는 새로운 디 금방 익숙혀지지 않는 법이지여. 그러니 차라리 길거리에서 막일을 혀서 입에 풀칠허는 게 낫겄구먼요!"

히스클리프 씨가 조지프의 말을 끊고 끼어들었습니다.

"이봐, 이봐, 천치 같은 영감! 간단히 말해! 대체 불만이 뭐야? 난 영감과 넬리 사이의 다툼엔 개입하지 않을 거네. 넬리가 영감을 석탄 창고에 처박아 버린다 해도 난 상관 안 해."

그러자 조지프가 이렇게 대답하더군요.

"넬리 이야기가 아닌디요! 넬리 때문에 나가려는 기 아니구먼요. 넬리는 고약허고 아무짝에 쓸모없는 여편네기는 허지만, 다행히도 남의 혼을 쏙 빼놓지는 못허거덩요! 눈도 껌벅이지 않고 넋을 놓고 볼 정도로 이쁜 여자가 결코 아니란 말입지요. 내가 말하는 건 저 끔찍허고 상스러운 기집이구먼요. 저 기집이 대담한 눈빛과 뻔뻔스러운 태도로 우리 데련님을 홀려 갖고는 글쎄, 아이고! 가슴이 미어질 것만 같구먼요! 급기야 우리 데련님은 내가 자기를 위해 혔던 일을 모조리 잊어버리고는 정원에 있는 그 훌륭한 까치밥나무들을 몽땅 뽑아 버렸지 뭐여요!"

여기까지 말하고는 조지프는 쓰라린 마음의 상처와 헤어턴 도련님의 배은망덕과 위태로운 상태에 낙담한 나머지 대놓고 통곡을 했어요.

"저 바보 영감이 술에 취했나? 헤어턴, 저 영감이 지금 저렇게 난리를 피우는 게 너 때문이냐?" 하고 히스클리프 씨가 물었어요.

"제가 까치밥나무 두세 그루를 뽑았거든요. 하지만 다시 심어 놓을 거예요."라고 젊은이가 대답했어요.

"왜 나무를 뽑은 거냐?"

주인의 물음에 캐서린 아씨가 약삭빠르게 끼어들어 큰 소리로 말했어요.

“거기다 꽃을 좀 심으려고 그랬어요. 나무라시려면 저를 나무라세요. 헤어턴 오빠한테 까치밥나무를 뽑으라고 시킨 사람은 저니까요.”

아씨의 시아버지가 무척 놀라며 다그쳐 물었어요.

“대체 누가 네년한테 정원의 나뭇가지 하나라도 건드려도 된다고 했어?”

그러고는 헤어턴 도련님 쪽으로 향하며 덧붙였어요.

“그리고 누가 네놈한테 저 계집의 말을 들으라고 시켰어?”

헤어턴 도련님이 대답을 못 하자, 도련님의 사촌이 대신 대답하고 나섰지요.

“내 땅을 다 빼앗아 놓고는, 꽃 좀 심게 나한테 고작 땅 한두 평 내주는 것을 아까워하면 안 되죠!”

“뭐, 네 땅이라고? 이 건방진 계집 같으니! 네년한테 애초에 땅이라곤 전혀 없었어!”라고 히스클리프 씨가 응수했어요.

“그리고 내 돈도 빼앗아 갔잖아요.”라고 아씨가 대꾸하고는, 화가 나서 쏘아보는 그의 눈길을 똑같이 되돌려 주면서 아침으로 먹다 남은 빵 조각을 베어 물었어요.

“닥쳐! 어서 처먹고 썩 꺼져!” 하고 그가 소리쳤어요.

하지만 무모한 아씨는 계속 떠들어 댔어요.

“그리고 헤어턴 오빠의 땅도 돈도 다 빼앗아 갔잖아요. 오빠와 나는 이제 친구가 되었으니까, 헤어턴 오빠한테 당신에 대한 이야기를 모두 다 해 줄 거예요!”

주인 나리는 순간 당황한 모양인지, 얼굴이 창백해지더니 자리에서 일어나 극도로 증오하는 표정으로 아씨를 계속 노려보더군요.

"날 때리기만 해 봐요. 그럼 헤어턴 오빠가 당신을 때려 줄 테니! 그러니 그냥 앉는 게 좋을걸요." 하고 아씨가 말했어요.

그러자 히스클리프 씨가 고함을 쳤어요.

"만약 헤어턴이 네년을 이 방에서 쫓아내지 않으면, 헤어턴 녀석을 때려 죽여 버리겠어! 이 젠장맞을 요망한 년! 네년이 감히 녀석을 꾀어서 내게 맞서고 싶은 것처럼 꾸며? 저년을 끌어내! 안 들려? 저년을 부엌으로 내쫓아! 엘런 딘, 저년이 다시 내 눈에 띄면, 저년을 죽여 버릴 줄 알아!"

헤어턴 도련님이 소곤소곤 작은 목소리로 아씨에게 여기서 나가자고 설득했어요.

"저년을 끌어내! 계속 그렇게 쑤군거리고만 있을 거야?"

히스클리프 씨가 사납게 외치면서 자기가 직접 끌어내려고 아씨 쪽으로 다가왔습니다.

"헤어턴 오빠는 더 이상 당신처럼 못된 인간이 시키는 대로 하지 않을 거예요! 그리고 헤어턴 오빠도 곧 나만큼이나 당신을 싫어하게 될 거예요!"라며 아씨가 대들었어요.

"쉿! 조용! 난 니가 아저씨헌티 그리 말허는 걸 듣고 싶지 않구먼. 그만혀!"

청년이 나무라듯이 중얼거렸어요.

"하지만 저 사람이 날 때리게 놔두진 않을 거지?" 하고 아씨가 소리쳤어요.

"그러니까 그만 가자!" 하고 도련님은 간절하게 속삭였어요.

하지만 이미 너무 늦었어요. 히스클리프 씨가 아씨를 붙잡아 버렸거든요. 그는 헤어턴 도련님에게 소리쳤어요.

"이제 넌 저리 비켜! 이년은 가증스러운 요물이야! 이번에 이년이 참아 주기 힘들 정도로 날 격노시켰으니, 이년이 영원히 그렇게 한 걸 후회하게 만들어 주겠어!"

히스클리프 씨는 아씨의 머리채를 잡았어요. 헤어턴 도련님은 이번 한 번만은 아씨를 다치지 않게 해 달라고 애원하면서 잡은 머리채를 놓게 하려고 애썼습니다. 히스클리프 씨가 검은 두 눈을 번득이며 아씨를 금방이라도 갈기갈기 찢어 버릴 태세여서 저도 몹시 흥분해서 위험을 무릅쓰고 아씨를 구하러 나설 참이었는데, 바로 그때 히스클리프 씨가 손가락을 풀며 머리채를 놓고 팔을 붙잡더니 아씨의 얼굴을 뚫어져라 쳐다보는 것이었어요. 그러고는 그는 한 손으로 두 눈을 가리고 아무래도 마음을 가라앉히려는 듯 잠깐 서 있더니 다시 캐서린 아씨 쪽을 향하며 짐짓 침착하게 말하더군요.

"넌 내 화를 돋우지 않는 것을 배워야 할 거야. 안 그러면 언젠가 내가 정말로 너를 죽이게 될 테니까! 나가서 딘 부인과 함께 있어. 그 건방진 말은 딘 부인에게나 해. 헤어턴 언쇼 녀석은 말이지, 녀석이 네 말을 듣는 게 다시 내 눈에 띄었다간, 제 밥벌이는 제가 알아서 하도록 내쫓아 버릴 테다! 네가 녀석을 사랑한다면 녀석은 쫓겨나 거지꼴이 될 거야. 넬리, 저년을 데리고 나가. 모두 나가라고! 어서 나가!"

저는 우리 아씨를 데리고 그곳을 나왔어요. 아씨는 도망치는 게 너무나 기쁜 나머지 저항하지 않더군요. 헤어턴 도련님도 따라 나와서 히스클리프 씨는 점심때까지 혼자 그 방을 독차지하고 있었습니다.

저는 캐서린 아씨에게 아씨는 점심을 가지고 위층에 올라가 혼자 따로 먹는 게 좋겠다고 권했어요. 그런데 캐서린 아씨의 빈 자리를 보자마자 히스클리프 씨는 저더러 아씨를 불러오라고 했어요. 점심 식사를 하는 동안 그는 우리 가운데 누구에게도 말을 걸지 않고 식사에는 거의 입도 대지 않더니, 저녁이나 돼서 돌아올 것 같다면서 식사 후 곧장 외출했어요.

새로 친구가 된 두 사람은 히스클리프 씨가 없는 동안 거실에 자리 잡았습니다. 그곳에서 아씨가 도련님 아버지한테 자기 시아버지가 한 짓을 다 들려주겠다고 하자마자 헤어턴 도련님이 단호하게 사촌을 저지하는 소리가 들렸어요.

헤어턴 도련님은 히스클리프 씨를 비난하는 말은 한마디도 듣지 않겠노라며, 설령 히스클리프 씨가 악마라고 할지라도 그건 문제가 되지 않으며 자기는 그의 곁을 지킬 거라고 말했어요. 그러면서 히스클리프 씨를 욕하려거든 차라리 전처럼 자기를 욕하라고 하더군요.

캐서린 아씨는 도련님의 말에 점점 화가 치미는 모양이었어요. 하지만 도련님은 만약 자기가 그녀의 아버지를 안 좋게 말한다면 어떻게 그녀가 자길 좋아하겠느냐고 물어서 아씨의 입을 막아 버리더군요. 그리고 그제야 아씨는 헤어턴 도련님이 주인의 평판을 자기 일처럼 여긴다는 것을, 그리고 이성의 힘으로는 깨뜨릴 수 없는 강한 유대감으로 연결되어 있으며, 습관으로 더욱 단단해진 그 유대감의 사슬을 풀려고 하는 것은 잔인한 짓이라는 것을 깨닫게 되었어요.

그때부터 캐서린 아씨는 히스클리프 씨에 대해 불평하는 것도 반감을 표출하는 것도 삼가면서 고운 마음씨를 보여 주었습니다. 그리고 히스클리프 씨와 헤어턴 도련님 사이를 이간질하려 했던 걸 후회한다고 제게 고백했지요. 정말이지, 제가 알기로 우리 아씨는 그 이후로 헤어턴 도련님이 듣는 데서 자신의 억압자를 비난하는 말을 단 한마디도 한 적이 없었답니다.

이 사소한 다툼이 끝나자 둘은 다시 친밀한 사이로 돌아가, 한 사람은 학생, 한 사람은 선생이 되어 이런저런 공부를 하느라 눈코 뜰 새 없이 바빴어요. 저도 제 일을 마친 뒤 거실로 들어가서 두 사람과 함께 앉아 있었는데, 그 두 사람을 지켜보고 있으니 어찌나 마음이 편해지고 위안이 되던지 시간 가는 줄도 몰랐지요. 나리도 아시겠지만, 그 두 사람은 제게 어느 정도는 친자식 같았어요. 한 사람은 제가 오랫동안 자랑으로 여겨왔는데, 이제 다른 한 사람도 똑같은 만족감을 안겨 줄 게 틀림없었죠. 헤어턴 도련님의 솔직하고 따뜻하고 총명한 본성 덕택에 도련님에게 이제껏 드리워 있던 무지와 비천함의 먹구름이 빠르게 싹 걷혔습니다. 그리고 캐서린 아씨의 진심 어린 칭찬에 힘입어 도련님은 공부에 더욱 박차를 가했고요. 도련님은 마음이 밝아지자 얼굴도 밝아지면서 생기 넘치고 고귀한 분위기까지 더해졌지요. 이제 도련님의 모습은 예전에 페니스톤 절벽으로 몰래 탐험 간 우리 꼬마 아씨를 워더링 하이츠에서 찾았던 날에 제가 봤던 사람과 똑같은 사람이라고는 도저히 믿기 어려울 정도였어요.

둘이 공부하는 모습을 제가 감탄하며 바라보는 사이, 어느덧 어둠이 내리고 어둠과 함께 주인 나리가 돌아왔지요. 주인 나리가 앞문으로 들어와 불시에 들이닥치는 바람에, 우리가 고개를 들어 그를 보기도 전에 그가 먼저 우리 셋의 모습을 고스란히 다 보고 말았습니다.

'아니, 이보다 더 기분 좋고 무해한 광경이 어디 있겠어? 이 둘을 야단친다면 그야말로 지독히 수치스러운 일이지.' 하고 저는 생각했어요. 벌겋게 타오르는 벽난로 불빛이 둘의 어여쁜 머리를 비춰 어린애같이 열렬한 호기심으로 생기가 넘치는 둘의 얼굴이 드러났습니다. 도련님은 스물세 살이고 아씨는 열여덟 살이었지만, 둘 다 새롭게 느끼고 배울 것들이 워낙 많다 보니 다른 어른들처럼 냉정하고 시큰둥한 감정을 느끼지도, 드러내지도 않았던 것이지요.

아씨와 도련님이 동시에 눈을 들었는데 히스클리프 씨와 눈길이 딱 마주쳤지요. 아마 록우드 나리께서는 전혀 알아채지 못하셨겠지만 아씨와 도련님은 눈이 꼭 닮았는데, 바로 돌아가신 캐서린 언쇼 아씨의 눈을 그대로 빼다 박았지요. 캐시 아씨는 이마가 넓고, 실제로 그렇든 아니든 다소 오만해 보이게 만드는 콧대가 살짝 휜 것 빼고는 자기 어머니와 닮은 데가 거의 없었어요. 오히려 헤어턴 도련님이 자기 고모인, 돌아가신 아씨를 더 많이 닮아서 볼 때마다 희한하더라고요. 그런데 그때는 그게 특히 더 눈에 띄었는데, 도련님의 감각이 기민한 데다 도련님의 정신적 능력이 평소와 다른 활동을 하느라 깨어 있었기 때문이지요.

도련님이 돌아가신 캐서린 아씨를 닮은 것이 히스클리프 씨를 무장해제 시킨 모양이었어요. 히스클리프 씨는 눈에 띄게 흥분해서 벽난로 쪽으로 걸어왔어요. 하지만 그 청년을 바라보는 동안 이내 흥분이 가라앉았지요. 아니, 흥분의 성질이 바뀌었다고 해야겠군요. 아직 흥분한 기색이 남아 있었으니까 말이죠.

히스클리프 씨는 도련님의 손에서 책을 빼앗아 펼쳐진 페이지를 흘끗 보고는 아무 말 없이 돌려줬어요. 그저 캐서린 아씨한테 나가라는 손짓만 했지요. 그러자 헤어턴 도련님도 바로 아씨를 따라 나갔고, 저도 막 자리를 뜨려고 하는 참인데 히스클리프 씨가 저는 그대로 앉아 있으라더군요.

그는 방금 목격한 광경에 대해 잠시 곰곰이 생각하더니 이렇게 말했어요.

"형편없는 결말이야, 그렇지 않아? 내가 그토록 맹렬히 분투했건만, 이렇게 터무니없이 끝난단 말이야? 난 그 두 집안을 무너뜨리려고 지렛대와 곡괭이를 장만해 놓고, 헤라클레스처럼 강력한 힘을 발휘할 수 있도록 나 자신을 단련시켜 놨지. 그런데 막상 만반의 준비가 되고 내 힘으로 할 수 있게 되자, 어느 쪽 집 지붕의 기와 한 장도 들어내고 싶은 마음이 없어져 버리다니! 나의 옛 원수들은 날 물리치지 못했어. 그리고 지금이야말로 그들의 후손들에게 복수하기에 안성맞춤인 때지. 난 그렇게 할 수 있고 아무도 나를 막을 수 없으니까. 그런데 그래 봤자 무슨 소용이야? 난 그들을 때리고 싶지 않아. 수고스럽게 내 손을 대기 싫어졌어! 이렇게 말하니 마치 내가 오직 아량이라는 훌륭한 특성을 보여주기 위해 이제껏 애써 온 것처럼 들리는군. 하지만 그건 실상과는 전혀 거리가 멀어. 실상은, 내가 이젠 그들의 파멸을 즐길 능력을 상실했고, 아무 이유 없이 그들을 파멸시키기엔 너무 나태하단 거지.

넬리, 이상한 변화가 다가오고 있는데, 난 지금 그 변화의 영향권에 들어가 있어. 그러다 보니 난 내 일상생활에 도통 관심이 없어져서 먹고 마시는 일도 잊어버릴 지경이야. 내겐 방금 여기서 나간 저 두 아이만이 또렷한 형체를 지닌 유일한 존재들이야. 그런데 그 형체를 보면 죽을 만큼 괴로워. 캐서린 그년에 대해선 말하지 않겠어. 생각도 하기 싫으니까. 다만 내 눈에 띄지 않기를 진심으로 바랄 뿐이야. 그년이 내 눈앞에만 있어도 난 그저 미칠 듯이 격노하게 되니까. 그런데 헤어턴 녀석은 그년을 대할 때와는 다른 감정을 일게 해. 녀석을 안 보고 살아도 미친 사람처럼 보이지 않는다면 결코, 다시는 녀석을 보지 않을 텐데! 넬리는 아마 내가 미쳐 가고 있다고 생각할 거야."

이렇게 말하며 그는 애써 미소를 지으면서 덧붙였어요.

"녀석을 보면 떠오르거나 생생히 살아나는 지난날의 수천수만 가지 기억과 생각을 내가 다 설명하려 한다면 넬리는 분명 내가 미쳐 가고 있다고 생각할 거야. 그런데 넬리는 내가 한 말을 다른 데로 옮기지 않겠지. 마음속으로 계속 그런 생각만 하다 보니 급기야 다른 사람한테 털어놓고 싶어졌거든.

5분 전에 헤어턴 녀석을 보는데 녀석이 인간이 아니라 내 젊은 시절의 화신 같은 거야. 녀석에게 온갖 다양한 감정이 드는 바람에 녀석에게 이성적으로 말하지 못할 것 같았어.

우선 녀석이 죽은 캐서린과 놀랄 만큼 닮다 보니 그녀를 무척 연상시켜. 그 점 때문에 내 상상력이 가장 많이 자극 받았을 거라고 넬리는 생각하겠지만 사실은 별로 그렇지 않아. 내게 그녀와 연관되지 않은 게 뭐가 있겠어? 그녀를 상기시키지 않는 게 뭐가 있겠냔 말이야? 지금 당장 여기 바닥만 내려다봐도, 바닥에 깔린 돌에서도 그녀의 모습이 떠오르는걸! 구름 한 점 한 점마다, 나무 한 그루 한 그루마다 그녀의 모습이 가득해. 밤이면 대기를 가득 채우고 낮이면 모든 사물 속에서 언뜻언뜻 보이는 그녀의 모습에 난 둘러싸여 있다고! 흔하디흔한 남녀의 얼굴에도, 심지어는 내 얼굴에도, 그녀와 닮은 점이 있어서 나를 조롱해. 온 세상이 그녀가 존재했으며, 내가 그녀를 잃었다는 끔찍한 기록의 집합소야!

제기랄, 헤어턴 녀석의 모습은 내 불멸의 사랑의 환영, 내 권리를 지키려던 열띤 노력과 내 비천함, 내 자존심, 내 행복, 내 고뇌의 환영이었어.

하지만 그런 생각들을 넬리 너한테 다시 말로 옮기는 건 미친 짓이야. 하지만 이제 너도 알 수 있을 거야. 왜 내가 항상 혼자 있기를 내켜 하지 않으면서도, 녀석이 같이 있는 게 도움이 되기는커녕 내가 겪고 있는 끊임없는 고통을 악화시키기만 하는지 말이야. 그리고 어느 정도는 그로 인해 녀석이 사촌 누이와 어울리건 말건 나는 개의치 않게 되기도 했어. 난 이제 더 이상 그 둘에게 주의를 기울일 수가 없어."

"그런데 '변화'라니, 무슨 말씀이세요, 히스클리프 씨?"

제가 판단하기로 히스클리프 씨는 아주 튼튼하고 건강해서 정신을 잃거나 죽을 위험은 없어 보였지만 그의 태도에 불안해져서 물었어요. 그리고 그의 정신에 관해서라면, 어린 시절부터 그는 어둠의 존재들을 곱씹고 기묘한 상상들을 하는 데서 큰 기쁨을 얻었어요. 그가 세상을 떠난, 자신이 숭배해 마지않는 여인에 관해서는 편집증을 지니고 있었을지도 모르지만 다른 모든 면에서 그의 정신은 저의 정신만큼이나 멀쩡했어요.

"변화가 일어날 때까지는 나도 알 수 없어. 지금은 그냥 변화가 일어나리란 걸 반쯤 감지했을 뿐이야."

"어디 편찮으신 건 아니에요?"

"아냐, 넬리, 그렇지 않아."

"그럼 죽음이 두렵지 않으세요?"

"죽음이 두렵다니! 천만에! 난 죽음에 대한 두려움도 없고, 죽음이 닥칠 것 같은 예감도 들지 않고, 죽기를 바라는 마음도 없어. 내가 왜 그래야 해? 몸도 건강하고 생활 방식도 절제되어 있고 위험한 일도 하지 않으니, 내 머리에 검은 머리카락이 한 올도 안 남을 때까지 마땅히 이승에서 계속 살아야 하고 아마도 살게 되겠지. 그렇지만 이런 상태로 계속 살 순 없어! 지금 난 숨쉬는 것도 나 자신에게 일러 줘야 하고, 심장 뛰는 것도 내 심장에게 일러 줘야 할 판이야! 그리고 그건 마치 뻣뻣한 용수철을 억지로 뒤로 젖히는 것과 같아…… 나는 한 가지 생각에 이끌리지 않으면 아무리 사소한 행동도 억지로 해야 하고, 한 가지 보편적 생각과 관련되지 않은 것은 산 것이든 죽은 것이든 억지로 주의를 기울여야 하거든. 내겐 소원이 딱 하나 있는데, 난 온몸과 마음으로 그 소원을 이루기를 갈망하고 있어. 하도 오랫동안, 그리고 워낙 확고하게 그 소원이 이루어지기를 갈망해 오다 보니 나는 그 소원이 반드시 이루어지리라는 확신이 들어. 그것도 이제 '곧' 말이야. 그 소원이 나의 존재를 집어삼켜 버렸거든. 난 그 소원이 이루어지리라는 기대에 빠져 있어.

이렇게 털어놔도 마음이 편해지지 않는군. 하지만 이렇게 털어놓으면, 설명할 수 없었던 변덕스러운 내 기분이 설명되겠지. 세상에나! 참으로 오랜 싸움이었어. 이젠 제발 끝났으면 좋겠어!"

히스클리프 씨는 혼잣말로 끔찍할 욕설을 구시렁거리면서 방 안을 왔다 갔다 하기 시작했어요. 급기야 저는 양심이 그의 마음을 생지옥으로 변하게 했다고 믿는 조지프의 말을 믿고 싶어졌어요. 저는 이 일이 어떻게 끝날지 무척 궁금했습니다.

그전까지 그는 표정으로라도 그런 마음 상태를 드러낸 적이 좀처럼 없었지만, 그의 마음이 늘 그런 상태였던 것은 틀림없었지요. 자기 입으로 직접 그렇게 주장했으니까요. 하지만 그의 평소 태도로는 어느 한 사람 그 사실을 짐작하지 못했을 거예요. 록우드 나리도 그를 보았을 때 그 사실을 전혀 짐작 못 하셨겠지요. 그리고 제가 말씀드리고 있는 그 무렵에도 그는 나리가 그를 보았을 때와 똑같았는데, 다른 점이라면 계속 혼자 있는 것을 더 좋아했고, 사람들 앞에서는 말수가 훨씬 더 없었다는 것입니다.

제20장

그날 저녁 이후로 며칠 동안 히스클리프 씨는 식사 때 우리와 만나는 것을 피했습니다. 그렇다고 헤어턴 도련님과 캐시 아씨를 식사하는 자리에 오지 못하게 공식적으로 막은 건 아니었어요. 히스클리프 씨는 자신의 감정에 전적으로 굴복하는 것을 싫어했기 때문에 차라리 자기가 식사 자리에 오지 않는 쪽을 선택했어요. 그리고 하루에 한 끼만 먹는 것으로도 그는 충분히 버틸 수 있는 것 같았어요.

어느 날 밤, 식구들이 모두 잠든 뒤에, 히스클리프 씨가 아래층으로 내려가 현관문으로 나가는 소리가 들렸습니다. 그가 다시 들어오는 소리를 듣지 못했는데, 아침에 일어나 보니 아직 돌아오지 않았더군요.

그때가 4월이어서 날씨는 상쾌하고 따뜻했고, 잔디는 소나기와 햇빛을 한껏 머금어 더없이 푸르렀으며, 남쪽 담 가까이에 있는 키 작은 사과나무 두 그루는 꽃이 활짝 피어 있었지요.

아침을 먹고 난 뒤, 캐서린 아씨가 저한테 집 끝 쪽에 있는 전나무 아래로 의자를 가지고 가 거기에서 일을 하라고 졸라 댔어요. 그러고는 이제 지난번 사고로 다쳤던 몸이 다 회복된 헤어턴 도련님을 구슬려 그곳의 땅을 파서 아씨의 작은 꽃밭을 만들게 했지요. 조지프가 불평한 탓에 그쪽 구석으로 꽃밭을 옮기게 된 것이지요.

저는 사방에서 풍기는 봄 향기와 머리 위로 펼쳐진 아름다운 연파랑 하늘을 기분 좋게 한껏 즐기고 있었습니다. 그런데 바로 그때 꽃밭 가장자리에 심을 앵초를 뿌리째 캐러 대문 근처로 뛰어갔던 우리 아씨가 바구니를 반만 채운 채로 돌아와서는 히스클리프 씨가 돌아왔다고 우리에게 알려 줬어요. 그러면서 당혹스러운 표정으로 이렇게 덧붙였어요.

"그런데 나한테 말을 하는 거 있지."

"뭐라고 하던데?" 하고 헤어턴 도련님이 물었어요.

"어서 빨리 썩 꺼지라고. 그런데 그의 표정이 평소와는 많이 달라서 잠깐 멈춰 서서 그를 유심히 쳐다봤어."

"어떻게 달랐는데?" 하고 도련님이 물었지요.

"뭐랄까, 생기발랄하다고나 할까, 아냐, 그게 아니라, 완전히 들떠서 흥분되고 기쁜 표정이더라니까!"

"그렇담, 밤 산책이 즐거웠던 모양이죠 뭐."

저는 짐짓 무심한 태도로 한마디 했어요. 그런데 사실은 저도 아씨 못지않게 놀라서 아씨가 한 말이 진짜인지 몹시 확인하고 싶었어요. 주인 나리가 기쁜 표정을 짓는 건 날마다 볼 수 있는 광경이 아니었기에 저는 핑계를 만들어 안으로 들어갔습니다.

히스클리프는 열린 문 옆에 서 있었는데, 창백한 얼굴로 몸을 덜덜 떨고 있더군요. 그래도 확실히 두 눈이 묘한 기쁨의 빛으로 반짝거려서 전체 얼굴 인상이 달라 보이더군요.

"아침 식사 차릴까요? 밤새 돌아다녔으니 시장하겠어요!"라며 제가 말을 걸었어요.

저는 그가 어디를 다녀온 것인지 알아내고 싶었지만 직접적으로 물어보기는 싫었습니다.

"아니, 시장하지 않아."

그가 고개를 돌리며 다소 경멸스럽게 대꾸했는데, 제가 마치 그가 기분 좋은 이유를 캐내려 하는 걸 다 안다는 듯한 태도였지요.

저는 당혹스러운 나머지 지금이 질책을 한마디 하기에 적절한 때인지 아닌지 잘 모르겠더군요. 하지만 결국 저는 이렇게 한

마디 해 주었습니다.

“밤중에 잠자리에 들지 않고 바깥을 쏘다니는 것은 옳은 일 같지 않네요. 어쨌든 요즘처럼 비가 많이 오는 철에 그건 현명하지 못한 짓이에요. 그러다 심한 감기나 열병에 걸릴지도 모른다고요. 거봐요, 벌써 탈이 났잖아요!”

그러자 그가 이렇게 대꾸하더군요.

“그런 것쯤은 다 견뎌 낼 수 있어. 넬리가 나를 내버려 두기만 한다면 그것도 아주 기꺼이 그럴 수 있다고. 안으로 들어갈 거면 어서 들어가. 날 성가시게 하지 말고.”

저는 그의 말에 따랐습니다. 그런데 그의 옆을 지나가다가 보니 그가 고양이처럼 가쁘게 숨을 쉬더군요.

‘과연! 병이 나게 생겼군. 대체 무슨 짓을 하고 돌아다니는 거야?’ 하고 저는 속으로 생각했습니다.

그날 정오, 그는 우리와 함께 점심을 먹으려고 식탁에 앉아 음식이 수북이 쌓인 접시를 제 손에서 받아 들었어요. 마치 앞서 굶은 것을 벌충이라도 하려는 듯이 말이죠. 그러면서 제가 아침에 한 말을 넌지시 언급하며 이렇게 말하더군요.

“넬리, 난 감기도 열병도 걸리지 않았어. 넬리가 주는 음식을 맘껏 먹을 준비가 되어 있어.”

그가 나이프와 포크를 들고 막 먹기 시작하려는데 먹고 싶은 마음이 갑자기 사라져 버린 모양이었어요. 그는 나이프와 포크를 식탁에 도로 내려놓고 창 쪽을 뚫어져라 쳐다보더니 일어나서 나가 버렸어요.

그가 정원에서 이리저리 서성이는 사이, 우리는 식사를 마쳤어요. 헤어턴 도련님이 그에게 가서 왜 식사를 하지 않는지 물어보겠다고 하더군요. 도련님은 우리가 어떤 식으로든 그의 심기를 건드렸다고 생각했거든요.

"그래, 들어온대?"

캐서린 아씨는 사촌이 돌아오자 큰 소리로 물었어요. 그러자 도련님이 대답했지요.

"아니. 그런데 아저씨는 화가 난 게 아니야. 정말 굉장히 기쁜 것 같았어. 오히려 내가 두 차례나 아저씨에게 말을 거는 바람에 아저씨를 짜증나게 만들었는걸. 아저씨는 나한테 너에게로 가라고 했어. 어떻게 내가 너 아닌 다른 사람과 함께 있길 바랄 수 있는지 모르겠다면서 말이야."

저는 히스클리프의 음식 접시가 식지 않도록 벽난로 앞 철망에 올려놓았어요. 한두 시간 뒤에 그 방에 아무도 없을 때 그가 다시 들어왔는데 전혀 흥분이 가라앉지 않았더군요. 이전과 똑같은 괴이한 표정이, 정말로 괴이하기 짝이 없는 기쁨의 표정이 그의 검은 눈썹 아래에 어려 있었지요. 얼굴은 이전과 똑같이 핏기가 없었고, 이따금 이를 드러내며 미소 비슷한 것을 띠더군요. 몸을 덜덜 떨고 있는데, 춥거나 기운이 빠졌을 때처럼 떠는 게 아니라, 팽팽하게 당긴 줄이 진동할 때처럼 떨었어요. 그러니까 벌벌 떤다기보다는 짜릿하게 오싹 전율이 인 듯 몸을 떨었지요.

저는 무슨 일인지 물어봐야겠다고 생각했어요. 그렇지 않으면 누가 물어보겠어요? 그래서 저는 큰 소리로 물었습니다.

"무슨 좋은 소식이라도 들었어요, 히스클리프 씨? 평소와는 다르게 굉장히 활기차 보이네요."

"나한테 좋은 소식 올 데가 어디 있나? 허기가 지니 활기차 보이는 모양이지. 그럼 아무래도 난 먹어선 안 되겠군."

"점심을 따로 챙겨 뒀어요. 안 드실래요?"

제가 묻자 그가 서둘러 중얼거리며 대답했습니다.

"지금은 먹고 싶지 않아. 이따가 저녁이나 먹지 뭐. 넬리, 마지막으로 한 번만 부탁하겠는데, 헤어턴과 그 물건한테 내게서 멀찍이 떨어져 있으라고 당부해 줘. 누구도 날 성가시게 하지 말아 줬으면 좋겠어. 여기에서 나 혼자 있게 해 줬으면 좋겠단 말이야."

그 말에 저는 이렇게 물었지요.

"그렇게 아무도 얼씬 못하게 하는 무슨 새로운 이유라도 있나요? 히스클리프 씨, 왜 이렇게 이상하게 구는 거예요? 간밤엔 어딜 다녀오신 거예요? 쓸데없는 호기심으로 물어보는 게 아니라……."

그가 소리 내어 웃으면서 말허리를 자르며 끼어들었어요.

"이게 쓸데없는 호기심이 아니면 뭐야. 하지만 대답해 주지. 간밤엔 말이야, 난 지옥의 문턱에 있었어. 그런데 오늘은 말이지, 나의 천국이 보이는 곳에 있어. 난 지금 천국을 보고 있어. 불과 1미터도 떨어져 있지 않아! 자, 넬리는 이제 그만 가 보는 게 좋겠어. 넬리가 꼬치꼬치 캐묻지만 않는다면, 넬리는 섬뜩한 건 아무것도 보지도 듣지도 않을 거야."

저는 난로 청소를 하고 상을 치운 다음, 전보다 더욱 당혹스러워하며 그곳에서 나왔습니다.

히스클리프 씨는 그날 오후 다시는 거실에서 나오지 않았고 어느 누구도 그의 고독을 방해하지 않았습니다. 그래도 여덟 시가 되자, 저는 그가 부르진 않았지만 촛불과 저녁 식사를 갖다 주는 게 좋겠다는 생각이 들었어요.

그는 창문을 열어 놓고 창턱에 기대서 있었지만 밖을 내다보고 있지는 않았어요. 얼굴은 실내의 어둠을 향해 있었지요. 벽난로의 불은 재만 남은 채 연기가 피어오르고, 거실 안은 흐린 저녁의 습하고 온화한 공기로 가득 차 있었어요. 그리고 어찌나 고요하던지 기머턴 쪽으로 시냇물이 졸졸 흐르는 소리뿐만 아니라, 자갈 위와 시냇물에 잠기지 않은 커다란 바위 사이를 잔물결을 일으키며 찰랑찰랑 흐르는 소리와 콸콸 흐르는 소리까지도 분간할 수 있을 정도였어요.

저는 벽난로 불이 꺼진 것을 보고는 불만의 탄식을 터트리며 창문을 하나씩 차례로 닫아 나가기 시작해 마침내 그가 기대서 있는 창문 앞에 이르렀어요. 하지만 그가 꼼짝도 하려 들지 않아서 저는 그의 정신을 차리게 하려고 이렇게 말했습니다.

"이 창문도 닫아야 되겠지요?"

제가 그 말을 하는 순간, 촛불의 불빛에 그의 얼굴이 비췄어요. 아아, 록우드 나리, 순간적으로 본 그의 얼굴에 제가 얼마나 소스라치게 놀랐는지 말로는 표현할 수가 없답니다! 그 퀭하고 시커먼 눈! 그 미소, 그리고 송장같이 창백한 낯빛! 제 눈에는 히스클리프 씨가 아니라 마귀 같았어요. 그런데 제가 공포에 사로잡힌 나머지 그만 벽 쪽으로 촛불을 기울어뜨리는 바람에 거실 안은 다시 깜깜한 어둠 속에 빠지게 되고 말았어요. 그가 귀에 익은 목소리로 대답했습니다.

"그래, 닫아. 저런, 그리 서툴러서야 원! 왜 촛불 하나 똑바로 못 들어? 어서 다른 촛불을 가져와."

저는 공포에 질려 얼빠진 상태로 허둥지둥 달려 나가 조지프에게 말했습니다.

"주인 나리가 당신더러 촛불을 가져 오고 난롯불도 다시 피우래요."

그때는 직접 다시 들어갈 엄두가 나지 않아서 그렇게 말했어요.

조지프는 덜걱거리며 부삽에 불씨를 퍼 담아 안으로 들고 들어갔어요. 하지만 곧바로 그대로 들고 나왔는데 다른 손에는 제가 갖다 놓았던 저녁 식사가 담긴 쟁반도 들고 있었어요. 조지프가 설명하기로 히스클리프 씨가 이제 잠자리에 들 거라며 아침까지는 아무것도 먹고 싶지 않다고 했다더군요.

히스클리프 씨가 곧장 계단을 올라가는 소리가 들렸어요. 그런데 그는 평소 쓰는 방으로 가지 않고 판자문이 달린 침상이 있는 방으로 들어가더군요. 앞서 언급했듯이, 그 방의 창문은 누구든 그 창문을 통해 나갈 수 있을 정도로 넓지요. 그래서 저는 불현듯 그가 우리 모르게 또다시 한밤중에 밖으로 나갈 계획이라는 생각이 들더군요.

'혹시 그는 송장 파먹는 귀신이나 흡혈귀가 아닐까?' 하고 저는 골똘히 생각에 잠겼어요. 저는 사람의 모습을 한 그런 섬뜩한 귀신들이 있다는 걸 책에서 읽은 적이 있었거든요. 그런 다음 열심히 돌이켜 생각해 보니, 제가 어린 그를 돌봤고, 그가 청년으로 자라는 모습을 지켜봤으며, 또 그의 평생 동안 거의 내내 제가 그의 곁에 있었더군요. 그런데 그런 말도 안 되는 상상을 하며 공포감에 사로잡히다니, 정말 터무니없는 짓이었지요.

"그렇지만 그는 도대체 어디에서 온 것일까? 착한 나리께서 거두셨다가 결국 그분의 파멸의 원인이 된 그 가무잡잡한 어린 것은 과연 어디에서 온 걸까?"

저는 꾸벅꾸벅 졸며 잠결에 이런 미신 같은 말을 중얼거렸어요. 그리고 비몽사몽간에 그에게 어울릴 만한 혈통을 넌더리 날 정도로 상상해 보기 시작했습니다. 그리고 깨어 있을 때 골똘히 했던 생각을 되풀이해, 다시 그의 존재를 무시무시하게 이리저리 변형시켜 가며 처음부터 다시 추적해 봤습니다. 그러다 급기야 그의 죽음과 장례식도 그려 보게 되었지요. 그 가운데 제가 지금 기억하는 건 제가 그의 묘비에 새길 글귀를 정하는 일을 맡아 대단히 골치 아파하다가 교회 묘지기와 상의했는데, 그는 성도 없고 나이도 모르니 어쩔 수 없이 단 한 마디 '히스클리프'라고만 새기는 걸로 만족할 수밖에 없었지요. 그런데 그게 정말 현실이 되어 우리는 어쩔 수 없이 그렇게 했지요. 나리께서 혹시라도 교회 묘지에 가시면, 그의 묘비에는 히스클리프라는 이름 하나와 죽은 날짜만 새겨진 걸 보실 수 있을 거예요.

새벽이 되자 저는 제정신으로 돌아왔습니다. 앞이 보일 만큼 날이 밝자마자 저는 자리에서 일어나 정원으로 나가 그의 창문 밑에 발자국이 있는지 확인했어요. 발자국은 전혀 없더군요.

'간밤엔 안 나가고 집에 있었구나. 그럼 오늘은 괜찮겠어!' 하고 저는 생각했어요.

저는 여느 때처럼 식구들을 위해 아침을 준비했는데, 헤어턴 도련님과 캐서린 아씨에게는 주인이 늦잠을 자는 것 같으니 주인이 내려오기 전에 먼저 먹으라고 했습니다. 그 둘이 바깥의 나무 아래에서 먹고 싶다고 하기에 저는 둘이 편히 먹을 수 있도록 바깥의 작은 탁자에 상을 차려 주었어요.

제가 안으로 다시 들어가니 히스클리프 씨가 내려와 있더군요. 조지프와 농장 일에 대해 이야기를 나누는 중이었어요. 그는 의논 중인 일에 대해서는 분명하고 세세하게 지시를 내렸지만 말이 빠르고 자꾸만 고개를 옆으로 돌렸는데, 여전히 흥분된 표정이었지요. 아니, 훨씬 더 심해져 있었어요.

조지프가 나가자 히스클리프 씨는 평소 앉는 자리에 가서 앉았고, 저는 커피 잔을 그의 앞에 갖다 놓았어요. 그는 커피 잔을 더 가까이로 끌어당기더니 두 팔을 탁자에 올려놓고는 맞은편 벽을 쳐다봤어요. 제가 보기에는 번득이며 들뜬 눈으로 특정한 어느 한 부분을 위아래로 뜯어보는 듯했는데, 얼마나 열심히 집중해서 쳐다보던지 30초 동안 숨도 쉬지 않더라니까요.

"자자,"

저는 빵을 그의 손 쪽으로 밀어 주며 큰 소리로 말했어요.

"이것도 좀 드시고, 그것도 식기 전에 마셔요. 아침을 차려 놓은 지 거의 한 시간이 다 됐어요."

그는 제가 옆에 있는 것도 알아차리지 못하는 듯했지만 미소를 지었어요. 그렇게 미소 짓는 걸 보느니 차라리 이를 가는 걸 보는 게 낫겠더라고요.

"히스클리프 씨! 나리! 제발 그렇게 섬뜩한 환영을 보고 있는 것처럼 빤히 쳐다보지 말아요!" 하고 제가 소리쳤어요. 그러자 그가 대꾸했습니다.

"제발 시끄럽게 소리치지 좀 마. 방을 둘러보고 말해 봐. 지금 여기에 우리 두 사람뿐이야?"

"물론이지요. 당연히 우리 두 사람뿐이죠!"라는 게 저의 대답이었어요.

대답은 그렇게 하면서도 마치 확신하지 못하는 것 마냥 저는 무심결에 그가 시키는 대로 방을 둘러보았습니다.

그는 식탁 위에 차려 놓은 아침 식사를 한 손으로 쓱 밀어 내 자기 앞에 빈 공간을 마련하고는 몸을 앞으로 기대 더 편안한 자세로 계속 앞을 응시했어요.

그제야 저는 그가 쳐다보고 있는 게 벽이 아니란 것을 알아차렸습니다. 그가 혼자만 있다고 생각하고 보니 분명 그는 2미터도 채 되지 않는 거리에 있는 뭔가를 응시하고 있는 것 같았거든요. 그리고 그가 응시하고 있는 것이 무엇이든, 분명 강렬한, 극한의 기쁨과 고통을 동시에 주는 모양이었어요. 적어도 그의 얼굴에 괴로워하면서도 황홀해하는 듯한 표정이 어린 것을 보니 그런 생각이 들었어요.

그 상상의 물체는 고정되어 있는 것도 아니었어요. 그의 눈은 지칠 줄 모르고 놓치지 않으려고 바짝 경계하며 계속 그것을 뒤쫓았고, 저에게 말할 때조차도 절대로 그것에서 눈을 떼지 않았어요.

저는 그에게 오랫동안 아무것도 먹지 않았다는 사실을 상기시키려 했지만 허사였어요. 제발 좀 먹으라는 저의 간청에 그가 뭐라도 손댈 것처럼, 몸을 꿈쩍여 빵 조각이라도 집을 듯이, 손을 뻗었지만 빵 조각에 손이 닿기도 전에 손가락을 오므리며 손을 뻗은 목적을 잊은 채 탁자에 도로 내려놓았어요.

저는 인내심의 본보기라도 된 것처럼 자리에 앉아서, 완전히 넋을 잃고 생각에 빠진 그의 주의를 끌려고 애썼어요. 급기야 그가 짜증이 솟구쳐 자리에서 벌떡 일어나더니, 왜 식사를 할 때 혼자 시간을 갖고 느긋하게 하도록 가만 놔두지 않느냐고 따지더니, 다음부터는 시중들 필요가 없으니 음식만 차려 놓고 그냥 나가 있으라고 말하더군요.

그는 그 말을 하고는 거실을 나가 정원에 나 있는 길을 천천히 어슬렁거리며 걸어 내려가더니 대문을 지나 어딘가로 사라졌습니다.

초조한 가운데 몇 시간이 느릿느릿 지나갔고, 또다시 저녁이 찾아왔습니다. 저는 늦게까지 잠자리에 들지 않았고, 잠자리에 들고서도 잠을 이룰 수가 없었어요. 그는 자정이 지나서야 돌아와서는 자러 올라가지 않고 아래층 방에 틀어박혔어요. 저는 귀를 기울이며 몸을 뒤척거렸습니다. 그러다 결국은 옷을 걸치고 아래층으로 내려갔어요. 수백 가지 불안한 잡생각에 골머리를 썩이며 제 방에 가만히 누워 있자니 너무 괴로웠거든요.

가만히 있지 못하고 방 안을 서성이는 히스클리프 씨의 발소리가 들렸어요. 그리고 신음 소리 비슷한, 숨을 깊이 들이마시는 소리에 정적이 여러 번 깨졌지요. 그는 또한 띄엄띄엄 무슨 말을 중얼거렸는데, 제가 알아들을 수 있었던 유일한 말은 캐서린이란 이름뿐이었어요. 그 이름은 늘 애정이나 고통을 표현하는 격한 단어와 함께 붙어 나왔으며, 마치 바로 앞에 있는 사람에게 말하는 것처럼 나지막하고 진심 어린, 마음속 깊은 곳에서 우러나온 목소리로 말하는 거였어요.

저는 곧장 그 방으로 걸어 들어갈 용기가 없었어요. 하지만 망상에 빠진 그의 주의를 딴 데로 돌리고 싶었지요. 그래서 부엌 난롯불 앞으로 가서 괜히 부산스레 불을 탁탁 휘젓고 재를 박박 긁어내기 시작했어요. 그는 제 예상보다 빨리 그 소리에 이끌렸지요. 그는 바로 문을 열고 이렇게 말하더군요.

"넬리, 이리 와. 날이 샜나? 불을 갖고 이리 좀 들어와."

"시계가 네 시를 치네요. 위층으로 갖고 갈 촛불이 필요한 모양이로군요. 여기 이 불로 촛불을 하나 켜 드릴게요." 하고 제가 대답했어요.

"아니. 위층으로 가고 싶지 않아. 이리로 들어와서 여기에도 불을 피워 주고 뭐든 이 방에서 할 일을 하도록 해."

"그 방 벽난로에 불을 피우려면 먼저 석탄에 불을 붙여야겠군요."

저는 그렇게 대답하고는 의자와 풀무를 챙겼습니다.

제가 불을 지피는 동안, 그는 거의 정신이 나간 상태로 방 안을 이리저리 돌아다녔습니다. 연달아 깊은 한숨을 푹푹 토해 내느라 그 사이사이에 제대로 된 숨을 쉴 틈이 없어 보였어요. 그러다 그가 이렇게 말했어요.

"동이 트면 사람을 보내 변호사 그린 씨를 불러와야겠어. 그린 씨에게 법률적인 문제에 대해 자문을 좀 구하고 싶어. 내가 그런 문제에 대해 아직 이성적으로 생각할 수 있고 침착하게 행동할 수 있을 때 말이야. 나는 아직 유언장을 작성해 두지도 않았고 내 재산을 어떻게 처리할지도 결정하지 못했어! 내 재산을 이 세상에서 완전히 없애 버렸으면 좋겠는데."

그가 말하는데 제가 끼어들었습니다.

"히스클리프 씨, 난 그런 이야기는 하고 싶지 않아요. 유언은 나중에 해도 되잖아요. 당신이 저지른 수많은 잘못을 뉘우칠 시간은 아직 충분히 남았을 테니까요! 당신의 정신에 이상이 생길 거라고는 전혀 예상도 못했어요. 하지만 지금은 당신의 정신이 놀랄 정도로 이상해진 것 같네요. 그것도 거의 전적으로 당신이 잘못한 탓에 그리된 것이지요. 지난 사흘 동안 당신이 한 것처럼 지낸다면 제아무리 타이탄 같은 거인 신족이라 할지라도 나가떨어지고 말걸요. 제발 뭘 좀 드시고 쉬세요. 왜 그래야 하는지는 당신 모습을 거울에 비춰만 봐도 알 거예요. 뺨은 홀쭉하고 눈은 핏발이 선 게, 꼭 굶어 죽어 가는 사람이나 잠을 못 자서 눈이 멀어가는 사람 같아요."

그러자 그가 대꾸했지요.

"내가 먹지도 못하고 자지도 못하는 건 내 잘못이 아니야. 일부러 계획적으로 그러는 게 아니란 말이야. 할 수만 있다면 당장이라도 먹고 자겠어. 하지만 지금 넬리는 마치 물에 빠져 허우적거리는 사람이 팔만 뻗으면 기슭에 닿을 판인데 쉬라고 말하는 셈이라고! 난 먼저 기슭에 닿은 다음에 쉬어야겠어. 음, 그린 씨는 안 불러도 돼. 그리고 내가 저지른 잘못을 뉘우치는 문제라면 난 잘못한 게 없으니 아무것도 뉘우칠 게 없어. 난 무척 행복하지만 아직 충분히 행복하진 않아. 내 영혼의 더없는 행복이 내

육체를 죽이고 있지만 만족할 줄을 모르거든."

저는 이렇게 소리쳤어요.

"행복하다고요? 참 별난 행복도 다 있네요! 만약 제 말을 듣고 화내지 않는다면 더 행복해질 수 있도록 충고를 해 드릴 텐데요."

"그게 뭔데? 말해 봐." 하고 그가 말하기에 제가 말을 꺼냈지요.

"히스클리프 씨 자신도 잘 알겠지만, 당신은 열세 살 때부터 이기적이고 기독교도답지 않은 삶을 살아왔잖아요. 그때부터 손에 성경책 한번 쥐어 보지 않았을 테고요. 틀림없이 성경책 내용도 다 잊었을 테고, 이젠 성경책을 들춰 볼 짬도 없겠지요. 그래서 말인데요, 어느 교파냐 하는 건 중요하지 않으니 어느 교파의 목사님이든 모셔 와서 성경 말씀을 듣고, 또 당신이 성경의 가르침에서 얼마나 많이 벗어났으며, 죽기 전에 변하지 않으면 천국에 갈 수 없다는 충고를 듣는다고 해서 해가 될 건 없지 않겠어요?"

"넬리, 그 말을 들으니 화가 나기보다는 고마운걸. 넬리 덕택에 내가 어떻게 묻히면 좋을지 생각이 떠올랐으니까 말이야. 내 시체는 저녁에 교회 묘지로 옮기도록 해. 넬리와 헤어턴은 괜찮다면 따라오면 좋겠어. 그리고 교회 묘지기가 그 두 개의 관에 대한 내 지시를 따르는지 특별히 잘 지켜봐 줘! 목사는 부를 필요 없어. 내가 어떤 사람이었느니 하는 따위의 말도 읊을 필요 없어. 있잖아, 넬리, 난 나의 천국에 거의 다 이르렀어. 남들의 천국 따위는 나한텐 전혀 중요하지도 가고 싶지도 않아!"

"그런데 만일 그렇게 계속 고집을 피우며 아무것도 안 드시다가, 그로 인해 돌아가시게 되는 바람에 교회에서 당신을 교회 묘지에 묻기를 거부한다면요? 그럼 어떨 것 같아요?"

신의 존재를 믿지 않는 그의 무관심한 태도에 충격을 받아 제가 묻자 그는 이렇게 대답하더군요.

"교회에서는 거절하지 않을 거야. 만약 거절한다면, 넬리가 비밀리에 나를 그곳에 묻어 줘야 해. 만약 넬리가 그렇게 해 주지 않는다면, 죽은 사람이 완전히 소멸되는 게 아니란 것을 넬리에게 실제로 입증해 보여 주겠어!"

다른 식구들이 일어나 움직이는 소리가 들리자, 그는 곧바로 자기 방으로 물러갔고, 그제야 저는 자유롭게 숨을 쉴 수 있었습니다. 하지만 오후에 조지프와 헤어턴 도련님이 밖에 나가 일하는 동안, 그가 다시 부엌으로 들어와서는 몹시 흥분한 표정으로 저한테 거실로 와서 앉아 있으라고 하는 거예요. 누가 자기 옆에 있어 줬으면 좋겠다면서요.

저는 그의 말과 태도가 더 이상해진 탓에 겁이 나서 혼자서는 그와 함께 있을 용기도 마음도 없다고 솔직하게 말하고 거절했어요. 그러자 그가 음산하게 킬킬거리며 말하더군요.

"넬리는 나를 악마로 생각하나 보군! 그럴 듯한 집의 지붕 아래서 살기에는 너무 끔찍한 존재 말이야!"

그러고는 부엌에 저와 함께 있다가 그가 다가오자 제 뒤로 몸을 숨긴 캐서린 아씨 쪽을 향하며 거의 조롱하듯 이렇게 덧붙였어요.

"귀여운 것, 그럼 네가 오련? 잡아먹지는 않을 테니. 그래, 싫겠지! 내가 악마보다 더 못되게 굴었으니. 그렇다면 내 옆에 있는 것을 꺼리지 않을 존재가 딱 하나 있지! 세상에! 그녀는 어찌나 무자비한지. 오, 제길! 말로 표현할 수 없을 정도로 심하게 무자비해서 살아 있는 인간은 견뎌 내지 못해. 나 같은 놈조차도 말이야."

그는 더 이상 어느 누구에게도 같이 있어 달라고 부탁하지 않았어요. 해질 무렵 그는 자기 방으로 올라갔어요. 그러고는 밤새도록 그리고 아침까지도 그가 혼자 신음하고 중얼거리는 소리가 들렸어요. 헤어턴 도련님은 방 안에 들어가 보고 싶어 했지만 저는 도련님에게 케네스 선생을 불러와서 그를 보게 해야 한다고 말했어요.

케네스 선생이 오자 저는 방문 밖에서 그에게 안으로 들어가겠다고 고하며 방문을 열려고 했지만 잠겨 있었지요. 히스클리프 씨는 우리한테 꺼져 버리라고 욕을 하더군요. 그러면서 자기는 많이 나아졌으니 혼자 있게 해 달라는 거였어요. 그래서 의사 선생은 그냥 돌아갔답니다.

다음 날 저녁에는 비가 많이 왔습니다. 정말이지 동이 틀 무렵까지는 줄기차게 퍼부었지요. 제가 아침 산책을 하며 집 주위를 돌다 보니, 주인의 방 창문이 확 열어 젖혀져서 빗물이 창문으로 들이치고 있더라고요.

저는 '그가 침대에 누워 있을 리가 없어. 빗물이 저렇게 들이치는데 그랬다간 흠뻑 젖을 것 아냐! 틀림없이 일어나 있거나 밖에 나갔을 거야. 그러니 더는 고심하지 말고 대담하게 그의 방으로 들어가 봐야겠어!' 하고 생각했습니다.

여분의 열쇠로 방문을 열고 들어가 보니 방이 텅 비어 있어서 참나무 침상을 열어 보려고 그쪽으로 달려갔습니다. 저는 침상의 판자로 된 미닫이문을 재빨리 한쪽으로 젖히고 안을 들여다봤어요. 히스클리프 씨가 거기에 있었습니다. 반듯이 누워 있었지요. 그의 눈이 제 눈과 마주쳤는데, 눈빛이 어찌나 날카롭고 사납던지 저는 소스라치게 놀랐어요. 그런 뒤 다시 보니 미소를 짓는 것 같기도 했습니다.

저는 그가 죽었다고는 생각지도 못했어요. 그런데 얼굴과 목이 빗물에 젖고 침대 이부자리에서는 빗물이 뚝뚝 떨어지는데도 꼼짝도 하지 않는 거예요. 창문이 탁탁 열렸다 닫혔다 하며 창틀에 놓인 그의 한쪽 손을 스친 탓에 손의 살갗이 까졌지만 피가 나지 않더군요. 상처가 난 곳에 제가 손가락을 대 보았는데 더 이상 의심의 여지가 없었지요. 그는 죽어서 빳빳하게 굳어 있었어요!

저는 창문을 닫아걸고, 이마로 흘러내린 그의 긴 검정 머리칼을 빗겨 주고 눈을 감겨 주려고 했습니다. 되도록 그 끔찍하고 살아 있는 듯한 환희의 눈빛을 다른 사람이 보기 전에 감추려고 했던 것이지요. 하지만 그의 눈은 감겨지지 않았어요. 그의 눈은 제가 감기려고 하는 것을 비웃는 것 같았어요. 그리고 그의 벌어진 입술과 날카롭고 하얀 이도 저를 비웃고 있었어요! 또다시 덜컥 겁을 집어먹고 저는 조지프를 소리쳐 불렀습니다. 조지프가 발을 질질 끌며 올라와서는 한바탕 소란을 피웠지만 자기는 시신에 손을 대지 않겠다고 단호히 거부하며 이렇게 외쳤어요.

"악마가 저 인간의 영혼을 앗어 갔구먼! 글구 송장꺼정 덤으로 가져가든 말든 내 알 바 아녀! 어이구! 어찌 저리 사악헌 표정을 혀고 있을까! 뒈지면서도 히죽거리는구먼!"

그러면서 그 죄받을 늙은이는 히죽거리는 웃음을 흉내 내며 조롱했어요.

그 늙은이가 침대 주위를 돌며 신나게 뛰어다니려는 줄 알았는데, 갑자기 차분해지더니 무릎을 꿇고 두 손을 들어 올리고는 정당한 주인과 유서 깊은 혈통이 권리를 되찾게 된 것에 대해 감사의 기도를 올리는 것이었어요.

저는 끔찍한 일을 당해 망연자실한 기분이었어요. 그리고 자연스레 마음속에 옛일들이 떠올라 먹먹하고 슬퍼졌지요. 하지만 정말로 많이 마음 아파한 사람은 가장 부당한 취급을 받은 가엾은 헤어턴 도련님뿐이었어요. 도련님은 밤새 시신 옆을 지키고 앉아 진심으로 슬퍼하며 쓰라린 눈물을 하염없이 흘렸어요. 시신의 손을 꼭 잡기도 하고, 다른 사람은 모두 쳐다보는 것도 꺼리는, 비꼬는 듯한 흉포한 얼굴에 입을 맞추기도 했지요. 그리고 달구어 단련한, 강철처럼 단단하면서도 너그러운 마음에서 절로 우러나는 깊은 슬픔으로 망자를 애도했어요.

케네스 선생은 주인이 무슨 질환으로 사망했다고 선고해야 할지 몰라 당혹스러워했습니다. 저는 주인이 나흘 동안 아무것도 삼킨 게 없다는 사실을 괜히 말했다가 귀찮아질까 봐 그 사실을 숨겼어요. 그리고 지금 저는 주인이 일부러 먹지 않은 건 아니라고 확신해요. 그러니까 아무것도 먹지 않아서 이상한 병에 걸린 게 아니라, 이상한 병에 걸리는 바람에 아무것도 먹지 않게 된 것이지요.

우리는 온 마을 사람들을 분개시키긴 했지만 히스클리프 씨가 생전에 원했던 대로 그를 묻어 주었습니다. 그의 장례식에 참석한 사람은 헤어턴 도련님과 저, 교회 묘지기와 관을 운구할 여섯 명의 인부가 다였어요.

여섯 명의 인부는 무덤구덩이에 관을 내려놓고 떠났고, 우리는 남아서 관이 다 묻히는 걸 지켜봤습니다. 헤어턴 도련님은 눈물을 줄줄 흘리면서 직접 푸른 잔디 뗏장을 떠다가 갈색 흙무덤에 입혔어요. 그 덕에 지금은 그의 무덤도 옆의 무덤들 못지않게 매끈하고 파릇파릇하지요. 그 무덤의 주인도 옆의 무덤 주인들처럼 고이 잠들어 있었으면 좋겠어요. 하지만 록우드 나리께서 이 고장 사람들에게 물어 본다면, 그들은 그의 유령이 나와 돌아다닌다고 성경에 손을 얹고 맹세할 거예요. 교회 근처에서 봤다는 사람도 있고, 황야에서 봤다는 사람도 있고, 심지어는 이 집 안에서 봤다는 사람도 있어요. 나리께선 '되지도 않는 이야기'라고 말하실 테지요. 그리고 저도 그렇게 말하고 있답니다. 하지만 부엌 벽난로 앞에 앉아 있는 저 노인네는 히스클리프 씨가 죽은 뒤로 비 오는 밤마다 그의 방 창문에서 밖을 내다보고 있는 두 사람의 유령을 봤다고 장담하더라고요. 그리고 저도 한 달 전에 기묘한 일을 겪었답니다.

천둥이 칠 것처럼 어두컴컴했던 어느 날 저녁, 저는 스러시크로스 그레인지로 가려고 나섰습니다. 워더링 하이츠의 모퉁이를 꺾는 순간, 저는 어미 양 한 마리와 새끼 양 두 마리를 앞세우고 엉엉 울며 길을 가는 어린 소년과 마주쳤어요. 저는 새끼 양들이 자주 날뛰는 탓에 몰고 가기 힘들어서 그런 모양이라고 짐작했지요.

"얘야, 왜 그러니?"

제가 묻자 그 아이가 엉엉 울면서 대답했어요.

"저짝 산모퉁이에 히스클리프 씨와 어떤 여자가 있어여. 무서워서 못 지나가겄어여."

제 눈에는 아무것도 보이지 않았어요. 하지만 양도 아이도 길을 계속 가려고 하질 않는 거예요. 그래서 저는 그 아이에게 아래쪽 길로 가라고 말해 주었습니다.

그 아이는 아마 부모나 친구들에게서 유령이 나온다는 그 터무니없는 소리를 반복해서 듣다 보니 혼자 황야를 지나가다가 유령을 보았다고 생각하게 됐을 거예요. 하지만 저도 요즘은 어두워지면 밖에 나가기 싫어요. 그리고 이 음산한 집에 저 혼자 남아 있는 것도 싫답니다. 안 그러려고 해도 저도 어쩔 도리가 없는걸요. 두 사람이 이 집을 떠나 스러시크로스 그레인지로 옮겨 가면 전 정말 기쁠 거예요!

"그럼 그 두 사람이 스러시크로스 그레인지로 이사 갈 모양인가 보군?"

내가 묻자 딘 부인이 대답했다.

"그럼요. 결혼하자마자 바로요. 결혼식은 정월 초하루에 올릴 거예요."

"그럼 이 집에는 누가 살 건가?"

"그야 물론 조지프가 이 집을 돌볼 거예요. 그리고 청년 하나가 그와 같이 있게 될 거예요. 그 두 사람은 부엌에서 지내고 나머지 공간은 다 잠가 둘 거예요."

"유령들이 맘대로 들어와 살라고 말이지."

내가 한마디 하자 넬리가 고개를 저으며 말했다.

"그런 말씀 마세요, 록우드 나리. 고인들은 지금 평온히 잠들어 있어요. 경박하게 고인들에 대해 이러쿵저러쿵하는 건 옳지 못한 일 같아요."

바로 그 순간 대문 닫히는 소리가 났다. 산책 나갔던 두 사람이 돌아오고 있는 것이었다. 나는 창문으로 그 둘이 걸어오는 모습을 쳐다보며 투덜거렸다.

"저들은 두려운 게 없겠군. 둘이 함께라면 악마와 악마의 전체 군단에도 용감히 맞서겠는걸."

그 둘이 현관 문 앞의 섬돌에 올라서서 마지막으로 한 번 더 달을 보기 위해, 아니 좀 더 정확히 말하자면, 달빛에 비치는 서로의 얼굴을 보기 위해 멈춰 섰을 때, 나는 또다시 그들을 피해야겠단 기분이 드는 걸 억누를 수 없었다. 나는 딘 부인의 손에 우정의 선물로 몇 푼 꼭 쥐여 주고는, 나의 무례한 행동을 나무라는 딘 부인의 훈계를 들은 척도 않고, 그 두 사람이 거실 문을 여는 것과 동시에 부엌으로 빠져나왔다. 그리고 조지프가 자기 발밑에서 1파운드짜리 금화가 듣기 좋게 쨍그랑 울리는 소리를 듣고 다행히도 나를 품행이 방정한 사람으로 여겼기에 망정이지, 안 그랬으면 동료 하인이 방탕하고 경솔한 여자라는 그의 생각을 굳혀 줄 뻔했다.

집으로 돌아올 때는 교회 쪽으로 둘러 오느라고 한참 더 걸렸다. 교회 담장 아래에 서서 보니 불과 일곱 달 사이에 교회는 많이 퇴락해 있었다. 창문은 대부분 유리가 온데간데없이 사라져 시커먼 구멍을 드러내고 있었고, 지붕의 기왓장은 여기저기 원래 자리에서 삐뚤게 삐져나와 있어서 다가오는 가을 폭풍우에 점점 떨어져 나갈 것 같았다.

황야 옆의 비탈에서 그 세 사람의 묘비를 찾아보았는데 이내 눈에 띄었다. 가운데 묘비는 잿빛을 띠며 히스에 반쯤 묻혀 있었고, 에드거 린턴의 묘비만 잔디와 묘비 발치를 타고 올라가는 이끼와 잘 어우러져 있었으며, 히스클리프의 묘비는 아직 헐벗은 상태였다.

나는 온화한 하늘 아래에서 그 묘비 주위를 서성거렸다. 나방들이 히스와 초롱꽃 사이를 훨훨 날아다니는 모습을 지켜보고 풀잎을 스치는 살랑거리는 바람의 숨결에 귀를 기울이며, 어떻게 사람들은 저토록 고요한 땅속에 묻혀 영면에 든 이들이 뒤숭숭한 선잠을 자다 깨어나 돌아다니곤 한다고 상상할 수 있을까 의아해했다.

황야 절벽 끝의 위태롭고 광기 어린 사랑

'워더링 하이츠' vs. '폭풍의 언덕'

고전을 접할 때면 원전을 정독했든, 다른 장르로 각색된 작품을 접했든, 혹은 내용만 대충 알고 있든 제목만 들어도 친숙한 경우가 많다. 『폭풍의 언덕』 역시 제목만 들어도 '폭풍우가 치는 언덕을 배경으로 펼쳐지는 광기 어린 주인공의 지독한 사랑과 복수'라는 이야기가 바로 떠오른다.

사실 이렇게 각인된 데에는 제목이 기여한 바가 적지 않다. 이 작품의 원제는 『Wuthering Heights』다. 'wuthering'은 영국 요크셔 지방의 사투리로 폭풍이 몰아치는 모습을 묘사하는 형용사이다. 그러므로 원제를 굳이 우리말로 풀이하자면 '폭풍이 몰아치는 언덕 위의 집'이다. 그런데 'wuthering heights'는 소설 속 저택의 명칭이므로 사실 소리 나는 대로 '워더링 하이츠'라고 옮기는 것이 타당하다. 하지만 제목으로서의 '워더링 하이츠'는 단순한 저택의 명칭만이 아니라 작품의 배경이 되는 곳을 비롯해 등장인물의 심리 상태와 상황 등 작품 전반에 흐르는 분위기를 포괄하고 있기도 하다. 따라서 저택의 명칭이라는 것에 얽매이지 않고, 작품 전체의 분위기를 함축해서 드러낼 수 있는 데다 이미 널리 알려져 있는 책이기에 『폭풍의 언덕』이란 기존 번역서들의 제목을 따르기로 했다.

서른 해의 삶, 그리고 단 한 권의 소설

에밀리 브론테(1818~1848)는 1818년 영국 북부에 위치한 요크셔의 손턴에서 여섯 남매 가운데 다섯째로 태어났다. 1820년 아일랜드계 목사인 아버지가 요크셔의 하워스로 부임하면서 가족 모두가 하워스로 이사하게 되는데, 그곳에서 에밀리뿐 아니라 브론테 자매는 문학적 재능을 키우게 된다. 특히 그곳은 에밀리에게 문학적 자양분이 되어 이 작품의 배경으로 재탄생된다.

1821년 에밀리가 세 살일 때 어머니가 죽자 에밀리의 세 언니는 기숙 학교로 가게 된다. 에밀리의 언니인 샬럿이 기숙 학교에서 학대와 핍박을 받았던 경험을 바탕으로 훗날 쓴 소설이 바로 『제인 에어』이다. 그리고 에밀리도 여섯 살이 되어 세 언니가 다니는 기숙 학교로 가게 되지만, 1825년 맏언니 마리아가 결핵으로 숨지자, 학교를 그만두고 나머지 두 언니들과 집으로 돌아온다. 하지만 둘째 언니 엘리자베스도 집으로 돌아온 직후 숨진다.

그 뒤, 남은 네 남매(샬럿, 브랜웰, 에밀리, 앤)는 집에서 아버지와 이모에게서 교육을 받게 된다. 목사였던 엄격한 아버지가 낮에 교회에서 일을 보는 동안 네 남매는 자기들끼리 서재에서 책을 보고는 했는데, 그러다가 함께 상상의 이야기를 지어내기 시작하며 어린 시절부터 자연스럽게 문학의 길로 접어들었다. 그 뒤로도 에밀리는 학교를 다니거나 교사 일을 하느라 집을 떠난 적이 있기는 했지만 얼마 못 가 향수병이나 건강 악화로 인해 집으로 돌아오곤 했으므로, 에밀리가 대부분의 시간을 보낸 곳은 하워스의 집이었다.

틈틈이 시를 쓰던 브론테 자매는 이모가 남긴 유산을 가지고 샬럿, 에밀리, 앤 각자의 이니셜을 딴 필명으로 시집 『커러와 엘리스와 액턴 벨의 시』(1846)를 함께 출간한다. 당시 빅토리아 시대에 여성은 인내하고 순응하는 삶을 사는 게 이상적이라 여겨졌으며, 문학 중에서도 특히 시는 남성의 전유물로 여겨졌던 보수적인 시대였기 때문에 필명으로 시집을 내놓았던 것이다. 훗

⟫

날 이 시집에 실린 에밀리의 시 21편은 뛰어나다는 평가를 받았지만, 시집을 냈던 당시에는 단 두 권만 팔렸을 뿐이다. 그 후 세 자매는 시 대신 소설 창작에 매진하게 되고, 1847년 각자의 필명으로 샬럿이 『제인 에어』를, 곧이어 그해 말 에밀리와 앤이 함께 세 권으로 이루어진 책을 내놓는데, 그 세 권의 제1권과 제2권이 에밀리의 『폭풍의 언덕』이고 제3권이 앤의 『아그네스 그레이』다. 하지만 이듬해 1848년, 에밀리는 오빠 브랜웰의 장례식 날 심한 감기에 걸렸다가 결핵으로 악화되어 결국 서른 해의 짧은 삶을 마감하게 된다. 또한 그다음 해인 1849년에는 동생 앤 브론테가 사망했고, 1855년에는 언니 샬럿 브론테마저도 마흔을 넘기지 못하고 역시 결핵으로 사망하면서 브론테가의 여섯 남매가 모두 세상을 떠나게 된다. 브론테 자매의 삶은 비극적으로 짧았지만, 그들이 남긴 작품은 150여 년이 지났음에도 세월을 뛰어넘어 오늘날까지 사랑 받는 고전이 되었고 그들은 위대한 작가의 반열에 올랐다. 그리고 『폭풍의 언덕』의 실제 배경이 된 지역인 영국 요크셔의 벽촌 하워스와 브론테 가족이 살던 하워스의 사제관은 브론테 박물관이 되어 해마다 수많은 사람들이 찾는 명소가 되었다.

악마 같은 책에서 고전으로

1847년은 영국 문학사에서, 더 나아가 세계 문학사에서 절대 빠뜨릴 수 없는 중요한 해로, 샬럿 브론테의 『제인 에어』에 이어, 에밀리 브론테의 『폭풍의 언덕』, 앤 브론테의 『아그네스 그레이』까지 줄줄이 세상에 나온 해이다.

그 가운데 『폭풍의 언덕』은 서른 해의 짧은 생애 대부분을 요크셔의 외딴 마을에 위치한 집에서 황야와 책을 벗하며 보낸 에밀리 브론테가 남긴 단 한 권의 소설이다. 하지만 출간 당시 이 소설은 악마에 가까운 잔인한 성향의 등장인물과 당대의 도덕이나 상식을 벗어난 격정적 사랑과 복수극으로 인해, 폭력성과 비도덕성이 짙게 드러난 '악마 같은 책'이라는 혹평을 받았다. 하지만 해를 거듭할수록 그 진가를 인정받으며 고전으로 자리매김했으며, 영화·드라마·뮤지컬·발레·오페라·그래픽노블 등 다양한 장르로 각색되어 널리 사랑받고 있다.

이 소설의 작가 엘리스 벨이 에밀리 브론테라고 세상에 밝힌 것은 언니 샬럿 브론테였다. 에밀리가 죽은 뒤, 샬럿이 에밀리의 원고에서 구두점을 고치고 오탈자를 바로잡는 데서 더 나아가, 북부 지방의 요크셔 사투리를 남부 사람들도 이해할 수 있도록 쉽게 수정하고, 다소 과격한 표현까지 다듬는 편집 과정을 거쳐 1850년 『폭풍의 언덕』의 재판을 내놓았다. 그러면서 재판 서문을 통해 샬럿은 작가 커러 벨, 엘리스 벨, 액턴 벨이 모두 한 인물이 아니냐는 세간의 의혹을 불식시키며, 엘리스 벨이 자신의 동생인 에밀리라고 밝혔던 것이다. 하지만 에밀리 브론테가 직접 쓴 원고는 현존하지 않고, 오늘날 편집자들은 재판본에 대해 샬럿이 지나치게 개입한 것으로 여겨 재판본보다는 원래의 초판본을 기준으로 해서 구두점과 오탈자를 수정하는 정도의 편집을 선호한다. 이 번역서 역시 초판본을 기준으로 한 원서를 번역한 것이다.

두 가문과 히스클리프를 둘러싼 사랑과 복수극

이 작품은 워더링 하이츠에 사는 언쇼가와 스러시크로스 그레인지에 사는 린턴가, 그리고 태생을 모르는 히스클리프를 둘러싸고 벌어지는 사랑과 복수를 그린 이야기다.

캐서린의 아버지가 고아 히스클리프를 데려와 기르게 되면서 대에 걸친 사랑과 복수의 이야기가 시작되는데, 아버지가 히스클리프를 총애하자 캐서린의 오빠 힌들리는 히스클리프를 미워하게 되고, 캐서린은 히스클리프와 어울리다보니 서로 좋아하게 된다. 하지만 캐서린의 아버지가 죽자 히스클리프는 하인과 다름없는 신세로 전락하고 캐서린은 우연히 알게 된 린턴가의 에드거와 친해진다. 그러다 히스클리프는 캐서린이 거칠고 야만스럽고 천한 자신과 모든 면에서 대비되는 세련되고 자상한 부잣집 도련님 에드거 린턴의 청혼을 받아들여 시집가려 한다는 사실을 알게 되고 집을 나간다.

캐서린과 에드거가 결혼한 뒤, 히스클리프가 3년 만에 악마 같은 본성을 숨긴 채 말끔한 신사의 모습으로 돌아온다. 그의 머릿속은 온통 복수에 대한 생각만으로 가득한데, 아내를 잃고 술과 도박에 빠진 힌들리에게서 워더링 하이츠를 손쉽게 빼앗아 언쇼가의 재산을 차지하는 것은 물론이고, 에드거의 누이동생 이저벨라와 결혼해 린턴가의 재산까지 차지함으로써 양쪽 집안을 모두 몰락시키려 한다.

히스클리프가 돌아오자 아직 그를 잊지 못한 캐서린은 그를 반갑게 맞이하고 다시 친하게 지내지만, 히스클리프 일로 에드거와 크게 다툰 뒤 자리에 앓아눕게 되고 정신 이상까지 생기고

만다. 몸도 정신도 쇠약해진 캐서린이 결국 딸 캐시를 낳은 후 죽고, 히스클리프와 결혼한 뒤 학대를 받던 이저벨라가 도망쳐서 아들 린턴을 낳지만, 히스클리프의 복수는 멈출 줄 모른다. 히스클리프는 캐시와 린턴이 자라자, 에드거의 전 재산을 차지할 욕심에 캐시를 납치해 강제로 다 죽어 가는 린턴과 결혼시킨다. 에드거의 전 재산이 자기 아들 린턴에게 넘어오고 얼마 못 가 자기 아들마저 죽자, 두 집안의 재산을 전부 차지하게 됨으로써 복수가 완성되려는 찰나, 히스클리프는 복수의 의지가 꺾인 채 캐서린의 유령에 사로잡혀 식음을 전폐하고 정신 이상자처럼 헛소리와 이상한 행동을 하다가 결국 숨을 거둔다. 그리하여 다시 두 집은 원래 주인이었던 두 가문의 후손들 차지가 되고, 린턴가와 언쇼가의 남은 후손인 캐시와 헤어턴은 사랑에 빠짐으로써 다시금 평화가 찾아온다.

히스클리프, 절벽에 핀 히스꽃

이야기 전개는 1인칭 화자인 록우드가 제3자인 가정부 엘런 딘 부인을 통해 두 집안과 히스클리프에 얽힌 이야기를 듣는 액자 소설 형식을 취하고 있다. 전반부인 제1권이 사랑 이야기라면, 후반부인 제2권은 복수극으로, 전체 이야기는 스러시크로스 그레인지에 세 든 록우드가 워더링 하이츠를 찾아가는 것으로 시작해서 워더링 하이츠에서 물러나는 것으로 끝난다.

히스클리프나 캐서린의 관점이 아니라, 제3자인 넬리 딘의 관점에서 본 이야기여서 얼핏 객관적으로 여겨질 수도 있는 탓에 넬리 딘의 관점 역시 주관적일 수 있다는 사실을 간과하기 쉽다. 그러니 히스클리프가 이야기를 들려주었더라면 완전히 다른 이야기를, 어쩌면 더 광기 어린 사랑과 치밀한 복수극을 접할 수 있었을지도 모른다. 화자에 따라 이야기가 달라질 수 있다면, 독자의 입장에서는 자신의 나이, 처한 상황, 자신이 감정 이입한 인물이 누구냐에 따라 그때마다 감상이 달라질 수 있을 것이다. 그래서 『폭풍의 언덕』은 다양한 장르로 각색되면서 어떤 관점에 초점을 맞춰 변화를 주었느냐에 따라 각기 다른 개성을 뽐내기도 한다.

브론테 자매는 모두 자기 삶의 경험을 토대로 자기 반영적 글쓰기를 한 작품이 많은데, 그 가운데서 집을 떠나 있던 적이 별로 없었던 에밀리 브론테의 작품은 그녀가 살던 히스 무성한 황야가 펼쳐진 요크셔의 하워스와는 떼려야 뗄 수 없다. 폭풍 치듯

›››

몰아치는 바람, 흐리고 음산한 영국 특유의 날씨, 히스 무성한 쓸쓸하고 황량한 들판까지 에밀리가 살던 요크셔 지방의 하워스가 그대로 워더링 하이츠의 배경이 되어 음산하고 무거우며 때로는 파괴적이고 기괴하기까지 한 작품의 분위기를 더욱 돋보이게 한다.

히스클리프라는 이름에서도 작품의 배경이 되는 황야와 그곳에서 히스클리프가 처한 위태로운 상황이 잘 드러나는데, 'heath'와 'cliff'라는 단어가 결합된 이름에서 '히스'는 영국에 흔한 들꽃인 히스 자체, 또는 히스 무성한 황야를 가리키기도 하고, '클리프'는 절벽을 뜻한다. 그러니 히스클리프의 이름은 '절벽에 핀 히스꽃' 또는 '히스가 무성한 황야의 절벽'을 가리킨다. 절벽에 핀 들꽃 히스처럼 질긴 생명력을 지녔지만, 동시에 절벽 끝에 선 것처럼 위태위태한 인물이라는 사실을 이름을 통해서 암시한다. 이처럼 『폭풍의 언덕』은 주인공의 이름 하나까지 허투루 쓰인 것이 없는 치밀한 구성을 자랑하는 소설이다.

영문학의 정수 속으로

앞서 말했듯이 『폭풍의 언덕』은 정작 출간 당시에는 환영 반지 못하고 혹독한 평가와 오해를 받았던 작품이었다. 하지만 결국 값진 작품은 언젠가는 진가를 인정받기 마련이고, 세월이 흐르면서 '영문학의 정수', 셰익스피어의 『리어왕』, 멜빌의 『모비딕』과 더불어 '영문학 3대 비극', 서머싯 몸이 선정한 '세계 10대 소설'이라는 화려한 수식어가 붙으며 누구에게나 사랑 받는 고전이 되었다.

외딴 시골의 처녀 작가가 상상으로 일궈 내 어느새 고전이 된 이 작품은 읽는 사람마저도 강한 폭풍이 몰아치는 황량한 들판 한가운데서 광기 어리고 격정적인 지독한 사랑에 빠졌다 헤어난 것처럼 기운을 소진시키며 생생하게 다가온다. 가벼운 인스턴트식 읽을거리가 넘치는 세상에 가끔은 두고두고 가슴 한편에 남을, 묵직하고 강한 여운을 남기는 글 속에 빠져 보는 뜻깊은 시간이었기를 바란다.

– 옮긴이 황윤영

《에밀리 브론테 연보》

1818년 7월 30일 영국 요크셔 주 손턴에서 아일랜드 출신 영국국교회 목사 패트릭 브론테와 마리아 브랜웰 사이에서 육 남매 중 다섯째로 출생함. 세 언니는 마리아·엘리자베스·샬럿이고 오빠는 블랜웰로, 훗날 에밀리와 함께 '브론테 자매'로 불리게 된 작가가 바로 셋째 언니 샬럿임.

1820년 동생 앤이 태어나고, 목사인 아버지가 요크셔의 하워스(Haworth)로 부임하게 되면서 가족 모두가 그곳으로 이사함. 그곳 교회 공동묘지의 오염된 물이 브론테 집안의 건강 악화에 영향을 줌.

1821년 어머니 마리아가 38세의 나이에 암으로 사망함. 이후 어머니의 언니 엘리자베스 브랜웰이 브론테 가족을 돌봄.

1824년 세 언니 마리아·엘리자베스·샬럿이 다니던 랭커셔 주 코언 브리지의 기숙 학교에 입학함. 성직자의 딸들을 위한 학교였던 코언 브리지 기숙 학교의 실상은 훗날 언니 샬럿 브론테의 『제인 에어(Jane Eyre)』에서 로우드 학교로 묘사됨.

1825년 언니 마리아와 엘리자베스가 병에 걸려 집으로 돌아오지만 두 언니 모두 연달아 사망함. 이 일로 충격을 받은 아버지가 샬럿과 에밀리를 집으로 돌아오게 함으로써 네 남매가 집에서 함께 생활함.

1826년 아버지가 선물로 준 장난감 병정에 이름을 붙여 가지고 놀면서 네 남매는 '앙그리아(Angria)'라는 상상의 나라를 만들어 모험담과 시를 짓기 시작함.

1831년 언니 샬럿이 머필드의 로헤드 기숙 학교로 떠나자 집에 남게 된 에밀리와 앤은 북태평양의 큰 섬을 배경으로 한 또 다른 상상의 나라인 '곤달(Gondal)'을 만들어 이야기와 시를 짓기 시작함.

1835년 언니 샬럿이 교사로 있던 로헤드 학교에 학생으로 입학하지만 고향에 대한 그리움을 견디지 못해 3개월 만에 집으로 돌아옴. 에밀리가 집으로 돌아오자 앤이 집을 떠남. 그때부터 가족들이 집에서 함께 일하며 지낼 수 있도록 여자들을 위한 작은 학교를 열 계획을 세움.

1836년 현재까지 남아 있는 에밀리의 시 가운데 첫 번째 작품인 「맑을까 비올까?(Will the day be bright or cloudy)」를 씀.

1838년 9월부터 핼리팩스 근처 로힐의 미스 패칫 학교에서 교사로 일함. 하루에 17시간씩 일을 하며 얻은 병으로 이듬해 4월 집에 돌아옴. 이후 요리나 청소와 같은 집안일과 주일학교 교사를 하며 독일어를 독학하고, 피아노를 연습함.

1842년 학교를 세울 계획을 가지고 2월에 언니 샬럿과 함께 벨기에 브뤼셀의 콩스탕탱 에제 기숙 학교에 들어감. 학교에 있는 동안 프랑스어와 독일어, 음악을 배움. 하지만 11월에 이모가 사망하자 집으로 돌아감. 세 자매는 각각 이모의 유산을 받게 됨.

1844년 하워스의 집에서 학교를 열려고 했으나, 외딴곳이었던 까닭에 지원자가 없어 포기함.

1845년 언니 샬럿이 에밀리가 쓴 시를 우연히 보고 세 자매가 함께 쓴 시집을 내 보자고 권유함. 개인적인 글을 읽은 것에 대해 에밀리는 화를 내고 거절함. 이 시기부터 『폭풍의 언덕』의 집필을 시작한 것으로 추정됨.

1846년 샬럿의 설득 끝에 세 자매의 시선집을 출판하기로 함. 세 자매는 여성 작가에 대한 편견을 피하기 위해 샬럿·에밀리·앤 각자의 머리글자를 따 커러·엘리스·액턴이라는 중성적 느낌의 가명을 만들어 시집 『커러와 엘리스와 액턴 벨의 시(Poems by Currer, Ellis and Acton Bell)』를 자비로 출판함. 이 시집에 에밀리의 시는 21편이 수록됨. 출판 당시 시집은 단 두 권만이 팔렸지만 후대의 평론가들은 에밀리의 시적 재능을 높이 평가함.

1847년 10월에 언니 샬럿이 쓴 『제인 에어』가 출판되어 성공을 거둔 후, 곧이어 12월에 에밀리의 『폭풍의 언덕』을 각각 1, 2권으로 하고, 동생 앤의 『아그네스 그레이』를 3권으로 한 책이 출판됨. 『폭풍의 언덕』은 당시 평론가과 독자들로부터 가혹한 평가와 오해를 받았으나, 훗날 영문학 가운데 최고의 소설로 재평가받음.

1848년 12월 19일 건강 상태가 좋지 않았던 에밀리는 오빠 브랜웰의 장례식에 가서 비를 맞고 감기에 걸려 돌아온 후, 감기가 결핵으로 악화되어 사망함.

1850년 언니 샬럿이 『폭풍의 언덕』을 교정하고 에밀리의 본명으로 재출간함.

에밀리 브론테 1818년 7월 30일, 영국 요크셔 주의 손턴에서 육 남매 중 다섯째로 태어났다. 세 번째 생일을 맞이하기 전에 어머니가 돌아가시고 어린 나이에 세 언니를 따라 기숙 학교 생활을 시작했다. 하지만 두 언니의 잇따른 죽음으로 집에 돌아온 에밀리는 인생의 대부분을 요크셔 주의 하워스에서 보내며 글을 썼다. 『제인 에어』의 저자인 언니 샬럿이 에밀리의 시를 발견하고 출판을 설득함으로써, 샬럿·에밀리·앤, 세 자매의 시집인 『커러와 엘리스와 액턴 벨의 시』를 1846년에 출간했다. 곧이어 1947년 『폭풍의 언덕』을 출판했으나, 당시 사회적 분위기와 어울리지 않았기 때문에 비평가들과 독자들로부터 냉혹한 평가를 받았다. 에밀리는 『폭풍의 언덕』이 받은 부당한 평가에 대해 해명할 기회도 갖지 못하고 1848년 서른 해의 짧은 생을 마감했다. 하지만 에밀리가 남긴 200여 편에 달하는 시와 유일한 소설인 『폭풍의 언덕』은 오늘날 영문학사에서 뛰어난 문학적 성취로 재평가되어 고전으로 자리매김하고 있다.

황윤영 성균관대학교 번역대학원을 졸업한 후, 현재 아동청소년문학 전문 번역가로 활동하고 있다. 그동안 옮긴 책으로 『내가 사랑한 야곱』, 『탠저린』, 『오디세이』, 『지킬 박사와 하이드』, 『이상한 나라의 앨리스』, 『거울 나라의 앨리스』, 『왕자와 거지』, 『에드거 앨런 포 단편선』, 『폭풍의 언덕』 등이 있다.

클래식 보물창고에는
오랜 세월의 침식을 견뎌 낸
위대한 세계 문학 고전들이 총망라되어 있습니다.
세대와 시대를 초월하여 평생을 동반할 '내 인생의 책'을
〈클래식 보물창고〉에서 만나 보세요.

1. 이상한 나라의 앨리스 루이스 캐럴 지음 | 황윤영 옮김

특유의 유쾌한 상상력과 말놀이, 시적인 묘사와 개성적인 캐릭터, 재치 넘치는 패러디와 날카로운 사회 풍자로 아동청소년문학사와 영문학사에 큰 획을 그은 루이스 캐럴의 환상동화.

★ BBC 선정 영국인 애독서 100선 ★ 학교도서관사서협의회 추천도서

2. 키다리 아저씨 진 웹스터 지음 | 원지인 옮김

서간문이라는 독특한 형식과 소녀적 감성이 결합된 성장기이자 로맨스 소설! 20세기 초 사회의 모순을 고발하고 개혁을 주장했던 진보적인 사상은 페미니즘 문학으로서의 의미를 더한다.

★ 학교도서관사서협의회 추천도서

3. 보물섬 로버트 루이스 스티븐슨 지음 | 민예령 옮김

인간이 가진 절대적인 선과 악을 그린 세계 최초의 해양모험소설. 영국 빅토리아 시대의 흥미진진한 꿈과 낭만을 대변하는 동시에 선악의 경계를 아슬아슬하게 줄타기하는 인간의 욕망을 고찰한다.

★ BBC 선정 영국인 애독서 100선

4. 노인과 바다 어니스트 헤밍웨이 지음 | 민예령 옮김

헤밍웨이 문학의 총 결산이자 미국 현대문학의 중추로 일컬어지는 걸작. 생애의 모든 역경을 불굴의 투지로 부딪쳐 이겨 내는 인간의 모습을 하드보일드한 서사 기법과 절제미가 돋보이는 문체로 형상화했다.

★ 노벨 문학상 수상작가 ★ 퓰리처상 수상작 ★ 노벨연구소 선정 세계문학 100선

★ 대학수학능력시험 출제 작품

5. 하늘과 바람과 별과 시 윤동주 지음 | 신형건 엮음

우리나라 사람들이 가장 많이 애송하는 '민족 시인' 윤동주의 문학 세계를 엿볼 수 있는 시와 산문을 한데 모았다. 시대의 아픔을 성찰하며 정면으로 돌파하려 한 저항 정신은 물론이고 인간 윤동주의 맨얼굴을 만날 수 있다.

★ 연세대 필독도서 200선

6. 봄봄 동백꽃 김유정 지음

어려운 현실을 풍자와 해학으로 극복한 한국 근대소설의 정수, 김유정의 대표작을 모았다. 원전을 충실하게 살려 아름다운 우리말을 풍요롭게 담고, 토속적 어휘는 풀이말을 달아 이해를 도왔다.

7. 거울 나라의 앨리스 루이스 캐럴 지음 | 황윤영 옮김

『이상한 나라의 앨리스』보다 한층 탄탄해진 구성과 논리적인 비유를 통해 보다 깊고 넓어진 재미와 감동을 선사하는 후속작. 현실 속의 정상과 비정상, 논리와 비논리, 의미와 무의미의 경계를 고찰한다.

★ BBC 선정 영국인 애독서 100선 ★ 명사 101명이 추천한 파워클래식 ★ 학교도서관사서협의회 추천도서

8. 변신 프란츠 카프카 지음 | 이옥용 옮김

현대인의 고독과 불안을 그림으로써 20세기 실존주의 문학의 발전에 커다란 영향을 끼친, 20세기 문학계에서 가장 난해한 '문제작가'로 꼽히는 프란츠 카프카의 대표작을 모았다. 원전에 충실한 번역으로 특유의 문체가 지닌 묘미를 만끽할 수 있다.

★ 서울대 권장도서 100선 ★ 연세대 필독도서 200선 ★ 미국대학위원회 SAT 권장도서

9. 오즈의 마법사 L. 프랭크 바움 지음 | 최지현 옮김

영화, 뮤지컬, 온라인 게임 등 다양한 장르로 재생산되어 지구촌 대중문화를 견인함으로써 문화 콘텐츠가 가지는 파급력의 정도를 생생하게 보여 주는 세기의 고전. 짜릿한 모험담 속에 담긴 치유의 기운이 마법 같은 순간을 선물한다.

★ 학교도서관사서협의회 추천도서

10. 위대한 개츠비 F. 스콧 피츠제럴드 지음 | 민예령 옮김

미국 현대 문학의 거장으로 꼽히는 F. 스콧 피츠제럴드의 대표작. 미국에서만 한 해 30만 부 이상 팔리는 스테디셀러로, 재즈 시대를 살았던 젊은이들의 욕망과 물질문명의 싸늘한 이면을 담아 낸 명실공히 미국 현대 문학의 최고작.

★ 〈타임〉지 선정 100대 영문 소설 ★ 미국대학위원회 SAT 권장도서
★ 〈뉴스위크〉지 선정 100대 명저 ★ BBC 선정 꼭 읽어야 할 책

11. 오 헨리 단편선 오 헨리 지음 | 전하림 옮김

평범한 소시민의 일상과 삶의 애환을 따뜻한 시선으로 그린 오 헨리 문학의 정수로 손꼽히는 작품을 모았다. 인도주의적 가치관 위에 부조된 작가적 개성의 특출함을 만끽할 수 있다.

12. 셜록 홈즈 걸작선 아서 코난 도일 지음 | 민예령 옮김

세기의 캐릭터와 함께 펼치는 짜릿한 두뇌 게임. 치밀한 구성과 개연성 있는 전개, 호기심을 자극하는 독특한 설정이 포진되어 있음은 물론, 추리의 과정부터 카타르시스가 느껴지는 결말이 펼쳐져 있는 매력적인 소설.

13. 소공자 프랜시스 호즈슨 버넷 지음 | 원지인 옮김

사랑의 입자를 뭉쳐 만들어 놓은 것 같은 캐릭터를 통해 사랑의 선순환을 형상화한 소설. 순수한 직관과 무한한 잠재력을 지닌 동심의 세계를 느낄 수 있다.

14. 왕자와 거지 마크 트웨인 지음 | 황윤영 옮김

대중성과 작품성을 겸비해 '미국 현대문학의 아버지'로 평가받는 마크 트웨인의 대표작으로 '뒤바뀐 신분'이라는 숱한 드라마의 원조 격인 소설. 부조리하고 불합리한 사회상에 대한 날카로운 비판과 통쾌한 풍자 속에 역사적 지식과 상상력을 담아 냈다.

15. 데미안 헤르만 헤세 지음 | 이옥용 옮김

자신의 내면세계를 향해 고집스럽게 걸음을 옮긴 주인공 싱클레어의 성장을 그린 영원한 청춘의 성서. 철학, 종교, 인간을 끊임없이 탐구했던 작가의 깊이 있는 시선과 인간 내면의 양면성에 대한 치밀한 묘사가 시선을 사로잡는다.

★ 노벨 문학상 수상작가

16. 말괄량이와 철학자들 F. 스콧 피츠제럴드 지음 | 김율희 옮김

재즈 시대의 자유분방한 젊은이들의 풍속도를 그린 F. 스콧 피츠제럴드의 소설집. 1920년대 고동치는 젊은이의 맥박을 생생하게 전달했다는 평가를 받는 작품들을 모았다.

17. 벤자민 버튼의 시간은 거꾸로 간다 F. 스콧 피츠제럴드 지음 | 김율희 옮김

70세의 노인으로 태어나 결국 태아 상태가 되어 삶을 마감하는 벤자민 버튼의 일생을 그린 환상소설을 비롯해 『위대한 개츠비』의 전신이라고 할 수 있는 F. 스콧 피츠제럴드의 작품들을 모았다. 실험적이고 혁신적인 화법으로 생생하게 형상화한 재즈 시대를 만끽할 수 있다.

18. 이방인 알베르 카뮈 지음 | 이효숙 옮김

출간과 동시에 하나의 사회적 사건으로까지 이야기된 알베르 카뮈의 대표작. 부조리하고 기계적인 시스템 속에서 인간이 부딪치게 되는 절망적 상황을 짧고 거친 문장 속에 상징적으로 담아낸, 작품 자체가 '이방인'인 소설.

★ 노벨 문학상 수상작가 ★ 노벨연구소 선정 세계문학 100선

19. 크리스마스 캐럴 찰스 디킨스 지음 | 김율희 옮김

영국의 대문호 찰스 디킨스의 작가 정신과 개성이 고스란히 담겨 있는 대표작. 19세기 영국 사회의 구조적 모순과 크리스마스 정신, 인간성의 회복을 그린 영원한 고전이자 크리스마스의 상징이 되어 버린 소설.

★ BBC 선정 영국인 애독서 100선 ★ 학교도서관사서협의회 추천도서

20. 이솝 우화 이솝 지음 | 민예령 옮김

2,500년 동안 이어져 온 삶의 지혜와 철학을 담은 인생 지침서이자 최고(最古)의 고전! 오랜 세월 인류가 축적해 온 지식과 철학이 함축되어 있으며 남녀노소 누구나 읽을 수 있는 인류의 고전이라 할 수 있다.

21. 수레바퀴 아래서 헤르만 헤세 지음 | 함미라 옮김

작가의 자전적 경험이 녹아들어 있는 헤르만 헤세의 대표적인 성장소설. 총명한 한 소년이 개인의 자유와 개성을 억압하는 딱딱한 교육 제도와 권위적인 기성 사회의 벽에 부딪혀 비극으로 치닫는 이야기를 섬세하게 그리고 있다.

★ 노벨 문학상 수상작가 ★ 서울대 선정 고전 200선 ★ 국립중앙도서관 청소년 권장도서

22. 너새니얼 호손 단편선 너새니얼 호손 지음 | 한지윤 옮김

『주홍 글자』로 유명한 호손은 에드거 앨런 포, 허먼 멜빌과 더불어 미국 낭만주의 문학의 3대 거장으로 꼽힌다. 이 책은 45년간 우리나라 교과서에 실리기도 했던 「큰 바위 얼굴」을 비롯해 호손 문학의 대표 단편소설 11편을 실었다.

23. 에드거 앨런 포 단편선 에드거 앨런 포 지음 | 황윤영 옮김

「검은 고양이」, 「모르그 거리의 살인 사건」 등으로 유명한 에드거 앨런 포는 미국 낭만주의 문학의 거장이자 단편문학의 시조이며 추리 소설의 창시자이기도 하다. 기괴하고 환상적인 소재를 통해 인간 내면의 광기와 복잡한 심리를 치밀하게 형상화했다.

★ 미국대학위원회 SAT 권장도서 ★ 노벨연구소 선정 세계문학 100선

24. 필경사 바틀비 허먼 멜빌 지음 | 한지윤 옮김

장편소설 『모비 딕』의 작가 허먼 멜빌은 에드거 앨런 포, 너새니얼 호손과 함께 미국 낭만주의 문학의 3대 거장으로 꼽힌다. 정체불명의 필경사 바틀비의 '선호하지 않는' 태도와 철학은 갑갑한 현실 속에서 우리에게 깊은 공감과 위로를 이끌어 낸다.

25. 1984 조지 오웰 지음 | 전하림 옮김

『멋진 신세계』, 『우리들』과 더불어 세계 3대 디스토피아 소설로 불리는 걸작으로, 가공의 국가 오세아니아의 전체주의 지배하에서 인간의 존엄을 지키고자 했던 한 인물이 파멸되어 가는 과정을 그렸다. 오늘날에도 여전히 유효한 이 작품 속 경고는 시간이 지날수록 그 힘이 더욱 강력해지고 있다.

★ 뉴스위크 선정 세계 100대 명저 ★ 〈타임〉 선정 '20세기 최고의 책 100선'
★ 노벨연구소 선정 세계문학 100선 ★ 〈모던 라이브러리〉 선정 '20세기 100대 영문학'

26. 걸리버 여행기 조너선 스위프 지음 | 김율희 옮김

풍자 문학의 거장 조너선 스위프트의『걸리버 여행기』는 결코 온순하지 않다. 이 작품의 원문은 18세기 영국의 정치와 사회뿐만 아니라 인간의 본성을 신랄하게 풍자하고 있기 때문이다. 이 무삭제 완역본에는 스위프트가 고찰한 인간과 사회를 관통하는 통렬한 아이러니가 고스란히 담겨 있다.

★ 서울대 선정 고전 200선 ★ 미국대학위원회 SAT 권장도서

★ 〈뉴스위크〉지 선정 100대 명저 ★ 노벨연구소 선정 세계문학 100선

27. 헤르만 헤세 환상동화집 헤르만 헤세 지음 | 이옥용 옮김

헤세의 대표적인 동화 16편이 실린 작품집으로, 내면으로 이르는 길, 자기 발견과 자아실현을 위한 갈등과 모색을 독창적이면서도 환상적으로 표현했다. 또한 난쟁이, 마법사, 시인 등 신비로운 인물들과 천일야화, 중국과 인도의 민담, 신화 등의 요소가 어우러져 초자연적이면서도 경이로운 이야기들이 다채롭게 펼쳐진다.

★ 노벨 문학상 수상 작가

28. 별 마지막 수업 알퐁스 도데 지음 | 이효숙 옮김

특유의 시적 서정성과 감수성으로 19세기 말 프랑스의 정취를 그려 낸 작가 알퐁스 도데의 단편소설을 모았다. 그의 대표작「별」부터 전쟁의 비극을 감동적으로 풀어 낸「마지막 수업」까지 알퐁스 도데의 진면목을 만끽할 수 있는 작품 15편이 들어 있다.

29. 피터 팬 제임스 매튜 배리 지음 | 원지인 옮김

연극, 뮤지컬, 영화 등으로 재탄생되며 100년이 넘는 세월 동안 전 세계 사람들의 사랑을 받아 온 '영원히 늙지 않는' 고전! 어른이 되지 않는 '피터 팬'과 어른이 없는 나라 '네버랜드'를 탄생시킴과 동시에 '피터 팬 신드롬'이라는 말을 낳으며 동심의 상징이 되었다.

30. 제인 에어 샬럿 브론테 지음 | 한지윤 옮김

『폭풍의 언덕』과 함께 '브론테 자매'의 걸작으로 손꼽히는 샬럿 브론테의 대표작으로, 어린 나이에 홀로 고난과 역경을 이겨 내고 오로지 '열정'으로 나이와 신분을 뛰어 넘어 사랑을 쟁취하는 여성, 제인 에어의 삶과 사랑을 자서전 형식으로 그려 냈다.

★미국대학위원회 SAT 권장도서 ★BBC 선정 영국인 애독서 100선 ★연세대 필독도서 200선

31. 폭풍의 언덕 에밀리 브론테 지음 | 황윤영 옮김

에밀리 브론테가 남긴 유일한 소설로, 주인공의 광기 어린 사랑과 복수를 통해 인간 내면의 세계와 본질을 그려 냄으로써 오늘날 세계 10대 소설, 영문학 3대 비극으로 꼽히며 세계문학사의 걸작으로 남은 작품이다.

★미국대학위원회 SAT 권장도서

*'클래식 보물창고'는 끝없이 이어집니다.